Wilma Müller

**Der Herr der Noten -
Auf der Jagd**

Wilma Müller, geboren 2003, steckt mitten in ihrem dualen Studium im Bereich Physiotherapie. Mit 13 Jahren fing sie an ihre Ideen zu Papier zu bringen und das Schreiben ist aus ihrem Leben nicht mehr wegzudenken. 2019 wurde ihr erster Fantasy-Roman „Aufgelöst – Hinterm Nebel liegt die Wahrheit" veröffentlicht. „Der Herr der Noten – Auf der Jagd" ist der erste Band eines geplanten Zweiteilers.

Wilma Müller

DER HERR DER NOTEN
-Auf der Jagd -

Bibliografische Information der Deutschen Nationalbibliothek:

Die Deutsche Nationalbibliothek verzeichnet diese Publika-
tion in der Deutschen Nationalbibliografie; detaillierte bibliografische Daten sind im Internet über http://dnb.dnb.de ab-
rufbar.

© 2025 **Wilma Müller**

Illustrator: **Wilma Müller**

Verlag: BoD · Books on Demand GmbH, In de Tarpen 42,
22848 Norderstedt, bod@bod.de
Druck: Libri Plureos GmbH, Friedensallee 273,
22763 Hamburg

ISBN: 978-3-7693-1694-0

Für die Leute
aus dem Ortho-Klinikum,
die eine krasse Inspiration waren.

Lauf!

„Man hört den Schrei. Es fließt das Blei. Die Meute tobt, ich bin dabei!", hämmerte es fetzig auf meine Ohren. Energiegeladen wippte ich mit dem Kopf und bog in die Glasgasse ein. Laut ratterte das Kopfsteinpflaster unter den Rollen meines Skateboards.

All die gläsernen Windspiele zeichneten bunte, tanzende Regenbögen auf den Boden, doch ich hörte ihre verträumte Melodie gar nicht. Dafür folgte mein Skateboard bei seinen Bewegungen ihrem Beispiel. Unberechenbar stockte es ständig oder sprang zur Seite. Wie ich diese verdammte Gasse hasste, aber es war der schnellste Weg zu Tina's und ich war schon echt spät dran, wie eigentlich immer.

Scheiße! Plötzlich erwischte ich einen der abgetretenen Steine besonders mies und kriegte voll Seitneigung. Wild ruderte ich mit den Armen, doch meine Flügel waren noch nicht zu gebrauchen, mal abgesehen davon, dass sie unter meinem T-Shirt hingen. Also Pech gehabt.

Wie ein Stein knallte ich auf den Boden oder genauer gesagt gegen die Auslage von irgendeiner der unzähligen Glasbläsereien. Klirrend kippten die bunten Vasen um, eine kullerte auch über die Tischkante und zerbrach geräuschvoll auf dem

Boden, sogar passend auf den Beat, der wild aus meinen leicht verrutschten Kopfhörern dröhnte. Was für ein Timing! Schnell sprang ich wieder auf die Beine. Ritsch. Ups. Das war meine Hose gewesen. Eine der Scherben hatte den Stoff seitlich an meinem Oberschenkel aufgeschnitten. Zum Glück war es eine der Stellen, wo ich meinen kräftig grünen Insektenpanzer hatte, zwar nicht unzerstörbar, aber zäher als normale Haut. Echt praktisch. Und dieser Riss in der Hose sah auch noch ziemlich stylisch aus. Voll korrekt.

„Hey! Vandale!", rief der Ladenbesitzer und kam wütend rausgestürmt. Ach du Scheiße! Das war so ein richtig bulliger Typ mit Stierhörnern und fettem Nasenring. Der sah eher wie ein knallharter Schmied statt einem Glasbläser für schicke Vasen aus. Und er schien echt keinen Spaß zu verstehen. Nichts wie weg!

Flink klemmte ich mir das Skateboard unter den Arm, richtete mit einem Ruck die Kopfhörer und sprintete los. „Bleib hier! Du Wicht! Für den Schaden wirst du bezahlen!", brüllte mir der Typ hinterher und passend dazu kam gerade energiegeladen die Zeile: „Spürst du meinen Atem in deinem Nacken? Ich werde dich greifen, ich werde dich packen. Lauf! Lauf! Ich bin auf der Jagd! Lauf! Lauf! Hast du die Götter gefragt? Lauf! Lauf!"

Die Maultauschen hatten es echt drauf, meine absolute Lieblingsband. Hinter mir bebte die Erde richtig, als die Stier-Seele zur Verfolgung ansetzte. Pures Adrenalin jagte durch meine Adern.

Hastig warf ich einen kleinen Blick über die Schulter. Oh verdammt! Der Koloss war noch echt schnell! Ich konnte mir gut vorstellen, wie er mich voll überrannte und komplett platt trampelte, wie einen Pfannkuchen. Man, hatte ich wieder Hunger! Zum Glück gab es im Tina's die beste Lasagne überhaupt.

Verdammte Axt! Ausgerechnet jetzt musste ein übertrieben vollbeladener Karren quer über die Straße geschoben werden. Mit voller Kraft drückte ich mich vom Boden ab. Knapp segelte ich über das Ding und ein paar Gläser klirrten. Atemlos landete ich auf der anderen Seite auf dem Boden. Wuh! Total aufgedreht rannte ich weiter. Bei diesem krassen Manöver hatte ich meinen fetten Verfolger locker abgehängt. Wild breitete sich das Grinsen auf meinem Gesicht aus. Das war echt ein krasses Gefühl! Fast hätte ich laut aufgejubelt. Einfach geil!

Yeah! Das Ende des Kopfsteinpflasters! Sofort sprang ich auf mein Skateboard und raste weiter. Der Beat, das Tempo, fast wie ein Rausch. Vor mir kam die große Treppe zum grünen Viertel in Sicht. Oh ja.

Zielgenau sprang ich aufs Geländer und schlitterte den ganzen Weg nach unten. Am unteren Ende wucherte schon der Efeu und ich rasierte ein paar Blätter ab. Haha! Und bam! Schwungvoll landete ich und zischte weiter.

Lässig machte ich einen kleinen Satz über ein plätscherndes Bächlein, das einfach so über die Straße floss. Aber das war schon seit Jahren so. Diesen Ort kannte ich wie meine Westentasche. Nur zwei Abzweigungen weiter war auch schon Tina's.

Immer noch ganz überdreht stoppte ich und zog die Kopfhörer runter. Man war das ein Trip gewesen!

Durch die alte Holztür mit Grünspan drang schon das Wummern des Basses und auch gedämpft die Gitarre. Schon jetzt konnte ich sicher sagen, dass es nicht so krass war, wie die Songs der Maultaschen. Halt typische Gute-Laune-Pop-Musik, aber das war auch noch voll korrekt.

Locker öffnete ich die knarzende Eingangstür. Der Schuppen war echt komplett voll und alle gingen richtig ab. Um Laurel zwischen all den Leuten zu entdecken, brauchte ich selbst mit meinen scharfen Augen einen langen Moment.

Sie saß auf ihrem Standard-Barhocker, eigentlich hätte ich auch da gleich als erstes hinsehen können. Intelligenz ist halt manchmal Glückssache. Oh. Und sie hatte den Hocker neben sich freigehalten. Das freche Kätzchen konnte schon nett sein.

Umständlich bahnte ich mir den Weg zu hier. Hier und da stieß jemand gegen meine Fühler und einmal erwischte ich auch eine der Wurzeln, die von der Decke hingen. Diese Band musste echt angesagt sein, so voll wie die Bude war, eigentlich fast zu voll. Sich an der Theke zurückzuziehen erschien mir ein ganz guter Plan zu sein.

Völlig selbstverständlich nahm ich ihre Jacke, mit der sie mir den Platz freigehalten hatte und hielt sie ihr entgegen: „Was geht ab?" Gut gelaunt pflanzte ich mich auf den Hocker und legte das Skateboard locker auf meinem Schoß ab.

„Ey! Dex! Wo warst du?! Du hast schon den ersten Song verpasst! Du bist so ein Penner!", beschwerte sie sich ausgelassen und boxte mich leicht gegen die Schulter. „Tschuldigung. Ich geb dir einen aus", meinte ich versöhnlich und bestellte gleich: „Einen Kiwi-Splash und einen Hab-dich-lieb-Mix, bitte! Oh und eine Brokkoli-Lasagne!"

„Kommt sofort!", bestätigte die flotte Barkeeperin direkt mit einem kleinen Lächeln. „Bist die Beste, Mori!", rief ich ihr zu und klopfte mir mit einem Zwinkern auf die Brust. Laurel und ich waren halt auch Stammgäste.

Zackig machte sich die Känguru-Seele an die Arbeit und beim Ausschenken kamen nochmal ihre krassen Oberarmmuskeln zum Vorschein. Einmal war ich auf die geniale Idee gekommen, mit ihr ein Armdrücken zu machen. Es war halt eine Wette gewesen und der Gewinn wären endlos Freigetränke gewesen... Tja, das Ende vom Lied war ein verstauchtes Handgelenk gewesen.

Ich hatte eine Ewigkeit so eine Bandage tragen müssen, echt nervig. Allerdings hatte ich da gemerkt, wie praktisch es war, wenn die kleinen Widerhaken an meinem Unterarm abgedeckt waren. Seitdem wickelte ich mir immer Bandagen darum, nur halt nicht mehr so steif übers Handgelenk. Und jetzt blieben auch keine Westenärmel und so ein Scheiß mehr an meinen Armen hängen.

10

Außerdem waren das krasse Accessoires, die verwegen und lässig aussahen, zumindest hatte mir das Laurel gesagt, die Königin in Modefragen. „Was ist denn mit deiner Hose passiert?", fiel es ihr gleich auf. Wahrscheinlich kannte sie meinen Kleiderschrank sogar besser als ich.

„Deswegen kam ich zu spät. Ich bin auf der Glasgasse in einen Stand gekracht", erklärte ich ihr laut, um über die Musik und die ganzen singenden und kreischenden Fans zu kommen. „Und weil du immer auf den allerletzten Drücker losgehst", durchschaute sie mich grinsend.

Sie kannte mich einfach zu gut. Entschuldigend grinste ich zurück.

„Wohl bekomm's!", schon stellte Mori unsere Getränke vor uns ab. Mit ein bisschen Alkohol würde ich vielleicht auf diese Musik mehr abfeiern. Kurzerhand nahm ich den ersten Schluck von meinem kräftig grünen Drink. Kiwis waren einfach mega krasse Früchte! Frisch, süß, sauer, grün. Hammer!

„Ey!", meldete sich meine beste Freundin mit einem auffordernden Blick. Oh, klar. Wieder vergessen. „Prost", sagte ich mit einem extra breiten Grinsen und hob mein Glas. Mit einem zufriedenen: „Prost", stieß sie an. Ja, meine Manieren könnten manchmal besser sein.

Ganz verträumt schloss Laurel die Augen und nickte mit dem Kopf, dann summte sie die Melodie mit. Das schien eine ihrer Lieblingsstellen zu sein, wenn sie sie so krass aus dem Moment holte.

„Und im Sonnenschein, wenn dein Herz ist mein, seh ich hoch hinaus. Es könnt' nicht besser sein! Nicht besser SEE-EIIIN!", sang der Frontmann mit ganzem Herzen und viele andere Stimmen stiegen mit ein. Ich war ganz froh, dass Laurel noch nicht zu ihnen gehörte. Nichts gegen sie, aber wenn sie „sang"… Bis dahin brauchte ich auf jeden Fall einen guten Pegel.

Eine rote Panda-Seele in der Nähe schien das weniger auszumachen. Sie war schon echt gut dabei. „Ich will dem Alltag entflieh'n und mit den Wolken zieh'n! Komm greif meine Hand! Wir fliegen ins Traumland!", grölte sie aus voller Seele. Ihre Augen leuchteten richtig vor Energie und Freude. Total das Gute-Laune-Bündel. Irgendwie ansteckend. Aber ich kannte die Lieder halt null.

Gedankenverloren drehte ich an den Rädern meines Skateboards, das auf meinem Schoß lag. „Hier, deine Lasagne. Lass es dir schmecken, Dex", mit diesen Worten stellte mir Mori den super duftenden Teller vor die Nase. Extra viel Käse, extra viel Brokkoli, extra viel alles. Perfekt! So musste es sein!

Zufrieden nahm ich mir gleich erstmal einen dicken Löffel voll und hätte mir trotz Pusten fast die Zunge verbrannt. Es schmeckte einfach zu gut und ich war auch viel zu hungrig. Na ja, das war ich eigentlich immer.

„Ich versteh immer noch nicht, wie du so viel fressen kannst und nicht fett wirst", in Laurels Stimme lag eine Spur Neid. Locker zuckte ich nur mit den Schultern und aß weiter.

„Ein Wodka-Lemon, bitte!", bestellte die super energiegeladene rote Panda-Seele direkt neben uns. Ihr Gesicht war vom wilden Tanzen und Singen total gerötet, was perfekt zu dem flauschigen Fell passte, das ihren Nacken bedeckte. Vielleicht war ihr aber auch heiß, weil sie hier drinnen einen Pulli trug.

„Deine Ohrringe sehen super aus!", machte meine beste Freundin ihr fröhlich ein Kompliment. Sie hatte in ihren dreieckigen, plüschigen Ohren jeweils drei Ringe und sie standen ihr auch echt gut. Außerdem erinnerte mich dieser Stil an Laurel, sie hatte ihre spitzen Katzenöhrchen auch gepierct.

Strahlend drehte die Fremde ihren Kopf zu uns: „Danke! Deine auch! Besonders der grüne Stein. Passt zu deinen Augen", gab die Feiernde das Kompliment ausgelassen zurück.

„Der ist auch mein Liebling!", meinte die Katzen-Seele grinsend und brachte das nächste Kompliment: „Krasse Bauchtasche."

„Ja, ist voll praktisch", zufrieden klopfte sie auf die schwarze Tasche mit dem goldenen Reißverschluss, die in meinen Augen jetzt nichts Besonders war, aber praktisch bestimmt. Ich wollte auch in die Komplimente-Runde einsteigen.

„Schicke Handschuhe", improvisierte ich fröhlich. „Ähm, danke", dieses Mal wirkte sie nicht so glücklich-geschmeichelt wie eben, sondern... verlegen. Hatte ich etwas Falsches gesagt? Oder war es ihr einfach unangenehm, weil ich ein Kerl war? Diese bedingungslose, unterstützende Party-Freundschaft zwischen Frauen hatte ich noch nie zu hundert Prozent verstanden. Aber es wirkte auf jeden Fall schön.

„Die Lasagne riecht echt gut", kehrte die Feiernde zu ihrer lockeren und unbeschwerten Stimmung zurück: „Ich glaube, ich nehm mir auch eine." Schwungvoll setzte sie sich auf den Barhocker auf der anderen Seite von Laurel und zog ihre Bauchtasche aus.

Ein kleines, verspieltes Gitarren-Solo kündigte den nächsten Song an. „Oh! Sternentränen! Den liebe ich!", erkannte Laurel das Lied sofort. „Mein Lieblingssong ist ja Traumland, aber Sternentränen ist auch echt gut", meinte der andere Fan ausgelassen.

Hatten die eben nicht auch etwas von einem Traumland gesungen? War das der Song gewesen? Ich konnte wirklich so gar nicht mitreden, wie wenn irgendwelche uralten Freunde Insider-Witze machten und man selbst nur blöd daneben saß.

„Traumland mag ich auch. Super schöne Melodie", stimmte meine beste Freundin ihr zu. Schon fing die erste Strophe an und das bedeutete dieses Mal eine Katastrophe, weil beide so laut sie konnten mitsangen.

Voll traurig, dass sie richtig abgingen und ich einfach keinen Plan hatte. Aber dafür hatte ich ja meine Lasagne. Korrekt.

Auf einmal änderten sich die Geräusche der Party. Da war so eine undefinierte Unruhe. Was war da denn los? Neugierig drehte ich meinen Kopf um 180° nach hinten. Diese Eigenschaft meines Seelentiers war einfach der Hammer.

Gottesanbeterinnen waren echt abgefahrene Tiere, auch wenn mich Laurel immer gerne damit aufzog, dass es null männlich klang. Aber wen juckt's?

Ich war eine super Fangschrecken-Seele, mit ordentlich Sprungkraft und krass guten Augen und das sogar ohne die extrem dreieckigen Gesichtszüge und die Glubschaugen, die entweder voll den Psychoblick draufhatten oder zum Todlachen aussahen.

Apropos Augen, was ich jetzt sah, war schon ein wenig seltsam. Ein Typ war mit seinem Hund reingekommen, so ein richtig fettes, schwarzes Teil, das grimmig in der Gegend rumschnüffelte. Und der Kerl sah auch nicht so aus, als wäre er wegen der Musik oder der Lasagne hier.

Sein Blick scannte konzentriert den Raum ab. Er hatte die typisch, langgezogenen Pupillen eines Steinbocks und was noch viel hervorstechender war, waren seine langen, gerillten Hörner. Bei der Art, wie er durch den Raum marschierte, konnte man sich irgendwie sehr gut vorstellen, wie er einen damit aufspießte.

Der Typ nahm sich selbst echt viel zu ernst und seine Kampfmaschine von Hund hätte er auch besser mal draußen gelassen. Viele starrten das Tier ganz ängstlich an. Am besten wäre er gleich mit seinem Hund draußen geblieben. Er sorgte für so einen unnötigen Stress! Mann!

Plötzlich bellte der Hund laut los und kam wie besessen auf uns zu gerast. Verdammte Axt! Jetzt wurden auch die beiden „Sängerinnen" auf ihn aufmerksam. Erschrocken fuhren sie herum und die Fremde sprang so panisch von ihrem Barhocker auf, dass er polternd umfiel. Schnell machte sie einen Satz auf die Theke und lief darüber. Mein Kiwi-Splash kippte voll in die Lasagne. Was hatte sie vor? Oh.

Kräftig drückte sie sich am Ende der Theke ab und griff nach einer der dicken Wurzeln von der Decke. Knapp bekam sie sie zu fassen und zog sich hoch. Wild jagte ihr der Hund hinterher und schnappte nach ihrem flauschigen, weiß-rot-geringelten Schwanz.

Warum war er so verrückt nach ihr?

Flink huschte sie durch das Wurzelgeflecht, in dem auch ich schon ein paar Mal spaßhaft geklettert war. Sie steuerte auf den Ausgang zu. Sie versuchte zu flüchten.

Auf einmal schnellte der Besitzer des Hundes senkrecht in die Höhe. Klar, Steinbock-Seelen konnten in der Regel verdammt gut springen. Er riss die Feiernde erbarmungslos aus den hölzernen Ranken und schleuderte sie zu Boden. Ohne zu zögern, trat er nach ihr. Sie krümmte sich vor Schmerz zusammen.

Ach du Scheiße! Das konnte doch nicht gerade wirklich passieren. Wir waren hier doch in Tina's und nicht irgendeiner zwielichtigen Gasse! Eben hatten wir hier doch noch ganz normal gesessen...

Zwei Leute griffen die wahnsinnige Steinbock-Seele und zogen ihn zurück. „Nein! Lasst mich los!", brüllte er und wand sich tobend hin und her: „Es ist eine Bedrohung! Es muss aufgehalten werden!" Der tickte doch nicht mehr ganz richtig! Eine Ameisen-Seele half der vorher so glücklich Feiernden auf die Beine, doch die stieß ihren Helfer sofort weg und lief panisch weiter. Aber nach so einer krassen Aktion war es ja klar, dass sie nur weg wollte.

Laut winselte der Hund auf. Mori hatte ihn am Genick gegriffen, wie eine Löwenmutter, die ordentlich angepisst ihr Junges trug, nur halt als tätowiertes Känguru. Wütend riss sich der Angreifer los und befahl ihr: „Lass meinen Hund sofort frei oder du wirst die Konsequenzen zu tragen haben!"

„Im Tina's gibt es keine Schlägereien. Du hast Hausverbot. Nimm deinen Hund und geh", verkündete die Barkeeperin eisern und warf ihm das Tier zu. Dabei unterschätzte sie ihre eigene Kraft wohl ein wenig, denn der fliegende Hund kickte den Kerl glatt um, wie beim Bowling. Da hatte ich auch schon mal eine Wette verloren.

Mit einem letzten verächtlichen Blick wandte sich der Irre um und rannte ebenfalls raus. Immer noch echt erschlagen von seinem Auftritt wandte ich mich meiner ertränkten Lasagne

15

zu. Auf der Theke lag auch noch die gold-schwarze Bauch-tasche. Sie hatte sie vergessen. Was, wenn da etwas Wich-tiges drin war? Natürlich war da etwas Wichtiges drin.

Ohne wirklich nachzudenken griff ich das Ding und drückte Laurel mein Skateboard in die Hände: „Pass bitte kurz mal darauf auf." Es war fast so eine Art Instinkt. Ich wollte einfach helfen. Damit ich mich nicht durch die aufgewühlte Menge quetschen musste, sprang auch ich zu den Wurzeln hoch und hangelte mich schnell zur Tür. Draußen war niemand mehr zu sehen. Natürlich hatte sie nicht hier gewartet.

Kurzerhand kletterte ich an den Schlingpflanzen eines der Nachbargebäude hoch, das grüne Viertel war für solche Ak-tionen echt wie gemacht. Angestrengt spähte ich in die Stra-ßen. Meine Superaugen funktionierten in der Dunkelheit doch nicht so super.

Zum Glück gab es in diesem Viertel außer Tina's nichts, wo nachts noch irgendwas los war. Ich musste also nur… Ah! Da! Eine Bewegung! Das war sie! Glaube ich… Auf gut Glück sprang ich über die Häuserdächer zum Ahorn-Platz, wo ich sie (vermutlich) gesehen hatte.

Schwungvoll landete ich ein Stück von ihr entfernt und rief gleich: „Hey! Hallo! Ich hab deine Tasche! Du hattest sie ver-gessen!" Unschlüssig stockte sie und sah zu mir rüber. Sie war von ihrer Flucht ganz außer Atem und traute mir offen-sichtlich nicht.

Kein Ding. „Hier", locker warf ich ihr das Teil einfach rüber. „Danke", sagte sie und nickte mir knapp zu und wandte sich gleich wieder ab. Alarmiert zuckten ihre Ohren. Verdammte Axt! Kam da der Typ mit seinem Hund? Was hatte der für ein Problem?! Und scheiße war er schnell!

Hier auf freier Fläche hatte die rote Panda-Seele keine Chance, außer sie schaffte es bis zum Zentrum des Platzes zu den hohen Ahornbäumen… Oder sie zog aus ihrer Bauch-tasche eine Granate. Warum auch nicht? Sowas hatte ich auch immer dabei. War ja voll normal.

Für mehr als ein bisschen Ironie war keine Zeit, bevor das blinkende Ding hochging und mich mit einem übertrieben lauten Knall nach hinten schleuderte. Aua. In meinen Ohren surrte es und bis auf das, hörte ich gar nichts mehr.

Benommen richtete ich mich auf. Wo war ich da rein geraten?

Die Steinbock-Seele hatte sich deutlich schneller gefangen als ich. Er hatte sie trotz dieser verdammten Granate erreicht und gepackt, doch dieses Mal wehrte sie sich richtig. Und bei ihrem Kampf kamen sie ausgerechnet auf mich zu. Ich hatte ihr doch nur ihre Tasche bringen wollen!

Im Chaos zerriss er ihr Oberteil und ihre Schulter... glänzte schwarz mit leuchtend gelben Flecken?! Ein Feuersalamander?! Sie war doch ein roter Panda! Was war das?!

Bevor ich irgendwie darauf klarkommen konnte, spritzte auf einmal eine blasse Flüssigkeit aus ihrem Nacken. Wirklich direkt aus ihrer Feuersalamander-Haut! Was?!

Ihr Angreifer bekam die volle Ladung am Hals ab und ließ sie mit schmerzverzerrtem Gesicht los. Ein bisschen was erwischte auch mich und zwar genau auf dem Stück freier Haut zwischen Bandagen und T-Shirt-Ärmel.

Scheiße brannte das! Schrecklich gedämpft hörte ich meinen eigenen Schrei. Schnell versuchte ich es von meiner Haut zu wischen und bekam es dabei auch an meinen Fingern ab.

Ich spürte wie mein Herz sich zusammenzog und stolperte. Und mein Blut raste brutal durch meinen Kopf. Scheiße!

Und als wäre der Moment nicht schon mies genug, stand plötzlich noch der wahnsinnige Hundebesitzer über mir und schrie mich kochend vor Wut an, vielleicht war ein bisschen davon auch Schmerz. Doch seine Worte kamen nur als undeutliches Geblubber bei mir an.

Im Endeffekt war es auch egal, denn bevor ich auch nur die Gelegenheit hatte selbst etwas zu sagen, hatte ich schon seinen Huf im Gesicht und alles wurde schwarz.

Wahrheit oder Tod

Langsam kam ich wieder zu mir. Mein Schädel dröhnte, ich bekam voll schlecht Luft und ich hörte so ein schrilles Fiepen. Konnte ich nicht einfach wieder einschlafen? Mir ging es echt beschissen.

Mit einem kleinen Grummeln wollte ich mich wieder umdrehen, doch irgendwer hielt mich zurück und jemand redete, aber ich konnte kein einziges Wort verstehen. Nur warum war jemand bei mir und wer?

Noch etwas benommen öffnete ich meine Augen. Oh. Das war nicht mein Zimmer und da waren gleich mehrere Leute. Ordentlich verspätet checkte ich jetzt auch mal die Zusammenhänge. Die ganze Sache mit der Granate, dem aggressiven Hunde-Typ und der Feuersalamander-roter Panda-Seele hatte ich irgendwie voll vergessen, auch wenn das eigentlich schon unmöglich war. Ich meine, das war doch total irre gewesen!

Woah, was ging denn jetzt hier ab?! Jemand hob mich hoch, ich lag auf einer Trage. Wer waren diese komischen Leute überhaupt?! Ich wollte nicht weggebracht werden!

Hektisch setzte ich mich auf, zu hektisch. Mir wurde schwindelig und ein fieses Stechen zog durch meinen Kopf. Und zu allem Überfluss wurde mir auch noch übel. Ich hätte nicht einmal die Person gebraucht, die mich zurück auf die Trage drückte.

„Wer seid ihr? Wo bringt ihr mich hin?", presste ich irgendwie hervor, was echt nicht viel brachte, weil ich die Antwort einfach nicht richtig hören konnte. Auf einmal bekam ich irgendwas gespritzt und man musste das gutes Zeug sein. Fast sofort war ich wieder weg.

Als ich erneut aufwachte, war ich nicht mehr ganz so hinüber, aber wirklich gut ging es mir auch noch lange nicht. Auf meinen Ohren hörte ich immer noch so ein nerviges Rauschen und generell fühlte ich mich einfach ein wenig platt.

Im ersten Moment dachte ich auch dieses Mal komplett selbstverständlich, dass ich zu Hause wäre, was natürlich nicht der Fall war. Vorsichtig sah ich mich um. Der Raum war sehr karg eingerichtet. Ein Tisch, eine Uhr, so ein Säulending mit verschiedenfarbigen Flüssigkeiten, an das ich für meinen Blutdruck und so angeschlossen war und zwei stämmige Typen mit Schwertern am Gürtel. Echt toll.

Wenigstens waren es keine dubiosen Gangster oder sonstige Entführer sondern Ordnungshüter. Auf dem Rücken ihrer Uniform prangte groß das Triquetra, die drei verschlungenen Kreisbögen, die für die drei Völker standen: Wasser, Luft und Land. Die beiden bei mir mussten ziemlich hochdekorierte Beamte sein, denn bei ihnen war dieses so heilige Symbol in glänzendem Gold und auch ihr Schwertknauf blinkte ordentlich aufgehübscht. Nur warum sollten sie bei mir abhängen?

„Ähm, hallo? Was geht ab?", fragte ich etwas planlos. Erhobenen Hauptes wandten sich die Kämpfer zu mir um und betrachteten mich einfach nur von oben herab. Alles klar. Knapp nickte der eine dem anderen zu und der verzog sich wortlos. Konnte mir vielleicht mal jemand sagen, was Sache war?

„Ich wollte nur eine Tasche zurückbringen. Ich hab nichts damit zu tun. Kann ich nicht einfach gehen? Ihr müsst eure Zeit und eure Ressourcen echt nicht an mich verschwenden.

Sicher habt ihr viel Besseres zu tun", redete ich ganz lässig weiter, auch wenn ich in Wahrheit schon ziemlich unruhig war.

Wann hockte man auch schon mal alleine mit zwei stummen Ordnungshütern in einem Raum und hing dabei an einer medizinischen Apparatur?

Was war passiert, während ich bewusstlos gewesen war? Wo genau hatten sie mich hingebracht? Wer waren die Granatenwerferin und der Schläger gewesen? Nur wegen einer kleinen Auseinandersetzung machten die Behörden doch nicht so einen Aufriss.

Auf einmal öffnete sich die Tür wieder und der Kerl von eben kam zurück, in Begleitung eines Mädchens. Mir stockte der Atem. Sie war eine Seewespen-Seele! Ihre Haut war ganz blass und bläulich und ihr Lächeln hatte etwas Eiskaltes. Obwohl sie ein sonnengelbes Kleid trug, wirkte sie so kalt und tödlich wie die Tiefen des Ozeans und trotz ihres Alters strahlte sie mehr Autorität und Gefahr aus als die beiden erfahrenen Ordnungshüter zusammen.

Sie hatte ihre weißlichen Haare zu einem Dutt hochgesteckt und ihre langen, farblosen Tentakel hingen dennoch bis fast auf den Boden. Die Teile waren halt gut zwei bis drei Meter lang und hochgiftig. Nur eine Berührung und... Sense.

Bisher war das Giftigste, womit ich zu tun gehabt hatte, eine Euscorpius-Seele gewesen und der Skorpion war echt nicht krass giftig und außerdem voll die korrekte Gitarristin gewesen, niemand bei dem man Angst vor einem Stich hatte. Tödliche Würfelquallen waren da wirklich eine andere Liga. Besonders hier. Eigentlich fand man in der Gegend nur Landlebewesen und ein paar Flugfähige. Wasserbewohner verirrten sich kaum hier hin und schon gar keine Seewespen!

Leichtfertig hüpfte sie auf den Tisch und ließ die Beine baumeln. Plötzlich schlug sie sich die Hände vor den Mund und schloss die Augen. Häh? Sanft lockerte sie ihre Hände wieder und blies über ihre Handflächen. In der Luft bildete sich ein knisterndes, weißlich leuchtendes Wölkchen.

Ich glaub's nicht! Sie hatte Magie!

Mit beiden Händen umschloss sie das funkelnde Gebilde und presste es gewaltsam zusammen. Eine kleine Elektrizitätswelle zog durch den Raum und stellte mir sämtliche Härchen auf. Jetzt war das Wölkchen zu einem hellen Lichtball konzentriert, den sie einfach so in die Luft stellte, als wäre das völlig normal. Vollkommen irre.

Mit diesem unheimlichen Lächeln fing die Kleine an zu reden: „So, das wäre erledigt. Falls du dich wunderst, das ist ein Lügenlicht. Es erlischt, wenn jemand lügt und wenn das passiert, wird auch dein Licht ausgehen. Verstanden?"

Sie sprach diese Todesdrohung aus, als hätte sie mir gerade gesagt, dass sie Gänseblümchen mochte. Richtig unschuldig und sorglos, was sie zu einem absoluten Psycho machte.

„Ach, stimmt ja. Du hattest ein Knalltrauma. Kannst du mich richtig hören?", erkundigte sie sich locker. Schwer schluckte ich und nickte. Das Rauschen war zwar immer noch da, aber taub war ich nicht, auch wenn ich mir nicht sicher war, ob ich es mir in diesem Moment vielleicht wünschte.

Freudig klatschte sie in die Hände: „Gut! Dann spielen wir jetzt ein kleines Spiel! Ich stelle zuerst eine Frage und dann du und wir versuchen einfach das Licht schön am Leuchten zu halten. Alles klar?"

Wieder nickte ich und mein Herz raste brutal. Ich durfte nicht lügen. Was, wenn ich aus Versehen log? Verdammte Scheiße! Ich wollte nicht sterben! Was waren das eigentlich für kranke Verhörmethoden?!

„Fangen wir einfach an: Wie heißt du? Voller Name bitte", startete sie ihr tolles Spiel. „Verandex Nospes", antwortete ich etwas fahrig: „Und du?" Was? Ich musste ganz andere Sachen fragen als das! Denk nach!

„Mein Name ist Serlina Ozearis. Lieb, dass du fragst", und plötzlich kam sie richtig zur Sache: „Hattest du bereits in der Vergangenheit Kontakt zu Kriminellen?" „Nein", sagte ich prompt und das Licht flackerte bedrohlich. Schnell setzte ich hinterher: „Also keine krassen Kriminellen. Ich hab mal auf einer Party einen Joint geraucht und ein Kumpel ist wegen seinen Graffitis verknackt worden. Aber nichts Großes. Das sind doch keine richtigen Kriminellen."

Panisch schaute ich zu dem glühenden Ding, von dem mein Leben abhing, doch es schien mir die fast-Lüge noch durchgehen zu lassen.

„Gut. Du bist dran", lauernd lächelte sie mich an. Die Frage musste jetzt sitzen und wie auf Kommando war mein Kopf wie leergefegt. Hektisch improvisierte ich: „Wer seid ihr? Was wollte ihr von mir?" „Nein, nein, Verandex. Keine zwei Fragen auf einmal. Und nicht so schwammig. Da kann man doch alles und nichts antworten. Versuch es noch einmal", forderte sie mich spielerisch auf.

„Wieso spielst du dieses Spiel mit mir?", riskierte ich eine direkte Konfrontation und sah dem giftigen Mädchen in die blassen Augen. „Weil ich es lustiger finde, als ein normales Verhör und weil ich es einfach kann. Du bist ein Verdächtiger und ich werde so oder so alle Informationen aus dir rauskitzeln", gab sie mir unbeschwert Auskunft. Sehr beruhigend.

Locker stellte sie mir die nächste Frage: „Was genau ist letzte Nacht passiert?"

„Ich war bei einem Auftritt im Tina's und da war eine roter Panda-Seele. Sie hat nett gewirkt und wir haben uns kurz unterhalten. Dann kam eine Steinbock-Seele mit großem Hund. Er hat alle erschreckt und angefangen die andere zu jagen. Sie ist geflüchtet und hat ihre Bauchtasche vergessen. Ich wollte sie ihr wieder bringen und bin ihr gefolgt. Doch auf dem Ahorn-Platz hat uns der Typ wieder eingeholt und sie hat eine Granate geworfen. Und dann haben die beiden gekämpft und ihr Oberteil ist kaputt gegangen und darunter war ihre Haut wie die von einem Feuersalamander. Und dann hat sie ihn mit ihrem Gift erwischt und ist weggelaufen und er hat mich ausgeknockt. Danach waren noch irgendwelche Leute mit einer Trage und Spritzen da. Mehr weiß ich nicht", schilderte ich ihr diese vollkommen verrückte Nacht.

22

Das klang, als hätte ich auf dieser Party auch einen Joint geraucht. Eine roter Panda-Seele mit Feuersalamander-Schulter und eine Verfolgungsjagd inklusive explodierender Granate? Wer sollte mir das schon glauben?

Prüfend warf die Seewespen-Seele einen Blick auf ihr Lügenlicht, das fröhlich weiter strahlte. So unglaubwürdig es sich auch anhörte, es war halt die Wahrheit.

Und jetzt war ich wieder dran: „Wo genau sind wir?" „Im Kevinus Krankenhaus. Das ist eins der Zimmer im Keller, die für die medizinische Versorgung von Gefangenen und Verdächtigen genutzt werden", klärte mich das Mädchen weiter auf und bohrte gleich darauf nach: „Du hast die Flüchtige vorher noch nie gesehen?"

„Nein. Das erste Mal letzte Nacht", bestätigte ich selbstbewusst. Langsam kam ich bei diesem verrückten Spiel auch in Fahrt: „Was muss ich tun, um hier wieder raus zu kommen?"

„Einfach nur weiter mitspielen. Wenn alle Fragen beantwortet sind, kannst du gehen", meinte sie und plötzlich erstarb das magische Licht. Entsetzt riss ich die Augen auf. Sie hatte gesagt, ich würde sterben, wenn es aus ging... Aber das war nicht meine Schuld gewesen! Ich hatte die ganze Zeit die Wahrheit gesagt! Hatte sie das mit Absicht getan, weil von Anfang an nie vorgesehen gewesen war, dass ich diesen Raum wieder lebend verließ?

Todernst ließ sich die Kleine von dem Tisch gleiten und kam zu mir rüber. Verkrampft krallte ich meine Hände in die Bettdecke, für mehr war ich gerade viel zu perplex. Ich hatte keine Chance.

Auf einmal beugte sie sich runter, aber nicht zu mir sondern zu etwas neben mir. Der Säulen-Apparat! Mit einer gezielten Drehung an einem Rädchen schaltete sie das Gerät ab. Dabei gab es ein leises „Pling" und ein kleines Lichtchen ging aus.

Verständnislos starrte ich sie an und sie lachte total los: „Dein Gesicht! Buhahahaha! Du müsstest mal dein Gesicht sehen!"

Was? Sollte das mein Licht sein, das sie auslöschen wollte? Ernsthaft?

Nachdem sie sich wieder einigermaßen eingekriegt hatte, erklärte sie mir kichernd: „Das war doch nur ein Witz! Wir bringen doch nicht einfach Leute um! Und das mit dem Lügenlicht war mein Fehler. Nach den Fragen musst du noch bei einem Phantombild von der Flüchtigen helfen und ein paar Formalitäten erledigen."

Beruhigend legte sie mir die Hand auf den Arm und ich fuhr übertrieben zusammen. Wieder lachte das irre Mädchen auf. „Meine Hände sind doch nicht giftig. Nur meine Tentakel", um ihre Worte zu untermalen, griff sie nach den tödlichen Fäden und wedelte damit vor meinem Gesicht rum. Reflexartig lehnte ich mich so weit zur Seite, wie es irgendwie ging und sie lachte sich darüber total schlapp.

So ganz war ich mir immer noch nicht sicher, ob sie mich jetzt töten wollte oder nicht. Ich stieg da echt nicht durch.

Schließlich wurde sie wieder ernst: „Die beiden werden den Rest deiner Aussage aufnehmen und das ganze Drumherum erledigen. Du scheinst wirklich nur zur falschen Zeit am falschen Ort gewesen zu sein, Verandex. Leb wohl!"

Zum Abschied winkte sie mir noch einmal extra lieb zu, bevor sie aus dem Raum tänzelte. Nach der Nummer war ich echt endgültig durch. Keine Ahnung, wie ich es schaffte noch den Rest der Fragen zu beantworten und „das ganze Drumherum".

Am Ende ließen sie mich sogar wirklich einfach gehen. Ich spazierte aus dem Krankenhaus als wäre nichts weiter gewesen. Zuerst war ich noch ganz benommen wie ein Schlafwandler, doch irgendwann… Ja, es fühlte sich schon krass an. Gerade hatte ich voll die heftige Befragung bei den berüchtigten Ordnungshütern gehabt und dann eine Begegnung mit einer abgedrehten, hochgiftigen Seewespen-Seele. Einfach der Hammer.

Nicht zu vergessen der irre Kampf auf dem Ahorn-Platz. Wenn ich nur daran dachte, jagte das Adrenalin wieder mit

Volldampf durch meinen Körper. Ich hatte echt ein Haufen krasses Zeug erlebt.

Und bis auf die kleine Stelle an meinem Arm und meinen Fingern, die von dem Gift noch gerötet und empfindlich war, ging es mir wirklich gut. Absoluter Wahnsinn!

Mit voll der überdrehten Energie lief ich durch die Straßen und hätte jetzt eigentlich mein Skateboard gebraucht und natürlich nochmal einen geilen Song von den Maultaschen. Auf einmal traf es mich wie ein Blitz.

Scheiße! Laurel! Ich hatte sie mit meinem Skateboard einfach im Tina's sitzen gelassen! Bestimmt machte sie sich schon Sorgen! Schnell griff ich nach der kleinen Kristallkugel in meiner Hosentasche, um sie anzurufen, doch das Ding hatte die letzte Nacht nicht überlebt. Risse durchzogen die milchige Oberfläche und ein winziges Stück war sogar abgesplittert. Daran schnitt ich mich auch erst einmal. Das wäre jetzt echt nicht nötig gewesen.

Umso dringender nötig war allerdings die Erklärung für meine beste Freundin. Nicht dass sie mir am Ende für mein Verhalten noch den Kopf abbiss. Haha! Ähm ja. Ich lief einfach los.

Zum Glück war das Kevinus Krankenhaus nicht weit vom grünen Viertel entfernt. Logisch, dass die Ordnungshüter mich nicht durch die halbe Stadt hatten schleifen wollen.

Ziemlich außer Atem erreichte ich Laurels Zuhause. Sie wohnte in einem Apartment in einem der großen Hausbäume. Von dort hatte man wirklich eine super Aussicht. Wenn es nicht so verdammt teuer wäre, wäre ich wahrscheinlich schon längst auch in so eine schicke Wohnkugel eingezogen, die ein wenig an moderne Misteln erinnerten.

Aber meine eigene Wohnung war auch voll korrekt und...

Verdammte Axt! Les! Mein Mitbewohner hatte ja auch keinen Plan, wo ich die ganze Nacht gesteckt hatte! Allerdings war das bei ihm nicht so schlimm wie bei Laurel. Er verschwand auch öfter mal einfach so für eine Nacht oder auch zwei.

Ich musste auf jeden Fall zuerst das hier klären und das bedeutete Treppen steigen, das einzig nervige an diesen

Apartments. Um den mächtigen Stamm schlängelte sich eine Wendeltreppe bis ganz nach oben und die hatte bestimmt tausend Stufen. Und weil ich es heute eilig hatte, nahm ich immer zwei auf einmal. Schon anstrengend. Die könnten hier echt mal ein Aufzugsystem installieren!

Laut klopfte ich an ihre Tür an. Kaum eine Sekunde später riss sie die Tür auf und umarmte mich erst einmal super erleichtert, nur um mir gleich darauf einen wütenden Schubser zu verpassen.

„Dein Auge! Was ist gestern passiert?", verlangte sie mit vor der Brust verschränken Armen von mir zu wissen. „Kann ich reinkommen? Das ist eine lange Geschichte", meinte ich mit einem irgendwie aufgeregten Grinsen. Ich freute mich schon richtig darauf, ihr das alles zu erzählen. Das würde sie mir nie glauben!

Und ich hatte recht, schon an der Stelle mit der Granate in der Bauchtasche unterbrach sie mich mit zweifelnd hochgezogenen Augenbrauen: „Eine Granate? Echt jetzt? Wir waren doch auf einer Party und keinem Bandenkrieg!"

„Ja! Ich fand das auch voll verrückt! Aber das Ding ist wirklich hochgegangen und ich hab immer noch so ein Rauschen auf den Ohren", beteuerte ich, auch wenn ich das mit dem Rauschen leider nicht beweisen konnte. Doch dafür hatte ich andere Beweise.

Regelrecht stolz hielt ich ihr meinen Oberarm hin: „Zieh dir das mal rein! Das ist vom Gift eines Feuersalamanders und das war auch sie! Sie war ein roter Panda und ein Feuersalamander! Die Steinbock-Seele hat sie damit ordentlich fertig gemacht. Ich glaube, mich wollte sie nicht einmal treffen. Und das blaue Auge hab ich von ihm, er hat mich nach der Giftattacke einfach noch ausgeknockt."

„Was? Willst du mich auf den Arm nehmen? Man kann keine zwei Seelentiere haben, du Spinner!", glaubte sie mir natürlich auch das nicht: „Das hat dir deine Mama, doch bestimmt erklärt: Wenn zwei Leute sich ganz doll lieb haben, gibt es ein Baby und mit einem Tropfen Magie kann es dann sein inneres Seelentier annehmen. Und das war's. Keine schrägen Mischlinge oder Umentscheidungen."

„Ja, ich weiß! Ich bin ja nicht komplett hohl! Aber es war so! Ihr Arm hatte die Haut von einem Salamander und da kam auch das Gift raus! Sie hatte eine Giftdrüse! Das hab ich mir doch nicht eingebildet!", widersprach ich ihr heftiger als beabsichtigt.

Die beiden Ordnungshüter hatten am Ende auch gemeint, dass ich es mir bestimmt nur einbildet hatte. Dass sie das Gift einfach so dabei hatte und dass alles nur am Schock lag oder an der Spritze, um mich ruhig zu stellen. Klang ja auch irgendwie logisch, aber ich wusste, was ich gesehen hatte!

„Ja klar. Was hast du wirklich getrieben?", wollte sie unbeeindruckt wissen. „Ich hab es dir doch schon erzählt! Und dann haben mich die Ordnungshüter einkassiert und voll die Psycho-Seewespen-Seele hat mich befragt! Ich dachte, die killt mich jede Sekunde!", schob ich nicht gerade glaubwürdiger hinterher und hätte sie am liebsten geschüttelt, bis sie mich endlich verstand.

Warum sollte ich mir auch sowas ausdenken?!

„Eine Psycho-Seewespen-Seele?", wiederholte sie immer noch so schrecklich skeptisch: „Dex, im Ernst. Du musst mir nicht so einen Blödsinn als Ausrede verzapfen. Ich bin nicht wütend auf dich, also ein bisschen schon, aber das ist in Ordnung. Hör einfach auf mit dem Müll."

„Das ist kein Müll! Das ist wirklich passiert!", konnte ich einfach nicht lockerlassen und argumentierte entschlossen weiter: „Du kennst mich doch, ich bin nicht so kreativ, dass ich mir so etwas Verrücktes ausdenken könnte! Und wenn es etwas Anderes gewesen wäre, hätte ich dir doch auch eine kurze Nachricht geschickt. Außerdem hast du doch gesehen was zwischen der Steinbock-Seele und ihr im Tina's abging. Da hat doch alles schon angefangen!"

Abwägend musterte sie mich einen Moment und entschied sich für einen Kompromiss: „Und was, wenn es nur wie ein Feuersalamander ausgesehen hat? Vielleicht war es ja einfach nur ein krasses Tattoo." „Aber das Gift!", entgegnete ich überzeugt: „Und es würde doch auch voll Sinn machen, dass sie lange Ärmel und Handschuhe anhatte! Sie wollte es verstecken!"

„Das klingt schwer nach einer Verschwörung", merkte meine beste Freundin kritisch an und sie hatte ja recht. Konnte das die Wahrheit sein oder verrannte ich mich da gerade total?

„Aber es muss irgendetwas Wichtiges gewesen sein. Sonst hätten sie doch nie eine Seewespen-Seele zu mir geschickt. Sie war zwar noch ein Kind, aber sie hatte schon Magie. Sie hat einfach aus dem Nichts ein Lügenlicht erschaffen", dachte ich laut nach.

Statt weiter mit mir zu diskutieren, wechselte Laurel ganz diplomatisch das Thema: „Magie zu haben, wäre schon krass. Stell dir das mal vor! Ich würde Sachen schweben lassen und dann darauf durch die Luft tanzen! Oder noch besser: Ich würde gleich selbst schweben!"

Bei der Vorstellung musste ich grinsen. „Ich würde mit dem Wind meinem Skateboard extra Geschwindigkeit geben und damit durch die Stadt rasen", malte ich mir ebenfalls ausgelassen aus.

„Oh! Oder grüne Magie und ich würde alle Pflanzen super krass wachsen lassen. Dann gäbe es Löwenzähne so groß wie Bäume und die Äste würden mich hier hochtragen und ich müsste nie mehr diese ätzende Treppe gehen!", plante die Katzen-Seele energiegeladen weiter.

„Oh, ja bitte! Die Treppe killt mich jedes Mal!", war ich von dieser Idee gleich begeistert: „Du könntest ja einfach ganz viele Kinder kriegen, wie die alte Bäckerin. Weißt du noch, wie sie immer kleine bunte Funken aus ihren Fingern sprühen gelassen hat?"

„Genau. Ich werde schwanger für den Tropfen Magie, der durch mich zu meinem Baby fließt, in der Hoffnung, dass nach meinem zehnten Kind etwas hängen bleibt", meinte sie scherzhaft. „Klingt doch super", ich konnte mir das Lachen nicht verkneifen. Vor mir sah ich Laurel als die alte Bäckerin, einfach zum Schießen!

„Warts nur ab! Mit meiner Magie werde ich das beste Hand-Feuerwerk machen, das du je gesehen hast! Viel beeindruckender als Lügenlichter!", spaßhaft fuchtelte sie mit ihren Händen rum, als hätte sie längst krasse Kräfte und wir lachten uns einfach beide nur kaputt.

All die irren, unmöglichen Ereignisse wirkten irgendwie ganz weit weg. Wir waren einfach nur zwei Freunde, die Spaß hatten. Doch ich hätte wissen sollen, dass die Wahrheit nicht so einfach verschwand...

Die Wette gilt

Zwei Tage später hockten Laurel und ich wieder auf unseren Stammplätzen im Tina's. Dieses Mal spielte keine Live-Band und es war auch bei Weitem nicht so übertrieben überfüllt, es war einfach gemütlich. Zum Teil lag das heute aber auch daran, dass wir deutlich früher hier waren und nachmittags war nie viel los.

Eigentlich wirkte alles ganz normal, trotzdem ertappte ich mich dabei, wie ich nach der roten Panda-Seele Ausschau hielt. Ich wollte einfach Antworten haben und nachdem ich ihr nett ihre Tasche gebracht und sie mich dafür mit einer Granate abgeworfen hatte, hatte ich die auch echt verdient! Auf diese Granate kam ich immer noch nicht klar.

Wo bekam man so ein Ding eigentlich her? Selbstgebastelt hatte sie auf jeden Fall nicht gewirkt.

„Hallooohoo! Dex!", auf einmal wedelte Laurel mit ihrer Hand vor meinem Gesicht rum. Überrumpelt blinzelte ich. „Ich hab gerade nur über deine Argumente nachgedacht. Sehr überzeugend", improvisierte ich einfach mal.

„Du gehst also doch mit mir zu Alphas großer Rede vor der Kristallresidenz?", fragte sie unschuldig grinsend. Scheiße. Ich hätte schlicht sagen sollen, dass ich nicht zugehört hatte. Jetzt stand ich blöd da.

„Ähm. Klar", willigte ich zerknirscht ein. Die Kristallresidenz und der ganze Nobelbezirk waren einfach nur ätzend. Da liefen nur Schnösel und Divas rum. Als ich das letzte Mal dort gewesen war, wäre ich fast in eine Schlägerei mit so einem Gockel geraten, weil ich seine Freundin einen Moment zu lange angeschaut hatte. Tut mir leid, dass sie eine Chamäleon-Seele gewesen war, die übel witzig geschielt hatte. Wirklich alles Deppen, die sich selbst zu ernst nahmen.

Und Alphas Rede war mir auch sowas von egal. Bestimmt faselte die Gräfin des Land-Volks nur wieder irgendetwas von Zusammenhalt und Einigkeit und diesem ganzen Floskel-Zeug. Genau wie letztes Jahr und dem Jahr davor! Da hatte mich Laurel auch schon zu ihrem großen Idol mitgeschleift. Keine Ahnung, was sie an ihr fand. Vielleicht war es ja nur, weil Alpha auch eine Katzen-Seele war und sie dadurch träumen konnte, auch mal dort zu stehen. Was weiß ich! Die ganzen Reichen und Mächtigen lebten doch in einer ganz anderen Welt.

„Eigentlich habe ich ja über etwas ganz Anderes geredet, aber schön, dass du mitkommst", enthüllte die Katzen-Seele mit einem breiten Grinsen ihre List. „Hey! Das zählt nicht!", protestierte ich sofort: „Machen wir eine Runde Schnick-Schnack-Schnuck. Ganz fair."

„Ganz fair? Du ziehst mich da immer ab! Außerdem hast du doch gerade eben schon zugestimmt", beschwerte sie sich uneinsichtig. „Du musst einfach nur noch mehr üben und das wäre die ideale Gelegenheit dazu", ging ich voll in den Diskussionsmodus über.

„Du solltest echt Verkäufer werden, so wie du immer alles aufschwatzt", kommentierte Mori amüsiert, doch als die Eingangstür mit ihrem charakteristischen Knarzen aufging, verfinsterte sich ihr Gesicht sofort.

Wer löste bitteschön so eine Reaktion aus? Neugierig drehte ich wieder meinen Kopf lässig um 180° und auch meine Gesichtszüge entgleisten ganz schön. Ach du Scheiße! Das war die Steinbock-Seele, die mich ausgeknockt hatte! Doch seinen schwarzen Monster-Hund hatte er dieses Mal nicht dabei, was die Sache allerdings nur minimal besser machte. Sein kalter Blick fixierte mich. Verdammte Axt! Wollte er mich als nächstes fertig machen? Mein blaues Auge war immer noch längst nicht verheilt und auf ein zweites war ich echt nicht scharf.

„Du hast Hausverbot. Verschwinde oder ich werfe dich raus", erinnerte Mori ihn drohend und kam hinter der Theke hervor.

„Ich werde verschwinden, wenn Verandex mitkommt", stellte der irre Schläger doch ernsthaft Bedingungen. Der hatte echt Nerven. Und woher kannte er meinen vollen Namen?

„Das Einzige, das du mitbekommst, ist mein Fuß in deinem Arsch", blockte die schlagfertige Känguru-Seele eisern ab und ließ einmal die Finger knacken. Autsch. Sie würde ihn so platt machen. Als sie das letzte Mal jemanden rausgeworfen hatte, war das voll die Show gewesen. Fast schon freute ich mich, nochmal dabei zu sein und der Kerl hatte es aber auch echt verdient.

Selbstgefällig blieb er einfach stehen, als könnte sie ihm gar nichts anhaben. Irgendwie war das so gar nicht wie letztes Mal. Ich hatte gar kein gutes Gefühl bei der Sache. Plötzlich griff er ihren Arm und drehte ihn mit brutaler Geschwindigkeit nach hinten. Scheiße. Laut knallte er sie mit dem Gesicht auf einen der leeren Tische.

Mit zusammengebissenen Zähnen und angestrengt rotem Gesicht versuchte sie sich aus seinem Griff zu befreien, doch er hatte die absolute Kontrolle. Das sah echt gar nicht gut aus...

„Verandex kommt mit mir", wiederholte er zischend. „Nein! Er hat nichts mit dir und der Sache mit der roten Panda-Seele zu tun! Er hat ihr doch nur ihre verdammte Tasche gebracht! Lass ihn in Ruhe!", setzte sich Laurel mit zurückgelegten Ohren für mich ein. Aber wenn er Mori schon so leicht fertig machte, hatte sie nicht die geringste Chance gegen ihn. Ich wollte nicht, dass ihr etwas passierte.

„Schon in Ordnung. Ich gehe mit ihm", schaltete ich auf einmal in den bescheuerten Märtyrer-Modus. Aber vielleicht konnte ich mich ja irgendwie rausreden oder abhauen. Alles war besser, als meine Freundin zusammenschlagen zu lassen.

„Du spinnst doch! Ihr spinnt beide! Ich ruf gleich die Ordnungshüter!", ließ sich die sture Katzen-Seele nicht so einfach beschützen und dafür liebte ich meine beste Freundin. An die Ordnungshüter hätte ich auch denken können. Das war doch die perfekte Lösung ohne verrücktes Risiko. Ich war echt manchmal zu impulsiv.

„Ruf sie doch an. Richte Serlina süße Grüße aus", erwiderte der Schläger mit einem überlegenen Grinsen. Lief ja super. Er kannte den Namen von der Seewespen-Seele. Wahrscheinlich kannte er daher auch meinen.

Aber wenn er irgendwie zu den Ordnungshütern gehörte, würde er doch keine krass illegalen Aktionen durchziehen, oder? Wie er Mori erbarmungslos auf die Tischplatte drückte, wirkte ja nicht so vertrauenserweckend.

Ach Scheiß drauf!

„Entspannt Euch", betont lässig stand ich auf: „Ich bin Dex und wie heißt du?" „Das geht dich überhaupt nichts an, Dex", er sprach meinen Namen aus wie eine Beleidigung. „Das geht dich überhaupt nichts an? Was ist das denn für ein Name?", ich konnte mir den Spruch einfach nicht verkneifen. So ein Scheißkerl!

Sein Gesichtsausdruck verfinsterte sich und er beschuldigte mich mit schneidender Stimme: „Ich weiß, dass du mehr mit der Sache zu tun hast, als du vorgibst. Serlina hat dich vielleicht als ungefährlich eingestuft, aber ich weiß, dass es nicht so ist. Das Biest konnte nur wegen dir entkommen. Du hast ihr die Granate gebracht. Ich hatte sie genau da, wo ich sie haben wollte. Das war geplant. Du warst viel zu schnell bei ihr."

„Du weißt es besser als die Magie einer Seewespen-Seele?", musste ich einfach noch einen stichelnden Kommentar bringen, doch dann entschied ich mich, lieber ernsthaft zu antworten: „Hey man, da war nichts geplant. Ich wusste nicht, was in der Tasche war. Und ich war nur so schnell bei ihr, na ja, weil ich eben schnell bin. Ich kann es dir beweisen."

„Soll das eine Wette werden?", ein herausforderndes Funkeln hatte sich in seinen Blick geschlichen. „Wenn du dich traust", nahm ich entschlossen an. „Muss das sein?", meldete sich Laurel skeptisch zu Wort.

„Ja", bestätigte der Typ todernst. Warte, war das etwa eine Wette um mein Leben? Nur eine Sekunde später räumte er jeden Zweifel beiseite: „Wenn du nicht verdammt schnell bist, werde ich Serlinas Drohung wahrmachen und für diese Lüge dein Licht löschen, dieses Mal aber richtig."

Yeah. Das war doch mal ein Wetteinsatz.

„Du kannst ihn doch nicht allen Ernstes wegen einer Wette umbringen! Was ist bei dir falsch gelaufen?! Das lassen dir die Ordnungshüter nie durchgehen!", ließ sich meine beste Freundin null von dieser krassen Stimmung mitreißen. „Halt lieber dein loses Mundwerk, kleines Kätzchen, sonst lasse ich mir aus deinem Fell einen Bellvorleger anfertigen", drohte die Steinbock-Seele jetzt auch ihr.

„Ey! Lass sie aus dem Spiel!", protestierte ich und kam entschlossen zum Thema zurück: „Machen wir es jetzt oder nicht?" „Du bist ja sehr erpicht darauf zu sterben", wieder grinste der Kerl so überlegen und tödlich. Kraftvoll schleuderte er Mori auf den Boden und marschierte auf mich zu.

Angespannt wickelte ich die Bandagen von meinen Unterarmen ab, bei Klettermanövern konnten die kleinen Widerhaken echt praktisch sein, besonders wenn es um mein Leben ging.

„Dex! Das kannst du doch nicht echt durchziehen!", in Laurels Stimme lag ganz klar die Sorge, aber ich konnte das schaffen. „Keine Sorge. Heute komme ich für die Shot-Runde zurück und dieses Mal geht sie auf mich", versprach ich ihr mit einem kleinen, schiefen Grinsen.

Auch wenn meine Lage gerade richtig kritisch aussah, fühlte ich mich irgendwie total aufgekratzt und energiegeladen, einfach lebendig. Ich würde diesem eingebildeten Schläger zeigen, was ich draufhatte.

Klettern war genau mein Ding. Bei einer ähnlichen Wette hatte ich sogar Laurel geschlagen und sie war eine flinke Katze. Der Einsatz war damals eine Runde Shots gewesen. Klar, jetzt ging es um ein bisschen mehr, aber was hatte so ein Wiederkäuer da schon für eine Chance?

Seite an Seite stellten die Steinbock-Seele und ich uns vor die Eingangstür, unsere stumm vereinbarte Startlinie. Ein kleines Zucken in seinen Ziegenohren verriet auch bei ihm die Anspannung, ansonsten stand er da wie ein ausdrucksloser Soldat. Vielleicht war er ja ein Söldner oder so.

„Wer als erstes auf dem Ahorn-Platz ist", verkündete er noch einmal ganz offiziell die einzige Regel, die so viel unschuldiger klang, als die möglichen Konsequenzen. Tief atmete ich noch einmal durch und machte mich bereit. Meine Energie war kurz vorm Explodieren.

„Los!", gab er den Startschuss und sprintete irre schnell durch die Straße. Bei einem Wettrennen hätte ich keine Chance, aber zum Glück war das sowieso nicht der schnellste Weg.

Kraftvoll stieß ich mich vom Boden ab und kletterte so flink wie nie nach oben. Jeder Schritt saß, jeder Sprung katapultierte mich weiter in Führung. Ich hangelte mich an den wild wuchernden Pflanzen entlang, als wären sie ein Teil von mir. Die Geschwindigkeit und die Kraft waren wie ein Rausch. Ich flog beinahe dahin. Absolut krass.

Da war schon der Ahorn-Platz! Haha! Friss meinen Staub, Loser! Oh Scheiße! Kurz war ich unkonzentriert gewesen und war auf eine sehr dünne Ranke getreten. Sie gab nach. Schnell griff ich nach einem Ast, der zwar auch ungut knackste, aber meinen Sturz auffing. Und weiter!

Kraftvoll schwang ich mich zurück aufs Dach und überwand dieses letzte Hindernis. Ein Stück kletterte ich an der

Hausfassade abwärts, bevor ich mich das letzte Stück locker fallen ließ.

Atemlos stand ich einfach nur da und grinste vor mich hin. Man war das krass gewesen! Mein Herz raste immer noch total vor Adrenalin. Und dann der Blick von dem so unbesiegbaren Kerl! Das war es mehr als nur wert gewesen! Triumphierend verschränkte ich die Arme vor der Brust.

„Wie hast du das gemacht?", presste er ebenfalls gut außer Atem hervor. „Ich bin über die Dächer geklettert. Bietet sich doch an", verriet ich ihm lässig. Misstrauisch musterte er die Häuser, die wirklich geradezu nach einer Kletterpartie schrien. Wer das nicht sah, war schon selten dumm.

„Gut. Du bist wirklich schnell", gestand er jetzt mal ein, doch natürlich blieb es nicht dabei: „Aber unter fairen Bedingungen wäre es dir nie gelungen, mich zu schlagen." „Was war denn hieran nicht fair? Du hast dich entschieden auf dem Boden zu bleiben. Das war einfach deine Dummheit", verteidigte ich meinen Sieg.

„Du kennst dieses Terrain bereits, ich nicht. Das hat dir einen Vorteil verschafft", erklärte er mir seine eingeschnappte Verlierer-Logik. Ja, klar. Zweifelnd zog ich meine Augenbrauen hoch.

Auf einmal forderte er entschlossen: „Ich will eine Revanche, ein Gebiet, das für uns beide unbekannt ist." „Und was soll das sein?", wollte ich immer noch eher skeptisch von ihm wissen. Ohne groß überlegen zu müssen, verkündete er: „Einer der Stützpfeiler zum Königreich der Luft." Die Antwort war ein wenig zu schnell gekommen.

„Und du bist dir sicher, dass du selbst noch nie da hochgeklettert bist?", bohrte ich nach. „Du wagst es, mir einen Betrug zu unterstellen?", ein ungläubiger Zorn loderte in seinem Blick auf. „Ich kenn dich doch gar nicht. Wie sollte ich dir da vertrauen? Nicht einmal dein Name geht mich etwas an", konterte ich herausfordernd.

Nach einer kleinen missmutigen Pause sagte er überraschend: „Mein Name ist Skyris und ich bin kein Betrüger. Wir werden jetzt zu dem Stützpfeiler gehen und ganz fair und ehrlich festhalten, wer von uns beiden der Schnellere ist."

„Skyris also. Ich glaube, ich nenne dich Sky", gab ich ihm auch gleich einen Spitznamen, vielleicht wollte ich ihn damit auch ein kleinwenig ärgern. Schwer beherrscht schnaubte er nur und seine Ohren wackelten lustig.

„Gilt die Wette? Wer den Stützpfeiler schneller erklimmen kann?", wieder so übertrieben ernst hielt er mir seine Hand entgegen. „Die Wette gilt", bestätigte ich mit einem Handschlag, der nicht ganz so dramatisch ausfiel, weil meine Widerhaken sich beim Armeverschränken in meinem T-Shirt verfangen hatten und ich mir da jetzt erstmal bei der schnellen Bewegung ein paar kleine, blöde Löcher reinriss. Schön. Ohne weitere Worte machten wir uns auf den Weg und zwar genau in die Gegend, vor der ich mich die ganze Zeit gesträubt hatte: Die Nobelbezirke. Und es war wirklich ein langer Weg. Wenn wir die ganze Zeit dieses Tempo beibehielten, wäre ich platt, bevor wir überhaupt ankamen. Vielleicht war das aber auch genau die Strategie von diesem hinterlistigen Kerl.

Plötzlich sprang er aus dem Stand einige Meter nach oben auf einen Balkon und von dort weiter aufs Dach. Spöttisch grinste er von oben auf mich herab: „Kannst du etwa nicht mithalten?" Na warte!

So fest ich konnte, drückte ich mich vom Boden ab. Verdammt! Der Balkon war zu hoch! Planänderung! Ich ließ mich einfach gegen die Hauswand prallen und gab noch ordentlich Schub dahinter, sodass ich mich einmal auf die andere Straßenseite katapultierte und von dort ging es mit Schwung schräg nach oben.

Als wäre es nichts, landete ich neben dem Angeber. „Und was machen wir jetzt hier oben?", erkundigte ich mich locker bei ihm. „Ich weiß ja nicht, wie es dir geht. Aber ich ziehe es vor, nicht den ganzen Weg zu Fuß zurückzulegen", mit diesen Worten ging er über das Dach. So ganz schlau wurde ich aus der Aktion ja immer noch nicht.

„Immer am Ball bleiben, Dex", mit seinem besten Schurken-grinsen sprang der Kerl einfach vom Dach. Sollte das einfach nur eine kleine Aufwärmübung sein? Mit gerunzelter Stirn lief ich zur Dachkante. Oh. Alles klar.

Ich hatte gar nicht gemerkt, dass wir schon so nah am Fluss waren. Er verlief direkt neben dem Haus. Und auf dem Fluss war ein Schiff und auf dem Schiff war Sky. Das war also seine tolle Strategie, um nicht durch die ganze Stadt laufen zu müs-sen.

Hämisch winkte er zu mir rüber. Dachte er etwa ich hatte Schiss? Ohne zu zögern drückte ich mich ab und zischte ziel-genau auf das Schiff zu. Mit meinen kleinen Widerhaken bremste ich meine Landung am Segel aus und ließ mich von dort lässig runterfallen. Saubere Nummer.

„Sollten die Leute von den Ordnungshütern sich nicht an jede Vorschrift halten?", fragte ich ihn stichelnd. „Ich bin kein Ord-nungshüter", erwiderte er unbeeindruckt. „Und woher kennst du dann die Seewespen-Seele?", wollte ich jetzt doch ver-wirrt von ihm wissen. Was, wenn er in Wahrheit voll der krasse Kriminelle war? Konnte ich mir bei ihm schon vorstel-len und irgendwie war der Gedanke aufregend.

„Sagen wir mal, ich arbeite mit ihnen zusammen", gab er mir keine genaue Auskunft und ich würde wohl auch nicht mehr erfahren. Ich versuchte es trotzdem: „Hat es etwas mit dieser roten Panda-Seele zu tun? Du hast sie gejagt, oder? Was hat sie getan?"

„Das ist streng vertraulich", blockte er schlicht ab. Wie lang-weilig. Auch den Rest der Fahrt kam ich nicht weiter. Alles war nur geheim, hatte nicht mit mir zu tun und ging mich erst recht nichts an. Einmal hatte ich ihn sogar so weit, dass er mir fast eine reinhaute, weil ich ihm zu... standhaft war.

Und dann kamen die großen Stützpfeiler in Sicht. Weit ragten sie in die Höhe und trugen das große Königreich der Luft, das einen weitflächigen Schatten auf die Regionen jenseits der Stadt warf, nur hier und da durchbrochen von freien Stellen, die sie die „Lichtungen" nannten.

Ich könnte da ja echt nicht leben. Alleine die Vorstellung unter einem Loch zu hocken. Was, wenn da jemand von oben runter spuckte? Wenn ich dort stehen würde, könnte ich es mir wahrscheinlich nicht verkneifen. Aber dafür musste man halt auch erst einmal hochkommen.

In der Nähe der Kristallresidenz gab es eine große Himmelstreppe, die dieses abgedrehte Königreich mit uns verband, ansonsten musste man fliegen können oder man kletterte die Stützpfeiler hoch…

Ohne Vorwarnung machte die Steinbock-Seele wieder so einen krassen Sprung nach oben und zwar direkt auf eine Brücke, unter der wir gleich durchfahren würden. Verdammte Axt! Das war zu hoch für mich und ich hatte auch schon den Zeitpunkt verpasst.

Hastig machte ich einen Satz auf den Schiffsmast und schwang mich bis auf die Spitze. Von hier aus müsste es eigentlich klappen, hoffentlich… Alles oder nichts!

Als das Schiff auf der anderen Seite wieder unter der Brücke hervorkam, sprang ich ab und bekam die Balustrade zu fassen. Atemlos zog ich mich hoch. Momentan ging es echt voll ab, doch das Krasseste würde erst noch kommen.

Zielsicher führte mich Sky zu einer der fetten Säulen, die von Nahem noch viel mächtiger aussah. „Die hier ist alt und baufällig. Niemand achtet auf diesen Teil. Der perfekte Ort für unsere kleine Wette", beurteilte er mit einem kleinen verschmitzten Grinsen.

Dass dieser Pfeiler nicht von den Ordnungshütern strengstens überwacht wurde, war schon auf den ersten Blick zu sehen. Einige Plakate hingen dort, manche davon schon so alt, dass sie von der Sonne ausgeblichen und zerrissen waren. Außerdem hatten sich einige Graffitikünstler daran versucht, doch wegen der sehr unregelmäßigen Bienenwaben-Oberfläche, war dabei nur ganz abstraktes Zeug rausgekommen. Auch wenn ein echter Könner da sicher richtig was draus machen könnte. Vielleicht sollte ich einem gewissen Kumpel die Idee mal stecken…

Aufgedreht legte ich den Kopf in den Nacken und blickte nach oben. Jap, das war auf jeden Fall verrückter als das meiste, das ich bisher getan hatte. „Worauf warten wir noch?", herausfordernd grinste ich zu meinem Herausforderer zurück.

Hoch hinaus

„Auf drei. Eins...", fing er an zu zählen und machte sich sichtlich für einen seiner mega Sprünge bereit: „Zwei... Los!" Augenblicklich schnellte er in die Höhe. Flink legte ich ebenfalls los.

Es war schon etwas anderes als das grüne Viertel, in dem ich schon unzählige Male unterwegs gewesen war. Schon allein, dass es viel länger gerade nach oben ging. Und die Oberfläche war auch gewöhnungsbedürftig. Wann kletterte man auch mal auf Bienenwaben rum?

An manchen Stellen merkte man den Wachs richtig und es war sau glatt und rutschig, andere waren übel trocken und porös. Man wusste echt nie, was einen beim nächsten Griff erwartete und ich verlor mehr als einmal fast den Halt. Doch ich gab nicht auf.

Sky war schon weit über mir. Oh Scheiße! Unter seinem Huf brach ein richtig großes Stück weg und stürzte genau auf mich zu. Instinktiv drückte ich mich ganz fest an die Säule. Um Haaresbreite verfehlte mich das Teil.

Mit panisch rasendem Herzen blickte ich ihm nach, wie es nach unten fiel und auf dem Boden zerbrach. Man waren wir schon hoch! Für einen Moment bekam ich schon ein wenig

Angst. Aber ich war auch schon zu weit, um jetzt feige aufzugeben.

Fest biss ich die Zähne zusammen und kletterte weiter, noch schneller als zuvor. Der Wind fegte um mich, als wollte er mich weiter anstacheln. Immer höher! Immer schneller! Ja! Der Himmel war fast zum Greifen nah!

Plötzlich gab es über uns einen gewaltigen Knall. Eine Explosion! Das Beben erschütterte den gesamten Pfeiler. Oh oh. Laut schrie Sky auf. Er fiel! Fest schlug ich meinen Unterarm in die goldgelbe Säule und streckte mich mit dem anderen Arm so weit raus, wie es irgendwie ging.

„Sky!", schrie ich ihm verbissen zu. Irgendwie bekam ich seinen Arm zu packen. Nein! Der irre Wiederkäuer hatte so viel Schwung drauf, dass er mich fast mit runterriss. Ein mieser Schmerz fuhr durch meinen Arm mit den Widerhaken und die Schulter, an der er mit seinem ganzen Gewicht hing. Nein, nein, nein! Sein Ärmel rutschte langsam durch meine Finger! Ich durfte ihn nicht fallen lassen!

„Halt dich fest!", brüllte ich ihn panisch an. Auf einmal schaukelte er heftig, er nahm Schwung, aber es war zu viel. Ich konnte ihn nicht mehr halten! Alles verlief wie in Zeitlupe. Mein Gehirn war wie auf Pause gedrückt, ich wusste nur noch, dass er sterben würde.

Etwa zwei Meter tiefer schaffte er es die Säule wieder zu greifen. Erleichtert atmete ich auf. Halb so wild. Und jetzt war ich sogar vor ihm. Doch es war noch nicht vorbei.

Auf einmal erzitterte der alte Pfeiler erneut und weit oben brach ein richtig fettes Stück weg. Das ganze Ding hatte keinen Halt mehr. Es fing an sich zur Seite zu neigen. Verzweifelt klammerte ich mich mit beiden Armen fest, obwohl ich wusste, dass mich das nicht retten würde.

Wir waren zu hoch. Wir konnten nicht schnell genug runter klettern und nach oben ging es auch nicht mehr. Wir saßen in der Falle. Hahaha, eine Falle weil wir fallen würden. Echt nicht witzig!

Immer schneller kippte die Säule zur Seite und wir mit ihr. Ich brauchte mal eine gute Idee und zwar eine verdammt gute! Ich konnte doch nicht wegen einer Wette draufgehen!

Vielleicht konnten wir ja wie Ninjas über die Säule laufen, sobald sie schief genug stand, wir mussten nur schnell genug sein. Oder wir rutschten runter wie in einem Freizeitpark nur krasser. Ja! Wir mussten es versuchen! Und zwar sofort!

Doch gerade als ich loslegen wollte, rief mir Sky zu: „Du musst fliegen! Sag Serlina, dass es ein Anschlag war! Sie wollen das Königreich der Luft zu Fall bringen! Sie wollen alles zerstören!"

„Wer?", fragte ich, auch wenn dafür gerade überhaupt nicht der Moment war. Das machte mir auch die Steinbock-Seele nochmal todernst klar: „Flieg weg! Wir haben keine Zeit!"

Konnte ich überhaupt wegfliegen? Eigentlich waren meine Flügel ja noch nicht komplett ausgereift. Aber vielleicht würde es reichen, um ein bisschen zu segeln. Sowas hatte ich noch nie probiert, ich war ja auch nicht lebensmüde, höchstens ein bisschen risikofreudig. Allerdings war eins klar: Uns beide würde ich auf keinen Fall tragen können.

Verdammte Scheiße! Ich wollte das alles nicht! NEEIIN!

Und auf einmal hörte es auf. Ja, es hörte wirklich auf. Wir hingen einfach in der Luft, als hätte jemand die Zeit angehalten. Häh? Verwirrt tauschten Sky und ich einen Blick. Eigentlich müssten wir so langsam auf dem Boden zu Matsch werden. Also ich beschwer mich nicht. Es war toll, nicht zu sterben, aber wie?

Plötzlich fragte eine übel schnelle Stimme: „Geht es euch gut? Habt ihr euch verletzt? Eure Gesichter sind ja so käsigblass wie Feta." Irritiert sah ich mich nach der Sprecherin um. Oh. Sie war kaum zu übersehen. Eine üppige Bienen-Seele kam auf uns zugeflogen und sie sah aus, als wäre sie in einen Glitzer-Tornado geraten. Ihr gelbes Kleid funkelte, ebenso ihre durchscheinenden Flügel und die Krone, die sie auf dem Kopf trug. Besorgt zuckten ihre Fühler und ihre großen, blauen Augen musterten uns ganz genau.

„Euer Gnaden! Ihr müsst euch in Sicherheit bringen! Es sind die Entarteten! Sie wollen die Ordnung stürzen!", warnte Skyris sie untergeben. Euer Gnaden? Was? Und wer sollten die Entarteten sein? Davon hatte ich ja noch nie gehört.

Prustend lachte die Glitzerexplosion auf. Diese Reaktion nahm unserer eigentlich tödlichen Lage endgültig die Ernsthaftigkeit. „Die Entarteten, sagt er! Die Ordnung stürzen!", kicherte sie vor sich hin. Eben war der zwielichtige Schläger noch bereit gewesen, für diese Information sein Leben zu opfern und jetzt war sie witzig?

Schließlich kriegte sie sich wieder ein und erzählte immer noch vor Lachen am Keuchen: „Alles ist gut. Unsere Party ist höchstens ein wenig entartet und hat die Ordnung gestürzt. Heute hat mein Patenkind ihren ersten Honig gemacht. Die Kleine ist einfach ein Schatz! Und sie wollte unbedingt selbst ein Feuerwerk zünden, doch das ist dann vom Weg abgekommen und mit Volldampf gegen die Statue von unserer Gründungsmutter Hergetta geflogen. Hat ihr den Kopf weggesprengt. Ich wollte sie sowieso mal umgestalten. Sie hat immer ein ganz grimmiges Gesicht gezogen. Und dann haben wir das Krachen hier unten gehört. An diesen Stützpfeiler hatte ich gar nicht mehr gedacht! Wir müssen unsere Renovierungsarbeiten wirklich konsequenter durchziehen. Aber in meinem Kopf schwirrt immer so viel rum! Hach, ich komme zu gar nichts."

Warte mal! Das war kein krasser Anschlag gewesen, sondern ein Feuerwerk, weil jemand Honig gemacht hatte? Echt jetzt? Deswegen wären wir fast gekillt worden? Wegen Honig?! Und weil diese Glitzer-Tante total verpeilt war und es nicht hinbekam, alles vernünftig instand zu halten. Ich meine, so ein kleines Feuerwerk sollte doch keinen der Stützpfeiler umnieten können! Wer war sie überhaupt?

„Wir wollten Eure Feier nicht stören. Verzeiht uns", kuschte der sonst so respektlose Kerl. Bei Mori eben hatte sich das noch ganz anders angehört. Was war an dieser Bienen-

Seele denn so besonders? Sie war doch das typische, hastig plappernde, überdrehte, fleißige Bienchen.

„Hach, diese Förmlichkeiten kannst du dir sparen!", meinte sie wieder mit einem kleinen Lachen und einer wegwerfenden Handbewegung: „Ihr könnt mich gerne einfach Naya nennen. Und wo kommt ihr so her? Warte! Ähm, eine Steinbock-Seele... Bist du zufällig der Sohn von Jasina?"

Naya? Wie Königin Naya? Das Oberhaupt des Luft-Volks? Verdammte Axt! Dann machte sein komisches Verhalten auch Sinn. Wir standen ernsthaft der Königin gegenüber. Einfach so. Voll krass.

„Nein. Meine Eltern sind keine Steinbock-Seelen", gab Sky ihr angespannt Auskunft. Da war auf jeden Fall noch etwas. Doch leider bohrte die Königin nicht weiter nach und wandte sich stattdessen strahlend an mich: „Und du? Kommst du von den hölzernen Türmen hier in der Nähe? Du siehst aus wie ein kräftiges Kerlchen, das fleißig arbeitet."

Schon wieder hatte sie falsch geraten. Aber vielleicht war es besser, die Königin einfach in dem Glauben zu lassen. Es kam bestimmt nicht gut an, wenn ich sagte, dass ich im altehrwürdigen und übel langweiligen Bücherwinkel lebte und nicht einmal freiwillig las. Oder dass ich momentan keine Arbeit hatte, weil ich noch nicht das richtige gefunden hatte. Für Bienen-Seelen war Arbeit doch das Wichtigste, ihr ganzes Leben war nur Arbeit und Fleißpunkte sammeln.

Ich musste einfach einen vernünftigen Eindruck machen, wenn ich schon an einem eingekrachten Stützpfeiler hing. Also reimte ich mir irgendeinen Müll zusammen: „Ja, ganz genau! Meine Familie arbeitet da schon seit Generationen. Meine Mutter ist eine Buchdrucker-Seele und macht immer ganz krasse Verzierungen ins Holz. Wirkliche Meisterwerke. Am besten sind ihre Haustüren. Da will man am liebsten draußen stehen bleiben und sie nur bestaunen. Mein Lieblingsholz ist übrigens Eiche. Sehr robust. Toller Rohstoff."

Und Eiche war auch das einzige Holz, das mir einfiel.

„Eiche, sagt er. Wie schön!", ihre Augen leuchteten richtig auf. Sie hatte es mir wohl einfach abgekauft. Korrekt. Und dann kam sie unbeschwert zu einer sehr kritischen Frage: „Aber was macht ihr zwei eigentlich auf dem Stützpfeiler?" Bevor ich eine gute Antwort liefern konnte, plauderte sie schon weiter und zwar in eine ganz gefährliche Richtung: „Es gibt doch extra die Himmelstreppe. Wer würde schon an den Pfeilern hochklettern? Das ist doch viel zu riskant! Außer man will ungesehen ins Königreich gelangen..."

Oh, nein, nein, nein. Ich wollte nicht von der Königin höchstpersönlich als kriminell abgestempelt werden. Am Ende setzten sie mir für das Verhör noch eine Brasilianische Wanderspinnen-Seele vor, um weiter bei den giftigen Rekordhaltern zu bleiben.

Schnell schaltete ich mich ein und zog wirklich alle Register: „Ich hatte keine schlechten Absichten. Ich schwöre es! Ich wollte nur einmal einen Blick auf das Königreich der Luft werfen, weil ich mir vorstellen könnte, selbst mal dorthin zu ziehen. Immerhin ist die Bauweise als riesige Plattform legendär, auch die der Stützen. Außerdem bin ich ja quasi auch ein Bewohner der Luft, zumindest wenn meine letzte Häutung noch durch ist. Flügel hab ich ja schon. Zwar nicht für weite Strecken, aber ich würde trotzdem dazu passen. Und ich hab nur nicht die Himmelstreppe genommen, weil ich es nicht offiziell machen wollte. Meine Eltern kriegen die Krise, wenn sie nur denken, dass ich vielleicht wegziehen könnte. Immerhin sind die hölzernen Türme ihre ganze Welt. Aber ich weiß nicht, ob ich mich für immer da sehe. Das mit der Honig-Party war einfach nur schlechtes Timing."

„Oh, ich verstehe! Es kann schwer sein, seinen Platz in der Welt zu finden!", richtig bemutternd lächelte sie mich an. Irgendwie hatte ich sie mir als Königin deutlich elitärer und arroganter vorgestellt. Sie wirkte mehr wie die nette Tante, die einem Süßigkeiten mitbrachte. Eigentlich voll korrekt.

„Und wie ist es mit dir?", wollte sie auffordernd von meinem Rivalen wissen. Überfordert klappte sein Mund nur ein paar

Mal auf und zu. Zuschlagen konnte er vielleicht, aber schlagfertige Lügen hatte er offensichtlich nicht drauf.

„Ähm. Wir sind Freunde. Ich wollte mitkommen", brachte er super unglaubwürdig hervor. „Ach, sind wir das?", fragte ich mit hochgezogenen Augenbrauen. Entsetzt sah er mich an. Jetzt hatte ich ihn so richtig an den Eiern.

Laut lachte ich auf und boxte ihn spaßhaft gegen die Schulter: „Das war nur ein Scherz! Sky und ich sind die besten Kumpel! Stimmt's Alter?" „Ja, auf jeden Fall", stimmte er sichtlich erleichtert und eine Spur genervt zu. Mein Grinsen wurde noch ein bisschen breiter.

„Freundschaft ist sehr schön, aber versprecht mir, nicht nochmal so etwas Waghalsiges zu machen, ja? Das hätte ganz anders enden können und ich kann nicht immer auf euch Schlingel aufpassen", fröhlich sah sie uns an.

„Natürlich! Das war wirklich genug Action. Ab jetzt mach ich sowas definitiv nicht mehr", beteuerte ich sofort, allerdings war das wohl auch eher eine Lüge. Eifrig nickte Sky: „Das war uns eine gründliche Lehre."

„Gut. Aber jetzt bekommt ihr auf den Schreck erst einmal etwas zu essen!", lud uns die Königin bestens gelaunt ein und legte auch gleich ohne Widerspruch zu dulden los.

Auf einen lockeren Handwink hin, richtete sich der Pfeiler wieder auf und wir lösten uns plötzlich von ihm. Im ersten Moment bekam ich schon krasse Panik, weil ich einfach keinen Halt mehr hatte, aber das war gar nicht wahr, denn mit ihrer Magie hielt sie uns in der Luft, als wäre das völlig selbstverständlich.

Und dann wurde es noch abgefahrener. Konzentriert legte sie die Hand auf die Säule und auf einmal strömte von überall ein feiner, gelblicher Staub herbei. War das Sand? Nein, es roch süßlich, extrem süß. Das waren Pollen! Man waren das viele! Zum Glück war ich kein Allergiker.

Die Königin der Luft bündelte alles in sich und schon bildete sich von ihrer Hand aus eine neue, starke Schicht Bienenwachs, die sich rasend schnell über die gesamte Länge der

Stütze ausdehnte und sie auch wieder mit der Grundplatte des hochliegenden Königreichs verband.

Wirklich ein beeindruckendes Schauspiel, einfach unglaublich! Genauso unglaublich wie die Tatsache, dass wir währenddessen ganz locker in der Luft abhingen. Ihre Magie hatte irgendwie etwas total Selbstverständliches, es war ein Teil von ihr, es war wahre Macht. Eine ganz andere Liga als das kleine Lügenlicht der Seewespen-Seele.

Nachdem das erledigt war, rieb sich die glitzernde Bienen-Seele vorfreudig die Hände: „Wer hat Hunger?" „Essen ist immer eine gute Idee", sagte ich zur Abwechslung mal wieder die Wahrheit. „Vielleicht sollten wir uns lieber auf den Rückweg machen. Wir sind schon eine ganze Weile weg", zeigte sich Sky weniger hungrig, aber die Einladung einer Königin konnte man doch nicht ausschlagen.

„Ein bisschen Zeit ist doch immer! Besonders für Essen!", war sie ganz klar auf meiner Seite und flog endgültig los und wir flogen mit ihr. Es war echt unbeschreiblich, mitten in der Luft zu sein, keine andere Sicherung als die Magie einer anderen Person. Irgendwie ausgeliefert aber auch endlos frei. Der Hammer!

Schnell hatten wir die Kante ihres Königreichs erreicht und sie setzte uns ganz locker ab. Staunend lief ich gleich zum Geländer rüber und musste einfach runter gucken.

Wir waren so verdammt hoch. Alles sah so klein aus. Dagegen war die Aussicht von Laurels Apartment ein schlechter Witz. Oh Scheiße! Ich hatte sie wieder alleine im Tina's sitzen gelassen. Echt kein netter Zug. Die angeberische Steinbock-Seele hatte wohl doch recht gehabt, wir hätten uns auf den Rückweg machen sollen.

„Hier entlang", führte uns die fröhliche Biene zu einem wirklich gut gedeckten Tisch nur ein paar Meter entfernt. Am Tischende saß auf einem Thron aus Kissen ein kleines Mädchen, eine Bienen-Seele, wahrscheinlich die mit dem Honig. „Wer ist das?", wollte sie neugierig wissen. „Ich bin Dex und das ist Sky", antwortete ich ihr lässig. „Ich bin Dakura", stellte sie sich glücklich vor: „Ihr könnt euch gerne setzen und essen. Es ist genug für alle da." Diese Gastfreundlichkeit war echt korrekt und es roch auch verdammt lecker.

Hmmm, was haben wir denn da? Es gab natürlich Honig. Pfannkuchen mit Honig, Frischkäse mit Honig und Feige, Tee mit Honig, kleine Teigbällchen in denen sicher auch Honig war, halt jede Menge Honig. Wahrscheinlich hatte sogar das Hühnchen eine Marinade mit Honig. Überall Honig! Nur beim Brot war ich mir nicht ganz sicher, ob es vielleicht ohne diese Spezialzutat gebacken worden war und lediglich als Beilage diente, aber es sah richtig schön frisch und fluffig aus.

Allerdings saßen an dem langen Tisch auch größtenteils Bienen-Seelen (einige davon noch sehr jung), von daher war die Essensauswahl auch kaum ein Wunder. Zu der Kolibri-Seele direkt neben Dakura passte es auch, nur die alte, etwas grimmig wirkende Sumpfohreulen-Seele war irgendwie fehl am Platz. Auf dem Teller vor sich türmte sich ein krossgebratenes Hühnchen auf.

Aber er gehörte immer noch deutlich mehr dazu, als Sky und ich. Wie hatten wir in diese Versammlung eigentlich reinrutschen können? Das war schon verrückt. Trotzdem probierte ich mich einfach mal durch das Büffet oder zumindest versuchte ich es.

Gerade als ich mir ein Stück Brot mit dem cremigen Frischkäse in den Mund steckte, meinte die Königin stolz: „Den habe ich selbst gemacht. Schmeckt er dir?" Dummerweise war sie nicht die Einzige, die sich an uns richtete.

„Woher kommt ihr zwei Bürschchen?", wollte der alte Kauz mit zusammengekniffenen Augen von uns wissen und biss ein saftiges Stück Hühnchen ab. Es spritzte richtig. Widerlich!

„Die hölzernen Türme. Ich überlege vielleicht irgendwann herzuziehen", spulte ich die Lüge von eben einfach nochmal ab. „Die Königin hat uns gerettet", ergänzte Sky etwas steif und rollte sich einen Pfannkuchen mit Honig.

„Ja, die beiden hat unser Feuerwerk-Malheur erwischt", fügte die Königin persönlich hinzu und kicherte mit fröhlich zusammengekniffenen Augen. Und schon ging ihr rasend schnelles Wasserfall-Geplapper wieder los: „Auf den Schreck haben sie sich doch ein nettes Essen verdient. Und es ist doch immer wieder schön, neue Gesichter zu sehen. Alpha hat ja lieber eine gewisse Distanz zu ihrem Volk und von Magikati muss man gar nicht erst anfangen. Aber das bleibt hier unter uns. Nur weil man eine Königin ist, heißt das doch nicht, dass man keinen Spaß mehr haben darf. Wollt ihr Käse? Ihr könnt gerne Käse mitnehmen. Ich habe ihn früher verkauft und er ist immer noch ein wenig meine Leidenschaft."

Käse? Was? Das war eine ganz verrückte Runde.

„Ja, klar. Hammer", nahm ich einfach mal planlos an. „Danach sollten wir unsere… 'Gäste' aber vielleicht auch zurück in ihre Heimat geleiten. Eigentlich ist das immer noch eine Privatveranstaltung und als Königin hast du immer noch wichtige Pflichten", wollte uns die Sumpfohreulen-Seele schön herablassend loswerden. Genau so hatte ich mir die Leute hier oben immer vorgestellt. Wenn man schon vom Ort her über allem thronte, warum dann nicht auch charakterlich?

„Du bist wirklich unmöglich! Ich bin ganz auf der Seite unserer Königin, es ist erfrischend neue Leute kennenzulernen. Erzählt doch mal von euch", bot die Kolibri-Seele ihm die Stirn und legte neugierig den Kopf schief.

„Warum bist du so schwarz an? Gehst du auf eine Beerdigung?", brachte ein kleiner Junge gleich die nächste Frage.

„So etwas fragt man nicht!", ermahnte ihn sofort seine ebenfalls junge Sitznachbarin und stieß ihm den Ellenbogen in die Seite. „Aua!", beschwerte er sich und schubste sie zurück.

„Aufhören! Alle beide!", kam es streng von einer älteren Bienen-Seele. „Es sind meine Gäste! Ich will ihnen Fragen stellen!", meldete sich das Mädchen auf dem Kissenthron mit hochgerecktem Kinn. Irgendwie entwickelte sich das hier echt zu so einer Art Verhör, allerdings auf eine ganz andere Art, als ich am Anfang noch befürchtet hatte.

„Welchen Honig mögt ihr am meisten?", stellte die junge Gastgeberin uns mit leuchtenden Augen ihre erste Frage und ich war schon überfordert. Es gab mehrere Sorten Honig?

Auf einmal flog eins der Teigbällchen quer über den Tisch und traf den kleinen Jungen voll auf der Stirn. Sofort kicherte das Mädchen auf der anderen Seite und ich konnte mir ebenfalls ein kleines Grinsen nicht verkneifen.

„Hey!", prompt startete der Junge einen Gegenangriff mit einem Stück Brot. Doch der Arme schoss dabei ein glattes Eigentor, denn bei der abrupten Bewegung kippte er seine Teetasse aus und die Brühe landete voll auf ihm. Jetzt bekamen sich die anderen Kinder gar nicht mehr ein vor Lachen.

Bei dem Chaos kamen wir gar nicht dazu, ausgefragt zu werden und zum Essen leider auch nicht so richtig. Ich hatte immer noch tierisch Hunger, als die Königin entschuldigend meinte: „Es wäre vielleicht wirklich besser, wenn ihr euch auf den Weg zurück macht. Unsere Familienessen sind einfach immer etwas wild. Ich fliege euch auch gerne runter. Oh und den Käse bekommt ihr noch!"

In Windeseile kamen zwei Päckchen angeflogen und bekamen noch währenddessen ein schickes Schleifchen gebunden. Sauber landete eins von ihnen in meinem Schoß. Unter normalen Umständen hätte ich es locker gefangen, aber ich war viel zu verzaubert von ihrer Magie. Das war einfach nur der Hammer! Besonders wie absolut... normal es aussah! Als wäre es das einfachste der Welt, Dinge ohne Berührung zu bewegen und der ganze Kram.

„Naya, machst du bitte auch noch einmal Feuerwerk?", bat die gefeierte Bienen-Seele und klatschte aufgeregt die Hände zusammen. „Na gut", willigte die Königin gleich ein und streckte die Hand zum Himmel.

Tausend Farben explodierten. Alles leuchtete bunt auf und es bildete sogar verschiedene Formen! Man konnte eindeutig Blumen erkennen und Bienen natürlich. Die Luft knisterte vor Magie und die strahlenden Funken rieselten fast bis zu uns herab. Knapp über unseren Köpfen verglühten sie sanft.

Fasziniert streckte ich meine Hand nach ihnen aus. Doch ich konnte sie nicht greifen.

Und dann kam das große Finale: Eine riesige, funkelnde Blume bildete sich aus einer letzten, gewaltigen Lichtexplosion, doch statt zu verglimmen, verdichtete sie sich mehr und mehr, bis sie nur noch etwa handgroß war. Verträumt schwebte sie zum Mädchen am Tischende und steckte sich von selbst hinter ihr Ohr.

Die Königin hatte einfach aus dem Nichts eine leuchtende Blume erschaffen! Voll krass! Was konnte sie wohl noch alles?

„So. Jetzt wird es aber Zeit zu gehen. Es hat mich gefreut, euch beide kennenzulernen. Und denkt dran, in Zukunft besser aufzupassen. Und dir wünsche ich viel Glück mit deinen Eltern. Es würde mich sehr freuen, wenn du irgendwann in ein Nest hier einziehst und mit deinem Handwerk diesen Ort weiter mitgestaltest", redete die stark magische Bienen-Seele wieder so schnell, dass es schwierig war, sie zu verstehen.

„Ich werde mein Bestes geben", versprach Ich Ihr einfach mal. „Auf Wiedersehen", mit ihrem herzlichen Grinsen winkte sie uns zu und auch alle am Tisch verabschiedeten sich fröhlich von uns, außer die Sumpfohreulen-Seele, der Kerl aß nur weiter missmutig sein Hühnchen.

Auf einmal fing ich einfach an zu schweben. Das Päckchen mit dem Käse rutschte mir vom Schoß. Als ich versuchte es aufzufangen, stieß ich mit meinem Knie volle Kanne gegen die Tischkante und das ganze Geschirr schepperte laut. Verdammt!

„Uh! Aufpassen! Tut euch nicht weh!", rief uns die Königin noch zu und ließ mein Geschenk zurück in meine Hände schweben: „Ich hoffe es schmeckt euch. Ich habe eine bunte Auswahl zusammengestellt von herzhaft-würzigem Gruyère über mild-zarte Mozzarella bis hin zum kräftig duftenden Gorgonzola. Eigentlich ist für jeden Geschmack etwas dabei. Käse ist ein wundervolles Lebensmittel, neben Honig natürlich. Aber Frischkäse mit Honig lässt sich auch wunderbar kombinieren..."

„Dieser Abschied dauert schon länger als meine letzte Herzattacke", kommentierte der mürrische Alte. „Möge die Sonne für euch scheinen und der Wind euren Rücken stärken!", wünschte uns die Königin noch ganz poetisch und kam damit auch mal zum Punkt.

Ohne weiteres Gerede ließ sie uns auf die Kante zu schweben. Ein letztes Mal sah ich zurück. Alle Blicke ruhten auf uns und zwar mit breitem Grinsen, bis auf den Hühnchenfresser natürlich. Und weiter hinten konnte ich bunte Fahnen und lustige Windräder sehen. In der Ferne stand ein großer Baum, der mich stark an Laurels zu Hause erinnerte und das Glänzende da drüben könnte so etwas wie ein gläserner Pavillon sein.

Eigentlich war dieser unerwartete und verrückte Ausflug schon viel zu schnell zu Ende. Ich hatte kaum etwas vom Königreich der Luft sehen können! Wenn man schon mal hier war, musste man das doch ausnutzen! Aber dafür war es jetzt zu spät.

Endgültig flogen wir über den Rand und ließen dieses bunte Chaos hinter uns. Sanft landeten wir direkt neben der neu renovierten Stütze wieder auf dem Boden. Ungläubig schaute ich nach oben. Da waren wir gerade gewesen. Echt nicht zu fassen!

„Hast du Bock auf noch einen Drink?", fragte ich Sky immer noch ganz aufgedreht von allem. Außerdem würde er mir mit ein bisschen Alkohol intus vielleicht mehr erzählen. Zum Beispiel warum er diese Granatenwerferin verfolgt hatte und wieso er eben gleich an einen Anschlag von diesen dubiosen Entarteten gedacht hatte. Irgendwas war da doch im Busch.

„Klar. Ich brauch echt etwas Härteres als Honig", meinte er und fügte noch mit einem herausfordernden Grinsen hinzu: „Wer als letzter dort ist, zahlt."

Das Versprechen

Am Ende musste ich nicht zahlen. Nicht weil ich schneller gewesen wäre, auch wenn es wirklich eine knappe Sache gewesen war. Nein, es war wegen Mori. „Du hast vielleicht Nerven! Zuerst fängst du hier eine Schlägerei an, dann donnerst du mich auf einen Tisch und jetzt willst du einen Drink haben? Raus!", weigerte sich die Barkeeperin entschieden.

„Mori, hör mal, ich weiß, wie das aussieht. Aber er ist eigentlich voll korrekt", ergriff ich für die Steinbock-Seele Partei. Heute Morgen noch hätte ich nie damit gerechnet, aber unser Wettlauf durch die halbe Stadt und hoch in ein anderes Königreich war echt der Hammer gewesen. Ich hatte sein Leben gerettet, verdammt nochmal! Irgendwie schweißte das einen halt zusammen.

„Er hat sogar ein Geschenk für dich. Käse von der Königin des Luft-Volks. Als Entschuldigung. Verdient nicht jeder eine zweite Chance?", startete ich mit meiner Überzeugungs-Diskussion und Sky klatschte alles andere als liebevoll das Käse-Päckchen auf die Theke. Geschenkübergaben musste er echt noch üben.

„Spar dir den Versuch, Dex. Du kannst so viel argumentieren wie du willst, du kriegst mir diesen Idioten nicht verkauft. Er hat immer noch Hausverbot. Und wenn er sich nicht daran hält, verständigen wir die Ordnungshüter", drohte die Känguru-Seele null kompromissbereit mit dem Baseball-Schläger in der Hand.

Zur Unterstützung hatte Laurel auch schon ihre Kristallkugel gezückt, bereit jeden Moment einen Notruf abzusetzen. Komm schon! „Laurel, für dich habe ich auch ein Geschenk dabei. Käse, höchstpersönlich von der Königin des Luft-Volks, ist doch viel besser als so eine langweilige Rede", mit diesen Worten hielt ich ihr mein Päckchen hin.

„Du verarschst mich doch! Woher solltet ihr den haben?", glaubte sie mir kein Wort. „Die Königin hat uns gerettet und es war so eine Art Entschuldigung. Ein alter Stützpfeiler ist eingebrochen und wir waren gerade drauf", lieferte ich ihr lässig die Kurzzusammenfassung, was wohl nicht meine beste Idee war.

„Ihr wart auf einem einstürzenden Pfeiler?!", wiederholte sie verständnislos: „Ey, hat dir die Begegnung mit der Seewespen-Seele letztens nicht gereicht? Du solltest echt aufhören lebensbedrohliche Situationen zu sammeln wie Sticker in einem verdammten Album! Dex! Ernsthaft! Du bringst dich dabei irgendwann noch um!"

Aufgebracht stand sie einfach auf und wollte gehen. Ich hasste es, wenn sie auf mich sauer war! Dabei hatte ich doch nicht wissen können, dass dieser blöde Pfeiler einstürzen würde! Und für die Sache mit der Seewespen-Seele konnte ich ja schon dreimal nichts!

„Hey, Laurel. Warte", hielt ich sie auf, doch sie ließ mich gar nicht zu Wort kommen: „Nein! Komm mir nicht mit deinen dummen Ausreden! Ich hab da keinen Bock drauf! Wir sind beste Freunde und ich werde nicht immer blöd hier hocken und mir Sorgen um dich machen, weil du mit irgendwelchen irren Schläger-Typen rumläufst!"

„Ich geh dann mal. Viel Spaß mit dem Käse", mit diesen Worten verzog sich besagter Schläger-Typ und an der Tür hörte ich ihn noch murmeln: „Was für Versager..." Versager?! Hallo?! Ich hatte ihm das Leben gerettet und bei dem

Wettrennen zum Ahorn-Platz hatte ich ihn ja mal richtig abzogen! Was laberte er da für einen Scheiß?!

„Versager sind nur die Leute, die keine Drinks bekommen, weil sie Hausverbot haben!", rief ich ihm angepisst hinterher. Ohne auch nur irgendeine Reaktion zu zeigen, ging er einfach raus. Hey! Ich war noch nicht fertig!

„Da hast du wirklich einen tollen neuen Freund gefunden", kommentierte Laurel abfällig. Ja und wegen ihm hatten wir uns auch noch gestritten. Kaum zu glauben! „Du hast recht", stimmte ich ihr zu und entschuldigte mich auch gleich weiter: „Es war dumm mit ihm mitzugehen und auf diesen Pfeiler zu klettern. Es tut mir leid. Ich verspreche dir, in Zukunft zu versuchen, nicht mehr so dumm zu sein."

„Und du versprichst, mit mir zu Alphas Rede zu gehen", verlangte sie mit vor der Brust verschränkten Armen: „Ohne dumme Sprüche und passiv-aggressives Quengeln." „Was meinst du überhaupt damit?", fragte ich sie unschuldig. Aber das ließ sie mir natürlich nicht durchgehen: „Das weißt du ganz genau!"

Ja, ich wusste es. Ich konnte manchmal schon sehr direkt sein und das auch ohne etwas zu sagen. Wenn man am Ende einer Schulstunde demonstrativ anfing alles einzupacken, während der Lehrer noch redete, war das schon eine deutliche Botschaft. Und auch wenn wir beide längst aus der Schule waren, hatte ich einige nützliche Tricks beibehalten.

„Na gut! Ich verspreche dir, dass wir zusammen zu Alphas Rede gehen und ich mich gut benehme", akzeptierte ich ein wenig widerwillig ihre Bedingungen, aber nach meinen miesen Aktionen in letzter Zeit war ich ihr das halt auch wirklich schuldig.

„Super!", auf einmal war sie wieder ganz die fröhliche Grinse-Katze, die jede Party rockte und auch alles zu einer Party machte. „Hab-dich-lieb-Mix und Kiwi-Splash?", fragte uns Mori und hatte für sich selbst schon ein Bier in der Hand. Sie wirkte von Skys Auftritt ganz schön genervt und wahrscheinlich machte es sie echt fertig, dass er sie so einfach rumgeschubst hatte.

„Ja, man. Voll korrekt. Ich glaube, wir können alle einen Drink gebrauchen", mit diesen Worten ließ ich mich auf meinen Barhocker plumpsen. „Und dabei können wir dann den königlichen Käse essen und du erzählst uns alles bis ins kleinste Detail", schloss sich die vorwitzige Katzen-Seele an. Am Ende lief das Ganze auf eine total verrückte Käseverkostung hinaus, bei der wir testeten, welche Drinks am besten zu welcher Sorte passten. Genau konnte ich mich gar nicht mehr an alles erinnern. Ich war echt richtig dicht. Aber ich glaube, ich hatte Laurel mit diesem Stinkekäse geärgert und als sie ausweichen wollte, war sie vom Barhocker gefallen und ich hatte ziemlich sicher erst einmal gelacht, bevor ich ihr hochgeholfen hatte. Und Mori hatte mich auf jeden Fall eine Runde im Schwitzkasten, einfach um sich selbst zu beweisen, was sie noch draufhatte. Der Rest war komplett verwaschen.

Umso klarer spürte ich dafür am nächsten Tag den Kater. Mir war alles zu hell und zu laut und mein Schädel dröhnte, als wäre er ein Betonmischer gefüllt mit Nägeln. Zusätzlich war mir noch übel, allerdings könnte das auch mit den Käsesorten zusammenhängen, von denen manche echt... speziell gewesen waren.

„Hey, Dex. Hattest du gestern einen flotten Dreier mit zwei Kerlen? Zwillinge vielleicht?", sprach mich mein Mitbewohner auf einmal an. Bitte was?! Verwirrt hob ich den Kopf und sah die verrückte Ringelnatter-Seele an. Was hatte der Spinner jetzt wieder genommen?

Netterweise erklärte er es mir als wäre ich gehirnamputiert: „Als ich gestern nach Hause gekommen bin, hat es hier extrem nach Hyäne und Löwe gerochen, aber nicht krass nach zwei verschiedenen Personen, eigentlich sogar zu ähnlich für Zwillinge. Ich dachte, du weißt da vielleicht mehr."

„Nein, weiß ich nicht", mit einem Stöhnen drehte ich mich einfach auf die andere Seite. In seinem Hirn war doch etwas falsch gelaufen! Dafür hatte ich gerade echt keinen Nerv. „Warum hat es dann hier so seltsam gerochen?", ließ Les nicht locker. „Ich hab nichts gerochen", grummelte ich zurück.

„Du würdest es ja nicht einmal riechen, wenn dir ein Elefant auf den Kopf kackt", konterte er nervtötend. „Wenn du nicht gleich die Klappe hältst, kack ich dir noch auf den Kopf", schoss ich mit brummendem Schädel zurück. Konnte ich nicht wenigstens einen Moment Ruhe haben?

Meine stumme Bitte wurde wohl erhört, denn schon meldete sich Les Kristallkugel mit einem melodischen Sirren und die bescheuerte Schlangen-Seele zog sich für ein sehr langes Gespräch zurück. In der Zwischenzeit lag ich einfach nur da und wartete darauf, dass es mir irgendwann wieder besser ging. Und irgendso ein Vogel, der draußen direkt vor seinem Fenster zwitscherte, war kurz davor, mich um den Verstand zu bringen!

Dummerweise ging der Anruf meines Mitbewohners auch nicht ewig und schon stand er wieder vor meinem Bett und wollte lästig von mir wissen: „Hast du meine Pizza gegessen? Auf der Box stand mein Name." Echt jetzt?

„Nein. Ich habe deine Pizza nicht gegessen. Kannst du mich jetzt wieder in Ruhe lassen?", ich war echt kurz davor, ihm eine reinzuhauen. Ja, ich hatte seine Pizza gegessen, ein Mal und es war absolut widerlich gewesen. Er bestellte sich immer extra viele Pilze, eklige, schwabbelige Dinger!

Meistens war Les ja voll korrekt, aber an Tagen wie diesem war es echt die Hölle, mit diesem Spinner zusammenzuleben!

„Vielleicht wurde hier ja eingebrochen...", überlegte er sich super logisch. „Genau. Zwillinge, die eine Löwen- und eine Hyänen-Seele, sind hier eingebrochen, um deine Pizza zu essen. Du solltest bei den Ordnungshütern eine Aussage machen", entgegnete ich mit all meinem Sarkasmus.

„Wenn du zu viel getrunken hast, hast du Manieren wie ein Seeigel! Außerdem stinkst du echt eklig. Was hast du gestern gegessen?", belagerte er mich einfach immer noch. „Nicht deine Pizza", stellte ich erneut klar.

„Alles klar, der Wink ist angekommen. Nüchter du mal aus", und mit diesen Worten zog er auch ab. Halleluja. Und der dumme Vogel vor meinem Fenster hatte sich anscheinend auch jemand anderen gesucht, dem er seine Lieder an den Kopf werfen konnte. Endlich hatte ich nur Zeit für mich.

Ganz langsam und träge trieb der Tag an mir vorbei. Zwischendurch stopfte ich mir noch eine Packung Schokokekse rein, auf die hatte ich gerade echt Heißhunger und ich spielte ein bisschen auf meiner Gitarre. Irgendwie konnte ich bei der Musik immer alles rauslassen, außer natürlich die Akkorde stimmten absolut gar nicht, das war dann nur noch frustrierend. Heute probierte ich allerdings nichts Neues aus, sondern versank nur in Liedern, die ich schon in- und auswendig kannte oder spielte ein bisschen mit unbestimmten Melodien. Das tat verdammt gut.

Und so ging dieser Tag auch irgendwie rum. Blöd nur, dass morgen Alphas große Rede anstand. Ich war ja soooo motiviert. Dynamisch wie eine Wanderdüne stand ich auf und machte mir erst einmal Haferflocken mit Kiwi und Banane. Dabei hörte ich natürlich nochmal die rockigen Songs meiner Lieblingsband, doch selbst die, in Kombination mit dem guten Essen, konnten mich nicht richtig in Fahrt bringen.

So ein nerviges Versprechen! Das würde wieder absolute Zeitverschwendung werden! Die Begegnung mit der Königin des Luft-Volks war ja noch voll korrekt gewesen mit krasser Magiedemonstration und Essen und allem, aber ein trockener Vortrag gemeinsam mit naiven Deppen…

Umso länger ich darüber nachdachte, desto missmutiger wurde ich. Aber es ging um Laurel und ich hatte es versprochen… Man! Mit der Geschwindigkeit eines Faultiers zog ich mich um und machte mich auch wirklich auf den Weg, mit sehr großem Erfolg.

Zwei Straßen weiter roch ich frisch gebackene Brötchen und kaufte mir beim Bäcker gleich ein Brötchen und eine

Pizzastange. Ein kleiner Snack für unterwegs. Und dann kam eine kleine schwarz-weiße Katze vorbei, die einen Fleck hatte, der aussah wie ein gekräuselter Schnurrbart. Die musste ich natürlich streicheln. Sie sah einfach zu süß aus! Ein kleiner, schnurrender Casanova!

Damit ich auch den Beweis hatte, machte ich ein paar Bilder. Meine neu gekaufte Kristallkugel musste ja auch mal genutzt werden, außerdem würde Laurel dieses Kerlchen sicher auch total knuffig finden. Ich hörte sie fast schon begeistert quieken.

Nur schwer löste ich mich von meinem kleinen Freund und fuhr mit dem Skateboard weiter. Im Vorbeifahren warf ich die zusammengeknüllte Tüte vom Bäcker in einen Mülleimer, na ja fast, sie flog knapp daneben. Zum Spaß versuchte ich es nochmal und gleich im Profimodus mit geschlossenen Augen. Dieses Mal traf ich sogar, nur nicht mein Ziel, sondern so einen kleinen Hund, der von seiner Besitzerin in ein absolut hässliches Strickjäckchen gestopft worden war und als ich ihn erwischte, rastete der Kleine voll aus. Von der Tante bekam ich nur einen extra missbilligenden Blick. Beim dritten Versuch ging die Tüte aber rein.

Und weiter ging es... Ja, ich geb's ja zu, ich ließ mich vielleicht ein bisschen ablenken.

Schließlich hatte ich den Platz vor der Kristallresidenz fast erreicht. Hier war alles penibel sauber und gepflegt, ja ja, alles musste glänzen, damit auch ja jeder sehen konnte, dass hier die perfekten Bürger lebten, mit viel Geld und Ansehen. Ätzend.

Es gab fein gestutzte Vorgärten und bunt blühende Blumenkästen, kein Vergleich zu der freien Natur im grünen Viertel. Hier war gar nichts frei.

Mein Blick fiel auf einen Gartenschlauch, den wohl einer der Angestellten vergessen hatte wegzuräumen, ein kleiner Makel in der ansonsten so fehlerfreien, kleinen Welt der Schönen und Reichen.

Gedankenverloren hielt ich an. Sollte ich es tun? Es war wirklich nicht mehr weit. Ich konnte schon das aufgeregte Stimmengewirr auf dem noblen Platz hören, wo sicher auch mehr als eine politische Debatte ausgetragen wurde. Wenn ich nur daran dachte... Nein! Dieser eine, kleine Spaß musste einfach noch sein!

Aufgedreht griff ich mir den Gartenschlauch und sprang auf mein Skateboard. Das würde mein Turboantrieb werden! Grinsend fuhr ich los und drehte voll auf. Yeah! Oder doch nicht yeah. Das machte gar keinen Unterschied! Was für eine Enttäuschung! Ich wollte mit Wasserkraft durch die Straße düsen!

Gelangweilt malte ich mit dem Wasserschlauch einen super verkrüppelten Smiley an die Hauswand. Dunkel zeichneten sich die feuchten Stellen ab und die Tropfen liefen herab wie Tränen oder Sabber oder sowas. Eine Bewegung fiel mir auf, ein Schatten, der absolut keinen Sinn ergab. Verwirrt runzelte ich die Stirn. Es sah aus, als würde jemand auf dem Dach Tennis spielen.

Mit zusammengekniffenen Augen drehte ich mich um und blickte nach oben. Dort stand tatsächlich jemand, aber gegen die Sonne konnte ich ihn nicht richtig erkennen. Konzentriert blinzelte ich. Da waren spitze Ohren und ein Pferdeschwanz und an den Ohren blinkten Ohrringe. Warte mal! Angestrengt sah ich noch genauer hin. Verdammte Axt! Das war die rote Panda-Seele mit dem Salamander-Arm!

Und was für Kugeln schlug sie da über die Dächer? Waren das etwa auch Granaten?! Aber selbst wenn es keine waren und sie nur ganz unschuldig an diesem völlig irren Ort Tennis spielte, musste ich sie aufhalten. Ich wollte Antworten.

Warum machten die Ordnungshüter um ihren Angriff so ein super ernstes Geheimnis? Welche Verbindung hatte sie zu Skyris? Wie konnte sie zwei Seelentiere auf einmal haben? Und wer waren die Entarteten?

Kurzerhand richtete ich einfach den Wasserstrahl steil nach oben, direkt auf sie. Erschrocken gab sie einen kleinen

Schrei von sich und geriet aus dem Gleichgewicht. Das war meine Chance!

Schnell hastete ich an der Hauswand in die Höhe. Dabei hatte ich es so eilig, dass ich aus Versehen einen der perfekt bepflanzten Blumenkübel umstieß. Egal! Schon schwang ich mich über die Dachkante.

Sie hatte sich wieder gefangen und war gerade im Begriff, sich mit einem Gitarrenkoffer im Gepäck aus dem Staub zu machen. Hatte sie darin etwa den Tennisschläger verstaut? Auf jeden Fall durfte sie nicht entkommen!

„Warte!", rief ich und setzte ihr hinterher. Trittsicher lief sie über den Dachfrist und katapultierte sich mit einem gezielten Sprung auf das nächste Haus. Sie war gut, aber nicht gut genug. Gleich hatte ich sie eingeholt!

Was? Auf einmal hechtete sie hinter einen Schornstein. Oh Scheiße! Hinter uns explodierte wieder etwas, allerdings dieses Mal mit weniger Knall und dafür mehr Druckwelle. Es riss mich glatt von den Beinen. Sauber segelte ich über die Dachkante. Was für ein beschissener Abgang. Aber eigentlich konnte ich mich nicht beschweren.

Ich hatte echt Glück und statt einem krass schmerzhaften Sturz auf die Straße, landete ich kurz unterm Dach auf einem Balkon und irgendwer hatte dort sogar Kissen und ein kleines Stoffzelt aufgebaut, als hätte er gewusst, dass ich hier einschlagen würde. Angenehmer hätte eine Bruchlandung echt kaum sein können.

Sofort richtete ich mich wieder auf und stellte mich auf das geschwungene Metallgeländer. Von hier aus zurück aufs Dach zu springen, wäre ein Kinderspiel, doch dieses Mal wollte ich klüger vorgehen. Angespannt wickelte ich die Bandagen um meine Unterarme ab, vielleicht könnte ich meine Widerhaken noch gebrauchen, auch wenn ich keinen Plan hatte, was ich als nächstes tun würde.

Auf einmal tauchte ihr Kopf zögerlich über der Dachkante auf. Sie wollte nach mir sehen, wie nett. Jetzt! Wie eine gespannte Feder schnellte ich nach oben. Ihr blieb keine

Gelegenheit irgendwie zu reagieren, schon hatte ich sie gepackt. Fangschrecke halt.

Wild zappelte sie in meinem Griff und ich hatte ein bisschen Schiss, dass die kleinen Haken ihr Oberteil zerrissen und ich wieder dieses brennende Gift abbekam. Doch so zerstörerisch waren die Dinger eigentlich nicht, sie war noch schön eingepackt.

„Was soll das mit den ganzen Granaten? Woher hast du sie? Was war das in Tina's? Wie kannst du ein Salamander sein? Was geht hier eigentlich ab?", überschüttete ich sie mit Fragen, die ziemlich gepresst rauskamen, weil ich sie dabei immer noch krampfhaft festhielt.

„Ich sage dir gar nichts!", weigerte sie sich genauso verschlossen wie die Steinbock-Seele. Das musste ja etwas ganz Großes sein. „Warum nicht? Ich hab dir deine Bauchtasche gebracht", fing ich gleich an zu feilschen, ich konnte einfach nicht anders.

„Du spinnst doch!", entgegnete sie und wand sich besonders ruckartig. Oh oh. Wir fingen an über das Dach zu rutschen! Verdammt! Ich musste mich irgendwo festhalten, aber ich konnte sie doch nicht loslassen!

Uff! Mit meinen Füßen knallte ich voll auf die Regenrinne und unsere Rutschpartie endete abrupt. Krasse Aktion. Hoffentlich hielt uns das Ding auch. Ich hatte schon mehr als eine geschrottet und da hatte ich nicht noch jemanden im Gepäck gehabt.

Plötzlich hörte ich ein Klacken, aber es war nicht von der Regenrinne gekommen. Was hatte sie getan?

„Hast du eine Granate aktiviert?! Willst du uns beide umbringen?! Hast du komplett den Verstand verloren?!", ich war so überfordert, dass ich sie einfach immer noch wie meine Beute fest umklammert hielt.

„Nein, aber du bist offensichtlich irre! Du hättest einfach weitergehen sollen! Du hast nichts hiermit zu tun und du solltest auch verdammt froh darüber sein", erwiderte sie beinahe resigniert. Hatte sie wirklich aufgegeben?

„Womit genau habe ich nichts zu tun?", bohrte ich gleich nach. „Mit allem. Den Entarteten, den Ordnungshütern, all den schmutzigen Geheimnissen dieser schönen friedlichen Welt", antwortete sie mit nichts Neuem.

„Geht das vielleicht auch etwas konkreter?", forderte ich sie ungeduldig auf. „Jetzt hast du noch die Chance einfach zu gehen, deine letzte Chance. Bitte geh einfach. Du kannst noch ein normales Leben haben. Du musst nicht zwischen die Fronten geraten. Das ist unser Kampf", ihre Stimme klang richtig fürsorglich. Wollte sie mich vor dieser Gefahr beschützen? Als wäre ich ein kleines Kind!

„Und worum kämpft ihr?", nahm ich ihr Angebot zum Aussteigen nicht an. Es war einfach viel zu spannend! Das würde wohl die nächste lebensbedrohliche Situation für mein Stickeralbum werden, wie Laurel es gesagt hatte.

„Gerechtigkeit, Hoffnung, Wahrheit. Such dir was aus. Aber für mich ist es einfach eine Chance zu leben", meinte sie dramatisch. Das klang krass und sagte trotzdem wieder nichts. Langsam glaubte ich, dass sie das absichtlich machte! Moment mal! Was, wenn es wirklich das war? Wenn sie mich nur hinhalten wollte?

Verdammte Scheiße! Warum hatte ich nicht früher daran gedacht?!

Hektisch sah ich mich um. Da! Unter uns in der Gasse kam eine Pferde-Seele angetrabt. Jap, sie hatte sehr viel von ihrem Seelentier und gleich den ganzen Unterkörper in Pferdegestalt. Solche Ausprägungen waren bei Artisten in Zirkussen oder als berittene Kämpfer bei den Ordnungshütern sehr beliebt. Und auch sie hatte einen Reiter: Eine Hyänen-Seele. Der Typ passte sogar noch schlechter in diese schmucke Gegend als ich. In seinem Gesicht hatte er so ein fettes Tattoo, um genauer zu sein die verschlungenen, schwarzen Linien eines Tribals quer über den Wangenknochen und hoch zum Auge. Allerdings konnte man seine Augen wegen der dunklen Sonnenbrille nicht sehen. Außerdem trug er ein paar dicke Goldketten und halt Klamotten im typischen Gangster-Stil. Total unauffällig zwischen all den Lackaffen hier.

Sekunde! Hatte Les nicht gestern noch gesagt, es hätte in unserer Wohnung nach Hyäne gerochen? War das vielleicht dieser Typ gewesen?! Hatten sie mir nachspioniert?! Warum?

„Der Kompass kann nicht...", meinte der Kerl gerade verwirrt und schaute nach oben: „Oh." Ja, das konnte er mal laut sagen. Jetzt stand es drei zu eins. Eigentlich war das der perfekte Moment zum Aufgeben. Ich könnte sie loslassen und fliehen. Aber... Es war einfach viel zu spannend. Eine Verschwörung um Gerechtigkeit, Hoffnung und Wahrheit? Hallo? Wann bekam man schon mal die Chance, da dabei zu sein!

„Ist das die Gottesanbeterin-Seele?", fragte die Pferde-Seele leise die Hyänen-Seele auf ihrem Rücken. „Ja, das bin ich und ich bin nicht taub", rief ich lässig zu ihnen runter: „Also? Für welche Olympiade übt ihr mit Granaten Tennis zu spielen?"

„Du bist echt sehr lustig", kommentierte der Gangster-Typ ironisch: „Und jetzt kümmer' dich um deinen eigenen Kram. Wirst du mit so einem Loser nicht selbst fertig, Asena?" „Ey, keine Namen", raunte die Pferde-Seele ihn ermahnend zu und ihre hellbraunen Haare flogen auf, als sie zu ihm herumfuhr.

„Dann müssen wir ihn jetzt wohl kaltmachen", gleichgültig zuckte die Hyänen-Seele mit den Schultern. Was? Sollte das ein Scherz sein? Wir befanden uns auf offener Straße und es war mitten am Tag. Es fühlte sich irgendwie nicht so an, als könnte hier etwas Schlimmes passieren. Es war einfach nicht der Moment dafür.

Plötzlich schlug die roter Panda-Seele ihren Kopf mit ganzer Wucht nach hinten. Damit hatte ich nicht gerechnet. Scheiße. Ich verlor das Gleichgewicht. Nein. Wir fielen und dieses Mal gab es keinen rettenden Balkon. Vor Überforderung dachte ich nicht einmal daran, sie loszulassen.

Die blitzenden Fenster rasten an uns vorbei, genau wie meine Gedanken. AAHH! Auf einmal rauschten wir in einen großen Busch. Krachend zerbrachen die Äste unter uns und bremsten unseren Sturz wie ein Kissen aus Raubtierzähnen. Total zerkratzt und sicher mit einigen blauen Flecken blieb ich in dem üppigen Busch liegen, der sicher mal ein sorgfältig gestutzter Formschnitt gewesen war. Jetzt nicht mehr. Wir hatten das Teil echt gut zerlegt.

Wild wand sich diese Asena in meinem Fangschrecken-Griff und ich hörte die Hufschläge der Pferde-Seele näherkommen. Na gut, das wurde selbst mir zu heiß. Schnell zog ich meine Arme weg, was dem Stoff ihres Oberteils nicht so gut bekam und bevor sie mir noch eine Ladung Gift verpassen konnte, sprang ich aus dem Gestrüpp.

Ohne zu zögern, huschte ich gleich wieder die Hauswand hoch. Die Pferde-Seele konnte definitiv nicht gut klettern und Hyänen waren darin, so weit ich wusste, auch keine Meister. Ich musste ihnen einfach entkommen.

Als ich die Dachkante erreicht hatte, warf ich noch einen winzig kleinen Blick zurück. Verdammte Axt! Meine alte Bauchtaschen-Bekannte hatte in Rekordgeschwindigkeit ihren Tennisschläger wieder ausgepackt. Sie würde mir gleich eine ihrer Granaten verpassen!

Doch dieses Mal war ich vorbereitet. Schnell hastete ich hinter einem Schornstein in Sicherheit und bekam von der kritischen Druckwelle kaum etwas mit.

Keine Sekunde später sprintete ich los. Wahllos sprang ich auf das nächste Dach und das nächste. Gehetzt schaute ich nochmal zurück. Ich konnte niemanden in der Nähe sehen. Hatte ich sie abgehängt? Was, wenn sie gleich auftauchte und dann: „Überraschung! Du bist tot!"

Verdammte Scheiße! Ich hätte wirklich auf Laurel hören und einfach nur zu dieser langweiligen Rede gehen sollen! So wie ich es versprochen hatte. Natürlich! Die Rede! Dort wimmelte es nur so vor Leuten und vor allen Dingen Sicherheitskräften! Da wäre ich außer Gefahr!

Auf direktem Weg steuerte ich auf die Kristallresidenz zu. Meine Sinne waren kristallklar und bis zum Äußersten geschärft. Laut rauschte das Blut in meinen Ohren und ich spürte wie mich das Adrenalin regelrecht fliegen ließ.

Gleich war ich da!

Und dann... Ich konnte mein Versprechen nicht halten.

In der Falle

Plötzlich explodierte wieder eine der Granaten, doch sie war heftiger und sie kam von unten. Es hatte keine Vorwarnung gegeben, keine Möglichkeit irgendwie auszuweichen. Unter mir brach ein Teil des Dachs weg. Instinktiv versuchte ich in Sicherheit zu springen, aber meine Schuhe rutschten auf den lockeren Ziegeln weg und ich bekam keinen richtigen Schwung.

Verdammte Axt! Knapp bekam ich einen angebrochenen Dachbalken zu fassen. Unheilverkündend knackte das Holz unter meinem Gewicht. Panisch warf ich einen Blick nach unten.

Vielleicht war ja auch dort wie durch ein Wunder irgendetwas, das meinen Sturz auffangen würde. Für meinen Geschmack war ich in letzter Zeit ein bisschen oft am Fallen gewesen, auch wenn es jedes Mal ein krasses Gefühl gewesen war, wenn ich es irgendwie überstanden hatte. Voll der Kick. Doch vielleicht war das hier ein Kick zu viel...

Auf der Straße unter mir lagen Leute. Nein, keine normalen Leute. Drei von ihnen trugen die Uniform der Ordnungshüter. Hatte die Explosion sie ausgeknockt oder... Ach du Scheiße! Da war auch Serlina! Die verdammt junge Seewespen-Seele mit dem psychischen Knacks und den magischen Kräften.

Ihre giftigen Tentakel lagen grauenhaft schimmernd in einer Blutlache, die absolut surreal das Licht der Sonne spiegelte. Sie war tot. Diese gefährliche und sogar tödliche Person war tot. Wie war das möglich?

Eine Bewegung zog meinen Blick auf sich. Es waren noch nicht alle tot. Dort war eine etwas ältere Katzen-Seele und zwar eine richtig noble, russisch blau mit bläulich-grünen Augen, die weit aufgerissen unter ihrem kurzen Pony hervorstachen. Von der Explosion waren ihre dunklen, mit gräulichen Strähnen durchzogenen Haare ganz zerzaust und ihre Schnurrhaare zuckten unruhig, ebenso ihre Ohren. Sie trug keine Uniform, sondern einen weiten, sommerlichen Rock und ein weißes Top, das an einer Stelle einen blutigen Riss hatte.

War sie nur durch Zufall hier? War sie auch nur auf dem Weg zu Alphas Rede gewesen? War sie genau wie ich einfach blöd in etwas reingelaufen?

Mit einem schmerzhaften Zischen zog sie ihr Bein zu sich. Autsch. Ihr Fuß stand irgendwie ganz falsch ab. Mein Magen drehte sich um.

Plötzlich krachte es über meinem Kopf und ein Ruck ging durch den Holzbalken. Oh oh. Schnell schwang ich mich irgendwie zur Seite und legte eine Bauchlandung auf einem brüchigen Stück Mauer hin. Das ganze Gebäude bebte, als der dicke Balken nach unten knallte und eine mächtige Staubwolke aufwirbelte. Irgendwas landete voll in meinem Auge. Heftig blinzelte ich.

Auf einmal sah ich verschwommen etwas auf mich zu zischen. Reflexartig wich ich aus. Einen tränenden Wimpernschlag später erkannte ich einen kleinen Pfeil, der zwischen den Mauersteinen steckte. Was?!

Hastig drehte ich meinen Kopf wieder. Kacke! Der nächste! Schnell machte ich einen Satz nach vorne und griff nach dem Fallrohr der Regenrinne. Oh nein! Mit einem widerlichen Kreischen trennten sich die Metallteile voneinander. Durch die

Explosion musste sich eine der Verankerungen gelockert haben!

Meine Hände rutschten ab! Nein! Ich fiel. Etwa zwanzig Zentimeter, dann bekam ich das Fallrohr nochmal zu fassen, dieses Mal ein Stück tiefer, wo noch alles stabil war. Panisch klammerte ich mich für einen Moment einfach nur fest, einen sehr kurzen Moment.

Kaum eine Handbreit von mir entfernt prallte ein weiterer Minipfeil von der Hauswand ab. Erschrocken fuhr ich zusammen und mein Fuß verlor den Halt. Nicht schon wieder! Verzweifelt versuchte ich irgendwie etwas zu greifen, doch mein Glück hatte mich verlassen.

Hart knallte ich auf meinen Rücken und konnte für einen Herzschlag nicht mehr atmen. Es tat übel weh, aber im nächsten Moment klappte das Atmen wieder und auch ansonsten schien nichts Tragisches kaputt zu sein.

Ganz weg war mein Glück wohl doch nicht gewesen, denn bei diesem ganzen Wahnsinn, war ich mehr und mehr an der Hauswand herabgekommen und deswegen jetzt nicht mehr so krass tief gefallen. Es fühlte sich echt unglaublich an. Fast hätte ich sogar angefangen zu lachen! Total irre.

Irgendwie schaffte ich es, noch genug Gehirnzellen zusammenzuraffen, um auf die Idee zu kommen, mich mal richtig nach dem Schützen umzusehen.

Verdammte Axt! Das war diese Katzen-Seele! Sie hatte einfach eine kleine Armbrust! Und neben ihr rollte etwas Glänzendes über den Boden... Eine Granate wie die von der roten Panda-Seele! Sie gehörte zu denen! Sie war für die Explosion verantwortlich! Sie hatte die Ordnungshüter auf dem Gewissen!

„Mama?", hörte ich auf einmal die ängstliche Stimme eines kleinen Jungen. Sofort fuhr die Killerin herum. Nein! Sie konnte doch kein Kind ermorden! Das durfte ich nicht zulassen! Ohne nachzudenken warf ich mich auf sie.

Der Pfeil löste sich und ein Fenster zerbrach klirrend. Irgendwie schaffte ich es, ihr die Armbrust aus den Händen zu reißen und weit weg zu kicken. Oder vielleicht hatte sie es auch absichtlich zugelassen. Nur eine Sekunde später traf mich ihre Faust brutal im Gesicht und ich sah kurz Sternchen. Bevor ich wusste, was geschah, hatte sie mich ganz komisch verdreht, sodass ich ihr komplett hilflos ausgeliefert war. Wie hatte sie das gemacht?! Das konnte doch nicht sein! Mit aller Kraft versuchte ich mich wieder zu befreien. Es tat weh. Sie hatte mich einfach im Griff. Auf einmal zog sie scharf die Luft ein und ihre Hände lockerten sich ein wenig. War ich gegen ihre Schnittwunde gekommen oder hatte sie selbst aus Versehen ihren Fuß belastet? Egal! Das war meine Chance!

Planlos wand ich mich heftig hin und her und es klappte! Ja! Schnell hastete ich nach vorne. Bloß weg von dieser irren Kämpferin! Scheiße! Sie bekam mein Bein zu fassen. Ihre Krallen bohrten sich durch meine Hose in meine Haut, selbst an den Stellen mit meinem grünen Insektenpanzer.

„Ah!", schrie ich auf und trat panisch nach ihr, doch sie ließ nicht locker. Nein, nein, nein! Verdammt! Sie schaffte es, sich auf mich zu rollen. Mist! Schon hatte sie mich wieder so absolut verrenkt! Ich hatte überhaupt nichts erreicht!

„Es tut mir leid, aber das kann ich nicht zulassen. Ich will nur zurück zu meinen Kindern. Ich darf keine Gefahr für sie sein", erzählte sie mir gequält: „Wenn sie stirbt, haben wir eine Chance eine neue Welt zu gründen, eine bessere. Es gibt keinen anderen Weg. Sie werden uns nie zuhören. Sie werden nie aufhören, uns zu jagen. Diese Rede wird alles verändern…"

Was? Wer sollte sterben? Die Rede… Alpha! Sie wollten die Gräfin ermorden! Und Laurel! Sie war auch auf dem Platz. Was, wenn sie verletzt wurde? Ich musste ihr doch irgendwie helfen! Ich konnte nicht einmal mir selbst helfen…

„Du wi…", mitten im Satz brach sie ab. Anscheinend hatte sie wieder versucht sich aufzurichten und wieder ging es schief. Zur Abwechslung rutschte sie aus und riss dabei schmerzhaft an meiner Schulter. Es fühlte sich an, als würde sie mir das Gelenk gleich auskugeln.

Plötzlich schrie sie laut auf und ließ mich unvermittelt los. Was war passiert? Hastig robbte ich von ihr weg. Ach du Scheiße!

Wir waren direkt neben der toten Seewespen-Seele. Auf ihrem Blut war sie auch weggeschlittert und… schon zeigte sich auf dem Unterarm das brennendrote Mal eines giftigen Quallenstichs. Sie hatte ihre Tentakel berührt. Und es hatte sie übel erwischt.

Panisch starrte sie auf ihren Arm und ihre Atmung ging ganz schnell und flach. Ihre Hand zitterte. Sie wusste, dass sie sterben würde. Wir hatten kein Gegenmittel. Oder trug Serlina vielleicht etwas für den Notfall bei sich? Aber ich konnte ihr nicht so nahe kommen. Was, wenn ich auch einen Tentakel anfasste? Ich konnte es nicht…

Eine Träne lief über ihre Wange und ihre Stimme klang vollkommen heiser: „Ich wollte doch nur alles besser machen. Ich wollte mein Leben zurückhaben. Bitte. Sag ihnen, dass ich sie liebe. Ich wollte sie nie alleine lassen. Die Welt braucht einen gewaltigen Schlag um aufzuwachen. Sie müssen es verstehen. Sie…"

Die brutale Katzen-Seele wurde immer kurzatmiger und ihr Blick trübte sich. Kraftlos sackte sie nach hinten. Oh mein Gott. Sie verdrehte die Augen und blieb einfach liegen.

War sie jetzt tot? Nein, ihre Brust hob und senkte sich noch ganz leicht. Aber sie würde nicht mehr lange leben. Ich konnte ihr doch nicht beim Sterben zusehen!

„Die Ordnungshüter sind schon unterwegs! Komm ja auf keine dummen Gedanken!", drohte mir auf einmal eine tiefe Stimme. Verständnislos drehte ich mich um. Dort stand eine wirklich stämmige Nashorn-Seele. Er hatte sich beschützend vor das Kind geschoben, doch selbst er wagte es nicht, näher zu kommen.

Hatte er nicht gesehen, was passiert war? Es war nicht meine Schuld! Sie war ausgerutscht! Ich hatte mich nur verteidigt! Und ich gehörte erst recht nicht zu ihnen! Ich war doch nicht komplett irre!

„Ich habe nichts damit zu tun! Ich habe versucht, den Jungen zu retten und ich hab es ja auch geschafft! Sie hatte mit der Armbrust auf ihn gezielt und ich bin dazwischen gegangen", stellte ich entschieden klar und richtete mich wieder auf: „Die Ordnungshüter sollten besser zur Kristallresidenz. Dort planen sie während Alphas Rede einen Anschlag."

Auf einmal blitzte vor mir wieder Skyris auf, mit seiner Panik als wir mit dem Stützpfeiler gestürzt waren. Seine Warnung an die Königin... Sie würden die Ordnung stürzen... Die Entarteten. Dieses Mal würde es sich nicht als nette Honig-Party herausstellen und es würde auch keine glitzernde, übermächtige Quasselstrippe wie eine gute Fee herbeigeflogen kommen.

Mit dieser vernichtenden Erkenntnis wandte ich mich noch einmal um. Zu meinen Füßen lagen die tote Seewespen-Seele und die Katzen-Seele, die sie über den Tod hinaus noch mit sich nehmen würde. Weiter hinten waren noch die drei Ordnungshüter, die sich immer noch nicht bewegten, umrahmt von dem Schutt und den Trümmern der Explosion. Und ich stand mittendrin. Ich gehörte nicht hierher. Ich musste hier weg.

Plötzlich flimmerte vor mir in der Luft eine Art Kraftfeld auf. Es reichte hoch nach oben und schien eine Art Kuppel zu bilden, doch schon im nächsten Wimpernschlag war nichts mehr zu sehen.

Was war das gewesen? Mit gerunzelter Stirn streckte ich meine Hand aus. Dort war keine Barriere oder so, eigentlich war da nichts, aber ich spürte ein ganz leichtes Kribbeln auf der Haut, irgendwie elektrisch.

Etwas war also doch noch da und dieses Etwas umgab sicher auch den Platz vor der Kristallresidenz, mit all den unschuldigen Leuten, mit Laurel.

Was, wenn es eine Falle war? Was, wenn alle darin sterben würden? Jemand musste sie warnen!

Ich musste sie warnen... Für einen kleinen Moment zögerte ich. Wenn ich durch dieses unsichtbare Feld ging, könnte alles Mögliche passieren.

Vielleicht waren sie alle ja auch schon alleine dadurch gestorben. Allein bei dem Gedanken verkrampfte sich mein gesamtes Inneres. Es fühlte sich falsch an. Es konnte nicht so sein. Ich musste es versuchen!

Total irre sprang ich auf die andere Seite und... nichts passierte. Ungläubig klopfte ich meinen Körper ab, aber alles war gut. Allerdings war jetzt nicht die Zeit, um sich darüber zu freuen. Noch war es nicht ausgestanden.

Ohne weiter zu zögern, lief ich los und mitten in eine Gruppe Ordnungshüter hinein. Oh! Gut.

„Sie planen einen Anschlag! Es sind die Entarteten! Hier ist ein Kraftfeld! Sie wollen Alpha ermorden!", informierte ich sie hektisch. „Ein Kraftfeld? Du hast dir wohl den Kopf gestoßen", meinte einer der Ordnungshüter mit einem kleinen Lachen.

„Wo hast du dir die blutige Nase geholt? Warst du bei der Explosion dabei?", fragte ein anderer ganz ernst. „Ja! Genau! Das war eine von ihnen! Sie hat es mir gesagt! Wir müssen es verhindern!", bestätigte ich ungeduldig. Wir hatten keine Zeit, alles bis ins Detail auszudiskutieren!

„Der spinnt doch", tat der erste meine Warnung einfach ab. „Wir sollten ihn trotzdem richtig befragen", erwiderte der zweite und griff nach meinem Arm: „Du kommst mit u..."

Blitzschnell wich ich ihm aus und sprang auf einen der Balkone, von denen es in diesem Viertel echt überall welche gab.

„Ey!", rief mir einer dieser Idioten noch zu, doch ich war schon außer Reichweite. Mit einem riskanten Sprung nach dem anderen brachte ich mich weiter nach vorne und erreichte schnell wie der Wind den großen Platz, auf dem sich unzählig viele versammelt hatten. In der Menge konnte ich Laurel unmöglich ausmachen, aber hier ging es nicht nur um sie.

„Unser Reich blüht in Frieden und Wohlstand. Bald wird die Sonne für die Magie von vier außerordentlich talentierten Seelen aufgehen, die ihren Wert für die Gemeinschaft viele Male unter Beweis gestellt haben und dieses Jahr haben wir die Ehre zwei Auserwählte aus unserer Mitte zu entsenden", hallte Alphas schnurrende Stimme laut über den Platz.

Ja, das war das Gleiche wie immer. Es wurde viel groß geredet, doch wer denn wirklich die Magie erhielt, erfuhr man erst bei der Zeremonie. Außerdem waren diese großen Repräsentanten des Volks meistens trotzdem irgendwelche Adligen oder Super-Streber, die absolut nichts mit normalen Leuten zu tun hatten. Schon seit Jahren guckte ich es mir eigentlich nur wegen Laurel an, auch wenn es sicher geil war, ein Jahr im legendären Trium-Palast zu wohnen und natürlich Magie zu haben.

Doch ich war nicht hier, um dem Gelaber zuzuhören. „Ihr müsst alle hier weg! Die Entarteten werden hier angreifen! Ihr müsst euch in Sicherheit bringen! Jetzt sofort!", schrie ich so laut ich konnte und wedelte mit meinen Armen in der Luft, damit es auch ja jeder sah.

Nur leider hatte es nicht ganz die gewünschte Wirkung. Einige schauten irritiert oder auch abfällig zu mir, doch sie hauten nicht ab. Dafür kamen gleich von mehreren Seiten Sicherheitskräfte auf mich zu marschiert. Warum glaubten mir diese Idioten denn nicht?! Ich versuchte hier gerade ihr Leben zu retten! So eine Scheiße man!

Sie durften mich nicht aufhalten! Schnell lief ich in die Menge. Ich wusste nicht, wie ich sie überzeugen sollte, ich wusste nicht, wie viel Zeit mir noch blieb. Im Grunde wusste ich gar nichts, nur dass ich nicht aufgeben durfte.

Plötzlich stand eine der Wachen direkt vor mir. Reflexartig sprang ich in die Luft und netterweise gingen die Leute ein Stückchen weiter für meine Landung aus dem Weg. Ich musste aus dieser verdammten Menge raus! Doch auf diesem beschissenen Platz gab es einfach nichts! Das einzig höher gelegene war Alphas Podest. Warte! Und die Laternen!

Sofort peilte ich eine von ihnen an und brachte mich mit einem großen Satz direkt auf die Spitze. „Ihr müsst mir zuhören! Die Explosion eben, das waAAAH!", mitten in meinem zweiten Versuch kam auf einmal irgendetwas Leuchtendes auf mich zugeschossen.

In der letzten Sekunde duckte ich mich und es flog an mir vorbei. Auch die Hausspitzen der umstehenden Gebäude verfehlte es knapp und dann knallte es in der Luft gegen etwas: Das Kraftfeld. Plötzlich leuchtete es weiß-bläulich auf und an der Stelle entluden sich knisternd sogar ein paar Blitze.

Und genau wie eben wurde es danach einfach wieder unsichtbar, als wäre gar nichts da. Doch jetzt hatten es alle gesehen. Panik brach aus. Alle schrien wild durcheinander und versuchten aus dieser unheilverkündenden Kuppel zu fliehen.

„Bewahrt Ruhe! Alle Ruhe bewahren!", befahl die Gräfin, doch selbst sie kam gegen die Angst nicht an. Es herrschte das blanke Chaos.

Wo war Laurel? Ich musste sie finden! Aber alles war so durcheinander! Verdammte Axt! Jemand lief mit voller Wucht gegen meine Laterne und das ganze Ding wackelte so heftig, dass ich fast runtergefallen wäre. Ich brauchte einen besseren Aussichtspunkt! Ich musste direkt ins Zentrum!

Ohne zu zögern setzte ich diesen Gedanken auch um und arbeitete mich von einer Laterne zur nächsten in Richtung Podest vor. Alle liefen weg und ich war auf dem Weg hinein. Das war doch verrückt! Alles hier war verrückt!

Plötzlich flammte das Kraftfeld erneut auf, dieses Mal noch heftiger und einer der grellen Blitze schlug krachend in die Kristallresidenz ein. Sein tödliches Licht spiegelte sich faszinierend und erschreckend zugleich in den klaren Kristallen.

Es war Alpha gewesen. Die stolze Katzen-Seele lag ganz benommen auf dem Podest, genau wie die anderen ihres

Gefolges. Hatte sie versucht sich zu teleportieren und war von dem Kraftfeld abgeprallt?

Wie konnte etwas eine der großen Herrscherinnen aufhalten? Ihre Macht war doch unangefochten!

„Alpha!", brüllte einer der Wachen und versuchte gegen den Strom zu ihr zu kommen. Durch das Gedränge hatte er kaum eine Chance. Irgendwie kam dadurch auch wieder Leben in mich. Ohne zu wissen, was ich hier überhaupt wollte, machte ich einen letzten, wirklich krassen Sprung zum Podest. Und da stand ich. Voll überfordert mit einfach allem. Was sollte ich nur tun? Konnte ich überhaupt etwas tun?

Mein Blick schweifte verloren über all die panischen Leute und die prunkvollen Häuser und den immer noch viel zu fröhlich blauen Himmel. Und wieder war der Moment so nett, meinem gegrillten Hirn einen Wink mit dem Zaunpfahl zu geben oder eher eine fliegende Granate. Ich sah sie durch die Luft zischen, weit oben. Wenn ich nur eine Sekunde logisch nachgedacht hätte, wäre mir klar gewesen, dass sie bei dem großen Bogen irgendwo auf der anderen Seite des Platzes auftreffen würde, vielleicht sogar noch dahinter. Aber mit nachdenken war es längst vorbei.

Komplett kopflos packte ich Alpha und zerrte sie vom Podest, zwei ihrer Vertrauten holte ich dabei irgendwie mit und kullerte mit allen dreien absolut chaotisch über den Boden. Nur einen Herzschlag später explodierte einfach alles.

Laut krachte ein gewaltiger Blitz genau auf das Podest. Die Luft wurde von Elektrizität zerrissen. Die Energie war überall. Mein ganzer Körper kribbelte. Total irre wurde der Blitz zurück in den Himmel geworfen und dann... war es einfach vorbei.

Völlig erschlagen sah ich mich um. Langsam schafften die Ordnungshüter es, die panische Masse zu bändigen. Auf dem Boden konnte ich Leute liegen sehen. Sie waren wohl unter die anderen geraten. Der Horror. Zwar war die Gräfin noch am Leben, doch die Falle hatte dennoch ihre Opfer gefordert. Und Laurel?

Wacklig stand ich auf. „Warte", hielt mich auf einmal die hochmagische, rotgetigerte Katzen-Seele auf. „Ich muss meine Freundin finden", erwiderte ich mechanisch und wollte auch gleich losgehen, aber ich konnte nicht. Meine Beine steckten irgendwie fest. Verwirrt schaute ich nach unten. In der Luft hing ein silbriger Schimmer. Das war Magie! Sie war das! Nicht fair!

„Ich will noch mit dir reden", bestimmte die Gräfin und es war klar, dass ich keine Wahl hatte. Doch dann überraschte sie mich: „Wie heißt deine Freundin und was ist ihr Seelentier?"

„Ähm. Sie heißt Laurel und ist eine Katzen-Seele. Sie ist ein großer Fan von dir, ähm ich meine Euch", brachte ich ziemlich überrumpelt hervor. Irgendwie war es etwas Anderes mit Gräfin Alpha zu reden, statt mit Königin Naya. Sie war einfach nicht so glitzernd-fröhlich und viel autoritärer und einschüchternder.

Und warum wollte sie das überhaupt wissen?

Konzentriert schloss sie die Augen und ihre Ohren zuckten, als würde sie in dem aufgewühlten Stimmengewirr nach etwas Bestimmten lauschen. Laurel vielleicht? Oder auch nicht.

Schlagartig tauchte meine Freundin in einem kleinen Funkenregen vor mir auf, als wäre das voll die abgedrehte Zaubershow. Alpha hatte sie her teleportiert!

Perplex schaute Laurel sich um und als sie mich sah, fiel sie mir mit einem: „Oh mein Gott! Dex!", um den Hals. Fest umarmte ich sie zurück.

Es ging ihr gut! Ein riesiger Stein fiel mir vom Herzen. Dann entdeckte meine energiegeladene Freundin die Gräfin und sie ließ mich aufgeregt wieder los. „Oh mein Gott! Gräfin Alpha! Was für eine Ehre! Ihr habt mich sicher auch hierher gebracht! Ich wurde von Alpha verzaubert... Oberkrass", konnte sie es gar nicht glauben.

„Es freut mich auch dich kennenzulernen, Laurel. Du hast schönes Fell", sanft lächelte das Oberhaupt aller Landlebewesen und meine Freundin schmolz vor Begeisterung geradezu dahin. Ein Kompliment von ihrem größten Idol. Ja, das war schon der Hammer.

Mit einer ruhigen Bestimmtheit wandte sich Alpha wieder an mich: „Wärst du nun bereit für ein ausführliches Gespräch?"

Sprachlos nickte ich. Dieser ganze Tag war wie ein einziger Fiebertraum und ich hatte irgendwie so das Gefühl, dass die Normalität noch eine ganze Weile auf sich warten lassen würde...

Die Entarteten

Alpha hatte nicht gelogen, als sie es ein ausführliches Gespräch genannt hatte. Ich musste ihnen wirklich meine ganze Lebensgeschichte erzählen. Ach ja, „ihnen" waren übrigens gefühlt alle hochrangigen Offiziere der Ordnungshüter und Alpha, die mich anstarrten, als wäre ich ein Verdächtiger bei einem Verhör. Und die mögliche Strafe wäre natürlich lebenslänglich oder gleich eine Hinrichtung.

Da kam wohl wieder das Sticker-Album zum Einsatz...

Doch ich überlebte es und als sich der Saal der Großen und Mächtigen wieder leerte, wurde es erst richtig interessant. Auf einmal kam Skyris rein, begleitet von seinem schwarzen Hund. Häh? Warum war er jetzt hier?

„Hallo, Dex", begrüßte er mich von oben herab und ließ sich auf einem der leeren Ränge nieder, während ich noch gefühlt wie ein Schuljunge auf der Strafbank saß. Ne, ihm gegenüber machte ich da echt nicht mehr mit.

„Hallo, Sky", erwiderte ich und stand ebenfalls ganz lässig auf. Kurzerhand pflanzte ich mich auf einen der gepolsterten Plätze, wo einer von Alphas engsten Beratern gesessen hatte. Oh ja, hier oben fühlte man sich echt wie voll die wichtige Person. Mega korrekt.

„Du bist jetzt also der große Held, der Alpha vor einer heimtückischen Falle der Entarteten gerettet hat", meinte die
Steinbock-Seele und irgendwie klang er... neidisch. Oh,
hätte er lieber diese irre Scheiße am Bein gehabt? Das tat
mir aber leid.

„Wer sind diese Entarteten überhaupt?", genau die gleiche
Frage hatte ich ihm nach unserem überraschenden Besuch
bei Königin Naya mehrmals gestellt, doch dieses Mal standen die Umstände etwas anders.

Widerwillig antwortete er mir: „Deswegen bin ich hier. Die hohen Tiere haben entschieden, dass du in dieses Geheimnis
eingeweiht werden sollst. Also: Die Entarteten tragen eine
Krankheit in sich. Schon vor gut einem Jahrzehnt gab es die
ersten Fälle. Es bilden sich Geschwüre und dann fangen sie
an sich zu verändern. Ihr Seelentier verschwindet und wird
zu etwas Anderem, einem seelenlosen Monster. Dabei können sie noch vollkommen normal wirken. Wie die, die ich gejagt habe. Deswegen sind sie auch so schwer zu fangen. Sie
verlieren zwar ihre Menschlichkeit aber nicht ihren Verstand.
Du hast ja mit eigenen Augen gesehen, wozu sie fähig sind.
Ihr einziges Ziel ist es, diese Welt zu zerstören. Jedes ihrer
Worte ist vergiftet, jeder nette Moment nur eine Lüge, um
sich einen Vorteil zu verschaffen. Die Menschen, die sie einst
waren, hören auf zu existieren. Es sind wandelnde Leichen,
entartete Seelen."

Was? Aber sie hatte mir von ihren Kindern erzählt. Und ihr
letzter Gedanke, bevor sie gestorben war, war für sie gewesen. Sie hatte so lebendig gewirkt, sie alle. Wie die Tennis-
Granate im Tina's auch mit Laurel gesungen hatte. Sie hatte
die Musik geliebt, sie hatte einfach nur total abgefeiert. Da
war nichts Böses gewesen...

„Ja, am Anfang fällt es schwer, das zu glauben. Bis auf das
Geschwür und die beiden Tierverschmelzungen sehen sie
aus wie normale Menschen, doch das sind sie nicht mehr.
Deswegen halten wir ihre Existenz geheim. Es wäre zu
schwer zu verstehen. Und das Misstrauen in der

Bevölkerung. Niemand könnte mehr seinen Nachbarn, seinen Freunden trauen. Jeder könnte ein Entarteter sein, der nur auf seine Chance wartet, Qualen und Chaos zu bringen. Wir müssen versuchen, sie im Schatten auszurotten. Doch diese Krankheit wuchert immer weiter und sie organisieren sich stetig besser. Wir müssen nachziehen. Patrick hier ist darauf geschult, Mischgerüche aufzuspüren. So konnte ich auch dieses Monster in eurem Stammlokal finden. Wegen ihrer heimtückischen Granate wäre er beinahe taub geworden, aber die Heiler haben sich gut um ihn gekümmert und jetzt ist er fast wieder fit für die Jagd", fuhr die Steinbock-Seele fort und kraulte die sabbernde Kampfmaschine zwischen den Ohren.

Wie er die Entarteten beschrieb… Irgendwie klang das persönlich.

„Kennst du irgendwen, der daran erkrankt ist?", fragte ich einfach gerade heraus. „Ich bin hier, um dich über die Entarteten aufzuklären, nicht dir meine ganze Lebensgeschichte zu erzählen", entgegnete er verschlossen, was ja quasi schon ein „ja" war. Das musste echt heftig gewesen sein. Wenn jemand, den man gut kannte, auf einmal weg war und sein Körper trotzdem noch da… Kranke Vorstellung.

Mit abfällig-eisernem Gesichtsausdruck redete er weiter: „Hast du noch sonstige, zweckdienliche Fragen oder ist unsere Zusammenkunft beendet? Ich hätte noch Besseres zu tun, als einem dummen Zivilisten Staatsgeheimnisse offenzulegen."

Allein für den Spruch musste ich ihn doch noch ein bisschen hinhalten. Schnell improvisierte ich: „Wie viele von ihnen gibt es denn etwa?" „Wenn wir sie einfach so zählen könnten, wäre die Jagd nach ihnen nicht so herausfordernd", erwiderte er mit einem typischen bist-du-dumm?-Blick.

Aber ich machte trotzdem weiter und meine Frage klang sogar richtig gut: „Und gibt es die Entarteten nur hier an Land oder auch in den anderen Reichen?" Diese arrogante Steinbock-Seele konnte mich mal.

„Bisher sind nur hier Fälle bekannt und einer im Luft-Reich", gab er mir steif Auskunft. „Und warum?", bohrte ich jetzt sogar wirklich neugierig nach. „Wir wissen nicht alles, in Ordnung?!", verlor er langsam echt die Geduld. „Ihr wisst ziemlich wenig", beurteilte ich daraufhin und konnte mir kaum ein kleines Grinsen verkneifen.

„Du...", unbeherrscht war er aufgestanden und hatte die Hände zu Fäusten geballt. Doch genau in dem Moment öffneten sich die Saaltüren wieder. Alpha betrat den Raum, natürlich wieder im Kreis ihrer engen Vertrauten.

Verkrampft setzte sich Skyris wieder hin. Vor so einem hohen Tier musste man sich natürlich brav benehmen.

Leicht zog die mächtige Katzen-Seele die Augenbrauen hoch, als sie meinen neuen Sitzplatz bemerkte. Ich tat einfach so, als wäre das keine große Sache und die Gräfin entschied sich glücklicherweise, nichts daran zu ändern.

Förmlich und mit ihrem schnurrenden Akzent verkündete sie: „Ich habe mich mit den anderen Herrscherinnen beraten und wir haben eine Entscheidung getroffen: Verandex Nospes, du wirst als fünfter Auserwählter berufen. In der Stunde der Not, war dein Herz stark. Dir gebührt der Dank für mein Leben. Du hast dich als wahrer Held und damit der Magie würdig erwiesen."

Ach du Scheiße! Das konnte doch nur ein Witz sein! Ein fünfter Auserwählter! Hatte es das überhaupt schon mal gegeben? Verdammte Axt! Sie wollten mir Magie geben. Das war wie ein verrückter Traum.

„Was?!", platzte es aus Skyris heraus und er war wieder von seinem Platz aufgesprungen: „Das war doch nur ein bescheuerter Zufall! Das hätte jeder Idiot machen können!"

„Mäßige deinen Ton", ermahnte Alpha ihn kühl: „Es waren durchaus viele Leute anwesend, doch er war der Einzige, der gehandelt hat und das ohne jegliche Kampfausbildung oder sonstigen Schutz. Das zeugt von wahrer Stärke. Und du solltest dankbar sein, Skyris Temparas. Statt einem Bruch der Tradition, wie es bisher erst zweimal seit Anbeginn der

Geschichte geschah, hätten wir ihm auch deinen Platz geben können."

Was?! Er war einer der Auserwählten?! Na ja, so krass überraschend war das eigentlich auch nicht. Gute Kämpfer wurden immer mal wieder erwählt. Aber jetzt war ich auch ein Auserwählter und das hieß, wir würden ein Jahr aufeinander hocken. So ein Scheiß!

„Ich bitte um Verzeihung, euer Gnaden", verkniffen zwang sich die Steinbock-Seele erneut zum Hinsetzen. Gefasst fuhr das Oberhaupt der Landlebewesen fort: „Die Zeremonie findet in genau 16 Tagen statt. Fast alle Auserwählten haben sich bereits im Trium-Palast eingefunden. Aufgrund der außergewöhnlichen Umstände gewähren wir dir noch eine Woche zuhause, um deine Angelegenheiten zu regeln und deine Habe zu packen. In sieben Tagen wird dich eine Eskorte erwarten."

Eine eigene Eskorte? Hammer!

„Ja, man, mach ich. Also ja. Geht voll klar. Tut mir leid, ich bin gerade durch", gab ich ziemlich kopflos von mir und lachte überfordert auf. Ich war halt auf so eine Situation null vorbereitet. Wer war das schon? Mega abgedreht.

„Das ist verständlich", meinte Alpha mit einem gütigen Kopfnicken: „Ich könnte dich unverzüglich in deine Wohnung zaubern. Dann würdest du auch den Schaulustigen und Berichterstattern entgehen, die sich bereits vor der Residenz tummeln wie Schmalzfliegen."

„Ja, klingt gut. Danke", nahm ich ihr Angebot einfach mal an. War ich jetzt sowas wie ein Superstar? Krass. „Auf ein glorreiches Wiedersehen", verabschiedete sie sich extra dramatisch von mir und bevor ich noch irgendetwas sagen konnte, ging es richtig ab.

Woah! Auf einmal wurde ich voll zusammengedrückt und gleichzeitig war alles um mich herum unendlich groß und weit und hell. Es war verdammt hell. Und auf einen Schlag war es auch wieder vorbei. So schnips und das war's. Atemlos stand ich da und sah gerade noch die letzten Funken verglühen.

„Krasser Scheiß! Dex! Wie hast du das gemacht?", mit großen Augen starrte Les mich an. Erst jetzt fiel mir auf, dass ich in unserem Wohnzimmer war. Sie hatte mich einfach so durch die halbe Stadt teleportiert. Verrückt.

„Ey man, du wirst mir nie glauben, was alles passiert ist", bei diesen Worten lachte ich selbst ungläubig auf und ließ mich auf das Sofa direkt hinter mir fallen. Auf das Ganze musste ich erst einmal klarkommen. Was zu essen wäre dabei gut.

Mein Blick schweifte an Les vorbei zur Küche und das Grinsen auf meinem Gesicht erstarb. Nein. Das war die Gangster-Hyänen-Seele mit der fetten Sonnenbrille!

„Hallo, Dex", begrüßte er mich und prostete mir mit einer Bierflasche zu: „Ich hab von deiner großen Heldentat gehört. Respekt." Sein breites Grinsen hatte etwas Hämisches. Er wusste, dass er mich kalt erwischt hatte.

„Wie bist du hier reingekommen?", fragte ich ihn ganz erstarrt. Ich hatte doch gerade erst einen richtig krassen Anschlag überlebt. Konnte ich da nicht einen Moment Pause haben? Ich war in letzter Zeit so oft mit Adrenalin vollgepumpt gewesen, dass sich das schon wie der Normalzustand anfühlte.

„Na, ich hab ihn reingelassen. Er war doch letztens schon mal hier. Warum hast du da eigentlich nichts gesagt? Er hat sich eben sogar dafür entschuldigt, dass er meine Pizza gegessen hat", antwortete mir die Ringelnatter-Seele, sichtlich verwirrt von meiner Reaktion.

„Manchmal muss ein kleiner Snack einfach sein, nicht wahr?", er sprach diese Worte aus wie eine Drohung, eine Grinse-Psycho-Drohung. Wenn man eine Hyäne als Seelentier hatte, musste man ja ein Bastard sein.

„Was willst du hier Aasfresser?", wollte ich angespannt von ihm wissen, auch wenn ich es mir eigentlich denken konnte. Die wichtigere Frage war wohl: Was verflucht nochmal konnte ich tun, um ihn wieder loszuwerden?

„Ganz einfach", locker zuckte er mit den Schultern und trank noch ein Schluck Bier. Plötzlich zerschlug er die Flasche am

Tisch und hielt die scharfkantigen Überreste an Les Hals. Erschrocken schnappte mein Mitbewohner nach Luft. „Rache", beendete die Hyänen-Seele den Satz und auch Les Leben.

„Nein!", schrie ich und lief zu ihm rüber. Les verdrehte die Augen und kippte zu Boden. Ich fing ihn auf. Sein Blut. Da war so viel Blut. Mein Gott war da viel Blut! „Du hast keine Ahnung, wie es ist. Das war unsere Chance. Du hast uns alles genommen!", presste der Mörder zwischen zusammengebissenen Zähnen hervor.

Wie betäubt sah ich zu ihm auf. Das alles konnte nicht real sein. Es war doch Les, der nervige, aber voll korrekte Les, mein Mitbewohner, mein Freund. Er konnte nicht...

Vor Hass bebend riss sich die Hyänen-Seele die Sonnenbrille aus dem Gesicht. Verdammte Scheiße! Auf seinem linken Augenlid hatte er eine rote Schwellung, ein Geschwür. Er war ein Entarteter. Er war ein seelenloses Monster.

„Ich werde dir auch alles nehmen!", brüllte er und hob die zerbrochene Flasche, an der noch Les Blut hing. Er würde auch mich töten. Ich musste mich wehren. Ich musste kämpfen. Doch ich konnte mich nicht bewegen. Mit einem gequälten Aufschrei stach er zu, aber durchschnitt nur die Luft. Jemand schleuderte ihn nach hinten, quer über den Küchentisch. Skyris!

„Drück auf die Wunde! Du musst die Blutung stillen!", befahl er mir und setzte dem Entarteten hinterher. Überfordert tat ich es. Es fühlte sich grauenvoll falsch an, auf die Wunde zu drücken. Warm und feucht spürte ich das Blut und... Sein Puls! Er hatte noch einen Herzschlag! Er war noch am Leben! Verdammte Axt!

Er brauchte einen Heiler! Ich musste einen Heiler anrufen! Fahrig zog ich mit meiner freien Hand die Kristallkugel aus meiner Hosentasche. Dieses Mal hatte sie die krasse Scheiße, in die ich geraten war, zum Glück ohne Risse überstanden.

„Triquetra Terra", startete ich gleich einen Notruf: „Ich bin im Bücherwinkel, Haus..." Plötzlich tauchte in einem süßlich riechenden Funkenregen direkt neben mir eine Bienen-Seele auf. Ich kannte sie! Bei Nayas Honig-Party war sie auch dabei gewesen!

„Oh. Ich sehe schon", konzentriert kniete sie sich hin und schob meine Hände zur Seite. Sanft blies sie auf die blutige Wunde, als wäre sie eine Mutter, die ihr Kind damit bei einem aufgeschürften Knie trösten wollte. Aber das war kein kleines Aua, sondern eine verdammt tödliche Verletzung! Ich kam mir echt vor wie im falschen Film.

Laut krachte es in der Küche. Hektisch sah ich zu den Kämpfenden. Der Attentäter hatte sich eine Bratpfanne geschnappt, doch Sky schlug sie ihm aus der Hand und sie flog klirrend durchs Fenster. Warum demolierten sie bei dem Wahnsinn unsere ganze Wohnung?! Das würde doch sau teuer werden!

„Hallo? Sind Sie noch da? Um was für einen Notfall handelt es sich?", fragte eine nüchterne Stimme durch meine Kristallkugel. „Ähm... Ich brauche Ordnungshüter. Es gibt einen Angriff. In meiner Wohnung", brachte ich irgendwie hervor. Ruhig ergänzte die Bienen-Seele: „Und einen Krankentransport. Wir haben eine Halsverletzung mit hohem Blutverlust. Ich bin Heilerin aus Königin Nayas Gefolge. Er wird es überleben, aber er sollte trotzdem die nächsten Tage sicherheitshalber überwacht werden."

Regelrecht gedankenverloren bewegte sie ihre Finger und das Blut flog tröpfchenweise wieder vom Boden auf. Wie bei einem absolut kranken Mobile hingen die Tropfen einen Moment in der Luft, bevor sie zurück in die Wunde flossen. Magie war echt sowas von krass. Und wie komplett tiefentspannt die Tante dabei auch war! Als würde sie jeden Tag Leute von der Grenze des Todes zurückholen.

Vielleicht machte sie das ja sogar wirklich. Magieträger waren wichtige Personen, die wichtige Dinge taten. Ich würde auch so jemand werden... Aber jetzt gerade saß ich noch neben meinem Mitbewohner, vollgeschmiert mit seinem Blut, während ein anderer Auserwählter mit einem Entarteten die Küche zerstörte.

Wie schaffte ich es eigentlich immer in so abgedrehten Situationen zu landen? Das war doch nicht mehr normal!

Plötzlich ging wieder ein Fenster zu Bruch, doch dieses Mal war es auf der anderen Seite. Was? Alarmiert fuhr ich herum. Eine blinkende Kugel! „Granate!", schrie ich und warf mich auf die Heilerin.

Unsere Wohnung wurde von einem grellen Lichtblitz erhellt und kurz darauf war da der Rauch. Dicht erfüllte er die Luft und man konnte kaum noch etwas sehen. Was, wenn sie im Schutz des Rauchs in den Raum einfielen? Wie viele Entartete gab es überhaupt? Sky konnte sie nicht alle besiegen und ob ich so eine große Hilfe war... Scheiße! Ich brauchte eine Waffe!

Planlos griff ich das erstbeste: Ein Kissen? Was? Nein! Das war doch keine Kissenschlacht! Verdammt! Da! Ich ertastete etwas... Einen Schuh. Besser, aber immer noch bescheuert. Auf einmal sah ich etwas durch den Rauch zischen. Die nächste Granate! Nein! Ohne zu zögern hechtete ich nach vorne und schlug das Teil mit dem Schuh geradewegs zurück. Draußen gab es ein zerstörerisches Krachen. Verdammt! Es gab draußen noch zwei heftige Explosionen, dann wurde es still, na ja, so still wie es halt war, wenn auf einmal alle Bücherwürmer aus ihren verträumten Welten aufwachten und überfordert herumliefen.

Ich musste wissen, was da draußen vor sich ging! Halb blind lief ich zum Fenster und knallte dabei mit meinen Beinen gegen einfach alles auf meinem Weg. Tisch, Sofa, irgendwelches Zeug am Boden, ich nahm wirklich alles mit. Das würde nochmal fette blaue Flecken geben.

Irgendwie erreichte ich das Fenster und hätte mich mit meiner mörderischen Intelligenz fast auf den Glasscherben abgestützt. Das hätte gerade echt noch gefehlt. Oh man! Draußen sah es echt übel aus.

Ein paar angekohlte Buchseiten flatterten noch durch die Luft. Den Bücherladen auf der anderen Straßenseite hatte es wirklich ordentlich zerlegt. Nicht dass ich je drin gewesen wäre, aber das Loch im Dachgeschoss gehörte definitiv nicht dahin. Oh oh und da aus dem zerbrochenen Fenster qualmte es ganz schön. Wenn das mal kein Bücher-Großbrand wurde.

Aufgescheucht wuselten jede Menge Leute auf der Straße rum. So energiegeladen und lebendig hatte ich den Bücherwinkel echt noch nie gesehen. Und von den Entarteten war keine Spur mehr...

„Dein Freund hatte wirklich Glück. Die Flasche hat keins der Hauptgefäße durchtrennt. Seine Muskeln haben viel abgefangen. Lange hätte er bei dem Blutverlust trotzdem nicht mehr durchgehalten", fing die Bienen-Seele unvermittelt ein Gespräch mit mir an: „Ich werde nie verstehen, wie Leute sich so etwas gegenseitig antun können..."

„Woher wusstest du es eigentlich? Ich hatte den Notruf doch noch gar nicht beendet", fiel mir reichlich spät ihr verdächtiges Timing auf und auch Skyris war völlig aus dem Nichts gekommen. Merkwürdig...

„Nach dem, was vor der Kristallresidenz passiert ist, hat sich Naya Sorgen gemacht. Sie hat meinen Cousin gebeten, ein Auge auf dich zu halten. Er hat eine sehr ausgeprägte Seher-Magie. Als er dich gefunden hat, war dein Freund hier gerade am Verbluten. Er hat mir sofort Beschied gesagt und ich habe eine der Notfall-Reiseperlen genutzt, die Alpha mit ihrer mächtigen Teleportations-Magie gefüllt hat", erklärte sie mir ausführlich und deutete auf die Perlenkette, die sie trug.

Zwei der kleinen Kugeln schimmerten noch mystisch weiß, die anderen waren alle bereits durchsichtig. Hieß das, sie hatte eine ihrer letzten Teleportationen für Les genutzt? Aber das war nicht gerecht! Bei Heilern ging es um Geschwindigkeit und die Anzahl der Leben, die sie retten konnte, durfte nicht durch eine Handvoll Perlen begrenzt sein!

Bevor ich mit einer sehr aufgebrachten Argumentation starten konnte, kam sie mir unbeschwert zuvor: „Das ist schon meine vierte Kette von Alpha. Ich verbrauche immer sehr viele Perlen, doch hinter jeder Perle steht ein Leben, das vielleicht geheilt werden kann. Bis auf eine, da hatte ich verschlafen und wollte von meiner super strengen Lehrerin keinen Kopf kürzer gemacht werden. Aber das bleibt unter uns, ja?"

Voll korrekt lächelte sie mich an. Man konnte ihr richtig ansehen, wie sie in ihrer Aufgabe aufging. Sie hatte dieses begeisterte Strahlen, das irgendwie ansteckend und motivierend war. Irgendwie wollte ich jetzt auch etwas Bedeutsames machen und meine Bestimmung finden und so einen Quatsch.

Plötzlich rumste es laut in der Küche. Kampfbereit fuhr ich herum, doch es war nur die arrogante Steinbock-Seele. Offensichtlich war er durchs kaputte Fenster rein gesprungen, allerdings hatte ich gar nicht richtig bemerkt, wie er nach draußen war.

„Ah, du lebst ja noch", stellte er ziemlich gleichgültig fest: „Dann sind wir jetzt ja quitt." „Quitt? Man, du hast meine Küche voll auseinandergenommen", erwiderte ich anklagend.

„Du lebst doch sowieso das nächste Jahr im Trium-Palast und ein großer Verlust ist diese chaotische Hütte nun wirklich nicht", entgegnete Skyris geringschätzend.

„So mies ist es hier gar nicht! Auf dem Dach kann man echt gemütlich sitzen und man hat seine Ruhe. Und trotzdem ist man schnell da, wo es richtig abgeht. Und die Lesungen im ´tropfenden Tintenfass´ ein paar Häuser weiter, sind manchmal echt gut. Einmal gab es da extra Spezial-Drinks passend zur Geschichte", verteidigte ich meine Wohnung gleich, einfach aus Prinzip. So toll war es hier eigentlich auch wieder nicht.

„Ihr könnt ruhig gemeinsam aufs Dach gehen oder in eine Lesung. Ich warte hier bis der Krankentransport da war", hatte die Heilerin darin wohl irgendwie eine Art Angebot oder Aufforderung gehört.

Prompt tat Skyris so, als hätte ich ihn eingeladen, sich „in dieser chaotischen Hütte" wie zu Hause zu fühlen. Völlig selbstverständlich öffnete er den Kühlschrank, wobei mir auffiel, dass das Gefrierfach irgendwann in den letzten Minuten seine Tür verloren hatte. „Habt ihr noch Bier?", fragte er locker. „Nicht für dich", blockte ich angepisst ab.

Was war bei dem Spinner falsch gelaufen? Zuerst hatte er null Respekt vor meinen Sachen und beleidigte sie auch noch und wollte jetzt einfach ein Bier? Sag mal geht's noch? „Ich hab dein Leben gerettet. Da hab ich es mir doch verdient", meinte er immer noch so überheblich. „Ich hab dein Leben auch gerettet. Ohne mich wärst du von dem Stützpfeiler runtergefallen, wie ein Popel, den man vom Finger schnippst. Und was habe ich von dir dafür bekommen?", konterte ich herausfordernd.

Plötzlich warf er mir ein Bier zu, das ich auch locker fing. Aber wie zusammenhanglos war das bitte? „Du hast dir auch eins verdient", kommentierte er schlicht und machte einen Schritt auf das Fenster zu: „Kommst du jetzt oder nicht?"

Und obwohl ich diesen Penner am liebsten in meinem kaputten Gefrierfach verstaut hätte oder sonst irgendeinem dummen Ort, saßen wir nicht mal eine Minute später nebeneinander auf dem Dach. Schon oft hatte ich hier gehockt und auf meiner Gitarre gespielt, ein Bier getrunken und einfach nur nachgedacht. Laurel war auch schon mehr als einmal dabei gewesen. Dieser Platz hatte einfach was.

Die Ziegel waren noch warm von der Sonne und man hatte eine gute Aussicht auf die Dächer der anderen Häuser, die hier aus irgendeinem Grund alle besonders verziert waren. Wetterfahnen mit Katzen oder Hexen oder Katzen mit Hexen, verrückte Wasserspeier, krasse Dachgauben mit kunstvoll geschnitzten Fensterladen und schlangenartige Drachen, die auf dem Dachfrist hingen. Hier gab es echt alles. Die Leute im Bücherwinkel hatten irgendwie einfach eine Vorliebe für seltsame Dinge.

Apropos seltsam, dieses Wort schien gerade einfach alles zu beschreiben. Wie wir hier ganz normal saßen, obwohl nichts normal war und mit Bierflaschen, genau wie die, die Les im Hals gesteckt hatte. Sie hatte ihn fast umgebracht. Und die Frau in der Gasse war wirklich gestorben. Und von den Leuten auf dem Platz...

Heute war so viel Schlimmes passiert und trotzdem schien die Sonne warm und golden und bot uns einen absolut malerischen Sonnenuntergang, der den Rauch aus einem Gebäude in der Nähe geradezu magisch leuchten ließ. Dieser Anblick war der Hammer und doch so falsch.

Ich fühlte mich aufgedreht und müde zugleich. Ich war komplett durch und doch fühlte ich mich irgendwie... stark. Mein Leben war von jetzt auf gleich wirklich eine absolut chaotische und explosive Mische geworden.

„Ich hab der Gräfin gesagt, dass du sicher wieder in irgendeiner Scheiße landest. Ich dachte nur nicht, dass sie mich gleich hierher schickt, um für dich den Babysitter zu spielen", fing Skyris aus dem Nichts ein Gespräch an: „Und ich hatte ja auch recht."

„Hast du den Typ wenigstens gekriegt?", wechselte ich das Thema, auch wenn ich mir die Antwort schon denken konnte. Er war viel zu schnell wieder da gewesen. „Hättest du auch nicht, wenn dir die ganze Zeit Granaten um die Ohren geflogen wären", rechtfertigte er sofort seine Niederlage. „War es wieder die aus Tina's mit dem Tennisschläger?", erkundigte ich mich eigentlich viel zu entspannt.

„Ja", bestätigte er mit seinem angekratzten Ego, doch dann fand ein kleines Grinsen den Weg auf sein Gesicht: „Vielleicht sollte ich ab jetzt immer mit dir auf die Jagd gehen. Du bist ja ein regelrechter Magnet für Entartete und sonstige Probleme."

Da hatte er recht.

„Auf die Probleme", mit diesen Worten hob ich meine Flasche hoch und Laurel wäre sicher stolz darauf, dass ich mal von selbst daran dachte zu prosten. „Auf die Probleme", echote die Steinbock-Seele doch tatsächlich und mit einem hellen Klirren stießen unsere Flaschen zusammen.

Ein neues Schicksal

Statt meiner Schonfrist von einer Woche, um irgendwie mit dem ganzen abgedrehten Zeug klarzukommen, hatte ich einen Tag, einen halben Tag um genau zu sein. So konnte es eben gehen, wenn man als voll heldenhafter Auserwählter in seiner Wohnung angegriffen wurde und dabei der Mitbewohner fast sein Leben verlor. Mies gelaufen.

Ein letztes Mal stand ich in dieser Wohnung, die ich gleichzeitig gehasst und geliebt hatte. Es war halt irgendwie einfach ein Teil von meinem Leben, bei dem jetzt radikal alles auf den Kopf gestellt wurde und passend dazu, sah es hier immer noch aus wie auf einem Schlachtfeld.

Ich war der krassen Bienen-Seele wirklich extrem dankbar, dass Les Blut wenigstens nicht mehr auf dem Boden klebte sondern wieder ganz da war, wo es hingehörte. Trotzdem verpasste es mir einen Schauer, wenn ich zu der Stelle sah, wo er gelegen hatte. Im Nachhinein kam mir dieser kranke Moment wie ein irrer Traum vor.

Aber an dem Punkt war ich in letzter Zeit ja schon öfter gewesen und es war klar, dass ich nicht mehr aufwachen würde. Einfach nur gedankenlos mit meinem Skateboard durch die Stadt zu düsen, war längst Geschichte, unter anderem auch, weil mein Skateboard nach meinem

Heldenauftritt nicht mehr aufgetaucht war. Das war echt ein schmerzhafter Verlust. Dabei hatte ich die Kugellager doch gerade erst neu machen gelassen...

Plötzlich kam aus dem Türrahmen eine tiefe Bass-Stimme: „Sir. Eine Katzen-Seele ist unten und beharrt auf einen Besuch." Mit dieser Stimme war es echt eine Schande, dass die Hunde-Seele aus meiner Eskorte nicht als Sänger arbeitete. Wenn der richtig loslegte, würde es sicher klingen, als hätten sich die Tore des Totenreichs geöffnet.

„Ja, das muss Laurel sein. Ihr könnt sie hochlassen", erlaubte ich, immer noch nicht so ganz sicher, was ich von meiner Rolle als Boss halten sollte. Es war schon Hammer, einfach dieser Kampfelite Befehle geben zu können, aber auch voll schräg. Ich meine, wer war ich schon?

Mit einem professionellen Nicken entfernte sich mein Wachhund wieder. Die ganze Gruppe da unten wartete nur darauf, dass ich endlich fertig gepackt hatte und mit ihnen in den Trium-Palast aufbrach.

Eigentlich hätte ich schon längst zu ihnen runtergehen können. Mein Zeug hatte ich schnell in ein paar Koffer und Taschen gestopft, aber... Ja, ich stand hier einfach dumm rum und wenn Laurel gleich kam, konnte sich meine hochoffizielle Eskorte erst recht einen zügigen Aufbruch abschminken.

Ich hatte ihr so viel noch nicht erzählt! Und jetzt würde ich einfach gehen. Würde ich sie hinter mir lassen müssen, wie den Rest hier? Aber es musste doch eine Möglichkeit geben, sie zwischendurch zu besuchen und wir konnten uns anrufen und so...

Verdammt! Ich hatte das Gefühl auf einer Eisscholle zu stehen, die kurz davor war einfach unter mir wegzuschmelzen. Und dann würde ich ertrinken! Verdammte Axt! Ich fühlte mich auf einmal voll hysterisch! War das eine Panikattacke? Ich bekam nie Panikattacken!

„Dex? Was ist hier los?", wollte Laurel richtig überfordert von mir wissen und genau das brauchte ich. Wortlos umarmte ich sie einfach. Und nach einem wundervollen, geborgenen Moment murmelte ich: „Ich bin so froh, dass du da bist."

„Ist ja gut", beruhigend tätschelte sie mir den Rücken: „Erzähl mir, was passiert ist. Was sollen die Wachen da draußen und wo ist Les?" Wie ein Wasserfall brach es aus mir heraus, wirklich alles, selbst das so geheime und gefährliche Wissen über die Entarteten und natürlich die legendäre Ernennung von mir als fünftem Auserwählten. Laurel war einfach meine beste Freundin, wenn ich jemandem alles erzählen konnte, dann ihr. Und es tat so verdammt gut. Ich hatte das alles einfach einmal loswerden müssen.

Mit einem Mal war diese unerträgliche Spannung weg. Gut fühlte ich mich zwar immer noch nicht, aber besser. Irgendwie würde ich klarkommen.

„Du wirst echt Magie bekommen...", wiederholte sie ungläubig. Wenn das das Einzige war, an dem sie sich aufhängte, war sie schon deutlich weiter als ich. Eine Sekunde später überraschte sie mich dann richtig mit ihrer energiegeladenen Art.

„Oh! Du musst mir unbedingt alles erzählen! Wie es im Trium-Palast ist und wie die anderen sind und der Unterricht! Du wirst von den drei Oberhäuptern höchstpersönlich unterrichtet werden! Der Wahnsinn! Das wird eine ganz andere Liga! Vielleicht kannst du ja dann fliegen! Oder Wind heraufbeschwören! Elementarmagie ist super krass! Oder wie Alpha Teleportation! Stell dir mal vor, du sitzt auf dem Sofa und kannst alle Snacks einfach bei dir auftauchen lassen, ohne aufstehen zu müssen! Das wäre so krass! Das wird so aufregend! Du wirst ein richtiger Magieträger!", sah sie auf einmal ganz viele bunte und geniale Möglichkeiten, wo ich nur Chaos und Probleme gesehen hatte.

„Ich würde dich so gerne mitnehmen", meinte ich mit einem kleinen, traurigen Lächeln. „Hey, ich bin doch nicht aus der Welt", tröstend streichelte sie meinen Arm: „Wehe du rufst mich nicht regelmäßig an!" „Natürlich! Ich brauch doch jemand Normales in der Welt der verrückten Auserwählten. Du kennst doch Skyris, wahrscheinlich sind alle da so durchgedreht wie er", erwiderte ich mit einer Mischung aus Vorfreude und mieser Vorahnung. Entweder würde dieses Jahr der Hammer oder die Hölle werden.

„Sir. Es ist wirklich Zeit aufzubrechen. Sie sind hier nicht sicher und sie werden im Trium-Palast bereits erwartet", meldete sich die Hunde-Seele mit der krassen Bass-Stimme wieder. „Sie sollten wirklich mal als Sänger auftreten", sagte ich ihm geradeheraus. „Oh ja! Auf jeden Fall! Sie haben wirklich endlos Potenzial!", stimmte Laurel mir überzeugt zu.

„Ähm, danke. Aber... Wir sollten wirklich los", versuchte er professionell zu bleiben, auch wenn er sich offensichtlich geschmeichelt fühlte. „Also dann", mit diesen Worten stand ich endgültig auf. Und ich breitete meine Arme für eine letzte Umarmung aus.

„Pass auf dich auf!", zum Abschied drückte mich meine beste Freundin noch einmal ganz fest und ihre Schnurrhaare kitzelten leicht an meiner Wange. Man, ich würde sie echt vermissen!

Im Türrahmen drehte ich mich noch einmal zu ihr um und winkte ihr mit einem schiefen Grinsen zu. Strahlend erwiderte sie meine Geste und dann wandte ich mich wirklich von ihr ab, auf dem Weg in ein neues Leben...

Wie eine ganz wichtige Person wurde ich durch die Stadt gebracht und noch viel weiter, bis zum großen Schicksalswasserfall. Schon von weitem hörte man ein gewaltiges Tosen und was man sehen konnte, war noch viel gewaltiger.

Bisher hatte ich vom Trium-Palast nur Bilder gesehen und natürlich am Horizont die großen Türme, aber ihn in echt zu sehen... Wirklich der Hammer! Die Dachkuppeln waren ein blendendes Spiel aus Metall und Glas und die Mauern vereinten uralte Massivität und feine Eleganz miteinander, auch hier war Metall eingearbeitet und teilweise rankten sich auch irgendwelche Pflanzen daran in die Höhe, aber nicht verwildert sondern... ja, einfach harmonisch. Es war der Schnittpunkt der drei Reiche, eine Verbindung.

Und wie ich so aufsah, verstand ich es irgendwie. Es ergab einfach absolut Sinn, dass hier Schicksale geschmiedet wurden. Und meins würde hier auch seine echt radikale Wendung nehmen. Hammer...

Dieser Ort war unglaublich! Und dann auch noch die Tatsache, dass normale Leute überhaupt nicht hierhin konnten. Gerade fühlte ich mich echt wahrhaftig auserwählt. So ein krasser Scheiß!

Auf einer hohen Brücke gingen wir über den Fluss, in dessen Mitte der Trium-Palast errichtet war, direkt an der Grenze der herabstürzenden Wassermassen. Voll abgedreht, wie der Fluss dieses riesige Gebäude an beiden Seiten umströmte und dann einfach zig Meter in die Tiefe rauschte.

Ich musste einfach für einen Moment stehen bleiben und runter schauen. Das war nochmal tausendmal heftiger als oben auf dem Königreich der Luft. Wie das Wasser schäumte und im sprühenden Wasserdunst kleine Regenbögen leuchteten...

Davon musste ich unbedingt ein Bild machen. Laurel würde ausrasten. Häh? Meine Kristallkugel war ganz trüb. Was war denn jetzt da kaputt? Mit gerunzelter Stirn schüttelte ich das Ding, aber dadurch wurde es natürlich nicht besser.

„Ähem!", räusperte sich auf einmal eine trockene Stimme in der Nähe. Ertappt fuhr ich herum. Oh! Vor mir stand eine Landschildkröten-Seele, bestimmt eine von der Sorte, die uralt wurde, zumindest sah der Typ aus, als hätte er schon die Erbauung des Trium-Palastes miterlebt. Wirklich ein Fossil! Und gleichzeitig stand er da, immer noch kerzengerade und mit einem richtig strengen Blick. Irgendwie hatte ich so das Gefühl, dass dem Opa absolut gar nichts entging. Außerdem hatte er so einen fetten, bescheuerten Schnurrbart, der sich abwertend über seinem zusammengekniffenen Mund kräuselte. Ein Elite-Opa.

Steif verbeugte er sich leicht und stellte sich ganz nüchtern vor: „Mein Name ist Maxinkorik und ich bin der Butler des ehrwürdigen Trium-Palastes. Hiermit heiße ich sie

Willkommen. Zu Beginn werde ich sie in den wichtigsten historischen Hintergründen unterweisen und ihnen das gesamte Gebäude näherbringen."

Ein Butler? Wie geil! Bei seiner übertrieben edlen Aufmachung hätte ich ja eher auf irgendeinen versnobten Adligen oder so getippt. Er hatte sich schon krass herausgeputzt mit den weißen Handschuhen, dem schwarzen Anzug, der am Ärmelaufschlag mit Silber verziert war und den insgesamt sieben fein verzierten Uhren, die er, warum auch immer, an der Seite trug. Vielleicht ja für jeden Wochentag eine, der Spinner.

„Korrekt", meinte ich mit einem lässigen Kopfnicken: „Ich bin Dex." Verkniffen verzog der Butler leicht den Mund: „Wenn sie mir nun folgen würden, Herr Nospes." Alles klar. Lässig war in seiner Werkeinstellung wohl nicht vorhanden.

So perfekt gerade, wie echt kein normaler Mensch gehen konnte, führte mich der Kerl den letzten Abschnitt über die Brücke. Mit meinen normalen Sachen fühlte ich mich schon richtig unpassend gekleidet. Hier war alles so mega hochwertig und... exquisit. Echt verrückt. Man konnte die machtvolle Atmosphäre förmlich spüren. Da war einfach so eine Spannung in der Luft, die mir die Härchen auf den Armen aufstellte.

Durch einen hohen Torbogen ging es auf den Innenhof, den ich bei den Ernennungen der Auserwählten schon oft gesehen hatte, aber auch hier war es eine andere Liga, selbst da zu stehen.

„Der Springbrunnen speist sich aus dem Fluss und dient als Symbol des ewigen Lebenskreislaufs, wie ihn das Wasser beschreibt. Es ist der Fluss des Schicksals, welches an diesem Ort schon so viele Male seinen Anfang genommen hat. Die Statue in der Mitte vereint die Seelentiere der drei Gründerinnen unserer Ordnung. Das Glanrind als Erinnerung an Susifa, die erste Herrscherin des Königreichs des Landes, die ihr Volk mit dem Zusammenhalt einer Herde zu Wohlstand und Frieden geführt hat. Die Sepia für Laseris, die erste Herrscherin des Königreichs des Wassers, die mit ihrer eigenen Tinte die Ur-Chronik verfasste und ihr Volk das Bewahren der Vergangenheit lehrte. Und eine Termite Alates in Gedenken an Nofrex, die mit dem Bau des Königreichs der Luft begonnen hat und seit jeher für Freigeist und Kreativität steht", fing der Butler gleich mit seinem Geschichtsvortrag an.

So genau hatte ich diesen Springbrunnen noch nie hinterfragt, auch wenn ich mich eine Runde total darüber abgelacht hatte, dass eine Kuh an so einem feierlichen Platz stand. Ich meine eine Kuh! Das passte eher auf einen Bauernhof oder eine Molkerei oder sowas! Na ja, anscheinend war es ein ganz besonderes Rindvieh. Und weiter ging's.

„Die Steine bilden ein großes Triquetra, welches sehr gut aus der Luft oder den oberen Zimmern sichtbar ist. Und die Spitzen dieses heiligen Symbols deuten auf die drei Herrschaftssäulen. Auf ihnen sind verschiedene Attribute der Herrschaftsbereiche abgebildet, ebenso einige der dort vertretenen Spezies. Als Erbauer sind…", etwa da schaltete ich ab.

Ich konnte bei dem ganzen Fakten-Gelaber einfach nicht konzentriert bleiben, besonders wenn es hier so viele interessante Sachen zu sehen gab. War mir doch egal, wer wann was erbaut hatte. Auch wenn es schon krass war, wie lange das ganze Zeug schon hier stand. Wirklich ein Fels in der Geschichte.

Nach einem sehr umfangreichen Vortrag ging es auch mal ins Innere des schicken Palasts, von dem man normalerweise keine Einblicke bekam. Neugierig sah ich mich um. Der Boden war so blankpoliert, dass ich mich glasklar darin spiegelte und erst die beiden langen Zipfel von der Anzugsjacke des schmucken Butlers. Die tanzten bei jedem Schritt so witzig hin und her!

Mir rutschte ein kleines Kichern raus, was natürlich sofort mit einem bösen Blick quittiert wurde. Spaß verstand der Kerl echt nicht. Diese Führung versprach ja mal mega ätzend zu werden.

An jeder Ecke hing irgendein Bild von einer denkwürdigen Person und ich bekam gleich den ganzen Lebenslauf präsentiert. Wenn das nur die wichtigsten historischen Hintergrundinformationen waren, wollte ich nicht wissen, wie lange die intensive Führung ging.

Da! Die Tür zu einem Balkon war nur angelehnt! Ohne zu zögern, nutzte ich meine Chance zu flüchten und schlich mich nach draußen. Natürlich war hier alles so gut geölt, dass die gläserne Tür völlig geräuschlos weiter auf und wieder zu schwang. Perfekt! Sicher würde die Laberbacke noch eine Ewigkeit brauchen, bis er merkte, dass ich nicht mehr seinem so interessanten Vortrag lauschte.

Über mein Gesicht huschte ein kleines zufriedenes Grinsen. Endlich hatte ich mal einen Moment, um anzukommen. Locker lehnte ich mich auf die Brüstung und ließ den Blick schweifen. Wir waren hier nicht auf der Wasserfallseite und wirklich hoch war es auch nicht. Also nur eine ganz gewöhnliche Aussicht auf einen ganz gewöhnlichen Fluss und ganz gewöhnliche Wiesen von einem ganz und gar nicht gewöhnlichen Ort aus. Korrekt.

Davon würde ich Laurel zuerst ein Bild schicken und dann eins von mir mit dem Palast im Hintergrund. Genau! Kurzerhand zog ich wieder meine Kristallkugel hervor und sie war einfach immer noch so komisch trüb.

Ach komm schon! Blödes Ding!

„Das liegt an dem magischen Feld hier im Palast, dadurch wird auch die undurchdringbare Barriere aufgebaut, die man nur durchschreiten kann, wenn dein Blut vorgemerkt wurde. Kristallkugeln sind davon überlastet und können keine Signale senden", meldete sich auf einmal eine ruhige Stimme aus dem Nichts. Erschrocken zuckte ich ein kleinwenig zusammen und schaute hinter mich.

Oh. Dahinten in der Ecke des Balkons stand eine Koala-Seele. Er hatte eine glimmende Zigarette im Mund und wirkte auch ansonsten bei Weitem nicht so seriös wie der Butler. Seine riesigen, flauschigen Ohren ragten unter einer Mütze hervor und er trug absolut labbrige Klamotten. Neben ihm kam ich mir auch mal normal vor.

„Hey, ich bin Dex", stellte ich mich ihm gleich vor. „Ich bin Nopsi", entspannt blies er einen Rauchring in die Luft. „Und was machst du hier so?", erkundigte ich mich locker. „Rauchen", antwortete er mir mit dem Offensichtlichen: „Das sehen die hohen Herren hier nicht so gerne."

„Ich bin ja vor diesem Maximus-Butler geflüchtet", verriet ich ihm offen. Verständnisvoll grinste er: „Ja, die Führung von Maxinkorik ist schon heftig. Ich glaube, die Einzige, die bis zum Schluss durchgehalten hat, war Miriell."

„Wer ist Miriell?", fragte ich weiter nach. „Die Auserwählte der Luftlebewesen, eine Eule, Steinkauz", informierte er mich knapp. „Bist du auch einer der Auserwählten?", riskierte ich einfach mal. „Ja, genau wie du", meinte er mit einem kleinen wissenden Grinsen: „Der Held, der Alpha während ihrer Rede gerettet hat. Ein beeindruckender Auftritt."

„Danke. Ich hab mich dabei ja eher dumm und überfordert gefühlt", erwiderte ich ausgelassen. Locker zuckte er mit den Schultern: „Sowas kann passieren. Man muss sich nicht kompetent fühlen, um etwas richtig zu machen."

„Weswegen bist du hier?", versuchte ich noch mehr zu erfahren. „Ich habe ein Studium über die technisch-magische Korrelation gemacht, zweimal. Danach haben sie den kognitiven Test für wahrscheinliche Magiebegabung durchgeführt. Hab sehr gut abgeschnitten. Deswegen bin ich jetzt hier", schilderte er mir als wäre das nichts Großes. Ich musste meine Einschätzung von eben wohl doch ändern. Normal war der Kerl auf keinen Fall! Aber er war korrekt drauf.

„Warum hast du das Studium zweimal gemacht?", blieb ich dabei irgendwelche Fragen zu stellen. „Meine Abschlussarbeit über die spekulative Möglichkeit einer Zeitmaschine, war dem Magister zu weit hergeholt. Dabei war ich in den Anwendungsbereichen sogar bei den Besten. Tja, beim zweiten Mal habe ich dann bestanden", es schien ihm überhaupt nichts auszumachen, einmal durchgefallen zu sein. Echt tiefenentspannt. War es wirklich Tabak, was er da rauchte oder doch vielleicht etwas Anderes?

„Weißt du schon, auf welche Magie du dich spezialisieren willst?", brachte er jetzt auch mal eine Frage. „Bis gestern dachte ich nicht mal im Traum daran, mal hier zu stehen. Ich habe überhaupt keinen Plan von dem ganzen Zeug", gestand ich mit einem leicht nervösen Lachen. Dumm und überfordert passte eigentlich auch gut auf meine jetzige Situation.

„Ich kann dir gerne Nachhilfe geben. So schwer ist es im Grunde gar nicht", bot er mir sofort locker an. „Ja man! Das würde mir voll das Leben retten!", nahm ich es ohne zu zögern an. Alleine würde ich hier sowas von untergehen!

Auf einmal nahm der Ausdruck auf seinem Gesicht etwas sehr Nachdenkliches an: „Es ist faszinierend. Du hast die Chance, dir ein völlig neues Schicksal zu erschaffen. Der unberechenbare Zufall. Du bist anders als wir alle. Deine Zukunft ist ein unbeschriebenes Blatt. Deine Karten sind noch gar nicht ausgeteilt. Du bist der Joker, die Karte, mit der man sich alles wünschen kann. Dieses Jahr verspricht äußerst spannend zu werden…"

Gedankenverloren blies er noch einen Ring in die Luft. Was auch immer er für Zeug rauchte, ich wollte auch davon!

Plötzlich wurden die Türen zum Balkon schwungvoll aufgerissen und der Luftstoß fegte den Rauch zur Seite. „Herr Nospes und Herr von Natik", stellte der Butler mit seinem extrem verurteilenden Blick fest: „Ich unterbreche Ihre Unterhaltung höchst ungern. Doch es wäre wohl an der Zeit, ihr Zimmer zu beziehen, Herr Nospes. Das Abendmahl wird bald angerichtet. Sie wollen doch nicht schon an ihrem ersten Tag den Anschluss verlieren."

Man kotzte mich der Kerl an!

„Hat mich echt gefreut dich kennenzulernen, Nopsi. Ich mache dann wohl erst einmal das maximale Palast-Programm", verabschiedete ich mich noch von meinem neuen Kumpel und konnte mir dabei das kleine Wortspiel einfach nicht

verkneifen. Dieser Maxikokken-Typ würde für mich halt immer der Maximus-Butler bleiben.

Trotzdem folgte ich ihm zurück in den Trium-Palast, wo sich
mein super krasses, spannendes und ungeschriebenes,
neues Schicksal entscheiden würde...

Die Auserwählten

Mein „Zimmer" war eher ein kleiner Saal. Meine ganze alte Wohnung hätte da gut rein gepasst. Anerkennend sah ich mich um. Voll korrekt.

Klar, die Möbel wirkten alle übertrieben edel und auch etwas altmodisch, wie aus einem Museum und der Raum war stellenweise echt leer.

Mein Zeug sah darin aus wie ein Mückenschiss, als hätte ich überhaupt nichts, dabei war mein Zimmer zu Hause übertrieben vollgestopft gewesen. Verrückt.

Rückwärts ließ ich mich auf das gigantische Bett fallen, in dem locker eine ganze Familie schlafen könnte. Über mir konnte ich Sterne und Vögel aus Gold sehen. Selbst die Decke war ein Kunstwerk!

Und hier sollte ich das nächste Jahr wohnen… einfach irre.

Ohne mir auch nur einen Moment zum Staunen zu geben, klopfte es auch schon an die Tür. Man! Hier hatte man ja echt nie seine Ruhe! Mit einem genervten Stöhnen sprang ich wieder auf und stolperte erst einmal voll über meine Gitarre. Die Saiten gaben dem Knall irgendwie etwas Melodisches und ich fiel dabei sogar nicht mal auf die Fresse.

Ganz seriös, als wäre nichts passiert, öffnete ich die Tür. Dort stand eine Flughörnchen-Seele mit einem ähnlichen Outfit wie der Maximus-Butler, nur ohne die ganzen Uhren. Bestimmt war sie auch eine Angestellte.

Nur eine Sekunde später bestätigte sie meine Vermutung auch, als sie sich förmlich vor mir verbeugte: „Guten Abend, Herr Nospes. Ich bin hier, um sie zum Abendmahl zu geleiten."

„Alles klar", meinte ich locker und folgte ihr. Die prunkvollen Gänge waren ein regelrechtes Labyrinth, ohne Führer wäre ich hier sicher verloren gegangen. Auch wenn es bestimmt mal interessant wäre, die Orte zu erkunden, wo man eigentlich nicht hin sollte...

Aber vielleicht sollte ich erst einmal versuchen hier klarzukommen. Bis jetzt hatte ich immer noch keinen Plan von irgendwas. Das sollte ich wohl mal ändern.

Kurzerhand fragte ich die Angestellte neben mir: „Können Sie mir vielleicht ein bisschen was über den normalen Tagesablauf hier erzählen?"

„Um sieben Uhr morgens wird ein Frühstück angerichtet. Mittags wird um zwölf Uhr gespeist und abends um sechs Uhr. Bis zu der Zeremonie kommen den Auserwählten keine besonderen Pflichten zu. Danach werden sie primär in den Praktiken der Magie, Kampfkunst und Geschichte unterrichtet. Neben den drei Herrscherinnen werden verschiedene Meister eure Ausbildung übernehmen. Außerdem werden einige Versammlungen und Feierlichkeiten abgehalten werden, an denen eine Teilnahme erwartet wird. Ach, und in den nächsten Tagen wird ihnen der Schneider einen Besuch abstatten, um die Maße für ihre zeremonielle Kleidung zu nehmen. Allerdings können sie ganz unbesorgt sein. Wir werden uns um alles kümmern", erklärte sie mir nüchtern.

Anscheinend war Emotionslosigkeit hier ein Einstellungsmerkmal. Und jeden Morgen um sieben Frühstück! Auf das frühe Aufstehen hatte ich ja mal so gar keinen Bock. Auch toll war natürlich Geschichte als Schwerpunkt-Fach. Ich dachte diesen Alptraum hätte ich mit der Schule hinter mir gelassen.

Aber Königin Naya war voll korrekt, mit ihr würde der Unterricht sicher nicht so schlimm werden und Gräfin Alpha... Sie konnte ich noch nicht so ganz einschätzen. Irgendwie würde das alles schon hinhauen.

Gefühlt aus dem Nichts standen wir auf einmal vor einer großen Flügeltür und natürlich prangte auch hier schön fett das Triquetra. Ja, ja, wir waren alle eins.

Lautlos schwangen die Türen auf und machten den Blick auf einen großen Saal frei. Hinten am Ende gab es eine Art hohe Bühne mit einem langen Tisch mit drei erhöhten Stühlen oder vielleicht sollte man das eher Throne nennen. Ganz klar der Platz der Herrscherinnen.

Und um da die drei Gebiete zu verkörpern, gab es einen kleinen, plätschernden Wasserfall, zerklüftete Steine mit ein paar Pflänzchen und diverse Windspiele. Außerdem waren dahinter in der Wand, glaube ich, gemeißelte Wandgemälde mit geschichtsträchtigen Szenen und so. Sehr imposant.

Ansonsten war der Raum in drei Bereiche geteilt. Über dem Teil mit weißen Fliesen hingen Trapeze in verschiedenen Höhen, wie übergroße Vogelstangen und als Tische gab es geflochtene Körbe, die ebenfalls von der Decke baumelten. Ganz schön abgedreht, aber irgendwie auch witzig.

Regelrecht langweilig war im Vergleich dazu der graue Erd-Bereich. Die Stühle waren einfach nur breite Steinsäulen, die scheinbar aus dem Boden wuchsen und fest um die ebenso massiven Tische angeordnet waren. Schlicht gab es an den Seiten ein paar gemeißelte Blumenverzierungen, aber das war's dann auch schon.

Und der Wasser-Bereich bestand super überraschend aus Wasser. Hier trieben große Seerosenblätter rum, die man als Tische nutzen konnte. Stühle waren da ja überflüssig, weil man locker schwimmen konnte. Echt korrekt.

Wieso war eigentlich nur der Erd-Bereich so starr und lahm? Außerdem... Warum war es hier so leer? Ein riesiger Saal und niemand war da?

Auf einmal zog eine kleine Bewegung meinen Blick auf sich. Es war doch jemand da, zwei Leute sogar. „Der sieht aus, als hätte er sich verlaufen", raunte die eine kaum hörbar und grinste dabei belustigt über mich.

Sie war irgendeine Schildkröten-Seele und neben ihr saß eine Steinkauz-Seele. Von ihr hatte Nopsi mir doch sogar schon erzählt! Miriell! Wo war der Kerl eigentlich abgeblieben?

„Ich kann es verstehen. Hier ist alles schon sehr groß. Ich bin froh, dass ich mich noch nicht verlaufen habe", erwiderte Miriell mit einem ziemlich lauten Flüstern. „Du gehst ja auch nie aus deinem Zimmer raus", entgegnete die andere mit einem Augenrollen.

„Würde der Herr die Freundlichkeit besitzen, seinen Platz einzunehmen?", meldete sich eine bekannte, steife Stimme hinter mir. Oh, der Maximus-Butler.

„Natürlich bin ich so freundlich", gab ich ironisch von mir und marschierte einfach mal zu den anderen beiden.

Ihr Tisch lag genau in der Mitte des Raums und war eine Mischung aus allen drei Bereichen. Miriell schaukelte leicht auf einer dieser Trapez-Vogelstangen, während die Schildkröten-Seele auf einem wirklich bequem aussehenden Sessel aus Wasserpflanzen hockte. Und für mich gab es nur so einen miesen Stein. Ernsthaft?

„Kann ich auch so eine Vogelstange haben?", fragte ich den Maximus-Butler einfach.

„Sie sind ein Auserwählter des Königreichs der Erde. Das Gestein zeigt die Stärke und Standhaftigkeit dieses Gebiets. Sie sollten sich geehrt fühlen, darauf Platz nehmen zu dürfen", lehnte er säuerlich ab.

„Was für eine Ehre, sich den Arsch platt zu sitzen", murmelte ich missmutig.

„Hallo!", begrüßte mich die Steinkauz-Seele, als wir näher kamen mit einem lieben Lächeln. „Hallo", kam es auch von der Schildkröten-Seele, allerdings deutlich abwägender.

„Hey, ich bin Dex", stellte ich mich auch gleich mal vor.

„Ich bin Miriell… Wotrax, Miriell Wotrax", die Auserwählte der Luftlebewesen strahlte richtig. „Und ich bin Bellini", machte die Lästertante den Abschluss und musterte mich dabei wie eine matschige Alge am Strand.

Bei dem Gesichtsausdruck, den sie schnitt, kam das Grübchen an ihrem Kinn krass hervor. Wenn sie lächelte, sah sie sicher richtig hübsch aus. So hatte man eher Angst, dass sie einem gleich den Finger abbiss. Schnapp, schnapp.

„Ich hab noch nie eine Mantis religiosa gesehen, obwohl ja tatsächlich auch einige im Königreich der Luft leben", plapperte Miriell begeistert los: „Im Grunde würde so eine Vogelstange ja auch zu dir passen. Immerhin hast du ebenfalls Flügel…" Sie hatte unser Gespräch mitangehört und setzte sich für mich ein!

„Alles hat seine Ordnung und diese wird nicht einfach aufgebrochen. Wo käme unsere Gesellschaft hin, wenn jeder nur wahllos seinen Launen nachgeht?", entrüstet zuckte der Schnurrbart vom Maximus-Butler richtig.

„Hat von Natik wieder verschlafen? Diese Koala-Seele ist echt noch schlimmer als ein Faultier! Wie kann man nur immer so müde und langsam sein?", verständnislos schüttelte Bellini den Kopf und ihr mit hellen Strähnen durchzogener Pferdeschwanz wippte bei der Bewegung.

„Ich habe bereits einen Dienstboten zu seinen Räumlichkeiten entsandt", informierte die alte Schildkröten-Seele sie.

„Gut", meinte Bellini darauf nur ungeduldig: „Es kann echt nicht sein, dass wir immer auf ihn warten müssen!"

„Langsam habe ich auch ziemlich Hunger", räumte Miriell ein und schaukelte zum Zeitvertreib vor und zurück. Ihre Sitzmöglichkeit war echt der Hammer! Immer noch etwas widerwillig pflanzte ich mich jetzt auch mal auf meinen tollen Stein. Moment mal.

Hier gab es nur zwei Steine und eigentlich waren wir ja drei Außerwählte aus dem Königreich der Erde… Sie hatte noch gar nicht die Vorbereitungen getroffen!

„Ich sehe gerade, hier sind nur vier Plätze. Den fünften könntet ihr doch als Vogelstange machen, weil ich ja auch quasi zum Königreich der Luft gehöre und das ist doch auch sicher weniger Aufwand. Oder ihr macht auch so einen krassen Sessel, weil ein Wasserlebewesen bin ich auf jeden Fall nicht und dann gäbe es keinen Streit zu wem ich genau gehöre. Im Prinzip ein Ausschlussverfahren", warf ich mich energisch in die nächste Diskussionsrunde und griff dabei ganz selbstverständlich Miriells Argument auf.

„Auserwählte haben häufig die Arroganz, dass sie sich einfach über alle Regeln hinwegsetzen können. Doch das ist ein Irrtum. Die Tradition und Vorschriften stehen über allem!", beharrte der alte Schnurrbart-Träger leidenschaftlich.

„Aha. Warst du wieder eingeschlafen?", kritisierend hatte Bellini eine Augenbraue nach oben gezogen und die Arme vor der Brust verschränkt.

„Nö. Hatte mich auf einer Terrasse ausgesperrt. Tut mir leid, dass ihr warten musstet", mit diesen Worten kam Nopsi näher geschlurft. Wirklich ein extrem… gemütlicher Kerl.

„Ausgezeichnet. Ich werde dafür sorgen, dass der erste Gang aufgetragen wird", ein letztes Mal taxierte uns der Maximus-Butler noch und verzog sich dann.

Ich konnte mir echt gut vorstellen, wie er bei dem Rest der Dienerschaft über die Jugend von heute schimpfte oder etwas in der Art.

„Wie genau konntest du die Gräfin eigentlich retten?", wollte die Steinkauz-Seele neugierig von mir wissen: „Ich hörte, es soll eine ganze Gruppe Entarteter gewesen sein, ausgestattet mit Waffen und Technik."

„Ähm ja, eigentlich…", doch bevor ich richtig mit der Geschichte anfing, fiel mir ein wichtiges Detail auf: „Du weißt von den Entarteten?"

„Selbstverständlich. Wir sind die Auserwählten und keine naiven Prinzen und Prinzessinnen, die in irgendeinem Elfenbeinturm aufgewachsen sind. Im Königreich des Wassers haben wir zwar keine Probleme mit diesen seelenlosen

Kreaturen, aber wir haben einige unserer besten Leute entsandt, um bei ihrer Eindämmung zu helfen", antwortete Bellini an ihrer Stelle. Das würde auch die Seewespen-Seele erklären.

Trotzdem meldete sich auch Miriell zu Wort: „Seher-Magie ist zwar eher bei den Wasserbewohnern verbreitet, aber bei uns suchen jene mit diesen Fähigkeiten in der Vergangenheit nach der Entstehung der Entarteten, um sie mit diesem Wissen ein für alle Mal aus der Welt schaffen zu können. Wissen ist immerhin Macht. Ich hätte auch so gerne Seher-Magie. Stellt euch nur mal vor, wie es wäre durch Zeit und Raum blicken zu können..."

„Und ansonsten macht man damit auch nichts. Nur dumm rumhocken und Löcher in die Luft starren. Das ist doch langweilig. Ich will mich teleportieren können, wie Alpha. Blitzschnell von einem Ort zum anderen reisen. Dann würde man sich die Kosten und Wartezeiten für Urlaube locker sparen", setzte sich die Auserwählte der Wasserlebewesen Ziele, die nicht gerade zu dem ganzen Gerede über den selbstlosen Dienst für die Gesellschaft passten.

Aber ihr Argument ergab Sinn. Teleportation wäre echt krass. Es gab einige Orte, an die ich unbedingt reisen wollte. Und wenn ich mal irgendwas vergessen hatte, konnte ich es in Sekundenschnelle herholen. Der Hammer!

„Ich brauche gar keine reine Magie. In der Verbindung aus Technik und Magie liegt die Zukunft und ich liebe es mit meinen Händen zu arbeiten und an etwas zu schrauben", erwiderte Nopsi unaufgeregt.

„Technik ist ja mein Endgegner", kommentierte die Steinkauz-Seele und ergänzte offen: „Ohne meine Schwester wäre ich da total verloren. Sie ist zwar drei Jahre jünger, aber in sowas viel besser als ich und im Kochen und in altersgerechten Aktivitäten wie Partys und sowas auch. Ohne sie wäre ich in unserer Generation wirklich aufgeschmissen."

„Wie kann man denn in Partys schlecht sein?", fragte Bellini mit zusammengezogenen Augenbrauen.

An ihrer Hand zählte Miriell auf: „Alkohol schmeckt mir nicht, ich bin meistens von der Musikauswahl auf solchen Festivitäten nicht angetan, man kann sich oft nicht gut unterhalten und ich werde viel zu früh müde."

„Sind Eulen nicht nachtaktiv?", hakte ich überrascht nach.

„Schon, aber wir übernehmen nie alle Eigenschaften unseres Seelentiers. Ansonsten würdest du auch die meiste Zeit nur still ausharren und auf deine Beute warten und du könntest nicht blinzeln, weil du keine Augenlider hättest. Außerdem wäre dein Ohr am Bauch. Es gibt noch viele solcher Beispiele. Bei mir ist die Nachtaktivität nun mal nicht ausgeprägt", erklärte mir die Geflügelte ziemlich besserwisserisch. Sie wusste ja schon mehr über mein Seelentier als ich. Ein Ohr am Bauch... Das klang echt ausgedacht, aber irgendwie glaubte ich ihr einfach. Sie wirkte halt wie ein lebendes, voll basiertes Lexikon.

„Woher weißt du das alles?", fragte ich sie einfach gerade heraus.

„Keine Ahnung. Vielleicht hab ich es mal irgendwo gelesen oder in der Schule durchgenommen", meinte sie mit einem kleinen Schulterzucken und fuhr gleich begeistert mit dem Klugscheißen fort: „Wusstest du, dass Steinkäuze auch oft am Boden jagen, um zum Beispiel Regenwürmer zu picken? Und ihr lateinischer Fachname ist Athene noctua. Klingt doch schön, oder?"

„Wenn ihr auch am Boden jagt, können wir ja Plätze tauschen. Du kannst den Stein haben und ich die Vogelstange", versuchte ich es noch ein letztes Mal. „Ich weiß nicht. Maxinkorik hat es explizit verboten. Ich halte das für keine gute Idee", drückte sich Miriell zurückhaltend.

„Was hast du eigentlich für ein Problem mit dem Sitz? Es ist einfach ein Sitz. Das ist doch egal", verständnislos sah Bellini mich an. „Du kannst ja auch leicht reden. Dein Pflanzen-Sessel sieht echt bequem aus. Und wenn es ja egal ist, wo man sitzt, können wir beide auch tauschen", konterte ich herausfordernd.

„Lass es einfach gut sein", weigerte sie sich entschieden. „Gottesanbeterinnen gehören ja zu den wenigen Insekten, die ihren Kopf um 180° drehen können. Hast du diese Eigenschaft auch?", fragte mich die Steinkauz-Seele aus dem Nichts und ich wusste nicht, ob sie damit von unserer Diskussion ablenken wollte oder einfach nur ihr Wissen raushauen musste.

Auf jeden Fall sah sie dabei so begeistert aus, dass ich locker darauf einging.

„Na klar!", sagte ich und machte gleich eine Demonstration. „Super! Ich schaffe so zwischen 250° und 270°", mit diesen Worten drehte auch Miriell den Kopf ausgelassen, zuerst auf die eine Seite, dann auf die andere und wieder zurück. „Ui!", rief sie aufgedreht.

Spaßhaft stieg ich auch in diesen überdrehten Moment mit ein. Ganz schnell hin und her. Wir waren die Kopfverdreher! Die ganze Welt wirbelte um uns! Haha!

„Wie alt seid ihr?", die Auserwählte der Wasserlebewesen klang ziemlich distanziert.

„Du bist doch nur neidisch, weil du es nicht drauf hast", erwiderte ich und sah sie für einen Moment an. Verdammte Axt! Die Welt drehte sich immer noch und sie wankte hin und her... Man war mir schwindelig!

Miriell schien es auch nicht besser zu gehen. Sie hatte richtig damit zu kämpfen, nicht von der Stange zu fallen. Wie sie da hing! Keine Ahnung, ob ich es lustig fand oder sie mir leid tat. Irgendwie war sie schon knuffig.

Ganz förmlich kam auf einmal eine Gruppe Bediensteter mit Tellern in den Saal geschwärmt. Oh endlich! Ich war schon richtig am Verhungern!

Als Vorspeise gab es Tomatensuppe. Eine übel kleine Portion, aber es schmeckte echt gut, schön würzig. Zum Glück kam gleich danach auch der zweite Gang. Ein Salat. Immer noch nichts, das wirklich satt machte und dazu übertrieben schick drapiert, mit Radieschen-Blüten und so einem Schnickschnack. Eigentlich ganz korrekt.

Der Hauptgang bestand aus Reis mit Erbsen und Hühnchen. Das Fleisch ließ ich weg. Allein der Gedanke, etwas zu essen, das das Seelentier von jemandem sein könnte... Ne, ging gar nicht und für die Gesundheit war zu viel Fleisch ja auch nicht so geil. Außer ich war gerade besoffen, dann war ein Döner oder so mal drin.

Oh und bei diesen Traditionsfanatikern bekam ich auch böse Seitenblicke, weil ich für den Reis den Suppenlöffel benutzte, aber ein Löffel war doch viel praktischer! Da fiel nicht immer alles gleich runter. Und erst bei Nudeln! Mit der Gabel bekam man doch überhaupt keine Soße drauf!

Zum Abschluss gab es dann als Nachtisch noch ein mega fluffiges Schokomousse mit kleinen Waffelröllchen. Hammer! Allerdings hätte ich von allem gerne eine zweite Portion gehabt oder auch eine dritte. Ich hatte immer noch Hunger.

„Kann man sich hier eigentlich noch irgendwo Snacks oder so holen?", erkundigte ich mich bei den anderen Auserwählten, auch wenn ich keine großen Hoffnungen auf einen Snackautomaten hatte, so krass wie alles hier auf Tradition beharrte...

„Man kann im Fluss angeln", antwortete Miriell mit einem kleinen Schulterzucken. Angeln... Sah ich aus wie jemand, der sich zum Snack einfach mal einen frischen Fisch gönnte?

„Du könntest bei den Bediensteten nachfragen, allerdings sind die über Extrawünsche nicht besonders froh", brachte Nopsi einen Vorschlag, der zwar besser klang, aber immer noch nicht so richtig gut war.

„Und direkt in der Küche? Die haben doch sicher Reste, oder?", überlegte ich echt hungrig.

„Ich war noch nie dort", meinte Bellini locker: „Aber ich kenne etwas Besseres. Heute um Mitternacht auf der südlichen Wasserterrasse. Ihr könnt gerne alle kommen." „Aber um Mitternacht ist schon Bettruhe", gab Miriell extra brav zu bedenken.

„Man darf sich nur nicht erwischen lassen. Und was sollen sie schon tun? Wir sind die Auserwählten, sie können uns nicht einfach rausschmeißen", erwiderte die Schildkröten-Seele furchtlos.

Das klang doch mal nach Spaß! Auch wenn ich absolut keinen Plan hatte, was sie da vorhaben könnte. Eigentlich wären das ja die perfekten Voraussetzungen für ein gemeinsames Angeln, aber das würde sie ja wohl nicht bringen. Sie sah auf jeden Fall nicht wie der klassische Fischer aus.

„Ich bin dabei", verkündete ich kurzentschlossen. „Ich komm auch, aber ich geh erst mal noch eine rauchen", mit diesen Worten stand Nopsi auch gleich auf und verzog sich. „Pass auf, dass du dich nicht nochmal aussperrst", rief Bellini ihm noch stichelnd hinterher.

„Kommst du auch?", wollte ich mit einem Lächeln von Miriell wissen. Sie reagierte genauso zurückhaltend wie eben: „Ich weiß nicht. Eigentlich sollen wir das ja nicht und ich bin wirklich nicht nachtaktiv. Ich glaube, das ist keine so gute Idee."

„Es wäre doch klasse, wenn wir uns alle zusammen treffen. Immerhin sind wir die Auserwählten", versuchte ich hartnäckig sie zu überzeugen. „Sowas ist nicht mein Ding. Tut mir leid", weigerte sie sich entschuldigend. „Kein Ding. Ich will dich nicht zwingen. Es wäre trotzdem schön, wenn du auch kommst", erwiderte ich, nicht zufrieden mit dieser kleinen Diskussion.

„Dein Pech", meinte Bellini nur mit einem herablassenden Schulterzucken.

„Wie bist du eigentlich eine Auserwählte geworden?", konzentrierte ich mich auf etwas Neues. Nopsi und Miriell hatten beide auf ihre Weise etwas krass Intelligentes, aber sie... sie war irgendwie normal.

Halt jemand, mit dem man heimlich verbotene Sachen unternehmen und über andere Leute lästern konnte und der seine anstrengenden Momente hatte.

„Ich hab mit verschiedenen Reittieren trainiert, Delfine, Haie und so etwas. Ich hab es geschafft ihr Schwarmbewusstsein zu verändern. Sie sind jetzt quasi darauf konditioniert, mit ihrem Reiter eine Einheit zu bilden. Ist man wachsam und energisch, weil es um einen Kampf geht, sind sie es auch, ist man ruhig, weil man nur einen Ausritt machen will, sind sie entspannt. Natürlich konnten sie auch schon vorher spüren, wie ein Reiter drauf ist, aber es ist jetzt viel ausgeprägter. Am besten geht es zwar immer noch, wenn beide aufeinander abgestimmt sind, aber theoretisch lässt sich jetzt jedes beliebige Reittier gut kontrollieren. Und das erste Zähmen geht damit deutlich schneller. Außerdem machen die verschiedenen Arten untereinander nicht mehr so einen Stress", beschrieb Bellini, als wäre es nichts Großes: „Dafür haben sie mich ernannt. Und ich soll mich auch bald um die Reittiere an Land kümmern. Die haben es auch echt nötig."

Krasse Scheiße, damit hatte ich jetzt echt nicht gerechnet. Einfach mal so irgendein Schwarmbewusstsein ändern. Klar, mache ich auch jeden Tag.

„Und du?", richtete ich mich zum Abschluss auch an Miriell. „Ich habe noch nichts Weltbewegendes erreicht. Ich bin gerade erst mit der Schule fertig geworden. Ich hab den gleichen Test wie Nopsi gemacht und ein Ergebnis erhalten, das nahelegt, dass ich ziemlich gut mit Magie umgehen kann, allein von den kognitiven Voraussetzungen. Ich bin schon gespannt, ob das wirklich stimmt", erzählte mir auch die Steinkauz-Seele und im Vergleich zu den anderen, klang das ja noch überraschend normal.

Wie ich wohl in diesem Test abschneiden würde?

„Wo kann man den Test da machen?", erkundigte ich mich einfach mal.

„Einmal im Jahr wird er an verschiedenen Ämtern ausgeschrieben. Ich muss gestehen, meine Eltern haben mir dabei ziemlich geholfen. Organisation und Terminplanung und so kann ich gar nicht gut", meinte die kleine Streberin. „Ich hab auch immer voll das Terminchaos", gestand ich lässig.

„Ich nicht, aber es kann schon ätzend sein, wenn manchmal alles aufeinander kommt. Das ist dann immer so stressig. Oder wenn man dann noch mit Freunden feiern war und am nächsten Tag im Stall mit Restalkohol die Schuppen schrubben soll und so Aktionen", meinte Bellini langsam auch lockerer.

Vielleicht war sie doch ganz korrekt. Im ersten Moment hatte sie mich ja eher genervt.

„Sollen wir Sie zurück auf Ihre Zimmer geleiten?", fragte die Flughörnchen-Seele, die mich auch hierher geführt hatte und hinter ihr standen zwei weitere Dienstboten, die wahrscheinlich für Bellini und Miriell zuständig waren. Dieses Angebot hatte schon etwas sehr Passiv-aggressives.

Ich freute mich richtig darauf, ihrem strengen Ablauf heute Nacht mal zu entkommen. Kaum einen Tag da und schon trieben sie mich in den Wahnsinn. Tolle Bilanz.

Um Mitternacht

Erst auf dem Weg zurück in mein Zimmer fiel mir ein, dass ich ja gar nicht wusste, wo diese südliche Wasserterrasse überhaupt sein sollte. Ohne die Flughörnchen-Seele hätte ich ja nicht einmal mein Zimmer wiedergefunden!
Aber ich konnte sie jetzt auch schlecht fragen, das wäre nur verdächtig gewesen. Ach egal. Das würde ich schon irgendwie hinbekommen. Ich würde mich einfach ein bisschen umsehen, ganz entspannt. Alles im grünen Bereich.
Eine Weile saß ich auf meinem Bett und spielte ein bisschen Gitarre. Doch obwohl ich mich sonst leicht in der Musik verlieren konnte, hielt ich es heute nicht besonders lange aus. Und entspannt Musik hören, ging auch nicht, weil meine Kopfhörer genau wie meine Kristallkugel nicht funktionierten. Wirklich eine miese Feststellung.
Also machte ich mich mal richtig überpünktlich auf den Weg und ziemlich schnell war gar nichts mehr im grünen Bereich. Eigentlich war mein Plan ja gewesen, einfach nach unten zu gehen und dann dort nach der Wasserterrasse zu suchen, die musste ja unten sein, wenn sie am Wasser lag. Dummerweise gab es sehr viele Wege nach unten und am Ende war ich, glaube ich, deutlich zu weit unten.

Hier gab es keine Fenster mehr und das Treppenhaus, auf das ich mich verirrt hatte, war richtig schmal und schlicht gehalten, ganz anders als der extra schicke Rest, wo ich bisher gewesen war. Außerdem war es stockdunkel. Ich sah kaum, wohin ich ging. Wahrscheinlich sollte ich hier nicht sein. Aber auf der einen Seite war ich schon ein wenig neugierig, wohin mich diese spezielle Treppe brachte und auf der anderen Seite kannte ich auch den Weg zurück nicht mehr. Also was soll's?

Auf einmal hörte ich ein leises Rumpeln, direkt gefolgt von einem unterdrückten Fluchen. Aha. Ich war also nicht alleine hier unten. Ein paar Stufen weiter endete die Treppe. So weit ich erkennen konnte, lag vor mir ein kleiner Flur, von dem mehrere Türen abgingen. Eine von ihnen war nur angelehnt und ein gedämpftes Licht fiel durch den Türspalt.

Entschlossen öffnete ich sie einfach und eine Vielfraß-Seele ließ ertappt einen Käselaib fallen, in den sie einfach reingebissen hatte, als wäre es ein Törtchen. Bei ihr war der Name wohl Programm. Erschrocken sah sie mich an.

„Hey, ich bin Dex", stellte ich mich ganz locker vor, als hätten wir uns irgendwo ganz normal getroffen und nicht mitten in der Nacht in einer Vorratskammer. Wenn ich mir das Zeug hier ansah, bekam ich nochmal richtig Hunger. Die Chance musste ich nutzen.

„Ist es in Ordnung, wenn ich mir auch etwas nehme?", erkundigte ich mich offen. „Ähm, ja, natürlich, ich denke schon", erlaubte sie mir überrumpelt. „Korrekt", grinsend griff ich mir ebenfalls einen ganzen Käse, allerdings einen deutlich kleineren. Ich wollte schon immer mal in so ein Ding im Ganzen reinbeißen. Hammer!

„Ähm, wenn ich Stress habe, muss ich einfach immer was essen und nach der Zeremonie gibt es doch die große Feier und dann kommen noch die anderen Schüler zurück, die hier regulär unterrichtet werden und das wird so viel Arbeit. Das ist mein erstes Jahr als fertig ausgelernte Köchin", verriet mir das Moppelchen ein wenig beschämt und hob ihren Käse auf, der vom Kaliber her als Wagenrad herhalten könnte. Verlegen wischte sie den Dreck weg und zögerte, den nächsten Bissen zu nehmen.

„Ich kann auch echt viel verdrücken. Und auch wenn das Abendessen richtig gut war, waren mir die Portionen doch ein wenig zu klein", gestand ich lässig: „Wie heißt du eigentlich?" „Micara", antwortete sie mir mit einem vorsichtigen Lächeln. „Korrekt", meinte ich immer noch bestens gelaunt: „Weißt du auch zufällig, wo die südliche Wasserterrasse ist?" „Klar. Ich kann dich gerne hinbringen", bot sie mir auch sofort an und fügte dann ängstlich hinzu: „Aber das hier bleibt doch unter uns, oder?" „Logisch!", versicherte ich gleich: „Ich nehm mir auch ein paar Snacks mit."

Micara widersprach nicht, was ich einfach mal frei als ein „Bedien dich" interpretierte. Ich hätte eine Tüte oder so mitbringen sollen! Es war echt traurig, wie wenig davon ich tragen konnte. Trotzdem war meine Ausbeute nicht schlecht und zusätzlich zum Essen hatte ich ja auch eine neue, gute Bekannte. Mein Verirrer war echt ein riesiger Glückstreffer gewesen.

Mit meiner neuen Begleiterin war es kein Problem, unseren Treffpunkt zu erreichen. Anscheinend war ich sogar immer noch krass überpünktlich, denn noch war keine Sau da. Unschlüssig blieb ich vor der Tür stehen. Die Wasserterrasse war einfach eine Fläche, die etwa zehn Zentimeter unter der Wasseroberfläche lag und somit komplett geflutet war.

Eigentlich hatte ich ja keinen Bock, dass mir beim Warten die Füße nass wurden. „Was ist eigentlich dein Lieblingsessen?", nutze ich die Chance, um noch ein bisschen mit der Köchin zu reden.

„Zum Kochen oder zum Essen?", stellte sie gleich eine Gegenfrage. „Beides", meinte ich einfach mal. „Beim Kochen liebe ich Nudeln. Der Teig, die Nudelpresse, das hat so etwas Entspannendes. Generell liebe ich die Arbeit mit Teig, außer Blätterteig, da muss die Butter nur bei einer Tour zu warm sein und alles geht in die Hose. Und beim Essen liebe ich Krabbencocktail, am besten mit einem noch warmen Baguette, aber diese kleinen Biester zu schälen ist eine Heidenarbeit und die Finger stinken danach immer so unangenehm", plauderte sie ganz in ihrem Element: „Und du?"

„Es gibt echt viel geiles Essen. Aber ich liebe Brokkoli richtig und die Brokkoli-Lasagne im Tina's ist echt der Endgegner. Ich habe noch nirgendwo so eine gute gegessen, wie da", schwärmte ich und aß noch den Rest von meinem Käse, das musste gerade einfach sein. Wenn sich die anderen nicht beeilten, würde ich noch alle Snacks aufessen.

Eine ganze Weile unterhielten wir uns einfach über Essen. Dieses Thema ging einfach immer. Auf einmal zuckten die Ohren der Vielfraß-Seele alarmiert: „Es kommt jemand!"

„Das sind bestimmt die, mit denen ich mich hier treffen wollte", meinte ich beruhigend: „Du kannst gerne auch hierbleiben. „Nein, nein. Ich sollte jetzt lieber gehen. Ich muss morgen früh aufstehen, um euer Frühstück zuzubereiten. Es soll doch alles perfekt werden", lehnte Micara fahrig ab.

„Dann schlaf gut. Wir sehen uns hier bestimmt mal wieder", verabschiedete ich mich gut gelaunt von ihr. Die Stress-Fresserin war echt voll korrekt, die erste Angestellte hier, die keinen Stock im Arsch hatte und jetzt hatte ich eine Kontaktperson in der Küche. Für den ersten Tag hier war das doch gar nicht mal schlecht.

Hastig verschwand Micara irgendwo in der Dunkelheit des riesigen Palastes und nur wenige Sekunden später hörte ich ebenfalls die Schritte und ich sah das Licht. Es war Bellini, sie hatte eine kleine Laterne dabei, was deutlich klüger war, als wie ich einfach komplett blind umher zu streifen.

„Hey", begrüßte ich sie gleich und sie zuckte erschrocken zusammen. Ich konnte mir ein kleines Grinsen nicht verkneifen. „Ich hab auch ein paar Snacks dabei", verkündete ich stolz und hielt meine schon etwas geschrumpfte Ausbeute hoch. „Wo hast du die denn her?", wollte sie irritiert wissen. „Hab eine Vorratskammer gefunden", antwortete ich lässig und fühlte mich dabei schon wie der King.

„Und wo bleibt Nopsi schon wieder?", ungeduldig sah die Schildkröten-Seele sich um. „Ich glaube, da kommt er", fiel mir ein noch sehr schwaches Licht auf der Treppe auf, das langsam heller wurde. Die Koala-Seele war mal wieder sehr lahmarschig unterwegs. Ob er überhaupt schnell gehen konnte? Irgendwie schwer vorzustellen.

Als er schließlich die letzten Stufen runter geschlurft war, fragte Bellini vorfreudig: „Und seid ihr bereit für etwas richtig Krasses?" „Ja, man!", bestätigte ich sofort. Ich war schon echt gespannt, was sie vorhatte.

Schnell schlüpfte sie aus ihren Schuhen und ging entschlossen raus auf die Terrasse. Nopsi und ich warteten im Trockenen. „Ey, habt ihr etwa Schiss? Das ist nur Wasser. Stellt euch nicht so an", erwiderte sie halb herausfordernd, halb herablassend.

Als hätte ich Angst davor nass zu werden! Kurzerhand zog ich mir auch die Schuhe aus und folgte ihr. Scheiße, war das Wasser kalt! „Ist das zwingend notwendig?", wollte der Raucher immer noch sehr zögernd wissen. „Komm endlich!", forderte sie ihn genervt auf.

Im Schneckentempo zog er auch mal die Schuhe aus und kam nach draußen. Er schüttelte sich leicht, als er den ersten Schritt in das kalte Wasser machte. Ja, ich konnte ihn gut verstehen. Ich hatte schon am ganzen Körper Gänsehaut.

Der Schildkröten-Seele schien es überhaupt nichts auszumachen. Grinsend sprang sie am Ende der Terrasse einfach in den Fluss. „Und jetzt passt auf", demonstrativ hielt sie eine dieser großen Muscheln, die ein bisschen nach krassen Trinkhörnern aussahen, nach oben und tauchte dann unter. „Was macht sie da?", fragte ich verständnislos. „Sie bläst in die Muschel. Ein sehr tiefer Ton. Im Wasser verbreitet sich Schall sehr schnell, sehr weit", erklärte mir Nopsi ruhig. Konnte er es hören? Also ich hörte gar nichts. Aber er hatte ja auch zwei flauschige Riesenohren auf dem Kopf, natürlich hörte er da besser. Unwillkürlich musste ich wieder an diese

Bauch-Ohr-Geschichte von Miriell denken. Immer noch eine kranke Vorstellung.

Auf einmal tauchte Bellini wieder auf und meinte grinsend: „Einen Moment Geduld. Gleich seht ihr es." Aha. Mit skeptisch hochgezogenen Augenbrauen schaute ich auf den dunklen Fluss hinaus. Es passierte rein gar nichts. Ich stand nur hier und fror mir die Zehen umsonst ab. Was sollte der Scheiß?

Warte! Konzentriert kniff ich meine Augen zusammen. Da draußen war eine Bewegung. Es war zu dunkel, um sie richtig zu erkennen, aber da war etwas!

„Kommt zu Mama", flüsterte die Schildkröten-Seele zufrieden. Plötzlich sprang etwas kurz vor uns aus dem Wasser. Reflexartig wich ich nach hinten und rutschte auf dem gefluteten Boden aus. Affig landete ich auf meinem Arsch. Zum Glück schaffte ich es dabei die Snacks hochzuhalten, damit sie nicht im Wasser aufgeweicht wurden. Was für eine schreckliche Vorstellung.

Das nächste Vieh sprang aus dem Wasser, ein Fisch mit langer, spitzer Schnauze und... hatte er etwa ein Packsattel?

Schon sprangen zwei auf einmal und überkreuzten sich in der Luft. Diese Präzision war echt krass! „Das war genug Show. Ihr schüttelt das Bier noch zu Tode", rief Bellini lachend. Bier? Was?

Artig kamen die mächtigen Fische zu der Auserwählten geschwommen und sie zog aus den Taschen mehrere Flaschen Wein und Dosenbier. Alles klar. Dagegen war die Vorratskammer, die ich entdeckt hatte, ja ein schlechter Witz.

„Wie geht das?", wollte ich begeistert von ihr wissen. „Das ist ein schwarzer Marlin, er schafft etwa 130 km/h und das sind Segelfische, die mit 110 km/h fast mithalten können. Sie werden für schnelle Transporte von kleinerem Nachschub oder auch Botschaften genutzt. Die Süßen habe ich mir ausgeborgt, damit meine Zeit hier nicht so langweilig wird", erklärte Bellini und tätschelte einen der Fische.

130 km/h?! Verdammte Axt! Das war echt krass.

„Kann man auf denen auch reiten?", fragte ich und betrachtete unsere Botentiere abwägend. Klein waren sie ja nicht gerade, aber ob sie groß genug waren, um eine Person zu tragen... „Nicht mit diesen. Wir haben in unserer Flotte einen schwarzen Marlin, der so viereinhalb Meter lang ist. Das Monster nennen wir den schwarzen Torpedo. Der schafft auch einen Menschen, allerdings hat er dann auch nicht mehr seine Höchstgeschwindigkeit", zerstörte die Reiterin mein schönes Kopfkino. Es wäre echt der Hammer mit 130 durch das Wasser zu zischen!

Unbeschwert fuhr sie fort: „Aber meine Freundin kommt gleich noch mit einem Kurzflossen-Makohai, der schafft locker 70 km/h. Mit dem kannst du vielleicht mal eine Runde drehen." Auf einem Hai reiten?! Hammer!

Wie aufs Stichwort tauchte aus dem Wasser eine bedrohliche Rückenflosse auf. Mein Hai! Endlos begeistert richtete ich mich wieder auf und drückte Nopsi das Essen mit einem knappen „Halt mal" in die Hände. Andächtig tappte ich bis zum Rand der Wasserterrasse. Meine Hose war nass, als hätte ich mich übel eingepisst und es war scheißkalt, aber das war gerade egal.

Nur einen Katzensprung von uns entfernt blieb der Hai im Wasser stehen. Sofort tauchte Bellini nochmal unter, um mit ihrer Freundin zu reden. Bei dem spärlichen Licht konnte ich sie gar nicht mehr sehen.

Kurzerhand sprang ich zu ihnen ins Wasser. Verdammte Scheiße! Scharf zog ich die Luft ein und mein ganzer Körper verkrampfte sich. Das war so mies kalt! Ich würde hier noch erfrieren! Aber dafür würde es sich lohnen.

Alles klar. Tief atmete ich ein und tauchte unter. So kalt! Angestrengt blinzelte ich und das Wasser brannte mir so in den Augen. Von hier aus konnte ich auch nicht mehr sehen, als von draußen.

Nein, warte. Da leuchtete etwas. Ja, jetzt erkannte ich es, das war ihre Freundin, na ja, nicht direkt, es waren die Leuchtstäbe, die sie als Ring um den Hals trug, als würde sie gleich auf ein wildes Festival gehen und zwei dicke hatte sie auch am Gürtel hängen.

Sie war irgendeine Fisch-Seele und an ihrem Hals, von den Leuchtstäben beschienen, konnte ich eindeutig einen... Riss sehen. Kiemen! Deswegen war sie auch nicht aufgetaucht! Sie konnte außerhalb des Wassers nicht atmen! Echt beschissen.

Fröhlich winkte sie mir zu und Bellini machte mit der Hand ein paar Bewegungen, Zeichensprache. Planlos winkte ich einfach mal zurück. Konnte ich jetzt mit dem Hai reiten? Man hatte das Vieh viele Zähne und brutal spitz! Noch nie war ich einem Hai so nah gewesen. Krass spürte ich den Adrenalinkick. Ein gefährlicher Killer, der ganz brav neben uns trieb.

Auf einmal griff Bellini nach meinem Arm und zog mich zurück nach oben. An der Luft war es schlagartig noch kälter. Fest schlang ich die Arme um mich. „Du kannst gleich loslegen. Aber zuerst sollten wir auf deinen ersten Ritt anstoßen", grinsend wandte sie sich an ihre Speziallieferung: „Lieblich, halbtrocken, trocken oder Bier?"

„Bier", entschied ich mich locker und schnappte mir eine der Dosen. Dummerweise dachte ich gar nicht daran, dass die Fische es mit ihrer Show ordentlich durchgeschüttelt hatten und ich bekam gleich erst einmal eine heftige Bierdusche.

Ausgelassen lachte sich Bellini total ab und auch Nopsi kicherte ein wenig vor sich hin, während er seinen Rotwein im Glas hin und her schwenkte, wie ein richtiger Weinkenner. Warte. Wo war das Essen? Ich hatte es ihm doch gegeben! Hastig sah ich mich um und entdeckte es schließlich auf einem Stuhl, den er wie aus dem nichts mitten auf der Terrasse abgestellt hatte. Eigentlich ganz klug. „Wirf mir mal ´ne Tomate rüber", rief ich der Koala-Seele zu. Klar, das war kein klassischer Party-Snack, aber in der Vorratskammer hatte es Chips halt nur in ihrer Urform als Kartoffeln gegeben und auch für alle anderen normalen Snacks war dieser Schuppen zu nobel. Aber wir würden daraus das Beste machen.

So gemütlich langsam wie immer bückte Nopsi sich und warf mir eine der kleinen Tomaten rüber. Aufgedreht versuchte ich sie mit dem Mund zu fangen, aber er hatte scheiße geworfen. Schnell fischte ich sie wieder aus dem Wasser und steckte sie mir doch noch in den Mund.

„Noch eine!", forderte ich ihn auf und wir machten ein kleines Spiel daraus. Wir brauchten noch vier Versuche und dann endlich klappte es. „Wuhuu!", jubelte ich laut auf und riss mein Bier in die Höhe. Wir waren Champions! Aber jetzt wollte ich auch endlich mal auf meinem Hai reiten.

In wenigen Zügen leerte ich den teilweise noch gut schaumigen Rest in meiner Dose und wandte mich an die Schildkröten-Seele, die immer mal wieder zu ihrer fischigen Freundin runtergetaucht war. „Kann ich jetzt auf dem Hai reiten?", erinnerte ich sie an ihr Angebot.

„Klar", meinte sie locker: „Du musst dich nur gut festhalten und am Anfang gut Luft holen. Wir starten mit einer kleinen Runde. Ich gebe die Befehle, du bist der Passagier. Alles klar?" „Aye, aye Captain!", witzelte ich vorfreudig. Das würde so krass werden!

Energiegeladen stellte ich die leere Dose auf der Terrasse ab und schwamm das letzte Stück zu dem großen Killer zurück. Er war bestimmt vier Meter lang! Und ich war ihm so nah… Vorsichtig legte ich meine Hand auf seinen dunklen Rücken. Seine Haut fühlte sich ganz rau an, fast wie Sandpapier. Irgendwie hatte ich mit etwas Glatterem gerechnet. Ich berührte gerade echt einen Hai. Hammer!

„Hier ist das Geschirr. Einfach festhalten. Und das Atmen nicht vergessen", wies mich Bellini mit einem Blick ein, als wäre ich etwas schwer von Begriff. Hallo? Ich hatte doch nur den Moment genossen. Fest umschloss ich den dunklen Gurt mit beiden Händen und fragte herausfordernd: „Mache ich so alles richtig?"

Statt einer Antwort schlug sie mit der flachen Hand aufs Wasser. Anscheinend war dieses Patschen so eine Art

Startsignal gewesen, denn der Hai tauchte auf einmal ab. Verdammt! Jetzt hatte ich das Atmen wirklich vergessen! Kräftig wand sich der Hai unter mir hin und her und baute immer mehr Geschwindigkeit auf. Das Wasser schoss richtig an uns vorbei. Der totale Wahnsinn! Mit all meiner Kraft klammerte ich mich an dem Gurt fest, um nicht weggerissen zu werden. Man hatte das Wasser viel Zug drauf!

Plötzlich wendete mein außergewöhnliches Reittier blitzschnell. Fast hätte er mich abgeworfen. Verdammte Axt! Das ging voll ab! Rasend schnell schwamm er wieder zurück und durchbrach mit seinem Rücken die Wasseroberfläche.

Keuchend schnappte ich nach Luft. Das Wasser sprühte auf und landete in meinem Gesicht. Ich sah das Ufer als dunkles irgendwas an uns vorbeizischen und direkt vor uns wurde der riesige Trium-Palast immer riesiger. Müsste der Hai nicht allmählich mal langsamer werden? Da war schon die Terrasse! Verdammte Scheiße!

Pfeilschnell tauchte der Hai wieder ab und schwamm einen ruckartigen Bogen unter der Wasserterrasse durch. Danach baute er ganz entspannt Tempo ab und kam in einem ruhigen Kreis zurück.

„Und?", fragte mich Bellini mit auffordernd hochgezogenen Augenbrauen. Schleppend kam ich wieder richtig im Hier und Jetzt an. Ich konnte den Gurt kaum noch loslassen, meine Finger waren ganz steif.

„Das war der Hammer", gab ich komplett überwältigt von mir. Ich war auf einem Hai geritten... Oh man! Irre! Einfach irre!

„Tja, wir Wasserlebewesen wissen halt, wie man es richtig macht", meinte die Reittier-Trainerin zufrieden.

„Hat er noch mehr drauf?", wollte ich immer noch total unter Strom von ihr wissen. Kurz wirkte Bellini überrascht, dann tauschte sie einen vielsagenden Blick mit ihrer Freundin. Oho, was würde jetzt kommen?

„Halt dich gut fest", sagte sie nochmal mit einem leicht fiesen Grinsen. Sie wollte mich eindeutig schocken, aber so leicht ging das nicht. Gespannt griff ich mir wieder den Gurt. Dieses

Mal nahm ich sofort ganz tief Luft. Bellini schlug wieder aufs Wasser und der wilde Ritt ging los.

Der Anfang war eigentlich wie eben auch: Untertauchen, Geschwindigkeit aufbauen, der pure Rausch. Und dann... WUSCH! Plötzlich sprang das Vieh aus dem Wasser und richtig hoch! Die Luft war schneidend kalt und frei. Wir drehten uns. Verdammte Scheiße!

Pflatsch! Volle Kanne trafen wir wieder auf dem Wasser auf und auch wenn ich zum Glück nicht unten gewesen war, war das echt heftig. Eine meiner Hände rutschte ab. Oh nein! Panisch griff ich wieder nach der Halterung. Schon ging es wieder mit Vollgas weiter. Ich bekam sie zu fassen!

Man, mein Herz raste wie verrückt! So ein krasser Scheiß!

Dieses Mal gab es kein abgedrehtes Kurvenmanöver und der Hai wurde einfach so langsamer, als er auf die Terrasse zusteuerte. Das war auch gut so. Ich konnte mich kaum noch halten. Schlapp ließ ich den Gurt wieder los. Oh. An einer Hand hatte ich mir die Knöchel aufgeschürft. Autsch. Erst jetzt kam der brennende Schmerz bei mir an. Wie hatte ich das eben gar nicht merken können?

„Und? Willst du noch mehr?", fragte mich Bellini mit einem herausfordernden Grinsen. „Ich will erst mal ein Bier", meinte ich voll hinüber und doch so extrem aufgeputscht. Und wieder vergaß ich, dass das Bier einen langen Weg hinter sich hatte und wurde richtig vollgeschäumt.

Die anderen beiden lachten sich total schlapp. Na wartet! Kurzerhand griff ich mir die nächste Dose und dieses Mal verpasste ich den beiden Kichererbsen eine Bierdusche, die sich gewaschen hatte. Vor Schreck quiekte die Schildkröten-Seele witzig auf und schüttete sich selbst auch noch ihren Wein über. Ich hatte sie echt voll erwischt!

Als Rache gab sie dem Hai wohl irgendein Zeichen, denn nur eine Sekunde später erwischte mich seine Schwanzflosse heftig am Rücken. Hart knallte ich gegen die Kante der Wasserterrasse. Das wäre jetzt echt nicht nötig gewesen.

„Du verstehst aber auch gar keinen Spaß", beschwerte ich mich grummelig und trank einen Schluck Bier. „Wer versteht hier denn keinen Spaß?", konterte sie abfällig. „Das nächste Mal, wenn wir sowas machen, kann ich meine Box mitnehmen. Hier fehlt Musik", wechselte Nopsi diplomatisch das Thema.

„Ich dachte das geht nicht, wegen dem Feldgedöns um den Palast", erwiderte ich irritiert. Das hatte er doch bei unserer ersten Begegnung gesagt. „Es gibt einen Unterschied zwischen Magie und Technik. In erster Linie ist hier ein hoch magisches Feld, was das Erlenen von Magie erleichtert, aber bei vielen magischen Gegenständen wie Kristallkugeln zu Störungen führt. Zwar gibt es hier auch eine gewisse elektrische Spannung, aber die kann man leichter überbrücken. Ich arbeite auch daran etwas zusammenzubasteln, damit man hier Kristallkugeln nutzen kann", erklärte er mir ruhig. Aha.

„Geht dieses Überbrücken auch bei Kopfhörern?", fragte ich ihn hoffnungsvoll. Ohne meine Musik würde das ganze hier nur halb so gut werden. „Klar. Ich kann sie mir demnächst mal ansehen", bot er mir hilfsbereit an. „Korrekt! Danke, man!", nahm ich auch sofort an.

Meine Erwartungen für dieses Jahr wurden echt immer besser. Wenn es so weiter ging wie bisher... Dann Halleluja.

Verräter

Rückblickend war unsere Wasserparty vielleicht nicht die beste Idee gewesen. Ich war am Ende so besoffen gewesen, dass ich mich in den nassen Sachen ins Bett gelegt hatte. Mal abgesehen davon, dass ich keinen Plan hatte, wie ich überhaupt da gelandet war. Auf jeden Fall hatte ich mich gut verkühlt und war den ganzen Tag zu nichts zu gebrauchen. Ich hatte sogar ein wenig Fieber. Nicht so geil.

Undeutlich konnte ich mich noch daran erinnern, wie ich ein Bier nach dem anderen und auch mehrere Gläser Wein gekippt hatte und ich hatte auch ohne Musik unter Wasser total verrückt mit Bellini und ihrer Freundin getanzt. Mit dem ganzen Alkohol war es mir auch nicht mehr so kalt vorgekommen. Aber so die Details... Keine Ahnung.

Bellini machte sich auch ein wenig über mich lustig, weil ich ja gar nichts vertragen würde. Tut mir leid, wir konnten ja nicht alle halb Wasserschildkröte sein. Und sie war ja auch keine normale Wasserschildkröte, sondern eine besondere Rotwangen-Schmuckschildkröte. Ja, ja. Ganz wichtig. Und ihre Freundin war eine Platy-Seele. Noch nie davon gehört, aber gut, von mir aus.

Einen Tag später kam dann auch wie angekündigt der Schneider und ich wurde auf so einem albernen Podest gründlich vermessen. Ich fühlte mich wie ein Möbelstück, bei dem man gucken musste, ob es auch gut in den Raum passte. Irgendwie hatte ich ja so das Gefühl, dass ich in diese hochheiligen Räume nie reinpassen würde. Egal. Was außerhalb passierte, war sowieso viel geiler.

Abends traf ich mich oft mit Micara in der Vorratskammer oder eher einer der Vorratskammern, es gab auch eine nah an einem der offiziellen Treppenhäuser, in der es noch krasseres Zeug zu essen gab, aber sie lag halt auch zentraler und war damit riskanter. Doch das Risiko war es wert. Die Portionen beim Abendessen waren einfach viel zu klein, generell machten sie überall einen auf klein portionierte Feinschmecker-Küche. Echt nicht auszuhalten!

Die Vielfraß-Seele und ich waren irgendwie sowas wie geheime Fress-Freunde geworden. Ich sah sie halt auch wirklich nur abends. Tagsüber waren alle Bediensteten, außer dem Maximus-Butler und seinem Gefolge, gefühlt unsichtbar. Noch ein Grund, weshalb die Nächte einfach besser waren.

Micara war echt die Beste. Sie brachte sogar einmal extra belegte Baguettes und Trauben-Käse-Spießchen für unsere Wasser-Party 2.0. mit, bei der sie jedoch immer noch nicht mitfeiern wollte. Trotzdem mega korrekt.

Allerdings schoss ich mich da nicht mehr so weg wie beim ersten Mal. Bellini hatte damit kein Problem. Schon beeindruckend wie viel sie sich eintrichtern konnte und trotzdem am nächsten Tag irgendwie funktionierte. Respekt.

Aber dafür würde ich sie in einem Wettessen locker schlagen. Als wir die geilen Baguettes von Micara hatten, beschwerte sie sich ein paar Mal, dass ihr Mund zu klein war und als Beweis machte sie ihn auf und zu wie eine kleine Schnappschildkröte. Vor Lachen hätte ich mich fast an meinem Spezial-Brokkoli-Käse-Baguette verschluckt. Wie gesagt, Micara war einfach die Beste.

Einmal bekam ich sogar Miriell überredet mitzukommen. So brav war sie dann wohl doch nicht. Es hatte sie überzeugt, dass sie krasse Fische sehen konnte, die über hundert Sachen im Wasser drauf hatten und sie traute sich auch, einen kleinen Ritt mit dem Kurzflossen-Makohai zu machen, allerdings ohne den krassen Sprung. Durch sie wusste ich jetzt auch, dass das Vieh in klug Isurus oxyrinchus hieß und zu den Herings- und Makrelenhaien gehörte. Der Unterricht hatte noch nicht einmal angefangen und ich lernte schon lauter bescheuertes Zeug.

Ein paar Tage später traf auch noch Skyris als der letzte im Bunde ein und er ruinierte voll die Stimmung. Wir waren alle schon eine richtig gute, entspannte Gruppe und dann kam er mit seiner ich-will-alle-töten-Einstellung. Ganz der knallharte Kämpfer und Jäger. Dabei hatte ich mit ihm doch auch schon verrückten Spaß gehabt, als wir durch die halbe Stadt gelaufen und auf dem Stützpfeiler hochgeklettert waren.

Davon war im Moment auf jeden Fall nichts zu sehen. Er nahm die ganze Sache hier echt viel zu ernst.

Überraschend tauchte er nachts auf der südlichen Wasserterrasse auf. Ich hätte ja nicht gedacht, dass er die Einladung auch wirklich annahm und ein bisschen halte ich auch gehofft, er würde es sein lassen. Er hatte den ganzen Tag die Stimmung schon so mies gedrückt!

Missmutig sah ich zu ihm rüber, während ich auf meiner Gitarre spielte und zwischendurch immer mal wieder ein Schluck Bier trank, dieses Mal ohne Dusche. Diese gemütliche Runde hatte so ein bisschen was von Lagerfeuer, nur ohne Feuer und im Moment auch ohne das Gemütliche.

„Warum bist du erst so spät gekommen?", wollte Bellini geradeheraus von ihm wissen. „Ich hatte noch wichtige Dinge zu erledigen", antwortete die Steinbock-Seele verschlossen. „Ach und was wir so machen, ist nicht wichtig?", erwiderte sie und auf einen Handwink von ihr schlug der Hai so mit der Schwanzflosse, dass er Skyris komplett vollspritzte. Sie hatte diese Wassertiere total krass gut im Griff. Und wie der Idiot guckte! Der Hammer!

„Wenn es nicht wichtig wäre, wärt ihr ja wohl nicht hier. Aber bei euch geht es nicht um Leben und Tod", entgegnete er missmutig. „Konntet ihr die Entarteten schon schnappen, die Alpha angegriffen haben und Les?", stellte ich ihm nochmal die gleiche Frage wie damals, als mein Mitbewohner fast gestorben wäre und auch dieses Mal konnte ich mir die fatale Antwort schon denken.

„Sie haben sich seitdem nicht mehr gezeigt. Sie verstecken sich zu gut", bestätigte er zähneknirschend meine Vermutung: „Dafür konnten wir einige frisch Erkrankte schnappen, bevor sie sich der Gruppe anschließen konnten."

„Wie toll", kommentierte ich ironisch. Die Killer waren also immer noch da draußen. Sie sollten für das, was sie getan hatten, bezahlen!

„Ich finde es nicht gut, dass die Wahrheit vor der Bevölkerung geheim gehalten wird. Sie sollten es wissen. Die Leute könnten verdächtige Vorfälle melden und euch die Suche erleichtern. Außerdem bedroht diese Erkrankung alle, wie man spätestens an Alphas Rede gesehen hat. Welche dumme Ausrede tischt ihr den Angehörigen der Entarteten auf?", bezog Nopsi gleich mit einer ganzen Palette schlagkräftiger Argumente Stellung.

Und er hatte recht. Das war nicht richtig. Wenn ich mir vorstellte, ich wäre der so nett wirkenden Seele im Tina's damals nicht hinterhergelaufen, um ihr ihre Tasche zu bringen. Dann hätte ich auch nichts davon gewusst. Ich hätte vielleicht gedacht, es wären irgendwelche irren Attentäter gewesen. Wer würde auch schon auf so eine wahnsinnige Wahrheit kommen? Es klang mehr nach einer Verschwörungstheorie als sonst was. Aber jeder hatte ein Recht auf die Wahrheit.

„Das ist nicht deine Angelegenheit", blockte Skyris entschieden ab. „Es ist unser aller Angelegenheit", beharrte die Koala-Seele überraschend hartnäckig. „Das muss ich mir nicht geben", brach der Nachzügler die Diskussion einfach ab und ging. Häh? Letztens hatte er sich doch noch voll beweisen müssen und jetzt zog er nur wie eine beleidigte Leberwurst ab? Was war da denn passiert?

Am nächsten Abend bekamen wir seine kalte Rache zu spüren. Als wir uns wie immer auf der Wasserterrasse trafen, wurden wir schon erwartet. Mit kaltem Blick betrachtete uns der Maximus-Butler. Verdammte Scheiße!

Eigentlich hätte ich es ja schon ahnen können, als Micara nicht in der Vorratskammer gewesen war. Das alles war für mich einfach zu selbstverständlich geworden. Und jetzt...

„Dieses respektlose und unwürdige Verhalten wird unverzüglich aufhören!", verkündete er auf irgendwie steife Art aufgebracht: „Sie sind die Auserwählten, die Repräsentanten der drei Reiche, die mit der höchsten Ehre bedacht werden. Sie sollten sich auch dementsprechend verhalten! Und seien Sie sich gewiss, dass Sie nicht so unantastbar sind, wie Sie sich vielleicht einbilden. Noch wurde Ihnen keine Magie verliehen und es gibt genügend andere Anwärter. Da Sie noch nicht lange bei uns sind, wird Ihnen dieses eine Mal ihr gewaltiger Fehltritt verziehen. Doch ich erwarte tadelloses Benehmen bis zur Zeremonie und besonders während dieser. Ansonsten werden Sie die Konsequenzen zu tragen haben. Und nun begeben Sie sich zurück in Ihre Schlafgemache. Es gibt nichts, was Sie hier zu interessieren hätte."

Zähneknirschend folgte ich seinem Befehl. Bei diesem alten Spinner war jede Diskussion sinnlos und ich wollte nicht riskieren, wirklich von der Liste gestrichen zu werden, auch wenn ich als krasser Held doch eigentlich einen sehr sicheren Platz hatte, oder?

„Denkt ihr, der würde echt ernst machen?", raunte ich den anderen zu. Nopsi zuckte nur mit den Schultern. Wenn selbst er sich unsicher war... So eine Scheiße! Das war doch das einzig Gute an dieser Festung der Langweiligkeit gewesen! Wenn ich mich an all ihre beschissenen Regeln halten musste, würde ich hier noch wahnsinnig werden!

Vor Wut fiel es mir richtig schwer einzuschlafen. Ich musste dringend Dampf ablassen, aber das durfte ich ja nicht mehr, weil es unwürdig und respektlos war. So ein Penner! Trotzig zog ich mir die Kopfhörer auf und hörte so laut die Maultaschen, dass es schon fast weh tat, aber ich brauchte das gerade. Ich brauchte die Energie und die Härte.

Nur dummerweise musste ich bei den vertrauten Songs daran denken, wie ich sie auf meinem Skateboard gehört hatte, das ich ja jetzt nicht mehr hatte. Und meine Wohnung, die kaputt war und Laurel, mit der ich nicht mehr reden konnte, einfach mein ganzes Leben, von dem ich jetzt abgekapselt war, wie in einem Gefängnis.

Für einen Moment spielte ich mit dem Gedanken, einfach abzuhauen. Zurück in die Normalität, wo ich machen konnte, was ich wollte. Die Vorstellung war echt schön. Ich könnte wieder frei sein und mein eigenes Ding durchziehen.

Doch dann kam dieser eine Song. Mit rauer Stimme begann der Sänger: „Und im Flammenmeer, fällt dir das Atmen schwer. In der heißen Glut, verbrennt jeder Mut und wenn die Hitze flimmert, keine Hoffnung schimmert. Dein Gesicht zerfällt, wie der Rest der Welt, die nichts zusammenhält!" Und dann ging es richtig ab: „Ja, wenn die Welt verbrennt und jeder um sein Leben rennt, bleibe ich stehen und werd nicht untergehen! Denn mein Kämpferherz schlägt über allen Schmerz! Das ist meine Zeit! Bin für den Kampf bereit!"

Ich würde auch weiter kämpfen. Ich würde das durchziehen.

Ein energisches Klopfen an der Tür ließ mich aufwachen. Durch die nur halb zugezogenen Vorhänge in meinem Zimmer drang schon helles Tageslicht, was für mich allerdings immer noch gnadenlos zu früh war. In dieser Jahreszeit ging die Sonne ja auch früh auf.

„Ich bin noch nicht fertig! Ich komm gleich!", rief ich der Flughörnchen-Seele zu, die ansonsten sicher gleich fordernd in mein Zimmer geplatzt wäre und das wäre gerade ganz schlecht gewesen.

Während dem Schlafen waren mir nämlich die Kopfhörer runter gerutscht und die Musik lief immer noch. Wenn sie die noch konfisziert hätte, wäre es echt aus gewesen. Träge schaltete ich sie ab und stand auf. Noch zwei Tage und dann war die große Zeremonie. Durchhalten.

Missmutig tappte ich in Richtung überdimensionaler Speisesaal, den ich mittlerweile auch sehr gut alleine fand. Insgesamt kannte ich inzwischen die wichtigsten Wege. Aber auch wenn ich mich dadurch weniger verloren und hilflos fühlte, machte mich das nicht freier.

Als ich unten ankam, waren schon alle da, sogar Nopsi. Bei uns beiden war es ein wenig Glückssache, wer früher eintraf. Normalerweise war es mir ja egal, ob ich der letzte war, aber heute war es blöd.

Jetzt war nur noch der Platz direkt neben Skyris frei und auf den Verräter hatte ich echt gar keinen Bock. Allein ihn zu sehen, ließ die Wut wieder hochbrodeln. „Nopsi? Können wir vielleicht Plätze tauschen?", bat ich die Koala-Seele angespannt. „Was ist dein Problem?", fragte mich Skyris sofort gereizt. „Was mein Problem ist? Du!", antwortete ich nur schwer beherrscht: „Du hast uns verraten!" „Ich weiß nicht, wovon du redest", entgegnete er kühl. „Ja, klar", erwiderte ich und verschränkte die Arme vor der Brust.

„Was ist hier eigentlich los?", wollte Miriell vorsichtig wissen. „Skyris hat Maxinkorik von meiner Versorgungslinie erzählt", klärte Bellini sie verachtend auf. „Nur weil ich gestern nicht dabei war, bin ich also der Böse? Und warum verdächtigt niemand Miriell?", versuchte der Verräter ja mal sehr geschickt von sich abzulenken. Er wirkte dabei aber auch generell ziemlich gleichgültig.

„Sie war es nicht", widersprach ich ihm entschieden. „Danke", meinte die Steinkauz-Seele mit einem kleinen Lächeln. Die begeisterte Klugscheißerin war wirklich die letzte, der man so eine hinterhältige Aktion zutrauten würde.

Schon wurde das Frühstück gebracht und wir fingen an in eisigem Schweigen zu essen. „Denkt ihr, es tut weh?", brach Miriell auf einmal die Stille. „Was denn?", fragte Bellini mit hochgezogenen Augenbrauen. „Die Magieverleihung", präzisierte unser kleines Superhirn: „Ich hab bei zweien

Lichtenberg-Figuren gesehen. Über den genauen Ablauf weiß ich zwar nichts, aber ich kann mir gut vorstellen, dass es damit zusammenhängt und... ich halte Schmerzen nicht besonders gut aus."

„Was sind Lichtenberg-Figuren?", erkundigte ich mich mit gerunzelter Stirn. Immerhin ging es hier um ein wohl gehütetes Geheimnis, in das wir bald eingeweiht werden würden. Vorher schon ein bisschen was herauszufinden, wäre echt korrekt.

„Narbenmuster nach einem Blitzeinschlag", wusste Nopsi natürlich die Antwort. Die beiden waren wirklich eine andere Liga. „Ihr denkt also, die jagen einen Blitz in uns?", wiederholte die Schildkröten-Seele ungläubig. „Es würde doch auch zu den elektrischen Störungen passen, von denen Nopsi erzählt hat", kombinierte Miriell weiter: „Außerdem heißt es doch in den alten Geschichten, dass die Magie früher ein gewaltiger Gewittersturm war, dessen mächtige Blitze wahllos Leute getroffen und manchmal auch umgebracht haben. Bis die drei Gründermütter es schafften, das Gewitter zu kontrollieren, sodass nun Sicherheit und Ordnung herrschen. Ein Blitzschlag wäre da doch naheliegend."

Diese alten Märchen hatte ich fast vergessen. Es war ja auch nie wichtig gewesen, außer in der Schule bei den Tests, die ich mit Bravour verhauen hatte. Aber darauf, von einem Blitz gegrillt zu werden, war ich echt nicht scharf. Das hätten die mal in der Jobbeschreibung erwähnen sollen.

Für weitere Spekulationen war leider keine Zeit, denn direkt nach dem Frühstück gab es einen ersten Probelauf für den offiziellen Teil der Zeremonie, der auch für die ganze Welt gespiegelt werden würde. Der ganze Aufriss war absolut albern.

Zuerst bekamen wir unsere maßgeschneiderten Roben, in den wir alle aussahen, als wollten wir in ein Kloster mit Drogen gehen oder irgendeiner bescheuerten Sekte beitreten, was ja kein großer Unterschied wäre.

„Gib mir dein Erstgeborenes oder ich verfluche deine ganze Familie!", witzelte ich mit tiefer Stimme und wedelte mit den viel zu großen Ärmeln vor Bellinis Gesicht rum. „Mensch Dex! Benimm dich! Ich will nicht noch einen Anschiss kriegen!", zischte sie zurück. Man, sie verstand aber auch gar keinen Spaß mehr!

Genervt ließ ich das ganze formelle Blabla über mich ergehen und schwitzte mich in dieser irren Mönchskutte zu Tode. Der graue Stoff (grau wegen den Felsen, Miriell hatte weiß und Bellini blau, sah aber alles einfach nur schlimm aus) war mit irgendwelchen wertvollen, glänzenden Fäden bestickt und hier und da auch Juwelen. Je nachdem wie die Sonne darauf traf, blendeten die Teile richtig und ich machte mir einen kleinen Spaß daraus mich genau so zu stellen, dass die Lichtflecken Skyris voll erwischten. Natürlich setzte ich dabei eine total unschuldige Mine auf, die mir vielleicht nicht so zu Hundertprozent gelang.

Man konnte ihm richtig ansehen, wie der miese Verräter immer wütender wurde, aber er war ja ein braver Auserwählter, der ruhig bleiben musste. Oh ja, das machte Spaß.

Nachdem wir endlich dieses Kasperletheater hinter uns gebracht hatten, kühlten wir uns alle ein wenig im Fluss ab, allerdings nicht an unserem besonderen Ort und mit einer Wache im Nacken. Entspannt war anders, aber uns durfte ja bloß nichts passieren. Als wären wir kleine Kinder! Und natürlich passierte nichts. Wer hätte es gedacht?

Abends lag ich dann wieder lange wach. Feiern würden wir wegen Skyris heute Nacht definitiv nicht. Aber würde ich auch meinen Snack ausfallen lassen müssen? Nein! Das sah ich nicht ein!

Entschlossen stand ich auf und schlich mich wie sonst auch aus meinem Zimmer. Fast rechnete ich schon damit, dass vor meiner Tür eine Wache postiert war, nicht dass mir im Schlaf irgendetwas passierte oder was für bescheuerte Ausreden sie sonst auspackten. Aber alles war ruhig.

Ohne Probleme erreichte ich die Vorratskammer und dieses Mal war Micara auch da. Doch etwas stimmte nicht. Sie stand da komplett verkrampft. Bestimmt hatte sie das Drama gestern mitbekommen und jetzt Angst, auch erwischt zu werden.

„Hey, Micara", begrüßte ich sie ganz normal und gerade als ich mit einem flotten Spruch den Moment auflockern wollte, platzte es einfach aus ihr heraus: „Es tut mir so leid! Sie haben gemerkt, dass Essen aus der Vorratskammer verschwunden ist und ich hatte Angst, dass sie mich feuern. Ich hab gesagt, ich sollte Essen für eure Feiern machen. Euch können sie doch nichts anhaben. Das war feige von mir. Es tut mir leid!"

Was? Sie hatte uns verraten? Skyris war wirklich unschuldig? Ernsthaft?

„Ähm, ja, schon gut. Ich geh dann nochmal schlafen", meinte ich darauf nur lahm. Ihr Geständnis hatte mich voll vor den Kopf gestoßen. Ich wusste gar nicht, was ich davon halten sollte und mein Essen konnte ich jetzt wohl auch vergessen. So viel zu der tollen Entwicklung, die dieser Ort gemacht hatte. Man konnte eigentlich alles wieder streichen! Was für ein Scheiß!

Und nach dieser absoluten Enttäuschung von einer Nacht, war der nächste Tag einfach eine miese Wiederholung. Damit wir morgen auch ja keine Fehler machten, mussten wir das ganze ätzende Zeremonien-Spiel nochmal durchlaufen. Ich krieg echt die Krise!

„Ich geh eine rauchen, willst du mitkommen?", fragte mich Nopsi zwischendurch ganz locker. „Klar, warum nicht", meinte ich mit einem Schulterzucken. War ja nicht so, als hätte ich etwas Besseres zu tun.

Gemeinsam verzogen wir uns auf eine der unzähligen Terrassen. Hoffentlich spürte uns der Maximus-Butler hier nicht nochmal auf. Der Kerl war einfach nur unentspannt. Allerdings konnte man mich im Moment auch nicht gerade entspannt nennen.

„Willst du auch eine?", bot mir der super gemütliche Raucher an und hielt mir eine seiner Zigaretten hin oder waren es Joints? „Ist das Tabak?", wollte ich zuerst noch wissen. „Ja, mit einem kleinen Extra. Nichts Schädliches", versicherte er mir mit einem kleinen Lächeln.

„Ja, man. Korrekt", nahm ich die Spezialzigarette an und atmete den Rauch vorsichtig ein. Einmal hatte ich es übertrieben und dabei so heftig husten müssen, dass ich dachte, meine Lunge kommt gleich rausgeflogen. Eine Wiederholung davon wollte ich lieber nicht.

Gedankenverloren blies Nopsi noch ein paar Rauchringe und lehnte sich auf das Geländer. Ganz langsam atmete ich ein und aus und schon das hatte etwas Beruhigendes an sich. Ich spürte das Kratzen im Hals und diesen unverkennbar herb-rauchigen Geschmack, der nach einem Bier oder so verlangte. Was ja jetzt nicht mehr ging. Und schon meldete sich die Wut zurück.

Ungehalten stöhnte ich. Das war doch alles ein schlechter Witz! „Nervös wegen der großen Zeremonie?", deutete die Koala-Seele mein Verhalten falsch. „Ne, nur angepisst von dem anderen Scheiß", antwortete ich ihm und blies eine lange Rauchfahne aus. Von dem kleinen Extra spürte ich noch nichts.

„Ja, hier läuft wirklich einiges verkehrt. Wir sind als Auserwählte hier und nicht als Gefangene und es kann nicht sein, dass sie sich hinter ihren Traditionen verstecken und keinen Fortschritt oder Technik zulassen. Es muss sich einiges ändern", stimmte er mir trotz der scharfen Kritik immer noch erstaunlich ruhig zu.

Eine Weile diskutierten wir darüber, was man hier alles ändern müsste und wie wir uns den Unterricht vorstellten. Irgendwie tat es gut, das alles mal rauszulassen oder womöglich zog die Zigarette auch langsam.

Trotzdem war ich so angespannt wie lange nicht mehr, als ich mich nach diesem ätzenden Tag ins Bett fallen ließ und wieder Musik hörte. Vielleicht lag es an dem Frust der letzten

Tage, vielleicht an dem ständigen frühen Aufstehen, vielleicht daran, dass wir morgen Magie bekommen würden und vielleicht dabei von einem Blitz getroffen wurden.

Wie fühlte sich sowas wohl an? Konnte man dabei auch sterben? Irgendwie war das aufregend. Nur das ganze Drumherum kotzte mich jetzt schon an. Alle guten Dinge sind drei, oder? Ne, eher nicht.

Im Licht der Magie

Der Tag der Tage brach an, wie jeder andere auch. Ich verschlief und wurde von meiner extra förmlichen Dienerin geweckt. Danach ging es runter zum Frühstück, das wie immer viel zu früh und viel zu wenig war. Auch den anderen merkte man die Anspannung deutlich an, bis auf Nopsi, den konnte wohl nichts aus der Ruhe bringen.

Nach dem Essen mussten wir uns auch gleich fertigmachen. Wir wurden für die Übertragung geschminkt und auch frisiert. Allerdings konnten die tollen Profistylisten mit meinen kurzrasierten Haaren nicht viel anrichten und darüber war ich auch verdammt froh.

Was die mit Nopsis lockeren Zotteln anstellten, war echt peinlich. Er sah aus wie ein gestriegelter Affe. Voll übel. Skyris hatte es auch nicht besser erwischt, allerdings passte diese schmierig-arrogante Haarfrisur schon zu ihm. Auch wenn er uns vielleicht nicht bei dem Maximus-Butler verraten hatte, er war immer noch ein Arschloch.

Nur Bellini schien sich bei dem ganzen Umstyling wohlzufühlen, sie sah mit der aufwendigen Flecht-Hochsteckfrisur und den eingearbeiteten Muscheln und glänzenden Haarnadeln aber auch echt krass aus. Fast wie eine Meereskönigin. Miriell hingegen wirkte mit den Federn in ihrem Haarturm so gar nicht königlich, höchstens wie ein gerupftes Hühnchen oder ein verlorener Indianer-Häuptling, der von Anfang an keine Lust hatte. Ich hatte die fröhliche Wissensgranate echt noch nie so genervt gesehen.

Aber wenigstens wurde bei ihnen ja noch etwas gemacht, ich hockte die meiste Zeit wirklich nur dumm rum. Beinahe war ich froh, als wir die Roben anziehen mussten und auf den Hof mit dem so historischen Brunnen gejagt wurden.

Wie beim Üben auch, stellten wir uns alle schön artig in einer Reihe auf. Mit dem Partner-Look und dem hoch offiziellen Rahmen kam ich mir ein wenig vor, wie bei einer Gegenüberstellung. Jetzt müsste nur noch jemand kommen und rufen: „Er ist es!" Doch stattdessen...

„Oh! Hallo! Seid ihr schon aufgeregt?", fragte uns auf einmal eine sehr laute und sehr schnelle Stimme, die man wirklich leicht wiedererkennen konnte: Königin Naya. Vor Energie übersprudelnd, landete sie direkt vor uns und schnitt wieder dieses breite Grinsen mit den zusammengekniffenen Augen. Dieses Mal war sie keine so krasse Glitzerexplosion, nur ihre Flügel schimmerten immer noch total im Sonnenlicht und die Krone war auch nicht gerade dezent. Ansonsten trug sie heute ein formelles, weißes Kleid, das eine gewisse Ähnlichkeit zu unseren Outfits hatte.

Viel zu aufgedreht für eine Königin plapperte die Bienen-Seele weiter: „Ich erinnere mich noch gut daran, wie ich damals auch hier gestanden habe. Aber ihr müsst keine Angst haben. Ich hab es auch geschafft und ganz viele andere genauso. Ihr seht alle richtig hübsch aus. Das wird ein tolles Jahr, das verspreche ich euch."

Wenn sie sich da mal nicht irrte...

„Oh! Dex! Ich hätte dich ja fast nicht wiedererkannt! So schick! Du baust hier zwar nichts mit Holz, aber ich bin mir sicher, deine Eltern sind trotzdem stolz auf dich. Was war es nochmal? Eiche?", richtete sich Naya ohne Vorwarnung direkt an mich. Wovon redete sie da bitteschön? Planlos improvisierte ich einfach mal: „Ja, klar! Was ist schon besser, als einer der legendären Auserwählten zu sein?"

„Weißt du denn schon, was du später mit deiner Magie machen willst?", erkundigte sie sich gut gelaunt weiter. „Das gucke ich mal, wie es sich entwickelt. Ich weiß ja noch gar nicht, worin ich gut bin und was mir gefällt", antwortete ich sogar ehrlich.

„Mal gucken, sagt er. Das ist wirklich gut. Offenheit ist eine wertvolle Eigenschaft. Ich wünsche dir viel Glück", unterstützend klopfte sie mir kurz auf die Schulter und wandte sich dann ihrem nächsten Opfer zu: „Oh! Und da ist auch dein Freund! Ach herrje! Ich hätte fast gleich zwei Auserwählte vom Himmel fallen gelassen."

Strahlend textete sie ihn voll und einer nach dem anderen musste dran glauben. Miriell und sie schienen sich auch schon zu kennen, allerdings war das ja auch nicht so überraschend, schließlich war die Steinkauz-Seele die Auserwählte aus ihrem Königreich.

„Guten Tag", meldete sich aus dem Nichts auch die schnurrende, unverkennbare Stimme von Gräfin Alpha. Nein, sie war nicht aus dem Nichts gekommen. Sie stand demonstrativ im Torbogen, ich war nur in Gedanken zu weit weg gewesen, um sie zu bemerken.

„Ist Magikati immer noch nicht eingetroffen?", abschätzig sah sich die rotgetigerte Katzen-Seele um. „Du kennst sie doch. Sie hat nie die Zeit im Blick. Außerdem haben wir doch noch ein wenig Zeit", erwiderte Naya versöhnlich. „Aber wirklich nur noch ein wenig", blieb Alpha angespannt: „Nach all der Unruhe muss dieses Ritual perfekt werden. Wir müssen unsere Stärke zeigen. Wir müssen zeigen, dass immer noch die Ordnung regiert." „Es wird alles gut", versicherte die Herrscherin der Luftlebewesen ihr und klopfte auch ihr auf die Schulter.

„Oh! Ich hab euch gefunden! Den Gezeiten sei Dank!", rief plötzlich eine fremde Stimme und zwischen den Säulen kam eine Krebs-Seele hervor. Bei ihr war es jetzt aber wirklich ein

Rätsel, wie sie hierhin gekommen war. Da gab es eigentlich keinen Eingang. Aber vielleicht war sie ja geschwommen und hochgeklettert... Das würde auch zu ihrem Aussehen passen.

Sie war komplett nass, mit Algen auf ihrem zerrissenen Kleid und ihr Blick hatte etwas Irres. Auf der einen Seite hatte sie eine blaue Schere statt einem Arm und auch ihre kurzen Haare waren blau.

„Magikati! Hast du eine Ahnung wie spät es ist?!", fuhr Alpha sie sofort an und teleportierte sich direkt vor sie. Panisch griff die irre Krebs-Seele ihre Schultern: „Du verstehst das nicht! Ich habe es gesehen! Er kommt! Und er tötet mich!" „Wer? Und wann?", fragte die Gräfin nach, auch wenn man ihr ansehen konnte, dass sie es nicht besonders ernst nahm.

„Der Herr der Noten", antwortete sie ganz dramatisch: „Wenn wir es nicht aufhalten, wird er heute geboren. Seine Schwingen werden die Sonne der Zukunft verdunkeln und seine Melodie wird die ganze Welt in einen Schlaf wiegen, aus dem sie nie wieder erwacht. Das Chaos wird regieren. Die Entarteten. Er lässt sie tanzen, wie Marionetten, ein Schlangenbeschwörer, ein Beschwörer von Alpträumen. Wir müssen es aufhalten!"

„Was müssen wir aufhalten?", mit gerunzelter Stirn war auch Naya nähergetreten. „Die Zeremonie! Ich sah den Blitz! Der Himmel war voller Blitze...", Magikatis Blick war weit in die Ferne gerichtet: „Der Herr der Noten... Umgeben von Toten, wir sind seine Boten, wir dürfen sein Schicksal nicht knoten..."

„Reiß dich zusammen! Wir werden die Zeremonie abhalten! Wenn wir das nicht tun, wird das Chaos regieren! Es gibt keinen Herrn der Noten! Und wenn er kommen sollte, werden wir bereit sein!", erwiderte Alpha mit ihrer unbeugsamen Entschlossenheit und ging dann nüchtern zum Tagesgeschehen über: „Naya. Trockne sie mit deinem Wind. Wir müssen uns bereit machen."

Als wäre es gar nichts, ließ die Herrscherin des Königreichs der Erde in ihren Händen ein blaues Kleid erscheinen. Teleportation war so genial! Aber wie sie diese düstere Prophezeiung über diesen tödlichen Herrn der Noten auch einfach so abtaten, als wäre das normal. Oder verkündete die verrückte Krebs-Seele öfter so etwas? Die lebten echt in einer ganz anderen Welt! Und ich ja jetzt auch...

Mit einem kontrollierten und doch kräftigen Windstoß, föhnte die Bienen-Seele Magikati innerhalb weniger Augenblicke trocken. Und dann wurde es noch krasser. Alpha legte ihre Hand auf die Schulter der Irren und hielt mit der anderen das Kleid hoch. Nur einen Wimpernschlag später hatten die Klamotten einfach ihren Platz getauscht. Jetzt trug die Krebs-Seele das neue Kleid und Alpha hatte das zerrissene Ding in der Hand. Der Hammer! Umso mehr ich von ihrer Teleportations-Magie sah, desto mehr wollte ich es auch drauf haben. Das alles auch zu können, wäre echt korrekt.

„Und nun, alle auf ihre Posten", fuhr die Katzen-Seele keinen Widerspruch duldend fort: „Diese Zeremonie wird perfekt."

„Aber...", setzte Magikati noch an, doch Alpha ließ sie nicht ausreden: „Um den Herrn der Noten kümmern wir uns später! Erfüll deine Pflicht als Herrscherin!"

Langsam nickte die Krebs-Seele und sie stellten sich erhobenen Hauptes vor uns. Jede hatte neben sich eine ziemlich übertriebene Steinschale, mit einem Attribut ihres Reiches. Magikati hatte darin Wasser und fünf Muscheln, Alpha hatte Dreck und fünf Edelsteinchen und bei Naya war es noch Alberner: Ein Fächer und fünf Federn. Und jeder von uns hatte ein Band in der Hand, auf dem er die Attribute auffädeln konnte. Yeah, wir machten Freundschaftsketten, war das nicht toll?

Kurz schaute die Katzen-Seele zu beiden Seiten und verkündete erhaben: „Wir sind bereit." „Die Glocken werden in genau zwei Minuten und 48 Sekunden läuten", informierte der Maximus-Butler sie mit dem Blick auf eine seiner dämlichen Uhren.

Einen Moment lang standen wir in erwartungsvolles Schweigen gehüllt da. Dann fing er an runter zu zählen: „Noch fünf, vier, drei, zwei... Los!" Schwungvoll zogen die Diener die Tücher von den Spiegeln, die rund um den Innenhof aufgestellt waren.

Plötzlich leuchtete ein helles Licht auf und ich fühlte mich wie in einem irren, magischen Spiegelkabinett. Wir waren überall. Nebeneinander, ineinander, die Bilder vermischten sich ganz wirr und zuckten, als wäre ich gerade auf einem krassen Trip.

Ich konnte nur schwer dem Drang widerstehen zu winken, um das auch in meinem Drogen-Spiegelbild zu sehen. Aber ich hatte so das Gefühl, dass mir Alpha den Kopf abreißen würde, wenn ich ihre perfekte Zeremonie vergeigte.

Auf einmal bündelten sie sich zu einer perfekten Spiegelung, die sich langsam nach oben verschob, bis sie waagerecht im Himmel stand. Laurel und ich hatten öfter auf der Straße gelegen, um es uns bequem anzusehen, wenn man einfach nur nach oben starrte, bekam man schnell einen steifen Nacken. Wirklich nicht die klügste Art der Übertragung, aber wegen diesem technischen und magischen Feld schien ja sonst nichts zu funktionieren und das sollte das glorreiche Zentrum unserer Welt sein?

„Ich grüße euch, Auserwählte der drei Reiche. Heute werdet ihr eure Magie erhalten und zu den Zukunftsträgern einer gemeinsamen Welt gehören", fing Alpha mit dem gleichen Gesülze an, das ich mir schon zweimal hatte anhören müssen. Nach ein paar mehr förmlichen Reden von wegen Dankbarkeit, Ehre, Ordnung und Pflicht, ging es mal zur Sache.

„Miriell Wotrax, Auserwählte des Königreichs der Luft. Tritt hervor und nimm unseren Segen an", forderte Königin Naya die Steinkauz-Seele auf. Entschieden schlug Miriell ihre Kapuze zurück und verkündete fast so schnell wie die Bienen-Seele sonst: „Ich bin bereit, mich der Verantwortung der Magie anzunehmen und mein Wirken ins Zeichen der Gemeinschaft und des Wohls aller zu stellen."

„Möge das Licht der Magie in dir leuchten. Sei frei wie der Wind und lass dich von deinen Ideen und deiner Kreativität tragen, auf das dein Handeln uns alle beflügelt", mit diesen Worten fächelte die Königin ihr ein wenig Luft zu, was so albern aussah, dass ich beinahe gekichert hätte. Danach bekam sie noch die Feder auf ihre Schnur gefädelt und weiter ging es.

„Möge das Licht der Magie in dir leuchten. Sei beständig wie die Erde und lass dich von deiner Entschlossenheit und deinen Werten leiten, auf das dein Handeln uns alle stärkt", sagte auch die Gräfin ihren Text auf und sie wurde mit Dreck beworfen, was auch nur in diesem Kontext gut ankam und dann noch der Edelstein dazu.

Zum Schluss war noch die Verrückte dran und bei ihr war ich echt gespannt. Doch sie enttäuschte mich. Ganz normal leierte sie auch ihre Passage runter: „Möge das Licht der Magie in dir leuchten. Sei geduldig wie das Wasser und lass dich von deinen Erfahrungen und deinen Gedanken vorantreiben, auf das dein Handeln uns alle belehrt." Wie bei einer absolut verkorksten Wasserschlacht wurde sie ein wenig mit Wasser bespritzt und bekam zum Abschluss ihre Muschel.

Ehrfürchtig reihte sie sich wieder ein. Danach kamen Nopsi, Skyris und… „Verandex Nospes. Tritt hervor und nimm unseren Segen an", rief Alpha mich auf. Showtime. Genau wie die anderen zog ich dieses rituelle Gehabe lässig durch. Nur am Ende brachte ich noch ein kleines, freches Zwinkern, das die Gräfin mit einem verachtenden Todesblick quittierte, den wohl alle Katzen-Seelen perfekt draufhatten.

Als letzte war dann noch Bellini dran, die alles mit einer perfekten Eleganz erledigte. Wenn es hierauf am Ende Noten gab, würde sie die eins plus mit Sternchen kriegen und ich war dann die vier, die gerade so bestanden hatte. Aber vier gewinnt.

Richtig anstrengend war auch, was danach kam: Einfach da stehen, als wären wir alberne Statuen oder so. Und im

Hintergrund laberten die unsere Vorstellungen für das ganze Volk.

Miriell, die begeisterte Intelligenzbestie, Nopsi, die ruhige Technik-Intelligenzbestie, Skyris, der aufstrebende Kämpfer, ich, der unerwartete Held und Bellini, die revolutionäre Tierflüsterin.

Endlich wurden wir von diesem Fluch erlöst und durften uns wieder bewegen. Komplett synchron warfen die Diener wieder Tücher über die Spiegel und der Zauber war vorbei. Als erstes schüttelte ich mich eine Runde gründlich aus. Das war echt nötig!

„Stell dich nicht so an", raunte mir Skyris missmutig zu. „Wer ist denn hier die Meckerziege?", konterte ich herausfordernd.

„Nicht streiten, Jungs. Versaut es jetzt nicht", zischte Bellini uns ermahnend zu.

„Seid ihr bereit, in das Licht der Magie zu treten?", fragte uns Alpha ein letztes Mal feierlich, als wären die Kameras (oder in diesem Fall Spiegel) immer noch an. Brav nickte ich einfach mal. Ich war ja schon sehr gespannt, wie dieses Licht der Magie eigentlich aussehen sollte. Gab es dann gleich ein großes ZISCH! BUMM! MAGIE! Wuuuuhhh...

Konzentriert schloss die Katzen-Seele die Augen und ich spürte, wie sich die Luft weiter auflud, so krass bis absolut gar nichts mehr ging. Jetzt konnte ich mir einen Blitzschlag gut vorstellen.

Plötzlich war da wieder das bekannte Gefühl der Teleportation. Verdammte Axt! Ich wurde gefühlt zu einem winzigen Würfel gepresst und dieses Licht killte mich total. Zum Glück war es auch dieses Mal schnell wieder vorbei. Oder vielleicht hatte es eher gerade erst angefangen...

Nur ein paar Meter von uns entfernt ragte eine grelle Säule in die Luft, sie war vollständig aus Blitzen! Es tat richtig weh, sie direkt anzusehen. Das Teil war gewaltig! Miriell hatte recht gehabt. Die gebündelte Magie des Himmels...

Fasziniert blickte ich mich um. Wir waren in einer Höhle. Die grauen Wände waren ganz rau und zerklüftet, irgendwie ungeschliffen und uralt. Ich konnte nirgendwo einen Ausgang sehen. Kam man hier vielleicht nur durch Teleportation rein? Damit würde man auch garantieren, dass bei einer Magieverleihung mindestens eine Person mit starken Fähigkeiten anwesend war. Eigentlich echt clever.

Apropos Personen mit starken Fähigkeiten, sie hatten sich an den Rändern des Raums positioniert, genau in einem Dreieck. Ah, da! Auf den Boden war ein riesiges Triquetra gemeißelt. Natürlich. Was auch sonst?

Abrupt rissen sie alle ihre Arme hoch und plötzlich feuerte die Blitzsäule. Ach du Scheiße! Sie zogen es echt durch! Zuerst wurde Miriell getroffen. Laut schrie sie auf und fiel auf den Boden. Ich wollte ihr helfen. Es erwischte Nopsi. Er stöhnte nur auf und kippte wie ein gefällter Baum rückwärts. Dann Skyris. Krampfhaft versuchte er es zu überspielen, doch auch er ging in die Knie.

Nein. Entsetzt drehte ich meinen Kopf wieder zur Blitzsäule. Ich sah ihn, aber ich konnte nichts mehr tun. Es war zu spät. Und mein letzter Gedanke war: Scheiße. Brennend traf mich das verdammte Ding. Jeder Muckel in meinem Körper verkrampfte sich. Ich hatte keine Kontrolle mehr. Einfach alles tat weh!

Mit einem verkrampften Grunzen plumpste ich auf den Hintern und es hörte auf. Da war zwar immer noch so ein glühendes Nachbrennen, aber ich konnte es aushalten. Ich hatte einen verdammten Blitzschlag überlebt. Hammer! Grell sah ich einen letzten Blitz aufzucken, Bellini. Ihr Schrei hallte schrill von den Wänden wider und dann wurde es still, abgesehen von dem unüberhörbaren Zischen und Knistern der Blitzsäule. Aber die Aufregung war einfach weg, wir waren halt alle ziemlich durch und gegrillt. Einfach abgefahren.

Jetzt waren wir also alle fünf am Boden. Ich hätte nicht gedacht, dass unsere epische Magieverleihung so enden würde. Ein Lachen brach aus meinem Inneren. Ich konnte einfach nicht. Ich lachte mich richtig tot.

Aufgedreht schaute ich zu den anderen und sie sahen mich an, als hätte ich den Verstand verloren. Aber das war doch auch einfach verrückt und krass! Wie sollte man darauf schon klarkommen?

Wir hatten jetzt Magie!

Oh! Skyris betrachtete ganz konzentriert etwas auf seinem Arm... rote Adern? Nein, es sah aus wie die Verzweigungen eines Blitzes! Und da! Bellini hatte es auch, an ihrem Hals, allerdings war das auf ihrer irre gemusterten Schildkröten-haut schwer zu erkennen. Warte! Hatte ich sowas auch! Das wäre so genial!

Ja! Da auf meinem Bauch! Voll korrekt! Hey, die beiden Schlauköpfe hatten doch irgendetwas von Frankenstein-Fi-guren gelabert, nein, Lichtenberg, diesen Blitznarben! Jetzt hatte ich auch eine! Die sah extrem krass aus! Jeder konnte sehen, dass ich einen Blitzschlag überlebt hatte und mehr noch, dass mir jetzt die Magie gehörte! Ich würde so ein kras-ser Auserwählter sein! Der absolute Wahnsinn!

„Ähem!", räusperte sich Alpha mal wieder so todernst und eine Spur herablassend, Katzen-Seele halt: „Erhebt euch, als Kinder des Lichts. Morgen wird euer Unterricht beginnen."

„Und der Herr der Noten?", meldete sich die Krebs-Seele ganz unsicher zu Wort und zupfte an ihren kurzen Haaren rum, während die Schere ihrer anderen Hand auf und zu klappte. „Lass ihnen diesen Tag. Das ist der Beginn eines neuen Lebens", erwiderte Naya mit ihrem herzlichen Kneif-Grinsen.

Ein mies verrücktes Leben, das war sicher. Aber das würde auch eine unvergessliche und magische Zeit werden. Ich könnte durchdrehen! Yeah!

Die erste Botschaft

Nach unserer krassen Feuerprobe oder eher Blitzprobe verfrachtete uns Alpha erst einmal auf eine Krankenstation irgendwo im Trium-Palast, allerdings sah der Raum eher nach einer antiken Wellness-Oase aus und das passte auch zu dem Programm, das wir bekamen.

Sie legten uns irgendwolche kühlenden Kräuterwickel auf unsere frischen Blitznarben, während wir einfach auf sau bequemen Betten rumgammelten. Und danach gab es noch eine Massage für unsere Muskeln, die ja eine Runde so extrem verkrampft waren, nur von meinen Füßen sollten sie die Finger lassen. Das konnte ich so gar nicht abhaben, aber der Rest war echt super. Eigentlich hätte es nur noch gefehlt, dass wir mit Trauben gefüttert wurden.

Futter war aber ein gutes Stichwort. Heute bekamen wir zum Essen ein richtiges Festmahl. „Vielleicht ist Magie ja wie Sport, dass man dabei einen höheren Energieumsatz hat", überlegte Miriell, während sie richtig zuschlug. Hunger hatte ich auf jeden Fall auch, aber ob das wirklich an der Magie lag? Keine Ahnung. So oder so war das hier genau richtig.

Am Ende dieses irgendwie unwirklichen Tages ließ ich mich noch mit Klamotten ins Bett fallen und war fast sofort weg. Ganz sanft schwebte eine Melodie durch meine Träume. Ich surfte auf den Noten, ich ließ mich von ihnen treiben. Sie waren gleichzeitig ganz präsent und doch vollkommen natürlich und unaufdringlich. Sonst vergaß ich meine Träume ja meistens, aber daran konnte ich mich noch erinnern als ich aufwachte oder eher aufgeweckt wurde.

Ich hatte gestern doch voll abgedreht meine Magie bekommen, konnte ich da nicht mal einen Tag ausschlafen?! „Ich komm gleich!", rief ich der nervigen Dienstbotin zu, damit sie mich in Ruhe ließ und legte missmutig das Kissen aufs Gesicht. Es war auch schon wieder so verdammt hell und durch das offene Fenster hörte ich das leicht nervige Vogelzwitschern.

Heute wäre so ein richtiger Schwänz-Tag, aber als Auserwählter würden sie mich sicher holen kommen. Die nahmen die Sache wahrscheinlich ein wenig ernster als Schulen und auf das Drama hatte ich eigentlich noch weniger Bock.

Träge richtete ich mich auf und schlurfte die ersten Schritte durch mein Zimmer. Sekunde. Etwas hing an meinem Fuß. Genervt versuchte ich es abzuschütteln, doch dann fiel mein Blick darauf. Es war ein großes Blatt, wie die an Laurels Wohnbaum.

Wie kam das hierher? Verwirrt hob ich es auf. Auf die Rückseite war etwas mit Edding geschrieben: „GLAUB IHNEN NICHT!" Was? Sollte das sowas wie ein Scherz sein? Moment mal! Langsam drehte ich meinen Kopf zu dem offenen Fenster. Ich hatte es gestern definitiv nicht offen gelassen. Jemand hatte sich rein geschlichen, während ich geschlafen hatte...

Der Gedanke war echt psycho. Aber vielleicht war es ja nur Skyris gewesen, um mir richtig dumm eins auszuwischen. Hochklettern könnte er auf jeden Fall. Oder? Prüfend schaute ich nach unten. Es wäre schon eine Herausforderung, doch das hielt ihn sicher nicht auf und mich auch nicht. Allein weil ich es konnte, schwang ich mich auf die Fensterbank und kletterte ein Stück nach oben. Die Steineelemente klappten auch echt gut, sie waren zwar nicht so praktisch wie die wuchernden Pflanzen im grünen Viertel, aber man fand immer noch gut Halt. Doch dann berührte ich das Metall und bekam sofort einen kleinen Stromschlag verpasst. Vor Schreck hätte ich fast losgelassen, was aus dieser Höhe vielleicht schon tödlich geendet hätte.

Was machte ich hier überhaupt? Ich sollte frühstücken gehen und nicht an der Außenwand des Trium-Palastes abhängen. Auch wenn die Aussicht schon der Wahnsinn war. Von hier oben konnte ich über den Schicksalswasserfall blicken, wo sich der Fluss sprühend in die Tiefe stürzte. Vögel flogen frei durch die Lüfte und dort hinten war der Horizont von fernen Baumkronen gezackt. Man könnte meinen, dass wir die einzigen Menschen auf der Welt waren. Irgendwie krass... Und echt voll langweilig.

Hier konnte man wirklich nirgendwo hingehen. Wir konnten nicht richtig feiern, keine Clubs, keine Konzerte, keine witzigen Bowling-Nächte, nicht einmal bescheuerte Lesungen! Lesen... Ach Scheiße. Heute sollte ja noch der Unterricht beginnen!

Wie lange würde es wohl dauern, bis mich jemand hier fand? Wahrscheinlich so lange, dass ich längst vor Langeweile gestorben war. Ich hielt es ja jetzt kaum noch aus. Also gut. Dann würde ich halt wieder rein gehen und das ganze Auserwählten-Zeug durchziehen.

Doch gerade als ich diesen Entschluss gefasst hatte, wurde das Fenster direkt über mir geöffnet. Das war doch regelrecht ein Zeichen! Instinktiv drückte ich mich fest an die Mauer und schielte neugierig nach oben.

Mit einem Seufzen lehnte sich jemand auf die Fensterbank und ließ den Blick über die malerische Landschaft schweifen, wie ich eben auch. Ich erkannte ihn sofort. Bei seinen Hörnern, die halb so groß wie sein Ego waren, war das ja auch nicht schwer.

Da stand einfach der arrogante Musterschüler Skyris. Warum hatte er das Zimmer über mir? So konnte er selbst nachts auf mich herabblicken! Absolut nervig.

„Müsstest du nicht unten beim Frühstück sein?", sprach ich ihn stichelnd an und sein schockiertes Gesicht war einfach genial! Allerdings lag das wahrscheinlich weniger an meinen Worten, sondern eher an meinem Auftritt als Stimme aus dem Off.

Einen Moment später hatte er sich jedoch wieder gefangen und schaute sofort nach unten, wo er mich auch gleich entdeckte. Krass getarnt war ich ja nicht gerade, obwohl Gottesanbeterinnen eigentlich dafür bekannt waren. Na ja, wie Miriell gesagt hatte, übernahm man halt nicht alles von seinem Seelentier.

„Dex?", verständnislos starrte er mich an. „Hey", begrüßte ich ihn nur lässig, als wäre meine Aktion das normalste der Welt. „Was machst du da?", wollte er immer noch ganz verwirrt von mir wissen. War ja auch eigentlich eine berechtigte Frage.

„Den Trium-Palast hochzuklettern, ist nochmal eine ganz andere Liga als so einen popeligen Stützpfeiler", erwiderte ich selbstbewusst. „Willst du etwa nochmal eine Wette durchziehen?", fragte er mich mit hochgezogenen Augenbrauen und musste wahrscheinlich an den Ausgang unserer letzten denken. Aber hey, dabei hatten wir Naya kennengelernt und Käse geschenkt bekommen. War doch ein geiler Schnitt.

„Hast du etwa Schiss?", herausfordernd grinste ich ihn an. Keine Ahnung, wie sich das wieder zu einer Wette entwickeln konnte, aber jetzt würde ich definitiv keinen Rückzieher mehr machen, nicht bei ihm.

„Du hast keine Chance gegen mich", entgegnete Skyris kühl, doch er war nur einen kleinen Schubser davon entfernt, von mir pulverisiert zu werden. „Ja klar", meinte ich nur sarkastisch und machte einen großen Satz direkt auf seine Fensterbank. Er wich schnell zurück, um nicht mein Knie in die Fresse zu kriegen.

„Was soll das?", knurrte er gereizt. „Ich kann es halt", mit diesen Worten und einem extra provozierenden Grinsen kletterte ich einfach weiter und es hatte gezogen. Keine zwei Sekunden später kam auch die Steinbock-Seele aus seinem

Zimmer. „Ich werde dir zeigen, wie es richtig geht!", spuckte er große Töne und zog gleich mal das Tempo an. Als könnte ich das nicht auch.

Flink hangelte ich mich weiter nach oben. Jedes Mal wenn ich das Metall berührte oder auch nur in die Nähe kam, spürte ich die gewaltige elektrische Ladung von dem ganzen Ding. Sicher war die magische Blitz-Höhle direkt unter uns. Allerdings interessierte mich jetzt eigentlich nur, was über mir lag. Bis zum Dach war es nicht mehr weit. Skyris und ich waren etwa auf der gleichen Höhe. Plötzlich sprang er. Verdammte Scheiße! Er rutschte auf dem Dach aus. Ich konnte ihm von hier aus nicht helfen! Geradeso konnte er mit der Hand die Kante greifen und sich wieder hochziehen. Scheiße war das knapp gewesen!

Obwohl ich gar nicht in Gefahr gewesen war, raste mein Herz wie verrückt, als ich weiterkletterte. Ohne riskanten Sprung schaffte ich es auch aufs Dach. Ziemlich atemlos hatte sich Skyris hingesetzt.

„Alles klar?", fragte ich ihn und ließ mich neben ihn plumpsen. „Natürlich. Ich hab dich um Längen abgehängt", spielte er den knallharten Sieger. „So sah es auch aus", packte ich wieder meinen Sarkasmus aus. Und dann kehrte so eine Stille ein. Wir saßen einfach nur da und schauten in die Ferne, fast als wären wir Freunde.

„Warum bist du eigentlich nicht gleich zum Frühstück gegangen?", wollte ich irgendwann von ihm wissen. Bisher hatte er doch immer den glänzenden Auserwählten gespielt. „Warum bist du es nicht?", konterte er gleich mit einer Gegenfrage. „Weil ich keinen Bock hatte", antwortete ich mit einem lässigen Schulterzucken und es war ja sogar wahr.

„Du nimmst immer alles auf die lockere Schulter! Du machst dir wegen gar nichts Gedanken! Du hast keine Ahnung, wie das ist! Du hast überhaupt kein Recht, hier zu sein!", kochte seine Wut auf einmal über.

„Und wegen deinem Stress hast du ein Recht? Was ist das denn für ein Schwachsinn?", entgegnete ich verständnislos.

„Ich brauche die Magie! Ich muss besser werden! Nur so kann ich die Entarteten bekämpfen! Und was ist dein Ziel? Einfach mal abwarten? Diesen Luxus kann ich mir nicht erlauben!", redete er heftig weiter.

„Und wenn du so wichtige Ziele hast, warum hockst du dann mit mir auf dem Dach?", konterte ich mit hochgezogenen Augenbrauen. Seine Mine versteinerte sich. Oh. Er war eben wegen seinen Zielen hier. Der so krasse Krieger kam mit dem Druck nicht klar und hatte Angst zu versagen.

„Hey, du bist doch nicht der Einzige, der daran arbeitet. Alle Königreiche haben Leute geschickt. Du hast nicht die Verantwortung der ganzen Welt", versuchte ich doch tatsächlich ihn aufzubauen, vielleicht wollte ich ihm auch ein wenig zeigen, wie dumm seine Einstellung war. „Du hast keine Ahnung!", unterstellte er mir nochmal total verkrampft.

„Dann erklär es mir", verlangte ich mit einem genervten Augenrollen von ihm. Einen Moment zögerte er und entschied sich dann kopfschüttelnd: „Nein. Das hat keinen Sinn. Ich gehe jetzt. Mach doch, was du willst." Mit einem letzten, verstohlenen Blick zu mir, der beinahe neidisch wirkte, schwang er sich über die Dachkante und fing an zurück zu klettern.

Stöhnend ließ ich den Kopf in den Nacken fallen. Wahrscheinlich sollte ich ihm folgen, aber... Ach verdammt! Das war doch alles scheiße! Da machte ich nicht mit!

Kurzentschlossen balancierte ich über den Dachfrist und von dort mit einem kleinen Sprung an die Mauer eines nahen Turms. Gedankenlos kletterte ich irgendwie weiter, einfach um mich zu beschäftigen und mal ein bisschen Dampf abzulassen. In mir hatte sich viel zu viel angestaut.

Ein richtig leckerer Geruch stieg mir in die Nase. Da war ein offenes Fenster. Neugierig warf ich einen Blick rein. Oh. Die Küche. Klar. Ich hatte längst die Orientierung verloren, wo genau ich hin geklettert war. Anscheinend brachte mich mein Instinkt immer, wenn ich mich verirrt hatte, zum Essen. Echt korrekt.

Zwischen all den geschäftigen Leuten konnte ich Micara entdecken. Auch wenn es etwas riskant war, klopfte ich einmal gegen die Fensterscheibe und positionierte mich so, dass nur meine zuckenden Fühler zu sehen waren. Hoffentlich verstand sie den Wink.

Niemand reagierte. Also klopfte ich ganz frech nochmal. Dieses Mal gab es eine Reaktion, nur die Person, die aus dem Fenster schaute, war nicht Micara. Mies. Selbstbewusst fing ich direkt an mich raus zu reden: „Guten Tag. Ich wollte nur einmal einen Einblick in die Küche bekommen. Das Essen hier ist wirklich sehr nobel. So etwas muss man sich doch einfach ansehen. Wirklich ein bewundernswertes Handwerk, fast schon eine Kunst, wie immer alles fein drapiert und auf jede Nuance abgeschmeckt ist."

„Oh, ähm... Danke?", brachte die Ratten-Seele am Fenster überrumpelt hervor. „Hier werden keine vorwitzigen Lümmel geduldet! Du...", fing eine Pferde-Seele an zu meckern, doch als sie mich sah, verstummte sie geschockt: „Oh! Ein Auserwählter... Verzeiht mir. Ich meinte es nicht so."

Voll korrekt. Eine wichtige Person zu sein, hatte echt seine Vorteile. Blöd war nur, dass ich wahrscheinlich verpetzt werden würde. Na ja, jetzt war es sowieso zu spät.

„Ich möchte Ihre herzliche Gastfreundschaft nicht überstrapazieren und Sie haben ja auch besseres zu tun. Essen ist auf jeden Fall wichtig. Ganz im Ernst. Wenn Sie es erlauben, würde ich hier kurz durchgehen und dann in den Speisesaal. Ich muss ja noch mein leckeres Frühstück essen, das sie mit so viel Mühe vorbereitet haben. Bewundernswert wie viel Arbeit sie da reinstecken. Und ich bräuchte einen Führer, da ich mich in diesem Winkel nicht auskenne. Ein wahnsinnig großes und glanzvolles Gebäude", während ich diesen Quatsch laberte, bahnte ich mir auch gleich den Weg durch die Küche. Meine Strategie war: Solange ich redete, konnten sie nichts sagen. Und es funktionierte überraschend gut.

Ich kam bis zum Ausgang ohne aufgehalten zu werden und ich konnte mir sogar die Vielfraß-Seele als Führer schnappen, war doch eine gute Ausrede, die eigentlich auch stimmte. Alleine hätte ich den Weg wahrscheinlich nie gefunden.

„Vielen Dank! Auf Wiedersehen! Und macht weiter so gute Arbeit. Wirklich Respekt", verabschiedete ich mich extra höflich und schloss die Tür hinter Micara und mir. Puh. Erleichtert atmete ich auf.

Komplett überrumpelt sah mich meine Führerin an und ihr Mund stand dabei weit offen. „Ich dachte, ich besuche dich mal", meinte ich ganz locker, auch wenn ich mir ja eigentlich gar nichts gedacht hatte. Leider ging sie nicht auf ein entspanntes Gespräch ein: „Dex, was machst du hier?! Das geht nicht! Wir werden beide große Schwierigkeiten bekommen!"

„Hey, mach dir keinen Stress. Ich hab dich aus der Küche geholt, es war nicht deine Schuld und alle haben es gesehen. Es ist also alles gut. Und du kannst mir vielleicht auch wirklich zeigen, wo es zum Speisesaal geht", erwiderte ich jetzt voll durchdacht: „Währenddessen können wir ja ein bisschen reden. Gibt's irgendetwas Neues von der überpeniblen Pferdefresse? Sie ist ja echt noch bissiger als in deinen Beschreibungen."

Bei dieser Bemerkung huschte ein kleines, noch zögerliches Lächeln über Micaras Gesicht und sie antwortete: „Ja, heute Morgen hat sie sich sogar einmal so aufgeregt, dass sie richtig gewiehert hat."

Ich konnte sie mir dabei so gut vorstellen! Ein kleines Kichern rutschte mir raus. Und die Anspannung war gebrochen. Wie sonst auch, servierte sie mir die neusten Gerüchte: „Hast du auch schon etwas von der Botschaft mitbekommen?" „Ihr habt auch eine bekommen?", fragte ich überrascht. Waren diese Blätter etwa im ganzen Palast verteilt worden?

„Ich meine das große ultraviolette Graffiti auf den Stützpfeilern des Königreichs der Luft", erwiderte meine spezielle Informantin mit vertraulich gesenkter Stimme: „Jemand hat letzte Nacht dort eine Botschaft hinterlassen: Das System ist krank. Die Entarteten leben. Denkt nach. Wir sind nicht der Feind. Freiheit! Gerechtigkeit! Wahrheit!"

Verdammte Axt! Jetzt würden sicher eine Menge Leute eine Menge Fragen stellen und es ging nicht mehr, die Entarteten still und heimlich aus der Welt zu schaffen. Aber wer sollte das machen? Die Entarteten selbst? Vielleicht wollten sie ja die Öffentlichkeit manipulieren. Nicht der Feind. Haha. Morde zu begehen, war ja so lieb.

Vor mir flackerte wieder das Bild von Les am Boden mit all dem Blut aus seinem Hals auf und die Leute, die in der Panik bei Alphas Rede niedergetrampelt worden waren...

Aufgeregt fuhr Micara fort: „Es wurde zwar schon weg gemacht und überdeckt, aber viele haben es gesehen und die Gespräche darüber werfen einen dunklen Schatten über die Zeremonie gestern. Und böse Zungen sagen auch, dass das schnelle Handeln nur ein Beweis dafür ist, dass die Botschaft wahr ist und etwas verheimlicht wird. Was ja auch stimmt."

Was? Sie wusste auch von den Entarteten? Überrumpelt sah ich sie an. So geheim war dieses Geheimnis wohl doch nicht. Auf meinen Blick hin meinte sie mit einem kleinen Zwinkern: „Als Angestellte bekommt man einiges mit."

„Was denn sonst noch so?", wollte ich neugierig von ihr wissen. Das war eine ganz neue Ebene von Klatsch, den sie mir erzählen konnte. Ein wahrer Insider und direkt an der Quelle der Gerüchteküche. Echt korrekt.

„Uff. Keine Ahnung. So spontan... Ähm... Oh! Letztes Jahr soll Magikati den Auserwählten der Luftlebewesen fast umgebracht haben. Es heißt sie soll ihn beschuldigt haben, einen Mordanschlag gegen sie zu planen. Er war deswegen sogar kurz in Haft, aber es gab keine Beweise. Sie ist wirklich sehr instabil. Aber sie hat die seltene Macht, nicht nur in die Vergangenheit und an andere Orte zu blicken, sondern auch bruchstückhaft in die Zukunft. Sie ist mit Abstand die machtvollste Person der Wasserlebewesen und damit so gut wie unantastbar. Auch wenn sie in ihrem Herrschaftsgebiet mehr das Gesicht ist und die wirklich wichtigen Entscheidungen von ihrem Beraterstab getroffen werden, die auch aufpassen, dass die Bevölkerung nichts von ihrem Zustand mitbekommt", weihte mich die Vielfraß-Seele bereitwillig in den Skandal ein.

Super, Unterricht mit Todesrisiko, den hatte man doch am liebsten.

„Aber so jemanden kann man doch nicht mehr das Oberhaupt eines ganzen Königreichs sein lassen!", erwiderte ich verständnislos: „Nur weil sie krasse Fähigkeiten hat, kann sie nicht immun sein. Und als durchgeknallten Berater oder so könnte man sie ja immer noch arbeiten lassen. Aber sowas geht doch gar nicht."

„Hinter dem Vorhang der Öffentlichkeit passiert so einiges...", meinte sie voll abgebrüht. Was musste hier wohl schon alles passiert sein, dass Skandale für sie so normal waren? „Ist hier schonmal jemand gestorben?", bohrte ich fasziniert weiter nach.

„Man erzählt sich natürlich die alten Geschichten von unehelichen Kindern, die den Schicksalswasserfall hinab geworfen und trauernde Dienerinnen, die im Kellergewölbe eingemauert wurden. Damit der Ruf der Auserwählten immer unbefleckt bleibt... Aber ich glaube, das sind mehr dumme Gruselmärchen, auch wenn mir das Kellergewölbe noch nie geheuer war. Normalerweise gibt es hier keine Toten. Vor ein paar Wochen hatte einer der Köche einen Herzinfarkt. Ein paar tuscheln, es wäre der Schock über ein Haar in der Suppe gewesen, aber wie er gelebt hat, wundert es mich eigentlich nicht. Immer nur geraucht, gesoffen und so viel gegessen, dass man in manchen Dienstbotengängen Angst hatte, er würde stecken bleiben", plauderte sie weiter und es war klar, dass ich unbedingt einmal in dieses verspukte Kellergewölbe musste.

Eigentlich glaubte ich ja nicht an Geister und sowas, aber bei der magischen Energie an diesem Ort und all den Geheimnissen, die hier schon begraben worden waren... Wer wusste schon, was man dort alles finden konnte...

Doch bevor mein spannendes Kopfkino richtig loslegen konnte, wurden wir vom schlimmsten aller Plagegeister gefunden: Der Maximus-Butler. „Was geht hier vor sich?", fragte er mit seiner schneidenden Stimme. „Ich hatte mich verlaufen und die Küche entdeckt. Wirklich sehr beeindruckend. Da habe ich sie gebeten, mir den Weg in den Speisesaal zu zeigen, damit ich mich rechtmäßig den anderen anschließen kann", spulte ich ein ähnlich schleimig-seriöses Programm ab wie auch schon in der Küche.

„Nun. Ich werde übernehmen. Sie können zu ihrem Arbeitsplatz zurückkehren und Ihre Aufgaben erfüllen", schickte er Micara einfach weg und sein Blick war ein eindeutiger Tadel. Klar, die Dienerschaft und die Auserwählten durften nichts miteinander zu tun haben. Nicht dass am Ende irgendwer eingemauert werden musste.

„Vielen Dank für Ihre Hilfe. Das war wirklich sehr nett", bedankte ich mich nochmal extra bei meiner Klatsch-und-Essen-Freundin und folgte der steifen Schildkröten-Seele schweigend den restlichen Weg. Wenigstens hielt er mir keinen miesen Vortrag.

Nein, zu früh gefreut. Kurz bevor wir den Speisesaal erreicht hatten, fing er schadenfroh an: „Ich an Ihrer Stelle würde mich sputen, Herr Nospes. Sie haben nicht mehr viel Zeit, bis der Unterricht beginnt und für Sie gelten die gleichen Regeln, wie auch für die anderen. Mit dieser wertvollen Lektion können Sie in diesen lehrreichen Tag starten."

Ja, du mich auch, Wichser. Förmlich hielt er mir die Tür auf und ich schlenderte ganz locker zu den anderen, als wäre das alles so geplant. „Hallo Freunde!", rief ich ihnen sogar noch mit einem extra fröhlichen Winken zu, als wäre ich in einer quietschigen Kinderserie.

Dass ich nicht mehr viel Zeit hatte, war die Untertreibung des Jahrhunderts gewesen. Mir blieben noch historische fünf Sekunden nachdem ich mich gesetzt hatte. Schnell stopfte ich mir so viel wie möglich in den Mund und mogelte noch zwei Kiwis in der Hosentasche mit raus. Die Obstauswahl hier war immer gut und vor allen Dingen eine Menge, die sich sehen lassen konnte. Echt tragisch, dass ich heute davon nicht mehr haben konnte. Hier liefen wirklich nur übelste Spießer rum.

Und dann kam der Unterricht und ich hatte richtig Flashbacks. Jeder musste sich an sein eigenes kleines Tischlein setzen, wo schon ein Tintenfässchen mit weißem Federkiel bereitstand, ebenso ein Schulheft mit diesem mega dicken Nobel-Papier und ein beunruhigend hoher Stapel Schulbücher. Als gäbe es in diesem Raum nicht schon genug Bücher. Es sah fast so aus wie eine kleine Bibliothek. Wirklich an jeder Wand standen Regale! Um das Schulbild perfekt zu machen, gab es hier drin sogar eine Tafel mit Kreide. Oh man!

Ich hatte es so gehasst mit einem Federkiel zu schreiben. Bei mir wurde das immer so ein gekleckerter Alptraum, bei dem man am Ende noch weniger lesen konnte, als bei meiner Handschrift sowieso schon.

In der ersten Stunde hatten wir Geschichte, stocklangweilig. Als wir eine Passage lesen sollten, stellte ich das Buch strategisch auf meinem Tisch auf und aß dahinter meine Kiwi. Nicht besonders unauffällig, aber was sollte ich schon machen, wenn es nur die erste Reihe gab? Bei fünf Leuten konnte man einfach gar nichts unauffällig machen! Das war echt noch schlimmer als normale Schule!

Meine Einstellung wurde im Laufe des Tages nur immer weiter bekräftigt. Obwohl es so groß angekündigt worden war, hatten wir keine der Herrscherinnen und absolut nichts mit Magie. Alles nur völlig unnötige Theorie über Historie, Politik, Ethik und Geographie!

Besonders unsere Ethiklehrerin, eine sehr zierliche und weltfremde Maulwurf-Seele, wirkte von meinem wahrscheinlich nicht so freundlichen Gesichtsausdruck echt verunsichert. Aber ich konnte sie definitiv nicht so interessiert anglubschen und bei jeder Frage sofort aufzeigen, wie es Miriell tat.

Dieser Unterricht war einfach nur dumm! Ich wollte lernen, wie meine Magie funktionierte, nicht irgendwelche Sinnfragen untersuchen und sonstigen Schwachsinn! Ich wusste, wer ich war!

Und auf meine Frage, wann wir denn mal etwas Richtiges lernten, bekam ich nur so Antworten wie: „Es ist wichtig die Vergangenheit zu kennen, um aus ihr lernen zu können." „Nur ein starker Verstand, kann starke Magie lenken." „Man muss die Welt verstehen, um ihr dienen zu können." „Ein wahrer Auserwählter muss mehr beherrschen, als nur Magie." Und mein persönlicher Favorit: „Das erste, was Sie hier lernen sollten, ist Geduld." Der Spruch könnte doch auch vom Maximus-Butler stammen.

Alles in allem war die ganze Veranstaltung der letzte Scheiß. Außerdem gab es heute nicht einmal gutes Essen! Gefüllte Pilze und Delikatessen aus Innereien. Absolut widerwärtig! Meine Laune könnte kaum schlechter sein. Der erste Tag meiner krassen Ausbildung fing ja echt gut an.

Auch die anderen waren ordentlich angepisst. Allerdings formulierte Nopsl seine Kritik sehr politisch korrekt, so hatte er es auch schon im Unterricht gemacht. Aufmerksam zuhören und die Dinge mit Köpfchen hinterfragen. Manchmal hatte er die Tante echt dumm aussehen gelassen.

Dann gab es da noch Miriell, die ja eigentlich auf das Wissenszeug abfuhr und eher ein wenig enttäuscht war. Und natürlich Bellini, Skyris und ich, wir zerrissen diesen Mist quasi in der Luft, auch wenn uns die Diener in der Nähe sicher hören konnten. Gerade war mir das so scheiß egal!

Mit gesenkter Stimme meinte die Auserwählte der Wasserlebewesen irgendwann beim Abendessen: „Wenn die morgen wieder so einen Quatsch bringen, könnten wir ja alle zusammen schwänzen. Dann können die mal gucken, was sie machen."

„Ich bin dabei!", stimmte ich ihr sofort zu. „Ein Streik führt oft dazu, dass sich etwas verändert. Wir sollten es einen Streik nennen", schloss sich die Koala-Seele überraschend an. „Ich habe nicht meine Mission unterbrochen, um mit einer Wiederholung meine Zeit zu verschwenden! Ich mache auch mit", begründete Skyris seine Entscheidung, als wäre er etwas Besseres als wir.

„Du und deine Mission", genervt rollte Bellini mit den Augen. Grinsend knuffte ich sie in die Seite. „Haltet ihr das wirklich für eine gute Idee?", spielte Miriell mal wieder die Stimme der Vernunft.

„Hey, wir sind Auserwählte, wir haben Magie. Die können uns gar nichts. Du bist doch auch nicht für das hier hergekommen", mit diesen Worten machte ich eine allumfassende Geste: „Gib dir einen Ruck."

„Wir können ja mal morgen abwarten, vielleicht wird es ja besser", drückte sie sich mit einem unsicheren Lächeln. Fast schon wünschte ich mir, dass morgen genauso beschissen wurde, wie heute, einfach nur, um sie zu überzeugen und mit allen mal so richtig einen drauf zu machen.

Verdammte Axt! Das war echt nicht auszuhalten! Genervt schlurfte ich in mein Zimmer und achtete dabei nicht darauf, wo ich hintrat. Frontal lief ich gegen irgendeinen Klotz am Boden und hätte mich fast abgelegt. Scheiße!

Fluchend sah ich mir die miese Stolperfalle an. Häh? Was hatte die Holzkiste hier verloren? Die war nicht von mir. War das vielleicht genauso eine Nummer wie die Blatt-Botschaft heute Morgen?

Kurz schielte ich zum Fenster rüber. Es war zu. Aber in der Zwischenzeit könnte sonst wer hier drinnen gewesen sein. Immerhin schlichen sich die Angestellten auch jeden Tag rein, um sauber zu machen, auch wenn ich schon gesagt hatte, dass ich das eigentlich nicht wollte. Allein der Gedanke, dass die in meinem Zeug rumkramten und alles!

Aber jetzt erst einmal die Kiste. Da lag ein Zettel drauf. Misstrauisch hob ich das Ding hoch. Dort stand in krakeliger Handschrift: „Ihr werdet noch Großes schaffen. Fangt hiermit an, es aufzubauen. Das Zauberwort ist ´Ala´. Eure Naya." Irgendwie hätte ich bei ihr mehr eine so richtig geschwungene

Schrift erwartet, halt etwas, das königlicher aussah. Na ja, sie war eigentlich von Anfang an nie wirklich königlich drauf gewesen.

Wenn ich an ihr letztes Geschenk mit dem Käse dachte, voll korrekt. Neugierig hob ich den Deckel der Kiste. Was? Das war doch wohl ein Witz! In der Kiste waren Bauklötze! Ja, Bauklötze!

Zuerst steckten sie mich nochmal in die Schule und jetzt war ich schon auf Kindergarten-Niveau angekommen. Schönen Dank auch! Den Scheiß würde ich mir echt nicht geben! Wütend knallte ich den Deckel wieder drauf. Nicht mit mir.

Der Weg des Wassers

Ohne zu wissen, wo ich eigentlich hin wollte, stürmte ich aus meinem Zimmer. Ich konnte mich nach diesem Tag nicht einfach ruhig hinlegen und schlafen. Und ich war nicht der Einzige, dem es so ging. Auf der Treppe entdeckte ich Skyris. „Hey!", rief ich mit gesenkter Stimme zu ihm rüber. Ertappt fuhr er zu mir herum, doch als er mich erkannte, entspannte er sich wieder und zischte stattdessen abwertend: „Was machst du denn hier?" „Das Gleiche könnte ich auch dich fragen", konterte ich und damit wir nicht mehr durchs halbe Treppenhaus flüsterten, sprang ich kurzerhand über das Geländer zu ihm rüber.

Dieses Manöver war echt ein Scherz im Vergleich zu den krassen Sachen, die wir sonst immer abzogen. Zum Beispiel das Klettern heute Morgen. Oh ja. Ich brauchte echt dringend mehr davon.

„Du kannst mich nicht aufhalten!", unbeherrscht stieß er mich aus dem Weg. „Ich will dich doch gar nicht aufhalten!", entgegnete ich und tat ironischerweise genau das. Aber ich musste ihn halt am Arm zurückhalten, wenn ich noch mit ihm reden wollte.

„Wo willst du hin?", fragte ich ihn alles andere als vorwurfsvoll, ich überlegte eher, ihn zu begleiten. Wenn wir beide zusammen irgendwo waren, passierte doch immer der krasseste Scheiß.

„Ich werde meine Zeit nicht damit verschwenden, hier mit Bauklötzen rumzuspielen. Ich geh zurück und jage die Entarteten. Das ist meine Aufgabe", erklärte er mir so richtig schicksalshaft. „Ich komme mit", verkündete ich kurzentschlossen und war knapp davor, auch etwas Dramatisches zu sagen, von wegen, dass ich auch noch eine Rechnung mit den Entarteten offen hatte oder so. Doch jemand anderes krallte sich die Chance auf einen epischen Moment.

„Und wann wollt ihr da ankommen? Übermorgen?", meldete sich auf einmal eine Stimme aus dem Nichts und Bellini trat mit herausfordernd hochgezogenen Augenbrauen und vor der Brust verschränkten Armen einen Absatz über uns ans Geländer. Echt stilvoller Auftritt. Schon korrekt.

„Und was willst du jetzt? Noch mehr Stallgeschichten erzählen, als wärst du nur eine dumme Tierpflegerin statt einer Auserwählten? Oder vielleicht noch eine hirnlose Saufgeschichte?", beleidigte Skyris sie gleich. Echt man? Nicht korrekt.

„Nein, ich wollte euch eine Mitfahrgelegenheit anbieten, die nicht einmal eine halbe Stunde zur Stadt braucht. Aber ich glaube, ich sollte lieber dafür sorgen, dass ich euch morgen noch eine krasse Saufgeschichte erzählen kann, bei der ihr nicht dabei gewesen seid", konterte sie überlegen und kam die Treppe runter geschritten wie eine Königin.

„Hey, das war nicht so gemeint. Du kennst ihn doch. Ich würde super gerne mit dir einen trinken. Es ist echt eine Schande, dass die unsere Wasserpartys gecancelt haben. Aber der Ritt auf dem Turbo-Hai war voll der Hammer. Wäre geil, das nochmal zu machen", versuchte ich die Schildkröten-Seele wieder zu besänftigen. Sie hatte aber auch jeden Grund, angepisst zu sein. Vielleicht wäre es keine so schlechte Idee die Meckerziege mit ihrer todernsten Mission hierzulassen.

„Hättest du Interesse daran, einmal etwas von Bedeutung zu tun?", fragte die Steinbock-Seele Bellini mit so einem Helden-Blick. Wer von uns war denn als Held zu den Auserwählten gekommen? Hm?

„Zum letzten Mal: Irgendwelche Kranken zu jagen, ist nicht wichtiger, als Reittiere zu trainieren. Kapier es endlich! Du bist hier nicht der krasse King und deswegen kannst du heute Nacht schön laufen", triumphierend lächelte sie ihn an und ging dann einfach weiter. Aber ich wollte definitiv nicht laufen! Spontan schwang ich mich aufs Geländer und rutschte rasant nach unten. Ey, das machte noch richtig Spaß! Entschieden sprang ich vor Bellini wieder ab. „Mich nimmst du aber mit oder? Prinzessin der Meere?", spaßhaft machte ich eine kleine Verneigung. „Klar, Dex. Du kennst doch sicher ein paar gute Bars und Clubs", erlaubte sie mir sofort locker. Jackpot!

„Stehst du auf Brokkoli-Lasagne und krasse Drinks?", fasste ich auch schon gleich das erste Ziel ins Auge. „Ihr habt nur Schiss, dass ihr einfach nicht das Zeug dazu habt", unterstellte uns Skyris aufgebracht und stapfte uns hinterher.

Energiegeladen sprang ich auf das nächste Treppenpodest und forderte die Schildkröten-Seele auf: „Von wegen. Komm Bellini. Wir zeigen ihm eine kleine Demonstration! Greif mich an." „So richtig?", noch ein kleinwenig unsicher kam sie die letzten Stufen zu mir runter.

„Ja, klar. Gib es mir", meinte ich grinsend. Wetten und ich, ich konnte einfach nicht widerstehen. „In Ordnung", locker zuckte sie nur mit den Schultern und nahm die Arme wie ein Boxer hoch. Ausgelassen machte ich es genauso.

Und BAMM! Viel zu schnell landete Bellinis Fuß mit einem fetten Tritt an meiner Schulter. Der gewaltige Schwung riss mich von den Beinen und ich knallte voll auf den Boden. Mein Kopf bekam auch einiges ab. Verdammte Axt! Was war das denn gewesen?!

Mit einem Stöhnen stützte ich mich wieder so halb auf und sah sie völlig verständnislos an. Wieso konnte eine partymachende, reitende Schildkröten-Seele so brutal treten? „Ich hab ein paar Jahre Kickboxen gemacht", antwortete sie locker: „Unter Wasser schnelle Bewegungen zu machen, ist noch viel anstrengender als an Land. In den ersten paar Stunden, wären meine Freundin und ich fast gestorben. Ich hatte echt überall Muskelkater. Die haben alle total übertrieben."

Die krassen Fähigkeiten von allen waren auch übertrieben. Irgendwie war ich hier zwischen den besten der besten gelandet. Echt krass und gleichzeitig hatte man da schon ein bisschen das Gefühl, ein Loser zu sein.

Ich war sogar auch mal im Kickboxen gewesen, ganze zwei Tage. Vielleicht hätte ich das doch weitermachen sollen.

„Können wir jetzt mal los oder willst du noch weiter am Boden rumliegen und die Aussicht von da unten genießen?", auffordernd sah die unerwartet gute Kämpferin mich an. Haha. Irgendwann würde ich es ihr auch mal so richtig zeigen.

Entschieden sprang ich auf die Beine, was in meinem Kopf für ein mieses, dumpfes Stechen sorgte. Aua. Bestimmt würde ich von meiner Begegnung mit dem Boden noch eine Beule behalten. Aber wenn ich heute alles richtig machte, würde ich morgen eh einen Kater haben und da war ein bisschen mehr oder weniger Kopfschmerz dann auch egal.

„Der Tritt war echt der Hammer. Du hast es wirklich drauf", sah ich locker über meine wirklich haushohe Niederlage hinweg und machte ihr ein ehrliches Kompliment. „Danke", nahm sie es schlicht an.

„Hey, wartet. Es tut mir leid, dass ich euch so unterschätzt habe. Bitte nehmt mich mit. Ihr könnt ja auch gerne durch die Bars ziehen und euer Ding machen und ich mache mein Ding. Ich würde euch nicht stören. Aber ich muss endlich wieder etwas tun!", startete Skyris den nächsten Versuch, sich ein Wassertaxi klarzumachen. Wenn er etwas wollte, konnte er ja sogar nett sein.

„Na gut", willigte die vielseitige Auserwählte ein, auch wenn sie dabei immer noch richtig abfällig das Gesicht verzog. Das würde sicher eine tolle Fahrgemeinschaft werden und während wir an dem Hai hingen, konnten wir ja nicht einmal Musik anmachen, um den unangenehmen Moment zu füllen. Echt super.

Schon mal mit einem Vorgeschmack auf das verkrampfte Schweigen gingen wir den Rest der Treppe runter. „Denkt ihr, die überwachen die Wasserterrasse?", brach ich diese miese Stille sogar mit etwas Wichtigem. „Keine Ahnung. Wir gehen sowieso nicht dorthin", antwortete Bellini schon richtig durchgeplant. „Kluge Entscheidung", bestätigte die Steinbock-Seele und wirkte deutlich zu kühl, um wirklich ein Kompliment zu machen.

„Halt die Klappe, sonst ändere ich noch meine Entscheidung, dich mitzunehmen", drohte die Auserwählte des Königreichs des Wassers gleich. Guter Konter. Nur dumm, dass jetzt dieses ätzende Schweigen wieder zurück war und es blieb auch bis wir im ersten Stock angekommen waren.

Kurzerhand ging Bellini zu einer der gläsernen Terrassentüren, doch sie waren abgeschlossen. Ohne sich davon verunsichern zu lassen, probierte sie es weiter und erwischte zwei Terrassen weiter tatsächlich eine, die vergessen worden war abzusperren.

Bestimmend trat sie nach draußen. Ich konnte mir schon denken, was sie vorhatte, aber... Das war schon irgendwie heftig. Als wäre es keine große Sache, stieg sie aufs Geländer und sprang runter.

Ähm ja. Zugegebenermaßen ein kleinwenig zögerlich trat ich auch an das Geländer. Aber was war schon dabei? Was waren das, vielleicht fünf oder sechs Meter? Die war ich doch auch schon im Schwimmbad runtergesprungen. Ganz locker.

Extra selbstbewusst marschierte Skyris an mir vorbei und schwang sich lässig über das Geländer. Von ihm würde ich mich nicht so vorführen lassen! Kurzerhand sprang ich auch.

Es fühlte sich schon irre an. Der Wind zischte an mir vorbei und ich raste nach unten.

Kalt umfing mich das Wasser. Richtig kalt! Verdammte Axt! Schnell schwamm ich wieder nach oben, was gar nicht so leicht war, weil die Strömung übertrieben an mir zog. Keuchend durchbrach ich die Wasseroberfläche. Oh Scheiße! Ich war schon übel weit abgetrieben.

Sofort versuchte ich zurückzuschwimmen, doch die Strömung war zu stark. Sie zog mich immer weiter von dem Trium-Palast weg und auf den Schicksalswasserfall zu. Nein! Nein! Nein! Komm schon! Fest biss ich die Zähne zusammen und schlug noch kräftiger mit meinen Armen und Beinen durch das eisige Wasser. Aber es brachte nichts.

Plötzlich tauchte neben mir die vertraute Rückenflosse auf. Der Makohai! Ohne lange zu fackeln klammerte ich mich an das Leder des Sattels, den er heute trug. Es wirkte, als könnte man sich an dem Teil sogar anschnallen, was auf die Distanz, die wir zurücklegen wollten ja mal viel angenehmer wäre, als sich die ganze Zeit festzuhalten.

Mit Leichtigkeit brachte mich der gefährliche Fisch aus der Strömung und zurück zu den anderen. Man, das war krass gewesen. Echt der Hammer!

„Mit dir wäre es fast den Bach runter gegangen", kommentierte Skyris mit einem dämlichen Wortspiel. „Dann wäre unsere Party heute ins Wasser gefallen", brachte Bellini überraschend auch so einen dummen Spruch. Nur mir fiel einfach keiner ein. Verdammt! Aber sie hatten sich halt auch schon die beiden Klassiker gekrallt.

Stattdessen wechselte ich energiegeladen zum eigentlichen Ziel der Aktion: „Also ich wäre bereit." „Was denn, ist ein Wasserfall nicht dein Fall?", scherzte die Steinbock-Seele provozierend weiter. Was? Fand er es so witzig, dass ich fast draufgegangen war oder wollte er mir einfach nur beweisen, dass es noch ein Wortspiel gegeben hätte, das mir nicht eingefallen war und dass er deswegen ja so viel klüger war, als ich?

Gerade nervte mich der Kerl einfach nur. „Negroni ist mein Reittier. Ihr könnt Speedy haben, mit dem warst du ja auch schon unterwegs, Dex", mit diesen Worten deutete sie auf einen zweiten Makohai. Ich hatte keine Ahnung, wie sie die auseinander hielt, für mich sahen beide gleich aus, aber sie hatte mit den Tieren ja auch intensiv zu tun.

„Danke, Negroni", kurz klopfte ich meinem tödlichen Retter auf die raue Flanke und schwamm zu meinem Reitkumpel rüber. Speedy klang noch voll knuffig. Warum hatte ich vorher eigentlich nie nach seinem Namen gefragt?

Mit geübten Griffen hängte sich Bellini am Sattel ein. Klar, dass sie das Premium-Teil bekam. Ich durfte mich schön nochmal an diesem blöden Gurt festhalten. „Habt ihr nicht mehr von den Sätteln?", fragte ich, jetzt schon mit vor Kälte ganz steifen Fingern.

„Jetzt stellt euch nicht so an. Seid froh, dass ihr überhaupt einen Kurzflossen-Makohai reiten könnt. Wenn die herausfinden, dass ich immer noch zwei hier habe, gibt es den Anschiss des Jahrhunderts. Und jetzt haltet euch fest. Es geht los in fünf, vier...", zählte sie ohne Gnade an.

„Ich hab mich doch gar nicht beschwert", merkte Skyris an, während er auf der anderen Seite nach dem Gurt griff. „Dafür guckst du die ganze Zeit, als wäre das hier der letzte Dreck", sagte ich ihm geradeheraus ins Gesicht.

Bellini kam bei eins an. Konsequent schlug sie auch gleich als Startsignal mit der flachen Hand aufs Wasser und wir düsten wieder los. Genau wie letztes Mal ging es teilweise unter Wasser und knapp an der Oberfläche. Es war der totale Geschwindigkeitsrausch und gleichzeitig ein echter Krampf. Das hier war nichts im Vergleich zu meinem letzten Trip. Sich daran festzuklammern ging so krass in die Arme und vor allen Dingen in die Finger. Meine Muskeln brannten richtig und die schneidende Kälte war dabei ebenfalls alles andere als hilfreich. Zu allem Überfluss verschluckte ich mich auch zweimal an dem gefühlten Eiswasser und ein Hustenanfall, bei dem man nicht loslassen durfte, war wirklich eine andere Liga.

Als endlich in all der Dunkelheit die Lichter der Stadt auftauchten, war ich richtig erleichtert. Gleich war es vorbei. Schon wurde der Makohai langsamer. „In welcher Ecke ist hier denn was los?", erkundigte sich Bellini locker bei mir. Klar, für sie war diese kleine Reise ja auch kein Hardcore-Workout gewesen.

Doch statt ihr das vorzuhalten, versuchte ich erst einmal mich zu orientieren. Mhm... Jap. Alles klar. „Da drüben ist ein Club, der River's eye. Der ist halb geflutet und das Wasser macht schon krasse Lichteffekte. Vielleicht gefällt der dir. Laurel steht nicht so auf Wasser und die Musik ist etwas lahm", fing ich als Reiseführer an: „Das Tina's ist noch weiter den Fluss rauf und noch ein Stück vom Wasser weg, aber das lohnt sich echt."

„Dann gehen wir zu Tina's", entschied Bellini mit einem kleinen Lächeln. „Gute Entscheidung", stimmte ich ihr grinsend zu.

Gemütlich schwammen wir weiter den Fluss hinauf, also das Tempo war gemütlich, das Festhalten immer noch bei Weitem nicht. Ich hatte das Gefühl, gleich einen miesen Krampf im Arm zu bekommen. Schließlich waren wir dem grünen Viertel so nah, wie man ihm über den Fluss eben kommen konnte.

Übel verkrampft ließ ich Speedy wieder los. Mein ganzer Körper war komplett versteift, als wäre ich ein nasses T-Shirt, das man bei -20° zum Trocknen rausgehängt hatte. Vom Festklammern waren meine Arme immer noch ganz komisch angewinkelt und es sah aus, als würde ich albern einen T-Rex nachahmen.

„RROOAR!", machte ich scherzhaft ein kleines Dino-Brüllen und boxte Bellini leicht an die Schulter. Für Späße war man nie zu unterkühlt. „Welche Gottesanbeterin macht bitteschön so?", fragte sie mich mit skeptisch hochgezogenen

Augenbrauen. Stimmt, es war auch ähnlich wie die Lauerposition von meinem Seelentier.

Skyris verdrehte nur die Augen und stiefelte mit steifen Beinen los, als hätte er sich in die Hose gemacht. Bei dem Anblick konnte ich mir ein kleines Grinsen nicht verkneifen. Ihn hatte es also genauso schlimm erwischt wie mich. Ein Hoch auf die Gerechtigkeit.

Nur Bellini machten die eisigen Temperaturen nicht so viel aus. Richtig unfair, sie hatte den bequemen Sattel und die dicke Haut. Klar, war das ihre Art zu reisen. Aber wenn wir sowas öfter machten, mussten wir auf jeden Fall einen besseren Weg finden!

Um nochmal warm zu werden, brauchte ich jetzt erst einmal einen schönen Drink oder gleich mehrere. Wirklich kläglich schleppten wir uns durch die Straßen, inklusiver nasser Tropfenspur. Vielleicht hätten wir doch ins River's eye gehen sollen, das wäre näher gewesen. In den nassen Sachen fühlte ich mich so eklig! Einfach mies!

Die paar Leute, die uns begegneten, warfen uns ganz seltsame Blicke zu und ich schaute jedes Mal trotzig zurück. Ich wollte sie mal sehen, wenn sie von einem Makohai doch einen eiskalten Fluss geschleppt worden waren und dann noch gefühlt durch die halbe Stadt latschen mussten!

Erst als wir schon fast vorm Tina's standen, schien Skyris wieder einzufallen, dass er ja eigentlich gar nicht mit uns abhängen wollte und er meinte: „Ähm ja, ich musst mal los, Paddy abholen." „Wer ist Paddy?", fragte ich mit gerunzelter Stirn nach. Hatte er etwa Freunde? Alarmiert die Medien. „Mein Hund. Du kennst ihn doch", informierte mich die Steinbock-Seele nicht mehr ganz so kühl.

Stimmt, der konnte ja die Entarteten erschnüffeln. Schon praktisch.

„Dann spiel du mal mit deinem Hund. Wir machen Party. Viel Spaß mit deiner Mission", richtig ironisch winkte die Schildkröten-Seele ihm zu. „Ja, verschwendet ihr nur eure Zeit", schnaubte er abfällig. Boah! Genervt wollte ich auch noch einen Spruch bringen, doch da sah ich es: Etwas flog direkt auf seinen Kopf zu! Verdammte Scheiße!

Ohne nachzudenken machte ich einen Satz nach vorne und fing es aus der Luft, auch wenn das echt einen ordentlichen Rückstoß aufs Handgelenk gab. Ohne meine krassen Reflexe hätte Skyris jetzt ein schönes Loch in der Birne. Das Ding war aus Metall. Schnell warf ich es so weit weg, wie ich konnte. Ich kannte nur eine Person, die mit sowas um sich feuerte.

In der Gewissheit was ich sehen würde, hob ich den Blick. Dort stand sie, den Tennisschläger noch erhoben: Meine erste Entartete, die rote Panda-Seele mit der giftigen Feuersalamander-Schulter.

Mit einer tödlichen Präzision schlug sie die nächste Kugel. Wollte sie mit mir etwa einen Reaktionstest machen? Sie hatte doch schon gesehen, dass sie bei mir keine Chance hatte. Wie dumm!

Blitzschnell nahm ich alles wahr und streckte mich nach dem rasanten Geschoss aus. Verdammte Axt! Es war mit Stacheln gespickt! In der letzten Sekunde sah ich es und zog meine Hand schnell weg. Mit einem haarsträubenden Kreischen schlitterte das fiese Ding noch ein gutes Stück über den Boden und es sprühten sogar ein paar Funken. Wenn ich das gefangen hätte… Autsch.

Sofort sprintete Skyris los. Eine große Jagd war es ja nicht, wenn die Gegner einfach so zu einem kamen. Aber das änderte nichts. Diese Monster mussten für das, was sie getan hatten, gefangen und betraft werden. Und ich würde nicht einfach tatenlos dumm rumstehen.

Ohne groß nachzudenken, lief auch ich los.

„Hey! Wir wollten doch feiern gehen!", rief mir Bellini aufgebracht hinterher. „Der Schuppen da drüben mit dem Efeu und der halb verwachsenen Reklame. Ich komm gleich nach!", gab ich ihr noch eine letzte Beschreibung und drehte meinen Kopf ganz kurz zu ihr zurück, um ihr unterstützend zu zu grinsen.

Oh oh! Als ich wieder nach vorne schaute, sah ich gerade noch eine der Metallkugeln auf mich zufliegen. Sofort machte ich einen Satz zur Seite, doch dieses Mal war ich nicht ganz schnell genug. Scheiße tat das weh! Er traf mich volle Kanne am Brustkorb. Für einen Moment blieb mir die Luft weg und ich strauchelte. Man hatte der gesessen! Keuchend drückte ich meine Hand auf die Stelle. Bestimmt würde ich davon eine Rippenprellung oder so einen Scheiß davontragen. Echt ein tolles Andenken. Na warte!

Verbissen lief ich wieder los, auch wenn dabei dieser stechende Schmerz war. Das würde mich nicht aufhalten. Auf dem Dach hing eine riesige Rauchwolke. Wollte sie etwa wie ein Zauberer einfach mit einem „Puff!" verschwinden?

Bei Skyris schien es sogar zu funktionieren. Total orientierungslos stolperte er in ihr Tarnmanöver. Er war schon echt nah an ihr dran gewesen und jetzt war es von Vorteil, dass sie mich ausgebremst hatte. Aus der Entfernung konnte ich genau sehen, wie sie über die Dächer flüchtete. So viel zum Zauberer. Ich hab dich.

Flink hangelte ich mich die nächste Hauswand hoch und musste dabei ordentlich die Zähne zusammenbeißen, besonders wenn ich auf der Seite den Arm hochhob. Man zwiebelte das! Dafür würde sie bezahlen! Natürlich neben all den anderen schlimmen Dingen, die sie schon getan hatte.

Endlich erreichte ich die Dachkante und konnte überhaupt wieder irgendwie atmen, doch ich gönnte mir keine Verschnaufpause und legte stattdessen richtig los. Da vorne war sie! Sie konnte mir nicht entkommen!

Alarmiert zuckten ihre Ohren. Hektisch schaute sie über die Schulter. Ein kleines Grinsen ließ meinen Mundwinkel hochzucken. Ich spürte es. Dieses Mal war sie endgültig dran.

„Achtung!", schrie mir die Steinbock-Seele zu. Was? Total aus dem Konzept gebracht, drehte ich meinen Kopf zu ihm. Etwa auf halbem Weg sah ich es. Oh Scheiße! Auf der anderen Straßenseite hockte der Kerl, der Les fast umgebracht hatte! Und auf seiner Schulter hatte er ein fettes Gewehr!

Er drückte ab. Ich hörte den Knall. Doch die Kugel traf mich nicht, es war gar keine Kugel. Keine Ahnung was genau es war, ich hatte nicht die Zeit, es mir genauer anzusehen. Instinktiv sprang ich in die Höhe. Es zischte unter mir durch. War das... ein Netz?

Verdammte Axt! Einer meiner Füße verfing sich darin! Nein! Der Schwung riss mich zur Seite. Schräg traf ich auf dem Dach auf. Scheiße! Ich bekam keinen Halt! Kack Dachschräge! Unaufhaltsam schlitterte ich nach unten. Meine Hände rutschten über die Dachziegel. Sie waren viel zu glatt! Warum musste ich von allen Dächern hier, das ohne Moos und Flechten erwischen?! Verflucht! Nein! Komm schon!

Plötzlich packte mich jemand am Handgelenk. Skyris. Atemlos schaute ich zu ihm auf. Jetzt hatte mich der Irre doch tatsächlich wieder gerettet. Man. Bestimmt würde er sich darauf voll viel einbilden. So ein Scheiß.

„Komm hoch!", ohne Zeit zu verschwenden, zerrte er an meinem Arm, aber wie sollte ich groß aufstehen, wenn ich immer noch in diesem blöden Netz hing? Hatte er auch mal daran gedacht? Nein. Der Hellste war er echt nicht.

Gerade als ich ihm das auch klar machen wollte, traf ihn die mörderische Tennis-Spielerin auf einmal mit einem ihrer fiesen Geschosse am Rücken. Vor Schmerz keuchte er auf und bekam Übergewicht nach vorne. Schnell wollte er sich mit einem Ausfallschritt wieder auffangen, doch dabei stolperte er über mich und die miese Rutschpartie ging weiter.

Bevor wir noch irgendetwas tun konnten, waren wir schon über die Dachkante gefallen. Verdammte Scheiße! Uff! Ausgerechnet das Netz rettete uns den Arsch. Es hatte sich irgendwo auf dem Dach verfangen und jetzt hing ich da kopfüber und hielt Skyris fest. Zwei zu zwei auf dem Lebensretter-Konto. Obwohl nein, ich hatte ja die Metallkugel abgefangen. Es stand sogar drei zu zwei.

Oh nein! Das Netz gab ein ungutes Geräusch von sich und irgendwas riss. Wir sackten ein kleines Stück ab, aber es hielt uns immer noch, also ein bisschen, doch lange würde das nicht mehr gut gehen. Wir brauchten einen besseren Plan!

„Vergiss sie! Wir müssen weg!", hörte ich die Entartete auf dem Dach zu ihrem netzwerfenden Komplizen rufen. Hey! Sie tat ja gerade so als wären wir nur zwei Würmchen! Na ja, unser Auftritt gerade war vielleicht auch nicht der respekteinflößenste. Wieder gab das Netz ein unheilverkündendes „Ritsch!" von sich und ließ uns sein paar Zentimeter tiefer fallen.

„Kommst du an die Wand?", fragte ich verbissen nach unten. Die Steinbock-Seele war nicht gerade leicht zu halten. „Das siehst du doch selbst!", pflaumte er mich verkrampft an. Ja, zwischen uns und der Mauer war ein dummer Abstand, aber was konnte ich bitteschön dafür?! Wenigstens versuchte ich eine Lösung zu finden!

„Wärst du nicht mitgekommen, hätte ich sie gekriegt!", machte mir der Spinner jetzt auch noch Vorwürfe. „Was?! Sag mal geht's noch?! Ohne mich hätte sie dich gekillt! Und du hattest sie in dem Rauch doch schon verloren!", verteidigte ich mich aufgebracht.

Oh oh. Mein Fuß rutschte langsam aus dem Netz. Nicht gut!

„Ich schaukele zur Wand rüber! Halt dich gut fest!", entschied ich verzweifelt. Irgendetwas musste ich einfach tun! Scheiße! Das Netz gab endgültig nach. Wir hatten nicht genug Schwung. Wir stürzten ab!

Für einen Moment war mein Kopf seltsam leer. Ich konnte es irgendwie nicht glauben, es kam einfach nicht bei mir an.

Volle Kanne schlugen wir auf der Markise von einem der vielen Obst- und Gemüsestände ein, die es hier in der Gegend gab. Der straffe Stoff zerriss bei dem Aufprall sofort und wir knallten auf die leer geräumte Auslage.

Genau wie schon auf dem Dach, kullerten wir mit der Schräge nach unten, nur dass uns jetzt bis zum Boden nur noch wenige Zentimeter trennten. Und da blieben wir dann auch erst einmal für einen Moment liegen.

Verdammte Axt! Das war heftig gewesen! Aber wie durch ein Wunder hatten wir wieder überlebt und das nicht einmal groß verletzt. Klar, der Treffer an den Rippen war mies und Blaue Flecken würde das auch zahlreich geben, aber ansonsten... Der helle Wahnsinn! Da war wieder dieser Kick nach einer Extremsituation. Es war immer wieder so krass.

„Verflucht! Sie sind wieder weg! Nein!", unbeherrscht sprang mein spezieller Begleiter wieder auf die Beine und trat gegen die Auslage, die wir bei unserem Sturz sowieso schon teilweise zerlegt hatten.

Jetzt mischte sich auch Enttäuschung in dieses korrekte Gefühl, mal wieder etwas Abgedrehtes erlebt zu haben. Skyris Wut erinnerte mich wieder daran, dass wir eben doch nicht so unbesiegbar waren, wie ich mich gerade fühlte.

„Wie schaffen die es, immer wieder zu entkommen?", fragte ich verständnislos, auch wenn ich wusste, dass er mir darauf keine Antwort geben konnte. „Keine Ahnung! Aber wir werden sie kriegen. Sie werden nicht immer Glück haben!", entschlossen hatte der Jäger die Hände zu Fäusten geballt.

Hey, hatte er da gerade etwa von uns beiden als Partner gesprochen? Irgendwie waren wir ja schon ein gutes Team. Er konnte zwar echt tierisch nerven, aber er hatte mich gerettet und ich ihn (öfter als er). Und ich wollte dabei sein, wenn diese Monster endlich weggesperrt wurden.

Entschieden richtete ich mich auch wieder auf und verkündete: „Ich bin dabei." Kurz warf er mir einen abschätzenden Blick zu und nickte dann nüchtern. Aha. Was für eine Ehre.

„Aber heute nicht mehr. Wir sollten zu Bellini und noch einen trinken, Sky", mit einem schiefen Grinsen brachte ich wieder seinen Spitznamen. „Ein Drink klingt gut, Dex", stimmte er mir zu und versuchte trotz der Enttäuschung ebenfalls zu grinsen. Das sah ja schlimm aus. „Ja, du hast einen Drink echt nötig", meinte ich und boxte ihn leicht gegen die Schulter.

Am Boden

Als wir so Seite an Seite vor der alten Holztür standen, wusste ich nicht, ob ich mich wie ein Versager oder ein Held in der Entwicklungsphase fühlte. Obwohl ich immer noch total mit Adrenalin vollgepumpt war, kam zu mir auch langsam wieder das Gefühl der Kälte und der an mir klebenden, nassen Klamotten durch. Das hatte halt schon was Klägliches an sich und wir hatten faktisch ja auch verloren. Aber da war auch gleichzeitig diese Energie, die Überzeugung, das durchzuziehen und an ihnen dran zu bleiben.

Was für eine Kombi! Auf jeden Fall eine, die nach einem Drink verlangte. Von drinnen hörte ich gedämpft eine verträumte Gitarre. War heute vielleicht wieder ein freies Vorspielen? Einmal hatte mich Laurel ganz hinterlistig auch mit meiner Gitarre dafür eingetragen, allerdings hatte mein spontaner Auftritt deutlich mehr Energie gehabt, als dieses Schlaflied. Na ja, mit ein bisschen Glück war gleich der nächste dran und es ging richtig ab.

Entschlossen öffnete ich die Tür und ich hatte Recht gehabt, es musste richtig abgehen.

Ach du Scheiße. Was war hier passiert? Alle Leute lagen mit dem Kopf auf den Tischen oder am Boden. Von der Theke tropfte noch traurig ein umgekippter Drink. Bellini war auf ihrem Barhocker komplett zusammengesackt und auch nicht mehr weit davon entfernt, einfach runterzurutschen. War sie tot? Nein, ich konnte sie atmen sehen. Schlief sie etwa? Und in dieser unwirklichen Kulisse stand ein Kerl, eine Mäusebussard-Seele mit einer schwarzen Gitarre in der Hand. Der Typ war komplett schwarz angezogen, inklusive tief ins Gesicht gezogener Kapuze, unter der seine hellbraunen, fast gelblichen Augen hervorblitzten und da war eine dicke Narbe, die sich an seiner Wange hinab zog. Er wirkte erschrocken und doch nicht überrascht uns zu sehen.

Ich hingegen kam damit gar nicht klar. Wie hatte er es gemacht? Was hatte er gemacht? Warum hatte er es gemacht? Und wieso konnten wir nicht einfach einen trinken?!

Nach einem winzigen Zögern spielte der zwielichtige Kriminelle die nächsten ruhigen Noten auf der Gitarre, die in diesem Moment echt psycho wirkten. Sky gab ihm jedoch nicht die Zeit für ein richtiges Konzert und stürmte gleich aggressiv auf ihn zu. Plötzlich schlug der düstere Gitarrist einen richtig verstimmten Akkord an und... Verdammte Axt!

Mein Mitstreiter wurde von einer Druckwelle richtig nach hin ten geschleudert. Was war das denn für eine irre Gitarre?!

Eins war klar: Das Ding musste weg! Ohne groß nachzudenken, griff ich nach dem krassen Instrument und versuchte es ihm zu entreißen. Doch natürlich ließ der Kerl das Teil nicht einfach so los. Aber wenigstens konnte er so nicht noch eine Druckwelle spielen oder sonstige miese Tricks. Ich hatte ihn.

Ruckartig zog mich die Mäusebussard-Seele noch etwas näher und bevor ich irgendwie reagieren konnte, hatte er mir schon mit seinem Schädel eine fette Kopfnuss verpasst. Benommen taumelte ich ein paar Schritte rückwärts oder es wären eher ein paar Schritte gewesen. Schon nach dem ersten griff mich der absolut kranke Musiker und schleuderte mich mit irgendeiner abgedrehten Hebeltechnik zu Boden. Verdammt!

Brutal zog er mein Oberteil hoch. Ich erwartete schon einen Tritt oder etwas in der Art, doch es kam nichts. Der Fremde ließ mich einfach links liegen und wandte sich wieder der Steinbock-Seele zu. Eiskalt trat er zu, voll in seinen Bauch, Sky krümmte sich zusammen und versuchte sich irgendwie mit seinen Armen zu schützen.

Scheiße! Ich musste ihm helfen! Ohne nachzudenken, griff ich mir einen Stuhl und schlug damit nach dem irren Gitarristen. Doch schon eine Sekunde, bevor ich mich überhaupt bewegte, huschte sein durchdringender Blick zu mir und er wich meinem wahllosen Angriff spielerisch aus.

Eiskalt schlug er in die Saiten und die Schallwelle riss mich von den Füßen und beim Stürzen haute ich mir noch selbst eine mit dem Stuhl runter. Atemlos sah ich zu ihm und für einen Wimpernschlag trafen sich unsere Blicke. Wir hatten keine Chance gegen ihn.

Und dann wandte er sich einfach um und lief weg. Was? Aber er hatte uns beide doch schon gehabt. Warum flüchtete er jetzt? Verwirrt stützte ich mich auf den Unterarmen auf.

Währenddessen sprang Sky trotz der heftigen Tritte wieder sofort auf die Beine und rannte ihm hinterher. Als er den Türrahmen erreichte, gab es wieder diesen haarsträubenden Akkord und die Druckwelle schleuderte ihn zurück ins Tina's. Er schlitterte fast bis nach vorne zur Theke. Das war's dann wohl mit der Verfolgungsjagd. Jetzt lagen wir beide am Boden. Und noch jemand kam zu uns.

Bellini rutschte endgültig von ihrem Barhocker und klatschte auf den Boden. Unwillig stöhnte sie und drehte sich auf die Seite. Sie kam wieder zu sich! „Bellini!", schnell rutschte ich zu ihr rüber: „Hey, Bellini! Wach auf!"

Tatsächlich öffnete sie die Augen und blickte mich mit gerunzelter Stirn an: „Dex? Was ist hier los?" „Was weißt du noch?", kam die Steinbock-Seele ganz konzentriert mit einer Gegenfrage, doch gerade war sie noch zu benommen, um sich mit ihm anzulegen. Bereitwillig antwortete sie: „Ich hab hier gesessen und war angepisst, dass ihr beide einfach so abgehauen seid und dann war da diese Melodie... ich weiß nicht, was dann passiert ist."

„Du hast ihn nicht gesehen?", bohrte der Jäger weiter nach. „Wen?", wollte Bellini verständnislos wissen und setzte sich langsam auf. „Hier war ein Kerl mit Gitarre", gab ich ihr als Auskunft, auch wenn das nicht wirklich weiterhalf.

„Wir müssen Bericht erstatten", dachte Sky immer noch wie der Verbündete der Ordnungshüter und stand kerzengerade auf. „Wir dürften gar nicht hier sein. Wir konnten ihn nicht gesehen haben", erinnerte ich ihn und stellte mich ebenfalls wieder auf die Beine. „Diesen Ausflug hatte ich mir wirklich anders vorgestellt", grummelte die Schildkröten-Seele und lehnte sich mit einem Seufzen an die Theke.

Ja, das stimmte. Und ich wollte es nicht so enden lassen.

„Ein Drink ist doch bestimmt noch drin", meinte ich mit einem kleinen Grinsen und warf einen Blick über die Theke. Mori lag noch auf dem Boden. „Moin Mori!", rief ich der Barkeeperin zu. Das klang doch einfach nur witzig.

„Was?", schreckte sie aus dem Schlaf hoch. „Könnte ich bitte noch einen Kiwi-Splash haben?", bestellte ich einfach ganz normal. Sie starrte mich an, als hätte ich sie aufgefordert, mir meinen Drink in einem Froschkostüm zu servieren.

„Hast du den Angreifer genauer sehen können?", behandelte Sky jetzt auch sie wie eine Zeugin zum Befragen. Ernsthaft man? War es für heute nicht langsam mal gut? „Was macht der denn hier?!", anklagend sah die Känguru-Seele zu mir. Stimmt ja, er hatte immer noch Hausverbot. Aber es war doch völlig bescheuert, jetzt noch darauf zu pochen!

„Er hat geholfen, den irren Gitarristen zu vertreiben", versuchte ich seinen Ruf wiederherzustellen, auch wenn das nicht so ganz die Wahrheit war. Ich verstand immer noch nicht, warum der Kerl abgehauen war. Allerdings musste ich es für heute auch nicht verstehen.

„Komm schon Mori, bitte. Nur ein Drink. Danach müssen wir sowieso weg. Heute war ein krasser Tag. Ein Kiwi-Splash wäre gerade echt korrekt. Und wir sind ja jetzt die großen Auserwählten, du könntest Werbung damit machen, dass wir hier unsere Drinks nehmen", packte ich gleich eine ganze Palette an Argumenten aus.

„Ich konnte meinen Sekt auch nur halb trinken", meinte Bellini mit einem sehnsüchtigen Blick auf das umgekippte Glas vor ihr. Sie war eindeutig ganz auf meiner Seite. „Und was willst du?", richtete ich mich an Sky und hoffte, dass er nicht so einen dummen Spruch brachte, von wegen dass er Antworten wollte oder etwas in der Art.

Doch überraschenderweise spielte er dieses Mal sogar wirklich mit: „Ein Bier." Ein letztes Mal musterte uns die Barkeeperin mit ihren unumstößlichen Prinzipien. Würde sie für uns eine Ausnahme machen? Ich meine, die ganzen Kämpfe in letzter Zeit waren doch schon ein Ausnahmezustand und dann natürlich die Tatsache, dass wir alle Auserwählte waren...

„Du bist echt unglaublich, Dex", meinte sie mit einem grinsenden Kopfschütteln und ich war mir nicht sicher, ob sie meine hartnäckigen Verhandlungen meinte, meinen unerwarteten Aufstieg zum Auserwählten oder die Probleme, die ich seit Neustem irgendwie magisch anzog. Aber das war auch egal, denn sie fing an meinen Drink zu mischen. Dieser Tag verlangte einfach so sehr nach einem Kiwi-Splash. Echt korrekt, dass sie wirklich eine Ausnahme für uns machte.

Mit einem befriedigenden „Klock!" stellte Mori mein Getränk vor mir ab. Ja! Glücklich wollte ich auch gleich den ersten Schluck trinken, doch neben mir räusperte sich jemand kritisierend. „Hast du nicht noch etwas vergessen?", fragte mich Bellini, als ich sie direkt ansah. „Du hast doch auch angefangen, ohne uns zu trinken", rechtfertigte ich mich locker. Irgendwie musste ich dabei an Laurel denken, die mich ja auch immer daran erinnern musste, dass ich noch ganz höflich prosten sollte. Das würde ich wohl nie lernen.

„Ihr wolltet ja auch lieber irgendwelchen Bällen und Schatten hinterherjagen, als wärt ihr kleine Katzenbabys", verteidigte sich die Schildkröten-Seele richtig schlagfertig. Schon bekam sie ein neues Sektglas hingestellt und war gleich deutlich versöhnlicher. Ganz zum Abschluss folgte noch ein frisch gezapftes Bier für Sky, bei dem Mori ein sehr abfälliges Gesicht aufgesetzt hatte.

„Darauf, dass die Nächte uns gehören", hob ich mein Glas sogar mit einem krassen Trinkspruch hoch. „Oh ja!", stimmte Bellini mir mit einem energischen Nicken zu und stieß an. Sky sagte dazu nichts, aber ich würde seinen Gesichtsausdruck als sowas wie grimmige Zustimmung deuten. Der Kerl konnte echt ordentlich verspannt sein.

Ohne mir weiter so sinnlose Gedanken zu machen, nahm ich den ersten Schluck von meinem sowas von verdienten Drink. Das tat verdammt gut!

Ich hatte etwa das halbe Glas leer, als plötzlich die Tür aufging und eine Gruppe Ordnungshüter reinkam. Scheiße. Einer der anderen Gäste musste sie gerufen haben! Wenn sie uns hier erwischten, obwohl wir eigentlich brav im Trium-Palast mit Klötzchen spielen sollten, würde es sicher so richtig Stress geben.

Sky reagierte sofort. Schnell griff er über die Theke und riss sich eine Flasche Hochprozentiges unter den Nagel. Das Zeug nannten sie hier Feuerwasser und ich konnte aus Erfahrung sagen: Es hatte den Namen auch verdient, jetzt sogar in einem weiteren Sinn. Die Steinbockseele schleuderte die Flasche gegen die Glaskugel mit dem tanzenden, bunten Feuerlicht, die mittig an der Decke hing.

Laut knallte es. Es gab einen glänzenden Scherbenregen gefolgt von einem regelrechten Feuerball. Schnell exte ich noch den Rest von meinem Kiwi-Splash und rief den anderen zu: „Kommt mit!" Gemeinsam sprinteten wir an der Theke vorbei, nach hinten zu den Toiletten oder eher an den Toiletten vorbei zu dem versteckten Ausgang für besondere Fälle und das hier fiel definitiv unter diese Fälle.

Zügig schlüpften wir nach draußen und rannten weiter. Eine irre Energie raste durch meinen Körper. Verdammte Axt! Das war mal ein Abgang gewesen! Nach der Aktion würde Sky sicher lebenslang Hausverbot im Tina's haben! Wie das Feuerlicht förmlich explodiert war! Unglaublich!

Wild lachte ich los und verschluckte mich fast an der Luft. Diese Nacht war echt der pure Wahnsinn gewesen! Völlig außer Atem erreichten wir den Fluss und mussten erst einmal auf Bellini warten, die auf die letzten Meter ein wenig geschwächelt hatte.

„Komm! Du schaffst das!", feuerte ich sie an und bekam als Antwort einen Mittelfinger gezeigt, dabei hatte ich es echt nicht fies gemeint. Bei Sky sah das anders aus: „Beeil dich mal, du lahme Schildkröte! Wir müssen hier weg, bevor uns die Ordnungshüter doch noch kriegen!"

Als sie bei uns ankam, brachte sie japsend hervor: „Ohne mich wärt ihr so richtig lahm. Die Makohaie gehören immer noch mir." „Legen wir los!", statt mich an der Wiederholung von dieser Diskussion zu beteiligen, sprang ich kurzerhand ins Wasser. Direkt folgten die anderen beiden meinem Beispiel, wobei Sky ihr mit einer galanten und ziemlich provozierenden Verbeugung den Vortritt überließ. Er legte es echt darauf an.

Kaum dass die Schildkröten-Seele im Wasser war, tauchten aus dem Nichts auch unsere beiden gefährlichen Reittiere auf. Ach stimmt ja, ich musste mich wieder an diesem beschissenen Gurt festhalten. Darauf hatte ich ja gar keinen Bock. Meine Handflächen waren noch von der Hinreise ganz rot. Es sah fast so aus, als hätte ich ein paar mit dem Rohrstock verpasst bekommen. Aber da musste ich wohl durch, zumindest bis ich Bellini überzeugt hatte, auch für uns so praktische Sättel zu besorgen.

Schon ging der wilde Ritt wieder los. Die Lichter der Stadt flogen an uns vorbei, bis da nur noch die weite Dunkelheit war. Oh. Wenn man genau hinsah, wurde der Horizont auf einer Seite schon leicht gräulich. Für unsere Rückreise war es echt höchste Zeit.

Als wir den Trium-Palast endlich erreichten, waren meine Arme total steif und dann mussten wir auch noch hoch zu der offenen Terrassentür klettern. Das war wirklich eine Folter, besonders weil irgendjemand Gewissenhaftes die Tür in der Zwischenzeit geschlossen hatte. Also mussten Sky und ich uns weiter an der Fassade entlang hangeln.

Meine Hände waren feucht und schmerzten und langsam kickte die Müdigkeit auch richtig. Ich stürzte gefühlt bei jedem zweiten Schritt fast in die Tiefe. Und dann musste Bellini auch noch irgendwie hochkommen, nachdem wir endlich mal eine offene Tür gefunden hatten, die diesen peniblen Spaßverderbern wohl entgangen war.

Kurzerhand schnappten wir uns zwei extra lange Vorhänge und knoteten sie wie ein Seil aneinander, damit die Schildkröten-Seele sich daran hochhangeln konnte, mit dem freien Klettern hatte sie es nicht so.

Stück für Stück arbeitete sie sich hoch und war dabei wirklich anstrengend langsam. Ich schlief ja fast schon beim Zusehen ein! „Bellini! Schneller! Der Knoten hält nicht mehr ewig!", machte die Steinbock-Seele ihr Druck und er hatte recht. Der Knoten fing allmählich an sich zu lösen. Verdammte Axt! Aus der Position würde sie wahrscheinlich auf die kleine Wasserterrasse knallen. Scheiße.

„Komm schon!", rief ich ihr angespannt zu. Wir konnten nichts tun als zusehen. Wenn wir versuchten sie an den Vorhängen weiter hoch zu ziehen, könnte sich er Knoten noch schneller lockern. Sie hatte ihn fast erreicht. Nur noch ein ganz kleines Stück! Er musste einfach noch halten! Ja! Sie streckte sich nach dem zweiten Vorhang aus. Nein! Der Knoten verlor den Halt!

Für einen Moment hielt ich die Luft an. Es kam mir so vor, als würde alles in Zeitlupe ablaufen. Der dunkelrote Stoff flatterte durch die Luft und schwebte beinahe nach unten. Bellini hing gerade so am Rand des anderen Vorhangs. Aus der Position würde sie es nie schaffen, weiter hochzuklettern!

Ohne uns absprechen zu müssen, fingen Sky und ich an sie hochzuziehen. Jede Sekunde zählte. Wir waren ein verdammt gutes Team. Flink hatten wir sie oben und ich half ihr noch gerade aufs Geländer.

„Denkt ihr, es fällt auf, dass einer der Vorhänge fehlt?", mit diesen Worten schaute ich nach unten, wo sich der Stoff schon mit Wasser vollgesogen hatte und langsam versank.

„Bei den Spießern auf jeden Fall. Wir dürfen uns nur nicht erwischen lassen", erwiderte Sky mal wieder so militärisch berechnend, dabei war er gerade mit der Explosion und allem doch echt korrekt drauf gewesen. Ich verstand ihn einfach nicht.

Damit wir sie nicht mit einer verräterischen Tropfenspur zu uns führten, zogen wir den zweiten Vorhang hinter uns her. Wenn der Maximus-Butler sah, wie wir diesen sicher hoch offiziellen Gegenstand zweckentfremdeten, würde er bestimmt einen Herzinfarkt bekommen. Ich hätte wirklich zu gerne seinen Gesichtsausdruck gesehen, aber lieber nicht.

Als sich unsere Wege dann trennten wurde es ein wenig kompliziert. Im Grunde war es viel unnötiges Wischen. Ein bisschen kam ich mir dabei vor wie eine Putzfrau. Nicht der Abschluss, den ich mir gewünscht hätte. Am Ende versenkten wir dann noch diesen Vorhang genau wie den anderen und ich konnte mich gerade so noch dazu aufraffen, mir etwas Trockenes anzuziehen, bevor ich mich total platt ins Bett schmiss.

Diese Nacht kam mir vor wie ein wahnsinniger Traum. Es war einfach so krass abgegangen. Mit einem ungläubigen Grinsen starrte ich an die Decke und ließ alles in meinem Kopf noch einmal ablaufen. Doch ziemlich schnell wurden meine Gedanken träge und formlos und mir fielen die Augen zu.

Nach gefühlt fünf Minuten wurde ich wieder von einem penetranten Klopfen an der Tür geweckt. Man, ich war echt hundemüde. Dieser Tagesrhythmus war ein richtiger Killer! Irgendwie schaffte ich es zum Frühstück und war natürlich wieder der letzte.

„Hallo Freunde!", begrüßte ich sie mit einer vorgespielten Energie, die wirklich das genaue Gegenteil von meinem

Zustand war. Dafür hatte sie jemand Anderes in unserer Gruppe.

„Ich bin ja echt schon gespannt, was wir heute lernen!", meinte Miriell mit viel zu viel Begeisterung und Energie für diese Uhrzeit: „Klar, gestern war viel Theorie, aber das Geschenk abends war doch wirklich unglaublich. Vielleicht können wir ja heute damit weiterarbeiten oder kriegen sogar richtig Unterricht von Königin Naya! Stellt euch das mal vor!"

Sollte das ein Scherz sein?

„Was ist so geil daran mit Klötzchen zu spielen?", sprach Bellini verständnislos meine Gedanken aus. Jetzt bekam das Strahlen im Gesicht der Steinkauz-Seele ein verwirrtes Stirnrunzeln dazu, was schon sehr seltsam aussah. „Habt ihr sie noch nicht benutzt?", fragte Nopsi ebenfalls überrascht.

Waren die beiden Streber etwa Kleinkinder? Oder hatten wir irgendetwas nicht mitbekommen?

Auf unsere ratlosen Gesichter hin antwortete die Koala-Seele schlicht: „Diese Klötzchen, wie ihr sie nennt, sind mit Magie gefüllt und zudem aus einem wirklich robusten Material. Wirklich hochwertige Arbeit und sehr wertvoll. Mit dem richtigen Befehl kann man sie zum Schweben bringen und üben sie zielgerichtet zu bewegen."

„Ich hab gestern noch eine Ewigkeit daran gesessen. Eigentlich gehe ich ja schon immer um spätestens zehn schlafen, aber ich konnte einfach nicht widerstehen. Das ist echt so faszinierend! Man kann seine Hände benutzen, um seine Vorstellung zu verstärken oder es einfach nur mit den Gedanken machen. Ich habe beides ausprobiert. Es ist wirklich genial!", schwärmte Miriell uns vor.

Tja. Bellini, Sky und ich tauschten vielsagende Blicke aus. Wir waren wohl alle ziemlich dumm gewesen. Oh, hoffentlich würden sie die Klotz-Scheiße jetzt nicht als Hausaufgabe oder so abprüfen. Aber warum hatten sie nicht einfach eine vernünftige Gebrauchsanweisung dazu gelegt? Die Nachricht war echt viel zu kryptisch gewesen! Das konnte doch niemand verstehen! Oder zumindest niemand, der nicht den IQ von einem Professor hatte.

„Wenn Sie mir bitte folgen würden. Der heutige Unterricht findet im Freien statt", meldete sich auf einmal die unangenehme Stimme des Maximus Butlers hinter uns. Oh ja, der hatte mir echt gerade noch gefehlt. Das versprach ja wieder ein toller Tag zu werden.

Genervt folgte ich dem extra steifen Ordnungsfanatiker. Er brachte uns auf einen Hof, allerdings nicht der mit dem historischen Statuen-Brunnen. Insgesamt war es hier deutlich... schlichter eingerichtet, richtig untypisch für diesen Schuppen. Eigentlich gab es nur eine Wiese und sich kreuzende Steinwege.

Was für einen Unterricht sollten wir hier denn bitteschön machen? Die hohe Kunst still wie eine Statue zu stehen? Das würde doch perfekt zu den Themen von gestern passen.

„Ich empfehle mich", mit diesen Worten verzog sich der nonplus-ultra Bedienstete wieder und wir standen einfach nur dumm da. Weit und breit war kein Lehrer zu sehen, was ja schon gut war, weil wir dadurch mehr frei hatten, aber es hatte auch etwas von einem schlechten Witz.

Plötzlich flog von oben eine Kugel in den Hof. Oh nein! „Granate!", rief Sky alarmiert und trat das Ding weg. Zu spät. Rauch breitete sich aus. Ich konnte kaum etwas sehen. Sie waren hier! Die Entarteten!

Auf einmal griff mich jemand und ich wurde durch die Luft geschleudert. Hart knallte ich mit dem Rücken auf den Boden und die Luft wurde aus meinen Lungen gedrückt. AHH! Die Stelle, wo mich gestern die Killer-Tennis-Lady getroffen hatte, tat übel weh.

Um mich herum konnte ich auch die anderen hören. Bellini schrie auf und von jemandem kam ein lautes Keuchen. Wütend brüllte Sky und ich hörte einen Aufprall. Verdammte Axt! Und dann war da dieses Schnipsen, ein so kleines, fast schon freches Geräusch, das so viel auslöste. Schlagartig verschwand der Rauch. Er war einfach weg, bumm, von einem auf den anderen Moment.

Da stand ein Mann, eine Habicht-Seele, mit einer fetten Narbe auf der Stirn, die ihn auf wilde Art eindrucksvoll wirken ließ. Oh und an seinem Hals schlängelten sich blasse Narben wie die Äste eines Blitzes. Ein Magieträger. Mit schief gelegtem Kopf betrachtete er uns aus seinen stechend-orangenen Augen. Irgendwie war es verrückt, beinahe als würde er uns beurteilen. Worauf wartete er denn?

Arbeitete er vielleicht mit dem Typen von gestern zusammen? Der hatte doch auch so komisch gezögert und eine krasse Narbe im Gesicht gehabt, wenn auch an einer anderen Stelle.

Kämpferisch sprang die Steinbock-Seele sofort wieder auf die Beine, doch er hatte keine Chance. Der Fremde wich seinem Schlag spielend aus und ging selbst zum Angriff über, na ja, eigentlich war es nur eine wirbelnde Bewegung. Schon lag Sky wieder am Boden.

„Dein Kampfgeist ist bewundernswert Skyris, allerdings hatte ich mir bei deiner Vorgeschichte mehr erwartet. Ebenso bei dir, Verandex, immerhin bist du ein gefeierter Held. Ihr anderen... Es gibt wohl für alle viel zu lernen. Aber wie heißt es so schön: Man bekommt Unterricht, um etwas zu lernen und nicht, um schon alles zu wissen", beurteilte uns die Habicht-Seele und steckte lässig die Hände in die Hosentaschen.

Was? Dieser Angriff war ein Überraschungstest gewesen? Oh man. Und ich hatte noch gedacht, sie würden mit dem Klötzchen-Spielen kommen.

„War das wirklich nötig? Jetzt habe ich voll den Grasfleck am Arsch", grummelte Bellini und klopfte sich missmutig die Hose ab. „Greif mich an", forderte der verrückte Kämpfer-Typ sie auf und machte ein paar tänzelnde Schritte: „Du hast es mir zu leicht gemacht. Du kannst doch mehr. Zeig es mir."

Was war das denn für eine Lehrmethode? Fand er es etwa geil, uns zu vermöbeln?

Etwas halbherzig machte sie einen ähnlichen Tritt, wie der, mit dem sie mich gestern umgehauen hatte. Bei ihm kam sie damit natürlich nicht weit, im Gegenteil sogar. Der Kerl fing ihr Bein in der Luft ab und hielt sie am Knöchel fest. Verbissen versuchte sie ihren Fuß zurückzuziehen, doch er ließ es nicht zu.

„Als Auserwählte müsst ihr auf alles vorbereitet sein. Ihr seid nicht nur gewöhnliche Magieträger, ihr steht in der Öffentlichkeit. Ihr könntet angegriffen werden. Ihr müsst euch verteidigen können. Ich werde hart zu euch sein. Ich werde viel von euch verlangen. Aber ich werde euch vorbereiten. Am Ende dieses Jahres muss jeder von euch in der Lage sein, mich im Kampf zu schlagen. Es wird nicht für euer Überleben garantieren, aber es wird euch die Macht geben, dafür zu kämpfen", hielt er eine knallharte Ansprache und ließ am Ende mit einem ermahnenden Blick auch mal Bellinis Bein los: „Lass mich nicht noch einmal so leicht gewinnen."

Angepisst funkelte sie ihn an und man konnte ihr ansehen, wie viel Selbstbeherrschung es sie kostete, ihm nicht die Meinung zu geigen. Der Typ hatte echt Nerven, aber irgendwie war er einfach krass drauf. Ich meine, er sagte was Sache war und wir machten endlich mal was Richtiges. Schon korrekt. Und das Ziel, ihn am Ende des Jahres zu besiegen... Was soll ich sagen? Challenge akzeptiert.

„Miriell gegen Nopsi, Skyris gegen Verandex, Bellini sieht zu und lernt. Erste Runde. Bringt euren Gegner zu Boden", verkündete unser krasser Lehrer. Energiegeladen hob die Steinkauz-Seele die Hand, gefühlt ihr Standardzustand. Mit hochgezogenen Augenbrauen sah der Kämpfer sie an: „Wenn du dich im Ernstfall auch erst einmal meldest, bist du tot. Rede oder schweig, aber lass dieses unnötige Gehabe, ja?"

„Ähm, ja. Ich wollte nur fragen, ob wir nicht vielleicht Schutzpolster anziehen sollten", Miriells Stimme klang richtig dünn und unsicher, ein extremer Gegensatz zu ihrer sonst so selbstbewussten und übersprudelnden Art.

„Im echten Leben gibt es auch keine Schutzpolster. Wenn du jetzt nicht zuschlagen kannst, kannst du es nie. Aber macht euch keine Gedanken, wir haben hier gute Heiler. Scheut euch also nicht, nur bringt euch nicht um, das wäre ungünstig", das letzte sollte wohl ein Scherz sein, zumindest grinste er dabei schief. Voll abgebrüht.

„Und warum soll ich nur zusehen? Und ich muss sagen, ich finde die Aufgabenstellung auch sehr... frei. Wie soll uns das verbessern? Sollten wir nicht lieber Techniken und Manöver gezeigt bekommen?", schaffte es die Schildkröten-Seele nicht mehr, den Mund zu halten und verschränkte aufgebracht die Arme vor der Brust.

„Euer Jahrgang bekommt extra Würste gebraten. Ihr seid eine ungerade Zahl, außerdem schadet es nicht, sich von den anderen Techniken abzugucken. Wir werden rotieren, du kannst gleich kämpfen", gab er ihr locker Auskunft: „Außerdem muss ich doch erst einmal abschätzen, was ihr so alles drauf habt, bevor ich euch neue Sachen zeigen kann. Und jetzt fangt an "

Merklich unwohl stellte sich Miriell zu Nopsi und meinte zu ihm: „Ich hab ganz schlechte Reflexe. Bitte schlag nicht zu fest zu." „Das kriegen wir schon hin", erwiderte die gemütliche Koala-Seele mit einem netten Lächeln.

Die beiden waren wirklich das unpassendste Kampfduo überhaupt. Als hätte man zwei Hamster in einen Ring gestellt. Da wäre es wahrscheinlicher, dass sie gemeinsam überlegen würden, wie man einen Ring als Hamsterrad benutzen könnte, statt zu kämpfen.

Bei meinem Gegner sah das anders aus. Ich war gedanklich noch bei den beiden guten Seelen der Gruppe, als er mir mit seinem Dickschädel erst einmal eine miese Kopfnuss verpasste. Bevor ich zurücktaumeln konnte, hatte er mich komplett irre gehebelt und ich lag wieder am Boden. Jedoch war diese Technik für mich nichts Neues.

Mit großen Augen sah ich zu ihm hoch. „Was?", fragte er mit diesem siegreichen Grinsen im Gesicht. „Das Gleiche hat auch der Typ im Tina's gemacht", sprach ich meine Erkenntnis laut aus. Aber was hatte das zu bedeuten? „Das ist unmöglich. Das ist meine Technik. Den Kopfstoß benutze nur ich", entgegnete die Steinbock-Seele verständnislos.

„Nopsi! Es tut mir leid! Nopsi?", total überfordert stand Miriell neben der Koala-Seele, die benommen auf dem Boden lag. Verdammte Axt! Was war da denn passiert?! „Miriell", mit offenem Mund starrte Bellini sie an. Wieso hatte ich es verpasst? Und was genau?

„Was ist los?", wollte ich von ihnen wissen und stand auf. „Sie hat Nopsi mit einem sauberen Ellenbogenstoß getroffen und fast ausgeknockt. Da war Kraft dahinter und Schwung, gut die Hüfte eingesetzt. Geht doch", ließ unser Lehrer ihren Kampf revuepassieren: „Und Skyris, gute Technik, schnell reagiert, sehr effizient. Die am Boden: Aufstehen und daraus lernen. Jetzt Miriell gegen Skyris. Verandex gegen Bellini. Nospi sieht zu."

Miriell hatte Nopsi fast ausgeknockt? Krasse Scheiße. Damit hätte ich echt nicht gerechnet. Aber jetzt musste ich mich zuerst voll auf meinen Kampf konzentrieren. Bellini war eine nicht zu unterschätzende Gegnerin, immerhin hatte sie mich schon einmal zu Boden gebracht. Das war meine Chance auf eine Revanche.

Angriffsbereit wickelte ich die Bandagen von meinen Unterarmen, vielleicht würde ich meine Widerhaken noch brauchen... Ohne Vorwarnung brachte die Schildkröten-Seele wieder so einen Killertritt. Von wegen Schildkröten wären langsam. Nur um Haaresbreite konnte ich mich wegducken. Ich verlor keine Zeit. Als Gegenangriff schnappte ich nach ihrem Bein und mein Unterarm nagelte es gleich fest.

Mit einem Ruck zog ich daran und sie verlor das Gleichgewicht. Beinahe hätte sie mich noch mit nach unten gerissen, weil meine Widerhaken doch etwas zu gut hielten. Aber ich hatte gewonnen. Das Gefühl war schon der Hammer. Ein paar Meter weiter lag Miriell auf dem Boden und rieb sich die Stirn, während Sky mir voll den Angeber-Blick zuwarf. Er hielt sich immer noch für besser. Irgendwann würde ich es ihm mal so richtig zeigen!

„Du Penner! Du hast meine Hose kaputt gemacht!", beschwerte sich Bellini und deutete anklagend auf ein paar Fäden, die ich an ihrer Wade gezogen hatte. „Das hast du verdient, du hättest lernen sollen. Nehmt euch ein Beispiel an Verandex. Und Skyris, immer die gleiche Technik zu nutzen ist riskant, du bist zu durchschaubar", lobte mich unser krasser Lehrer doch tatsächlich und ging dann gleich wieder zum Organisatorischen über: „Nächste Runde. Miriell gegen Bellini. Verandex gegen Nopsi. Skyris sieht zu."

Ich als der Musterschüler, das war echt mal ganz was Neues. Ich fühlte mich schon ein wenig wie der King. Und in dieser Runde gewann ich natürlich auch wieder, allerdings war das Technikgenie echt kein Gegner. Keine Ahnung, ob das noch die Nachwirkungen von Miriells unerwartetem Ellenbogenstoß waren oder einfach seine Art. Es tat mir regelrecht leid, ihn auf den Boden zu befördern, genauso wie bei Miriell. Auch wenn sie Nopsi so richtig erwischt hatte, war sie echt keine gute Kämpferin. Sie hatte nicht gelogen, als sie gesagt hatte, ihre Reflexe wären schlecht.

Und danach durfte uns Sky seine tolle Kopfnuss-Wurf-Technik beibringen, mit der er uns beim Üben immer und immer wieder zu Boden riss. Ich verbrachte in diesem Unterricht gefühlt mehr Zeit liegend als stehend. Während unser Lehrer, lässig an die Wand gelehnt, einfach nur zusah. Er war ja vielleicht ein genialer Kämpfer, aber echt ein mieser Lehrer. Einfach nur faul rumstehen und uns die ganze Arbeit machen lassen. Mein Ansehen für ihn schmolz dahin wie Butter in der Pfanne (ich bekam wieder Hunger).

„Dann geb mir mal ein Beispiel, Dex", forderte mich die Steinbock-Seele mit diesem nervigen, überlegenen Gesichtsausdruck auf. „Hat es deinem Stolz etwa einen Knick verpasst, dass du nicht gelobt wurdest?", konterte ich stichelnd. „Wer durfte denn euch Loser unterrichten?", schoss er selbstüberzeugt zurück und bei mir legte sich ein Schalter um.

Ich reagierte ohne nachzudenken. Blitzschnell drehte ich meinen Kopf um 180°, einfach nur für das Überraschungsmoment. Auf gut Glück donnerte ich meinen Hinterkopf nach vorne und erwischte ihn voll. Laut keuchte er auf. Flink drehte ich meinen Kopf zurück und setzte die Hebeltechnik irgendwie um. Und BUMM! Da lag er.

Seine Nase blutete. Ich hatte ihn wohl doch heftiger getroffen, als geplant. Vielleicht sollte ich ihm wieder hochhelfen, so aus Solidarität und so. Allerdings konnte ich mir gut vorstellen, dass mich der Idiot dann einfach mit zu Boden riss.

„Sehr gut, Verandex. Du hast dir eine Technik zu eigen gemacht. Die Umsetzung muss noch automatisiert werden, übe weiter. Du hast viel Potenzial", bekam ich gleich das nächste Lob. Daran könnte ich mich echt gewöhnen.

Plötzlich wurden mir voll die Beine unterm Körper weggetreten. Sky. Echt ein schlechter Verlierer. Wie schon so oft, landete ich auf dem Boden, aber dieses Mal fühlte ich mich wie ein Sieger.

Mit einem Grinsen schaute ich in den Himmel hoch und es fühlte sich an, als könnte er mir gehören...

Die Stimme der Zukunft

„So, das war's für heute. Ihr habt jetzt eine Stunde Pause. Geht duschen, lasst eure Wehwehchen von den Heilern verarzten und was ihr sonst so treibt. Sie werden euch für die nächste Stunde finden", mit diesen Worten breitete unser Lehrer die Flügel aus und hob einfach ab.

„Könnten wir vielleicht einen Stundenplan bekommen? Das wäre wirklich sehr praktisch! Und wer wird uns finden?", rief Nopsi ihm noch hinterher, doch er bekam keine Antwort mehr. Die Koala-Seele hatte recht. Im Thema Organisation war der Trium-Palast wirklich grottig.

„Ich fände es auch gut, einen Plan zu haben. Dann könnte man sich besser vorbereiten", stimmte Miriell der anderen Intelligenzbestie zu: „Und ich hoffe, dass wir dieses Fach nicht allzu häufig haben. Man kann sich doch auch mit Magie verteidigen und muss nicht immer gleich Gewalt anwenden."

Das die beiden keine Fans von dem Unterricht waren, wunderte mich wenig. Was ich davon halten sollte, wusste ich allerdings auch noch nicht so genau.

„Dass uns gleich jemand finden soll, klingt doch fast nach einer Herausforderung, sich so gut wie möglich zu verstecken, oder?", richtete ich mich scherzhaft an Sky, doch der war schon aufgestanden und er schnitt ein richtig verkniffenes

Gesicht. Was? Gefiel es ihm etwa nicht, dass ich mich besser geschlagen hatte als er? Oh, das tat mir aber leid.

„Hey, Dex. Alles in Ordnung?", fragte mich Bellini von oben herab.

„Ja, alles locker. Ich hab nur die Aussicht genossen", meinte ich und verschränkte die Arme hinterm Kopf. „Kommst du mit zu den Heilern? Nach der Technik haben wir sicher alle eine Gehirnerschütterung", beim letzten Satz warf sie einen vielsagenden Blick auf Sky.

Lässig sprang ich auch mal wieder auf die Beine. „Zu den Heilern zu gehen, klingt gut", schloss ich mich Bellini und den anderen kurzerhand an. Dann konnte ich auch gleich in einem die unangenehmen Spuren von letzter Nacht loswerden.

Einfach private Heiler. Voll korrekt. Manchmal vergaß ich richtig, was für Möglichkeiten wir jetzt hatten.

Wir waren kaum fünf Minuten bei den Heilern und ich fühlte mich wieder wie neu, abgesehen von den verschwitzten Klamotten. Also folgte ich auch der zweiten Aufforderung unseres knallharten Lehrers und ging duschen.

Irgendwie musste ich währenddessen gleich daran denken, wie ich gestern quasi zweimal im Fluss gebadet worden war. Es war wirklich sehr angenehm dieses Mal nicht noch angezogen zu sein und zur Abwechslung vernünftige Wassertemperaturen zu haben. Bei dem Gedanken schüttelte ich grinsend den Kopf. Echt ein irres Erlebnis.

Gedankenverloren strich ich über die roten Blitznarben, die sich quer über meinen Bauch und seitlich an meinem Bein herabzogen, dort hatten sie sich auch auf einen Fleck mit meinem grünen Insektenpanzer eingebrannt. Ich erinnerte mich noch an den grellen Schmerz, als mich der Blitz getroffen hatte. Doch was war mit der Magie?

Nachdenklich stellte ich das Wasser ab. Miriell und Nopsi hatten gemeint, die Klötze wären magisch. Ich müsste sie doch eigentlich ganz leicht kontrollieren können.

Entschlossen stellte ich mich vor die Holzkiste. Und jetzt?
Stimmt ja! Die Nachricht!
Schnell überflog ich den Zettel. Das Zauberwort war ´Ala´...
Also gut. Versuchen wir es.
„Ala", befahl ich den Klötzen planlos. Nichts passierte. „Ala!",
wiederholte ich mit mehr Nachdruck und fühlte mich dabei
verdammt seltsam, mit einer Kiste zu sprechen. Und die
Scheißteile reagierten immer noch nicht! Müssten sie nicht
schon längst schweben oder so?
Gereizt nahm ich einen der Klötze raus oder ich versuchte es
zumindest. Die Dinger waren alle auf den Millimeter genau
aneinander gelegt. Wie sollte man da einen zu greifen bekommen? „Ala!", verlangte ich und schlug mit der flachen
Hand auf die Klotzreihen. Nichts. Nada.
Das war mir echt zu dumm! Anstatt weiter meine Zeit damit
zu verschwenden, zog ich mir schnell was Richtiges über und
stürmte aus meinem Zimmer. Ohne groß zu überlegen, ging
ich durch das mittlerweile schon seltsam vertraute Gebäude
und landete bei der Vorratskammer, die ich schon viel zu
lange nicht mehr besucht hatte. Ein Snack war jetzt genau
das Richtige.
Und ich war wohl nicht der Einzige, der diesen Gedanken
gehabt hatte. In der Vorratskammer stand schon jemand,
eine gewisse Köchin, die manchmal einen Stress-Fress
brauchte.
Laut räusperte ich mich und sie fuhr total zusammen und ließ
genau wie bei unserer ersten Begegnung ihr heimliches Essen fallen, allerdings war es dieses Mal kein krasser Käselaib
sondern eine Salami. Der kleine Spaß hatte einfach sein ge-
musst.
„Hey, Micara. Wir haben doch mal ein gutes Timing", meinte
ich locker und schnappte mir auch gleich einen kleinen Käse.
„Dex! Du hast mich echt erschreckt!", erwiderte sie und legte
sich die Hand auf die Brust. „Tut mir leid", entschuldigte ich
mich und biss auch gleich von meinem Käse ab. Uh. Der war
echt intensiv.

„Hast du schon gehört, was heute Nacht los war?", kam sie gleich wieder mit dem nächsten Klatsch. „Hat es etwas mit zwei verlorenen Vorhängen zu tun?", fragte ich mit einem kleinen Schmunzeln. Es wäre schon irgendwie witzig, wenn wir für irgendwelche Gerüchte gesorgt hätten.

„Ähm, nein", antwortete sie verwirrt und fuhr dann aufgeregt fort: „Es gab eine neue Nachricht, genau wie gestern auf den Stützen des Königreichs der Luft, doch dieses Mal war sie auf die Kristallresidenz gesprayt."

„Was? Die Kristallresidenz? Wie?", wiederholte ich überrascht. So ein hochoffizielles Gebäude war doch rund um die Uhr bewacht.

„Es heißt, alle Wachen waren bewusstlos. Sie mussten irgendwie betäubt worden sein. Aber es war auch eine Gruppe Studenten in der Nähe auf einer Kneipentour unterwegs, sie sind auch bewusstlos geworden, doch es wird gemunkelt, sie hätten von einer Melodie erzählt, die sie vorher gehört haben, fast wie ein Schlaflied", verriet sie mir verschwörerisch: „Und die Botschaft war ähnlich wie letztes Mal: Ich bin die Stimme der Zukunft. Macht die Augen auf! Die Entarteten verdienen eine Chance. Es sind Menschen. Vertraut mir!"

Der geheimnisvolle Botschafter wurde ja immer dramatischer. Eine Stimme aus der Zukunft, ja klar. Und die Entarteten als totale Unschuldslämmer, auch so glaubwürdig. Trotzdem würde das bei der Bevölkerung weiter für üblen Wirbel sorgen.

Und dann diese Beschreibung... Alle waren bewusstlos gewesen und eine Melodie... Unwillkürlich musste ich sofort an Tina's denken. Dieser Typ mit der Gitarre... Konnte er es sein? Oder war das einfach nur ein verrückter Zufall?

„Dex?", aufmerksam sah mich die Köchin der Gerüchte-Küche an.

„Ähm ja, ich finde das alles nur sehr krass. So geheime Botschaften und alles. Das gibt sicher noch ordentlich Konflikte", antwortete ich schnell mit einer Halbwahrheit.

Nach der Sache mit unseren verbotenen Terrassen-Partys war es für Micara wahrscheinlich besser, nichts von unserem Ausflug zu wissen und die Verbindung zu dem irren Musiker... Vielleicht war es ja gar nichts. Doch irgendetwas an all dem war seltsam...

„Ja, ich bin auch gespannt, was das noch werden soll. Denkst du, die nächste Botschaft kommt hierhin? Er steigert sich ja schon und hier ist quasi das Zentrum...", machte sich die Vielfraß-Seele Gedanken.

„Aber das wäre schon schön blöd, wenn er damit Aufmerksamkeit bekommen will. Hier funktionieren doch keine Kristallkugeln, es würde keine Sau mitbekommen. Ich glaube nicht, dass da etwas passiert", versuchte ich sie zu beruhigen und nahm einen weiteren Bissen von meinem Käse.

Langsam nickte sie und nahm ebenfalls einen großen Bissen, allerdings von ihrer Salami. Eine Weile snackten und plauderten wir noch.

Micara hatte wirklich immer interessanten Tratsch auf Lager. Doch ich musste ziemlich zeitig wieder verschwinden. Sicher würde es nicht gut kommen, wenn sie uns für den Unterricht abholen wollten und ich mit einer gesprächigen Köchin in einer Vorratskammer abhing.

Einfach aus Spaß zog ich ein bisschen durch den Palast und stellte mich schließlich hinter die detailreiche Staue einer Hamster-Seele im extra förmlichen Gewand. Sicher war sie eine historisch ganz wichtige Person gewesen, allerdings sah sie mit ihren dicken Bäckchen und dem kleinen, runden Körperbau nicht gerade sehr eindrucksvoll aus. Wenn sie nicht auf einem mächtigen Sockel gestanden hätte, hätte ich mich hinter ihr noch klein machen müssen.

Irgendwie fühlte ich mich dabei wie ein krasser Spion auf voll der wichtigen Mission, jedoch wurde das schon sehr schnell langweilig. Wie viel Zeit hatte ich eigentlich noch? Ich hatte jetzt auch kein Bock, mir hier eine Ewigkeit die Beine in den Bauch zu stehen.

Gerade als ich mein spontanes Versteck verlassen wollte, flammte um mich herum dieses heftige Licht auf, ein Licht, das mich durchdrang, das mich mitnahm, das einfach alles und nichts war.

Eine Teleportation. Natürlich. So konnte man jemanden leicht von überall abholen. Wenn es sich nur nicht so anfühlen würde, als wäre man eine Runde von einer Dampfwalze überrollt worden.

„Setzen Sie sich Verandex", forderte mich eine schnurrende Stimme auf, bevor ich überhaupt die Chance hatte, meine neue Umgebung richtig wahrzunehmen. Langsam ließ ich mich auf einen Stuhl sinken und checkte dabei den Raum um mich herum ab.

Die anderen waren auch alle schon da. Unsere Tische waren in einem Kreis aufgestellt und jeder hatte eine wuchtige Holzkiste vor sich, die Holzkiste. Es würde also doch noch eine Klötzchen-Prüfung geben. Na super. Und unsere Prüfer würden niemand anderes sein, als zwei der großen Anführerinnen der drei Reiche: Gräfin Alpha und Königin Naya. Darüber, dass diese irre Krebs-Seele nicht da war, war ich ja ganz froh.

„Hallöchen!", begrüßte mich die Bienen-Seele energiegeladen und hatte dabei wieder ihr fröhliches Grinsen, bei dem ihre Augen so klein wurden. Wie konnte sie damit überhaupt noch etwas sehen? „Und? Wie war euer erster Tag mit magischen Fähigkeiten? Ist alles gut gelaufen?", erkundigte sie sich bestens gelaunt bei uns.

Einvernehmlich nickten wir alle. Ich gab sogar noch ein „Jo, alles gut", von mir. Aber müsste nicht alles wegen der Botschaften über die Entarteten im Krisenmodus sein? Oder versuchten sie nur, es mit Normalität zu überspielen? Als die repräsentativen Auserwählten sollten wir wahrscheinlich nichts davon wissen. Ich hielt lieber mal meine Klappe.

„Alles gut, sagt er! Dann fangen wir doch gleich mal mit der ersten Übung an! Wir haben schon mal eure Schwebesteine für euch hergebracht, um genau zu sein, war Alpha so nett es zu übernehmen. Zu Beginn kann erst einmal jeder zeigen, was er bisher so gemacht hat. Das soll keine Prüfung sein, nur ein freundschaftlicher Austausch", auffordernd strahlte die Bienen-Seele uns an und ihre Augen glitzerten fast mit ihrem Kleid um die Wette und ihre Flügel waren natürlich auch heftig. Vor Vorfreude flatterte sie sogar ein bisschen mit ihnen. Die volle Dosis Blingbling.

Tja, was ich abliefern würde, würde wohl eine ziemliche Enttäuschung werden. Ob Sky und Bellini in der Zeit noch fleißig geübt hatten? Ich war ja mal gespannt...

„Ich kann starten", erklärte sich Nopsi lässig bereit. „Er will anfangen, sagt er. Dann mal los!", meinte die absolut unkönigliche Herrscherin. „Ala", sagte die Koala-Seele mit ruhiger und fast schon desinteressierter Stimme das Zauberwort und bei ihm gehorchten die Klötze ohne Widerspruch.

Schwerelos schwebten sie aus der Kiste und fingen an, sich in der Luft zu formieren. Zuerst bildeten sie einen großen, wirklich perfekt runden Ring und dann in der Mitte ein verschlungenes Triquetra. Der Hammer! Ich wusste ja nicht einmal, wie ich die Linien in einer Tour zeichnen konnte, ohne abzusetzen und selbst mit Tricks wurde es immer übel schief. Aber der Schlaukopf musste noch einen draufsetzen. Auf einmal fing alles an sich zu drehen, sowohl die Steine in beiden Formen, als auch die Formen miteinander. Irgendwie wirkte es mechanisch und absolut perfekt.

Es sah schon verdammt faszinierend aus, wie alles ineinander und umeinander rotierte. Und er saß nur da und starrte es an, fast als hätte er sich selbst hypnotisiert. Wie machte er das nur?

„Beeindruckend", kommentierte die Katzen-Seele mit einem knappen Nicken. „Sehr schön!", lobte auch Königin Naya ihn und grinste ihn bestätigend an: „Ich kann es schon auf einer großen Veranstaltung für die Einigkeit sehen oder als Werbebotschaft. Das macht wirklich was her."

Ganz ruhig ließ er die Steine zurück in die Kiste schweben, als wäre das das einfachste auf der Welt.

„Wir gehen der Reihe nach weiter", beschloss Gräfin Alpha und blickte auffordernd zu Miriell. Klar, zuerst mal die Erwartungen schön hoch schrauben, damit wir später umso tiefer fallen konnten.

„Ala!", verkündete die Steinkauz-Seele mit fester Stimme und hob beide Hände, als wollte sie irgendetwas von oben auffangen. Augenblicklich schnellte ein Teil der Klötze nach oben und bildeten jeweils in ihren Handflächen einen formlosen Ball. Er war ähnlich wie bei Nopsi ständig in Bewegung, allerdings nicht halb so elegant oder genau kalkuliert. Um ehrlich zu sein, sah es sogar ziemlich... lahm aus.

Tief sah sie die zuckenden Klotzkugeln an und drückte sie mit ihren Händen quasi zu einem großen Ball zusammen, nur halt ohne sie richtig zu berühren. Es beruhigte mich schon ein wenig, dass Miriell nichts so Krasses zustande brachte. Anscheinend war Nopsi einfach ein Ausnahmetalent und...

Oh.

Auf einmal bildeten sich aus der Kugel zwei Ohren und für den Körper und den Schwanz kamen weitere Klötze aus der Kiste geschwebt. Völlig selbstverständlich setzte sich eine Katze zusammen. Verspielt tapste sie über Miriells Arm und machet einen kleinen Satz auf ihren Kopf. Dort verpasste sie ihr mit ihren Pfoten zuerst eine kleine, katzenmäßige Knet-Massage, bei der ihre Haare lustig abstanden und dann fing das kantige Tier auch noch an mit ihrer Pfote wie eine Winkekatze zu schlagen.

Stolz grinste die liebe Streberin.

Ähm, ich musste das mit Nopsis Talent wohl zurücknehmen. Die Auserwählte des Königreichs der Luft war genauso gut. Die Bewegungen der Katze hatten so fließend gewirkt, einfach ganz natürlich und lebendig und sie hatte ihr Werk dafür nicht einmal ansehen müssen. Es war fast schon wie von selbst passiert.

„Oh! Wie süß!", meinte Königin Naya mit einem kleinen Kichern und Gräfin Alpha blieb bei einem schlichten, anerkennenden Kopfnicken.

Plötzlich machte die Katze von Miriells Kopf einen großen Sprung und verwandelte sich dabei in einen Vogel. Ganz knapp segelte ihr Geschöpf über unsere Köpfe hinweg und beschrieb einen Looping bevor es kurz über ihrer Kiste in tausend Stücke zersprengt wurde und sich die Klötze wieder aufgeräumt übereinander reihten.

Ihre Show war echt korrekt gewesen.

Überrascht gab die Bienen-Seele noch ein kleines „Huch!" von sich und danach musste auch schon Bellini dran glauben. Sie fing ähnlich wie die Vogel-Seele an und hielt die Hände über die Kiste, allerdings mit den Handflächen nach unten.

„Ala", befahl sie ganz konzentriert und die Steinchen fingen an zu zittern und zu zucken. Angestrengt kniff sie ihre Augen zusammen und auf einmal sauste eins der Klötzchen nach oben und zwar direkt gegen ihre Hand. Schmerzhaft zischte Bellini auf und schüttelte die getroffene Hand schnell aus. Aber hey, wenigstens hatte sich etwas bewegt.

Fragend sahen die beiden Anführerinnen zu ihr und es war klar, dass sie wissen wollten, ob noch mehr kommen würde.

„Ja. Das war's", antwortete sie mit einem Schulterzucken. „Oh, äh, auch kein schlechter Anfang. Weiter so", gab sich die Bienenkönigin Mühe, ebenfalls etwas Nettes zu sagen und das obligatorische Nicken von Alpha hatte nun etwas Kühles an sich.

Ich fand ja, dass die Schildkröten-Seele echt Courage hatte, dass sie dazu stand. Etwas Anderes würde mir wohl auch nicht übrigbleiben. Auffordernd wandten unsere beiden Lehrerinnen ihren Blick zu Sky. Mal sehen, was er so draufhatte.

„Ala", aktivierte er auch seinen Satz Klötze, na ja, mehr oder weniger. Er tippte einfach nur einen an, der sich auch etwas widerwillig aufrichtete. Danach folgte der nächste. Aha. Was für eine krasse Leistung.

Hoch konzentriert tippte er noch einen an und dieses Mal wurde es ein bisschen mehr, aber auch wirklich nur ein bisschen. Der Klotz schwebte ein paar Millimeter von seinen

Fingerspitzen entfernt, beinahe so als hätte er ihn festge-klebt. Generell hatte seine ganze Demonstration etwas von einem schlechten Zaubertrick oder passend zum Material halt voll Kindergartenprogramm.

Bemüht setzte er den Klotz quer auf den anderen beiden ab. Und das Gleiche tat er mit zwei weiteren. Oh, er wollte ein kleines Häuschen bauen, wie süß. Nur dass er es am Ende verkackte und das mickrige Gebilde gleich zusammen-krachte.

Schweigend legte er einfach die Hände seitlich von der Kiste ab. Schämte er sich etwa für seine Leistung? Ein bisschen peinlich war seine Vorstellung ja schon gewesen. Trotzdem brachte Königin Naya auch für ihn einen netten Spruch: „Ein wahrer Baumeister. Hihi."

Und schon kam ich an die Reihe, der krönende Abschluss...

„Bei mir hat es nicht funktioniert", gestand ich von vorne her-ein und ersparte mir damit die Blamage, oder auch nicht.

„Versuch es doch einmal, du musst es dir nur genau vorstel-len", ermutigte mich die Bienenkönigin. Na toll. Vor allen Din-gen konnte ich mir gut vorstellen, dass nichts passierte.

Planlos streckte ich meine Hand über die Kiste, so wie es auch Bellini und Miriell getan hatten. So etwas in ihre Rich-tung, wäre doch auch gut: Einen Stein rausholen, gegen die Hand bekommen, locker.

„Ala", gab ich dieses wahnsinnig spektakuläre Zauberwort zum Besten und starrte die Klötze angestrengt an. Ja! Sie fingen auch bei mir an zu zucken! Es klappte echt! Voll kor-rekt. Jetzt müsste es nur noch wie Bellini nach oben sch... Oh Scheiße!

Kaum dass ich es gedacht hatte, tat eins der Klötzchen es auch, doch es verfehlte meine Hand und ballerte stattdessen voll gegen die Decke. Instinktiv machte ich so eine wedelnde Bewegung, keine Ahnung, was ich damit bezwecken wollte. Auf jeden Fall zeigte es eine durchschlagende Wirkung. Der Klotz zischte durch den halben Raum und geradewegs durch die Fensterscheibe. Oh.

„Entschuldigung, Entschuldigung. Mein Fehler", nahm ich die Schuld auch gleich an. „Nun ja. Du hast für eine Bewegung gesorgt", meinte Königin Naya, von meinem ziemlich unkontrollierten Auftritt merklich aus dem Konzept gebracht.

„Bringt den Stein wieder zurück", ordnete die Gräfin mit einem solchen Ernst an, als würde es um Leben und Tod gehen. Sofort stürmte Sky zum Fenster, bereit sein Können unter Beweis zu stellen und ich war kurz nach ihm da, auch wenn ich nicht daran glaubte irgendetwas zu beweisen, außer vielleicht meine Unfähigkeit. Ich hatte immer noch keinen Plan, wie ich es geschafft hatte, die Teile überhaupt zu bewegen.

In erster Linie neugierig, versuchte ich den verlorenen Klotz zu entdecken, was wohl eher schwierig werden würde, weil das Fenster zum Fluss raus zeigte. Sicher war mein Spielzeug längst in der Tiefe versunken.

„Ala", murmelte Nopsi neben mir und scannte mit seinen Augen ganz konzentriert die Wasseroberfläche ab, doch nichts tat sich. Vielleicht reichte die Verbindung ja gar nicht so weit. Vielleicht mussten die Steine das Zauberwort quasi hören, um zu reagieren. Keine Ahnung, wie das lief, aber wenn nicht einmal unser Technik-Crack etwas bewegen konnte... Keine Chance.

Wir konnten nichts dafür, wenn uns unsere Lehrer unmögliche Aufgaben stellen und ich konnte auch nichts dafür, dass dieser protzige Palast mitten in einen Fluss gebaut worden war, auf einer Wiese wäre das ganze kein Problem gewesen oder mit stabileren Fenstern.

Locker wandte ich den Blick von den tiefen, stummen Fluten ab, die den eckigen Stein unwiderruflich geschluckt hatten und dabei bemerkte ich Miriell. Sie glotzte nicht wie die anderen aufs Wasser, sondern hatte die Augen geschlossen und beide Hände gehoben, als würde sie erwarten, dass man ihr gleich ein Tablett übergab. Einfach nur aus Spaß hätte ich ihr so gerne etwas auf die Hände gelegt. Und dann sah ich, was sie tat.

Die Klötze fingen an zu schweben, alle Klötze. Sie stiegen immer weiter auf, zwar ganz langsam, aber es war schon eine heftige Masse. Krass wie sie alle auf einmal kontrollieren konnte. Nur was genau wollte sie damit erreichen? Einfach ein bisschen angeben? Das war nicht ihr Stil.

„Ja. Ich hab ihn", verkündete Nopsi schlicht und plötzlich polterten alle Bausteine wie kantige Hagelkörner auf die Tische und den Boden.

Erschrocken fuhren alle zusammen, auch Miriell selbst. Hatte sie gar nicht gemerkt, dass sie all die Klötze abgehoben hatte?

„Deine mentale Visualisierungsgabe ist bemerkenswert, Miriell. Du knüpfst wahrlich an deine Testergebnisse an, allerdings musst du noch lernen, dich zu fokussieren", Alphas Akzent ließ ihre nüchternen Worte irgendwie noch förmlicher klingen, doch ihr Gesichtsausdruck war weicher, regelrecht anerkennend, vielleicht sogar beeindruckt. Ja, Miriell hatte die Rückholaktion echt gerockt.

Auf einmal fingen die Klötze an, sich von selbst zurück zu räumen. Zuerst dachte ich, dass die Steinkauz-Seele auch dafür verantwortlich wäre, doch dann fiel mir Nopsis konzentrierter Blick auf, der bedächtig durch den Raum zog und das Chaos effektiv beseitigte. In der Hand hielt er den Klotz, den ich versenkt hatte und der ganz zum Schluss noch als letztes Teil in meine Kiste schwebte.

Wie konnten die beiden das mit so einer Leichtigkeit machen? Bei ihnen sah es so natürlich und selbstverständlich aus.

„Super. Das sieht alles schon sehr gut aus!", sprach Königin Naya ein kollektives Lob aus, das sich allerdings eigentlich nur Nopsi und Miriell verdient hatten. „Ich stimme dem zu", und da war wieder Alphas Nicken: „Übt bis zum Mittagessen weiter, bringt es euch gegenseitig bei. Später werden wir euren Fortschritt begutachten"

„Viel Spaß und viel Erfolg!", wünschte uns die Bienen-Seele und winkte kurz, bevor die beiden im grellen Licht einer Teleportation verschwanden.

Oh man. Das war ja noch unnötiger, als bei unserem tollen Kampf-Lehrer, der war ja wenigstens noch körperlich anwesend gewesen. Warum hatten wir überhaupt Unterricht, wenn wir uns doch alles selbst beibringen sollten?

Beflügelte Gedanken

„Hey, Nopsi. Könntest du mir vielleicht dein Triquetra zeigen?", setzte die Vogel-Seele unseren Arbeitsauftrag gleich ganz wissbegierig um. „Sollten wir nicht vielleicht noch zuerst den anderen ein bisschen was zeigen?", fragte der Studierte auf seine gemütliche Art.

„Ach ja. Stimmt. Willst du oder ich?", unentschieden fuchtelte Miriell dabei mit den Armen in der Luft rum, ihre Gesten sahen schon manchmal lustig aus. „Mir egal", locker zuckte er mit den Schultern.

„Dann fang ich mal an", entschied sich das Superhirn fröhlich und mit einer typisch schwungvollen Armbewegung ließ sie die Klötze aus ihrer Kiste regelrecht auf den Boden fließen. Ich fände es ja schon geil, allein das hinzubekommen.

„Also. Ich hab mich am Anfang schwer getan, etwas aus der starren Ordnung zu lösen, deswegen habe ich sie auf dem Boden ausgebreitet. Das sieht doch schon gleich viel mehr nach Bewegung aus. Und dann habe ich angefangen meinen Körper zu bewegen, um meine Gedanken greifbarer zu machen. Allerdings ist der Kern der Bewegung im Kopf, es sind die Gedanken, sie müssen quasi fliegen", erklärte unsere spontane Lehrerin: „Ich weiß nicht, ob es bei euch auch so

211

funktioniert, aber so hat es bei mir zumindest geklappt. Der Zugang zu dieser Magie ist sehr subjektiv."

Breitbeinig stellte sie sich hin und fing an mit ihrem ganzen Körper hin und her zu schaukeln, wobei sie ihre Arme mit einem ausladenden Schwung mitnahm. Ein bisschen wirkte das wie irgendeine Tanzgymnastik oder etwas in der Art, doch es zeigte Wirkung.

Klackernd zogen die Klötze von einer Seite auf die andere und schoben sich dabei auch teilweise übereinander. Es hatte wirklich etwas von Wellen, wenn auch in einer... sagen wir mal verpixelten Darstellung.

„Wollt ihr es auch einmal probieren?", auf eine fröhliche Art auffordernd, sah sie uns an. „Joa, warum nicht", meinte ich und wollte schon zu meiner Kiste gehen, um die Klötze zu holen, doch Miriell kam mir zuvor. „Ala", sprach sie schlicht die Aktivierung und ließ mein Übungsmaterial kinderleicht vor meine Füße schwappen. Krass, dass sich das kantige Material bei ihr wie eine Flüssigkeit bewegte.

„Ala", wiederholte ich auch noch einmal und fing mit ihrem rhythmischen Wellen-Magie-Tanz an. Bei mir tat sich mal wieder so gar nichts. „Ich glaube, du konzentrierst dich zu sehr auf die Bewegungen von dir und weniger von den Klötzen. Versuch dir richtig vorzustellen, wie sie sich bewegen. Und wenn du ihre Bewegung vor dir siehst, machst du selbst die Bewegung, um sie zu verstärken. Es muss aus deiner Fantasie kommen. Du musst dich mit ihnen verbinden, ihr müsst eine Einheit sein. Ergibt das einen Sinn?", bei dieser Erklärung strahlte sie über das ganze Gesicht.

„Ähm ja", antwortete ich einfach mal, bei ihrer Begeisterung konnte man auch nichts anderes tun, als es selbst zu versuchen. Energiegeladen schwang sie ihre Arme besonders hoch und es flogen sogar ein paar Steinchen nach oben, wie die Tropfen einer schäumenden Welle.

In Ordnung. Die Klötze waren also mein Meer. Sie mussten sich bewegen, wie bei Miriell. Ich musste ihre Bewegung sehen, in meinem Kopf, in meinen Gedanken. Wir mussten uns gemeinsam bewegen. Bewegung überall. Bewegung hält fit. Voll hilfreich.

Entschlossen starrte ich die Klötze an und fing an erneut hin und her zu schaukeln und dieses Mal konzentrierte ich mich richtig darauf, sie mitzunehmen und hin und her ziehen zu lassen. Ich spürte etwas. Es war eine Art Druck in meinem Kopf, ein Widerstand. War das richtig so?

Miriell ließ ihre Klötze weiter beständig hin und her wandern und sie hatte ihren Wellengang sogar erhöht. Am Ende bildeten sie immer kleine Bögen und brachen mit einem Klackern zusammen. Da könnte man super surfen, zumindest wenn man nur ein paar Zentimeter groß wäre.

Auf einmal hörte ich auch direkt vor mir dieses leise Schleifen und Klicken, wenn die Steinchen aneinander stießen. Moment mal! Funktionierte es etwa? Verblüfft schaute ich herab. Ja! Es ging hin und her und hin und her! Und Wusch! Sogar eine größere Welle, wie die von Miriell, die sich überschlug.

Dieser ungreifbare Widerstand von eben war weg und dafür fühlte es sich an, als würden meine Gedanken einfach nur fliegen...

„Hey! Es klappt doch! Super!", lobte mich auch die Steinkauz-Seele ausgelassen. Ich fühlte mich wie der König der Meere.

Ohne Vorwarnung gab es hinter mir ein lautes Krachen. Erschrocken fuhr ich herum.

Es war Bellini gewesen. Sie hatte ihre Kiste ausgekippt, um ebenfalls mit uns zu üben. „Ey, mach doch auch mit, Sky!", rief ich der Steinbock-Seele zu: „Vielleicht schaffst du statt einem mickrigen Häuschen mal eine ganze Stadt."

„Keine schlechte Idee", überlegte Nopsi und als ich zu ihm schaute, hatte er auch schon ein ganzes Stadtviertel nachgebaut. Er war echt eine Maschine, auch wenn man das bei seiner oft so schläfrig-trägen Art gar nicht vermuten würde. Krass, einfach krass.

„Respekt", kommentierte ich sein detailreiches Bauwerk. Ich hätte es nicht einmal so genau in meinem Kopf gehabt. Und von Bellini und Mririell kamen noch ein: „Der Wahnsinn,

Nopsi!" und „Beeindruckend, eine wirklich stattliche und genau bemessene Formation." Es war glaube ich klar, wer was sagte.

Danach fuhr die Auserwählte des Königreichs der Luft ausgelassen mit dem Unterricht fort: „Wenn ihr das beherrscht, könnt ihr es auch ohne euren Körper versuchen, einfach nur mit eurem Blick und euren Gedanken. Und die Königsklasse ist dann mit geschlossenen Augen, wenn ihr einfach nur auf die Geräusche hört und dieses Gefühl der Magie, wenn ihr ganz eins seid mit eurer Fantasie. Oh! Und noch eine andere einfache Übung! Damit hatte ich eben ja auch gestartet. Ich nenne es: Der Magieball, quasi wie ein Feuerball, nur ohne Feuer."

Mit diesen Worten streckte das Magietalent erneut ihre Hand aus und ein Teil der Klötze sammelte sich dort als wild rumorende Kugel. „Und dann... PENG!", spaßhaft streckte sie ihren Arm aus und feuerte die Kugel durch den Raum. Kurz vor der Wand zersprengte sie sich dann schlagartig und kehrte in Einzelteilen zu ihrer Hand zurück, wo sie sich gleich wieder sammelte, bereit für den nächsten Schuss.

„Boah. Hammer. Wenn man damit einen trifft...", hauchte ich echt beeindruckt. Ich hätte nie gedacht, dass diese einfachen Klötzchen so gewaltige Möglichkeiten haben könnten. „Im nächsten Kampfunterricht nehme ich die einfach mit", scherzte Miriell. „Ey, das wäre doch echt keine so schlechte Idee", war ich gleich total dafür. Ich meine, wie krass wäre es, wenn wir Kugeln einfach mit unseren Händen verschießen könnten und auch einzelne, fiese Klötze.

„Man könnte sie auch als Defensive für Schilde gebrauchen", spann die Koala-Seele den Gedanken weiter und ließ vor sich in Sekundenschnelle eine Mauer erscheinen. „Hält die denn auch was aus?", fragte ich und ließ auch gleich mit einem ordentlichen Tritt einen Test folgen. Das Ergebnis: Meine Zehen taten weh und das Ding stand immer noch bombenfest. Echt korrekt.

„Hey, schieß mal so einen Klotzball auf mich!", forderte ich Miriell aufgedreht auf. „Ich will dir nicht weh tun…", zögerte sie und blickte auf die wirbelnden Klötze in ihrer Hand. „Komm schon! Ich hab gute Reflexe und kann ausweichen", versuchte ich sie zu überreden. „Aber nur einmal", willigte sie ein und man konnte ihr richtig ansehen, wie viel Spaß es ihr machte, irgendwie mit den Klötzen rumzuspielen und zu experimentieren.

Kurz ließ sie die zuckende Kugel in ihrer Hand wieder auf und ab hüpfen und schon pfefferte sie ihn mit voller Geschwindigkeit auf mich. Oho, sie machte keine halben Sachen. Flink sprang ich zur Seite, doch das Geschoss passte seine Flugbahn prompt an. Verdammte Axt!

Der Treffer wäre sicher ein Killer gewesen, wenn die Steinkauz-Seele richtig durchgezogen hätte, doch genau wie bei der Wand löste sich die Kugel nur eine Sekunde vorm Aufprall auf und die einzelnen Steinchen kehrten unschuldig zu ihr zurück. Ich hatte nur einen kleinen Windzug abbekommen. Uff. Wahnsinn.

Danach verbrachten wir eine Weile damit, zu üben diese Kampftechnik ebenfalls hinzubekommen, jedoch ohne großen Erfolg. Zumindest einen Klotz konnte ich abfeuern, wenn auch etwas lahm.

Sky beteiligte sich weniger beim Üben, vielleicht wegen seinem Stolz oder was auch immer ihm dieses Mal zwischen die Synapsen geschissen hatte, aber heimlich im Hintergrund erwischte ich ihn doch beim Mitmachen. Kein Plan.

Bellini bekam es sogar hin, ihre Kräfte zu so einer Mörder-Kampf-Kugel zusammen zu ballen und das ganze zweimal, allerdings zerfiel sie beide Male schon nach wenigen Sekunden wieder. Es war wirklich nicht leicht, alles so zusammenzuhalten und sich immer ganz genau vorzustellen, auch wenn es bei unseren beiden „Lehrern" komplett spielerisch aussah.

Auf jeden Fall gaben wir irgendwann das Üben auf und lieferten nur noch Ideen für neue Tricks, die sie üben konnten.

Miriell versuchte zum Beispiel eine Riesenkatze aus allen Klötzen zu machen, doch sie kam über einen ziemlich unförmigen Riesenklumpen nicht hinaus. Trotzdem war das schon eine krasse Leistung. Und Nopsi baute aus allen Klötzen ein Labyrinth, was sehr gut klappte, weil er es Stück für Stück aufbaute. Dann fing er an die Wände rotieren zu lassen. Boah, das war sowas von der Hammer. Aus dem Labyrinth hätte ich nie und nimmer rausgefunden.

Wir versuchten auch, ob die Steine einen Menschen tragen konnten, so als Surfbrett passend zu unserer Wellenübung. Das Brett an sich bekam die Steinkauz-Seele auch sofort hin, doch als ich mich drauf stellte, gaben die Klötzchen gleich nach. Fast wäre ich voll auf die Fresse geflogen, weil ich beim plötzlichen Abstieg voll auf einen der Bausteine trat. Ein gemeiner Schmerz.

Unser zweites Genie bekam es schon etwas besser hin. In der Statik hielt die Fläche sogar, doch als er versuchte, es auch vorwärts zu bewegen, brach alles in sich zusammen. Mega schade.

Nach diesem gescheiterten Versuch hatte Bellini noch die Idee, dass unsere beiden Schlauköpfe gemeinsam etwas lenken könnten, von wegen zusammen ist man stärker. Für ein erstes Gefühl versuchten sie es mit zwei Ringen, die umeinander rotierten, ähnlich wie bei Nopsis Triquetra am Anfang, nur eben mit einer leichteren Form in der Mitte, wobei sich bei ihm im Ring die Klötzchen sowohl innerhalb des Kreises, als auch im Gesamten drehten. Bei Miriell klappte das nicht, deswegen wurde es da nur eine „einfache" Rotation.

Ganz konzentriert ließen sie eine Weile dieses harmonische Zusammenspiel laufen. Und dann zählte Bellini an: „Drei. Zwei. Eins. Wechsel!" „Ala!", riefen beide gleichzeitig und übernahmen den Ring des jeweils anderen.

Das ganze Gebilde sackte ein Stück ab und verlor deutlich seine Form, doch sie fingen es wirklich schnell wieder auf und drehten weiter, als wäre nichts passiert. „Wuhuu!", jubelte ich und klopfte der Steinkauz-Seele auf die Schulter.

Wir waren noch echt gut dabei mit unserem... Selbststudium, als es an die Tür klopfte und einer der Diener, alias die schlimmsten Spaßbremsen aller Zeiten, im Türrahmen stand. Allerdings hatte ich nichts dagegen, dass es jetzt Mittagessen gab, nur was danach kam, war ziemlich scheiße: Theorie. Genau wie gestern. Dabei hatte dieser Tag doch so stark vorgelegt! Einfach nur enttäuschend.

Ich hing da auf meinem Stuhl und überlegte mir, wie korrekt es wäre, mit den schwebenden Klötzen Sattel für unsere Haie zusammen zu setzen. Oder gleich Surfbretter, am besten mit der Geschwindigkeit von Miriells Geschossen. Sie würden uns auch gegen die Entarteten helfen. Dagegen konnte die Tennis-Lady doch einpacken. Es wäre ein Multifunktionswerkzeug, -Schutzschild, -Waffe, einfach alles.

Als ich dann zwischendurch im Unterricht mal aufgerufen wurde, konnte ich dementsprechend natürlich nicht die Antwort geben, die gewünscht war, aber wen juckte das schon? Dieser ganze Theoriekram war doch so unnötig.

Die Zeit zog sich ätzend dahin, dabei war der Vormittag doch nur so verflogen. Haha, verflogen mit fliegenden Klötzen! Witzig.

In den Pausen spielten Bellini, Sky und ich mit dem Gedanken, einfach abzuhauen. Und Nopsi stimmte uns auch zu, dass wir hier nur unsere Zeit verschwendeten, allerdings meinte er auch, dass das alles Allgemeinwissen wäre, was ich nicht ganz so bestätigen konnte. Allerdings wollte er nicht bei unserem Schwänzen mitmachen. Sein Argument, dass uns dann der Maximus-Butler (den er natürlich bei seinem richtigen Namen nannte) am Arsch kleben würde, war schon sehr überzeugend. Das wäre echt nicht so gut für unsere „außerschulischen Aktivitäten". Wir sollten lieber unter dem Radar fliegen.

Eben diesen außerschulischen Aktivitäten widmete ich mich auch während der Nachtruhe. Zuerst legte ich mich sogar noch wirklich ins Bett, natürlich mit der vollen Dröhnung von den Maultaschen auf den Ohren. Wie der letzte Langweiler überlegte ich mir doch tatsächlich, einfach zu schlafen. Ich war schon ordentlich platt. Aber ich durfte den nächsten abgedrehten Ausflug doch nicht verpassen!

Genau wie gestern, schlich ich mich aus meinem Zimmer und traf im Treppenhaus auch gleich auf Bellini, die locker gegen die Wand gelehnt wartete. „Na endlich! Ich hätte fast ohne dich losgelegt!", meinte die Schildkröten-Seele gleich. „Hallo. Freut mich auch, dich zu sehen", erwiderte ich provozierend freundlich: „Ist Sky noch nicht da?"

„Warum hast du eigentlich einen Spitznamen für ihn und nicht für mich?", gingen ihre Vorwürfe unerwartet in eine andere Richtung. „Ich könnte dich Bell nennen", improvisierte ich. „Und was wäre die Alternative? Wuff? Bin ich etwa ein Hund?", nahm sie meinen Vorschlag weniger gut auf. Ihr konnte man es aber auch gar nicht recht machen.

„Ich finde, du hast einen sehr schönen Namen", versuchte ich noch etwas zu retten. „Wo bleibt denn diese dumme Steinbock-Seele?", genervt stieß die krasse Tiertrainerin die Luft aus.

Plötzlich nahm ich über uns eine schnelle Bewegung wahr. Oh. Wie auf Kommando kam Sky einfach durch das riesige Treppenhaus gezischt. Er war wohl ein Stockwerk höher abgesprungen und landete zielgenau mit voll der Ninja-Pose auf unserem Absatz. Korrekter Auftritt.

„Ich bin ja so beeindruckt", kommentierte Bellini ironisch und verschränkte die Arme vor der Brust: „Können wir jetzt endlich los? Sonst haben die guten Clubs schon alle zu." „Wenn ein Laden schon um die Uhrzeit schließt, kann er doch gar nicht gut sein", erwidert ich unbeschwert und fing mir dafür einen kleinen, bösen Blick von ihr ein.

„Ich denke, wir sollten heute nicht aufbrechen", mischte sich Sky auf einmal ein. „Was?", verständnislos sah ich zu ihm. „Wir haben gestern für ordentlich Aufregung gesorgt. Es wäre besser eine kleine Pause zu machen", erklärte er ganz nüchtern. „Aber wenn du gar nicht hier raus willst, warum bist du dann hier?", konterte die Schildkröten-Seele herausfordernd.

Darauf wusste unser knallharter Kämpfer wohl keine Antwort. Schweigend stand er einfach nur da, wie auch Bellini und ich. Er hatte ja schon recht. Die Ordnungshüter würden jetzt aufmerksamer sein und es war auch wie Nopsi gesagt hatte: Wir sollten besser unterm Radar fliegen.

Aber das war einfach so langweilig! Wir konnten doch nicht einfach die braven Musterschüler spielen! Da würde ich noch verrückt werden! Hier drinnen konnte man einfach absolut nichts tun! Oder... Moment mal. Vielleicht ja doch!

Spontan sprach ich meinen Geistesblitz auch gleich aus: „Hier gibt es ein geheimes Kellergewölbe mit jede Menge Gruselgeschichten. Na? Habt ihr Bock?" „Ein Kellergewölbe?", wiederholte die noble Schildkröten-Seele und ich konnte echt nicht sagen, ob sie die Idee scheiße oder interessant fand.

„Woher weißt du denn davon?", bohrte Sky skeptisch nach und stellte es dabei so dar, als könnte ich keine Ahnung von irgendwas haben. „Ich hab so meine Quellen", meinte ich nur geheimnisvoll. „Wen?", verlangte die Meckerziege zu wissen, der es irgendwie schaffte, Spaß und Spaßbremse in sich zu vereinen.

Weil ich keinen Bock auf die unnötige Diskussion hatte, antwortete ich einfach gleich: „Ich hab's von Micara." Verwirrt sah er mich an. „Du weißt schon, die Köchin, die Vielfraß-Seele, die einmal diese geilen Spinat-Käse-Baguettes für uns gemacht hat", half ich ihm auf die Sprünge. „Da war ich nicht da", meinte er nur trocken und Bellini erinnerte sich gleichzeitig: „Oh ja, die waren krass gut."

„Also? Wollen wir jetzt in das geheimnisvolle Gewölbe oder nicht?", forderte ich eine Entscheidung von den beiden. Irgendwie war meine Müdigkeit gerade in Tatendrang umgeschwenkt.

„Ja, warum eigentlich nicht", meinte die leidenschaftliche Wein- und Sekttrinkerin mit einem lockeren Schulterzucken.

Man merkte ihr immer noch leicht die Enttäuschung an, dass wir keine richtige Party machten. Doch ich war trotzdem überzeugt, dass dieser Plan echt Potenzial hatte.

„Vielleicht finden wir dort ja etwas Interessantes", schloss sich Sky ihr an. Optimal. Kurzerhand übernahm ich die Führung und schlenderte gleich die Treppe runter. Eigentlich wusste ich ja auch nicht genau wo es war, aber bei einem Kellergewölbe war nach unten doch nie verkehrt. Aber wenn ich so darüber nachdachte...

„Hey, wir könnten vielleicht auch Nopsi und Miriell fragen, ob sie mitwollen. Die können sicher auch noch ein bisschen Wissen dazu raushauen", dachte ich wieder laut nach. „Diese Klugscheißer verpetzen uns am Ende noch", vertraute der verschlossene Jäger ihnen nicht. „Miriell ist doch das Gegenteil einer Nachteule und pennt sicher längst, aber Nopsi könnten wir fragen", kam es nachdenklich von Bellini.

„Zwei zu eins. Demokratisch überstimmt", fasste ich grinsend zusammen und auch wenn Sky ihm immer noch so viel vertraute wie einem Schwerverbrecher, machten wir uns auf den Weg zu der gemütlichen Koala-Seele. Keine Ahnung, was der Missions-Typ gegen ihn hatte, auf den Terrassen-Partys war das Technikgenie immer gut mit dabei gewesen.

Ich hatte wirklich eine voll korrekte Gruppe Auserwählter erwischt, nicht so perfekt erzogene Prinzen und Prinzessinnen, wie sie immer in den Übertragungen gezeigt worden waren.

Ausgelassen klopfte Bellini an Nopsis Tür und in der nächtlichen Stille klang dieses klare Geräusch verdammt laut. Gespannt wartete ich. Hoffentlich war er wirklich noch wach.

Nichts passierte. Unschlüssig tauschten wir einen Blick. „Gehen wir", raunte Sky uns kurzentschlossen zu, doch die Schildkröten-Seele hatte andere Pläne. Hartnäckig klopfte sie ein zweites Mal an die Tür.

„Willst du den ganzen Palast wach klopfen?", zischte der Kämpfer aufgebracht und hielt ihr Handgelenk fest. Gerade eben bei unserem Gespräch im Treppenhaus und seinem auch nicht gerade dezenten Sprung, war ihm das wohl egal gewesen.

Bevor Bellini ihm richtig Konter geben konnte, und das hätte sie bestimmt, öffnete sich auf einmal Nopsis Tür. Nein, „auf einmal" klang viel zu abrupt, es war mehr ein gemächliches Aufschwingen.

Ich konnte mir die Koala-Seele echt nicht mit schnellen, ruckartigen Bewegungen vorstellen. Besonders jetzt, da er uns aus halboffenen Augen ansah und seine gräulichen Haare auf einer Seite ganz platt waren und auf der anderen wild in alle Richtungen abstanden.

„Was ist denn los?", wollte er träge von uns wissen. Grinsend übernahm die Schildkröten-Seele die Antwort: „Wir wollen in das streng geheime Kellergewölbe des Trium-Palasts und die Geister dort ein bisschen aufmischen. Bist du dabei?"

Tiefe Geheimnisse

Wie richtige Abenteurer schlichen wir durch den Palast. Nopsi mitzunehmen, war meine beste Idee seit langem gewesen. Als wir das Erdgeschoss erreichten, lotste er uns von dem Haupttreppenhaus weg. Dort ging es zwar auch noch locker zwei oder drei Stockwerke nach unten, aber anscheinend nicht zu einem richtigen Kellergewölbe. Ich vertraute ihm einfach mal.

Irgendwie war das schon eine Art Nervenkitzel. Alles war dämmrig dunkel. Nur vereinzelt leuchtete eins der magischen Lichter. Unsere Schritte waren das einzige Geräusch. Wir könnten jederzeit erwischt werden.

Ein Wunder, dass wir bis jetzt noch nie groß aufgefallen waren, außer natürlich dieses eine Mal, als uns Micara verpfiffen hatte. Damals hatte es ja nicht wirklich Konsequenzen gegeben und ich hatte nicht so das Gefühl, dass da noch was kommen würde, trotzdem wollte ich nicht erwischt werden. Schon allein aus Prinzip. Und hier in den normalen Gängen waren wir regelrecht ausgeliefert, außer natürlich wir sprangen im richtigen Moment hinter eine der Statuen oder die Vorhänge. Warte, die Vorhänge…

Leise heulend zog der Wind durch den Gang und ließ die noblen Vorhänge leicht flattern. Krass mystische Stimmung, aber... Irgendwie passte es nicht. Hatten die überkorrekten Diener ein Fenster aufgelassen? Na ja, sie hatten ja auch schon vergessen, Terrassentüren abzusperren. Nicht jeder konnte so perfekt sein wie der Maximus-Butler. Doch es kam mir immer noch komisch vor...

Auf einmal fiel es mir auf. Verdammte Scheiße! Es waren ganz leise Töne im Wind, geisterhaft und verzweifelt. Das war eine Gitarre! Und ich kannte die Melodie! „Kämpferherz" von den Maultaschen. Letztens hatte ich es mir erst angehört und es hatte mir so eine krasse Kraft gegeben, doch jetzt verpasste es mir eine fette Gänsehaut.

„Hört ihr das auch?", raunte ich den anderen wachsam zu. Hier dürfte niemand sein. Es war eigentlich unmöglich. Verwirrt stockten die anderen und lauschten ebenfalls angestrengt. Auf Skys Gesicht breitete sich als erstes die Erkenntnis aus. „Der Bastard aus der Bar", schloss er zischend und rannte nur eine Sekunde später los. „Warte!", rief ich und sprintete ihm gleich hinterher.

Seine großen Steinbock-Ohren zuckten aufmerksam. Bei jedem unserer schnellen Schritte hörte ich förmlich die Lyrics durch meinen Kopf hämmern: „Ja, wenn die Welt verbrennt und jeder um sein Leben rennt, bleibe ich stehen und werd nicht untergehen! Denn mein Kämpferherz schlägt über allen Schmerz! Das ist meine Zeit! Bin für den Kampf bereit!" Yeah!

Wir hielten direkt auf den Speisesaal zu. Die Tür stand einen Spalt weit offen! Ohne zu zögern lief Sky gleich in die Halle und ich folgte ihm. Mir fiel gleich eine Bewegung ins Auge. Eine der Stangen für die Luftlebewesen hoch oben schaukelte lautlos hin und her. Aber ich konnte niemanden sehen. Nein, warte!

„Da oben!", fiel mir auf und ich deutete auf ein offenes Fenster, ein Stück unter der Decke. Ich hatte gar nicht gewusst, dass man die öffnen konnte. Von der Höhe kein bisschen abgeschreckt, machte sich der krasse Jäger prompt auf den

Weg nach oben. Er war wirklich trittsicher, aber hey, das konnte ich doch auch locker.

Kurzentschlossen folgte ich ihm auch hier. Allerdings tat ich mich schon verdammt schwer damit, richtig Halt zu finden. Wie machte er das? Hier war viel Gläserfront und die Elemente dazwischen waren glatter geschliffen als ein Affenarsch.

Mit einer peinlichen Zeitverzögerung kam ich ebenfalls am Fenster an. Kühle Nachtluft wehte uns entgegen, als wir den Blick über die dunkle Landschaft schweifen ließen. Auch hier war niemand zu sehen, zumindest bei dem, was ich überhaupt erkennen konnte. Verdammt!

„Kommt doch mal runter!", rief uns Bellini zu und zu ihrem genervten Unterton kam eindeutig auch eine Prise Stolz auf dieses kleine Wortspiel. „Vielleicht war es ja auch nur der Wind", überlegte Nopsi mit einem gleichgültigen Schulterzucken: „Oder einer der Bediensteten hat sich überraschend einen Spaß erlaubt. Durch die magische Barriere kann unmöglich ein Außenstehender dringen. Nicht einmal die Herrscherinnen hätten die Macht, diese Magie zu durchbrechen." Geisterhaft hallten ihre Stimmen durch den Saal.

Einen letzten Blick warf ich noch aus dem Fenster, doch es war hoffnungslos. Wer auch immer hier Gitarre gespielt hatte, war längst verschwunden. Mir rutschte ein kleines Seufzen raus, als ich mich wieder an den Abstieg machte. Es war einfach ein scheiß Gefühl zu versagen und in letzter Zeit war das ja gefühlt der Normalzustand geworden.

Na ja, wenigstens der Keller würde uns wohl nicht weglaufen. Das letzte Stück sprang ich einfach runter. Kurz darauf landete auch die Steinbock-Seele neben mir. Nach dieser geheimnisvollen Begegnung oder eher Fast-Begegnung machten wir uns weiter auf den Weg zu unserem eigentlichen Ziel. Als wäre es keine große Sache, führte uns Nopsi durch eine unscheinbare Tür in einen schmalen Flur, der im Vergleich zum Rest des Palasts regelrecht karg aussah und vor allen Dingen wurde es ab da verdammt dunkel.

Warum hatte niemand von uns daran gedacht eine Lampe mitzubringen? Ich fand ja, als Gehirn der Gruppe, wäre das die Aufgabe der Koala-Seele gewesen.

Irgendwie schafften wir es trotzdem soweit unfallfrei nach unten. Es trat nur hier und da jemand jemandem auf die Füße, ja, vielleicht war ich auch hin und wieder der Schuldige.

Schnell wurde es ziemlich kühl und die Luft roch so alt und... steinig. Ganz der Abenteurer streckte ich meine Hand aus und strich über die raue Wand. Sie fühlte sich ganz staubig an und uwäh! Das musste ein Spinnennetz sein! Prompt überlegte ich es mir anders und zog meine Finger wieder weg.

Dafür, dass in diesem Schuppen sonst immer alles perfekt sein musste, war es hier unten echt dreckig. Richtig skandalös. Aber wenn das schon der größte Skandal hier sein sollte...

„Und was soll hier jetzt sein?", auch Bellini klang mies enttäuscht. „Es heißt in diesem alten Gemäuer soll es Räume geben, die nicht einmal die Dienerschaft kennt. Artefakte aus alter Zeit und Reliquien von unermesslichem Wert. Und selbst wenn diese Märchen nicht stimmen, sind hier unten Lagerräume von äußerst kostbaren Gegenständen. Wahrscheinlich gibt es hier mehr als nur einen Tresor", erfüllte Nopsi seine Aufgabe als Informationsquelle.

Wertvolle Reliquien und Tresore klangen doch schon mal gut, zwar nicht so lustig wie Geister, aber hey. Wer hatte nicht schon einmal versuchen gewollt, einen richtigen Tresor zu knacken?

Jetzt mussten wir nur noch einen dieser besonderen Stauräume finden. Ein Stück gingen wir weiter und wären fast gegen eine Wand gelaufen. Ich dachte schon, das wäre das Ende und wir wären einfach nur in einen verdammt großen, langweilig leeren Raum des Kellergewölbes gelaufen, doch seitlich ging noch ein Weg ab und wenn man ganz genau hinsah, war da etwas... Ein weißliches Licht.

Vorsichtig schlichen wir uns genau in die Richtung. In die Wände waren schwere Holztüren eingelassen. Probeweise drückte ich bei einer die Türklinke runter und rüttelte daran, doch sie war verschlossen. Schade. Allerdings hatten wir ja immer noch die Chance wie Motten zum Licht zu gehen...

Nach einer gefühlten Ewigkeit kam die nächste Abzweigung und da stand einfach eine Lampe auf dem Boden. Auf den ersten Blick wirkte das Ding uralt, so wie alles an diesem Kellergewölbe. Das Glas war verdreckt und an einer Seite hing sogar noch eine kleine Spinnenwebe, aber anscheinend war es doch ziemlich besonders.

„Faszinierend", interessiert beugte sich das Technikgenie nach unten, natürlich wieder ganz gemächlich, was auch sonst? „Ich habe einen glühenden Draht noch nie in einer solchen Konstellation gesehen und es ist auch keine direkte Energiequelle erkennbar, aber seht ihr, wie er leicht pulsiert? Das ist eine Reaktion auf die Magie an diesem Ort. Ein perfektes Zusammenspiel aus Magie und Technik...", schwärmte er und das bleiche Licht spiegelte sich in seinen Augen.

Doch bevor Nopsi das so faszinierende Ding wirklich berühren konnte, griff Sky entschieden nach seinem Handgelenk: „Pass auf. Es könnte auch eine Falle sein. Hier stimmt doch etwas nicht! Ein Licht, das einfach auf dem Boden steht und dann auch noch mit einer unbekannten Technologie? Vielleicht ist es eine Waffe, eine Bombe. Wir könnten auf einen Anschlag gestoßen sein."

Aha. Das hatte ja fast schon was von Verfolgungswahn. Aber ein stückweit hatte er schon recht, ganz sauber war die Sache nicht.

„Boah! Du siehst aber auch hinter allem eine Verschwörung!", beschwerte sich die Schildkröten-Seele: „Die Entarteten sind nur ein Haufen kranker Leute, die sich verstecken und wahllos aggressiv sind, keine anarchistische Supermacht aus dem Schatten, die mit ausgeklügelten Plänen und Sabotage und so einem Scheiß arbeitet."

„Sie hätten fast Alpha umgebracht und eine eurer abgesandten Spitzenermittler aus dem Königreich des Wassers haben sie getötet", erinnerte der verbissene Kämpfer sie und vor meinem Auge blitzten wieder die Bilder von diesem Tag auf. Die Seewespen-Seele in ihrem Blut und wie sie die Katzen-Seele mit in den Tod geholt hatte...

Nein! Daran wollte ich nicht denken! Wir waren hier, um Spaß zu haben!

Aufmerksam ließ ich meinen Blick durch den Flur gleiten. Keine Ahnung was ich überhaupt suchte, irgendeinen Hinweis, irgendetwas das Sinn ergab... Dann fiel mein Blick auf einen Hinweis, mit dem ich sicherlich nicht gerechnet hätte. Über uns war ein Pfeil mit grüner Farbe an die Decke gesprüht worden.

„Hey, seht euch das mal an", machte ich die Streitenden auf meine merkwürdige Entdeckung aufmerksam. „Was ist das?", wollte Bellini mit zusammengezogenen Augenbrauen wissen und Nopsi stellte die wohl wichtigere Frage: „Wer hat das hinterlassen?"

„Sehen wir doch einfach nach", herausfordernd hob die krasse Reiterin die Lampe hoch, bevor irgendeiner von uns reagieren konnte. „Hast du sie noch alle?!", entgeistert schaute Sky sie an und sah ganz so aus, als würde er ihr am liebsten eine reinhauen.

„Was denn? Es ist doch nichts passiert. Du bist so ein Angsthase", machte sie sich über ihn lustig und ging auch gleich in die Richtung los, in die der Pfeil zeigte. Entschieden hielt die Meckerziege sie wieder am Arm zurück: „Es könnte immer noch eine Falle sein."

„Au! Willst du mir gleich den Arm brechen?", protestierte Bellini und versuchte sich aus seinem eisernen Griff zu befreien.

„Womöglich sind es ja Markierungen für Arbeiter, die hier unten Sanierungen vornehmen sollen. Wir könnten ihnen direkt in die Arme laufen, auch wenn es durchaus unübliche Arbeitszeiten sind", gab die Koala-Seite zu bedenken und stellte sich damit quasi auf Skys Seite, auch wenn der

Spinner hier unten wahrscheinlich andere Leute als Arbeiter erwartete.

„Ich finde, Bellini hat recht. Wir sollten uns umsehen. Wenn da wirklich jemand ist, sagen wir einfach, wir haben uns auf dem Weg zum Klo verlaufen", selbstbewusst pflückte ich der Schildkröten-Seele die Laterne aus der Hand und übernahm selbst die Führung.

„Ihr seid doch alle wahnsinnig!", regte sich der Paranoide auf: „Denkt doch mal fünf Sekunden nach!" „Ich denke, du bist einfach nur langweilig", beleidigte die Auserwählte des Wasserreiches ihn mit einem provozierenden Schulterzucken.

„Wenn du zu viel Schiss hast, kannst du ja auch einfach gehen. Kein Problem", setzte ich noch stichelnd hinterher.

„Wenn ihr am Ende getötet werdet, werde ich euch auslachen", gab Sky noch sehr finster von sich, aber er haute natürlich nicht ab und wir gingen immer tiefer...

Links und rechts gingen ständig Gänge ab, wie in einem richtigen Labyrinth. Doch dann leuchtete an der Decke wieder ein auffällig grüner Pfeil auf, der auf einen Flur links deutete. Angespannt folgten wir ihm. Und dann kam noch einer und... Hm. Da war ein durchgestrichener mit einer korrigierten Version daneben. Wer auch immer unsere Richtungsweiser angebracht hatte, kannte sich anscheinend selbst nicht so super aus, was es irgendwie noch mysteriöser machte.

Plötzlich packte mich Sky an der Schulter und bedeutete mir mit einem Finger an den Lippen zu schweigen. Welcher Verfolgungswahn hatte denn jetzt wieder bei ihm reingekickt? Auffordernd deutete er mit seinem Finger nach vorne. Häh? Oh. Aus dem Gang, auf den der nächste Pfeil deutete, kam ein schwaches, goldenes Licht. Irgendetwas war da, aber für Nichts waren wir ja auch nicht gekommen.

Unser Licht würde uns verraten! Ohne groß nachzudenken stopfte ich mir die Laterne unter mein Shirt. Natürlich leuchtete sie auch durch den Stoff. Fragend sahen mich die anderen an und ich zog das Ding schnell wieder hervor. Schon peinlich.

„Wir müssen die Laterne ausmachen", meinte ich, als wäre nichts gewesen und betrachtete die kleine, helle Leuchtkugel ratlos. Wenn man so genau hinsah, konnte man tatsächlich das leichte Pulsieren sehen, von dem unser Technikguru geredet hatte. Aber wenn das wirklich eine Reaktion auf Wellen der Magie war, konnten wir nichts ausrichten. Wir konnten ja schlecht die Magie hier abstellen.

„Lass mich mal", entschieden trat Bellini näher und fing an, an dem alten Glaskasten rumzufummeln, doch sie bekam ihn nicht auf. „Was hast du vor?", wollte ich neugierig und vielleicht auch ein kleinwenig misstrauisch von ihr wissen.

„Ich hol das Ding raus und trete drauf, dann ist es aus", erklärte sie mir knapp ihre sehr radikale Lösung. „Toller Plan. Und wie willst du ganz ohne Licht den Weg zurückfinden?", entgegnete Sky mit einem richtig abschätzigen Blick, aber selbst hatte er natürlich keine Idee. War ja klar. „Aber immer noch besser, als Dex geniale Idee!", schoss die Tierflüsterin jetzt auch gegen mich, dabei hatte ich sie doch schon so oft unterstützt. Ey! Nicht fair!

„Vielleicht sollte ich es mal versuchen", meldete sich mit Nopsi endlich jemand mit Erfahrung zu Wort und nach ein paar Versuchen bekam er die Laterne auch auf. Abwägend strich er mit den Fingern über die leuchtende Kugel und Schatten tanzten über die Wände. „Aha. Interessant...", murmelte er konzentriert: „Dann müsste..." Es gab ein kleines Klacken und auf einmal erlosch das Strahlen.

„Was hast du gemacht?", musste die Nervziege es mal wieder hinterfragen. War doch super, dass unser Profi es hinbekommen hatte. Reichte das nicht schon zu wissen?

„Es besteht aus zwei Hälften, die man gegeneinander drehen kann. In eine Richtung bekommen die Drähte Kontakt und können die magischen Schwingungen in elektrische Energie umwandeln. In die andere Richtung verlieren sie den Kontakt wieder", erklärte die Koala-Seele ganz ruhig und ließ wie zum Beweis das Licht erneut aufflammen und ausgehen. Korrekt.

„Dann können wir uns jetzt ja weiter umsehen", meinte ich und konnte mir einen kleinen Seitenhieb nicht verkneifen: „Jetzt haben wir ja alle gesehen, wie es funktioniert und müssen nicht mehr paranoid sein."

Verächtlich schnaubte der Kämpfer nur und setzte sich gleich in Bewegung, dabei war er es doch gewesen, der die ganze Zeit mit Fallen und Vorsicht rumgejammert hatte. Neugierig spähte ich um die Ecke.

Im Grunde sah dieser Gang aus, wie alle anderen auch: Die gleichen kargen Mauern und zahlreiche verschlossene Türen, sowie weitere Abzweigungen, nur dass aus einer dieser Abzweigungen helles Licht in den Gang flutete.

Kurz tauschte ich mit den anderen einen vielsagenden Blick und wir schlichen uns noch näher. Verstohlen linste ich um die Ecke und... Verdammte Axt. Damit hätte ich echt nicht gerechnet.

Vor uns lag einfach ein Garten und ein ordentlich großer noch dazu. Blumen, Sträucher, Bäume, ein Gemüsegarten, ein Teich, eine Bank. Es gab einfach alles. Warte. War das da hinten ein Hühnerstall? Ich liebte Hühner! Aber...

Was hatte das alles hier unten verloren? Waren etwa hinter jeder Tür so riesige Räume mit unterirdischen Gartenanlagen? Versorgte sich der Trium-Palast selbst? Oder war das so eine Art Notfalleinrichtung, nur falls mal eine Lebensmittellieferung ausfiel?

Aber egal wie logisch diese Begründungen auch wären, es fühlte sich völlig verrückt an, plötzlich vor einem Garten zu stehen, immerhin waren wir mitten in einem labyrinthartigen Kellergewölbe und jetzt gab es hier statt Grusel und Geheimnissen einen Garten. Ich kam einfach nicht darauf klar.

Verwirrt trat ich durch den mit Rosen bewachsenen Torbogen, der in den Raum führte oder eher den Saal. „Dex!", zischte Sky mal wieder im Spaßbremsen-Modus und ich glaube, es war genau das, was uns verraten hatte.

Plötzlich schaute hinter einem großen, blumigen Busch, nur einen Katzensprung entfernt, ein Gesicht hervor, das ich hier ebenso wenig erwartet hätte, wie den Garten selbst. „Gräfin Alpha?", brachte Bellini ungläubig hervor.

In der ersten Sekunde wirkte die machtvolle Katzen-Seele ganz ertappt, doch dann hatte sie sich wieder gefasst: „Was habt ihr hier zu suchen? Und das zu dieser Uhrzeit." Streng taxierte sie uns und baute sich eindrucksvoll auf oder zumindest sollte es wohl eindrucksvoll sein, aber sie war einfach zu klein dafür und außerdem trug sie eine Gartenschürze. Gerade wirkte sie echt nicht wie eine Herrscherin.

„Ähm... Wir konnten nicht schlafen", kam ich mit einer Ausrede, die sogar nicht einmal ganz gelogen war. „Sie können also nicht schlafen? Dann braucht es wohl noch intensiveren Unterricht, damit Sie alle abends auch müde sind und sich nicht so unterfordert fühlen", verkündete sie mit einem autoritären Blick.

„Wenn das mehr aktiven Unterricht heißt, gerne", blieb ich komplett selbstbewusst. Warnend warf mir Bellini einen Seitenblick zu. Da hatte wohl jemand Schiss vor Extraarbeit.

„Was ist das hier überhaupt?", wollte Nopsi verwirrt wissen. „Nichts, was euch zu interessieren hat. Ihr habt nichts gesehen, ihr seid nie hier gewesen. Verstanden?", blockte die Gräfin bestimmend ab und das machte es nur noch interessanter. Ich wusste zwar nicht genau, was es war, aber es war auf jeden Fall etwas, das wir nicht wissen durften. Ein Geheimnis erster Güte.

„Ist das Ihr Garten?", kombinierte die Schildkröten-Seele vorsichtig. Man sah es der rothaarigen Frau regelrecht an: Sie war kurz davor, alles zu leugnen, doch sie wusste, dass es keinen Sinn hatte, dass wir einfach schon zu viel gesehen hatten.

Mit einem kleinen Seufzen gab sie nach: „Ja, das ist mein Garten, mein geheimer Rückzugsort. Ich liebe es, damit zu wirtschaften und zuzusehen, wie alles wächst. Wenn ich nicht hier bin, delegiere ich an einen Teil der Dienerschaft darauf aufzupassen, aber das hier ist mein Baby. Wenn man ein Reich regieren muss und auch noch eine Familie hat, bleibt nicht viel Zeit für einen selbst. Hier will ich einfach nicht die Gräfin sein."

Gedankenverloren strich sie über die Blumen an dem Busch direkt neben ihr. Ein geheimer Hobby-Garten in XXL. Alles klar. Nein, warte... „Aber warum machen Sie es geheim? Königin Naya...", gleich unterbrach sie mich: „Im Reich der Luft laufen viele Dinge anders und ihre Probleme tröpfeln meistens wie saurer Regen auf uns herab. Seit jeher war es von Nöten, dass die Herrscherin der Landlebewesen Stärke, Entschlossenheit und Unnachgiebigkeit beweist. Ein schwaches Oberhaupt bedeutet ein Machtvakuum und Unruhen. Ich darf mir keine Angreifbarkeit erlauben. Das hier ist mein Geheimnis und das muss es auch bleiben. Haben wir uns da verstanden?"

Tief sah sie uns alle der Reihe nach an. Schweigend nickten wir einfach nur. Ich hatte mir nie Gedanken darüber gemacht, wie hart es sein musste, ganz oben zu stehen und all die Verantwortung zu haben. Man vergaß so schnell, dass dahinter Menschen standen. Und jetzt waren wir mittendrin...

„Gut. Ihr solltet nun gehen und kehrt nicht wieder zurück", zog die Katzen-Seele einen Schlussstrich. Aber ich wollte es noch nicht zu Ende gehen lassen. „Und was, wenn wir bleiben und mithelfen?", schlug ich locker vor.

„Wie bitte?", überrascht wanderten ihre Augenbrauen in die Höhe. „Du gärtnerst?", verwundert sah mich auch Bellini an. „Na klar, du nicht?", ich verschleierte nicht einmal, dass es eine blanke Lüge war. „Ich hatte zuhause einen Unterwassergarten, mit Korallen, Algen und verschiedenen Fischarten. Eine Seestern-Kolonie hatte ich auch", antwortete die Schildkröten-Seele und klang dabei so gar nicht ironisch.

Sie hatte echt einen Garten gehabt? Irgendwie passte das nicht zu der krassen Party-Tiertrainerin, die schon betrunken gesegelt war und dabei das Schiff ihres Vaters an die Klippen gesetzt hatte oder die in den Schulferien die ganze Zeit nur im Stall gesoffen und geschlafen hatte. Kein Wunder, dass sie so eine Trinkausdauer hatte.

„Einen Unterwassergarten wollte ich auch immer mal anlegen. Ein paar Räume weiter gäbe es sogar passende Becken", für einen Moment hatte Alpha wohl vergessen, dass sie uns eigentlich wegschicken wollte. „Ich würde es gerne übernehmen", bot die Schildkröten-Seele gleich an: „Ich vermisse meinen Garten schon. Es war schön, sich dort etwas aufgebaut zu haben. Auch wenn das für Sie wahrscheinlich nicht ganz so wichtig ist, immerhin..."

Mit einem kleinen Lächeln unterbrach die Rothaarige sie: „Nein, ich weiß was du meinst. Das ist schon etwas Besonderes..." Konnte sie überhaupt herzhaft lachen oder richtig breit grinsen? „Na gut. Ihr dürft euch kurz umsehen, aber danach geht ihr wirklich. Und wehe einer von euch schläft morgen im Unterricht ein", erlaubte sie uns unerwartet. Echt korrekt.

Grinsend stupste ich Bellini in die Seite. Das hatte sie sauber eingefädelt.

Locker schlenderte ich weiter in Alphas Geheimplatz und erkundigte mich: „Wie lange hat es eigentlich gedauert, das alles anzulegen?" „Schon ein paar Jahre", antwortete die große Herrscherin bereitwillig. „Und hast du dafür auch Magie eingesetzt oder alles von Hand gemacht?", wollte ich ganz entspannt weiter wissen und merkte erst zu spät, dass ich ins „du" gerutscht war. Zum Glück schien ich der Einzige zu sein, dem es aufgefallen war.

„Ich habe hier und da vielleicht ein wenig nachgeholfen. Mir hat manchmal dann doch die Geduld gefehlt", gestand die Gräfin. „Oh ja. Das kann ich gut verstehen. Wenn alles so super langsam wächst... Boah, das kann schon nervig sein", schloss sich Bellini ihr an.

Und während wir so durch diesen tiefgelegenen, geheimen Garten schlenderten und alles stolz erklärt bekamen, übernahm die ungewöhnliche Gärtnerin immer mehr und mehr das Gespräch mit Alpha. Irgendwann stieg ich komplett aus, als es um strategische Anpflanzung und Fruchtfolge und so etwas ging.

„Ich bin kurz eine rauchen", raunte mir Nopsi unvermittelt zu und zog sich zurück. Sollte ich ihm hinterher? Vielleicht hatte er ja wieder eine Spezialmischung für mich. Doch gerade als ich los wollte, sprach mich auf einmal auch Sky an, der in den letzten paar Minuten echt leise gewesen war. „Ein unterirdischer Garten zum Zeitvertreib, was sagt man dazu", lieferte er ja mal eine wahnsinnig wertvolle Feststellung. „Es ist doch ganz nett hier", meinte ich darauf nur.

„Während sie sich hier sinnlos vergnügt, läuft alles immer weiter außer Kontrolle. Warum nimmt das niemand ernst?", wütend hatte die Steinbock-Seele die Hände zu Fäusten geballt. „Und warum nimmst du es so ernst?", wollte ich wenig einfühlsam von ihm wissen, aber ich war einfach zu neugierig. „Weil es wichtig ist. Sie stecken immer mehr Leute an oder töten sie einfach. Das solltest du auch wissen. Wenn sie nicht endlich unschädlich gemacht werden, könnten sie alles zerstören!", erklärte er mir verständnislos und kaum beherrscht.

Doch ich glaubte ihm nicht, dass es bei ihm nur die Sorge um die schöne, liebe Ordnung war. Allerdings würde dieses Geheimnis heute wohl nicht gelüftet werden.

„Sei dir versichert, wir setzen alles daran, die Entarteten ausfindig zu machen. Sie sind nicht die erste Katastrophe, die wir im Schatten eingedämmt haben", mischte sich Alpha auf einmal in unser Gespräch. Oh. Ich hätte nicht gedacht, dass sie mitgehört hatte.

„Aber es ist doch längst nicht mehr im Schatten! Jetzt ist die Zeit zu handeln, mit aller Härte", vergaß die Meckerziege für einen kleinen Moment seinen einschmeichelnden Respekt.

„Woher wisst ihr davon?", bohrte die machtvolle Gärtnerin gleich mit zusammengezogenen Augenbrauen nach.

Verdammte Axt! Konnte er nicht aufpassen, was er sagte?!

„Wir haben durch Zufall gehört, wie zwei Dienstboten darüber geredet haben. Nachrichten verbreiten sich hier schnell", lieferte Bellini eine plausible Lüge und ergänzte gezwungen locker: „Fast so schnell wie Unkraut.

„Die Entarteten sollen nicht euer Problem sein. Ihr seid Auserwählte. Eure Aufgabe ist es, in Zukunft der Gesellschaft zu helfen und daher ist es eure Pflicht zu lernen, sei es eure Magie, Kampfkünste oder theoretisches Wissen", bei dem letzten Punkt sah sie mich direkt an. Ey! Ich war nicht der Einzige, der das langweilig fand!

Und dann fiel ihr mit einem misstrauischen Stirnrunzeln auf: „Wo ist Nopsi?" „Der wollte nur mal kurz an die frische Luft", antwortete ich schnell. „Ihr solltet ihm folgen. Das war genug für diese Nacht", schickte uns die Herrscherin erneut ins Bett und ihr Gesichtsausdruck machte überdeutlich, dass sie dieses Mal keine Aufschiebung dulden würde.

„Schade. Aber voll korrekt, dass wir uns das alles mal ansehen durften", meinte ich lässig und gemeinsam gingen wir wieder aus dem geheimen Garten. Und wen trafen wir im Flur? Nopsi, die Kippe schon im Mund, allerdings noch nicht angezündet. Super Timing, Kumpel.

„Das ist also frische Luft?", mit dem Seitenblick von Alpha hatte ich ja schon gerechnet, aber nicht, dass sie dabei amüsiert lächeln würde. „Ähm, ich hatte kein... Feuer", gab die Koala-Seele ziemlich lahm von sich oder kam das einfach nur von seiner Art?

„Hast du auch eine für mich?", überraschte mich das sonst so unantastbare Oberhaupt. „Ähm...", regelrecht fahrig kramte Nopsi in seiner Hosentasche, in der alles Mögliche klapperte und klirrte. Was hatte er denn da drin? Und warum hielt er sich dabei die ganze Zeit den Bauch?

Schließlich hatte er das kleine Etui mit den vorgerollten Zigaretten gefunden und gab eine davon der einschüchternden Katzen-Seele. „Danke", als sie die Kippe entgegennahm, schnipste sie einmal mit den Fingern und prompt glomm das Ende von Nopsis Zigarette rot auf, ein zweiter Schnipser und auch ihre war angezündet. Wer brauchte schon ein Feuerzeug, wenn er auch Magie haben konnte?

Und da standen wir, im Kellergewölbe, während Nopsi und Alpha eine rauchten.

„Ich wusste gar nicht, dass Sie rauchen", sprach ich das aus, was sich sicher alle dachten. „Wie gesagt, als Oberhaupt muss man neutral bleiben", ganz entspannt blies sie den Rauch aus. Fließend formte er sich zu einer Schlange, die mit ihren bedrohlichen Giftzähnen zuschnappte.

„Die Welt kann gnadenlos und tödlich sein, wenn man nicht aufpasst", das war doch mal eine super Weisheit des Tages. Passend dazu nutzte sie das auch gleich als endgültigen Abschluss. „Gute Nacht", wünschte sie uns knapp und nur einen Wimpernschlag später war alles wieder von dem durchdringenden Licht ihrer Teleportationsmagie erfüllt.

Plötzlich stand ich in meinem Zimmer. Immer wieder heftig. Noch ganz in Gedanken, ließ ich mich in mein Bett fallen, nur dummerweise hatte ich vergessen, dass da noch meine Gitarre lag. Autsch. Zum Glück hatte ich sie bei der Aktion nicht gleich geschrottet.

Verträumt strich ich über die Saiten und ließ sie in der Stille verklingen. Irgendwann würden wir auch das Geheimnis dieses Musikers lüften. Irgendwann...

Neues Wissen

„Aufwachen!", schrie mich jemand an und ich schreckte richtig hoch. Im ersten Moment war ich komplett in einem anderen Universum, bis ich mal checkte, dass ich ja ein Auserwählter war, der morgens nicht schlafen durfte.

Vor mir stand diese Flughörnchen-Seele mit in die Hüften gestemmten Händen. „Endlich", schnaubte sie ungehalten und erinnerte sich dann wieder an das stets nüchterne Verhalten, das hier in der Dienerschaft Standard war: „Sie werden bereits beim Essen erwartet, Herr Nospes. Es wäre ratsam sich zu sputen." Und mit einem abfälligen Blick auf die Gitarre, die immer noch bei mir im Bett lag, ergänzte sie: „Vielleicht wäre es ein dienlicher Rat, die Nachtruhe auch als solche zu nutzen."

„Ich werde es mir merken", erwiderte ich mit einem extra giftigen Lächeln: „Und für dich wäre es vielleicht ein guter Rat, nicht zu Schlafenden ins Zimmer zu kommen. Man könnte leicht denken, du wärst eine verrückte Stalkerin, gegen die man eine einstweilige Verfügung braucht." Wenn ich wacher gewesen wäre, wäre der Konter sicher besser ausgefallen.

„Ich habe lange geklopft. Ich bin lediglich meiner Aufgabe nachgekommen", verteidigte sie sich trocken und wandte sich mit einem „Guten Tag" ab, allerdings sprach sie diesen höflichen Gruß wie die übelste Beleidigung überhaupt aus. Und sie schloss nicht einmal die Tür hinter sich.

Was für ein beschissener Start in den Tag.

Keine Ahnung, wie ich es am Ende schaffte mich aufzuraffen. Ich war total hinüber. Diesen Tag würde ich nicht überleben. Keine Chance. Mal wieder hatte ich wenig Zeit zum Frühstücken. Die Uhrzeit war einfach brutal.

Und dennoch rief ich mit meinem extra energischen Winken: „Hallo Freunde!" so langsam wurde diese Begrüßung fast schon ein Protest gegen die Müdigkeit und das alles. Keine Ahnung.

„Wo bleibt Nopsi?", fragte sich Miriell mit einer Spur Sorge: „Müsste er nicht langsam auch mal kommen?" Sie hatte recht, die Koala-Seele war zwar auch immer spät dran, aber heute war es extrem. „Der kommt schon noch und wenn nicht, gabeln ihn die Diener auf", sah Sky es locker.

„Und was, wenn es mehr ist?", erwiderte ich und musste an letzte Nacht denken, als wir hier die schaukelnde Stange gesehen hatten. Wenn jemand in den Speisesaal kam, kam er auch in unsere Zimmer und Nopsi wäre ein leichtes Ziel. Sky und ich tauschten einen vielsagenden Blick. Wir dachten das Gleiche.

Nach dem missglückten Anschlag auf Alpha wäre es doch logisch, als nächstes auf die Auserwählten abzuzielen. Das würde auch eine Botschaft senden und eine tiefe Wunde schlagen.

Wortlos stand die Steinbock-Seele auf und ich sprang ebenfalls auf die Beine, na ja, vielleicht nicht ganz so dynamisch, immerhin war es früh morgens. „Wo wollt ihr jetzt hin?", fragte Bellini uns mit gerunzelter Stirn.

„Wir gucken nur mal kurz bei Nopsi vorbei, ob alles in Ordnung ist", spielte ich es herunter. „Ich komme mit", verkündete sie kurzentschlossen und stand auch gleich auf. „Aber wir haben doch noch gar nicht fertig gefrühstückt", wandte Miriell überrumpelt ein.

„Dann bleib hier", kam es trocken von der empathielosen Steinbock-Seele. „Oder du nimmst dir was zu Essen mit", schlug ich ihr mit einem Zwinkern vor, das war auch meine Strategie.

Einen kleinen Moment rang die Auserwählte des Luftreiches mit sich und Sky marschierte schon ohne zu warten los. Immer noch mit sichtlichem Unbehagen griff sie sich ihr halbgegessenes Käsebrötchen und kam auch mit. „Korrekt", anerkennend nickte ich ihr zu.

Als geeinte, unaufhaltsame Auserwählte machten wir uns auf den Weg zu Nopsis Zimmer. Die Spannung brodelte nur so in meinem Inneren. Wir könnten alles Mögliche vorfinden. Er könnte einfach weg sein, entführt, vielleicht war sein Zimmer verwüstet. Was, wenn er tot war? Hatten sie seine Leiche schon weggeschafft? Würde noch Blut da sein?

Eigentlich waren all diese Kopfkinos absolut grauenvoll, doch ich fühlte mich gerade viel zu elektrisiert von der Aufregung und der düstere Schauer fühlte sich für diese tödliche Gefahr noch viel zu gut an.

Schließlich standen wir vor seinem Zimmer. Mein Herz klopfte fast so laut gegen meinen Brustkorb wie Bellini gegen die Tür. „Was machst du da? Jetzt hast du ihn vorgewarnt!", fassungslos sah Sky sie an. „Wen denn? Euren Sandmann, der alle in den Schlaf flötet?", herausfordernd hatte sie die Hände in die Seiten gestemmt: „Hätte ich die Tür lieber eintreten sollen?"

„Ich komm gleich!", kam es fahrig von der anderen Seite. Das war Nopsis Stimme! „Nopsi?", fragte Miriell dennoch nach. „Wartet! Ihr seid es?", erkannte er auch unsere Stimmen. „Jap, ein ganzes Empfangskomitee nur für dich", bestätigte ich fast schon ein wenig enttäuscht, dass der Gute nur verschlafen hatte.

Überraschend zügig kam die Koala-Seele an die Tür und öffnete sie gleich für uns. Schlagartig schwang meine Enttäuschung in Neugierde um. Wie er uns ansah... Da war was!

Und damit meinte ich nicht die gewaltigen Ringe unter seinen Augen.

„Kommt rein, ich will euch was zeigen", sagte er geheimnisvoll und blickte dabei aufmerksam in den Flur hinter uns. Das musste wirklich ein fettes Geheimnis sein. Der Hammer! Sofort folgten wir alle seiner Aufforderung. Ui.

In seinem Zimmer herrschte das totale Chaos. Überall in seinem Zimmer lagen beschriebene Seiten verteilt. Es sah ein bisschen aus wie bei einem verrückten Büchermessi oder einem extremen Verschwörungstheoretiker... vielleicht auch einem Serienkiller. Manche Seiten hatten Körperskizzen mit reingekritzelten Bereichen in Rot und Schwarz und überall waren gequetschte Notizen.

Was war das für ein Zeug?

Miriell hatte gleich eins der Blätter hochgehoben und las mit zusammengekniffenen Augen vor: „ET plus Achtzehn Dreissig? Sind das Codes?" „ET müsste Entartete bedeuten und es ist kein Plus sondern ein Kreuz. Ich denke, es handelt sich um Autopsieberichte Sie forschen an den Entarteten", weihte uns Nopsi aufgeregt ein, aber man merkte ihm an, dass er eigentlich komplett übermüdet war.

„Woher hast du das?", bohrte die Steinbock-Seele gleich wieder nach. „Gestern, als ich eine rauchen wollte, ist mir an der Decke ein grüner Punkt aufgefallen, ein Stück vor dem Raum, genau gegenüber von einer Tür, die nur angelehnt war. Dort lagen lauter Akten. Ich hatte keine Zeit, sie mir richtig anzusehen, aber diese lag in einem Stapel ganz unten und ich dachte, die vermisst so schnell niemand. Ich musste sie einfach mitnehmen", erklärte er, kein bisschen schuldbewusst.

Auf einmal ergab einfach alles einen Sinn, warum er noch nicht angefangen hatte zu rauchen und sich so seltsam den Bauch gehalten hatte. „Das ist aber nicht das Verhalten eines braven Auserwählten", kommentierte ich grinsend.

„Was war letzte Nacht los?", erkundigte sich die einzig Unschuldige irritiert. „Das könnte der Schlüssel sein, um die

Entarteten endlich zu kriegen", mit neuem Interesse hob der irre Jäger gleich mehrere Seiten hoch.

„Wenn das hier irgendetwas bringen würde, hätten die, die das gemacht haben, die Entarteten doch schon längst geschnappt. Ihr seid nicht die Einzigen, die sich damit beschäftigen und... nun ja, auch nicht die Klügsten oder Erfahrensten oder Stärksten", dämpfte die Schildkröten-Seele seine Hoffnung gleich.

Weil noch niemand Miriell geantwortet hatte, übernahm ich es kurzerhand: „Wir waren in einem geheimen Garten im Keller. Es war der Hammer da unten. Du solltest auch mal mitkommen." „Ah", gab sie immer noch ziemlich überfordert von sich.

„Es gibt hier viele Abkürzungen, die ich nicht verstehe. Manche sind vielleicht sogar doppelbesetzt. Ich hab versucht Muster darin zu erkennen, aber ich bin noch lange nicht fertig. Und es ist auch nicht hilfreich, dass manche eher Hieroglyphen schreiben statt Buchstaben. Doch wenn wir es erst einmal entschlüsselt haben, könnten wir die Entwicklungen aus erster Reihe mitverfolgen", begeistert schaute Nopsi auf sein ausgebreitetes Chaos.

„Aber wenn ihr die Akten aus einem geheimen Raum habt, sollten wir sie tagsüber verstecken. Wenn jemand aus der Dienerschaft sie hier findet, können wir gar nichts mehr damit verfolgen. Wir werden höchstens selbst verfolgt", bei dem letzten Satz konnte man der Steinkauz-Seele richtig ansehen, wie es ihr etwas mulmig zumute wurde.

Und auch wenn ich es nicht gleich so krass sah, hatte sie schon zum Teil recht, wir konnten das hier auf auf keinen Fall so liegen lassen. Aber wo könnte man etwas vor der Dienerschaft verstecken? Die kannten den Palast doch wie ihre Westentasche!

Mein Blick fiel auf das Fenster und ein Grinsen breitete sich auf meinem Gesicht aus. Wenn sich jemand im Palast perfekt auskannte, war doch am Palast eine gute Möglichkeit...

„Hast du eine Plastiktüte oder so?", fragte ich den Aktendieb.

Zuerst waren alle total verwirrt, doch als ich ihnen meinen genialen Einfall erklärte, waren sie gleich mit dabei.

Gemeinsam rafften wir alle Seiten auf, was leichter klang als es war. Eins der dummen Blätter war unter einen fetten Schrank gerutscht und als es nichts half mit einer Antenne darunter rumzustochern (die Nopsi warum auch immer hier rumliegen hatte), mussten wir das Ding doch echt verschieben und man war das Teil schwer! Aber wir schafften es und alle Berichte wanderten in die Tüte.

Danach kletterte ich raus und das perfekte Versteck lachte mir wortwörtlich entgegen. Nicht weit von Nopsis Zimmer entfernt war eine Statue umgeben von Efeu, die aus der Mauer ragte und über das ganze Gesicht lächelte. Um ihn herum waren ein paar Krüge und Reagenzgläser und so ein Zeug aus dem Stein gehauen.

Das müsste Doktor Theseni sein, einer der alten, großen Lehrmeister der Heilkunst, bekannt für sein gewaltiges Wissen und seine unerschütterliche gute Laune und wenn ich schon von ihm gehört hatte, sagte das doch einiges über seine Bekanntheit und auch Beliebtheit aus.

Auf jeden Fall nutzte ich jetzt einen der Steinkrüge, um dort unsere geheime Beute zu verstauen. Passte doch perfekt.

Zufrieden machte ich mich auf den Weg zurück und kam keine Sekunde zu früh im Zimmer an. Leicht außer Atem räusperte sich eine Dackel-Seele in fein gestriegelter Dienstbotenuniform: „Entschuldigen Sie. Ihr Lehrer erwartet Sie bereits. Sie sollten sich unverzüglich auf den Weg machen."

„Natürlich. Wir gehen gleich los", meinte ich extra freundlich, doch der Dienstbote ließ das nicht durchgehen: „Ich werde Sie begleiten. Bitte folgen Sie mir." Na toll. Im Gänsemarsch trotteten wir ihm hinterher und welcher Unterricht erwartete uns: Zuerst eine unnötige Standpauke über Pflichtgefühl und Arbeitsmoral und so einen Scheiß. Man, die nahmen hier alles echt viel zu ernst!

Allerdings war die Standpauke sogar fast noch besser als der offizielle Unterricht, der danach kam: Die Geschichte der

Entstehung des Königreichs der Luft. Ganz viel über die große Hergetta mit ihrem einzigartigen Blick für die Statik und ihrem knallharten Durchsetzungsvermögen und blabla. Dabei nicht einzuschlafen, war eine extreme Herausforderung und nicht jeder von uns schaffte es, sie zu meistern. Nopsi war immer wieder im Sekundenschlaf weg und auch Bellini hing da mit ziemlich leerem Blick. Miriell machte den Unterricht quasi alleine.

Als uns diese Foltermeister der Langeweile dann mal endlich eine Pause gönnten, legten wir eigentlich alle den Kopf auf den Tisch und meine Gedanken trieben dämmrig-verrückt vor sich hin. Sie ballerten uns so viel mit der Vergangenheit voll und sagten uns nichts über die wirklich wichtigen Dinge, die jetzt in der Gegenwart abgingen. Wir waren wie in einem Elfenbeinturm. Türme hatte der Trium-Palast viele...

„Auweia. Hier bin ich wohl in eine Pyjama-Party geplatzt", witzelte eine laute, schnelle Stimme gefolgt von einem charakteristischen Kichern. Sofort schreckten alle hoch, auch ich, obwohl ich sie ja eigentlich gleich erkannt hatte, das war einfach so ein Reflex.

„Hier, für den Start gibt es erst einmal einen kleinen Snack, damit ihr mal wieder wach werdet. Genau", immer noch mit ihrer strahlenden Energie, ließ sie aus einem dicken Rucksack, den sie dabei hatte, zu jedem einen Schokokeks fliegen.

Diese Art von Unterricht war schon gleich mehr nach meinem Geschmack. Wegen der knappen Frühstückszeit hatte ich sowieso richtig Heißhunger, auch wenn da ein Keks alleine natürlich nicht reichte, aber hey, trotzdem voll korrekt.

„Heute zeige ich euch die erste Grundlage der Lichtmagie. Fürs erste erzeugen wir nur eine kleine Leuchtkugel, aber bald schon werdet ihr auch Lügenlichter beherrschen und leuchtend bunte Feuerwerke. Lichtmagie ist immer wieder ein hilfreicher Klassiker, der auch noch schön anzusehen ist. Und ihr lernt es zu spüren, das Knistern im Inneren, die Energie der Magie, der Blitz, der durch euch fließt", erklärte uns die Herrscherin mit den Glitzerflügeln mal wieder im Turbomodus.

Lügenlichter gehörten also auch zu den Magiegrundlagen? Und ich war so beeindruckt gewesen, als die Seewespen-Seele es heraufbeschworen hatte... Das war aber auch insgesamt ein krasser Moment gewesen.

Und krass wurde es auch jetzt, krass peinlich. Um die Zauberformel zu lernen, bildeten wir einen idiotischen Sprechchor und danach, als wir endlich mit dem praktischen Üben loslegten, klappte es nicht und zwar bei niemandem. Selbst Miriell und Nopsi versagten auf ganzer Linie.

Kein Knistern, keine Energie, gar nichts.

Königin Naya gab sich alle Mühe mit Zuspruch und Tipps, aber wir waren einfach zu blöd dafür. Magie gab es ja schon nur für eine kleine Anzahl ausgewählter Personen, die sich von diesem gewaltigen Blitz grillen ließen, warum musste sie dann immer noch so verdammt schwer sein? Ich verstand ja nicht einmal, was ich falsch machte!

„Hey, guck mal!", zischte mir Bellini zu und stieß mir den Ellenbogen in die Seite. Ihr Blick war auf Miriell gerichtet. Murmelnd wiederholte die Steinkauz-Seele diesen Spruch, der helfen sollte, die Magie zu kanalisieren und zu bündeln und dabei kam aus ihrem Mund ein blasses Wölkchen, als würde sie an einem eiskalten Tag ausatmen. Es war fast wie bei der Seewespen-Seele! Nur dass Miriell nichts zu merken schien, bis sie die Formel fertig ausgesprochen hatte und leicht resigniert ausatmete. Schlagartig fiel ihr der schwache, knisternde Dunst auf und ihr ganzes Gesicht erhellte sich begeistert, einfach goldig.

Voller Tatendrang streckte sie auch gleich ihre Hände danach aus. Sanft verwirbelte sie den unwirklich schimmernden Schleier mit ihren Fingern und sah dabei so begeistert und komplett ungläubig aus. Vorsichtig fing sie an ihre Hände zusammenzuführen, um es zu einem richtigen Lichtball zu konzentrieren. Kleine Blitzchen zuckten kaum sichtbar zwischen ihren Fingern. Und dann... PENG!

Plötzlich gab es einen grellen Lichtblitz und eine elektrische Druckwelle zog durch den Raum, heftiger als damals bei meinem Verhör, viel heftiger. Ich war mir ziemlich sicher, dass es nicht so sein sollte.

„Miriell?", fragte ich unsicher und blinzelte heftig, doch von diesem krassen Lichtblitz war alles immer noch ganz verschwommen und voller flimmernder Punkte. „Alles in Ordnung, alles in Ordnung. Das kann passieren", meldete sich Königin Naya beruhigend zu Wort, allerdings wäre es deutlich glaubhafter rübergekommen, wenn sie dabei nicht nervös gelacht hätte.

„Wie waren die anderen Auserwählten eigentlich so, also die vor uns?", erkundigte ich mich und rieb meine Augen, die immer noch nicht richtig sehen wollten. „Die anderen Auserwählten, sagst du? Ja, also, das ist eine komplizierte Frage. Jeder ist anders. Ja, so kann man es sagen, jeder ist anders", lieferte sie mir voll die schwammige Antwort.

Irgendwie wirkten alle hier einfach, als hätten sie noch nie unterrichtet oder die früheren Auserwählten mussten schon vorher alles gekonnt haben, sodass sie gar nichts mehr lernen mussten. Keine Ahnung. Auf jeden Fall machte ich null Fortschritte.

Oh! Bellini! Ihre Haare standen komplett ab! Und Miriell auch! Und Nopsi! Verdammt! Sie sahen alle echt zum Todlachen aus! Als wären ihre Köpfe Flausche-Bommeln! Ich konnte nicht mehr! Laut lachte ich auf. Sie sahen einfach zu lustig aus.

„Oh. Ja, natürlich. Ich regele das", kurzerhand zückte die Bienen-Seele einen absolut albernen Stab mit einem glitzernden Stern an der Spitze, wenn ich das richtig erkannte, und schlug ihn gegen eine Tischkante. Augenblicklich legten sich alle schwebenden Haare wieder, was fast schon ein wenig enttäuschend war.

„Entschuldigung", kam es zerknirscht von Miriell. „Ach, mach dir keine Gedanken! Das kann jedem passieren. Versuch es einfach weiter, irgendwann klappt es ganz bestimmt", aufbauend lächelte Königin Naya sie an: „Und genau für solche Momente habe ich ja meinen tollen Zauberstab. Ist doch schön, wenn er auch mal zum Einsatz kommt, also alles gut, bestens würde ich sogar sagen. Ja, ja."

„Ist das ein echter Zauberstab?", fragte ich und merkte zu spät, wie dumm diese Frage klang. „Ich habe eine Form von Neutralisierungs-Magie darin verankert und ein bisschen was Anderes auch, also in gewisser Weise schon. Willst du ihn mal halten?", bot sie mir gleich vertrauensvoll an. Zwischen ihr und Alpha waren wirklich Welten. Wie offen mich die hektische und herzliche Bienen-Seele angrinste... Und Alpha versteckte ihre Geheimnisse im Keller. Aber beide standen mit voller Seele hinter dieser Welt und versuchten uns zu einem Teil davon zu machen und dadurch waren sie verbunden... Man klang das philosophisch. Da merkte man echt den Schlafmangel.

Ohne länger so vor mich hin zu knobeln, griff ich mir den machtvollen und doch irgendwie albernen Zauberstab und verkündete: „Simsalabim!" Danach mussten wir leider zum Ernst zurück und das bedeutete, ganz oft immer wieder den gleichen Spruch murmeln. Irgendwann kam bei mir nur noch ein Silbenbrei raus. Es brachte echt nichts.

Die Mittagspause war da voll der Segen. Was Essen und noch ein paar Minuten Schlaf reinballern. Ja, es war alles ein bisschen kritisch.

Zwischendurch schaffte Nopsi eine kleine Funkenwolke, die allerdings so klein war, dass sie gleich wieder verglühte. Und Miriell erzeugte sogar zwei, doch sie war bei beiden zu zögerlich beim Bündeln und sie verpufften ohne Effekt. Nach ihrer Lichtblitz-Elektrowellen-Nummer war man wenigstens nochmal wach gewesen.

Irgendwann hatte Königin Naya Mitleid mit uns und beendete den Unterricht frühzeitig. In meinem Zimmer ließ ich mich auch gleich ins Bett fallen und schlief wie ein Stein. So ein kleines Nachmittagsschläfchen war total der Hit.

Beim Abendessen fühlte ich mich dann auch mal wieder wie ein Mensch, auch wenn ich es fast verschlafen hätte. Generell sahen alle schon deutlich fitter aus, bis auf Miriell, die war ja von Anfang an wach und aufnahmefähig gewesen.

„Sollen wir uns heute Nacht eigentlich um noch mehr Papierkram kümmern?", fragte ich verschwörerisch in die Runde.

„Haltet ihr das für so eine gute Idee?", zeigte sich die Steinkauz-Seele sehr unsicher.

„Es wird schon nichts passieren und neues Wissen zu haben, ist doch immer gut", argumentierte ich ganz im Sinne der Forschung und versuchte ihr noch einen letzten Schubser zu geben: „Komm schon! Willst du den ganzen Spaß etwa verpassen? Du gehörst doch auch mit dazu."

Sie war schon neugierig, das konnte man ihr ansehen, aber reichte diese Neugierde auch, um sie mit ins Boot zu nehmen?

„Wir treffen uns später im Treppenhaus. Du kannst ja kommen, wenn du willst", gab ich ihr einfach Bedenkzeit. Und nach dem Essen war dann auch nochmal Zeit für ein kleines Schläfchen. Richtig organisiert stellte ich mir sogar einen Wecker für kurz nach der Nachtruhe, den ich jedoch im Halbschlaf wohl zweimal auf Schlummern stellte. Dabei freute ich mich eigentlich schon voll auf dieses Abenteuer. Geheimakten stehlen, vielleicht noch ein bisschen durch Alphas unterirdischen Garten schlendern... War doch der Hammer.

Im Treppenhaus wartete auch schon Bellini auf mich, jedoch war sie heute nicht alleine. „Hey, du bist gekommen!", grinsend knuffte ich das sonst so gewissenhafte Superhirn in die Seite. Wirklich mit ihr gerechnet, hatte ich ja nicht mehr.

Sky kam kurz darauf und Nopsi mussten wir wieder wecken gehen, weil er verschlafen hatte. Er sah richtig aus wie ein Zombie und bewegte sich auch etwa so dynamisch wie einer, allerdings war das für ihn ja nichts Besonderes.

Mit der magisch-technischen Energie-Umwandlungs-Kugel von gestern leuchtete uns die Koala-Seele wieder den Weg und brachte uns erst einmal ins Kellergewölbe, den ich sicher nicht mehr einfach so wiedergefunden hätte. Danach folgten wir ganz locker den Pfeilen bis zu dem Gang mit Alphas Garten, doch dieses Mal war die Tür dorthin verschlossen. Und die Tür, auf die der Punkt hinwies... Ebenfalls verschlossen. Man. Was für eine Enttäuschung.

Unser zielstrebiger Entarteten-Hasser war so überzeugt von den Möglichkeiten, die uns diese Akten verschaffen könnten, dass er kurz davor war, die Tür einfach einzutreten. Zum Glück konnten wir ihn noch überreden, diesen Wahnsinn sein zu lassen. Aber es war trotzdem mies, ohne etwas abzuziehen. Das hatte ich mir einfach anders vorgestellt.

Doch eine Überraschung sollten wir noch bekommen...

Nachdem wir die labyrinthartigen Gänge des Kellergewölbes hinter uns gelassen hatten, schaltete Nopsi wieder die Leuchtkugel aus und verstaute sie in den endlosen Tiefen seiner Taschen. Uns umgab die gleiche verschlafene und irgendwie unwirkliche Stille wie auch bei unseren anderen nächtlichen Ausflügen, doch dieses Mal hätten wir nicht auf sie vertrauen dürfen.

Plötzlich fiel unser Technikprofi. In der ersten Sekunde dachte ich, er wäre nur gestolpert, aber noch bevor er auf dem Boden aufkommen konnte, wurde auch Sky umgenietet. Nur einen Herzschlag später wurde ich nach hinten gegen die Wand gedrückt, eine Klinge an meiner Kehle. Verdammte Axt! Was ging jetzt hier ab?!

Als ich unseren Angreifer erkannte, wurde es nur noch verrückter. „Herr Maxinkorik?", sprach die krasse Reiterin meine Erkenntnis völlig überrumpelt aus. „Ihr?", fragte er etwa genauso perplex.

„Könnten Sie vielleicht das Messer von meiner Kehle nehmen?", bat ich ihn, nicht ganz so lässig, wie ich eigentlich wollte. Um ein Haar hätte dieser perfektionistische Butler Hackfleisch aus mir gemacht! Dabei war er doch eine uralte Spaßbremse! Wie konnte er sowas überhaupt draufhaben?! Mit einem sehr skeptischen Blick ließ er seine Hand wieder sinken und ich erkannte meinen Irrtum. Er hatte nicht nur ein

Messer, sondern zwei, nein, es war eine Art Bumerang mit zwei Klingen. Brutal. Und es war so ziemlich die letzte Waffe, die ich bei ihm erwartet hätte, mal abgesehen davon, dass ich bei ihm überhaupt nicht mit einer Waffe gerechnet hätte.

„Was habt ihr hier zu suchen?", verlangte er richtig eisig von uns zu wissen. Wir brauchten schnell eine Erklärung und zwar eine verdammt gute!

Als Oberbutler wusste er bestimmt alles. Nicht dass er uns am Ende mit der verschwundenen Akte in Verbindung brachte, wenn es auffiel.

„Wir haben lediglich das Schloss erkundigt und Sie haben kein Recht uns anzugreifen. Das könnte ihre sofortige Kündigung nach sich ziehen", hatte die Steinbock-Seele doch echt die Nerven, ihm zu drohen.

Unbeeindruckt richtete der Killer-Butler seinen Blick auf Sky: „So? Denkst du das, Bürschchen? Ich war schon vor deiner Geburt ein treuer Diener dieses Hauses und wenn du weiterhin so selbstüberzeugt und unverschämt durchs Leben stiefelst, werde ich auch noch lange nach deinem Tod diese heiligen Flure bewachen."

„Bitte! Wir wollen keinen Ärger! Es tut uns leid. Wir hatten keine bösen Absichten", beteuerte Miriell, obwohl es eigentlich nicht ganz wahr war, immerhin hatten wir vorgehabt, noch eine Akte zu stehlen. Aber sie brachte das echt gut rüber. Nur reichte es nicht.

„Mir sind noch nie solche aufsässige und ungebührliche Auserwählte begegnet. Eine Schande für den Trium-Palast. Doch über euer Schicksal werden die Herrscherinnen entscheiden", erwiderte der uralte Typ abfällig.

Was für eine Scheiße! Naya würde zwar sicher nicht richtig böse werden, aber Alpha...

Schnell versuchte ich noch irgendwie den Schaden zu begrenzen und ging damit ein gefährliches Risiko ein. Voller Selbstbewusstsein sagte ich: „Das ist keine gute Idee."

„Wirklich? Und was befähigt dich, das zu beurteilen?", von oben herab musterte er mich. „Wir waren auf dem Weg zu einer von ihnen, Alpha. Wir wollten sie in ihrem Garten besuchen. Sie will sicher nicht, dass die anderen davon erfahren", setzte ich alles auf eine Karte.

„Woher wisst ihr davon?", überrascht wanderten die Augenbrauen des Butlers nach oben. „Sie hat es uns gesagt, gestern waren wir auch schon da", gab ihm Bellini eine Halbwahrheit als Auskunft: „Heute war sie allerdings nicht da und eigentlich wollten wir uns auch nur auf den Weg zurück zu unseren Betten machen."

Für einen Moment starrte uns der steife Perfektionist noch regelrecht zu Tode, dann gab es ein kleines Klicken und diese krasse Bumerang-Klinge zog sich zu einer seiner Taschenuhren zusammen. Boah! Verdammte Axt!

War etwa jede seiner Uhren so ein krasses Teil oder waren es ganz verschiedene Waffen? Trug der Kerl etwa ein ganzes Arsenal mit sich rum? Der Hammer! Am liebsten würde ich alle von ihnen mal ausprobieren, aber ich musste nicht einmal fragen, um zu wissen, dass das nie passieren würde.

„Geht und hört auf, wie streunende Hunde im Palast zu stromern", ließ er uns mit einem letzten rügenden Blick tatsächlich vom Haken und wir machten uns auch gleich auf den Weg zurück, nicht dass er es sich doch nochmal anders überlegte. Besonders Miriell wirkte dabei extrem schuldbewusst. Hiernach würden wir sie doch nie wieder zu irgendwas überredet bekommen. Mies gelaufen.

Als wir außer Hörweite waren, raunte Bellini: „Ich kann nicht glauben, dass wir alle von einem alten Opi fertiggemacht wurden." Ungläubig schüttelte sie nur den Kopf. Da hatte sie recht. Der Kerl müsste längst in Rente sein und bewegte sich so zielgenau und schnell wie ein Spitzensportler in den besten Jahren. Ich musste schon sagen, dieser Auftritt hatte ihm nochmal auf einer ganz anderen Ebene meinen Respekt eingebracht.

Bis wir unsere Zimmer erreichten, redeten wir noch über den Killer-Butler und spekulierten, wofür er diese Fähigkeiten bis jetzt gebraucht hatte. Da kam einfach so eine witzige Scheiße raus!

Viel zu schnell war unser Gespräch zu Ende, insgesamt war dieses Abenteuer viel zu kurz gewesen. Aber obwohl ich enttäuscht war, war ich doch irgendwie froh, einfach schlafen zu können. Ich war wirklich hundemüde.

Allerdings fiel es mir selbst mit ein paar Stunden mehr Schlaf nicht leichter am nächsten Morgen aufzustehen und dem Morgen danach und dem Morgen danach... Willkommen im Teufelskreis der Schule!

Drei Leben

Am schlimmsten fand ich ja die Theorieblöcke. Schnarch!
Ohne die Praxisstunden wäre ich echt wahnsinnig geworden.
Allerdings war ich in dem ganzen Magiezeug eine totale
Niete. Nopsi und Miriell gaben mir hier und da mal Nachhilfe,
wenn sie nicht gerade damit beschäftigt waren, die Autopsieberichte zu entziffern und zu analysieren. Irgendwie war es
spannender gewesen, sie überhaupt zu haben, als sie wirklich zu benutzen.
Dafür war ich im Kampfunterricht echt gut dabei. Unser Lehrer kannte keine Gnade. Wir mussten Treppen rauf und runter rennen, Bahnen schwimmen, Runden laufen, immer und
immer wieder Techniken wiederholen, anwenden und verbessern. Außerdem war alles eine Herausforderung. Wer
war der schnellste? Wer hielt am längsten durch? Wer stand
am Ende als letzter noch auf den Beinen?
Und was soll ich sagen… Herausforderung angenommen.
So vergingen die Tage und die Nächte… Bellini hing meistens mit Alpha in dem geheimen Garten ab. Die beiden veranstalteten dabei immer eine Mischung aus besaufen und
gärtnern. Für den ersten Teil davon war ich ja auch genau
der Richtige, aber irgendwie passte ich in dieses Gesamtpa-
ket nicht rein.

Und weil ich mich nicht übertrieben unangenehm aufdrängen wollte, blieb ich einfach in meinem Zimmer und hörte Musik oder spielte Gitarre. Nicht gerade spektakulär, jedoch auch völlig korrekt. Trotzdem fühlte ich mich manchmal so allein... Ich vermisste Laurel.

Hin und wieder trafen Micara und ich uns auch im Vorratsraum, teilweise sogar einfach nur um zu reden, na gut, ein bisschen Essen war immer dabei, aber manchmal weniger. Sie war auch meine einzige Quelle für Informationen außerhalb dieser verrückten Mauern und half mir die Verbindung zu meinem alten Leben nicht ganz zu verlieren. Hier drinnen war echt eine völlig andere Welt.

Natürlich war auch Micaras Insiderwissen mega praktisch. Mit den Abläufen hier im Trium-Palast kannte sie sich ja bestens aus. Wir würden nämlich nicht mehr ewig Privatunterricht als die Auserwählten bekommen. Bald schon würden jede Menge andere Anwärter auf Magie, die in diesem Schuppen trainierten und unterrichtet wurden, zurückkehren. Während wir hier geschuftet hatten, hatten sie Ferien gehabt. Echt unfair. Auf jeden Fall würde mit ihnen vieles anders werden...

Ein Haufen Kinder von Adligen und Magieträgern, die wahrscheinlich alle nichts drauf hatten. Ich meine, von denen wurde ja nie jemand als krass begabter Auserwählter ausgerufen. Lag aber vielleicht auch daran, dass es einfach nicht so spektakulär rüberkommen würde, wie normale Leute, die auf einmal zu Legenden wurden.

Erst einen Tag vorher bekamen wir die offizielle Ansage, dass die Idioten unterwegs waren, aber natürlich hatte ich zu dem Zeitpunkt die anderen schon längst vorgewarnt, auch wenn sie bereits eine Vermutung gehabt hatten. Eigentlich hätte ich es mir auch denken können.

Aber wie wir die richtige Bestätigung bekamen, war natürlich wieder legendär. Zum Kampfunterricht hatten wir uns wie so oft in einem der verschachtelten Innenhöfe getroffen, dieses Mal jedoch in einem mit formgeschnittenen Hecken, damit man auch in verschiedenen Umgebungen trainierte und auf alles vorbereitet war. Mit sorgfältig gestutzten Büschen würde ich später sicher soooo oft konfrontiert werden, voll kriminelle Dinger, ganz gefährlich.

Auf jeden Fall verkündete unser knallharter Lehrer, alias die unbesiegbare Habicht-Seele: „Ab morgen werden eure Mitschüler wieder zur Schule kommen. Sie besitzen zwar noch keine Magie, aber sie trainieren teilweise schon Jahre dafür. Ihr müsst euch beweisen. Ihr müsst ihnen zeigen, was Auserwählte sind. Deswegen werden wir heute eine Zwischenprüfung machen. Ihr alle gegen mich, mit allem was ihr habt. Ihr habt drei Leben. Wenn ihr gewinnt, dürft ihr gehen und eure freie Zeit genießen, wenn nicht, lauft ihr Runden bis ihr umfallt, verstanden?"

Alles klar, wieder eine knallharte Herausforderung. Kampfbereit ließ ich meine Knöchel knacken. Jetzt konnten wir es ihm so richtig zeigen.

„Ich finde diese Lehrmethode sehr schwierig. Sie ist sehr aufs Körperliche fixiert und ignoriert andere Möglichkeiten der Leistungsstärke. Und bis zur absoluten Verausgabung Runden zu laufen, wird mich sicherlich nicht zu einem besseren Kämpfer machen", lieferte die Koala-Seele eine ähnliche Kritik, wie er sie schon öfter gebracht hatte.

„Momentan seid ihr als Auserwählte noch in einer festen Gruppe, in der die stärkeren Mitglieder die schwachen Glieder mitziehen. Noch ist alles gut und es ist nicht nötig rumzujammern", nahm der erbarmungslose Krieger seine Worte mal wieder nicht an.

„Wenn Sie sagen, mit allem was wir haben, zählt dann Magie dazu?", hakte das andere „schwache Glied" an einer weiteren Stelle ein. „Keine Gegenstände, auf die Magie übertragen wurde, aber wenn du mit deinem immensen Wissen ein kleines Feuerwerk veranstalten willst, dann tu dir keinen Zwang an", erlaubte er ihr mit beißendem Sarkasmus. Der Typ konnte so unmöglich sein, ich hatte so Bock, ihm die Fresse zu polieren.

„Alle bereit oder noch irgendwelche Extrawünsche?", herausfordernd blickte die Habicht-Seele in die Runde und die Narbe auf seiner Stirn kräuselte sich bei seinen hochgezogenen Augenbraunen.

Keiner sagte etwas. Eine gewaltige Anspannung lag in der Luft. Niemand von uns wollte ihn gewinnen lassen. Aber es würde ein harter Kampf werden.

Abrupt hastete er nach vorne und schleuderte Miriell heftig auf den Boden. Sie hatte überhaupt keine Chance gehabt. „Na, wo ist dein Feuerwerk?", verhöhnte er sie. Er war abgelenkt! Meine Chance!

Sofort ging ich in den Angriff über. Ich versuchte es mit Skys Kopf-Spezial-Technik. Viel zu schnell bewegte er sich einen Schritt zur Seite und mein Kopf landete stattdessen auf seiner Schulter. Fest packte er mich am Hinterkopf und klopfte auf meinen Rücken, als würde ich mich an seiner Schulter ausweinen und er würde mich trösten. Der Penner machte sich über mich lustig!

Na warte! Dir... Auf einmal wirbelte er mich zur Seite und ich wurde voll von einem von Bellinis fiesen Tritten erwischt. Wieder einmal schaffte sie es, mich damit glatt auf den Boden zu befördern. Echt heftig.

„Hey! Wir sind im selben Team!", beschwerte ich mich bei ihr, doch sie hatte gar keine Zeit, mir zu antworten. Schon landete auch sie auf dem Boden. „Und noch zwei Tote", kommentierte unser sogenannter Lehrer mit einem Kopfschütteln: „Ihr habt wirklich gar nichts gelernt in den letzten Wochen. Wenn der Ernst tatsächlich losgeht, seid ihr Wurmfutter."

Aggressiv griff auch Sky ihn an und weil seine Extra-Köpfchen-Technik bei mir schon so gar nichts gebracht hatte, setzte er wild seine Hörner ein. Damit konnte er bestimmt auch jemanden aufspießen, wenn auch etwas unpraktisch, dafür müsste er ja den Kopf in den Nacken werfen... Egal. Ich sollte mir gerade um andere Sachen Gedanken machen!

Spielerisch ließ der Profi jeden seiner Angriffe ins Leere laufen. Nach einem kleinen Intermezzo flog auch die Steinbock-Seele.

„Timeout", verlangte Nopsi: „Wir brauchen Zeit, um unsere Strategie abzusprechen." „Die habt ihr in einem echten Kampf auch nicht", mit diesen Worten stürzte sich der geflügelte Krieger auch auf unser Technikgenie und überwältigte ihn ohne großen Widerstand.

Jetzt hatte jeder von uns schon ein Leben verloren. Zeit für Runde zwei und die sollte mit einem Knall starten...

Plötzlich gab es wieder einen Lichtblitz und diese knisternde Elektro-Druckwelle. Miriell war wohl nochmal ein Lichtzauber explodiert und zwar noch viel heftiger als im Unterricht. Der Schlag riss mich fast von den Füßen. Verdammte Axt!

„Jetzt!", schrie sie auf einmal und ich checkte gar nichts. Jemand ächzte auf. Wer griff hier wen an? Ich konnte kaum etwas sehen! Ihr verkackter Zauber hatte mich mies geblendet! Moment mal! Versuchte sie ihn umzuwerfen?

Angestrengt blinzelte ich. Irgendetwas mit Flügeln flog durch die Luft, allerdings nicht Vogel-fliegen, sondern wie umgenietet werden und bei dem Schwung war es sicher nicht unser Lehrer, der auf diese Art das Fliegen lernte.

Doch jemand anderes reagierte mit aller Entschiedenheit auf Miriells Kampfruf. War das Bellini? Mit einer Geschwindigkeit, bei der die Bewegungen schon verschwammen, verpasste sie ihm gleich mehrere Tritte, die er natürlich alle abblockte, aber er musste dennoch einen Schritt nach hinten gehen, um sein Gleichgewicht zu stabilisieren. Da hatte er die Rechnung wohl ohne Nopsi gemacht, der immer noch auf dem Boden lag.

Um seinen Sturz noch aufzufangen, breitete er eindrucksvoll seine Flügel aus, doch Bellini stürzte sich auf ihn und Miriell zog ihn vom Boden aus am Arm herab und sie schafften es wirklich! Die beiden Superhirne und die Party-Tierflüsterin. Echt jetzt?

Irgendwie kam mir das regelrecht unlogisch vor. „Ja! Gewonnen!", jubelte die Schildkröten-Seele ausgelassen auf und hielt die Hand hoch. Etwas zeitverzögert klatschte die Steinkauz-Seele ein. Sie schien es auch nicht ganz glauben zu können.

Plötzlich riss der Besiegte die beiden Trickser mit sich zu Boden und wenn ich das richtig sah, hatte er Miriells Kopf mit seinen Armen und Bellinis mit seinen Beinen in einem krassen Würgegriff. Was?!

„Guter Versuch, aber es reicht nicht, euren Gegner einfach nur zu Boden zu werfen", eiskalt hielt er die beiden weiter fest, wie um seine beschissene Stärke zu demonstrieren.

„Aber bei Ihnen hat das auch gereicht!", widersprach die Koala-Seele verständnislos und mit seinem ausgeprägten Gerechtigkeitssinn, der manchmal hervorbrach.

„Ich hätte euch dabei ja auch töten können. Ihr mich nicht", erklärte unser Killer-Lehrer ohne Erbarmen. „Lassen Sie sie los! Diese Machtdemo ist doch Quatsch!", sprach ich meine Meinung geradeheraus aus.

„Euch zu verhätscheln, wie es die andren tun, wird euch nur zu Schwächlingen machen. In einer Welt der Mächtigen werdet ihr zerbrechen", hielt er uns ernsthaft eine Predigt. Und ab da ging es eigentlich nur abwärts.

Radikal machte er uns noch zwei Runden fertig und scheuchte uns dann zum Laufen, damit wir, laut ihm, wenigstens wie feige Mädchen abhauen konnten, wenn wir es schon nicht schafften, uns zu verteidigen.

Miriell war am Ende so hinüber, dass sie sich nicht einmal auf ihrer vogelstangenartigen Schaukel halten konnte und sie ließ sich stattdessen auf den Boden plumpsen. „Hey, wir könnten doch einfach tauschen", witterte ich meine Chance, endlich auch mal auf den Teilen sitzen zu können.

Aber schon kam unser Essen an und der Killer-Butler höchstpersönlich überwachte das Servieren. Er bedachte die Steinkauz-Seele mit einem extrem abwertenden Blick, weil sie nicht richtig auf ihrem Platz saß und wenn ich mir vorstellte, wir hätten auch noch getauscht... Sicher hätte er uns dann selbst zum Hauptgericht verarbeitet.

„Das wird morgen üblen Muskelkater geben", klagte Bellini und pickte mit ihrer Gabel lustlos ein Salatblatt auf. „Letztes Mal hat mir vom Laufen noch tagelang die Achillessehne wehgetan", beschwerte sich auch die Auserwählte des Luft-königreichs und mampfte deprimiert die nobel angerichtete Vorspeise, die sie mal wieder gleich wild vermischt hatte.

Von der Anstrengung war ihr Gesicht immer noch ganz rot und auch die anderen sahen nicht wirklich besser aus. Wir waren alle super verschwitzt, richtig eklig und wir hatten jetzt nicht einmal Zeit zu duschen.

„Ein Wunder, dass meine Lungen es mitgemacht haben", kommentierte auch Nopsi voll mies drauf und Sky hatte sich einfach in ein wütendes Schweigen gehüllt. Echt tolle Stimmung.

„Dieser Lichtblitz, war der eigentlich so geplant oder ist da was schief gegangen?", erkundigte ich mich bei dem kreativen Alleswisser. Die dicke Luft hier war echt nicht mehr aus-zuhalten!

„Nein, das war Absicht. Ich hab es geübt. Es ist nur ein schmaler Grad zwischen explodieren und verpuffen. Lang-sam habe ich ein Gefühl dafür. Ich nenne es: Kontrolliertes Verkacken", erklärte sie mir mal wieder sehr gestenreich und ein Teil ihrer begeisterten Energie war zurück.

„Mit dieser Technik kann man auch mehr anfangen, als nur mit einem Lichtball", stimmte ihr das zweite Superhirn zu: „Hast du die freiwerdende Elektrizität einmal gemessen? Vielleicht kann man auch damit etwas anfangen." „Du weißt doch, Technik und ich, das harmoniert nicht so wirklich", er-innerte sie ihn mit einem kleinen Lächeln.

Auf dem Gesicht unseres studierten Technikkenners konnte man sehen, wie er an all die Anwendungsmöglichkeiten dachte und sich alles ganz genau überlegte. Er war voll in seine Gedanken abgetaucht.

„Kannst du mir dein kontrolliertes Verkacken vielleicht auch beibringen?", bat ich die Steinkauz-Seele und dieses Mal war es nicht nur, um die Stimmung etwas zu lockern. Krasse Magie-Techniken? Immer her damit! Damit könnte ich quasi selbst zur Blendgranate werden, das wäre doch der Hammer!

„Klar", stimmte sie entspannt zu und futterte weiter. „Korrekt", grinsend nickte ich. Ich würde so richtig gut werden. Allerdings war meine Sternstunde nicht nach dem Mittagessen, erst einmal war nämlich noch Theorie dran. Ich könnte kotzen. Selbst Miriell und Nopsi taten sich heute richtig schwer nach diesem heftigen Vormittag.

Auch hier bekamen wir eine nette Predigt von wegen: „Morgen kommen die anderen, wir müssen besser sein, mit dem Unterricht aufgeschlossen haben, alles beweisen, blablabla..." Im Redenschwingen waren sie alle ganz groß dabei.

Und die Krönung war, dass wir nicht einmal Magietraining mit Naya und Alpha hatten. Von Micara wusste ich, dass das eigentlich auch nicht üblich war. Das lag bei uns nur an diesem ganzen Scheiß mit den Entarteten, um den sie sich nebenbei auch noch kümmern mussten. Voll unfair.

Irgendwann in einer kleinen Pause zwischen dieser einschläfernden Politik- und Geschichts-Theorie konnte ich einfach nicht mehr. „Hey, Leute. Wir können das doch nicht so zu Ende gehen lassen. Das ist unser letzter Tag, den wir hier quasi sturmfrei haben. Wir müssen noch irgendetwas Besonderes machen!", kickte meine Abenteuerstimmung mal wieder richtig.

„An was denkst du?", fragte Bellini und man sah es ihr an: Sie war voll dafür. „Wäre nicht ein ruhiger Übergang vielleicht besser? Wir könnten noch ein letztes Mal entspannen und die Ruhe genießen", zeigte Miriell mal wieder ihre vorsichtige Langweilerseite.

„Vom Kellergewölbe und den Wasserterrassen sollten wir uns wirklich fernhalten. Immerhin haben sie uns dort schon mal erwischt und es könnte sein, dass sie da ein Auge drauf halten", gab Nopsi zu bedenken, aber das war ja ein Problem, für das sich leicht eine Lösung finden ließ.

„Das ist ein großer Palast, hier findet sich sicher ein Plätzchen", meinte ich überzeugt. „Ich kenne da was", meldete sich Sky ganz mysteriös zu Wort. „Und wo?", wollte die Schildkröten-Seele von ihm wissen und verschränkte skeptisch die Arme vor der Brust.

„Das soll eine Überraschung werden", spannte er sie noch ein wenig auf die Folter. Mir war ja komplett egal, wo wir es machten, Hauptsache es passierte wieder was. Und eine krasse Party hatte sowieso eigentlich nur drei Komponenten: Gute Musik, geile Snacks und natürlich Alkohol.

„Im Garten haben du und Alpha doch auch immer etwas getrunken", wandte ich mich an unsere Party-Granate Nummer eins. „Schlag dir das gleich aus dem Kopf. An ihren Vorrat kommen wir nicht ran. Außerdem war sie die letzten Nächte auch gar nicht mehr da", durchschaute sie mich gleich und überlegte weiter: „Aber ich habe womöglich eine andere Quelle…"

„Korrekt! Dann zapf die an", nahm ich das Angebot sofort an: „Und ich kümmere mich dann ums Essen. Nopsi?" „Meine Musikbox steht bereit", wusste auch er sofort, worauf ich hinauswollte. „Wird das wieder so eine Nacht und Nebel Aktion?", fragte Miriell nach, obwohl das eigentlich längst klar sein sollte.

„Wenn du willst, könntest du mit deinem Licht-Knisternebel für die Effekte sorgen. Das sieht bei Nacht sicher schön aus", verstand ich sie absichtlich falsch. „Oder wir spielen Wahrheit oder Pflicht und du kannst dein Lügenlicht üben", schloss sich die ungewöhnliche Gärtnerin überraschend bei den Überzeugungsversuchen an.

„Siehst du, du musst einfach kommen", fasste ich unsere Argumente zu einer unumstößlichen Tatsache zusammen. „Ich guck mal", wollte sich die Steinkauz-Seele noch nicht festlegen, aber letztes Mal, als wir von ihr noch keine feste Zusage gehabt hatten, war sie mit Bellini schon als erstes da gewesen. Ich war optimistisch.

In der nächsten Pause schlich ich mich auch gleich in die Vorratskammer, auch wenn das schon ein wenig riskant war. Mit ein bisschen Pech, würde da gerade jemand Zeug fürs Abendessen holen, aber ich musste einfach etwas machen.

Gerade als ich mir die erste Ladung geschnappt hatte, hörte ich Schritte hinter mir. Verdammte Axt! Konnte ich mich hier irgendwo verstecken? Gab es eine gute Ausrede? Was sollte i... „Dex?", hörte ich auf einmal eine vertraute Stimme und atmete erleichtert aus.

„Micara", mit einem Grinsen drehte ich mich um. Irgendwie hatten wir echt immer ein verrücktes Timing.

Unbeschwert erzählte ich ihr auch gleich, was wir vorhatten und sie bestand darauf, uns etwas Richtiges zu kochen. Da sagte ich nicht nein.

Und damit hatte ich die Pause voll überzogen und bekam richtig Anschiss als ich zurück in die Klasse kam, aber das war mir sowas von egal. Ich konnte es gar nicht erwarten, dass es endlich Abend wurde und die Zeit bis dahin zog sich wirklich unglaublich lang dahin...

Die Höchststrafe war auch, dass wir beim Abendessen nicht über unseren genialen Plan reden konnten, weil mir der Maximus-Butler die ganze Zeit wortwörtlich im Nacken stand, fast als würde er unser Vorhaben wittern, aber er würde uns nicht aufhalten.

Es wird sich ändern

Als wir uns dieses Mal im Treppenhaus trafen, war ich sogar mal richtig früh dran. Und wie ich es mir schon gedacht hatte, kam auch Miriell. Sie hatte sogar ein paar Kissen im Gepäck, damit wir es uns auf der Party besser gemütlich machen konnten, auch wenn gemütlich eigentlich nicht ganz mein Plan war.

Da passte Bellini mit ihrem leicht klirrenden Gepäck schon besser und ihre geheime Quelle war... Trommelwirbel... Ihr Unterwasserkontakt. Ich war ja tierisch froh, dass ihre fischige, beste Freundin etwas Besseres als Wasser im Angebot gehabt hatte. Korrekt.

Einen kleinen Moment später tauchte auch Sky auf und Nopsi war mal wieder am spätesten, allerdings hatte er dieses Mal wenigstens nicht verschlafen. Jetzt konnte es endlich richtig losgehen. Das würde nochmal eine voll korrekte Party werden, einfach der Hammer.

Mit dem ganzen Zeug im Gepäck folgten wir dem verschlossenen Jäger ins Unbekannte. Zuerst führte er uns in ein anderes Treppenhaus und dann immer weiter nach oben. Gab es vielleicht so etwas wie einen geheimen Dachboden?

Tatsächlich führte er uns hoch in einen Stauraum unterm Dach, der genau wie alles andere im Trium-Palast feinsauber geputzt und penibel geordnet war. Allerdings war alles so voll, dass man schon quasi Tetris spielen müsste, wenn man etwas rausholen wollte. Zum Feiern war hier nicht wirklich Platz.

Mit einem seiner beeindruckenden Steinbock-Sprünge landete er auf einem hohen Stuhlstapel und öffnete ein Dachfenster. „Willst du ernsthaft, dass wir da rausklettern?", fragte Bellini mehr als skeptisch. Auch die anderen betrachteten unseren weiteren Weg deutlich abgeneigt.

„Es ist nicht weit und es ist nicht schwer, das schafft selbst ihr. Außerdem würde niemand auf die Idee kommen, dort nach uns zu suchen und wir hätten eine geile Aussicht. Wollt ihr jetzt eine legendäre Abschlussparty oder nicht?", entgegnete der Kämpfer sehr überzeugt und in meinem Fall auch überzeugend.

„Ich finde, wir sollten es probieren. Klingt doch nach Spaß", mit diesen Worten sprang ich ebenfalls auf den Stapel, allerdings machte ich dafür zwei Zick-Zack-Sätze. Dabei hatte ich so viel Schwung drauf, dass mir fast etwas von Micaras Delikatessen runtergefallen wäre. Ich musste echt aufpassen. Wenn davon etwas verloren ging... Schon allein der Gedanke brach mir das Herz.

Immer noch sehr vorsichtig stimmten schließlich auch die anderen zu. Leichtfüßig schwang Sky sich aus dem Fenster und ich folgte ihm. Von dort aus musste man einen großen Schritt nach oben auf den breiten Dachfrist machen und da ging es bequem einer nach dem anderen weiter geradeaus. Allerdings brauchten Nopsi und Miriell eine Ewigkeit, um überhaupt rauszukommen.

Danach mussten wir einen kleinen Abstand bis zu einem Mauervorsprung überwinden, vielleicht ein halber Meter, maximal. Also wirklich nichts Krasses, aber wenn man sah, wie tief es da runter ging... Schon heftig. Doch alles klappte fast schon zu leicht und wir tappten locker an der Mauer entlang, auf der einen Seite massiver Stein und auf der anderen nichts als frecher Wind...

„Wie weit ist es denn noch?", quengelte Bellini genervt. „Es ist nicht weit. Hab doch mal einen Moment Geduld", schnaubte Sky, fast wie die Ansprachen unserer Lehrer, nur halt angepisster.

„Mir fehlt hier eindeutig ein Geländer", merkte Miriell sehr bedenklich an. „Aber du hast doch Flügel, du kannst fliegen", erwiderte ich verwirrt: „Von uns allen musst du dir echt am wenigsten Sorgen machen, dass du fällst." „Etwas zu können und gut in etwas zu sein, sind zwei völlig verschiedene paar Schuh", konterte die geflügelte Auserwählte, nach wie vor angespannt.

Wenn meine Flügel richtig zu gebrauchen wären, wäre ich sicher ständig hin und her geflogen, mit ganz krassen Tricks und allem. Da hatte man doch endlos Möglichkeiten.

Oh. Und die Stelle würde ihr sicher auch nicht gefallen. Nach unserem wirklich idiotensicheren Weg an der Wand entlang erwartete uns nun eine flache Glaskuppel mit Metallkonstruktion.

Trittsicher marschierte Sky einfach aufrecht hoch. Wenn er das hinkriegte... Lässig stellte ich meinen Fuß mitten auf eine Glasscheibe. „Du musst an eine Metallkante, sonst rutschst du ab", schaltete sich unser Spezialführer ein und klang dabei nicht einmal herablassend oder so. Er konnte also auch anders. Immer wieder eine Überraschung.

Mit seinem Tipp kam ich super hoch und ich fühlte mich schon irgendwie krass, wie ich über die Glaskuppel schritt. In der Dunkelheit konnte ich gar nicht erkennen, was für ein Raum unter uns lag oder eher was für eine Halle.

„Unter uns ist der große Musiksaal", informierte mich Sky, als hätte er meine Gedanken gelesen, aber vielleicht war er auch einfach nur meinem Blick gefolgt. Musik! Genau, stimmt! Meine Gitarre! Die hatte ich ganz vergessen! Verdammte Axt! Aber egal, wir hatten ja Nopsis Box dabei. Apropos...

„Könntet ihr mir vielleicht mal helfen?", meldete sich die Koala-Seele verkrampft zu Wort. Flink stellte ich unsere vielversprechenden Snacks auf der Glaskuppel ab und hatte dabei ganz vergessen, dass da eine Schräge war. Es fing an zu rutschen! Oh nein! Ich hatte schon einen großen Schritt in Nopsis Richtung gemacht. Hastig kehrte ich um. Fahrig griff ich nach den Tabletts. Geschafft!

Nein! Mein Fuß glitschte weg! Es wurde immer steiler! Nein, nein, nein!

Irgendwie bekam ich an einer der Metallstreben abrupt Halt. Ein kleiner Käse-Trauben-Spieß flog bei dem plötzlichen Stopp runter und verschwand in der Tiefe. Oh man, das war mega knapp gewesen. Erleichtert stieß ich die Luft aus und spürte wieder eine fette Dosis Adrenalin.

„Alles in Ordnung?", wollte Bellini, fast schon so geschockt wie ich selbst, wissen. „Ja, ja. Alles super", antwortete ich mit einem breiten Grinsen. Die Party hatte noch nicht einmal richtig angefangen und hatte es jetzt schon verdammt in sich.

„Einen tollen Platz hast du dir hier ausgesucht. Morgen können sie unsere Leichen sicher von den Innenhöfen abkratzen und aus dem Fluss fischen", fand die Schildkröten-Seele ihre kritische Art wieder.

„Im mittleren Bereich ist es ganz flach. Da kann nichts passieren", verteidigte sich Sky und packte dabei auch gleich einen Seitenhieb gegen mich rein: „Man sollte halt nur nichts auf die offensichtlich schrägen Stellen abstellen." Tut mir leid, dass ich Nopsi helfen wollte.

Ohne weitere Schwierigkeiten kamen auch die anderen hoch, allerdings war es bei ihnen teilweise eher ein vorsichtiges Krabbeln statt Gehen. In der Mitte war wirklich eine schön ebene Fläche, auf der wir uns auch richtig gemütlich einrichteten.

Jeder bekam erst einmal ein Kissen und für die richtige Beleuchtung sorgten unsere beiden Magiemeister mit einem großen Lichtball in der Mitte (Miriell) und einer ganzen Reihe kleiner Lichter, die einfach so in der Luft hingen wie eine schwerelose Lichterkette (Nopsi). Voll die magische Atmosphäre.

Zum Beginn gab es für jeden auch gleich ein Glas Sekt, bis auf Miriell, die trank ja keinen Alkohol. Damit sie trotzdem etwas zum Anstoßen hatte, griff sie sich schon mal einen Trauben-Käse-Spieß. Genau die richtige Einstellung!

„Was ist eigentlich mit der Essens-Tante? Hatte sie wieder neue Gerüchte im Angebot?", erkundigte sich Sky und sah sehr seriös aus, wie er sich den ersten Schluck genehmigte.

„Es ist wohl momentan alles ziemlich am Brodeln, halt Proteste für die Wahrheit und wilde Theorien. Außerdem hat sich dieser geheimnisvolle Sprücheklopfer nochmal gemeldet, der schon versucht hat, sich auf den Säulen des Königreichs der Luft und der Kirstallresidenz zu verewigen. Dieses Mal hat er das Blabla reduziert und auf ein großes Schiff im Hafen gesprayt: `Es wird sich ändern.` Und natürlich war auch ein durchgestrichenes Triquetra dabei. Außerdem hat er jetzt einen Spitznamen. Weil er immer mit einer einschläfernden Melodie zuschlägt, nennt man ihn: Der Herr der Noten", gab ich den Klatsch bereitwillig weiter.

„Wie symbolisch, dass er quasi für jedes Reich eine Nachricht hinterlassen hat. Nur die Wasserlebewesen scheint er nicht leiden zu können, das ist ja doch sehr kurz", meinte Nopsi so entspannt wie immer. „Der Herr der Noten... Hat Magikati das nicht auch gesagt? Wisst ihr noch, an dem Tag, als wir unsere Magie bekommen haben und sie völlig verstört aufgetaucht ist", überlegte die Auserwählte des Luftreiches.

Stimmt. Das war ja voll der Psychomoment gewesen.

„Es muss der Kerl im Tina's gewesen sein, der auch nachts hier im Speisesaal gewesen war", schloss Sky und ballte seine Hand zur Faust. „Das ist bloße Spekulation. Wenn jeder, der Musik macht, verdächtig ist, könnte es auch Dex sein", sah die Koala-Seele es ganz nüchtern. „Stimmt, er spielt ja sogar auch Gitarre. Er hat sich bestimmt nur als Auserwählter eingeschleust, das ist alles eine große Verschwörung", witzelte Bellini und nahm noch einen großen Schluck Sekt.

Nur eine Sekunde später musste sie richtig fett rülpsen, so ganz eklig und brodelnd. Uwäh. Sowas konnte ich ja gar nicht abhaben. Anscheinend schnitt ich auch ein ziemlich angewidertes Gesicht, denn die Schildkröten-Seele lachte mich richtig aus.

„Das ist doch eklig! Außerdem: Wie kann jemand mit so einem kleinen Mund wie du so fett rülpsen?", verteidigte ich mich und spürte dabei sogar diesen fiesen inneren Schauer. Bäh. „Rülpst du gar nicht?", fragte mich Nopsi verwirrt. „Na da kommt schon mal was hoch, aber ich würde nie auf die Idee kommen, es so raus zu lassen", erklärte ich und allein die Vorstellung...

Spaßhaft schlug sich Sky auf die Brust und auch bei ihm brach ein lautes Rülpsen hervor. Allerdings war der von Bellini immer noch fetter gewesen und die lachte sich auch weiter schlapp. Eigentlich war ich ja auch immer dabei, über alles zu lachen, aber... ne... irgendwie ging das gerade nicht so gut.

Als sich der zweite Rülpser wieder eingekriegt hatte, fragte er mich: „Hast du noch mehr über diesen Herrn der Noten herausbekommen können? Oder ist er wirklich nur ein gesichtsloses Phantom?" „Oh nein, nein, nein! Nicht noch mehr Verfolgungswahn und Politik! Das soll doch eine Feier sein!", ging unsere Alkoholschmugglerin gleich dazwischen: „Spielen wir doch etwas."

Dabei fühlte sich Miriell direkt angesprochen und fing nochmal an zu zaubern. Gleich beim ersten Versuch bekam sie schon ein kleines Lügenlicht hin, aber wirklich nur ein kleines, es war nicht einmal faustgroß und es war viel weißlicher und kühler als das von der anderen Beleuchtung hier.

„Und das funktioniert auch wirklich?", skeptisch beäugte die Steinbock-Seele das winzige Licht. „Es gibt nur einen Weg das herauszufinden, jemand muss wohl eine Lüge erzählen", erwiderte das Superhirn daraufhin auffordernd. Nichts leichter als das.

„Ich bin der Herr der Noten", verkündete ich dramatisch und das Licht glühte fröhlich weiter vor sich hin. „Hast du uns etwas zu erzählen?", gespielt ernsthaft legte mir Bellini die Hand auf die Schulter. „Ja, ich bin auch der Weihnachtsmann", log ich ganz eindringlich weiter. Dieses Mal flackerte das Licht leicht und es wurde langsam immer dunkler, bis es schließlich mit einem zischenden Geräusch erlosch.

Entschlossen versuchte die Steinkauz-Seele es ein zweites Mal und wieder übernahm ich den Job der Lüge: „Mein Name ist Skyris Dumpfbacke." Für den kleinen Scherz kassierte ich einen ordentlichen Todesblick, aber dieses Mal ging das Licht auch sofort aus.

Das Lügenradar schien jetzt also zu funktionieren, nur musste Miriell noch ein neues machen, weil dieses ja nicht mehr da war. Und weil sie es super genau nahm, musste ich als Qualitätstest zwei Wahrheiten und eine Lüge erzählen.

So langsam wurde Bellini dabei ziemlich ungeduldig. Aber es lohnte sich, am Ende hatten wir ein schönes, kleines Lügenlicht, das hieß mit schummeln war nichts. Und um eine Flasche zum Drehen mussten wir uns auch keine Sorgen machen, weil irgendwie die erste Flasche Sekt schon leer war.

Kurzerhand drehte die Schildkröten-Seele das Ding und die Öffnung zeigte genau zwischen Nopsi und mich. „Schnick schnack schnuck?", fragte ich den anderen schon mit erhobener Faust. „Ja, warum nicht", nahm er mit einem lockeren Schulterzucken an.

Und wer war der Gewinner? Richtig! Ich! Verneigt euch vor dem Champion!

„Nopsi: Wahrheit oder Pflicht?", richtete sich die Tierflüsterin an unser Technikgenie. „Pflicht", entschied er und atmete den Rauch seiner Zigarette aus. „Blas einen Rauchring und Dex muss dann einen kleinen Spieß hindurchwerfen", dachte sie sich stolz aus.

Oho, das war ja richtig eine Gemeinschaftsaufgabe und die Flasche hatte auch auf uns beide gedeutet. Sehr ausgeklügelt!

Nopsi und ich sahen uns kurz an und es brauchte gar keine Worte. Schnell steckte ich mir einen Käsewürfel mit Traube in den Mund und wartete auf den nächsten Atemzug. Jetzt! Nopsi bildete den perfekten Rauchring. Und Treffer! Mein Mini-Speer flog sauber hindurch und prallte an seiner Wange ab. Ein Stückchen höher und es wäre ins Auge gegangen, aber nicht bei uns, wir waren Profis.

Lässig drehte der Raucher die Flasche zurück und auf wen deutete sie? Bellini. „Das ist wohl Karma", meinte sie und nahm noch einen Schluck Sekt. „Karma wird erst nach dem Tod ausgezahlt", meldete sich der fröhliche Schlaukopf zu Wort, doch das war nichts Neues für mich. Energisch stimmte ich ihr zu: „Das regt mich auch jedes Mal auf! Karma wird komplett falsch genutzt! Schlag ein!" Mit einem kleinen Lächeln klatschte Miriell ein.

„Wahrheit", wählte die Schildkröten-Seele als hätte es gar keine Unterbrechung gegeben. „Was war dein peinlichster Moment?", machte Nopsi keine halben Sachen. „Hmm", nachdenklich trank sie noch ein wenig: „Hm, ich glaube, als ich mal mit meinem Sugardaddy erwischt wurde."

Wenn meine Kinnlade nicht festgewachsen wäre, wäre sie jetzt schwungvoll auf die Glaskuppel geknallt und wahrscheinlich auch gleich über den Rand geschlittert. „Wenn du auf einmal nur noch gute Noten hast, wissen wir ja woher es kommt", witzelte Sky direkt.

„Wenn, dann würdest du es als erstes merken, ich würde dafür sorgen, dass du nur noch Strafarbeiten schreiben musst", stieg sie gleich auf den Scherz ein. Respekt, dass sie dabei so entspannt blieb.

Für einen Moment war unser Spiel komplett vergessen und Bellini musste erst einmal alles von ihrem Sugardaddy erzählen. Sowas konnte man halt nicht raushauen, ohne Geschichten dazu rauszurücken. Sie war echt richtig krass drauf. Klar, hatte ich vorher schon gewusst, dass sie nicht die brave, lahme Auserwählte war, aber das war doch nochmal

eine ganz andere Dimension. Und mit einem hohen „Bing"
ging das Lügenlicht aus.

„Na gut, das war vielleicht ein bisschen übertrieben. Der Hai
hat eher nur nach ihm geschnappt und ihn dabei erschreckt
und danach ist auch nicht mehr so viel gelaufen. Es war trotzdem witzig", gestand die außergewöhnliche Tiertrainerin.
„Wir brauchen noch eine Strafe fürs Lügen", fiel mir etwas
spät auf. „Das Glas leer exen?", schlug Bellini vor und nahm
ihre selbstauferlegte Strafe auch gleich an.

„Das ist doch langweilig, wir sind eh schon die ganze Zeit
dabei. Nein, wir brauchen etwas Besseres", entgegnete ich
und verkündete grinsend: „Eine Erniedrigung." „Eine Erniedrigung?", wiederholte Sky mit gerunzelter Stirn.

„Ja, genau. Wie zum Beispiel… Einen albernen Tanz aufffüh-
ren oder einen Popel essen, keine Ahnung", meinte ich total
überzeugt von meiner Idee. Es war doch witzlos, wenn so gar
nichts auf dem Spiel stand.

„Na gut", ohne Scham legte unsere Party-Granate einfach los
und zwar mit ordentlich Hüfteinsatz und wildem Rumgewa-
ckel. Es war echt zum Schießen! Ich bekam kaum noch Luft
vor Lachen!

Nach dieser Tanzeinlage durfte der Star der Show die Flasche wieder drehen und dieses Mal musste Miriell dran glauben, natürlich erst nachdem sie noch ein Lügenlicht gemacht
hatte. Gleiches Recht für alle.

Sie entschied sich für Wahrheit, wahrscheinlich die lahmste
Wahrheit an diesem Abend. Ihr verrücktester Kuss? Ein kleiner Schmatzer in der Grundschule. Mein Beileid. War halt
auch der einzige, den sie überhaupt im Angebot hatte.

„Das ist auch besser so", sagte die Steinbock-Seele richtig
trocken aus dem Nichts. Was? Endlos verwirrt sah ich zu
ihm. „Für Auserwählte gehört es sich nicht, ein Leben zu haben. Ihr müsst alle nur Lernen und euer Herz muss ein Buch
sein", äffte Sky wirklich perfekt den Maximus-Butler nach.
Echt der Hammer!

„Herr Nospes, was schneiden Sie da für ein absonderliches Gesicht? Ein Auserwählter darf nicht grinsen! Keine Emotionen, nein, nein!", machte die Steinbock-Seele mit der Show weiter und ich konnte nicht mehr. Auch die anderen lachten sich total ab.

„Nospes klingt fast wie Nopsi! Ihr könntet Namenszwillinge sein!", fiel es Bellini aus dem Nichts auf und sie kicherte wild vor sich hin. Irgendwie fand ich es gerade auch übertrieben witzig.

Nur mein Namenszwilling reagierte komisch. Mit gerunzelter Stirn schaute er raus in die Dunkelheit. „Was ist los?", fragte ich ihn und klopfte ihm locker auf die Schulter. „Ich dachte, ich hätte ein Geräusch gehört...", murmelte er gedankenverloren.

„Also ich höre nichts. Spielen wir jetzt weiter?", meinte die Schildkröten-Seele unbeschwert. Und schon drehte Miriell die Flasche, fast hatte ich vergessen, dass sie dran gewesen war. Aber unser gewissenhaftes Superhirn hatte natürlich den Überblick behalten.

Wie um die Runde komplett zu machen, zeigte die Flasche dieses mal auf Sky und er wählte auch Wahrheit. Das hatte richtig Potenzial. Doch dann kam ihre Frage: „Magst du lieber Katzen oder Hunde?"

Im Ernst? Damit hatte sie gekonnt ihre lahmste Wahrheit getoppt. Anscheinend hatte sie den Sinn des Spiels nicht ganz verstanden. Hier ging es nicht ums Kennenlernen wie in Freundebüchern oder Kindergeburtstagen, sondern um Spaß und Geheimnisse. Aber vielleicht war sie mental ja in der Grundschule hängengeblieben.

Natürlich antwortete die Steinbock-Seele mit „Hund", Paddy war ja sein Ein-und-Alles. Diese Wahrheit war also nicht einmal etwas Neues für mich. Und als er drehte... Die Spannung stieg... Zeigte die Flasche zurück auf Miriell. Heute ging es auch nur hin und her! Aber wenigstens mischte er die ganze Sache wieder ein wenig auf.

Penibel nach unserer Regel, dass man nicht zu oft nur Wahrheit oder nur Pflicht wählen durfte, verkündete sie dieses Mal: „Pflicht." Und ihre Aufgabe... „Knutsch die Scheibe ab", verlangte der ehrenvolle Idiot von ihr.

Nach einem kleinen Zögern erfüllte sie ihre Aufgabe und meinte grinsend: „Jetzt kann ich das nächste Mal, wenn mich jemand nach meinem verrücktesten Kuss fragt, hiervon erzählen." „Genau!", stimmte ich ihr aufgedreht zu und weiter ging die Runde.

Es gab noch mehr schlüpfrig-lustige Geschichten von Bellinis Sugardaddy oder abgedrehten Urlauben mit ihrer Freundin, die aus Versehen mit einem ihrer Begleiter geschlafen hatte.

Wie konnte man aus Versehen mit jemandem schlafen?

Ihre Wahrheiten waren echt immer der Hammer!

Aber ein paar geile Pflichtaufgaben gab es auch. Zum Beispiel den kleinen Flug von Miriell, der wirklich alles andere als elegant aussah, aber ich war immer noch der Meinung, dass man es ausnutzen sollte, fliegen zu können. Auf jeden Fall applaudierte ich kräftig. Oder die Breakdance-Nummer die Sky abziehen musste. Es hatte eher ausgesehen wie ein Kampf mit sich selbst inklusive folternder Stromschläge.

Apropos Stromschläge. Auf eine von Miriells neugierig-lahmen Fragen nach seiner neusten Konstruktion präsentierte uns Nopsi einfach ein Elektrogerät, das er gebaut hatte. Das Teil sah ein bisschen aus wie zwei kleine Knüppel, die durch ein Kabel verbunden waren. Damit wollte er irgendwie Energie erzeugen, die man auch spüren konnte.

Auch das war gleich eine Pflicht für Sky. Gemeinsam berieten sich unsere beiden Megahirne über irgendwelche Muskeln und Anatomie und setzten die beiden fetten Metallstifte an. Zuerst sollte er nur ein leichtes Kribbeln spüren und dann mit einer kleinen Frequenzänderung oder so wollten sie motorisch-elektrisch seine Muskeln stimulieren. Voll abgefahren!

Sein Arm bewegte sich von selbst, als wäre er eine krampfhafte Marionette, eine Elektrizitäts-Marionette...

Ich musste es natürlich auch ausprobieren. Verdammte Axt! Es fühlte sich richtig irre an! Wie sich meine Muskeln anspannten, ohne dass ich irgendetwas machte! Beinahe war das schon eklig. Diese Elektrizität in meinem Körper, die meine Bewegung übernahm und dabei so seltsam prickelte und kribbelte…

„Was genau ist das nochmal?", fragte ich und meine Hand rollte sich unter der nächsten elektrischen Welle erneut verkrampft zusammen. „Es ist ein Leiter, der Magie in Energie umwandelt. Ich habe mich von der Leuchtkugel, die wir im Kellergewölbe gefunden haben, inspirieren lassen. Beide Hälften dienen in den Elektroden als die Gegenpole, die einen geschlossenen Kreislauf bilden", erklärte die Koala-Seele und fügte schmunzelnd hinzu: „Allerdings habe ich das eben schon einmal erklärt."

„Da habe ich wohl nicht zugehört", gestand ich mit einem kleinen Grinsen und dann kam mir die Idee: „Boah! Kann das Ding auch Blitze abschießen?" Das könnte doch voll die krasse Elektroschock-Waffe sein!

„So wie es jetzt ist nicht, aber mit ein bisschen Modifikation…", wieder einmal zuckte Nopsi nur locker-flockig mit den Schultern: „Ja, klar." „Ich finde ja, es sieht aus, wie zwei Mikrophone, die aneinander hängen. Karaoke!", ausgelassen griff sich Bellini ein Ende und ich schnappte mir das andere. Gemeinsam legten wir ein mega krasses Duett hin. Wir waren richtige Vollprofis! Ja, man!

Und dann bekam ich bei Wahrheit oder Pflicht die Chance schlechthin: Eine Frage an Sky, die er mir vollkommen ehrlich beantworten musste.

„Warum jagst du die Entarteten so extrem verbissen?", sprach ich dieselbe Frage aus, die ich ihm schon ein paar Mal gestellt hatte, doch dieses Mal würde ich endlich mehr bekommen als schwammige Moral und Pflichtgefühl.

„Das habe ich dir doch schon gesagt! Weil sie eine Krankheit sind, die die Ordnung befällt und den Frieden gefährdet", tischte er mir doch wieder die gleiche Erklärung auf. „Und das soll schon alles sein?", bohrte ich zweifelnd weiter nach. „Ja", bestätigte er trocken und PLING! Schon ging das Lügenlicht wieder aus.

Weil das heute Abend schon ein paar Mal passiert war (größtenteils wegen unbewusster Lügen), hatte Miriell schon total die Routine darin ein neues heraufzubeschwören. Alle Blicke ruhten auf unserem zielstrebigen Jäger.

Ja, es war nicht so geil gewesen, ihn einfach damit zu konfrontieren, aber man sah es auch den anderen an. Wir waren alle verdammt neugierig, was dahinter steckte.

„Ihr wollt es wirklich wissen?", sein Blick hatte irgendwie etwas Trotziges, man sah ihm an, dass er kurz davor war, diese Bombe endlich platzen zu lassen. Ich konnte mich kaum zusammenreißen, ihm noch einen letzten Moment Zeit zu lassen.

Und dann brach es heraus: „Mein Vater ist ein Entarteter geworden. Als die Ordnungshüter es herausgefunden haben und ihn holen wollten, hat er sein wahres Gesicht gezeigt. Er hat sie angegriffen und einen von ihnen umgebracht. Danach hat er das kleine Kind einer Nachbarin und meine Freundin entführt, sie sind wahrscheinlich beide tot. Diese Krankheit hat ihn zu einem Monster gemacht und mir alles genommen. Meine Mutter hat versucht, einfach weiter zu machen, aber ich kann meine Augen nicht davor verschließen. Er ist noch irgendwo da draußen."

Verdammte Scheiße. Ich hatte schon mit einem schwarzen Schatten gerechnet, aber nicht mit so einem finsteren Abgrund.

„Und jetzt läuft da draußen noch ein Irrer rum, der Botschaften für die Entarteten überall hin schmiert, als wären wir die Bösen. Der Herr der Noten spielt ein gefährliches Spiel mit der Unwissenheit der Leute. Die Herrscherinnen haben viel zu lange damit gewartet, mit aller Härte und Entschlossenheit durchzugreifen. Wir sind so kurz davor die Macht zu haben und wirklich etwas tun zu können, doch wir sitzen hier fest und verschwenden unsere Zeit!", bitter hob Sky sein Glas: „Auf das Leben."

So ähnlich hatte er es auch schon öfter gesagt, doch irgendwie sah ich jetzt alles in einem ganz anderen Licht. Ich konnte seinen Hass und seine Ruhelosigkeit verstehen.

„Wenn ab morgen alles wieder voller Schüler ist, wird es sicherlich noch schwerer raus zu kommen", überlegte Bellini passend zur gedrückten Stimmung. „Vielleicht wird es aber auch leichter, weil sie durch die erhöhte Anzahl beschäftigter sind", versuchte Miriell diesen Gedanken ins Positive umzukehren.

So oder so hatte der Herr der Noten recht... Alles würde sich ändern.

Nicht mehr allein

Wir waren noch eine Ewigkeit auf dem Dach geblieben. Wir hatten geschwiegen, die Sterne betrachtet und der Musik zugehört. Richtig gedankenverloren. Und die tiefgründigen Gespräche über Schicksal, Verlust und Zeitmaschinen, die wir danach noch führten.

Allerdings wusste ich am nächsten Morgen die genauen Details nicht mehr. Ich war wohl doch voller gewesen, als gedacht. Das bestätigte auch nochmal mein mieser Kater. Aber wenigstens war nicht nur der von der Party übrig geblieben, wir hatten auch noch einige Reste von Micaras korrekten Snacks. Partyessen am nächsten Morgen war immer das Beste.

Doch dieser Morgen war nicht zum entspannten Resteessen gemacht. Penetrant klopfte diese blöde Dienerin an meine Tür und mein Kopf antwortete mit einem fiesen Pochen. Brutal.

„Herr Nospes, würden Sie mir bitte die Tür öffnen? Herr Nospes!", kam es absolut nervig von der anderen Seite der Tür. Ihr meine Meinung zu sagen, hatte die Sache echt nur noch schlimmer gemacht. Sie würde keine Ruhe geben.

Total angepisst öffnete ich die Tür. „Oh. Guten Morgen. Ich wollte auf keinen Fall Ihre Privatsphäre missachten. Hier ist

Ihre Kleidung für den heutigen Tag und tragen Sie dazu auch die Kette mit den Reichs-Attributen. Sie sollten sich besser sputen. Von ihnen als Auserwählten wird ein tadelloses Verhalten erwartet und dazu gehört auch Pünktlichkeit, auch wenn Ihnen der Begriff vielleicht fremd ist", mit ihrem giftigsten Lächeln überreichte mir die Flughörnchen-Seele einen grauen Anzug.

„Zu freundlich", erwiderte ich mit dem gleichen Gesichtsausdruck und knallte ihr die Tür vor der Nase zu, nachdem ich mir mein neues Outfit gesichert hatte. Bequem sah das Ding ja nicht aus und auch mal wieder richtig schnöselig und förmlich.

Was würde wohl passieren, wenn ich einfach meine normalen Sachen anzog? Damit würde ich die Veranstaltung sicher deutlich aufmischen. Doch dann fiel mein Blick auf die Reste von gestern.

Heute war vielleicht kein guter Tag, um irgendwen zu provozieren. Am Ende würde es noch auf die anderen zurückfallen und mit einem Kater eine Strafpredigt zu ertragen, war auch nicht lustig.

Also zog ich mich wie ein extra braver Musterschüler um. Und dann kam noch die Kette mit der Muschel, der Feder und dem Edelstein, die ich in meinem Schubladenchaos erst einmal finden musste. Damit sah ich aus wie eine schräge Kombi aus Anwalt und Hippie. Yeah.

Draußen auf dem Flur hörte ich schon den ungewohnten Lärm der zurückkehrenden Schüler. Auf den ganzen Stress heute Morgen hatte ich ja jetzt schon gar keinen Bock mehr. Richtig lästig fing meine Dienerin wieder an zu klopfen. Genervt stöhnte ich auf: „Ja, ich komm ja gleich!" Aber als ich daraufhin die Tür öffnete, stand nicht die dumme Flughörnchen-Seele davor, sondern Bellini und ihr Gesichtsausdruck... Etwas war passiert.

Bevor ich auch nur die Chance hatte zu fragen, legte sie schon los: „Es gab letzte Nacht einen Angriff. Es war der Herr der Noten, er war hier. Maxinkorik konnte ihn zwar vertreiben, aber Micara ist verletzt. Sie ist noch bei den Heilern."

„Was?!", ich war vollkommen perplex, aber gleichzeitig regte sich auch diese Wut in mir. Micara war doch immer so nett gewesen, warum sollte irgendwer sie angreifen?

„Meine Dienerin hat mir gerade davon erzählt", redete die Schildkröten-Seele aufgewühlt weiter: „Was, wenn er sie nur aus Frust angegriffen hat und wir seine eigentlichen Ziele waren? Wenn er uns nicht finden konnte, weil wir auf dem Dach gefeiert haben? Was, wenn er wiederkommt?"

„Wir müssen sofort zu Micara!", entschied ich besorgt und mehr und mehr mit einer brodelnden Wut auf den gefährlichen Nachrichtenschreiber. „Wo wollen die Herrschaften denn hin?", fragte uns auf einmal eine messerscharfe Stimme.

Der Maximus-Butler war wie aus dem Nichts aufgetaucht und wie er sich auch noch über den Bart strich wie eine dubiose Zeichentrickfigur. Dieser Bart sah generell so albern aus und wie er jetzt auch noch leicht wackelte, fast als wäre das Ding angeklebt.

„Wir wollen zu Micara", gab ich ihm entschlossen Auskunft und wollte auch gleich an ihm vorbei gehen, doch er stellte sich mir hartnäckig in den Weg. „Sie werden im Speisesaal erwartet. Als Auserwählte ist Ihr Platz dort", stellte er unbewegt klar.

„Sie predigen doch immer von Ehre, ist es nicht ehrenvoller einem Verwundeten Beistand zu leisten, als irgendwelchen dummen Formalitäten nachzugehen?", nutzte ich seine eigenen Waffen gegen ihn.

„Sie befindet sich bereits auf dem Weg der Besserung und wird voraussichtlich morgen in ihr Quartier zurückkehren. Seien Sie ganz unbesorgt. Aber Sie müssen beweisen, dass ein Angriff wie dieser uns nicht schwächen kann. Es ist mehr als eine dumme Formalität, es ist ihre Verantwortung. Erfüllen sie sie", verlangte der strenge Oberdiener ganz autoritär von uns und auch wenn ich immer noch lieber zu meiner besonderen Freundin gegangen wäre, merkte ich, dass ich hier nichts ausrichten könnte.

Angespannt ballte ich meine Hände zu Fäusten und machte mich mit Bellini auf den Weg zum Speisesaal. Dabei fielen wir beide auf wie bunte Hunde. Alle anderen trugen schlichte schwarze Anzüge mit dem Triquetra-Zeichen als Schuluniformen, nur unsere waren farbig und eine Spur protziger (Bellinis war wieder blau wie auch die Robe bei der Verleihungszeremonie).

Außerdem hatten einige der Zurückgekehrten unsere Auseinandersetzung mitbekommen, was nur für noch mehr Getuschel sorgte. Als Auserwählte musste das wohl so sein. Immer wieder außergewöhnlich, immer wieder im Mittelpunkt, immer wieder der Zwang perfekt zu sein. Aber da hatten sie sich mit mir den falschen ausgesucht.

Im Speisesaal war ebenfalls bereits die reinste Schülerflut eingefallen. Irgendwie war es ja ganz nett, dass der Saal mal nicht so leer war, aber so voll musste er auch nicht sein und auch hier war unser Platz mal wieder direkt im Zentrum. Da fühlte man sich echt wie auf dem Präsentierteller, von allen Seiten beobachtet. Das war noch schlimmer als in der Schule in der ersten Reihe zu hocken und dahin hatten mich die Lehrer schon mehr als einmal verbannt. Wie eine Strafe kam mir auch das hier vor.

Trotzdem begrüßte ich die anderen mit dem gleichen euphorischen Spruch wie jeden Morgen: „Hallo Freunde!" Das hatte ich mir einfach angewöhnt. Doch auch sie wirkten nicht wirklich glücklich.

Miriell saß da ganz in Weiß und schielte unruhig zu allen Seiten und Nopsi sah im schicken Anzug aus wie ein ganz anderer Mensch, das passte einfach nicht zu ihm. Sky hockte nur wieder komplett steif und verschlossen da. Wusste er schon von dem nächtlichen Angriff? Wenn nicht, würde er sicher ausrasten.

Auf einmal flammte vorne bei dem erhöhten Herrscherinnen-Tisch, der bisher immer leer gewesen war, ein helles Licht auf. Es war eindeutig eine von Alphas praktischen Teleportationen.

„Willkommen zurück! Ich hoffe alle haben ihre Ferien genossen und konnten neue Kraft für den Unterricht tanken", fing Königin Naya nicht so seriös an und grinste auf ihre extrem fröhliche Art in den Saal.

Danach übernahm Gräfin Alpha deutlich ernster: „Sicherlich haben Sie bereits alle von dem so genannten Herrn der Noten gehört. Wir wissen, dass es sich dabei um eine Mäusebussard-Seele handelt, die entweder selbst ein Magieträger ist oder über starkmagische Gegenstände verfügt, darunter auch eine schwarze Gitarre mit der er seine Opfer betäubt oder telekinetische Schallwellen verbreitet. Er ist ein gefährlicher Anarchist, der offenkundig mit den Entarteten sympathisiert. Neue Erkenntnisse legen nah, dass er womöglich sogar ihr Anführer ist und sie kontrolliert. Die Entarteten handeln nicht wahllos gewalttätig, bisher konnten wir nicht erklären, was dem zugrunde liegt, doch jetzt scheint es, als würden sie über eine Art Schwarmintelligenz verfügen, über die sie gelenkt werden. Es sind Schachfiguren auf dem Weg in eine Welt des Chaos und der Angst. Gleichzeitig versucht der Herr der Noten die Bevölkerung auf seine Seite zu ziehen und für Unruhe zu sorgen. Wir sind mit aller Entschlossenheit dagegen vorgegangen und werden es auch weiterhin, weshalb es in diesem Schuljahr manchmal kleine Änderungen geben könnte, doch wir werden sie dennoch bestmöglich auf Ihre späteren Aufgaben vorbereiten. Die Entarteten sind die größte Bedrohung, die uns seit Jahrtausenden heimgesucht hat. Sie sind ein Geschwür in der Gesellschaft, das wir nie gewinnen lassen dürfen. Wir müssen stärker sein als das, stärker als die Angst. Unsere größte Herausforderung ist dem zu trotzen. Dabei werden uns auch die äußerst vielversprechenden Auserwählten in diesem Jahr helfen. Die sowohl in Kampfkunst, als auch Magie, Technologie und Tiertraining erstaunliche Leistungen erbracht haben und natürlich unser fünftes Mitglied, das mit seiner Heldentat bereits einen schrecklichen Angriff der Entarteten vereitelt hat. Möge die Magie sie alle segnen und uns besonders in diesen stürmischen Zeiten leiten."

Laut applaudierten alle und ich machte einfach mal mit, auch wenn ich mir nicht sicher war, ob die Lobeshymne am Ende für uns sein sollte oder für die Allgemeinheit. Auf jeden Fall hatte das ganz anders geklungen als die Reden, die bisher von unseren Lehrern für uns geschwungen worden waren.

Aber viel interessanter war ja der Mittelteil gewesen.

Die Entarteten hatten eine Schwarmintelligenz. Verdammte Axt! Machte sie das nicht gefühlt unbesiegbar? Diese mörderische Tennisspielerin hätten wir ja auch schon ein paar Mal geschnappt, wenn diese scheiß Hyänen-Seele nicht immer dabei gewesen wäre.

Sky und ich tauschten einen vielsagenden Blick, in den auch die anderen einstiegen. Unser Feind war nicht zu unterschätzen und dass die Ordnungshüter es alleine schafften, glaubte keiner von uns. Sie waren schon viel zu lange erfolglos gewesen. Und jetzt mit dem Herrn der Noten als skrupellosem Anführer, der selbst in den Trium-Palast einbrechen konnte...

Keine Angst zu haben, würde da definitiv nicht die größte Herausforderung sein. Die Frage war nur, waren die Herrscherinnen wirklich so blind, an ihre absolute Siegerstellung zu glauben oder verzapften sie diesen alles-wird-gut-Müll nur, um keine Panik loszutreten?

Über unseren Köpfen glühte ein leuchtendes Triquetra auf, das pulsierend alle Farben des Regenbogens annahm und ein paar kleine, zischende Feuerwerksexplosionen gab es auch, eindeutig eine kleine Show von Königin Naya, um die Stimmung irgendwie hoch zu halten.

Als könnten Glitzer und leuchtende Farben etwas ändern oder verschleiern.

Plötzlich kam Bewegung in die Herrscherin des Reiches des Wassers, die bis eben nur gedankenabwesend am Rand gestanden hatte. „Unser aller Zukunft ist ungewiss", verkündete sie und trat vor. Alarmiert sahen die anderen beiden zu ihr rüber und das Feuerwerk in der Luft verglühte.

„Das Triquetra symbolisiert unsere Einheit, den Fluss unseres Lebens. Wir sind alle verbunden in Frieden und Harmonie", bei diesen Worten schwankte sie leicht hin und her, ein bisschen als wäre sie betrunken. Aber hey, vielleicht war es auch nur ihr Wahnsinn. Dass sie sie überhaupt hierhin mitgebracht hatten... Na ja, wahrscheinlich war das wieder eine ihrer unumstößlichen Traditionen.

„Niemand darf darin eingreifen", ohne Vorwarnung machte sie eine abrupte Handbewegung und aus dem kleinen Wasserfall auf dem Podest bildete sich ein Eiszapfen, der mit tödlicher Geschwindigkeit direkt auf Miriell zuraste. Verdammte Axt!

Blitzschnell sprang ich auf und griff danach. Fast wäre er durch meine Hände gerutscht. Atemlos starrte ich auf die Eisspitze, die kaum eine Handbreite von Miriells Bauch entfernt war. Nur eine Sekunde später und das Teil hätte sie durchbohrt. Sie hätte sterben können...

„Nein! Ich muss es tun!", schrie die psychotische Krebs-Seele und schleuderte gleich drei Eiszapfen. Scheiße. Die würde ich nicht alle fangen können! Wir mussten aus der Schusslinie!

Hastig versuchte ich Miriell von der Stange zu ziehen, doch vor Schock hatte sie sich dort festgeklammert. Mein Kopf schnellte zur Seite. Ich sah die tödlichen Spitzen. Wir würden nicht schnell genug sein.

Mit einem Klirren brachen die eisigen Waffen an einem Tablett ab, das Sky einem Dienstboten entrissen hatte und die Teller darauf zerschellten ebenfalls dramatisch. Er hatte uns damit wahrscheinlich das Leben gerettet, da waren ein paar Teller wohl egal. Wie er da vor uns stand, wie ein Held mit einem Schild... Schon episch. Trotzdem war mein Einsatz eben auch heldenhaft gewesen.

Auf einmal kam vom Podest ein Krachen. Alpha hatte sich aus einem Eisblock befreit, den Magikati anscheinend nebenbei um die beiden vernünftigen Herrscherrinnen wachsen gelassen hatte. Ohne zu zögern, ging die Katzen-Seele zum Angriff über und teleportierte sich dafür direkt neben die Zukunftsseherin.

Es war kein besonders großer Kampf. Alpha drehte Magikatis Arme nicht gerade sanft auf den Rücken und ließ um ihre Hände Handschellen erscheinen.

„Nein! Ihr versteht das nicht! Ich habe sie gesehen! Sie wird es zu Ende bringen! Die Maschine, die an den Anfang geht! Sie war dort! Sie hat es getan! Sie zündet das Feuer, das die Welt verbrennt!", schrie die Verrückte und warf sich hin und her, doch die Gräfin hatte sie eisern im Griff.

Verzweifelt kreischte die Gefangene und zerstörte damit einfach alles. Der ganze Saal wurde gesprengt. Überall waren Feuer und Blitze. Ich sah wie die Energie in den Himmel schoss und dort dunkelviolett glühende Wolken bildete, die irgendwie ein Eigenleben zu haben schienen. Sie pulsierten so merkwürdig und verwirbelten sich ohne einen Lufthauch.

Was war das? Wie konnte ich nach so einer gewaltigen Explosion noch leben?

Ich hatte gar keinen Körper! Ich war tot! Ich war ein Geist! Das war doch nicht möglich!

„Jetzt hatten wir voll das geschichtsträchtige Gebäude in die Luft gejagt, doch das hier würde eine neue Geschichte werden, eine Geschichte der Veränderung und der Freiheit, unsere Geschichte...", hallte es unwirklich durch meinen Kopf und auf einem Hang in der Nähe des Trium-Palastes sah ich die Silhouette einer Vogel-Seele. Und daneben stand jemand, der irgendwie einen Stachel auf dem Kopf hatte oder vielleicht auch ein seitliches Horn. Vielleicht war das ja ein verrückter Helm oder ein links orientiertes Einhorn, womöglich auch ein selbstgebastelter Blitzableiter für das mächtige Gewitter, das sie entfesselt hatten.

Wer hatte die Macht, den Trium-Palast zu vernichten und damit das Herz der gesamten Ordnung?

Ich musste näher ran! Ich musste ihre Gesichter sehen!

Plötzlich blickte mich Magikati mit bleichen, toten Augen an. Ihr Gesicht war direkt vor mir! Es füllte einfach alles aus! Entsetzt riss ich die Augen auf und... ich lag auf dem Boden. Unter mir spürte ich die kühlen Fliesen des Speisesaals und irgendwie wurde unser Tisch von einer orange-goldenen Wachskuppel umgeben, die gerade noch genug Licht durchschimmern ließ, um die anderen zu erkennen. Es schien ihnen gut zu gehen.

Das alles war wohl nicht real gewesen, die Explosion, Magikatis Tod... Hatte sie uns eine Vision der Zukunft gezeigt oder war das nur eine irre Illusion gewesen, die nur nochmal zeigte, wie wahnsinnig sie war?

„Nein, nein, nein! Das ist gemein! Ihr dürft mich nicht von der Zukunft trennen! Ich kann alles in Ordnung bringen!", hörte ich die Stimme der irren Anführerin, die jetzt mehr nach einem trotzigen Kind klang und gegen unsere schützende Wachswand trat.

Erschrocken zuckte ich zusammen. Ich war noch ganz benommen und durcheinander von dem, was ich eben gesehen hatte oder zumindest glaubte gesehen zu haben, so ganz sicher war ich mir da immer noch nicht.

„Du bist zu weit gegangen", erklang Alphas urteilschwere Stimme und die Krebs-Seele schrie protestierend auf. Nur einen Wimpernschlag später löste sich die Kuppel um uns herum auf. Magikati lag bewusstlos am Boden.

„Geht es euch allen gut? Hat euch mein Bienenbau noch rechtzeitig erreicht? Ihre Massen-Seheranwendung kam wirklich aus dem Nichts! Es tut mir so leid!", besorgt flatterte Königin Naya zu uns und wirkte dabei so fahrig-aufgeregt, dass es fast schon wieder witzig war.

Sie hatte ein bisschen was von einer Märchenfee, die sich total die Panik machte, weil auf einem Geburtstagskuchen nicht genug Kerzen standen. Ja, die Bienenkönigin war einfach so eine herzliche gute Fee, die nur versuchte, alles besser zu machen. Während Alpha knallhart durchzog, was getan werden musste.

„Ich werde sie in sicheres Gewahrsam bringen. Es müssen Konsequenzen folgen. Kümmere du dich bitte hierum", mit diesen Worten verschwand die Katzen-Seele mitsamt der Bewusstlosen in einem ihrer machtvollen Lichtblitze.

Für einen Moment stand die Herrscherin des Reichs der Luft fast schon überfordert da. Dann riss sie sich zusammen und ließ Glitzer von der Decke regnen. „Ich weiß, das war alles erschreckend und wir stecken in turbulenten Zeiten. Aber ihr seht ja, wir haben das im Griff", versuchte sie uns nochmal zu beruhigen, doch meine Vorstellung von ihm Griff sah ein wenig anders aus.

„Sie haben gerade gesagt, dass Magikati ihre Seherkräfte bei allen eingesetzt hat. Heißt das, wir haben wirklich die Zukunft gesehen?", meldete sich Nopsi mit gerunzelter Stirn zu Wort. Er wirkte noch gedankenabwesender als sonst.

Ja, dieser irre Trip nagte auch noch an mir. Das war voll psycho gewesen.

„Es ist eine mögliche Version der Zukunft mit unbekannter Deutung. Es sind nur Bruchstücke, verschiedene Perspektiven. Häufig kommt es anders, als man erwartet. Der Blick nach vorne ist nicht nur selten, sondern auch gefährlich. Man lässt sich schnell irreführen. Außerdem können Zeiten überlagert sein und man weiß nie, wie weit sie in der Zukunft liegen. Macht euch darüber keine Sorgen", erklärte Königin Naya immer noch sichtlich aufgewühlt.

Wenn mir noch einmal gesagt wurde, ich sollte mir keine Sorgen machen, würde ich noch Amoklaufen!

„Magikati wollte mich umbringen...", sagte Miriell mit glasigem Blick. „Hey, es ist doch nichts passiert. Und sie hat doch schon mal eine Vogel-Seele angegriffen. Es liegt nicht an dir. Alles gut. Sie hat sie halt nicht mehr alle", beruhigend streichelte ich ihre Schulter. „Jetzt ist sie ja weg", schloss sich Bellini mitfühlend auf der anderen Seite an.

Danach wurde unser üppiges Frühstück aufgetischt, bei dem sich eindeutig zwei Typen Mensch zeigten: Stressfresser und die Appetit-vergangen. Miriell gehörte eindeutig zur ersteren

Sorte, in Rekordgeschwindigkeit hatte sie alles verputzt und schielte dann nicht ganz so heimlich zu den Resten auf den anderen Tellern. Ihr Gesicht war wirklich ein offenes Buch. Und nach dem was passiert war, hatte ich so Mitleid mit ihr, dass ich mein Käsecroissant mit ihr teilte. Außerdem hatte der Käse eine ganz komische Konsistenz, nicht so mein Favorit, aber sie freute sich trotzdem darüber.

Auch im Anschluss gaben sich alle Mühe, mit der Normalität weiterzumachen oder ich sollte wohl besser sagen der neuen Normalität. Nicht nur die Schülerzahl hatte sich drastisch geändert. Jetzt gab es auf einmal die Möglichkeit Brieftauben zu verschicken, was wohl zum normalen Schulalltag gehörte und nur wegen unserem Sonderprogramm pausiert hatte. Dafür, dass wir die Auserwählten waren, hatten wir echt wenig Privilegien gehabt. Der Vogelschlag war mir aber auch noch nie aufgefallen, dabei war er eigentlich nicht gerade dezent.

Außerdem wurde uns ein großer Pferdestall gezeigt, der wirklich malerisch in den Felsen am Fuß des Schicksalswasserfall eingelassen war und da roch es verdammt geil nach Heu und... Sommer.

Besonders Bellini verliebte sich sofort in diesen Ort und vor allen Dingen die Bewohner. Reittiere waren ja auch total ihr Ding. Und laut ihr waren sich Pferde und Wale sehr ähnlich, von wegen Herdentiere und soziale Ader und so. Ich kannte mich da ja nicht wirklich aus, aber sie war offensichtlich voll drin.

Sie streichelte ihr Fell und ärgerte sie mit kitzelnden Halmen an ihren großen Nasen. Dabei funkelten ihre Augen richtig und sie hatte den gleichen gelösten Gesichtsausdruck wie auf Partys, kurz bevor es zu betrunken und eskalierend umschlug.

Ich interessierte mich da aber doch mehr für die Brieftauben. Endlich konnte ich wieder mit Laurel in Kontakt kommen, wenn auch etwas anders als erwartet. Bei der ersten Gelegenheit setzte ich mich direkt an einen Brief für sie:

„Hey Laurel! Ich bin's, Dex. Brieftauben sind jetzt wohl der letzte Schrei, aber ich hocke auch im beschissensten Funkloch aller Zeiten. Du glaubst nie, was heute passiert ist! Hier ist alles total wahnsinnig. Wir haben einen Butler mit Killer-Uhren und langweiligen Theorieunterricht. Echt voll wenig Magie, nur mit schwebenden Klötzchen und ein paar Lichter. Wenn wir uns wiedersehen, mache ich vielleicht ein Feuerwerk. Und was geht bei dir in der normalen Welt so ab? Ich wünschte, du könntest diese irre Welt auch mal sehen. Ich vermisse dich. Hab dich lieb."

Mehr passte nicht auf den Zettel und bei dem, was ich geschrieben hatte, war es auch grenzwertig, ob man es überhaupt lesen konnte. Aber ich konnte mir gerade keine Zeit nehmen, alles schön und ordentlich zu schreiben. Ich hatte schon viel zu lange nicht mehr mit ihr geredet oder halt wenigstens geschrieben. Ich brauchte dringend nochmal Kontakt zur echten Welt und vor allem zu Laurel!
Kurzerhand ließ ich den Botenvogel gleich losfliegen und schaute ihm noch hinterher. Wie lange es wohl dauern würde, bis er wieder zurückkam? Und wie schön musste es sein, einfach so wegfliegen zu können...
Die Möglichkeit hatte ich leider nicht und ich konnte auch nicht mehr länger davon träumen. Am Theorieunterricht hatte sich nämlich leider so überhaupt nichts geändert, nur dass wir diese langweilige Folter nicht mehr alleine über uns ergehen lassen mussten. Die meisten der „Stammschüler" saßen genauso schweigsam und gedankenabwesend da wie ich, während Miriell und Nopsi nochmal fast den ganzen Unterricht alleine schmissen, wobei die Koala-Seele zusätzlich immer mal wieder Diskussionen vom Zaun brach. Er kam ständig auf Fragen, über die ich mir nie im Leben Gedanken gemacht hätte und forderte die Lehrer damit ordentlich heraus. Zwischendurch besuchten wir natürlich auch Micara, die immer noch sehr erschöpft und benommen war, aber sie

lächelte schon und schien wirklich auf dem Weg der Besserung zu sein. Die Heiler meinten, sie hätte einige Prellungen und ordentlich was auf den Kopf bekommen, deswegen durften wir auch nicht so lange bleiben, aber wir hätten sowieso nicht die Zeit dafür gehabt.

Unser Tag war wirklich übertrieben vollgestopft und verplant. Vielleicht wollten sie uns ja damit von den Ereignissen bei dieser... denkwürdigen Rede ablenken. Und zum Teil funktionierte es sogar, aber wie sollte man bei all dem Hin und Her auch mal nachdenken?

Als ich abends schließlich wieder in mein Zimmer kam, hatte ich schon ganz vergessen, dass ich Laurel ja eine Nachricht geschrieben hatte. Doch da saß sie, die Brieftaube, geduldig auf meiner Fensterbank.

Sofort lief ich zu ihr rüber und nestelte an dem Behälter an ihrem kleinen Füßchen rum. Richtig praktisch war diese Art sich zu schreiben ja nicht. Endlich bekam ich das Papier raus und faltete es auf.

„Hallo Dex! Es ist so schön wieder von dir zu hören und die Taube ist auch sehr putzig. Ich kann mir gar nicht vorstellen, wie es momentan bei dir ist, aber es klingt echt krass. Aber hier ist auch einiges los. Der Herr der Noten war einfach im Tina's! Und von seinem Zauber war Mori so durcheinander, dass sie schwört, dass du auch dabei warst. Verrückt oder? Und weißt du noch Moryt, die nette, aufgedrehte Hunde-Seele aus unserer alten Klasse? Er wurde von den Ordnungshütern abgeholt. Es ist wirklich gruselig. Und ab jetzt schreibst du mir aber jeden Tag! Nicht dass du das wie sonst immer vergisst! Ich will auf dem Neusten bleiben! Hab dich auch lieb!"

Um alles auf den Zettel zu bekommen, hatte sie richtig klein und gequetscht geschrieben, allerdings war ihre Schrift dabei immer noch leserlicher als meine und ich konnte ihre Stimme bei den Worten förmlich in meinem Kopf hören. Sie fehlte mir echt.

Und die Geschichte im Tina's! Ich musste schmunzeln. Irgendwann würde ich da auf jeden Fall die Wahrheit auspacken, aber dabei wollte ich unbedingt ihr Gesicht sehen. Und dann war da noch die Sache mit Moryt. Seit einer ganzen Weile hatte ich keinen richtigen Kontakt mehr zu ihm, obwohl er eigentlich gar nicht weit von Laurel entfernt wohnte. Trotzdem konnte ich mir einfach nicht vorstellen, dass er von den Ordnungshütern abgeholt wurde. Das schlimmste, das er getan hatte, war sich in der Schule mal ein Bier reinzuschmuggeln. Eigentlich voll korrekt und wirklich kein Krimineller.

Konnte es etwas mit den Entarteten zu tun haben? War er auch infiziert worden? Wie weit reichte es schon?

Der Gedanke ließ mir keine Ruhe und ich schrieb meiner besten Freundin kurzerhand eine Warnung vor den Entarteten zurück. Das Problem war nur, dass sie überall sein konnten...

Beweise dich

Dieses Mal wurde ich zur Abwechslung nicht von der nervigen Flughörnchen-Seele geweckt. Stattdessen war es jemand anderes, der fliegen konnte: Die Brieftaube. Unruhig scharrte sie mit ihren Krallen auf der Decke rum und pickte mir mit ihrem Schnabel ins Ohr.

Zuerst versuchte ich noch den Vogel wegzuscheuchen, doch irgendwann konnte ich ihn einfach nicht mehr ignorieren.

„Was willst du?", fragte ich die Brieftaube genervt und machte das Licht an. Draußen war es noch stockdunkel. Es war wohl noch mitten in der Nacht. Träge nestelte ich die Nachricht von dem Beinchen. Was hatte Laurel mir denn so Dringendes geschrieben?

„Hallo Dex! Süß dass du dir Sorgen machst, aber das musst du nicht. Du kennst mich doch, wenn es sein muss, kann ich auch meine Krallen ausfahren. Erzähl mir lieber mehr, was bei euch abgeht. Kannst du schon irgendwelche Zauber? Und konntest du schon mit Alpha reden? Wie ist es, von ihr unterrichtet zu werden? Und wie sind die anderen Auserwählten so? Bellini sah auf den Übertragungen echt hübsch aus, sehr ausdrucksstarkes Kinn. Hab dich lieb! P.S. Ich

glaube dein Vogel hat Hunger, er hat schon von meinem Müsli gepickt."

Ach ja, das mit dem Hunger erklärte auch, warum die Taube an meinem Arm rumknabberte, als wollte sie mich auffressen. Äh, Vogelfutter hatte ich nur gerade keins da. Hm... Mein Blick fiel auf die übrigen Snacks von unserer Dachparty, die die fleißigen Diener wie durch ein Wunder nicht einkassiert hatten.

Kurzerhand machte ich die Abdeckung runter und schnappte ein Stück Fisch. Begeistert pickte der Botenvogel ihn gleich auf und bei der Gelegenheit snackte ich auch selbst eine Kleinigkeit. Irgendwann war der besondere Postbote dann auch mal zufrieden und ich schlurfte zurück zum Bett.

Dabei bemerkte ich auch die Zeitung, die auf dem Boden lag. Hatte mein kleiner Freund die etwa auch mitgebracht? Als Nachrichtenbringer nahm er seinen Job aber verdammt ernst. Aber gerade war mir das auch egal. Müde ließ ich mich zurück aufs Bett fallen, drehte mich um und pennte weiter.

Morgens hörte ich dann wieder das ebenso vertraute wie verhasste Klopfen. Boah! Immer wieder ätzend! Und als ich mich dann aufekelte, wäre ich fast auf der Zeitung ausgerutscht. Ach, warum nicht? Locker hob ich sie auf und nahm sie einfach mit, als wäre ich ein alter Opa, der nichts Besseres zu tun hatte, als in aller Ruhe in so einem Ding zu blättern.

Auf dem Weg zum Speisesaal wurde ich wieder von allen Seiten angegafft, voll übertrieben. Ich meine, ich könnte es ja verstehen, wenn sie schon seit Jahren in diesem Nobelknast gefangen gewesen wären, aber sie hatten jetzt doch erst einen schön langen Urlaub gehabt, während wir schuften mussten. Oder hatten sie die Freizeit genutzt, um zu lernen und zu üben? Zuzutrauen wäre es den überkorrekten Scheißern.

Wie jeden Morgen waren Bellini und Miriell längst da und Sky und Nopsi kamen gleich nach mir. Zwischen uns Dreien war es ja immer spannend, wer zuerst da war. Schon krass, dass heute ich diese Ehre hatte.

Extra aufrecht ließ ich mich auf meinem langweiligen Platz nieder und schlug die Zeitung auf. Jetzt hätte für die Stimmung nur noch eine Tasse Kaffee gefehlt.

„Oh, es gab eine Razzia in dem seit Jahren leerstehenden Tanzclub Fliegende Federn", informierte ich die anderen ganz selbstverständlich. Grinsend brachte Nopsi ein kleines Wortspiel: „Fliegende Fetzen wäre da der passendere Begriff gewesen." „Es wurden zahlreiche Verdächtige festgenommen. Oh! Die stehen wohl mit den Entarteten in Verbindung", machte ich mit meinem neuen Job als Nachrichtenreporter weiter.

„Gib her!", ungehalten griff Sky gleich nach der Zeitung und weil ich nicht direkt losließ, gab es ein reißendes Geräusch und ich hatte nur noch eine halbe Zeitung in der Hand. „Ey!", beschwerte ich mich anklagend. „Warum hast du nicht einfach losgelassen?", gab er doch ernsthaft mir die Schuld. „Weil es meine Zeitung war", entgegnete ich angepisst.

„Wie die sich um die Zeitung streiten, wie ein altes Ehepaar", hörte ich jemanden am Nachbartisch tuscheln. „Alt passt doch gut zu ihnen, besonders zu der Koala-Seele, die immer rumschlurft wie ein Hundertjähriger", lästerte eine andere gedämpfte Stimme. „Aber mal im Ernst, der Kerl ist doch nie und nimmer direkt vom Studium gekommen. Der hat bestimmt noch irgendeine Scheiße zwischendurch gemacht. Vielleicht ein paar Jahre Auszeit, weil er ja so gestresst war", schloss sich die nächste Person an. „Stress kennt diese Schlaftablette doch gar nicht", kam ein weiterer fieser Kommentar.

„Die Schildkröten-Seele hat wenigstens etwas Richtiges erreicht", kam mal ein nicht ganz verkehrter Spruch, doch dann der nächste Absturz: „Und sie sieht scharf aus, auf mir dürfte sie gerne auch mal eine Runde reiten." Dreckig klatschten sich zwei von ihnen ab.

Sag mal geht's noch?!

„Dex? Alles klar?", fragte mich Sky verwirrt. Wahrscheinlich war ich so in das Gespräch der anderen vertieft gewesen, dass ich Luftlöcher gestarrt hatte.

„Ähm, Entschuldigung. Nein, ihr müsstet euch eher entschuldigen, für den Müll, den ihr da gerade gelabert habt. Nopsi würde euch mit seiner Magie und Technik in einem Kampf alle platt machen und Bellini genauso. Ihr habt ja keine Ahnung!", sagte ich direkt was zu den Lästerern. Klare Sache.

„Ach ja? Das will ich erst noch sehen. Ihr Auserwählten seid doch immer nur Zirkusaffen, die bei den offiziellen Anlässen auftanzen", beleidigte uns eine Hyänen-Seele ganz offen. Bei seinem verschlagenen, heimtückischen Gesicht musste ich sofort an dieses Monster denken, das Les fast umgebracht hätte.

„Ihr seid doch nur neidisch, dass wir jetzt schon Magieträger sind und nebenbei auch noch krass berühmt, während euch niemand kennt, außer eure Mamis", brachte Bellini einen Konter, der sich gewaschen hatte.

Bevor es richtig eskalieren konnte, kam der Maximus-Butler mit einer ganzen Dienerschar rein und warf uns schon beinahe raus. Und als gerade niemand hinsah, rempelte mich einer dieser Penner auch noch an. Was sollte denn der Scheiß?

Leider hatten wir dabei keinen Kampfunterricht. Ich hätte ihnen so gerne richtig die Fresse poliert. Stattdessen hatten wir Einzelunterricht mit Königin Naya, in dem wir weiter übten, die Klötzchen schweben zu lassen und sogar versuchten andere Dinger in die Luft zu bekommen.

Nopsi und Miriell schafften es zumindest, dass ihre Federn langsamer fielen, aber aktives Schweben war nicht drin, bei mir schon gar nicht. Nicht einmal die Klötze wollten richtig, ich hatte einfach keine Verbindung. Das Verhalten dieser Musterschüler regte mich einfach so krass auf.

Ich hatte echt nicht übel Lust, sie bei der Herrscherin höchstpersönlich anzuschwärzen, aber ich war keine Petze. Das würde ich alleine regeln.

Und dann gab es zum Stundenabschluss einfach frisches Brot mit selbstgemachtem Knoblauch-Frischkäse-Aufstrich, wahlweise auch mit Schinken, aber Fleisch war ja nicht so meins. „Ich dachte nach dem Schreck gestern, wäre das genau das Richtige. Lasst es euch schmecken", bei diesen Worten zeigte die Bienenkönigin natürlich wieder ihr herzliches Lächeln.

Sky und ich hatten ja sogar schon etwas in der Art bei ihr gegessen, damals als wir fast mit der Stütze abgestürzt waren, und irgendwie machte das hier unsere einzigartige Erfahrung beinahe etwas weniger besonders, aber das Essen war trotzdem echt korrekt. Und es schmeckte wieder wie...

Der Hammer!

Dennoch waren in meinem Hinterkopf immer noch diese miesen Idioten.

Nach diesem ausführlichen Essen durften wir dann auch in eine etwas verfrühte Mittagspause. „Wollen wir uns noch ein bisschen raus setzen?", schlug Bellini schlicht vor. „Vitamin D tanken. Finde ich super", stimmte ihr die kluge Steinkauz-Seele gut gelaunt zu, doch als wir in den Innenhof traten, sahen wir es. Genervt stöhnte ich auf.

Dort hingen schon welche von unseren tollen Mitschülern ab, auch die so freundliche Hyänen-Seele. Er und zwei Freunde machten ein paar Tricks mit Skateboards, nein, eins war ein Longboard, scharfes Teil. Ich vermisste mein Skateboard richtig.

„Oh, wollt ihr euch etwas abgucken?", fragte uns die Hyänen-Seele höhnisch, als er uns entdeckte. „Nein, danke. Ich skate schon lange nicht mehr in der Baby-Liga", konterte ich lässig. „Ach du skates? Obwohl nein, das ist keine große Überraschung, immerhin bist du das Straßenkind, dass sie aufgegabelt haben", schoss sein Kumpel zurück, so eine widerlich schuppige Krokodil-Seele. Ihre Seelen-Tiere passten wirklich perfekt zu ihrem Charakter.

„Wir können auch in einen anderen Hof gehen, hier gibt es doch genug. Solche kleingeistigen Auseinandersetzungen können wir uns sparen", fungierte Nopsi als Streitschlichter. „Genau, haut ruhig ab und lasst niemanden sehen, dass ihr nichts draufhabt", überlegen grinste die Hyänen-Seele. Oh nein, damit würde er nicht durchkommen! „Um was wettest du?", ging ich entschlossen darauf ein. „Um deinen schicken Anzug. Du hast ihn sowieso nicht verdient und dann kann auch jeder sehen, was für ein Loser du in Wahrheit bist", wählte er gleich eine saftige Erniedrigung und auch ich machte keine halben Sachen: „Wenn ich gewinne, bekomme ich eins eurer Boards, geschenkt."

„Abgemacht", nahm dieser Penner an, ohne auch nur die geringste Befürchtung, vielleicht verlieren zu können, aber ich würde es ihm so richtig zeigen. „Also gut. Großes Treppenhaus, höchstes Stockwerk, bis in den Speisesaal. Wir starten gemeinsam, ein Freund von dir und einer von mir als Schiedsrichter. Wer als erstes ankommt, gewinnt", legte ich kurzerhand eine Strecke fest, die es echt in sich hatte. Ein Wettskaten im Treppenhaus? Da konnte viel schief gehen. Aber ohne ein bisschen Risiko würde es ja auch keinen Spaß machen.

„Du willst im Palast skaten?", mein Herausforderer wirkte richtig zögerlich. „Hast du etwa Schiss?", erwiderte ich stichelnd. „Du spinnst doch!", gestand er es natürlich nicht ein und wandte sich an seinen Reptilienfreund: „Gib ihm dein Skateboard. Dann klären wir es. Und du bist unser Starter, damit dieser Held nicht schummelt."

„Vielen Dank", mit einem provozierenden Grinsen nahm ich meine Fahrmöglichkeit an. Prüfend drehte ich die Rollen einmal und sah mir an, ob alles stimmte. Jap, das war gutes Material. Damit würde ich ihn in Grund und Boden fahren.

Begleitet von einem richtigen Publikum gingen wir die Treppen bis ganz nach oben. Rückblickend war das nicht meine beste Idee gewesen. Das war ganz schön anstrengend. Oben verschnaufte ich einen kleinen Moment.

Natürlich waren meine Freunde auch mit dabei, allerdings wirkten alle bis auf Sky von meinem Vorhaben nicht so überzeugt. Wenn ich erst einmal gewonnen hatte, würden sie das sicher anders sehen.

Nebeneinander stellten wir uns auf den Treppenabsatz, das Board in der Hand, bereit jeden Moment drauf zu springen. „Eins… zwei…", fing die Krokodil-Seele an zu zählen: „Los!" Kräftig nahm ich Schwung und flog krass über die Stufen. Beinahe hätte ich die letzte noch erwischt. Knappe Aktion. Und dann die scharfe Kurve. Er schnitt mir voll den Weg ab! Verdammte Axt! Um ein Haar hätte ich mich abgelegt, doch ich konnte mich noch gerade so fangen und nochmal richtig loslegen.

Verbissen schwang ich mich aufs Geländer und schlitterte den nächsten Treppenabschnitt runter, während der andere wieder einen Sprung machte und dabei ein gutes Stück in Führung ging.

Auf dem Treppenabsatz musste ich abspringen, der Knick im Geländer hätte mich gekillt, doch ich nutzte eine der Streben unter dem Handlauf für eine richtig krasse Drehung um 180 Grad und ganz ohne abzubremsen.

Mit Volldampf jagte ich auf die nächsten Stufen zu und dieses Mal steckte so viel Power hinter meinem Sprung, dass ich fast in der Wand gelandet wäre. Mit meiner Hand stieß ich mich gerade noch ab, um wieder auf Kurs zu kommen und trieb das Tempo noch höher. Wir waren wieder gleich auf.

Der nächste krasse Sprung. Wieder griff ich ins Geländer, um mich blitzschnell um die Kurve zu ziehen und brachte damit meinen lieben Freund ins Trudeln. Oh, tut mir leid. Und Sprung! Ja! Ich war so gut im Rennen! Wuhuu! Die Geschwindigkeit war voll der Kick!

Verdammte Axt! Auf dem Treppenabsatz unter mir war einfach ein Dienstbote vollbeladen mit irgendwelchen Kisten. Scheiße! Irgendwie riss ich mein Skateboard zur Seite und machte irgendeinen abgedrehten Stunt mit der Wand. Ich hatte keine Ahnung, was da gerade abging, aber es funktionierte. Total irre kam ich wieder auf Kurs und konnte mit dem Sprung auf dem Treppengeländer landen.

Mit immer noch rasendem Herzen ließ ich mich runterrutschen und hing mit den Gedanken mindestens fünf Schritte hinterher. Das war echt der Hammer gewesen!

Auch wenn ich mich gerade eigentlich auf mein Ding konzentrieren sollte, drehte ich meinen Kopf für einen ganz kleinen Blick im besten Gottesanbeterinnen-Modus nach hinten. Der Angeber versuchte mit einem Sprung auszuweichen und zwar aufs Treppengeländer, doch er erwischte es nicht richtig.

Polternd landete sein Board auf dem Boden und er selbst flog über den Handlauf. Schreiend stürzte er in die Tiefe. Oh scheiße.

Oh oh. Mein Geländer war aus. Ich hatte zu lange zugeguckt. Ich wurde regelrecht raus katapultiert. Verdammt! Irgendwie versuchte ich mich noch abzufangen und stolperte schwungvoll vor mich hin, bevor ich voll unnötig auf dem Boden landete und dabei knallte mir das Skateboard auch noch voll gegen das Schienbein. Autsch. Dabei hatte ich gerade eben eine viel schwierigere Situation gerettet und dann schmierte ich bei so einem leichten Trick ab.

Aber schon in der nächsten Sekunde fiel mir wieder ein, dass mein Sturz noch gar nichts war. Schnell sprang ich wieder auf die Beine und hastete zurück zum Geländer. Und… Der Typ fiel irgendwie wie in Zeitlupe. Es sah echt verrückt aus. Wie war das möglich?

„Mariandor!", schrie eine panische Stimme von oben. „Klappe! Der Idiot ist selbst Schuld und wir haben es im Griff. Sie müssen sich konzentrieren", kam es daraufhin selbstbewusst von Bellini. Als ich aufblickte, wurde mir schlagartig alles klar.

Nopsi und Miriell hatten den Stürzenden komplett fixiert und murmelten vor sich hin. Sie machten das gleiche, wie im Unterricht! Sie benutzten den Schwebezauber, um seinen Sturz zu dämpfen. Und weil er ein wenig mehr wog, als eine Feder, hatten sie ihre Kräfte gebündelt. Sie waren echt ein krasses Team, die geballte Hirn-Power. Respekt.

Die beiden hatten es wirklich im Griff und ich hatte noch eine Wette zu gewinnen. „Ich warte auf euch beim Speisesaal", mit diesen Worten hob ich mein Skateboard wieder hoch und fuhr einfach weiter. Ganz entspannt rollte ich über die breiten Absätze und rutschte die Geländer runter.

Und als ich dann den Flur erreichte, wo es wirklich nur noch geradeaus ging, war es echt ein Kinderspiel. Doch was danach kam, war dafür höllisch schwer. Mit dieser sprudelnden Energie in meinem Inneren zu warten, war die pure Folter. Ich konnte gar nicht stillstehen.

Wo blieben denn die anderen? Kommt schon!

Sky war nach dieser miesen Ewigkeit als erstes unten bei mir. „Krasse Aktion Dex, mit dem Skateboard kannst du echt umgehen", gab er mir doch tatsächlich ein Kompliment. „Danke", nahm ich grinsend an und fühlte immer noch dieses aufregende Prickeln in meinem Inneren.

„Ich denke, jetzt haben wir ihnen auch bewiesen, dass wir mehr draufhaben als diese lahmen Musterschüler. Du hast die Predigt unserer Lehrer erfüllt", machte die Steinbock-Seele mit der Lobrede weiter. „Und ich hab ein neues Skateboard", ergänzte ich bei der Liste meiner erreichten Ziele: „Allerdings hätte ich lieber das von der Hyäne, die fliegen gelernt hat."

„Oh ja, die absolute Demütigung", anerkennend nickte Sky. „Und es ist schön grün", ergänzte ich grinsend. Schief grinste er zurück. „Komm schlag ein!", kurzerhand hob ich die Hand. Gerade waren wir einfach nur Sieger. Der Jäger ballerte seine Hand mit so viel Kraft auf meine, dass meine Handfläche danach voll kribbelte. Anscheinend wollte auch er sich beweisen.

Danach kamen endlich noch die anderen. Auch Nopsi und Miriell hielt ich die Hand hin, immerhin waren die beiden die Helden der Stunde. Und wie sich die beiden auch freuten! Einfach nur korrekt.

„Ja, so heldenhaft, wie sie mich fallen gelassen haben", verächtlich schnaubte die Hyänen-Seele, nach Kichern war ihm wohl nicht mehr zumute. „Auf dem letzten Stück haben wir es nicht mehr geschafft, weil er schon so weit entfernt war", weihte mich Miriell zerknirscht ein.

„Sagen wir einfach, es war Absicht. So nach dem Motto, Hochmut kommt vor dem Fall. Eine Lektion", meinte ich schon ein wenig schadenfroh. Einen kleinen Bauchklatscher hatte er auf jeden Fall verdient, ach ja und noch etwas.

„Danke fürs Ausleihen", mit diesen Worten gab ich der Krokodil-Seele das Skateboard zurück und wandte mich erneut an den Verlierer: „Und jetzt hätte ich gerne deins." „Was?", verständnislos sah er mich an. „Na das Skateboard, wir haben gewettet, ich hab gewonnen. Es gehört mir", forderte ich meinen Wetteinsatz knallhart ein.

Wütend schob er das Kinn vor und seine Hände ballten sich zu Fäusten, aber eine Wette war eine Wette. Total verkniffen rückte er das Ding auch wirklich raus. Jackpot! „Vielen Dank", flötete ich und zog mit meinen Freunden ab.

Mit einem richtig krassen Hochgefühl ließ ich mich auf meinen langweiligen Steinstuhl plumpsen, legte mein neues Skateboard auf den Schoß und spielte mit den Rollen, wie ich es früher auch immer getan hatte. Echt korrekt.

Zum Essen gab es dann noch Brokkoli und extra käsiges Kartoffelgratin. Der Hammer! Heute war mein Tag!

Danach musste ich mich allerdings von meinem neuen Skateboard verabschieden, weil eine andere krasse Fortbewegungs-Methode anstand: Reiten. Dabei bewies ich allerdings nur, dass ich sitzen konnte. Das Pferd reagierte ganz komisch auf meine Befehle und das Zügelziehen und alles. Und als ich aus Spaß einen auf Cowboy machte, stellte es sich komplett quer.

Außerdem war es so holprig, wenn es mal ein bisschen schneller lief. Wir kamen einfach nicht auf den gleichen Rhythmus. Aber hey, ich fiel nicht runter! Bei Sky war es einmal echt kritisch, als er so ruckartig an den Zügeln zerrte, dass das Pferd sich aus Protest aufbäumte. Trotzdem blieb auch er sitzen. Das war doch kein schlechter Schnitt für die erste Reitstunde.

Die Einzige von uns, die dabei ihr Können bewies, war natürlich Bellini, unser Reit-Supertalent. Natürlich war auch sie bei Weitem noch kein Profi, aber schon allein die Art, wie sie mit dem Pferd umging und sich in Harmonie mit ihm bewegte... Welten im Vergleich zu dem Gewackel, das ich mir abhielt.

Auch unser Reitlehrer kommentierte das lobend, allerdings ließ der Perfektionist noch spitz eine Bemerkung fallen, dass er bei ihrer Vorgeschichte noch mehr erwartet hätte. Was denn? Dass sie so gut war, dass sie ihn unterrichten konnte? So ein Idiot. Für seinen Charakter und seinen Unterrichtsstil könnte er allerdings Nachhilfe gebrauchen.

Dennoch war reiten eigentlich ganz witzig. Nicht so witzig war die Stallarbeit danach, für die es sogar Angestellte gab, aber der Kerl meinte, das wäre besser für die Verbindung und das Verständnis. Wenn er das sagte... War immer noch besser als Theorieunterricht.

Und während ich so das Fell striegelte und die starken Muskeln des beeindruckenden Tieres unter meinen Händen spürte, kam mir eine Idee. „Hey, Bellini, denkst du, wir könnten mit denen auch einen kleinen, nächtlichen Ausflug machen?", holte ich mir gleich eine Expertenmeinung ein.

„Unmöglich", antwortete Sky an ihrer Stelle: „Ich habe es gestern schon versucht. Alle Ausgänge sind streng bewacht und auch auf den Fluren wird teilweise patrouilliert. Wahrscheinlich haben sie die Sicherheitsvorkehrungen wegen dem Herrn der Noten hochgefahren. Dieser Wichser."

„Und was, wenn wir einen Weg nehmen, der gar nicht existiert?", überlegte Miriell verwirrend. Netterweise kam auch gleich darauf die Erklärung: „Wir hatten doch versucht mit den schwebenden Klötzchen eine Fläche zu bilden, die das Gewicht eines Menschen aushält. Damals hat es nicht funktioniert, aber Nopsi und ich sind besser geworden. Vielleicht könnten wir eine Art schwebende Treppe hier runter erschaffen. Wenn wir uns nah genug am Schicksalswasserfall halten, verdeckt uns der Wasserdunst sogar."

„Und den Weg dorthin könnten Sky und ich klettern", spann ich die Idee weiter: „Und Bellini..." „Ich kann einfach springen. Mein Zimmer liegt sowieso auf der Wasserfall-Seite und Alpha hat mir extra Gartenhandschuhe genäht, die fallverhindernde Zauberkräfte haben, falls man mal beim Obstpflücken oder Heckenschneiden von der Leiter fällt", lieferte die Schildkröten-Seele einen überraschenden Weg.

Das hätte der Hyänen-Idiot auch gebraucht. Aber wie unfair, dass sie einfach Gegenstände mit magischen Kräften bekommen hatte! Allerdings war es schon irgendwie korrekt, dass die Herrscherin ihr so etwas einfach geschenkt hatte.

„Ich wusste gar nicht, dass Alpha näht", stellte Nopsi schlicht fest. „Ja, hinter Alpha steckt wirklich mehr, als man am Anfang denkt", meinte Bellini mit einem kleinen Lächeln. „Ist dein Wassergarten eigentlich schon fertig? Ich muss mir den unbedingt mal ansehen", fiel mir noch ein. „Wenn Alpha wieder da ist, kannst du gerne mal mitkommen. Ein bisschen was steht schon, aber wir wollen da noch ordentlich erweitern", antwortete sie mir glücklich.

„Woher kommt eigentlich dein Stimmungswandel, dass du auf einmal doch mitkommen willst?", richtete sich Sky mit einem leicht verspäteten Misstrauensanfall an Miriell.

„Es ist schon so viel Schlimmes passiert und wenn wir helfen können, dass es nicht noch mehr wird, müssen wir es doch versuchen. Dafür sind wir doch auch hier: Um die Welt ein Stück besser zu machen. Außerdem war es ein wirklich gutes Gefühl unsere Magie anzuwenden und helfen zu können, als wir die Hyänen-Seele gerettet haben. Ich will etwas Richtiges tun", erklärte die Steinkauz-Seele ziemlich philosophisch.

„Wir sind aber alle noch nicht besonders gut im Reiten und bis in die Stadt ist es ein ganzes Stück", gab die Gärtnerin dieses Mal als die Vernünftige zu Bedenken. „Und wenn wir die Klötze quasi als Turbo-Boards benutzen?", suchte ich nach einer anderen Möglichkeit.

„Ich fürchte, dafür sind wir noch nicht gut genug", zerstörte die Koala-Seele unsere Hoffnung: „Eine Treppe für uns alle ist schon schwierig genug."

Bevor wir weiter planen konnten, kam der Pferdemeister persönlich rein und entließ uns. Dummerweise ging auf dem Weg zum Trium-Palast zurück noch eine andere Reitgruppe mit uns. Beim Abendessen meinte Miriell nur verschwörerisch: „Stellt die Kisten ans Fenster, wir werden alles brauchen." Und Bellini sagte mit vielsagendem Unterton: „Wir sollten direkt nach der Abendruhe anfangen... zu lernen. Damit wir möglichst viel der Nacht nutzen können."

Bei dem Gedanken an unser Vorhaben prickelte es schon in meinen Fingerspitzen. Das würde der wahre Beweis werden...

Schlafende Hunde

In meinem Zimmer fiel mir wieder die Brieftaube auf, die ich vielleicht mal zurück in den Vogelschlag bringen sollte. Und ich hatte voll vergessen, Laurel zu schreiben. Aber vielleicht konnte ich sie ja besuchen, nur ganz kurz. Ich meine, wenn wir eh schon da waren... Das wäre doch eine schöne Überraschung. Und nebenbei konnten wir noch Entartete schnappen. Sieg auf ganzer Linie.

Allerdings musste ich es unbedingt wie einen Zufall aussehen lassen, damit die anderen keinen Raster bekamen, von wegen: Wir sind auf einer Geheimmission, niemand darf merken, dass wir weg sind, blablabla. Besonders bei Sky wusste man ja nie, wann er wieder wegen sowas an die Decke ging. Kurzerhand schrieb ich eine schnelle Botschaft:

„Hey Laurel, komm heute Nacht ins Tina's. Da wartet eine Überraschung auf dich. Dex"

Und schon schickte ich meinen kleinen Gehilfen voraus. Erst danach fiel mir wieder ein, was das letzte Mal da passiert war und dass Mori es vielleicht nicht so geil fand, wenn wir nochmal auftauchten. Aber egal, das würde schon klappen.

Flink zog ich mir noch bequemere Sachen an. Ich konnte ja schlecht in einem Anzug durch die Stadt jagen. Abwägend musterte ich für einen Moment noch mein Skateboard und die Kopfhörer. Es wäre schon korrekt wieder damit durch die Stadt zu brettern, doch heute war dafür wohl nicht der richtige Anlass.

Beinahe hätte ich über das ganze Überlegen vergessen, die Kiste mit den vermeintlichen Spielklötzchen ans Fenster zu stellen, aber als ich schon halb aus meinem Zimmer draußen war, dachte ich zum Glück noch daran. Und dann ging es endlich richtig los.

Trittsicher hangelte ich mich an der Mauer entlang, war ja nicht das erste Mal. Auf dem Weg nach unten traf ich auch irgendwann auf Sky und… hatte er da am Gürtel ein Messer stecken? Waffen waren hier sicherlich nicht erlaubt. Na ja, wir hatten ja schon mehr als eine Regel gebrochen. Und wenn ich mir überlegte, was wir vorhatten, war eine Waffe vielleicht gar nicht so schlecht.

Aha. Da flogen auch schon unsere Klötze wie ein Bienenschwarm. Auf die Treppe war ich ja mal gespannt… Oh. Nopsi und Miriell schwebten auf kleinen Klötzcheninseln nach unten und wirkten dabei wahnsinnig konzentriert. Sah echt verrückt aus.

Ausgelassen winkte ich ihnen zu, doch die beiden Superhirne bemerkten mich gar nicht. Unten, kurz über der Wasseroberfläche trafen sich schließlich all die kleinen Steinchen und bildeten zusammen eine große, stabile Fläche, die einfach so in der Luft hing. Ja man. Und um die magische Atmosphäre noch komplett zu machen, glänzte die untergehende Sonne malerisch golden auf dem Fluss.

Ein bisschen komisch war es schon, das alles bei Tageslicht abzuziehen. Theoretisch könnte uns jeder sehen, doch wer würde schon auf die Idee kommen, hier nach uns zu suchen? Lässig sprang ich runter. „Nein! Warte!", wollte mich Nopsi noch aufhalten. Zu spät.

Sauber landete ich auf dem verzauberten Boden, aber so stabil war das Ding gar nicht. Als ich darauf auftraf, zog voll die Welle darüber. Fast hätte ich dabei die krassen Magieträger runtergekickt, doch sie bekamen die Steine noch geradeso rechtzeitig in den Griff.

„Wir wollten gerade noch eine aufgelockerte Struktur probieren, quasi an ein Trampolin oder ein Sprungtuch angelegt, um Bellinis Landung abzufedern", klärte mich das Technikgenie mit seiner ewigen Gelassenheit auf, doch sein Blick hatte etwas von „konntest-du-nicht-warten?!".

„Seid ihr jetzt fertig?", wollte Sky von oben herab wissen. „Mhm", bestätigte Miriell mit einem Nicken und er sprang ohne lange zu fackeln. Ja klar. Und er landete natürlich perfekt und der Seitenblick, den er mir zuwarf. Alles klar. Das schrie nach einer Revanche. Aber nicht jetzt und hier.

Schon legte Bellini ihren magischen Stunt hin. Tragisch sprang sie einfach aus ihrem Fenster und sofort sorgten ihre verzauberten Gartenhandschuhe dafür, dass ihr Sturz verzögert wurde. Es war fast so als würde man im Fernsehen eine dramatische Selbstmordszene sehen und beobachten, wie der Charakter langsam und unaufhaltsam in sein Ende stürzte, so langsam, dass man in der Zwischenzeit eine ganze Tüte Popcorn hätte fressen können. Die Zeitverzögerungsmagie war wirklich übertrieben schnarchig und das Klotz-Trampolin hätte man da auch nicht mehr gebraucht. In der Zwischenzeit hätten wir sie auch mit der Schwebeinsel abholen können, mindestens dreimal.

„Dann können wir jetzt ja los", Sky klang von der Verzögerung mindestens genauso genervt wie ich. „In Ordnung, ich fange an und du orientierst dich daran", wiederholte die Koala-Seele, was die beiden anscheinend schon besprochen hatten, denn Miriell nickte konzentriert.

Die hinteren Steine flogen nach vorne, alles war in Bewegung und zwar auf eine ähnliche Art wie bei Nopsis krass rotierendem Triquetra, richtig passgenau und irgendwie mechanisch. Der Hammer.

Mit gemächlichen Schritten übernahm unser Magie-Technik-Genie die Führung und Miriell bildete ganz versunken den Abschluss. Es war fast so, als würden wir über Wasser gehen. Obwohl wir uns so lahmarschig bewegten, hatten wir schnell den laut tosenden Wasserfall erreicht. Ich spürte schon den kühlen Wasserdunst feucht auf meiner Haut. Keine Ahnung, ob ich das erfrischend oder nervig finden sollte.

Und dann wurde es so richtig abgedreht. Die gerade Fläche fing an sich zu einer Treppe zu knicken, wie ein mega verwirrendes Faltbild. Schon vom Zusehen bekam ich einen Knoten im Hirn. Aber das runtergehen… Das war so unnötig! Einfach runter zu schweben wäre doch so viel leichter. Genau wie unsere Superhirne eben auch.

Allerdings wirkten die beiden so fixiert auf die riesige Klötzchenmenge, die sie gerade kontrollierten, dass ich lieber meine Klappe hielt. Nicht dass wir in den dröhnenden Wassermassen baden gingen. Vielleicht ja beim nächsten Mal.

Stufe um Stufe tappten wir tiefer, direkt durch den wirbelnden Wasserdunst. Irgendwie war das schon ein epischer Moment. Wir standen einfach auf ein paar Stufen, die mitten in der Luft hingen, um uns nur feine Wassertropfen, am Rande des Abgrunds…

Erschrocken schnappte jemand nach Luft. Miriell! Bellini versuchte noch nach ihr zu greifen. Ihre Finger griffen ins Leere. Sie fiel. Für einen Moment kam es mir so vor, als hätte sie auch verzauberte Gartenhandschuhe und würde in Zeitlupe stürzen.

Die Treppe zitterte und bröckelte. Mit ihr würden wir alle fallen. Das war's.

Kurz nachdem mein Gehirn diesen verhängnisvollen Schluss gezogen hatte, breitete die Steinkauz-Seele ihre Flügel aus und flatterte angestrengt zurück zu uns hoch. Irgendwie vergaß ich immer wieder, dass sie ja eine Vogel-Seele war und fliegen konnte.

Augenblicklich stabilisierten sich die Stufen wieder. Für einen Moment blieben wir noch genauso stehen und alle atmeten durch. Das war schon knapp gewesen. Aber weiter ging's! Vorsichtig setzte sich unsere wandernde Treppe wieder in Bewegung. Im Grunde war es ja auch nur eine Rolltreppe, halt anders interpretiert. Den Rest schafften wir sogar ohne Fast-Unglücke. Und der gerade Weg übers Wasser danach war echt ein Spaziergang. Ein bisschen kam es mir vor wie ein Laufsteg.

Modelmäßig warf ich meine nicht vorhandenen Haare in den Nacken und schritt super elegant dahin. Schon standen wir der nächsten Herausforderung gegenüber. Zuerst mussten wir die Pferde satteln und ihnen Zügel anlegen, das totale Chaos. Und danach halt das Reiten, was schon irgendwie funktionierte, aber wirklich nur irgendwie. Dieses ständige Gewackel, bei dem alles voll verkrampft war und so... keine Ahnung. Gut war anders.

Zum Transport hatten Nopsi und Miriell hinter sich die Klötzchen zu leicht unruhigen, schwebenden Kugeln zusammengeballt. Als Nopsis Pferd in ein Loch im Boden trat und eine ruckartige Bewegung hatte, erschreckte ihn das so sehr, dass zwei seiner Steinchen blitzschnell durch die Luft schossen, eins hätte mich dabei fast erwischt.

Der Weg in die Stadt war richtig anstrengend, dagegen war der Höllenritt auf dem Makohai ja fast schon angenehmer gewesen und vor allen Dingen schneller. Jetzt gerade waren wir einfach nur verpeilt unterwegs.

Endlich tauchten die Lichter der Stadt hinter den hohen Hügeln auf und ich atmete erleichtert aus. Jetzt war es nicht mehr so weit.

„Sollen wir uns vielleicht noch irgendwie tarnen? Ich hätte noch Halstücher da", überlegte Miriell und ihre Nervosität sah man auch an dem immer schneller rotierenden Klötzchen-Ball. Das Ding sah aus, als könnte es uns jede Sekunde um die Ohren fliegen.

„Bist du bescheuert? Vermummt fallen wir erst recht auf. Ich dachte, du wärst so super klug", lehnte Sky sehr entschieden ab. „Tut mir leid. Ich kenne mich halt nicht damit aus, im Geheimen irgendwelche Monster zu jagen. Das war nur so eine Idee", verteidigte sie sich ein wenig gereizt.

„Wie wär's, wenn wir zuerst ins Tina's gehen?", schlug ich betont locker vor. „Was? Habt ihr etwa alle das Denken verlernt?", beleidigte Sky jetzt auch mich. „Hey, letztes Mal haben wir den Herrn der Noten auch dort getroffen und die Entarteten waren ebenfalls in der Nähe. Das ist der Knotenpunkt schlechthin, ich sag's dir", argumentierte ich extra überzeugt.

„Und wir könnten noch etwas trinken, bevor dieser krasse Scheiß losgeht", schloss Bellini sich mir an.

„Wir sind hier nicht zum Spaß!", stellte die Steinbock-Seele angespannt klar und obwohl ich verstehen konnte, warum er alles so übertrieben ernst nahm, war es schon nervig. „Und was, wenn wir zuerst deinen tollen Hund abholen und dann kann er mit seiner Supernase da rumschnüffeln? Vielleicht entdeckt er ja noch etwas, das bisher übersehen wurde", gab ich noch nicht auf.

„Sind Hunde in dem Laden denn erlaubt?", sah Nopsi ein Problem bei meinem Plan. „Die Frage ist eher, ob wir noch erlaubt sind, nach unserem Auftritt beim letzten Mal. Da ging ja einiges zu Bruch", fiel der geborenen Reiterin noch ein.

„Wir können es zumindest versuchen", gingen mir langsam die Argumente aus: „Oder hat einer von euch eine bessere Idee?" Damit hatte ich sie alle erwischt. Im Kritisieren waren sie ganz groß, aber besser wussten sie es auch nicht.

Und so ritten wir einfach weiter. Besonders im grünen Viertel waren Pferde nichts Ungewöhnliches, Huftiere generell. Viele gingen da auch mal mit ihren Ziegen oder Alpakas spazieren. Ein bisschen Landleben mitten in der Stadt. Im Rest der Stadt wurden Pferde ebenfalls gerne mal zur Fortbewegung genutzt, wenn auch ein wenig seltener und auf die Klötze als Gepäck achtete doch sowieso niemand.

Nur wenn wir in die noblen Gegenden ritten, wo auch viele Wachstationen der Ordnungshüter waren, könnten wir damit auffallen. Da war es nachts immer so brav und still und die Pferdehufe klapperten schon ganz schön laut.

Doch zu meiner Überraschung war das gar nicht unser Ziel. Stattdessen navigierte uns Sky in die Richtung der hölzernen Türme, in denen viele Handwerker und besonders Schreiner lebten, ach ja und Künstler natürlich auch.

Mittlerweile war die Sonne längst untergegangen und die Straßen leerten sich bereits, allerdings waren trotzdem noch einige Leute unterwegs. Für eine geheime Mission war es nicht ganz die richtige Uhrzeit und obwohl es wirklich keine gute Idee wäre, sich zu vermummen, fühlte es sich irgendwie falsch an, so ganz ungetarnt durch die Straßen zu reiten. Als wir uns nur zum Feiern rausgeschlichen hatten, war es irgendwie etwas Anderes gewesen, doch jetzt fühlte ich mich so verdammt beobachtet...

Noch ein ganzes Stück von den hohen, charakteristischen Bauwerken entfernt, stoppte unser furchtloser Führer sein Pferd und stieg ab, wobei er wieder so heftig an den Zügeln riss, dass das Pferd protestierend schnaubte. Reiten war eindeutig nicht sein Talent.

„Ihr wartet hier. Ich mach das", legte er entschieden fest.

„Nein, ich komme mit!", erwiderte ich und sprang ebenfalls von meinem Pferd. Man tat mir mein Hintern weh! Ich konnte gefühlt nicht mehr gerade gehen!

„Niemand darf uns bemerken, ihr wärt da nur im Weg", lehnte Sky mal wieder so arrogant ab. „Hey, ich hab dir schon mehr als einmal das Leben gerettet. Wir sind ein Team. Und die anderen sind auch spitze. Was, wenn etwas schief geht? Gemeinsam sind wir viel stärker", hielt ich eine ziemlich gute Rede.

„Ich passe hier auf die Pferde auf, ihr sackt den Hund ein und dann reiten wir weiter", wählte Bellini ihre Rolle und man sah ihr an, dass sie auf die ganze krasse Verfolgungs-Sache nicht so richtig Bock hatte.

„Gut, dann kommt aber auch und steht nicht so dumm rum!", gab die Steinbock-Seele mega gereizt nach und marschierte auch gleich ohne Rücksicht los. Nicht so elegant stiegen auch Nopsi und Miriell ab. „Leute, das da geht so nicht", machte Bellini die beiden auf die schwebenden Klotz-Kugeln aufmerksam. Stimmt, wenn jemand die sah, wie sie einfach so durch die Straßen schwebten, wusste er sofort, dass etwas nicht stimmte.

In einem fließenden Übergang fanden sich Nopsis Steine auch gleich zu einem großen Rollkoffer zusammen und die von Miriell bildeten vier sehr dicke Katzen, die ihr folgten. Bei ihnen sah das alles immer so verdammt einfach aus.

Aufmerksam schlichen wir uns durch die Straßen. Hinter vielen Fenstern brannte noch helles Licht und man konnte glasklar die Zimmer dahinter sehen. Kunstvoll geschnitzte Schränke, gefüllte Bücherregale, bunte Bilder an den Wänden, Teppiche in warmen Farben, teilweise auch Tierfelle und Geweihe, Leute, die aneinander gekuschelt auf dem Sofa eingeschlafen waren oder mit einem Feierabendbier auf einem Sessel hockten. Hinter einem Fenster erhaschte ich sogar einen Blick auf zwei Kinder, die wohl besonders lange aufbleiben durften und auf dem Boden Bilder malten. Auf ihren Zeichnungen waren Katzen und Herzen zu erkennen und ein Mädchen schrieb gerade: „Für Mama!"

Das war das normale Leben. Irgendwie wirkte die Gefahr der Entarteten hier so weit entfernt. Es fühlte sich richtig falsch an, dass hier Skys Killer-Hund sein sollte.

Vor einem der schlichten Holzhäuser blieb der Jäger stehen. Neben der glänzenden Holztür war ein Zahlenfeld, aber das war auch das Einzige, das an diesem Haus ein kleinwenig besonders aussah. Wir waren eindeutig bei einem geheimen Stützpunkt. Ob Sky wohl auch deswegen so ein Ding daraus gemacht hatte, uns mitzunehmen?

Mit todernstem Blick gab er einen Code ein. Gedämpft hörte man aus dem Inneren einen hohen Piepton, der schnell wieder verklang, doch die Tür blieb zu. Ungläubig starrte die

Steinbock-Seele die Ziffern an und hauchte schicksals-schwer: „Sie haben den Code geändert."

Hieß das, wir kamen nicht rein? Konnten wir dann gleich zum Tina's?

„Ich versuch mal was", locker trat Nopsi hervor und zog aus seiner gefühlt endlosen Hosentasche seine krasse Elektrik-Magie-Erfindung. „Aber hier ist doch gar kein magisches Feld", bemerkte ich verwirrt.

„Wir sind alle vier Magieträger, jeder von uns strahlt eine gewisse Magie aus. Die Spannung reicht vielleicht nicht für einen richtig großen Knall aus, aber um ein Schaltfeld zu überladen, sollte es allemal genug sein", erklärte unser Technikgenie entspannt und legte das Gerät an.

Konzentriert stellte er es ein und auf einmal gab es ein elektrisches „Bzz" und ein paar kleine Funken knisterten. Kurz darauf schwang die Tür mit einem Klicken auf. „Korrekt", anerkennend nickte ich: „Ich hab ja gesagt, dass wir zusammen stärker sind."

„Folgt mir", Skys Worte klangen eher wie ein Knurren. Uh. Jetzt wurde es erst richtig spannend. Neugierig trat ich hinter ihm ins Innere. Hier sah gar nichts mehr nach einem einladenden Familienhaus mit spielenden Kindern aus. Überall waren Stahlverstärkungen und Sachen wie bunte Bilder gab es hier natürlich nicht. Alles war karg und funktional.

Mit einem Finger an den Lippen bedeutete er uns zu schweigen. Wer war hier wohl alles? Und was würden sie mit uns machen, wenn sie uns erwischten? Angespannt folgte ich ihm weiter.

Es ging eine Metalltreppe abwärts und es wurde verdammt dunkel. Lautlos ließ Nopsi ein kleines Licht auftauchen. Krass, dass er nicht einmal den Zauberspruch dafür aufsagen musste. Respekt.

Verdammte Axt! Vor uns war ein langer Gang voller Hundekäfige und alle Türen standen offen. Und da lagen schon verdammt große Hunde. Wie erstarrt blieb ich für einen Moment stehen und schielte unsicher zu Sky rüber. Sollte das so sein?

„Du Genie! Mit deinem Spannungs-Scheiß hast du gleich alle Schlösser im Haus gegrillt!", zischte der Kämpfer und lieferte mir damit quasi eine Antwort. „Lasst uns verschwinden, bevor wir die schlafenden Hunde noch wecken", raunte Nopsi daraufhin. „Nicht ohne Paddy", stellte der Hundebesitzer klar und ging auch gleich weiter.

Mit einem mächtigen Kloß im Hals folgte ich ihm. Im Schlaf schnaufte einer der Hunde und zuckte beunruhigend. Würden sie uns als Eindringlinge angreifen, wenn sie aufwachten? Kritische Situation.

Auf einmal blieb Sky stehen. Fast wäre ich in ihn gelaufen. Irritiert blickte er auf einen leeren Käfig herab. „Er sollte eigentlich hier sein…", murmelte die Steinbock-Seele und eine ungute Ahnung schwang in seiner Stimme mit. „Vielleicht legen sie ja auf der Jagd nach den Entarteten auch Nachtschichten ein. Wir sollten jetzt verschwinden", flüsterte Miriell ziemlich laut.

Einer der Hunde zuckte alarmierend mit den Ohren. Oh nein. Instinktiv machte ich einen Schritt rückwärts. Es war eine verdammte Schraube, die ein helles Klirren von sich gab, als sie über den Gitterboden purzelte. Schlagartig waren alle Hunde hellwach. Augenblicklich zuckten ihre Ohren und all ihre Blicke hefteten sich auf uns.

Ich wagte nicht, mich zu bewegen. Das würde ja auch sowieso nur ihren Jagdinstinkt triggern. Einfach nur so stehen, als wären wir gar nicht da. Toll.

Hilfesuchend schielte ich zu Sky rüber. Er konnte sie doch bestimmt kontrollieren, oder? Einmal „Platz" und „Sitz" und alle Probleme waren weg, nicht wahr?

Verbissen starrte er nach vorne, ebenfalls im Statuen-Modus. Alles klar. Wir waren sowas von tot. Plötzlich kam von unseren Freunden ein verräterisches Klacken und die Ruhe zerriss. Wild stürzten die Hunde los.

Auf einmal schossen die Klötzchen durch den Gang. Sie bildeten Gitter vor den Käfigen. Warum hatten sie das nicht gleich gemacht?

Verdammte Scheiße! Das war ein absoluter Fiebertraum. Wild bellend warfen sich die Hunde gegen die improvisierte, magische Barriere und die Klötzchen wackelten ganz schön. Stabil sah das nicht aus. Schnell weg hier!

Hektisch sprinteten Sky und ich zu den anderen. Schon brachen die ersten Hunde durch. Verdammte Axt! Wir würden es nie hier raus schaffen!

Plötzlich zischten die Klötze von den Käfigen zu uns nach vorne und bildeten direkt hinter uns eine massive Wand, die uns von dem Hundezwinger trennte. „Miriell! Du musst übernehmen! Die Wand muss halten, bis wir aus dem Gebäude sind, deine Verbindung ohne Blickkontakt ist stabiler", wandte sich Nopsi eindringlich an die Steinkauz-Seele, na ja, so eindringlich wie man eben sein konnte, wenn man gerade vollkonzentriert eine magische Klötzchenmauer aufrechthielt.

„Wir haben keine Zeit! Reiß dich zusammen! Hier wird gleich alles von Jägern nur so wimmeln!", grob packte Sky sie an den Schultern und schüttelte sie heftig. Schlagartig war die überforderte Auserwählte wieder da. „Ala", verkündete sie und ein leichtes Beben zog durch die Wand, als sie sie übernahm, doch sie stand.

„Ich hab sie, gehen wir", fasste sie diese Tatsache nochmal in Worte und fixierte die Schutzbarriere noch für einen Wimpernschlag, bevor sie sich umwandte. Und das Ding hielt immer noch.

Nur leider bewegte sie sich nicht besonders schnell. Wie eine Schlafwandlerin schlurfte sie dahin. Alles in mir schrie danach, einfach rauszustürmen und sie im Notfall mitzuzerren, wenn sie verdammt nochmal nicht schneller machen konnte. Scheiße. Eine der Türen im Flur öffnete sich und ein Typ in schlabbrigen Schlafklamotten und Schlagstock kam heraus. Bevor ich irgendwie reagieren konnte, hatte Sky ihn schon an die Wand genagelt. „Wo ist Paddy?", verlangte er zu wissen.

„Skyris?", fragte der Kerl komplett perplex. „Antworte!", forderte die Steinbock-Seele eiskalt und hämmerte ihn noch einmal brutal mit dem Rücken gegen die Wand. Der Fremde keuchte auf.

„Er hat ein Kind angegriffen und das in der Öffentlichkeit. So etwas darf nicht vorkommen. Alle fordern Gerechtigkeit. Morgen wird er eingeschläfert", gab ihm der Kerl immer noch ziemlich überrumpelt Auskunft. „Paddy würde sowas nie tun!", erwiderte der Hundebesitzer verständnislos.

„Das Kind war ein Entarteter, doch das ist nicht, was die Leute gesehen haben, es war immer noch ein Kind. Er ist zu wild, er ist unkontrollierbar", erklärte ihm der andere Jäger schon ein wenig entschlossener.

„Wenn es ein Entarteter war, war es kein Kind mehr, sondern ein Monster!", verteidigte Sky seinen Hund, nur um seinem Bekannten eine Sekunde später eine fette Kopfnuss mit der Stirn zu verpassen und ihn mit seiner Spezial-Technik zu Boden zu hebeln.

„Verbarrikadiert die Türen! Ich hole Paddy!", ordnete die Steinbock-Seele hastig an und sprintete auch gleich los. Doch für seinen Plan war es bereits zu spät.

Schon wurde durch den Lärm der nächste Bewohner wach und platzte in den Flur und dieser war eine andere Hausnummer… Eine richtig stämmige Tiger-Seele mit spitzen Zähnen und Fingernägeln wie Klauen und mit diesen Klauen griff sie auch gleich nach mir.

Flink wich ich aus und wandte auch bei ihr Skys Köpfchen-Technik an. Ja! Oh nein. Der erste war wieder auf den Beinen und holte mit dem Schlagstock aus. Ich hatte keine Zeit mehr auszuweichen.

In der letzten Sekunde baute sich vor mir eine kleine Klötzchenwand auf, die seinen Schlag abfing und mit den anderen Steinchen hatte Nopsi die Türen verkeilt, damit wir nicht noch mehr Besuch bekamen. Wirklich genial.

314

Doch diese beiden könnten schon zu viel sein. Auf einmal trat mir die Tiger-Seele die Beine unterm Körper weg und ich kippte voll gegen Nopsi. Für einen Moment riss seine Konzentration und die Klötzchen prasselten klackernd zu Boden. Verdammte Axt!

Abrupt wurden überall Türen aufgerissen. Das würden wir nicht schaffen.

Ohne Vorwarnung gab es einen gewaltigen Krach und die Klötze, die eben noch den Hundezwinger versperrt hatte, brandeten als riesige Welle in den Flur und verschluckten die Neuankömmlinge regelrecht.

„Schnell!", rief Miriell und lief raus: „Nopsi! Übernimm du!" Um sie herum, baute sich bereits eine große, knisternde Wolke auf. Das würde wirklich ein Abgang mit Stil werden.

Hastig half ich der Koala-Seele zurück auf die Beine. Wie ein schützender Sturm ließ er die Klötzchen um uns wirbeln. „Auf den Herrn der Noten! Möge das Chaos regieren!", brüllte er noch zusammenhangslos, bevor auch wir es raus schafften.

Fest kniff ich die Augen auch gleich zusammen und schon eskalierte Miriells Lichtzauber mit einem grellen Lichtblitz, der mich selbst durch meine geschlossenen Lider blendete und ein paar Klötzchen klatschten gegen mich.

Nopsi hatte wieder mit einer schützenden Wand vorgesorgt, ansonsten hätte mich die geladene Druckwelle glatt umgehauen. Ich hatte ganz vergessen, dass die auch mit dazu gehörte.

Unsere Gegner hatte es hingegen voll erwischt, was uns einen entscheidenden Vorteil verschaffte. Ohne zu zögern, rannte ich los und die anderen taten es mir sofort gleich. So schnell wir konnten liefen wir durch die Straßen.

Seltsamerweise folgten uns die Hunde gar nicht. Ohne Probleme erreichten wir die Pferde, Nopsi und Miriell waren nur ordentlich außer Atem und Sky war halt einfach nicht da. Aber wir konnten gerade nicht auf ihn warten.

„Was ist los? Was habt ihr gemacht?", wollte Bellini aufmerksam von uns wissen und hatte dabei alle Mühe, die Pferde still zu halten, die sich von unserer Unruhe ein wenig anstecken gelassen hatten.

„Wir erklären es dir später. Jetzt los!", energisch schwang ich mich auf mein Pferd und ritt gemeinsam mit den anderen durch die Stadt, hinter deren dunklen Fenstern mehr und mehr Leute einschliefen, während ich mich so unbeschreiblich wach fühlte.

Asche

Plötzlich sprang jemand von einer Mauer direkt vor uns auf die Straße. Erschrocken wieherten die Pferde auf und Miriell kippte seitlich runter. Heute hatte sie es aber echt mit dem Stürzen.

„Hey Leute, habt ihr mich schon vermisst?", fragte uns Sky mit einem schiefen Grinsen und breitete dramatisch die Arme aus. Krasser Auftritt. Selbstüberzeugt stieg er auf sein Pferd auf und pfiff einmal. Sofort kam sein Hund freudig angelaufen.

„Ich hab sie auf eine falsche Fährte gelockt. Wir sollten sie jetzt los sein", verkündete der Nachzügler triumphierend.

„Und was, wenn nicht? Das sind keine Amateure, sie können unsere Spur wiederfinden. Wir sollten zurück", kriegte die Steinkauz-Seele jetzt doch Bedenken.

„Denen gehen seit Wochen die Entarteten ständig durch die Lappen. Profis sind sie nicht", machte der Jäger seine eigene Gruppe schlecht. „Und wir hatten noch keinen Drink", hatte Bellini ein anderes Argument, aber sehr überzeugend.

„Wir wollten doch zum Tina's", erinnerte ich die anderen und dachte dabei auch wieder an meine beste Freundin, immerhin hatte ich sie zu einem geheimen Treffen eingeladen und ich würde sie so gerne wiedersehen.

„Und was machen wir mit dem Hund? Wir können ihn nicht mit zurück in den Trium-Palast nehmen", musste Nopsi mit einem ganz anderen Problem kommen. Echt jetzt? Konnten wir nicht einfach mal Spaß haben?

Doch schon fiel mir eine Lösung für das Paddy-Problem ein: „Wir könnten ihn mit zu mir nehmen, mein Mitbewohner kann sich um ihn kümmern, und nach dem Angriff der Entarteten, freut er sich sicher, wenn er einen Beschützer hat."

Les war vielleicht nicht die beste Tierpfleger-Option, aber ich fand die Idee wirklich ziemlich genial. „Wir sollten das besser gleich machen. Ich muss der Schlangen-Seele noch ein paar Sachen sagen, auf die er achten muss", machte sich der Hundebesitzer regelrecht knuffig Sorgen um seinen vierbeinigen Begleiter und dann brachte er wieder einen Tiefschlag: „Immerhin war dieser Idiot so unfähig, sich fast umbringen zu lassen."

Ernsthaft? Er beleidigte ihn noch dafür?

„Er ist vielleicht kein Spitzenkämpfer und manchmal kann er auch ein wenig nerven, aber er ist immer noch voll korrekt. Was passiert ist, hat er nicht verdient. Er sollte gar nicht in diesem ganzen Psycho-Kampf sein. Er sollte nicht dafür sorgen müssen, dass er nicht umgebracht wird", verteidigte ich meinen Mitbewohner entschieden. Und wir stritten uns fast den ganzen Weg bis zum Bücherwinkel.

Es ging darum, dass ich die Hunde geweckt hätte und dass er ohne mich schon eine der Drahtzieherinnen der Entarteten hätte, weil ich ihr im Tina's bei ihrer Flucht geholfen hätte. Was er mir alles an Anschuldigungen an den Kopf klatschte, war wirklich lächerlich. Irgendwann war Bellini auch so genervt davon, dass sie mit einstieg. Auch Nopsi gab immer mal wieder kritische Kommentare zum Besten. Eine geschlossene Einheit waren wir echt nicht.

Schließlich hatten wir meine alte Wohnung erreicht und auf den ersten Blick war klar, dass etwas nicht stimmte. Das Fenster, das damals kurz vor meiner Abreise zu Bruch gegangen war, war noch nicht repariert worden und jetzt waren

318

alle Scheiben ganz dunkel und die Mauern drumherum waren schwärzlich verfärbt.

Mit einer finsteren Vorahnung lief ich nach oben und da stand ich. Vor der Wohnungstür hing Absperrband. Fahrig zerriss ich es und stieß die Tür auf und... Alles war verbrannt. Die Möbel waren schwarz und vom Feuer zerfressen. Es war komplett verwüstet und zerstört.

Meine Zimmertür hing nur noch in einer Angel. Man konnte sehen, wie von meinem alten Leben nichts mehr übriggeblieben war. Nur Asche...

Es fühlte sich an wie ein Messerstich, eine klaffende Wunde. Das war mein Zuhause gewesen. Und Les... „Wo ist Les?", meine Stimme klang ganz rau. „Wir könnten bei den Nachbarn nachfragen", hatte Nopsi gleich eine logische Lösung parat, doch als ich losgehen wollte, hielt er mich zurück: „Dich kennen die Leute hier. Einer von uns sollte es tun. Sie haben uns höchstens einmal bei der Übertragung gesehen." Ja, auch das klang logisch. Doch ich hatte das Gefühl, es würde mich zerreißen, wenn ich nichts tat. Und genau das passierte: Nichts. Alle standen einfach nur da und niemand rührte sich.

„Kann einer von euch mal was machen?", fragte ich sie schärfer als beabsichtigt. „Dann mache ich das halt", erklärte sich Bellini bereit, als sich immer noch keiner bewegte, auch wenn Nopsi ganz so ausgesehen hatte, als würde er es gleich tun. Mir war es egal, Hauptsache es passierte endlich etwas.

Kurzerhand klingelte die Schildkröten-Seele bei der Wohnung direkt unter meiner. Nach einem endlos langen Moment des Wartens öffnete ihr eine dicke, alte Wombat-Seele. „Oh! Na nu! Was führt dich denn her Kleines?", erkundigte sich meine Nachbarin überrascht.

„Hallo, ich bin eine entfernte Cousine von...", kurz stockte Bellini. Verdammt! „Les", flüsterte ich ihr zu: „Les!" Hoffentlich hatte mich die Alte dabei nicht gehört.

„Les. Genau! Ich hab ihn ewig nicht mehr gesehen. Er hat gesagt, er würde hier wohnen. Können Sie mir vielleicht sagen, wo er ist?", nahm sie selbstbewusst den Faden wieder auf.

„Ach herrje, Kindchen. Es tut mir leid, etwas Genaues weiß ich leider auch nicht. Sein Mitbewohner ist einer der Auserwählten geworden. Du hast sicher auch schon von diesem historischen Ereignis gehört. Kurz davor gab es einen schlimmen Angriff, bei dem er schwer verletzt wurde, doch er hat sich wieder erholt. Und zuerst war alles normal, nur dass er ängstlicher war. Aber dann hat er angefangen, ständig über Zeitreisen zu reden und die Entarteten. Er hat andauernd überlegt, ob sie doch noch denken können oder ob sie es auf ihn abgesehen haben und eine große Verschwörung im Gang ist. Der arme Junge war so verwirrt und dann ist er einfach verschwunden. Und jetzt vor ein paar Tagen gab es einen Brand. Die Ordnungshüter gehen davon aus, dass das Feuer mit Absicht gelegt worden war, doch warum weiß niemand und wo Les ist, kann auch niemand sagen. Aber womöglich haben sie mittlerweile ja mehr Erkenntnisse, du könntest bei ihnen nochmal nachfragen. Ich wünsche dir auf jeden Fall viel Glück bei deiner Suche", schilderte die Wombat-Seele mitfühlend.

Das alles ergab doch überhaupt keinen Sinn! Außer vielleicht die Verschwörung. Ich meine Zeitreisen und gute Entartete? Einfach nur verrückt. Aber ihn zu terrorisieren, nachdem er den Anschlag überlebt hatte... Das würde zu dieser hinterhältigen Hyänen-Seele passen und wenn Les weg war, hatte dieses Monster vielleicht sein Werk vollendet. Ich glaubte nicht daran, dass ich ihn je wiedersehen würde.

„Vielen Dank für ihre Hilfe. Auf Wiedersehen", verabschiedete sich die Schildkröten-Seele und kam wieder zu uns hoch. „Es sieht ganz so aus, als hätten wir hier keinen Hundeaufpasser", kommentierte Sky kalt und kraulte dabei Paddys Stirn.

„Les war mein Mitbewohner. Er war mein Freund. Er ist wahrscheinlich tot", erwiderte ich nur schwer beherrscht. „Da können wir im Moment auch nichts tun. Wir haben keine Ansatzpunkte, keine Chance", Nopsi wirkte immer noch viel zu locker und ruhig. „Und was ist mit Paddy?", dachte der Jäger nur an sich.

„Ich kenne da vielleicht jemanden... Kommt er mit anderen Hunden gut klar?", überlegte das Technikgenie gemächlich. „Klar. Paddy hat ein Herz aus Gold. Er ist gut erzogen. Nur bei den Entarteten kennt er keine Rücksicht, aber die haben auch keine verdient. Er ist der Beste", bei diesen Worten klopfte er seinem tierischen Gefährten bestätigend auf die Seite.

Kurzentschlossen machten wir uns auf den Weg zu Nopsis Hundeunterkunft. Der Weg zog unwirklich an mir vorbei. All die Straßen, die ich kannte und die doch irgendwie nicht mehr zu mir gehörten. Mein Platz hier war verbrannt.

Nicht weit von der Schmiede-Allee entfernt machten wir Halt. Alles klar... Wer wohnte bitteschön hier?

Als Klingel gab es eine Kuckucksuhr, bei der man den Zeiger auf die zwölf drehen musste, was unser Führer auch gleich tat. Dafür stand sogar ein kleines Rätsel auf einer Tafel neben der Tür: „So willst du rein? Ein Stück zurück von ein. Ist's in der Mitte, höre ich die Bitte. Findest du die Zeit, bin ich bereit."

Das war so ziemlich die seltsamste Klingel, die ich jemals gesehen hatte und in meiner Nachbarschaft hatte jemand einen Türklopfer in Form eines eisernen Buches, gegen das eine Metallfeder geschlagen wurde. Das heißt, in meiner ehemaligen Nachbarschaft...

„Was für eine Hütte ist das?", abfällig betrachtete die Reiterin das Haus, in dem Zeit anscheinend generell eine große Rolle spielte. Zumindest hing direkt über der Tür noch ein großes Ziffernblatt und der winzige Vorgarten wurde fast vollständig von einer Sonnenuhr vereinnahmt und ansonsten waren da irgendwelche verrückten Windspiele. Nein, warte, es wehte gar kein Wind, aber trotzdem drehten sich die Spiralen und kleine Murmeln rollten, es ging beständig hin und her, wie eine Kettenreaktion oder ein seltsamer Spuk.

Auf der anderen Seite der Tür hörte man ein aufgeregtes Hundebellen und als sich die Tür öffnete, stand dort eine Schaf-Seele, deren wild gelockten, weißen Haare wie eine Explosion auf ihrem Kopf hingen und nur von einer Schweißerbrille zusammengehalten wurden.

Entschieden hielt sie zwei neugierige Hunde zurück, von denen einer nur noch ein Ohr hatte. Die Schaf-Seele hatte sie überraschend gut im Griff. Wenn man sie so sah, wirkte sie irgendwie nicht besonders durchsetzungsfähig.

Sie trug einen grauen Kittel, ähnlich wie Maler oder Mechaniker und ihrer war auch mit Ölflecken versehen. Außerdem hatte sie an jedem Handgelenk sechs Uhren und eine weitere Uhr als Kette um den Hals, zusammen mit diversen Steinen. Von der Anzahl der Uhren könnte sie fast die Frau vom Maximus-Butler sein. Allerdings glaubte ich weniger, dass ihre Uhren genauso krasse Spezialeffekte hatten oder dass der tödliche Perfektionist eine Frau hatte. Und dann waren da noch ihre Schuhe: Der eine ein abgetragener Hauspantoffel und der andere ein dicker Stiefel.

Diese Frau musste einfach verrückt sein.

„Nopsi!", erkannte sie die Koala-Seele direkt und ein Strahlen breitete sich auf ihrem Gesicht aus: „Komm rein! Komm rein! Ich muss dir etwas erzählen! Ein Reisender aus der Zukunft war hier! Er hat mich viel gefragt zu den Kausalitäten und Möglichkeiten. Kann man das Gefüge der Zeit verändern oder wird durch eine Veränderung der Vergangenheit deine Gegenwart nur Illusion und damit deine Veränderung unmöglich, weil deine Reise in der Zukunft gar nicht mehr stattgefunden haben kann? Ist es eine Schlange, die sich selbst in den Schwanz beißt? Lass uns doch bei einem Tässchen Tee darüber reden!"

Das klang mir jetzt schon alles viel zu kompliziert.

„Wir können leider nicht bleiben. Du weißt doch, ich bin jetzt einer der Auserwählten, deshalb muss unser Besuch hier auch geheim bleiben und sehr kurz. Aber wir haben einen Hund, der noch eine Bleibe braucht. Allerdings solltest du mit ihm nicht spazieren gehen. Auf gewisse Menschen reagiert er sehr... stark", kam der ehemalige Student wie immer gefasst zum Thema.

„Oh! Der Schatz sieht aber lieb aus! Wie ist sein Name?", verzückt lächelte die merkwürdige Schaf-Seele. „Er heißt Paddy", antwortete Sky und packte gleich noch eine nette Drohung hinterher: „Und ich rate Ihnen, gut zu ihm zu sein."

„Keine Sorge, er wird hier viele Freunde haben. Ich kümmere mich gerne um heimatlose Hunde. Es sind treue Seelen mit wahren Herzen. Sie können einen ohne Worte verstehen. Und auch wenn ihre Leben anders bemessen sind, als unsere, ist die Zeit mit ihnen so kostbar", liebevoll streichelte sie dabei die Hunde neben sich. So ganz dicht wirkte sie echt nicht, aber zumindest schien sie ein Herz für Hunde zu haben.

Nur widerstrebend ging die Steinbock-Seele in die Hocke und erklärte seinem Hund: „Also gut. Paddy. Ich komme dich bald besuchen. So lange bleibst du hier und bist ganz brav, ja?" Wie zur Bestätigung schnaubte das Tier einmal. Ich hatte mich ja schon immer gefragt, wie viel Tiere wirklich von uns verstanden.

„Wenn ihr wiederkommt, koche ich uns allen Tee. Ich würde mich so gerne mit klugen Köpfen unterhalten. Womöglich ist es schon dabei sich zu ändern und unsere Zukunft ist ungewiss. Oder wurde sie festgeschrieben, in dem Moment als die Zeit durchbrochen wurde? Ist sie linear? Ist sie zyklisch?", brabbelte sie wieder vor sich hin.

Ebenfalls etwas unsicher trottete der schwarze Hund auf die schräge Zeit-Tante zu. Es war richtig traurig diese Trennung zu sehen! Paddy und Sky waren ein Team und um ihn zu retten, mussten sie einander verlassen, selbst wenn es nicht für immer sein würde, tat es weh. Es fühlte sich an, als würde alles zerfallen. Die Zerstörung machte vor nichts Halt.

Schnuppernd und schwanzwedelnd begrüßten die anderen beiden Hunde den Neuankömmling. „Bis bald", verabschiedete sich Nopsi und bei Sky klang es wieder mehr nach Drohung: „Ich werde wiederkommen." Oder sollte es ein Versprechen für seinen Hund sein?

„Und woher kennst du diese... Person?", wollte Bellini von ihm wissen, nachdem wir uns wieder ein Stück von dem auffälligen Haus entfernt hatten. „Sie hat mir sehr bei der Recherche für meine Abschlussarbeit in technisch-magischer Korrelation geholfen. Sie ist vielleicht verrückt, aber auch genial. Und als die Frau vorhin Zeitreisen erwähnt hat, musste ich einfach gleich an sie denken", erklärte der Techniker leichthin. Ja, das verrückte, konnte ich auf jeden Fall auch bestätigen.

„Wirklich vertrauenswürdig wirkte sie ja nicht gerade", meinte die Steinbock-Seele unruhig und man sah ihm an, dass er am liebsten gleich umgekehrt wäre, um seinen Hund wieder abzuholen.

„Sie wird sich gut um ihn kümmern, außerdem ist sie ein Einzelgänger und wird niemandem von unserem Besuch erzählen. Sie ist eine sichere Wahl", verteidigte die Koala-Seele lässig seine Entscheidung.

Ohne uns groß absprechen zu müssen, machten wir uns auf den Rückweg. Jeder war auf seine Art in Gedanken vertieft. Das war mal wieder so gar nicht gelaufen wie geplant. Aber wenn wir diesen Ausflug nicht gemacht hätten, wäre Paddy jetzt tot und ich hätte immer noch nicht gewusst, was mit meiner Wohnung passiert war...

Hinter den Mauern des Trium-Palasts bekam man immer nur Bruchstücke davon mit, wie kaputt die Welt eigentlich war, man war immer so weit entfernt. Und dann mitten im Chaos und der Zerstörung zu stehen, war einfach nur krass.

Sehr schweigsam legten wir den Weg zu unserem legendären Gefängnis zurück. Ich war so fertig, gedanklich und körperlich. Diese Nacht war wirklich anstrengend gewesen. Mein Hintern und meine Oberschenkel waren eine Katastrophe und danach mussten wir uns auch noch die magische Steinchen-Treppe hoch schleppen und die Kletterpartie machte auch gar keinen Spaß mehr.

Und was sah ich, als ich endlich mein Zimmer erreichte? Die Brieftaube. Ich hatte Laurel versetzt. Daran hatte ich echt gar nicht mehr gedacht. Bestimmt war sie jetzt mega angepisst, zurecht.

Mit einem mega schlechten Gewissen sah ich bei dem kleinen Postboten nach der nächsten Nachricht. Verwirrt runzelte ich die Stirn. Das war nicht Laurels Schrift.

„Hey Dex, tut mir leid, dass das alles so gekrakelt ist, ich bin auf der Arbeit blöd gefallen und hab mein Handgelenk verstaucht, deswegen muss ich jetzt mit links schreiben. Wir haben hier halt nicht so krasse Heiler wie ihr, die alles sofort mit einem Fingerschnipsen verschwinden lassen. Und zum Tina's kann ich leider auch nicht kommen, ich hab noch einen blöden Termin. Ich hab mir Gedanken über die Entarteten gemacht. Vielleicht sind sie ja gar nicht so böse. Alle Leute, die bisher verhaftete wurden, haben so normal gewirkt. Was, wenn wir sie nur falsch verstehen? Denk mal drüber nach. Hab dich lieb. Laurel"

Dafür dass es mit links geschrieben war, konnte man es wirklich noch gut lesen und dass sie nicht vergeblich auf mich gewartet hatte, war auch erleichternd, aber das danach... Wie konnte sie ernsthaft glauben, dass die Entarteten gut waren? Hatte sie vielleicht den Verstand verloren?

„Hey Laurel, die Entarteten sind ganz sicher nicht gut. Les ist verschwunden und unsere Wohnung abgebrannt und ich war selbst dabei, als sie versucht haben Les umzubringen oder Alpha. Du hättest auch bei dem Anschlag auf ihrer Rede sterben können. Sie sind böse. Sie haben keine Seele mehr. Du

darfst dem Herr der Noten nicht glauben, das sind nur Lügen.
Bitte. Vertrau mir. Dex"

In dieser Botschaft klang ich verdammt nach Sky, aber ich musste sie irgendwie überzeugen. Wenn sie so dachte, würde sie das nur in Schwierigkeiten bringen. Sie war einfach viel zu positiv und versuchte das Gute zu sehen, aber das gab es hier nicht. Diese Monster würden das eiskalt ausnutzen. Und nach dem was mit Les passiert war... Was, wenn sie die nächste war?
Hilflos schickte ich die Taube in die Nacht. Ich konnte nicht mehr tun, als zu warten. Es konnte so viel passieren.
Ich konnte nicht schlafen. Eine Ewigkeit ging ich nur in meinem viel zu großen Zimmer auf und ab. Ich hatte das ruhelose Gefühl, etwas tun zu müssen, aber ich konnte nicht. Ich saß hier fest. Verdammte Scheiße! Das hier war nicht einmal richtig mein Zimmer! Mein Zimmer existierte gar nicht mehr!
Wütend trat ich gegen mein Bett, was mir nur drei schmerzende Zehen verpasste. Keine Ahnung, wann ich mich dann doch hinlegte und einschlief. Alles fühlte sich haltlos an und von meinem Zorn und meiner Verzweiflung war nicht mehr geblieben als glühende, verkohlte Überreste...

Für die Katze

Am nächsten Morgen wurde es eigentlich nur schlimmer. Ich war müde, ich war niedergeschlagen und vom Reiten tat mir alles so richtig weh, besonders mein Hintern, ich konnte echt kaum sitzen. Und dann musste mich auch noch diese absolut ätzende Dienerin wecken. Warum?!

Das waren generell voll die miesen Arbeitsbedingungen. Wo war mein Wochenende? Wo war meine Zeit zum Entspannen? Wo waren Urlaubstage, die ich mir nehmen konnte? Sowas war schon gesetzwidrig!

Verächtlich hielt ich meinen grauen Anzug hoch. Nein, das würde ich nicht anziehen. Ich würde beweisen, dass ich noch der Dex von früher war, dass mein Leben noch nicht verbrannt war.

Rebellisch zog ich ganz normale Sachen an, setzte die Kopfhörer auf und klemmte mir mein neues Skateboard unter den Arm. Völlig selbstverständlich kam ich aus meinem Zimmer und schlenderte durch den überfüllten Gang. Um zu fahren, waren einfach zu viele Leute da, aber das Skateboard musste ich trotzdem dabeihaben, es fühlte sich schlicht richtig an.

„Man hört den Schrei. Es fließt das Blei. Die Meute tobt, ich bin dabei!", ballerte es auf meine Ohren und übertönte das

Tuscheln der anderen, aber ich konnte ihre Blicke sehen. Außerdem brauchte es nicht viel Fantasie, um ihre Gespräche zu erraten. Aber das war mir sowas von egal. Ich wollte gar nicht zu ihnen passen.

Obwohl mir gerade so gar nicht danach war, begrüßte ich die anderen am Tisch mit einem möglichst euphorischen: „Hallo Freunde!" Ich würde diese deprimierte Scheiße nicht gewinnen lassen und die krasse Rockpower der Maultaschen unterstützte meinen Kämpferwillen. Diese Musik war der Hammer. Entschieden setzte ich mich zu ihnen.

Meine Freunde sahen mich genauso befremdlich und verwirrt an, wie die anderen. Auch wenn es unhöflich war, ließ ich die Kopfhörer einfach auf. Ich hatte keinen Bock auf die Frage nach dem Warum und ihren Bedenken, ob das so eine gute Idee war. Ich hatte es einfach gemacht, Punkt.

Nur der Maximus-Butler ließ sich nicht mit dieser Erklärung abwimmeln. Eine beschissene Ewigkeit lang predigte er mir etwas von Tradition und Würde vor.

Am Ende rief er sogar noch einen unserer Lehrer hinzu. Wir waren kurz davor, dass die ganze Sache vor eine der Herrscherinnen ging. Das war doch albern! Die machten wegen allem so einen Stress!

„Na gut! Ich geh mich umziehen! Wenn ich unbedingt einen Anzug tragen muss, um denken zu können...", gab ich ordentlich angepisst nach und fuhr provozierend auf meinem Skateboard aus dem Speisesaal. Wenn sie mir das auch noch wegnehmen wollten, würde ich einfach gehen.

Wieder zurück in meinem Zimmer entdeckte ich auch gleich die Taube, die hungrig auf den leeren Tabletts von unserer Dachparty, die ich immer noch nicht weggebracht hatte, rum pickte.

Vielleicht war eine Nachricht von Laurel ja ganz gut, um mich wieder abzuregen. Oder auch nicht. Es war gar nicht so einfach die Nachricht von seinem Beinchen zu bekommen und dann, als ich sie las...

„Hey Dex, natürlich vertraue ich dir. Aber du musst auch mir vertrauen. Irgendetwas stimmt da nicht. Was, wenn es ein Trick ist, dass alles nur ein Trick ist? Wenn wir manipuliert werden zu glauben, dass „die Bösen" uns manipulieren wollen und sie in Wirklichkeit die Wahrheit sagen. Die Wahrheit ist oft anders, als sie auf den ersten Blick aussieht. Bitte denk nach."

Verdammte Axt! Laurel! Ich hatte es ihr doch schon gesagt! Ich hatte sogar Beweise genannt! Warum war sie von dieser Verschwörung so überzeugt?! Am Ende würde auch sie noch anfangen von Zeitreisen zu brabbeln und verschwinden und ihre Wohnung würde abbrennen. Dann war ich so richtig allein.

Wütend zerknüllte ich das kleine Papier und pfefferte es in die Ecke. Auf einmal öffnete sich meine Zimmertür und im Türrahmen erschien eine stämmige Harpyien-Seele mit Putzzeug. Wahrscheinlich hatte der Kerl gedacht, dass ich noch mit den anderen beim Frühstück war. Ach, Frühstück... Irgendwie hatte ich Hunger und gleichzeitig das Gefühl, nichts runterkriegen zu können.

Aber zuerst musste ich mich ja umziehen, um in das Gesamtbild der Ästhetik und Tradition zu passen oder was für dumme Argumente es auch immer gab.

„Hey, bringst du den Vogel hier bitte in den Vogelschlag? Das wäre sehr nett. Danke. Ich muss mich umziehen", mit diesen Worten drückte ich dem Diener meine Taube in die Hand und schloss die Tür wieder.

Nachdem ich mich schließlich fein umgezogen hatte und nochmal in den Speisesaal kam, war natürlich nichts mehr zu essen da. War ja klar gewesen. Wie der letzte Depp musste ich in Begleitung eines Dieners zu den anderen gehen. Ich fühlte mich wie ein Kleinkind oder ein Schwerverbrecher.

Und was hatten wir als Unterricht? Reiten. Als wäre mein Allerwertester nicht schon wund genug. Während ich auf meinem Pferd fast krepierte, hatten auch die anderen Schüler

Unterricht und die Hyänen-Seele zeigte angeberisch, wie gut er doch über die Hindernisse hopsen konnte und alles.

Ja, ja, sehr toll in der Theorie. Wir hatten uns selbst mit unseren beschissenen Reitkünsten schon in der Praxis bewiesen, aber Praxis war für sie ja ein Fremdwort. Wir wurden gar nicht erst auf die Hindernisse losgelassen, doch selbst die einfachen Übungen waren zu viel für mich und das Pferd machte auch so gar nicht, was ich wollte. Einfach nur nervig. Wie halt alles hieran.

„Oh! Bist du knuffig!", hörte ich Bellini, nachdem diese Tortur vorbei war und wir die Pferde zurück in die Ställe brachten. Zuerst dachte ich, sie würde mit dem Pferd reden. Doch dann war da ein ganz leises: „Miau!" Das kleine Stimmchen war so richtig hoch.

Keine zwei Sekunden später forderte mich die Reiterin verzückt auf: „Sieh dir das an!" In ihren Armen hielt sie ein kleines, braungetigertes Kätzchen. Süß maunzte es wieder und wand sich hin und her.

„Es ist so woioh! Viel flauschiger als alles im Wasser. Da hat man höchstens mal eine wabbelige Robbe oder einen Belugawal. Aber das hier ist so kuschelig!", schwärmte die Auserwählte des Wasserreiches und drückte das kleine Tier weiter an sich.

„Oh! Das ist wirklich eine Hübsche. Na hast du dich versteckt, du kleiner Frechdachs?", mit diesen Worten kam auch Miriell näher und streichelte das Kätzchen direkt. „Ich liebe Katzen!", schloss sich Nopsi ebenfalls verzückt an.

„Mit Katzen kann man nichts anfangen! Man kann sie nicht trainieren, sie machen was sie wollen", kam die Steinbock-Seele mit einer anderen Meinung vorbei. „Das macht es doch gerade so aufregend, Katzen sind unberechenbar", entgegnete die begeisterte Steinkauz-Seele.

„Und sie sind pflegeleichter als Hunde und können trotzdem sehr emotional sein, auch wenn ihnen das niemand zugesteht. Viele Leute schätzen Katzen vollkommen falsch ein", verteidigte auch unser Technikgenie den Stubentiger.

„Ich finde es ja krass, dass die Katzen freiwillig zu den Menschen gekommen sind. Und sie sind wirklich flauschig", schloss ich mich der Katzenfront an, aber meine beste Freundin war ja auch eine Katzen-Seele. Wenn ich da etwas gegen Katzen hätte, wäre das echt ziemlich seltsam.

„Denkt ihr, ich kann sie mitnehmen?", überlegte Bellini aufgeregt: „Es ist so alleine hier! Ich könnte im Badezimmer ja ein paar Handtücher in die Dusche legen, damit sie es bequem hat. Und Dex, du könntest ja etwas aus der Vorratskammer für sie mitbringen."

„Am Trium-Palast sind keine Haustiere gestattet", zerstörte Sky eiskalt ihre Hoffnungen, aber vielleicht wollte er ja auch nur nicht, dass jemand anderes mit einem Haustier glücklich werden durfte, wenn er seinen Hund nicht dabei haben konnte.

„Sie müssen es ja nicht merken...", erwiderte die Tierflüsterin mit einem verschmitzten Grinsen. Oh, ein Geheimnis! Das war genau nach meinem Geschmack! „Ich bin mir ziemlich sicher, dass die Dienerschaft so etwas bemerkt", meinte Nopsi realistisch und ordentlich zerknirscht. Man konnte ihm ansehen, dass auch er am liebsten das kleine Kätzchen behalten hätte.

„Meine Dienerin ist in Ordnung. Das klappt schon. Ich schenke ihr vielleicht noch so eine hässliche Perlenkette, die ich von meinem Sugardaddy bekommen habe, dann hält sie bestimmt dicht", kam die außergewöhnliche Reiterin gleich mit Bestechung.

Und dann noch die Erwähnung von ihrem Sugardaddy, immer wieder eine krasse Geschichte, aber hey, war schon praktisch.

„Komm! Wir nehmen meine Anzugsjacke und wickeln sie darin als Versteck ein", hatte ich auch gleich eine Idee für den Transport „Hattest du heute nicht schon genug Kleidungsdrama?", mit hochgezogenen Augenbrauen sah Bellini mich an.

„Ach, das war doch gar nichts und sie sollen auch gar nicht glauben, dass sie mich damit eingeschüchtert haben", blieb ich ganz überzeugt bei meinem Plan und genauso machten wir es auch. Lässig krempelte ich meine Ärmel hoch und meine Bandagen kamen richtig rebellisch zum Vorschein. Meine Widerhaken sollten ja bloß nicht den teuren Stoff zerreißen, das wäre doch so ein Drama.

Natürlich fragte mich unser perfektionistischer Lehrer, warum ich keine Jacke an hatte, aber die selbstverständliche Erklärung, dass mir zu heiß war, schien er mir abzukaufen, wenn auch mit einem sehr abfälligen Gesichtsausdruck. Na ja, der war für ihn ja eigentlich schon der Normalzustand.

Ohne Probleme erreichten wir den Trium-Palast und damit auch das neue Zuhause unseres kleinen Unruhestifters. Das Kätzchen hatte jetzt schon zwei Fäden gezogen. Genau nach meinem Geschmack.

„Wie wollen wir sie eigentlich nennen?", fragte Miriell während sie das Kätzchen einen Strohhalm jagen ließ, der noch an meiner Jacke gehangen hatte. „Mathilda", verkündete Bellini gleich. „Boah! Korrekt!", stimmte ich ihr gleich zu. Die Katze sah total aus wie eine Mathilda!

Nur kuscheln wollte sie nicht, bei ihr gab es nur jagen und töten, also ähnliche Einstellung wie Sky. Bei dem Gedanken musste ich schmunzeln. Das sagte ich ihm lieber nicht, sonst war ich noch sein nächstes Ziel. Darauf hatte ich gerade keinen Bock.

Aber an sich war ich gerade voll entspannt. Wie sollte man bei dieser süßen Katzenpower auch wütend bleiben? Selbst die Entscheidung, heute nicht rauszureiten, nahm ich echt gut auf, obwohl es eine weitere ereignislose Nacht bedeutete.

Doch eigentlich war es schon logisch. Wir durften kein Aufsehen erregen und unsere Hintern brauchten mal eine Pause. Nopsi hatte mit seinen Argumenten mal wieder recht. Trotzdem war es nicht so geil. Und als ich dann abends in mein Zimmer kam, wartete da auch schon meine Taube und zwar nochmal mit einer Zeitung im Gepäck. Hmm... Bildete ich es mir nur ein oder war mein Vogel heller geworden? Egal. Ich musste wissen, was Laurel mir geschrieben hatte. Irgendwie hatte ich ein ganz ungutes Gefühl. War sie immer noch auf diesem irren Trip?

Jap. Wieder das gleiche Psychogerede von missverstandenen, armen Opfern, die sich nur verteidigten und einem bösen, korrupten System, das dahinter steckte. Ja klar. Das konnte sie doch nicht ernsthaft glauben!

Ungehalten schrieb ich ihr eine Antwort zurück mit Argumenten wie gesundem Menschenverstand und unerschütterlichen Tatsachen. Ihre Verschwörungstheorien waren wirklich komplett haltlos! Einfach nur bescheuert!

Um irgendwie Dampf abzulassen, zog ich mir die Kopfhörer an und spielte die Maultaschen in voller Lautstärke ab. Es tat fast schon in den Ohren weh, aber ich brauchte das gerade einfach. Mein Blick fiel auf die Zeitung. Ablenkung klang doch gut.

Gleich auf dem Titelblatt las ich: „Kinderärztin wegen Unterstützung von Entarteten festgenommen!" Aha, eine Kinderärztin. Genau die richtige Person für sowas. Kinder behandeln und Mördern helfen, umwerfende Kombi.

Angespannt schlug ich die nächste Seite auf. „Kind bei friedlichem Protest von Ordnungshüterhund fast umgebracht" Oh. Das war dann wohl Paddy gewesen.

„Spitzensportlerin von Aufstiegsfußballverein eine Entartete? Diskussion über Gültigkeit der Spiele", verkündete auch die nächste Seite einen Reißer zu diesem beschissenen Thema. Alles schien sich darum zu drehen, die ganze verdammte Welt.

Entartete hier, Zerstörung da, Konflikte überall.

Frustriert von der ganzen Scheiße pfefferte ich die Zeitung in die Ecke und obwohl ich davon immer noch auf 180 war, knockte mich die Erschöpfung ziemlich schnell aus und ich schlief wie ein Stein, bis ich von einem gewissen Vogel aufgeweckt wurde und das alles andere als sanft. Er pickte mir voll in die Nase! Die Taube, die ich vorher gehabt hatte, war viel besser gewesen! Die war wenigstens nur bei Hunger aggressiv geworden. Diese war fast schon so lästig wie die Flughörnchen-Seele. Aber wenn ich schon mal wach war... Verschlafen machte ich das Licht an und las mir Laurels nächste Nachricht durch.

„Hey, Dex. Ich habe lange über das nachgedacht, was du gesagt hast. Vielleicht hast du wirklich recht. Es wäre wirklich schöner, wenn es diese Gefahr einfach nicht geben würde. Ich will glauben, dass es ein gutes Ende geben kann. Doch momentan fällt mir das schwer. Aber hey, wir dürfen uns nicht unterkriegen lassen. Erzähl mir doch noch ein bisschen von den anderen Auserwählten. Da gibt es bestimmt noch mehr. Und ich will mehr von Alpha wissen! Hab dich lieb. Laurel"

Erleichtert atmete ich auf. Sie hatte es endlich gecheckt. Allerdings hatte das auch lange genug gedauert. Manchmal konnte sie echt ein Sturkopf sein, selbst bei so absolut unlogischen Sachen wie dieser. Aber jetzt war ja alles wieder gut. Und sie verdiente auch noch ein bisschen Insiderwissen. Außerdem war es irgendwie schön, diesen Wahnsinn mit jemandem Teilen zu können.

„Hey, Laurel. Wir arbeiten daran, dass alles besser wird. Und über Alpha gibt es wirklich etwas Neues. Sie hat einen versteckten Garten im Kellergewölbe und Bellini hat von ihr einfach Magiehandschuhe bekommen. Krasses Geschenk oder? Und ich hab eine Hyänen-Seele bei einem Skate-Duell abgezockt, da hättest du dabei sein müssen! Hab dich lieb. Dex"

Das waren doch mal schöne Nachrichten mit Spaß und Abenteuer statt Katastrophen und Warnungen. So sollte es sein! Zufrieden schickte ich den Vogel ab und weil mir danach war, spielte ich noch ein bisschen auf meiner Gitarre, bis mich irgendwann die Müdigkeit übermannte. In meinem Inneren klang noch das Gefühl nach, dass wir wirklich eine Chance hatten, das alles in Ordnung zu bringen.

Die Jagd

Morgens erwartete mich die Taube wieder mit einem unge-
duldigen Picken und ich wurde dadurch sogar kurz vor dem
Klopfen der lästigen Dienerin wach. „Ja, ist ja gut!", rief ich
den beiden Nervensägen auf einmal zu.
Als erstes sah ich mir Laurels Nachricht an. Das Hin- und
Herschicken klappte doch echt ziemlich gut. Ähm... Alles
klar...

*„Ich weiß, dass du mit dem Herrn der Noten zusammenar-
beitest und dass er der Empfänger deiner bisherigen Briefe
war. Ich will, dass du mir alles darüber verrätst, ansonsten
werde ich dich vor der ganzen Welt als korrupten Auserwählten outen. Ich rate dir, mir zu antworten."*

Was sollte ich jetzt davon halten? Ein Erpresserbrief? Hatte
jemand wirklich meinen Vogel abgefangen? Aber warum
sollte dieser jemand glauben, ich würde mit dem Herrn der
Noten schreiben? Das machte doch überhaupt keinen Sinn!
Oder war die Sache mit Laurel doch noch nicht geklärt? War
sie dabei, den Verstand zu verlieren?
Die Vorstellung war schrecklich und absolut surreal, aber irgendetwas stimmte offensichtlich nicht. Sie sollte wissen,

dass ich für sie da war und am besten auch wieder zur Vernunft kommen! Ich wollte die alte Laurel zurück! Aber was sollte ich noch sagen?

Planlos schrieb ich einfach drauf los:

„Hey Laurel. Ist alles in Ordnung? Du bist doch meine beste Freundin und nicht der Herr der Noten. Ich mache mir Sorgen. Das alles ist verdammt ernst und wenn ich das sage, hat das schon echt was zu heißen. Bitte. Ich hab dich doch lieb. Dex"

Nach dieser merkwürdigen und nicht gerade beruhigenden Nachricht startete ich wieder mit einem richtig miesen Gefühl in den Tag und das lächelnde „Hallo Freunde!" war meine Kampfansage. Warum konnte ein Lächeln eigentlich nicht einfach nur ein Lächeln sein? Wo war die ehrliche Unbeschwertheit hin? Das Leben war verdammt ernst geworden.

Ab da verlief der Tag sehr ereignislos. Ein bisschen Theorieunterricht, ein bisschen Praxis, sogar Schwebeunterricht mit Königin Naya, die uns allerdings nicht verraten wollte, wo Gräfin Alpha war. Aber so nervös, wie sie herumdruckste, musste es etwas Krasses sein.

Allerdings waren es vielleicht auch nur Regierungsgeheimnisse, die zwar hochbrisant, jedoch auch hochgradig langweilig waren.

Zwischendurch schaute ich immer mal wieder in meinem extra großen Zimmer vorbei, um Musik zu hören und kleine Tricks mit dem Skateboard zu üben. Dabei bemerkte ich dann auch die Taube, die mit einer Botschaft von Laurel zurückgekehrt war. Die Verrückte meinte, dass das nur ein Scherz gewesen war und ich mir nicht so in die Hose machen sollte. Wirklich sehr witzig.

Richtig spannend wurde es erst abends, als wir uns erneut rausschlichen. Mein Hintern war immer noch nicht wieder ganz perfekt und ich hatte eigentlich keinen Bock auf einem

Pferd rumzueiern, doch noch viel weniger wollte ich in diesem Palast versauern und einfach nichts tun.

Also stand ich zum zweiten Mal malerisch bei Sonnenuntergang auf einer schwebenden Klötzchenfläche über dem Fluss. Alles ging schon viel schneller als in der ersten Runde. Nopsi und Miriell sorgten wie ein eingespieltes Team für unseren Weg und wir erreichten ohne Probleme den Stall.

Auch das Aufsatteln brauchte dieses Mal nicht mehr so eine Ewigkeit, allerdings musste Bellini mir helfen, weil ich irgendwann einen absoluten Riemensalat hatte. In der Stadt holten wir dann auch gleich Paddy ab und entgingen nur knapp einem Tee mit der verrückten Zeitreise-Frau.

Danach durfte die Spürnase erst einmal ihren Job machen und nach Entarteten schnüffeln, was sich als ziemlich unspektakulär herausstellte. Ich hatte Action erwartet und Verfolgungsjagden, das Gefühl richtig etwas zu bewirken und nicht dumm neben einem Hund her zu tappen, als wollten wir nur Gassi gehen.

Auf einmal stieß der schwarze Hund auf eine Fährte und ging richtig ab. Ich konnte kaum mit ihm mithalten. Eine Straße weiter war eine Fennek-Seele, deren große, helle Ohren unter einer schwarzen Kapuze hervorschauten und auf seinem Rücken hingen billig gebastelte Flügel, sah ganz nach besprühter Folie mit Klebeband aus.

Bedrohend bellte Paddy auf und unser phänomenales Ziel ließ scheppernd eine rote Spraydose fallen, mit der er gerade ein durchgestrichenes Triquetra an die Wand gesprüht hatte und dabei die tolle Botschaft: „Es Lebe der Herr de…" Weiter war er nicht gekommen, aber es war klar, was es hatte werden sollen und dass er keine Ahnung von Rechtschreibung hatte.

Für einen Moment erstarrte er und sah uns nur komplett ertappt an. Dann fuhr er herum und versuchte abzuhauen. Innerhalb von kaum einer Sekunde ließ Nopsi die schwebenden Klötzchen vor dieses Genie wirbeln und sich zu einer massiven Mauer aufbauen. Um ein Haar wäre die Fennek-Seele sogar voll dagegen gelaufen.

„Es sieht ganz so aus, als hätten wir den Herrn der Noten geschnappt", scherzte ich und verschränkte die Arme lässig vor der Brust. Plötzlich lachte dieses Würstchen auf: „Ihr werdet sie niemals kriegen?"

„Sie?", wiederholte Sky mit zusammengezogenen Augenbrauen: „Meinst du die Entarteten?" „Ihr wisst nicht einmal das? Oh man! Sie nennt sich der Herr der Noten, um alle in die Irre zu führen. Einfach genial! Und ich liebe sie. Sie wird mich retten. Sie ist eine Heldin, eine verdammte Heldin, hört ihr?", erklärte uns der Loser selbstüberzeugt.

Der Herr der Noten sollte weiblich sein? Irgendwie hatte ich ihn mir immer als krassen Kerl vorgestellt und im Tina's... Nein, es hätte auch eine Frau sein können. Wirklich gesehen hatte ich ihn eigentlich nie, oder sie. Und sich als Mann auszugeben, war echt ein kluger Schachzug gewesen, aber die Blase war jetzt wohl geplatzt.

„Denkt ihr, er hat tatsächlich mit der Person hinter dem Herrn der Noten zu tun?", fragte die Steinkauz-Seele unschlüssig. Er wirkte ja eher wie ein verrückter Fan, als ein hartgesottener Verbündeter.

„Weißt du etwas über andere Entartete?", verlangte Sky trotzdem von ihm zu wissen und als der Botschaftensprüher nicht sofort antwortete, stieß er einen kleinen Pfiff aus, woraufhin Paddy einen drohenden Satz nach vorne machte.

Erschrocken zuckte die Fennek-Seele total zusammen. „Ich weiß nichts!", beteuerte er sofort: „Ich bin nicht einmal ein Entarteter!" „Ach ja? Und warum reagiert Paddy dann auf dich?", konterte der Jäger eiskalt: „Nächster Versuch."

„Na gut, in Ordnung. Ich habe ein Geschwür, aber das ist erst vor zwei Tagen gekommen. Ich habe ganz normal weiter gemacht und ich fühle mich auch normal. Ich weiß wirklich nichts von den anderen Entarteten. Ich weiß nur, dass sie dafür kämpfen, nicht als krank gesehen zu werden und dass ihr uns nicht mehr terrorisiert und einlocht", antwortete er uns trotzig.

Der Idiot wirbelte herum und versuchte erneut zu fliehen. Blitzschnell war er an der Steinchenwand vorbei gehuscht, doch die Koala-Seele hatte ihre Stellung noch schneller korrigiert und schnitt ihm wieder den Weg ab und nur einen Wimpernschlag später ging er noch weiter und bildete aus ein paar der Steinen Schlingen, die sich eisern um ihn wickelten und ihn wie einen gefällten Baum umkippen ließen.

„Nein! Lasst mich frei! Ihr habt kein Recht dazu! Hilfe!", brüllte er und wand sich mit aller Kraft. „Du bist ein Entarteter. Wir haben jedes Recht. Also halt deine Klappe", erwiderte Sky und blickte verachtend auf ihn herab: „Und jetzt antworte! Wo verstecken sich die anderen?"

„Ich. Weiß. Es. Nicht", mauerte der Entartete weiter und betonte dabei jedes Wort. „Ich befürchte, er wird uns nicht mehr sagen. Wir sollten ihn den Ordnungshütern übergeben und ihnen das Weitere überlassen", analysierte Miriell regelkonform die Lage.

„Wenn seine Infektion noch nicht so lange zurückliegt, ist sein Schwarmwissen noch nicht ganz ausgeprägt. Womöglich ist es eine Art Übergangsphase, in der die Krankheit asymptomatisch verläuft", überlegte das Technikgenie.

„Oder er ist einfach einer von ihnen und der Mistkerl belügt uns von vorne bis hinten", sah Sky es recht radikal. „Das sollen die Ordnungshüter entscheiden. Wir haben ihn eingefangen, das reicht", zog Bellini entschieden einen Schlussstrich: „Ich brauche jetzt erst einen Drink. Und damit meine ich nicht einen Tee bei deiner irren Bekannten, Nopsi."

Allerdings konnten wir ja schlecht mit unserem Freundchen im Schlepptau bei den Ordnungshütern vorbeischauen und nach ein bisschen Smalltalk überreichen wie ein Geschenk. Es durfte immer noch niemand wissen, was wir hier taten.

Also brachten wir ihn zum geheimen Unterschlupf der Spürhunde und gaben wieder einen falschen Code ein, um auf uns aufmerksam zu machen und legten unser spezielles Paket schön zugeschnürt vor der Tür ab.

Schnell machten wir uns aus dem Staub und als wir den Tumult hörten, rief Miriell die Klötzchen wieder zurück und wie sie das tat! Sie ließ sie senkrecht in die Höhe schießen, wie eine abgefahrene Fontäne, die im Himmel verschwand. Der Hammer! Die Ordnungshüter guckten sicher nicht schlecht, aber es war besser, dass wir ihre Gesichter gerade nicht sehen konnten. Wir waren längst außer Reichweite.

Vielleicht sollten wir für nächstes Mal Seile mitnehmen oder so, dann mussten wir nicht so eine abgedrehte Rückrufaktion starten, auch wenn das schon verdammt korrekt gewesen war. Der Moment war einfach nur krass! Wir hatten einen Entarteten gefasst und waren selbst nicht gefasst worden.

Und ab da machten wir es immer so. Jede zweite Nacht ritten wir aus, auch manchmal zweimal hintereinander oder erst in der dritten. Durch diese Abwechslung sollte niemand ein Muster erkennen, obwohl sowieso niemand Verdacht geschöpft hatte.

Nopsis Bekannte hielt wirklich gut dicht, auch wenn sie sonst nicht ganz dicht war. Hin und wieder kamen wir um ein Gespräch mit ihr nicht herum und was sie da verzapfte, war wirklich verrückt. Wahrscheinlichkeiten, Zeitkonstrukte, die Voraussetzungen für eine Zeitmaschine... Ich sag ja, irre.

Aber um Paddy schien sie sich wirklich gut zu kümmern. Mit ihm auf die Jagd zu gehen, hatte echt alles geändert. Wir schnappten einen Entarteten nach dem anderen, alles scheinbar normale Leute, die ihr wahres Gesicht verborgen hatten und die auch immer ganz überrascht und unschuldig taten.

Es war schon erschreckend, wie viele es waren und wie gut sie sich versteckten. Wie schnell breitete sich diese Krankheit wohl aus? Wie viele lauerten noch hier draußen? Wir konnten nichts anderes tun, als immer weiter zu machen.

Einmal war auch eine Falabella-Seele dabei. Die kleinwüchsige Frau trat mir mit ihrem Huf einen miesen blauen Fleck ans Bein. Allerdings war das auch die krasseste Verletzung, die ich abbekam.

Und Bellinis größte Verletzung waren wohl die Kratzer, die sie von Mathilda verpasst bekam. Sie und das kleine Kätzchen hatten schon so eine Hassliebe. Mehr als einmal beschwerte die Auserwählte des Reichs des Wassers sich, dass ihr Badezimmer nach Katze stank.

Auch Paddy fand diesen Geruch nicht ganz so geil. Immer wieder knurrte er Bellini an und war insgesamt super feindselig ihr gegenüber, was wiederum zu Streitereien zwischen ihr und Sky führte von wegen blöder Hund, blöde Katze, du bist blöd.

Ein harmonisches Team waren wir immer noch nicht so richtig, aber irgendwie hatten wir uns eingespielt. Außerdem hatten wir krasse Specials. Fliegende Klötzchen, fallverhindernde Handschuhe, mein Skateboard.

Unser Technikgenie hatte sogar sein abgedrehtes Elektro-Gerät modifiziert. Jetzt konnte es nicht nur Muskeln stimulieren und Türschlösser überladen, sondern auch zusammengesteckt werden zu einem Laserschwert. Na ja, vielleicht nicht ganz ein Laserschwert, aber an einem Ende war ein Schmelzdraht, mit dem man durch so ziemlich alles schneiden konnte, wenn auch sehr, sehr langsam. Echt der Hammer. Keine Tür war vor uns sicher. Kein Entarteter konnte entkommen.

Eines Abends verkündete Miriell breit grinsend: „Nopsi und ich haben eine Überraschung für euch. „Oh! Da bin ich ja gespannt!", erwiderte ich ehrlich und grinste breit zurück. Ich konnte es schon kaum erwarten, wieder hier rauszukommen und dann auch noch mit einer Überraschung. Mega.

Wir hatten jetzt sogar schon eine Folge von fünf Nächten ohne Jagd, weil Alpha wieder da war und Bellini mit ihr im Garten abgehangen hatte. Dabei hatte die außergewöhnliche Reiterin auch versucht herauszufinden, warum die Gräfin so lange weg gewesen war.

In der Regierung war die Kacke wohl ordentlich am Dampfen. Der geheime Prozess um Magikati, die ständigen Proteste und Unruhen wegen den Entarteten und die unberechenbaren Angriffe des Herrn der Noten. Allerdings waren das alles keine großen Überraschungen.

Als wir uns über der Wasseroberfläche trafen, war Miriell, wie so ziemlich immer, überpünktlich, doch dieses Mal hatte sie Nopsi dabei mitgezogen. „Und? Was ist die Überraschung?", wollte ich neugierig von ihnen wissen. „Noch einen Moment Geduld", bremste die Koala-Seele mich aus. Apropos ausbremsen, Bellini stürzte mal wieder extra langsam. Ihren Sturz bräuchte mindestens eine Beschleunigung um Dreitausend, damit das Tempo einigermaßen normal wäre. Ganz schlimm.

Nachdem sie dann endlich bei uns gelandet war, machten die beiden Superhirne etwas Seltsames. Sie teilten die Klötzchenfläche auf, sodass jeder von uns quasi auf einem Brett stand, wie Surfboards oder eher Snowboards, denn kurz darauf wurden unsere Füße noch fixiert.

„Nach der ganzen praktischen Übung mit den Entarteten, könnten wir die Klötzchenkontrolle auch als Fortbewegung versuchen", erklärte die begeisterte Wissensgranate und wirkte dabei überhaupt nicht angestrengt. Ihnen beiden merkte man gar nicht an, dass sie uns gerade nur mit ihren Gedanken hielten. Sie hatten sich wirklich krass verbessert. Und genau das hier hatte ich ja von Anfang an mal ausprobieren wollen, quasi magisches Skateboarden.

„Um weiter zu garantieren, dass wir unentdeckt bleiben, werden wir eine ähnliche Route wählen wie sonst auch: Zuerst runter durch den Dunst des Schicksalswasserfalls und dann im großen Bogen um den Trium-Palast in Richtung Stadt", gab uns die Steinkauz-Seele noch aufgeregt letzte Informationen.

„Dann legt mal los", forderte Sky sie kurzangebunden auf und schon schwebten wir los. Zuerst ging es ganz langsam und vorsichtig, doch sie steigerten ihr Tempo schnell. Boah, war das krass! Wir schossen über den Wasserfall und ich spürte den sprühenden Wasserdunst in meinem Gesicht. Tausendmal energiegeladener als die schwebende Treppe. Der Hammer!

Geschmeidig glitten wir an der Felswand entlang. Wenn ich meine Hand ausstreckte, konnte ich sie fast berühren, was wahrscheinlich mit blutigen Fingern geendet hätte. Aber gerade machte ich mir keine Gedanken um die Risiken. Alles fühlte sich einfach nur frei an und absolut unglaublich.

Danach kamen wir auch schon auf den normalen Weg zurück, auch wenn unsere Fortbewegung halt alles andere als normal war. „Wuhuu!", ausgelassen riss ich die Arme in die Luft. Es war nur ein seltsames Gefühl, selbst keine Kontrolle zu haben. Automatisch versuchte ich immer wieder das Ding zu steuern. Das wäre natürlich nochmal eine Stufe krasser gewesen. Aber für sowas war ich einfach nicht gut genug in dem Magiezeug.

Trotzdem war es einfach mega.

„Hey! Lasst uns mal übero Wasser zischen!", rief ich den anderen aufgedreht zu und die beiden Genies steuerten auch gleich zum Fluss. Sofort beugte ich mich runter und berührte mit meinen Händen die Oberfläche. Wild spritzte das Wasser um meine Finger auf und dazu der Wind, der an meinen Klamotten riss... Tausend mal besser als reiten, hundertpro.

„Hey! Lasst mich mal kopfüber fliegen!", hatte ich die nächste geniale Idee. Augenblicklich setzten die beiden es um und die Welt drehte sich. Abgefahren! Und als kleiner Spaß tunkte mich Nopsi auch einmal kurz mit dem Kopf ein.

Uff! Damit hatte ich nicht gerechnet. Das Wasser war echt übertrieben kalt! Aber dadurch fühlte ich mich nochmal so krass wach. Irgendwie auch korrekt. Die Stimmung war einfach so geil!

Viel zu schnell hatten wir die Straßen der Stadt erreicht, ich war richtig enttäuscht, dass es schon vorbei war. Wie immer machten wir zuerst einen Abstecher zu der verrückten Schaf-Seele.

Doch dieses Mal hatte die Zeitreise-Verrückte mehr für uns als nur abgedrehte Theorien: „Vor ein paar Tagen habe ich von jemandem Teile für meinen neusten Zeitmaschinen-Prototyp gekauft und Paddy hier ist vollkommen ausgerastet. Ihr habt mich zwar schon gewarnt, dass er manchmal ungehalten reagiert, aber das hat mich schon verwundert. Hat das vielleicht mit euch als Auserwählten zu tun? Ich muss gestehen, dass mein Lieferant nicht ganz legal ist. Hat Paddy vielleicht einen ausgeprägten Gerechtigkeitssinn oder etwas in der Art?"

Nicht ganz legal? Wenn Paddy auf ihn reagiert hatte, musste er ein Entarteter sein.

„Wie heißt der Lieferant und wo können wir ihn finden?", stellte Sky sofort die entscheidenden Fragen.

Wir hatten es gar nicht weit. Er wohnte hier in der Nähe der Schmiede-Allee, allerdings in einer etwas heruntergekommenen Gegend. Einen richtigen Namen hatte die Hundeaufpasserin uns nicht sagen können. Auf der Straße war er wohl als der Boxer bekannt und es wurde gemunkelt, dass er einmal so fest zugeschlagen hatte, dass ihm dabei seine eigene Hand gebrochen war. Mit ihm war nicht zu Spaßen.

Außerdem sollte er ein begnadeter Schrauber sein und kannte sich mit Motoren und mechanischen Konstruktionen bestens aus. Laut der Schaf-Seele war er auf dem Gebiet mit Abstand der Beste und auch wenn er echt zwielichtig klang, war er wohl ein echt netter Kerl. Allerdings glaubte ich noch nicht daran.

Doch das interessanteste Gerücht war das, dass er ein ehemaliger Schüler des Trium-Palasts war. Wir hatten es also vielleicht mit einem abtrünnigen Magieträger zu tun, womöglich sogar mit dem Herrn der Noten persönlich, auch wenn ich nicht wirklich daran glaubte. Der Herr der Noten oder wohl eher die Herrin war eine Anarchistin mit einer regelrechten Armee von Entarteten hinter sich. Schwarzmarkthandel zusätzlich würde da doch nicht so richtig passen. Und wie gesagt, sollte sie weiblich sein, außer das war eine doppelte

Finte. Aber wer weiß, vielleicht hatte der Boxer ja Informationen. Es versprach auf jeden Fall interessant zu werden.

Seinen Unterschlupf zu finden, war nicht schwer. Paddy erschnüffelte uns den Weg und durch Nopsis elektrischen Schneidedraht kamen wir auch direkt hinein. Aufmerksam sah ich mich um.

Passend zu seinem Straßennamen hatte er, umgeben von zahllosen Metallteilen und auseinandergenommenen Motoren, einen großen Boxring in der Mitte seiner Werkstatt.

Plötzlich hörte ich Schritte und hinter einem der Schrottberge kam eine Bären-Seele hervor. Er war groß gewachsen und auf seinem Kopf kringelten sich kurzgeschnittene, hellbraune Locken, allerdings hatte ich ihn mir deutlich älter vorgestellt, maximal war er so alt wie ich, eher eine Spur jünger.

„Du bist der Boxer?", fragte Bellini mit skeptisch hochgezogenen Augenbrauen. „Das kommt ganz darauf an, wer fragt. Was wollt ihr denn hier, ihr Einbrecher?", erkundigte er sich ganz lässig bei uns.

Wild fletschte Paddy die Zähne. „Wir wollen mehr über die Entarteten wissen, was euer Plan ist und wer hinter dem Herrn der Noten steckt", forderte Sky eisern. Immer noch kein bisschen beunruhigt nickte der Kerl: „Ich hab da diese Regel. Hier gibt es nichts umsonst. Wenn ihr Antworten wollt, müsst ihr mich im Boxring schlagen. Anders läuft es nicht."

„Wenn es weiter nichts ist", entschlossen schob ich meine Ärmel nach oben. Immerhin ging es hier um einen krassen Kontaktmann der Entarteten, der uns mit seinem Ehrenkodex vielleicht entscheidende Informationen geben konnte und ich hatte mir schon so oft Boxkämpfe reingezogen.

Ja, er war größer und sicher auch stärker als ich und wahrscheinlich war das eine ziemlich dumme Idee, aber ich musste es wenigstens versuchen. Aber Nopsi schien es anders zu sehen: „Wir könnten ihn auch einfach festnehmen."

„Ihr könntet es versuchen, aber ich würde nichts sagen", meinte der Schwarzmarktschrauber mit einem überlegenen Grinsen. Er fuhr auf den Nervenkitzel offensichtlich total ab.

„Ich kann dich als Boxsack benutzen, wenn du uns nichts sagen willst, aber mehr von einem Boxkampf wird es nicht geben", stellte die Steinbock-Seele klar und haute dabei auch gleich nochmal eine nette Drohung raus. Ja, Kompromisse kannte er echt nicht.

Plötzlich hörte man das Knallen einer Tür und darauf eine Stimme, die ich nie vergessen würde. „Hey, ma...", mitten im Satz brach er ab. Es war die Hyänen-Seele, der Entartete, der Les fast umgebracht hatte und der immer mit der tödlichen Tennnisspielerin abhing.

„Du!", erkannte auch Sky ihn sofort wieder und sein nächstes Wort war sehr effektiv: „Fass!" Ungehalten sprintete der schwarze Hund los. Hektisch machte die Hyänen-Seele einen Satz auf einen der großen Metallhaufen. Laut schepperten irgendwelche Mechanikteile nach unten. Paddy stürzte sich entschlossen mitten in das Chaos.

„Hey! Hiergeblieben!", rief Miriell auf einmal. Der Boxer versuchte sich aus dem Staub zu machen! Sofort formierte sie eine Klötzchenwand oder vielleicht war es auch Nopsi. Doch der Kerl machte keinen Halt und nutzte das Hindernis wie beim Parkour und schwang sich einfach drüber.

Ohne zu zögern, setzte ich ihm hinterher, doch als ich mich auf der Mauer abstützte, brach sie einfach unter mir weg. „Tut mir leid!", entschuldigte sich das liebe Magie-Ass gleich. Anscheinend hatte sie nicht mit meiner Initiative gerechnet, was auch gut war, denn ansonsten wäre ich voll ins offene Messer gelaufen oder in diesem Fall eine tragbare Kreissäge.

Kreischend warf er das Teil an. „Verschwindet!", befahl er uns, auch wenn man das über den ganzen Lärm kaum hören konnte. Doch natürlich ließen wir uns davon nicht abschrecken. Eins unserer Superhirne benutzte die Klötzchen als fiese Geschosse, die nur so auf den Boxer einprasselten. Er hatte gar keine Chance anzugreifen. Jetzt hatten wir ihn da, wo wir ihn haben wollten!

Laut winselte Paddy auf. Sofort drehte ich meinen Kopf zu ihm rüber. Die Hyänen-Seele hatte ihn irgendwie erwischt! Dieser Mistkerl! Schnell rutschte er am Teileberg herab und hatte es dabei auf Bellini abgesehen. Wahrscheinlich hatte er sie nur für ein hübsches, wehrloses Püppchen gehalten, doch sie belehrte ihn mit einem ihrer legendären Tritte eines Besseren.

Er stolperte einen Schritt rückwärts und rutschte mit dem Fuß auf einer Schraube aus. Loser. Plötzlich flammten überall Lichter auf. Verdammte Axt! Was war denn jetzt los? Leute strömten in den Raum, ganz in schwarz, bis auf silberne Triquetra auf dem Rücken und bis auf die Zähne bewaffnet.

„Keiner rührt sich!", befahl eine männliche Stimme und eine Maulwurf-Seele trat hervor, die, anders als die meisten mit diesem Seelentier, keine Brille trug. Dafür hatte er wie die anderen auch einen Helm auf, unter dem seine zotteligen Haare heraushingen. Irgendwie hatte er etwas Abwesendes an sich. Allerdings passte die Schar von Ordnungshütern, die mit ihm reingeplatzt war, echt nicht zu diesem ersten Eindruck.

Der Boxer stellte die Kreissäge aus und meinte mit einem lässigen Nicken: „Wie ich sehe, hast du neue Freunde gefunden oder eher Mitarbeiter. Freunde waren ja noch nie so dein Ding gewesen. Na ja, arbeiten eigentlich auch nicht." „Ich bin soooo überrascht, dich hier zu sehen. Wer hätte schon gedacht, dass du am Ende in einer niveaulosen, dreckigen Werkstatt mit Boxring endest", erwiderte der Kerl mit trockener Ironie.

„Isst du jetzt eigentlich auch tagsüber? Du musst doch noch groß und stark werden. Oder trinken wäre vielleicht mal ganz gut. Nicht dass du bei deiner wichtigen Arbeit noch umkippst", stichelte der Lockige weiter. Was? Der Kerl aß tagsüber nicht? Was war da denn los?

„Ja, im Sprücheklopfen warst du schon immer gut. Eine große Klappe und nichts dahinter", gab der nüchterne

Ordnungshüter zurück und hatte dabei echt einen übertrieben todernsten Blick drauf.

„Man hört deine Ironie immer noch Null. Aber du redest ja auch nur ironisch", kommentierte der Besitzer der Werkstatt und verdrehte genervt die Augen. Doch er hatte schon irgendwie recht, diese Maulwurf-Seele war ein wenig schräg und wenn er uns einkassierte, konnten wir unsere Heldenmission sicher vergessen. Ich konnte mir kaum vorstellen, dass der Typ überhaupt lächelte.

Aber vielleicht irrte ich mich auch und unter dieser sehr trockenen und abwesenden Schale war er ein Typ mit dem man echt Spaß haben konnte und der voll das Verständnis für unsere Flucht aus dem Trium-Palast hatte. Am besten wir probierten es gar nicht aus und verschwanden einfach, bevor wir erkannt wurden.

Vielsagend sah ich zu Miriell rüber. Eine von ihren quasi Blendgranaten inklusive elektrischer Druckwelle wäre jetzt genau das Richtige. Theoretisch konnte ich diesen Trick mittlerweile zwar auch, aber bei ihr hatte er einfach mehr Wucht und wir brauchten jetzt echt einen Schlag.

„Aber genug der Nettigkeiten ausgetauscht. Nehmt sie allesamt fest", beschloss der ironische Typ auf einmal. Was?! Ihr Gespräch war doch so gut am Laufen gewesen! Oder eher ihr Austausch von Nettigkeiten, alias Beleidigungen. Wir brauchten noch Zeit! Und die verschaffte uns der Boxer mit Runde zwei.

„Hey, das willst du doch nicht wirklich. Du weißt doch selbst, wie scheiße das System sein kann, wie die Leute ihre Macht missbrauchen und unnötige Regeln aufstellen. Und du warst doch auch ganz groß dabei, als wir uns mit einer eigenen Glaubensrichtung über Maxinkorik lustig gemacht haben, weil er zu ernst war. Diese ganze Struktur ist doch nur ein Witz. Die richtigen Probleme werden einfach ignoriert. Die Leute sind ihnen egal. So kann es nicht bleiben. Wir brauchen die Veränderung, einen Neuanfang. Das System ist krank, das ist keine Ordnung sondern ein Gefängnis", redete die Bären-Seele ihm ins Gewissen.

Was? Sie hatten extra eine Glaubensrichtung gegründet, um sich über den Maximus-Butler lustig zu machen? Wie kam man auf so eine Idee und wie konnte ich beitreten?

Und dabei taten unserer Lehrer immer so geschockt, dass es Spaß gab und spielten sich auf, als wären wir die ersten, die es wagten, welchen zu haben.

Wabernd breitete sich Miriells leicht knisternder Dunst auf dem Boden aus. Immer schön im Gespräch bleiben.

„Irgendwann ist die Zeit für Scherze vorbei", erwiderte die Maulwurf-Seele darauf immer noch so emotionslos und seine Leute setzten seinen Befehl um, auch wenn sie dabei selbst etwas unsicher wirkten, ob sie es jetzt wirklich tun sollten oder besser noch den nächsten Schlagabtausch abwarteten. Grob drehte einer von denen mir die Hände auf den Rücken, die perfekte Ausgangsstellung für eine gezielte Kopfnuss mit dem Hinterkopf. Wir würden nicht kampflos aufgeben. „Miriell! Jetzt!", rief ich unserem Ass im Ärmel zu.

Laut zersplitterte das Glas eines Oberlichts. Eine dunkle Gestalt fiel herunter. Da war diese Melodie, ganz sanfte Musik. Die verträumten, einlullenden Noten passten überhaupt nicht zu der krassen Scheiße, die gerade abging.

Ich konnte nichts dagegen tun, schlagartig war ich total müde und meine Gedanken wurden wattig-weich. Meine Beine konnten mich kaum noch halten. Mich hinzulegen wirkte so unendlich verlockend.

Ich musste wach bleiben! Doch dieser verzweifelte Gedanke kam nicht gegen das träge Gefühl der Musik an.

„Der Herr der Noten!", rief der Ordnungshüter hinter mir. „Damit hast du wohl nicht gerechnet, Frequenzen gegen dein Gedudel in unseren Helmen", verkündete die Maulwurf-Seele überlegen. Mit halb geschlossenen Augen konnte ich gerade noch sehen, wie sich auf seinem Gesicht ein kleines, triumphierendes Grinsen ausgebreitet hatte. Er hatte also doch Gefühle. Wahnsinn.

„Lauf Paddy! Lauf!", hörte ich ganz diffus Skys Stimme und da war ein heller Lichtblitz zusammen mit einem leichten Prickeln auf meiner Haut bevor ich mich endgültig in der Dunkelheit verlor.

Partytime

Im ersten Moment wunderte ich mich, dass da nicht dieses nervige Klopfen war, das mich schon so oft geweckt hatte. Doch dann wurde mir schlagartig wieder bewusst, wo ich war oder wohl eher gewesen war.

Als ich die Augen aufriss, umgab mich nicht länger die chaotische Werkstatt sondern die kahlen Wände eines kleinen Raums. Es gab nur einen Tisch und zwei Stühle, auf einem war ich angekettet und auf dem anderen saß die Maulwurf-Seele mit vor der Brust verschränkten Armen und taxierte mich abschätzend.

„Herr Nospes möchten Sie einen Kaffee?", fragte er mich trocken. „Äh was? Nein, danke", brachte ich komplett überfordert hervor. „Gut. Sie bekommen nämlich auch keinen", enthüllte der schräge Ordnungshüter mit seiner komischen Ironie.

Was war das überhaupt für ein Einstieg? In so einer Situation konnte man doch nicht mit so einem dummen Spruch kommen!

Moment mal! Er hatte mich gerade mit meinem Nachnamen angesprochen! Er wusste, wer ich war! Verdammte Axt! Wir waren aufgeflogen! Aber zumindest konnte ich jetzt mit offenen Karten spielen.

„Könnten Sie vielleicht die Ketten öffnen? Das ist doch nicht nötig. Wir sind doch auf derselben Seite", bat ich ihn selbstbewusst. „Nein, nicht ganz. Sie haben eigentlich nichts auf dieser Seite verloren. Sie sollten im Trium-Palast sein und schlafen. Sie sind ein Auserwählter, kein Ordnungshüter. Oder sind Sie Undercover unterwegs?", brachte er wieder einen Scherz, ohne einen Hauch Emotion.

„Hören Sie, ich will doch nur helfen. Ich konnte aus nächster Nähe sehen, wie die Entarteten sind und dass sie vor nichts zurückschrecken", versuchte ich irgendwie sein Verständnis zu bekommen.

Doch er zeigte überhaupt keine Reaktion, also ging ich selbst mit einer Frage in die Offensive: „Wo sind die anderen? Was ist das für ein Raum? Was ist passiert?" Na gut, das war jetzt doch mehr als nur eine Frage gewesen.

„Der Herr der Noten ist zusammen mit unseren beiden Verdächtigen geflohen. Dafür hat er eine neumodische Blendgranate mit Druckwelle genutzt, deren Auslöser wir noch nicht finden konnten", gab er mir doch tatsächlich Informationen und schlug gleich im Anschluss den Bogen zurück zum Verhör: „Sagt Ihnen das etwas?"

Eine Blendgranate mit Druckwelle ohne Auslöser? Das klang ganz nach Miriells kontrolliertem Verkacken. Hatte sie es vielleicht noch aktiviert bevor sie eingeschlafen war? Oder hatte der Herr der Noten es von ihr abgeguckt, so wie die Kopfnuss-Technik von Sky. Er nutzte unsere eigenen Waffen gegen uns, dieser Bastard. Als nächstes würde er noch mit einem Skateboard auftauchen.

„Herr Nospes?", erinnerte mich die Maulwurf-Seele, dass ich ihm noch eine Antwort schuldig war. „Nein, tut mir leid, davon weiß ich nichts. Ich hatte aber bisher noch nicht wirklich mit dem Herrn der Noten zu tun. Ich hab nur Gerüchte gehört, zum Beispiel, dass er weiblich ist", ich garnierte meine Lüge mit einem kleinen Informationsbrocken, um sie schmackhafter zu machen.

„Ja, darüber sind wir bereits in Kenntnis gesetzt", meinte er nur und die Fragerei ging fröhlich weiter. Echt nicht korrekt. Aber noch schlimmer war die Wartezeit danach, während er die anderen befragte oder wer weiß was trieb.

Er hatte mich anscheinend nur als erstes ausgequetscht, weil ich mit meinem Signal an Miriell wie der Anführer gewirkt hatte. Allerdings war er da bei mir an der falschen Adresse gewesen. Was Wissen anging, hatten Miriell und Nopsi deutlich mehr zu bieten. Wir waren einfach ein Team und jeder hatte seine Momente, in denen er übernahm und jetzt mussten wir vor allen Dingen Verantwortung übernehmen.

Die Herrscherinnen wurden über unser Verhalten in Kenntnis gesetzt und wir bekamen eine richtig fette Standpauke, nein, eigentlich nicht nur eine. Außerdem wurde uns das Recht auf Botenvögel genommen und der Stall fiel ebenfalls weg. Wieder die komplette Isolation. Yippie.

Ohne Bellinis Dienerin hätten sie uns auch Mathilda genommen, doch sie versteckte das kleine Kätzchen noch rechtzeitig in ihrem eigenen Quartier, wo sie auch blieb, aber wir konnten sie wenigstens besuchen gehen.

Ach ja und natürlich hatten wir auch die Klötzchen abgeknöpft bekommen und einer von Bellinis Handschuhen war weg, keine Ahnung warum auch immer sie den anderen noch hatte. Dafür hatte Nopsi es geschafft sein Elektrogerät zu behalten, weil er es als medizinisches Hilfsmittel verkauft hatte, mit einer Muskeldemonstration an seinem Bein, ziemlich clever.

Zusätzlich waren die Sicherheitsvorkehrungen nochmal angezogen worden. Unsere Fenster ließen sich jetzt überhaupt nicht mehr öffnen und jede Nacht stand vor unserer ebenfalls verschlossenen Tür eine Wache. Damit fühlte es sich jetzt erst recht nach Gefängnis an.

Die einzig korrekte Aktion der Maulwurf-Seele war es, dass er mir einen Kalender mit verrückten Zeichnungen vom Maximus-Butler gegeben hatte. Mein persönlicher Favorit war die stocksteife Schildkröten-Seele in Rockstaraufmachung, optional gab es ihn noch als antiken Heerführer, Bodybuilder und wirklich alles, was man sich nur denken konnte.

Das war ein wahrer Schatz und damit lebte der Glauben quasi weiter. Zumindest hatte das der verrückte Kerl noch mit einem Zwinkern gesagt. Sein Humor war echt eine eigene Liga.

Auch bei den anderen Schülern merkte man die Auswirkungen. Manche betrachteten uns wie Geächtete, während uns andere richtig Respekt zollten, darunter auch die Hyänen-Seele, der ich das Skateboard abgeknöpft hatte. Sie bewunderten unseren Mut und unsere Entschlossenheit, was schon ein gutes Gefühl war, aber das Gefühl gefangen zu sein, konnte es nicht aufwiegen.

Der Unterricht zog sich wieder so in die Länge! Bald würde ich echt wahnsinnig werden!

Doch dann kam unerwartet doch wieder Abwechslung in unseren lahmen Alltag. Eine repräsentative Feier stand an und zwar in der noblen Kristallresidenz und um nochmal zu demonstrieren wie gut alles doch lief und dass die Traditionen noch nicht tot waren, sollten wir da richtig schön ausgestellt werden. Sogar eine Parade war geplant.

Lustig klang anders, aber alles war besser als dieser Alptraum.

Natürlich sollten wir dabei unsere schicken Schuluniformen und die Freundschafts-Kettchen anziehen und unsere wahnsinnig wichtige Aufgabe bestand darin, ein Magielicht zu halten. Das Ding war, dass wir nicht einmal das Licht selbst erzeugen mussten, wir mussten nur die Hand hinhalten, schließlich sollte alles perfekt sein. Nur ein wunderschöner Schein. Aber voll korrekt, dass wir endlich wieder hier rauskamen.

Ein Stück außerhalb der Stadt „durften" wir schon auf den Festwagen aufsteigen. Er war in zwei Ebenen aufgebaut: In der Mitte standen erhöht die drei Herrscherinnen und wir positionierten uns eine Stufe weiter unten kreisförmig um sie herum.

Wortlos ließ Königin Naya für jeden von uns eine perfekte Lichtkugel auftauchen, die immer mal wieder von einem sanften Glühen durchzogen war. Man konnte der Bienen-Seele richtig ansehen, wie enttäuscht sie von uns war und dass sie es schrecklich fand, dass sie nicht mehr ihre unbeschwertherzliche Art an den Tag legen konnte. Das würde schließlich falsche Signale senden.

Alpha hingegen zeigte uns ganz unbewegt die kalte Schulter. Besonders für Bellini tat es mir leid. Würde ihr gemeinsames Gartenprojekt jemals fertig werden?

Aber Magikati bescherte mir die meisten Sorgen. Letztes Mal hatte sie uns fast umgebracht. Sie hier zu haben, war nicht nur unangenehm sondern gemeingefährlich. „Ähm, ist es so eine gute Idee, sie dabei zu haben?", fragte ich mit einem vielsagenden Blick auf die Frau mit den blauen Haaren und der Scherenhand.

„Sie ist nicht hier", antwortete Alpha, obwohl sie ja offensichtlich da stand. Häh? Doch dann fuhr die Katzen-Seele mit ihrer Hand mitten durch die Horrochcrin des Wasserreichs: „Das ist nur eine Lichtillusion von Königin Naya. Wir dürfen uns nicht noch einen Skandal leisten. Wir hätten sie schon längst aus dem Verkehr ziehen sollen."

„Besser spät als nie", meinte ich ziemlich beeindruckt. Das war wirklich eine täuschend echte Nachbildung. Selbst dieser verträumte Blick und die Art, wie sie sich bewegte! Ich hatte nicht gewusst, dass Illusionsmagie so weit gehen konnte. Die Details waren echt krank.

Konnten wir auch sowas lernen oder war das nur für das absolute Meister-Niveau? Ein bisschen was hatte ich ja auch schon drauf. Schweben musste ich allerdings unbedingt noch besser lernen.

Unser ganzer Paradewagen wurde auch so transportiert, er schwebte einfach wie ein Ufo durch die Luft. Schon krass. Echt der Hammer waren auch die kleinen Rinnsale, die über die Kante plätscherten und bevor sie den Boden erreichten, lösten sie sich in Wasserdunst auf, quasi kleine Wasserfälle.

Vielleicht sollten sie ja auch symbolisch für den Schicksals-wasserfall stehen.

Hoch über unseren Köpfen bildete das Wasser auch noch ergänzend dazu ein Triquetra. Man könnte meinen, dass Magikati dafür verantwortlich war, doch ich würde mal tippen, dass Alpha diesen Anschein erwecken wollte.

Sie veranstalteten schon eine beeindruckende Magieshow, auch das bunte Feuerwerk, das die Herrscherin des Luft-reichs zwischendurch immer wieder präsentierte, war ein echter Hingucker. Jeder sollte ihre Macht sehen und wir hingen als Marionetten mit drin.

Natürlich staunten die Leute in der Stadt nicht schlecht, als wir vorbeischwebten, natürlich in Begleitung einer ganzen Schar Ordnungshüter, teilweise auch beritten oder Pferde-Seelen mit einem kompletten Tier-Unterkörper. Schon ein heftiges Aufgebot.

Überall drückten sich aufgeregte Gesichter gegen die Fens-ter und die Leute tummelten sich am Straßenrand. Irgendwie war es schon krass, dass sie alle uns sehen wollten, aber gleichzeitig fühlte ich mich auch ausgestellt wie in einem Zoo oder einem Zirkus. Kommen sie her und bestaunen sie die zahmen Auserwählten! Keine Sorge, sie beißen nicht!

Die ganze Zeit hielt ich in der Menge nach Laurel Ausschau oder generell bekannten Gesichtern, aber ich konnte nie-manden sehen. Und in der großen Masse gab es auch nicht nur Bewunderung.

„Der Herr der Noten hat recht!", brüllte irgendwo eine Stimme. „Stoppt die Hetze auf die Entarteten!", schloss sich aufgebracht eine weitere an, aber sie hatten beide nicht den Mut vorzutreten. Anders als eine Gruppe, die ein Stück ent-fernt am Straßenrand stand.

Sie hielten Plakate hoch mit Sprüchen wie: „Freiheit für Ulrati Zepero!" Wer auch immer das sein sollte. Selbstverständlich gab es noch jede Menge durchgestrichene Triquetras und eindeutige Botschaften wie: „Scheiß aufs System!" Diese Spinner.

Die schlanke Löwen-Seele mit dem Ulrati Zepero Schild hatte sogar zwei Kinder dabei und war selbst kaum im Erwachsenenalter. Ob das wohl schon ihre Kinder waren oder eher Geschwister? Oh. Eins von ihnen hielt auch ein kleines Plakat in den Händchen, ziemlich klein geschrieben mit einer abstrakten Katze daneben: „Gebt uns unsere Mama zurück!" Verdammt. Das klang nach einer ähnlichen Geschichte wie bei Sky. Echt heftig, jemanden an so eine Krankheit zu verlieren. Natürlich wünschten sich diese Leute, dass sie ihre Familien wieder zurückbekommen konnten, aber das war nicht mehr als ein naiver Wunsch.

Endlich erreichten wir die Kristallresidenz, nur ein weiterer Käfig. Wenn ich es mir richtig überlegte, war das hier sogar noch fieser als der Trium-Palast. Man war dem echten Leben so nah und konnte doch nicht dran teilnehmen.

Verkrampft schaute ich aus dem Fenster. Draußen war es bis auf die Straßenlaternen schon dunkel und durch das Licht in meinem Zimmer spiegelte ich mich in der kristallklaren Fensterscheibe. Ich trug immer noch diesen extra schicken Fummel, in dem ich aussah wie ein anderer Mensch.

Wütend ballten sich meine Hände zu Fäusten. Am liebsten hätte ich dieses beschissene Spiegelbild in tausend Scherben zertrümmert, doch gegen den harten Kristall hatte ich keine Chance. Wieder hatte ich dieses Scheißgefühl, nichts tun zu können. Und ich hatte nicht einmal meine Gitarre oder meine Kopfhörer, um die Zeit irgendwie rumzukriegen. Es war die pure Folter!

Auf einmal klopfte es an meiner Tür und ein typisch nüchterner Diener betrat mein Zimmer: „Herr Nospes, bitte folgen Sie mir zu dem großen Festsaal. Die übrigen Gäste haben sich bereits eingefunden."

Was? Die Feier sollte jetzt schon sein? Ich konnte noch gar nichts hören. Entweder war das eine Veranstaltung mit dem Spaßfaktor eines Friedhofs oder die hatten echt verdammt guten Schallschutz, vielleicht ja auch beides.

Aber weil es meine einzige Alternative war, hier weiter blöd rumzustehen, ging ich ohne Protest mit dem steifen Dienstboten mit. Er führte mich durch die Gänge, die aus funkelnden Juwelen geschlagen waren, wertvoll und hübsch anzusehen und doch alles andere als gemütlich oder heimelig. Diese ganze Welt war ganz nett für einen Besuch, aber nichts, um darin zu leben. Leider hatte ich da keine Wahl mehr, außer ich strebte eine Karriere wie der Boxer an, was mir langsam immer reizvoller vorkam.

Vor einer hohen Kristalltür warteten auch schon die anderen inklusive Diener auf uns. Ohne Aufpasser lief bei uns ja gar nichts mehr. „Hallo Freunde!", begrüßte ich sie schon von der Treppe aus mit einem kräftigen Winken.

Als Reaktion bekam ich von fast allen ein Lächeln, nur Sky verdrehte die Augen. Seitdem wir nicht mehr gegen die Entarteten vorgehen konnten und wir zusätzlich nicht wussten, ob Paddy entkommen konnte, war er wirklich unausstehlich.

„Und? Sollen wir jetzt reingehen?", fragte ich locker in die Runde. „Ihre Bereitschaft ist löblich, doch Sie sollten sich in Geduld üben", kommentierte mein Diener genau wie die ganzen Langweiler im Trium-Palast. Wie hatte ich das nur vergessen können? Geduld und Fügsamkeit, die beiden herausragenden Eigenschaften in diesem System. Trägheit und Ignoranz würde halt nicht so gut klingen.

„Wie lange bleiben wir eigentlich hier? Uns hat man ja mal wieder überhaupt nichts gesagt", fing ich das nächste Gespräch an. „Keine Ahnung", selbst für diese schlichte Antwort nutzte Miriell ihre Hände sehr gestenreich, das konnte manchmal schon echt witzig aussehen.

„Allerdings ist das ja nichts Neues. Kommunikation und Transparenz wurden hier noch nie großgeschrieben", merkte Nopsi missfällig an. „Das alles ist einfach nur eine gottlose Scheiße!", beschwerte sich Bellini angepisst: „Echt lächerlich, was die hier für ein Theater abziehen."

Bevor wir uns noch weiter aufregen konnten, gab es wieder einen Lichtblitz und dieses unbeschreibliche, überfordernde

Gefühl einer Teleportation. Schlagartig standen wir mitten im Saal, nein, nicht ganz, wir standen eher an einem Ende und zwar auf einem Podest, zusammen mit den drei Herrscherinnen, beziehungsweise zwei und eine Illusion.

Eine kleine Vorwarnung wäre ja mal ganz nett gewesen. Laut applaudierte die versammelte Mannschaft, alles hochfeine Leute, bestimmt ganz berühmte Persönlichkeiten, auf jeden Fall waren sie im ersten Moment ziemlich erschlagend. Und ich hatte keinen Plan, wie ich darauf reagieren sollte. Einfach wie eine Statue rumstehen oder vielleicht herrschaftlich winken? Was erwarteten diese gepuderten Idioten von uns?

Nachdem die erste Beifallswelle verebbt war, ergriffen Alpha und Naya das Wort. Es war dieses typisch förmliche Blabla mit Begrüßung und einer Lobrede auf den Zusammenhalt und die Symbolik des Triquetras. Irgendwie klangen für mich all diese Ansprachen gleich und vor allen Dingen absolut scheinheilig.

Dabei nicht das Gesicht zu verziehen, war wirklich eine harte Aufgabe. Ich hatte echt das extreme Bedürfnis aufzustöhnen oder die Augen zu verdrehen. Sie ignorierten voll die Realität und taten so als wäre alles noch Friede, Freude, Eierkuchen.

Zum Abschluss ließ die Bienen-Seele noch ein buntsprühendes Feuerwerk erscheinen, das sich krass in den Kristallwänden spiegelte. Das war ein umwerfender Anblick. Doch nach diesem kleinen Moment des Staunens ging es auch schon gleich mit der Nerverei weiter.

Wir sollten uns unter die Leute mischen und bei der ganzen Beschönigung brav mitspielen. Alpha zischte uns sogar noch extra zu, dass wir uns ja benehmen sollten. Als wären wir kleine Kinder! Man, ich hätte echt nicht übel Lust, den ganzen Lackaffen mal die Meinung zu geigen!

Aber was wäre dafür die Strafe? Eingesperrt war ich ja schon. Oh nein! Vielleicht nahmen sie mir dann noch meine Gitarre und meine Kopfhörer! Ohne Musik würde ich nicht überleben!

Mit diesem Horrorszenario im Kopf fing ich das erste nette Gespräch an und in diesem Fall galt: Nett war die kleine Schwester von Scheiße. Ich wurde nach meiner großen Heldentat bei Alphas Rede gefragt und nach meinen strahlenden Plänen für die Zukunft.

Um ihre Erwartungen zu erfüllen, laberte ich einfach etwas von einer Karriere bei den Ordnungshütern, bei denen ich dann weiter für die Sicherheit der Leute kämpfen würde. So abwegig war das doch nicht einmal.

Außerdem waren viele an meiner Familie und meiner früheren Wohnsituation interessiert. Anscheinend dachten sie, ich wäre gefühlt auf der Straße aufgewachsen und hätte als Kind gegen Gangs und so kämpfen müssen. Noch ein Beweis dafür, wie weltfremd die Mächtigen doch waren.

Irgendwann wurde mir das auch zu blöd und ich tat einfach so, als würden sie recht haben. Gespielt dramatisch erzählte ich ihnen von meinem Vater, der abends immer die Mülltonnen durchwühlt hatte, um uns Essensreste zu bieten und meiner Mutter, die unsere Klamotten im Fluss mit einem alten Waschbrett gewaschen hat. Quasi Waschbär trifft auf Mittelalter. Sie so zu verarschen hatte schon etwas, aber nervig war die ganze Veranstaltung immer noch.

Zum Glück wurden irgendwann Sekt, Champagner und verschiedene Weine von den Kellnern durch diese Hölle getragen und wenn man ordentlich einen sitzen hatte, konnte man das alles hier gleich deutlich besser ertragen.

Und dann setzte einer der Gäste noch einen drauf. „Hey, du bist doch der Junge von der Straße, der Held von Alphas Rede", raunte mir eine Spinnen-Seele zu, die sich komplett in Schlangenleder gekleidet hatte. „Nein, ich bin der Weihnachtsmann", konnte ich mir nicht verkneifen. Ich hatte dieses dumme Gespräch einfach schon einmal zu oft geführt.

„Wenn du der Weihnachtsmann bist, habe ich hier etwas Schnee für dich", vertraulich zwinkerte mir die giftige Frau zu und zeigte mir ein Tütchen mit weißem Pulver. „Was ist das?", wollte ich misstrauisch von ihr wissen.

„Du kennst es sicherlich schon. Das ist Seeträne, höchste Qualität. Man wird regelrecht von einer Nixe in die Tiefe gezogen und will nie wieder auftauchen", flüsterte sie lächelnd.

Ja, Seeträne kannte ich, wirklich eine krasse Droge und verdammt teuer. Deswegen hatte ich sie bis jetzt auch erst einmal genommen und das war voll der abgedrehte Trip gewesen. Nach dem absoluten Hoch war man einfach nur schläfrig und wenn man eine Weile gepennt hatte, spürte man nichts, kein Kater, keine Übelkeit. Echt gutes Zeug. Außerdem hätte diese Party genau sowas schwer nötig.

Aber eine Spinnen-Seele? Sie hatten echt keinen guten Ruf, von wegen Netze weben und Leute darin einfangen. Nicht zu vergessen, dass hier überall Ordnungshüter rumliefen. Am Rand des Saals stand sogar wieder eine der krassen Pferde-Seelen mit komplett tierischem Unterkörper, eine Frau mit stramm gebundenem Pferdeschwanz (witziges Wortspiel) und großer, verspiegelter Sonnenbrille. Mit dieser Aufmachung sah sie eher aus wie irgendein Spion. So oder so war es schon ein ziemliches Risiko hier Drogen zu nehmen, was es jedoch irgendwie noch reizvoller machte.

„Das ist ein Geschenk für deine Heldentat. Lass uns gemeinsam darauf anstoßen", mit einer unglaublichen Fingerfertigkeit riss sie das Tütchen nur mit einer Hand auf und teilte das verheißungsvolle Pulver in unsere Gläser auf.

Wenn sie es mit mir nahm, war das doch ein eindeutiges Qualitätssiegel. Ein Dealer würde doch nie selbst verschnittene Ware nehmen oder vielleicht war sie ja auch einfach nur ein gelangweiltes Mitglied dieser stocksteifen Schicht, die den Kick brauchte. Egal. Ich würde es tun.

Mit einem hohen Klirren stießen unsere Gläser aneinander und während sie den ersten Schluck nahm, sah sie mir unverwandt in die Augen. Aufgeregt folgte ich ihrem Beispiel. Mein Wein hatte durch die Seeträne eine leicht säuerlich-salzige Note und prickelte extrem, was gleichzeitig eklig und elektrisierend war.

In wenigen Zügen hatten wir beide unsere Gläser geleert und ich spürte es in meinem Inneren weiter kribbeln. Ein paar Minuten würde es noch brauchen und dann konnte die Party so richtig abgehen.

„Ich wünsche dir noch einen schönen Abend. Vielleicht sehen wir uns ja wieder. Ich werde am Meeresgrund auf dich warten", verspielt winkte mir die Spinnen-Seele zu und verschwand tänzelnd in der Menge.

Auf einmal sprach mich eine vertraute Stimme direkt neben mir an: „Das war eine schwarze Witwe aus der Familie der Theridiidae. Diese Art der Kugelspinne ernährt sich teilweise von Schlangen. Bei ihrem Outfit musste ich irgendwie daran denken." Kurz schüttelte Miriell sich.

Ich hatte gar nicht gemerkt, dass die kluge Steinkauz-Seele in der Nähe war.

„Wie lange stehst du da schon?", fragte ich sie ertappt. „Ich bin gerade erst rübergekommen. Mich haben die ganze Zeit irgendwelchen alte Leute vollgequatscht und eigentlich mag ich ja Omis und Opis, aber das hier ist etwas ganz Anderes. Warum?", lieferte sie eine unnötig langgezogene Antwort.

„Nur so", meinte ich und knüpfte schnell ans Thema an: „Aber bei all den alten, reichen Leuten läuft hier doch viel Potenzial für einen neuen Sugardaddy für Bellini rum." „Nicht mein Typ", erwiderte plötzlich die Auserwählte des Reichs des Wassers. Und woher war sie jetzt auf einmal gekommen? Warum tauchten jetzt schlagartig alle auf? Die ganze Zeit hatte ich alleine in diesen miesen Verhören gehangen, Gespräche konnte man das echt nicht nennen, und jetzt, da ich mir endlich einen Ausweg gegönnt hatte, standen sie auf einmal wieder auf der Matte. Wie immer tolles Timing. Aber eigentlich war ich ja froh darüber, sie da zu haben.

„Was hat dir die Spinnen-Seele eigentlich ins Glas gekippt?", wollte Bellini wissen. Das hatte sie also gesehen? Nicht gut. Obwohl... Sie hatte uns schon Alkohol in den Trium-Palast geschmuggelt und war voll die Party-Granate. Sie würde es verstehen.

„Das war Seeträne", verriet ich ihr mit gedämpfter Stimme. „Seeträne?", wiederholte unser Superhirn verwirrt. Oh, mal eine Sache, die sie nicht wusste. Aber für Drogen war sie wahrscheinlich auch zu brav. „Eine Droge", erklärte Bellini knapp. „Was?!", völlig perplex starrte Miriell mich an. „Keine große Sache. Ich weiß, wie sie wirkt. Damit macht diese Party einfach nur ein bisschen mehr Spaß. Ich hab das voll im Griff", versicherte ich ihnen und klopfte beiden auf die Schultern. „Ich bin schon gespannt...", auf dem Gesicht der Schildkröten-Seele hatte sich ein schiefes Lächeln ausbereitet. Sie wartete nur darauf, dass ich etwas Verrücktes und Lustiges machte. Das konnte sie haben.

„Willst du tanzen?", forderte ich sie mit einer stattlichen Verbeugung auf. „Hier tanzt niemand", machte sie mich mit vor der Brust verschränkten Armen aufmerksam. „Das ist ein Grund, aber kein Hindernis", erwiderte ich mit einem breiten Grinsen: „Ich regele das."

Ich wusste, dass es die Droge war, zumindest teilweise, aber es war mir egal. Gerade hatte ich das Gefühl, dass ich einfach machen konnte, was ich wollte. Nichts konnte mich aufhalten.

„Hey! Hört mir mal alle zu!", rief ich laut und streckte meinen Arm in die Luft, um noch mehr auf mich aufmerksam zu machen: „Hier sind ein Haufen wichtige Leute und es ist wichtig, dass wir uns alle hier treffen. Ein wichtiger Anlass, für wichtige Leute. Aber wir müssen auch Spaß haben! Spielt etwas Schnelleres! Jetzt wird getanzt! Zeigen wir dem Herrn der Noten, dass wir nicht auf seine Musik tanzen, sondern unsere eigene!"

„Spinnst du?!", zischte mir Bellini zu und Miriell starrte mich nur an, als wäre ich ein Alien. Waren Spinnen Aliens? Nach einem bedeutungsvollen Moment der Stille, setzten auf einmal die Musiker wieder ein, auch wenn ich keine Ahnung hatte, wo genau sie waren und ganz wichtig: Sie hatten auf mich gehört! Das war schon viel besser zum Tanzen!

Ausgelassen lief ich gleich in die Mitte des Saals, wo sich eine freie Fläche gebildet hatte. Bellini zog ich mit mir. Wild fing ich an zu tanzen und sie stieg etwas verhaltener mit ein. „Hey, deine Haare sind ja rot", fiel mir fasziniert auf. „Nein, deine Wahrnehmung ist nur kaputt", entgegnete sie darauf mit einem Augenrollen. Sie hatte ja keine Ahnung. Völlig frei tanzte ich zu der Musik, auch wenn sie noch deutlich fetziger sein könnte.

Aber wenn dir das Leben Musik gibt, mach einen Tanz draus! Boah krass! Ich war gerade so physiologisch! Nein... philologisch? Nein, es lag mir auf der Zunge! Philosophisch! Genau! Ich war ein Philololosoph! Was für ein lustiges Wort!

Immer mehr Leute strömten zu uns auf die Tanzfläche. Alles war so krass in Bewegung. Es war ganz fließend und lebendig und wunderschön! Das Leben war so wunderschön! Ich liebte es! Ich liebte die ganze Welt! Es war der Hammer! Einfach der Hammer!

Und diese Lichter! An der Decke funkelte und blinkte es und die Kristalle spiegelten es. Das war so schön, dass mir fast die Tränen kamen. „Siehst du das auch?", flüsterte ich Bellini zu. „Ja, das ist Königin Naya", antwortete sie mir und meinte dann: „Ich bin dafür definitiv noch nicht voll genug. Willst du auch noch etwas?"

„Oh ja! Du bist so lieb! Vielen Dank! Lass dich drücken!", total gerührt umarmte ich sie. Sie war so eine gute Freundin! Richtig freundschaftlich klopfte sie mir auf den Rücken und verzog sich für die Drinks. Oh, ein Kiwi-Splash wäre jetzt so korrekt!

Auf einmal entdeckte ich eine Frau. Sie war eine Marienkäfer-Seele und sie war alles, das ich sah. Um sie herum zerfloss alles zu unwichtigen Farben. Sie war so wunderschön. Die Art wie ihr Lachen ihr ganzes Gesicht ausfüllte. In diesem Lachen steckte so viel Herz und Gefühl und einfach Energie. Ich konnte es förmlich schmecken.

Und die feinen Pflanzenranken-Tatoos über ihre Schultern, die so elegant wirkten und in dieser stocksteifen Gesellschaft dennoch etwas Rebellisches hatten. Dazu noch ihre dunklen Haare, die im magischen Licht so atemberaubend glänzten und die dünne Brille auf ihrer Nase, die sie noch... echter aussehen ließ. Sie strahlte so ein Selbstbewusstsein aus und gute Laune. Sie war pures Glück. Ich war verliebt. Einfach verliebt. Ich könnte fliegen. Zu ihr hin, mit ihr, gemeinsam. Alles schien auf sie gerichtet zu sein, sie war das Zentrum, das Ziel, der Sinn.

Wie von selbst lenkten mich meine Füße in ihre Richtung. Ich musste einfach zu ihr. Ich musste ihr Lachen hören, sie berühren, ihr sagen, wie schön sie war.

Plötzlich zog ein total verstimmter Akkord durch den Saal, der meine Gedanken beben ließ, alles zitterte. Fast wäre ich hingefallen. Überfordert stützte ich mich an irgendeiner blauen Wellensittich-Seele neben mir ab.

Die Musik verstummte und überall wurde nach Luft geschnappt, als wären gerade alle aus dem Wasser aufgetaucht. Hehe. Irgendwie witzig. Mit einem Grinsen sah ich nach, was alle so aufregte.

Verdammte Axt! Auf dem Podest, wo wir eben noch mit den Herrscherinnen gestanden hatte, war jemand Anderes aufgetaucht. Eine Mäusebussard-Seele mit eindrucksvoll ausgebreiteten Flügeln und Gitarre. Der Herr der Noten.

„Ich komme her mit einem Friedensangebot: Hört auf, die Entarteten zu jagen. Gewährt ihnen Sicherheit und Frieden als legitimer Teil der Gesellschaft. Das alles muss nicht noch weiter gehen, es muss nicht noch mehr Opfer geben. Bitte. Lasst die Veränderung zu, lasst diese Welt sich entwickeln. Wir wollen nichts zerstören sondern erneuern, wir sind nicht der Feind", verkündete er mit tiefer Stimme: „Wir können es gemeinsam be..."

Mitten im Satz brach er ab. Oh. Aus seiner Brust ragte ein gewaltiger Eissplitter. Stimmt. Ich hatte ja gesehen, wie er funkelnd durch die Luft geschossen war, aber irgendwie kam dieser Eindruck erst jetzt bei mir an. Verrückt...

Der Herr der Noten kippte zur Seite. Für einen Moment hielten alle den Atem an. Wenn man jetzt in einen Chips beißen würde, wäre das voll der Stimmungskiller. Man, ich musste echt nüchtern werden! Das war voll ernst. Der Herr der Noten war gerade abgekratzt. Daran arbeiteten wir schon seit einer gefühlten Ewigkeit. Die Zeit der Entarteten war vorbei. Einfach so. Krass...

„Wir fallen nicht auf diese Lügen rein! Magikati hat eure wahren Pläne gesehen! Ihr wollt die Magie entfesseln, damit sie alles zerstört und diese Welt im Chaos versinkt! Die Entarteten sind eine Krankheit, die ausgelöscht werden muss!", brüllte irgendjemand und die Worte vibrierten richtig in meinem Kopf. So viel Hass...

„Ihr seid die Krankheit!", schoss eine andere Stimme zurück und die Pferde-Seele bäumte sich auf. Im Licht sah ich für einen Wimpernschlag ihre Zähne aufblitzen, einer war schwarz. Sie war die von der Straße, die Entartete, die der Tennis-Spielerin und dem Mörder geholfen hatte! Warum hatte ich sie nicht wiedererkannt? Sie hatte sich reingeschlichen! Oh oh...

Entschlossen warf sie eine Granate. Sie explodierte in einem hübschen bunten Funkenregen. Sah echt schön aus! War das vielleicht nur eine krasse Showeinlage? Man, die verstanden es doch, eine echte Party zu machen. Ich war beeindruckt.

Ketten schlangen sich um die Pferde-Seele. Mit einem Schrei fiel sie um. Dramatisch. Und dann gab es eine gewaltige Explosion. Die ganze Decke krachte ein. Überall flogen Kristallsplitter durch die Luft. Verdammte Scheiße. Das glitzerte so toll!

„Achtung!", schrie jemand und ich wurde umgeworfen. Ein paar kleine Bruchstücke prasselten auf mich herab. Autsch. Man waren die Dinger scharf! Als ich mich aufstützen wollte, schnitt ich mich einfach in die Handfläche. Voll blöd! Jetzt blutete ich. Aber super viele Kristallsplitter schwebten auch echt korrekt in der Luft. Das sah fast aus wie ein Mobile für Kinder nur halt in nobel. Der Hammer.

„Bewahren Sie Ruhe!", befahl Gräfin Alpha über den chaotischen Lärm hinweg. Alle liefen durcheinander und jemand lief sogar voll gegen mich. Aus dem Gleichgewicht kippte ich zur Seite und zwar auf jemanden.

„Oh, tut mir leid. Was für ein Chaos, oder? Oder nicht?", entschuldigte ich mich sofort locker und erstarrte. Ich war auf die umwerfende Marienkäfer-Seele gefallen, doch ihr Lachen war weg. Dafür war da Blut, ganz viel Blut. Ein großer Kristallsplitter steckte in ihr. Hatte sie mich umgestoßen, um mich zu retten und war dabei selbst getroffen worden? Ich hatte sie nie lachen gehört...

Wie in Trance legte ich meine Hand auf ihre Wange. Ihre Haut war ganz weich und warm. Sie wirkte noch so lebendig, als würde sie gleich aufspringen und mich unbeschwert auslachen, dass ich auf ihren Scherz reingefallen war. Bestimmt hatte sie viel Humor. Ich wollte gemeinsam mit ihr Spaß haben. Aber ihr Blick war ganz leer. Ihre Brille hatte einen Sprung.

War sie tot?

Dieser Gedanke fühlte sich so falsch an. Es hatte doch noch gar nicht richtig angefangen, wie konnte es dann schon zu Ende sein? Das alles hier konnte gar nicht passieren. Das hier war keine Party...

Verwandlung

„Er ist es!", die Stimme war vor Panik verzerrt oder lag es an mir. Dieser gesamte Moment kam mir verzerrt vor. Auf einmal sah ich etwas Dunkles durch die Luft fliegen, es zischte um die schwebenden Kristalle wie einen Slalom oder sollte ich besser sagen er? Der Herr der Noten lebte noch.
Oder eher sie? Das eben war ein er gewesen. War es eine gespaltene Persönlichkeit? Hmmm...
Aber gerade eben war er doch ein Hähnchen am Spieß gewesen. Wie hatte er das gemacht? Oh! Wir genial wäre es bitteschön, wenn ich sowas auch überleben könnte! Irgendwie würde ich schon gerne wissen, wie sich so etwas anfühlt. Und vielleicht konnte auch sie es überleben... Betroffen schaute ich wieder auf die Marienkäfer-Seele vor mir. Aber wie konnte sie es? Bitte, lebe noch ein bisschen!
Ihr Gesicht wurde von den glitzernden Splittern so schön eingerahmt. Als hätte sie in einem gläsernen Sarg gelegen und er war zerbrochen. Wie eine Märchenprinzessin. Musste ich sie küssen? Aber sie war tot. Was bedeutete tot? T. O. T. Vier Buchstaben. Oder? Meine Gedanken verliefen ineinander.
„Dex! Dex! Sie entkommen! Steh auf!", brüllte mich jemand an. Oh. Es war Sky. Er zerrte an meinem Arm. Stolpernd kam

ich auf die Beine. Unter meinen Schuhen rutschten die feinen Kristallsplitter und einer von denen hatte mir auch die Hose zerrissen. Endlich mal ein bisschen Pep für den Anzug.

Total verpeilt sah ich mich zu allen Seiten um, während mich die Steinbock-Seele durch den Saal schleppte. Da war Königin Naya, die mit ihrem Kleid aussah wie eine Diskokugel und mit ihrer Magie wahrscheinlich gerade das ganze Gebäude zusammenhielt. Echt krass. Ich musste wieder daran denken, wie Sky und ich mit dem Stützpfeiler aus Wachs abgestürzt waren. Wir waren geflogen… Uiii…

Oh! Nopsi! Kurzerhand griff ich mir seinen Arm und zog ihn auch mit, obwohl das ja eigentlich nicht sein normales Tempo war. Heute mussten wir schnell sein. Wir mussten dringend dorthin. Wohin eigentlich? Hm. Egal.

Wir liefen als Menschenkette oder Klette, wie im Kindergarten. Lalilalala!

Am Ausgang staute sich alles. In ihrer Panik wollten alle nach draußen. Doch Sky hatte eine Lösung dafür. Fest knallte er den Kopf gegen eine rissige Stelle in der Wand und zerbrach den Kristall damit. Der Hammer! Mit dem Kopf durch die Wand! Voll korrekt! So ein Dickschädel! Haha!

Ohne zu zögern, folgten wir ihm. Irgendwie waren auch Bellini und Miriell bei uns aufgetaucht. Super! Die Gang war wieder komplett! Jetzt konnte es abgehen! Juhu!

Sky ließ mich los. Und ich ließ Nopsi los. Wenn man jemanden liebt, musste man loslassen. Das musste man. Genau. Jeder für sich. Selbstfrieden. Oder so.

Auf dem Platz vor dem Trium-Palast hatten sich schon einige Menschen versammelt, doch zwischen ihnen war noch genug Platz, um bequem vorbei zu sprinten. Wir hatten ein Ziel. Oh ja. Es war ein sehr wichtiges Ziel. Ganz sicher. Auch wenn ich immer noch nicht genau wusste, was es war.

Aber es war gut so. Oder es würde gut sein? War es gut gewesen? Gut war gut.

Plötzlich entdeckte ich die krasse Pferde-Seele, die mit dem schwarzen Zahn. Sie war schon fast in einer der

Nebenstraßen verschwunden und auf ihrem Rücken hatte sie einen Reiter... War das die Hyänen-Seele mit dem Gesichtstattoo? Bestimmt kicherte er sich gerade einen ab über die Scheiße, die er hier angerichtet hatte. Ich mochte ihn nicht. Nein, ganz und gar nicht.

Boah! Auf einmal schleuderte Sky ein Stück Kristall, das er mitgenommen hatte und traf den Entarteten echt sauber. Unser Jäger hatte sich ja regelrecht in eine Kampfmaschine verwandelt. Respekt.

Der miese Reiter stürzte mit einem lauten Aufschrei ab. Sofort blieb die Pferde-Seele stehen, um ihm wieder aufzuhelfen. Wie süß, die Entarteten waren solarisch. Nein, das Wort war nicht richtig. Soldatisch? Ach ja, solidarisch! Warum hieß das eigentlich so?

Auch Nopsi blieb stehen. Mit wem wollte er solidarisch sein? Oh. Er hielt sein Feuerzeug gegen irgendetwas und es gab einen lauten Knall. Ui! Heftig! Die Pferde-Seele schrak total zusammen. Ein Pferd in der Nähe ging durch und schmiss seinen Reiter ab. Und dann wurde es total verrückt.

Bellini machte irgendwelche Tanzbewegungen oder so und das Pferd beruhigte sich einfach wieder, auch wenn es immer noch nervös mit den Ohren zuckte. Pferde-Voodoo! Kurzerhand sprang die Schildkröten-Seele auf und Sky folgte ihr. Zu zweit ritten sie los, fast wie in einem Märchen! Nur dass Bellini der Prinz war und Sky die Prinzessin! Super süß! Oder es war eine krasse Action-Verfolgungsjagd! Die Pferde-Seele hatte den Verwundeten nämlich wieder aufgeladen und ritt los, aber die beiden Auserwählten preschten hinterher! Richtig aufregend! Wettrennen!

So gut es ging, lief ich ihnen nach. Verdammte Axt! Die Steinbock-Seele sprang vom Pferd ab und landete auf dem Rücken der Entarteten mit dem Pferdeschwanz. Saubere Landung, Kumpel! Fünf von fünf Sternen! Er griff sich die Hyänen-Seele. Oh nein! Auf dem Dach tauchte die Tennis-Spielerin des Todes auf! Sie war so nervig! Gegen sie würde ich sicher nie Tennis spielen. Auf gar keinen Fall.

Wuhuu! Sky benutzte die Hyänen-Seele als Schutzschild und er bekam den Killerball ab! Gemeinsam fielen sie vom Rücken der Pferde-Seele. Es war alles so chaotisch! Und dann ließ Nopsi einfach ein paar kleine Lichtkugeln auftauchen, die verwirrend durch die Luft schwirrten. Miriell setzte zu ihrem kontrollierten Verkacken an, was bei ihrer stoßweisen Atmung schon eine Kunst für sich war.

Wir hatten die wuselnde Kampf-Versammlung fast erreicht. Die Steinkauz-Seele zündete ihre Magiebombe und dieses Mal war sie nochmal mega fett. Von der Druckwelle wurde ich glatt auf den Po geschleudert. Autsch. Für einen Moment waren die Entarteten komplett vor den Kopf gestoßen und genau diesen Augenblick nutzte Sky.

Ohne zu zögern, trat er eine Haustür ein und zerrte die Hyänen-Seele mit sich. Aber was war mit den anderen? Das war doch unsere Chance zuzuschlagen! Um unsere Spuren zu verwischen oder so, sorgte Miriell für einen weiteren Lichtblitz, allerdings nicht ganz so krass wie der erste.

Schnell zog Bellini mich mit in das Haus und Nopsi drückte die Tür zu, die allerdings von Skys Tritt einen ordentlichen Riss in der Mitte hatte. Ein echter Killertritt! Aber normalerweise war das doch Bellinis Ding und wo war ihr Pferd? Hmm… Sehr mysteriös.

Angespannt spähte Miriell aus dem Fenster und machte sich dabei ganz klein. Das sah so witzig aus! Bevor ich loslachen konnte, drückte mir Bellini auf einmal die Hand auf den Mund. Hey! Sonst war sie doch nicht so eine Spaßverderberin! Ihh! Und ihre Hand roch voll nach Blut!

„Sie sind weg", verkündete unser begeistertes Superhirn erleichtert: „Bringen wir unseren Freund hier jetzt zu den Ordnungshütern?" „Nein, zuerst kümmern wir uns selbst um ihn", erwiderte Sky entschieden und schleifte die Hyänen-Seele durch den Flur. „Was hast du vor?", wollte Bellini verständnislos von ihm wissen.

„Egal ob sie Schwarmwissen haben oder nicht, dieser Angriff war nicht nur von diesen drei Idioten geplant. Er muss mehr

wissen und wir können nicht riskieren, dass die anderen Ordnungshüter nicht den Mumm haben, das zu tun, was nötig
ist", erklärte die Steinbock-Seele echt finster entschlossen
und stieß eine der Türen auf. Sie führte in die Küche.

„Miriell oder Nopsi, ich brauche von einem ein Lügenlicht
oder besser von beiden, als Sicherheit", ordnete er eiskalt
weiter an und wuchtete den benommenen Entarteten auf einen der Küchenstühle. Spontan riss er von den dekorativen
Vorhängen im Raum die Kordeln ab und band ihn damit fest.

„Du willst ihn selbst befragen? Aber ist das überhaupt legal?",
wandte die Steinkauz-Seele zögerlich ein. Steinkauz und
Steinbock. Eigentlich war das doch sau witzig! Allerdings war
nur Sky vom Charakter her wie ein Stein. Miriell könnte
höchsten ein Feuerstein sein, der ständig Funken sprühte
und einen Ideengroßbrand hatte... Ja, das würde auch passen...

„Wir sollten ihn eher in ein Krankenhaus bringen, er verliert
Blut. Wenn er stirbt, bekommen wir auch keine Informationen", hatte auch das zweite Superhirn etwas auszusetzen.

„Es wird nicht lange dauern", blieb Sky standhaft: „Hast du
dein Spezialgerät dabei?"

„Willst du damit die Wunde kauterisieren? Ich weiß nicht, ob
das funktioniert", überlegte die Koala-Seele zögerlich. „Versuchen wir es", meinte der Jäger nur und riss ihm das Ding
aus der Hand.

Doch er ging gar nicht an seine Wunde, sondern drückte
beide Enden auf seinen Arm und drehte die Ladung verdammt hoch. Vor Schmerz schrie die Hyänen-Seele auf und
sein ganzer Arm verkrampfte sich total. Oh. So funktionierte
kauterisieren aber nicht.

„Sky! Was tust du da?!", Bellinis Stimme klang ganz spitz.

„Das ist ein Entarteter, er hat keine Seele mehr. Solche wie
er sprechen nur eine Sprache", erklärte er erbarmungslos
und verpasste ihm gleich den nächsten Stromschlag.

„Du kannst doch nicht einfach jemanden foltern! Hast du sie
noch alle?!", die Schildkröten-Seele sah ihn an wie einen

Irren. „Sie zögern auch nie, Menschen zu quälen und zu töten!", verteidigte sich Sky und richtete sich eiskalt an den Entarteten: „Wer ist der Herr der Noten?"

Heiser lachte die Hyänen-Seele auf: „Ich sage dir gar nichts. BastAAAAAA!" Der Jäger hatte ihn wieder unter Strom gesetzt und der Typ auf dem spontanen elektrischen Stuhl zappelte so sehr, dass ihm seine verspiegelte Sonnenbrille runterfiel.

Das Ding sah echt super aus. Kurzerhand hob ich sie auf und zog sie an. Oh ja, jetzt fühlte ich mich richtig mysteriös. Echt korrekt. Jetzt da es dunkler war, war es so viel stimmungsvoller. Und das komische Geschwür über seinem Auge war nochmal zu sehen. Wie sah das wohl aus, wenn er ein blaues Auge hatte?

„Da mache ich nicht mit. Das ist Wahnsinn", ungläubig schüttelte Nopsi den Kopf und machte ein paar Schritte rückwärts.

„Nur so werden wir Informationen bekommen! Es ist notwendig!", Skys Stimme war zu einem richtigen Brüllen angeschwollen.

„Mein Gott", flüsterte ein umso leiseres Stimmchen hinter uns. Dort stand eine Orang-Utan-Seele, deren orangene Haare bereits mit weißen Strähnen durchsetzt waren. Sie trug ein altmodisches, weißes Nachthemd, das sie fast wie einen Geist aussehen ließ. Buuh!

„Sie sollten besser wieder schlafen gehen", drohend sah Sky sie an und die Frau wich ängstlich zurück. „Hör auf!", befahl die Koala-Seele ihm auf einmal: „Wir können das nicht machen!"

Die Einzige, die sich noch nicht dazu geäußert hatte, war Miriell. Sie stand völlig erstarrt einfach nur da und sah zu. Oh und ich hatte ja auch noch nichts gesagt!

„Wir sollten ihm eine Augenbraue abrasieren oder die Nasenhaare zupfen! Gibt es hier irgendwo Chili?", hatte ich die Idee für eine Spezialfolter. Das würde sich so gut ergänzen!

Plötzlich gab es einen splitternden Knall. Neugierig streckte ich meinen Kopf in den Flur. Oh. Die Tür war zum zweiten

Mal eingetreten worden, dieses Mal aber so heftig, dass sie aus den Angeln geflogen war. Arme Tür. Was hatte sie der Welt nur getan?

Ein schrecklich verstimmter Akkord ertönte und eine Druckwelle fegte durch den Flur. Gerade noch rechtzeitig zog ich meinen Kopf wieder zurück. Nur eine Sekunde später kam der Herr der Noten hereingeflogen wie der Todesengel persönlich.

Als erstes warf er Bellini, Nopsi und Miriell in den Flur. Das ging wirklich ruckzuck. Sie hatten gar nicht die Chance sich zu wehren. Aber es sah schon irgendwie lustig aus wie sie die Fliege machten. Hui und Ciao!

Dann griff Sky an. Irgendwoher hatte er ein Messer. Es blitzte gefährlich auf. Autsch. Der Herr der Noten verpasste ihm einfach einen Schlag mit seiner Gitarre, was wirklich für einen geilen Klang sorgte. Sky stolperte und stieß sich den Kopf an der Tischkante, was sich nicht halb so gut anhörte. Regungslos blieb er liegen. Das war doch mal episch k.o. gegangen! Oder war er tot? Das wäre gar nicht schön…

Bevor ich weiter darüber nachdenken konnte, packte mich der tödliche Gitarrist auf einmal und knallte mich voll gegen die Wand. „Warum hast du nicht aufgepasst?!", schrie er mich mit wutverzerrter Stimme an und seine Faust landete voll in meinem Gesicht.

Die ganze Welt kippte merkwürdig und irgendwie landeten wir auf dem Boden. Immer wieder schlug er zu und er beschuldigte mich, dass ich hätte da sein müssen und dass ich immer alles kaputt machte und sehr oft benutzte er einfach nur das Wort „Warum?". Das fragte ich mich gerade auch.

Ich lag nur da und checkte gar nichts. Dumpf und unwirklich spürte ich die Wucht seiner Schläge und auch den drückenden und brennenden Schmerz, doch er erreichte mich nicht richtig. Es fühlte sich wirklich an, als wäre ich unter Wasser gezogen worden und die zornigen Wörter waren wie Blubberblasen, die ich mit meinem Finger aufpiksen konnte. Fast schon lustig…

Plötzlich hörte der Anführer der Entarteten auf und ließ mich einfach liegen. Mit dem Messer, das Sky benutzt hatte, schnitt er blitzschnell alle Fesseln auf und sprang mit der Hyänen-Seele durchs Fenster. Ich hörte es nur klirren und wusch! weg waren sie.

Kurz darauf wurde das Haus von Ordnungshütern gestürmt. Aber mir war das ziemlich egal. Gerade lag ich viel zu schön auf dem Boden. Die kühlen Fliesen waren wirklich angenehm. Hier könnte ich einschlafen. Oh ja, schlafen klang gut...

Danach hatte ich einen ziemlich langen Filmriss. Als ich wieder aufwachte, waren wir zurück im Trium-Palast und ich hatte bequeme Klamotten an, auch wenn mein T-Shirt falsch herum war und ich irgendwie beide Beine in ein Hosenbein gequetscht hatte. Keine Ahnung, wie ich das geschafft hatte. Ich lag da wie ein Würstchen in der Pelle oder vielleicht auch eine verwirrte Meerjungfrau. Oh man. Ich war echt durch.

Die letzte Nacht kam mir vor wie ein Fiebertraum. War das alles wirklich passiert? Wie stark waren diese Drogen gewesen? War wirklich die halbe Kristallresidenz eingestürzt? Und die Folteraktion... Verdammte Axt! Da war eine Menge abgedrehtes Zeug gelaufen!

Und diese Frau, die Marienkäfer-Seele, die mich vor den Kristalltrümmern gerettet hatte... Wenn ich daran dachte, wie sie da in ihrem Blut gelegen hatte, ihre vorher so funkelnden Augen ganz ausdruckslos... Ich kannte nicht einmal ihren Namen und doch traf mich ihr Tod wie ein Splitter mitten durchs Herz.

Aber jetzt lag ich hier, als wäre nie etwas gewesen. Im Verschleiern waren die Leute der Elite wirklich gut. Kein Blut mehr, keine Wunden, ich war wieder genau der gleiche, undisziplinierte Kerl wie vorher. Zumindest auf den ersten Blick. Doch etwas war mir klar geworden: Die Kristallresidenz war nur das Erste, was zerbrechen würde...

Als mich meine anstrengende Dienerin zum Abendessen abholte und ich meine Freunde da sitzen sah, wurde mir mit einem schmerzhaften Schlag bewusst, dass ich bereits recht gehabt hatte. Der Kristallresidenz war auch das Vertrauen in unserer Gruppe gefolgt, unsere Verbindung, unser Teamgeist, er war zerbrochen. Skys Plan war für die anderen zu heftig gewesen.

So eine Scheiße! Warum musste immer alles nur kaputt gehen?! Konnte nicht einmal was klappen und einfach nur gut sein?!

„Warum hast du es nicht gesagt?", wollte Bellini von mir wissen, kaum dass ich mich gesetzt hatte. „Was?", fragte ich überrumpelt. „Na deine Begrüßung. Siehst du uns nicht mehr als Freunde?", half mir die Schildkröten-Seele auf die Sprünge und ihr Unterton hatte etwas Kaltes.

„Nein, natürlich nicht! Also ich meine, ihr seid noch meine Freunde. Aber nachdem was passiert ist, war es irgendwie nicht mehr richtig", erklärte ich ihr gleich und mir fiel noch etwas auf: „Hey, was ist mit deinem Finger? Ist er noch nicht geheilt?"

Der Mittelfinger an ihrer rechten Hand war in weiße Bandagen eingewickelt, was an jedem anderen Tag lustig gewesen wäre, weil sie den Finger ja jetzt quasi jedem zeigte, doch heute war nichts so richtig lustig.

„Ach, das ist nichts. Gestern habe ich mich an einer der Kristallscherben blöd geschnitten. Die Heiler haben sich schon drum gekümmert, aber es sieht noch nicht so schön aus. Ich hoffe, in den nächsten Tagen erledigt sich das wieder von selbst", antwortete sie mir und betrachtete gespielt leichtfertig ihre Hand, doch eine Spur Sorge konnte sie nicht verbergen.

„Man! Niemand ist so eitel wie du", beschwerte sich Sky gleich. Oh. Ganz dünnes Eis. Beleidige nie das Schönheitsgefühl einer Frau. „Lieber eitel, als ein kompletter Psychopath!", verteidigte sie sich ziemlich giftig, aber da hatte sie echt einen Punkt getroffen.

„Oh! Das Essen kommt!", bemerkte Miriell und man sah ihr richtig an, wie erleichtert sie darüber war. Sie war schon eine liebe Person, aber wenn die Scheiße so am Dampfen war, konnte man sich nicht immer neutral raushalten und auf das Essen warten.

Nach dem Essen, das mal wieder aus viel zu kleinen Portionen bestand, konnten wir unsere Diener dazu überreden, noch ein bisschen Zeit mit Mathilda zu bekommen, beziehungsweise einfach eine kleine Auszeit. Niemand von uns kam auf die Geschehnisse von gestern richtig klar. Leute waren gestorben, alles war zerfallen. Traumatisches Zeug halt. Trotzdem wurde es echt eine Verhandlung, gegen die die meisten Justiz-Serien wie Smalltalk wirkten, aber am Ende konnten wir zusammen mit dem kleinen, braungetigerten Kätzchen spielen und versuchen es zu streicheln, immer in der Gefahr sich ihre Krallen einzufangen.

Nur Sky war nicht dabei. Er war halt mehr der Hunde-Typ und wusste immer noch nicht, was mit Paddy los war. Bei der Sache tat er mir schon echt leid, aber das machte sein mieses Verhalten nicht weniger mies.

„Wisst ihr eigentlich mittlerweile, wie die Krankheit der Entarteten übertragen wird?", überlegte Bellini ganz abwesend, während sie Mathilda einer Schnur im Kreis nachjagen ließ.

„Ich hab mich auf der Feier mit einem Wissenschaftler der Oberschicht unterhalten. Er präferiert die These, dass die Krankheitserreger im Blut liegen und dadurch übertragen werden", an der Stelle übernahm die Steinkauz-Seele bekräftigend Nopsis Antwort: „In Blut steckt sehr viel Macht, deswegen wird es ja auch bei so vielen traditionellen Ritualen genutzt, wie zum Beispiel dem der Magieübertragung."

Ruhig redete die Koala-Seele weiter: „Allerdings könnte es auch über die Luft übertragen werden und aufgrund der Genetik nur bei manchen Leuten ausbrechen. Es ist schwierig, darüber Studien zu führen. Stattdessen gibt es anscheinend eine Studie, dass die Fälle von unerklärlichen, plötzlichen Herztoden mit dem Erscheinen der Entarteten zurückgegangen sind. Vielleicht liegt da ein Zusammenhang vor."

„Studien sind zwar nicht so mein Ding, die sind meistens so trocken, aber deine Gespräche auf der Veranstaltung klingen so viel besser als meine! Die haben immer nur von der guten alten Zeit und dem Zerfall der Gesellschaft geredet und dass man früher ja so viel konsequenter Probleme gelöst hat, wie den Magiediebstahl, ich weiß nicht mehr wann. Daten sind auch nicht so mein Ding", regte sich Miriell ein kleinwenig auf und plötzlich veränderte sich Nopsis Gesicht. Er hatte einen Geistesblitz.

„Woran denkst du?", bohrte ich neugierig nach. Für seine Verhältnisse richtig aufgeregt, fing er an zu erzählen: „Der Magiediebstahl müsste vor rund 15 Jahren gewesen sein. Ich war da, glaube ich, in der sechsten oder siebten Klasse, als das groß durch alle Nachrichten ging. Damals hatten sie doch Geburtsmagie in Fläschchen gestohlen, ihr wisst schon, das Zeug, das Schwangere bekommen, damit Kinder ein Seelentier ausbilden können. Doch die Diebe konnten geschnappt werden und es gab eine riesige Explosion. Damals hat man sich nichts weiter dabei gedacht und nur die Schwangeren untersucht. Es war ja auch nur Magie, die eine spezifische Wirkung auf Neugeborene hat. Es war ja nichts Gefährliches, was man als Waffe benutzen könnte. Aber was, wenn es doch nicht nur eine Wirkung auf Neugeborene hat?"

„Es ermöglicht die Bindung mit Seelentieren, die Entarteten sind quasi nichts anderes als ein Wechsel der Seelentiere. Diese Magie könnte der Auslöser sein! Und deswegen waren die Fälle auch nur im Reich der Landlebewesen. Hier gab es diese Überdosis Magie und wer immer noch komplett mit seinem Seelentier übereinstimmt, hat nichts gemerkt, weil es sich quasi nur erneuert hat, da musste sich nichts ändern. Aber wer sich selbst verändert hatte, konnte jetzt sein Seelentier anpassen. Und mit den Herztoden passt es auch! Ich hab schon einmal von dem Zwei-Seelen-Syndrom gehört. Wenn man überhaupt nicht mehr mit dem Wesen seines Seelentiers übereinstimmt, verkrampft sich das Herz, wie eine Art psychosomatische und magische Rückkopplung. Das hat ähnliche Auswirkungen wie ein Herzinfarkt. Und wenn man es nicht schnell genug erkennt und wieder seine innere Mitte findet, kann man daran auch sterben. Doch durch die Entarteten konnte sich der neue Charakter frei entwickeln", führte Miriell mit leuchtenden Augen den Gedanken weiter.

Oh man! Diese Theorie klang echt nach krassem Scheiß. Konnte sie vielleicht wirklich stimmen?

„Das heißt, die Entarteten sind gar nicht böse? Und seelenlos wären sie ja auch nicht, wenn sie einfach nur ein neues Seelentier annehmen. Eigentlich ist das sogar fortschrittlich", grübelte Bellini und rieb sich ihren Finger. Musste sie gerade auch daran denken, wie sehr sich diese Idee von dem unterschied, was wir bisher erlebt hatten?

Klar, sie hatten in der Kristallresidenz eine Friedensrede gehalten, die sehr… radikal unterbrochen worden war, aber danach hatten sie das ganze Ding hochgejagt, ohne Rücksicht auf Verluste. Kollateralschäden hatten sie ja immer reichlich wenig gekümmert.

„Egal wie sie so geworden sind, gut kann man sie sicher nicht nennen", fasste ich meinen Gedanken entschlossen zusammen und kraulte den kleinen Stubentiger mit vollem Risiko unterm Kinn. Schnell wurde daraus ein Kampf, bei dem sie echt süß in meine Hand biss, bis sie es irgendwann übertrieb und ich einen Rückzieher machen musste, bei dem ich ein paar fiese Kratzer davontrug.

Katzen konnten sich echt von jetzt auf gleich vom Kuscheltier in eine Kampfmaschine verwandeln, von Null auf 180 in weniger als zwei Sekunden.

„Denkt ihr, wir sollten unsere Vermutung mit jemandem teilen?", überlegte die Steinkauz-Seele unschlüssig: „Besonders nach dem, was gestern passiert ist, sind die Leute sicher nicht so offen dafür, dass die Entarteten vielleicht doch keine unergründliche Krankheit mit dem Ziel der absoluten Zerstörung sind."

„Und Beweise haben wir auch keine, es ist wirklich nur eine Vermutung. Wir sollten vielleicht wirklich warten, mindestens ein paar Tage. Wir können ja nochmal die Anatomieberichte durchsehen, womöglich finden wir da ja etwas, das unsere These unterstützt", dachte die gemütliche Koala-Seele mal wieder ganz logisch.

„Aber das dauert viel zu lange!", rief Bellini auf einmal. Irritiert sahen wir alle zu ihr, inklusive Mathilda, die knuffig die Ohren zurückgelegt hatte. „Ähm, ich meine, wenn die Entarteten wirklich theoretisch gut sein könnten, ist es doch einfach schrecklich, was passiert. Wie die Sache mit Sky…", dachte die Schildkröten-Seele finster zurück.

„Ja, das hat uns alle schockiert", stimmte Nopsi ihr mit einem langsamen Nicken zu. Ich fand ihr plötzlich übersprudelndes Mitgefühl für die Entarteten zwar immer noch ein wenig über-trieben, aber ja, das von Sky war auch zu viel gewesen.

„Morgen geht der Unterricht ja auch wieder richtig los. Da kommen wir sicher auf andere Gedanken. Verdrängung kann schon hilfreich sein. Vielleicht lernen wir ja sogar die Illusi-onskünste von Königin Naya oder Gräfin Alpha zeigt uns mal wieder was. Mit ihr hatten wir bis jetzt erst so wenig", wech-selte Miriell das Thema sehr abrupt zu unbedenklicheren Be-reichen.

Ich hatte ja gar keinen Bock darauf, dass dieser anstren-gende Kreislauf wieder losging, mit frühem Aufstehen und Standpauken, wenn man nicht gut gelernt hatte und sind wir mal ehrlich, den Scheiß hatte ich noch nie gelernt. Warum auch. Bis jetzt hatte es ja auch noch keine richtigen Tests gegeben. Oh, wenn die auch noch damit anfingen, würde ich ausrasten!

Leider konnten wir auch nicht mehr lange quatschen, weil die Diener damit Schluss machten. Die waren immer so übertrie-ben unentspannt! Aber ansonsten war dieser Abend eigent-lich voll korrekt gewesen. Und diese neue Theorie über die Entarteten… Schon verrückt.

Gedankenverloren haute ich mir nochmal die Maultaschen auf die Ohren und ließ mich aufs Bett fallen. Die Welt hatte sich in einen verrückten Alptraum verwandelt, bei dem ich nur noch versuchte von Tag zu Tag zu überleben. Und dann auch noch dieses Lied gerade: „Ich sehe dich". Wie der Sänger eine einzigartige Frau beschrieb, von der er wusste, dass es nie mehr werden wird als ein flüchtiger Blick... Ich musste wieder an die besondere Marienkäfer-Seele mit den Pflanzen-Tattoos und dem umwerfenden Lächeln denken.

Das zog mich gerade echt nur runter. Entschlossen schob ich meine Kopfhörer wieder runter und griff stattdessen nach meiner Gitarre. Doch dabei flackerten sofort die Erinnerung an den Herrn der Noten auf.

Dieser Mistkerl ruinierte mir all meine Hobbys! Das war nicht fair! Echt nicht korrekt!

Und erst der Tag danach! Dieses Klopfen! Ich wurde wahnsinnig! Jetzt hätte ich ja gerne eine Gitarre mit Druckwellenfunktion, dann hätte ich diese nervige Dienerin einfach weggepustet. Geniale Vorstellung...

Bedauerlicherweise war das einfach nicht möglich und ich musste mich dem normalen Alltag stellen und das hieß mal wieder viele Blicke der anderen Schüler und unangenehmes Getuschel. Nach zwei Schritten drehte ich wieder um und nahm mir meine Kopfhörer aus dem Zimmer und das Skateboard gleich mit dabei.

Dieses Mal riskierte ich sogar ein bisschen mehr und rutschte mit meinem Wettgewinn über das Treppengeländer. „Achtung Finger! Aus dem Weg!", rief ich dabei die ganze Zeit und war so langsam unterwegs, dass ich fast umgekippt wäre, aber trotzdem ein korrektes Gefühl, mal wieder irgendwie zu skaten.

Danach begrüßte ich die anderen geplagten Auserwählten mit meinem energiegeladenen: „Hallo Freunde!" und... Verwirrt fragte ich: „Bellini, warum hast du deinen Spezial-Gartenhandschuh an?"

„Nur falls etwas passiert, man weiß ja nie. Der Herr der Noten war auch schon hier. Ich will nur sicher sein", antwortete sie mir so fahrig, dass sie glatt ihr Glas umstieß. Die Ereignisse hatten sie wohl doch noch mehr mitgenommen als gedacht.

Und den ganzen Tag über wurde es nicht besser. Ständig fielen ihr irgendwelche Stifte runter und im Magieunterricht mit Königin Naya schaffte sie nicht einmal den Hauch einer Illusion, dagegen war sogar mein undefiniertes Geflimmer Spitzenklasse.

Es half auch nicht gerade, dass nachmittags voll das Gewitter aufzog. Bei jedem krachenden Donnergrollen zuckte sie schreckhaft zusammen und Sky arbeitete weiter an seinem Arschloch-Modus und machte sich auch noch über sie lustig. Sah er nicht, dass es ihr schon wirklich mies ging?

Ich hatte echt kein gutes Gefühl dabei, sie abends alleine in ihr Zimmer zu lassen. Angst wurde durch Einsamkeit doch nur verstärkt. „Hey, willst du vielleicht bei mir übernachten?", bot ich ihr mit einem kleinen Lächeln an: „Vielleicht könnte uns deine Dienerin sogar ein paar Snacks organisieren, die kriegt doch einfach alles hin."

Kurz zögerte sie und knetete ihre Finger richtig durch. „Ähm, ja, klingt nett. Ich komme dann, wenn deine weg ist, sonst gibt es da nur wieder Stress, die Wachen kriegt man meistens schneller rum", plante sie mit einem irgendwie immer noch unruhigen Lächeln. Dafür dass sie sonst so eine gute Schauspielerin war, kam sie damit gerade echt nicht gut klar. Es musste schlimm sein.

Ich hatte ja keine Ahnung wie schlimm...

Ein Schicksal fällt

Während ich auf Bellini wartete, spielte ich noch ein bisschen Gitarre, Herr der Noten hin oder her. Die heftigen Windböen klatschten den Regen an mein Fenster wie ein wilder Beat. Das Wetter schrie nach Rockmusik.

Doch dann zerriss ein anderer Schrei einfach alles: „Nein! Hilfe! Dex!" Es war Bellini! Ihre Stimme hallte schrill durch das Treppenhaus. Verdammte Axt! Was war los?! Sofort sprintete ich an die Tür und wollte zu ihr raus, doch sie war verschlossen.

„Mach die Tür auf!", brüllte ich meiner Wache zu und rüttelte daran. Selbst dieser Vollidiot musste an Bellinis Hilferuf doch gecheckt haben, dass er mich nicht einfach ausschließen konnte. Aber er reagierte überhaupt nicht!

Verdammt! Ich musste irgendwie hier raus! Ich musste ihr helfen! Mit aller Wucht warf ich mich gegen die Tür. Sie gab keinen Zentimeter nach. Verbissen versuchte ich es mit einem Tritt. Scheiße! Es fühlte sich an, als müsste mir gleich die Kniescheibe rausfliegen! Fluchend hüpfte ich auf einem Bein. Das hatte nicht funktioniert.

Und aus dem Treppenhaus konnte ich auch nichts mehr hören. War das ein gutes Zeichen oder das genaue Gegenteil? Oh Gott! Was, wenn Bellini gar nicht mehr rufen konnte, weil sie... Nein! Ich durfte mir das nicht vorstellen! Es konnte noch nicht zu spät sein!

Entschlossen humpelte ich zum Fenster rüber. Wenn die Tür nicht aufging, würde ich eben darüber raus, auch wenn das bei dem Wetter fast schon einem Selbstmord gleich kam. Ohne lange zu fackeln, griff ich mir einen potthässlichen Kerzenleuchter von meinem Nachttisch und zerschlug damit das Fenster. Sofort peitschte der zornige Sturmwind in den Raum und brachte den eiskalten Regen mit sich.

Plötzlich gab es ein ohrenbetäubendes Krachen und meine Zimmertür wurde in den Raum geschleudert. Was?! Schrill schrie Bellini auf und ich erwachte schlagartig wieder aus meiner Starre. So schnell ich konnte lief ich ins Treppenhaus und was ich dort vorfand... Verdammte Axt! Fast wäre ich über die Wache gestolpert die bewusstlos vor meinem Zimmer lag und da drüben war einfach eine Lücke ins Treppengeländer gerissen, das Metall war voll verbogen! Es sah aus, als hätte hier ein Monster gewütet! Und es war noch da...

Vor mir zischte der Herr der Noten durch das Treppenhaus hinab in die Tiefe. Scheiße! In seinen Armen hatte er Bellini gehalten! Wie sie da gehangen hatte... War sie längst tot? Entsetzt lief ich an ein noch intaktes Stück Geländer und starrte nach unten.

Der Entführer flog aus dem Treppenhaus raus in einen der Flure und nur einen winzigen Moment später hörte ich Glas splittern. Er haute ab! Warte mal! Da unten am Geländer hing Sky und kämpfte sich wieder hoch!

„Was ist hier los?", wollte Nopsi mit einem verschlafenen Gähnen wissen und kam aus seinem Zimmer geschlurft. „Der Herr der Noten! Komm mit!", ohne nachzudenken, zog ich die Koala-Seele mit mir die Treppe runter. Wenn ich nur einen Moment überlegt hätte, wäre mir vielleicht auch aufgegangen, dass ein gemütliches Technikgenie nicht die beste Wahl für einen wilden und aussichtslosen Kampf war. Generell war das hier der reine Wahnsinn, aber es ging um Bellini.

Planlos folgte ich Sky, der ein paar Treppenabsätze unter uns lief. Er war der krasse Kämpfer unter uns, der skrupellose Jäger, er musste doch einen Plan haben. Hinter ihm stürmten wir auf eine der Wasserterrassen. Oh mein Gott. Mir blieb die Luft weg. Mein Herz setzte aus. Einfach alles blieb stehen. Ich spürte den Regen nicht, der auf mich prasselte, genauso wenig wie das kalte Wasser, das über meine nackten Füße schwappte. Nichts erreichte mich.

Dort lag sie. Bellini. Ihr Körper war ganz verdreht und schlaff, wie der einer Puppe. Doch am schlimmsten waren ihre Augen. Sie schauten an uns vorbei, ganz glasig und leer. Grell erhellte ein Blitz diesen schrecklichen Moment und sofort antwortete ein gewaltiger Donnerschlag. Wie das bleiche Licht in ihren ausdruckslosen Augen aufblitzte! Und das Blut. Es mischte sich mit dem Wasser. Das Wasser, in dem ich stand! Ich stand in ihrem Blut!

Schockiert wich ich einen Schritt zurück und rutschte aus. Hart traf ich auf dem Boden auf und das blutige Wasser spritzte um mich herum hoch. Oh nein. Bitte nicht. Ich konnte ihr direkt ins Gesicht sehen. Ich lag da, wie sie.

Oh Gott! Erst jetzt erkannte ich, dass das Blut von ihrer Hand kam, jemand hatte ihr den Mittelfinger abgeschnitten! Er war einfach weg! Wer tat so etwas?!

Plötzlich baute sich eine verdammt große Welle auf und brauste über die Plattform. Für einen Moment konnte ich durch die schäumenden Wassermassen nichts mehr sehen und dann war sie weg. Bellinis Leiche war verschwunden. Das Wasser hatte sie weggespült, als wäre sie nie hier gewesen und sie würde auch nie zurückkommen…

Langsam richtete ich mich wieder auf. Ich zitterte. War es wegen der Kälte oder wegen ihr? Ich konnte es immer noch nicht ganz glauben. Sie war tot. Es war anders als die Leichen, die ich bisher gesehen hatte. Ich hatte sie gekannt. Sie war meine Freundin gewesen. Unsere meinungsstarke, ausgelassene Party-Tiertrainerin, mit Spaß am Gärtnern und einem Sugardaddy. Sie war einzigartig gewesen, ein guter

Mensch, eine wahre Gefährtin. Sie hatte das nicht verdient. Sie konnte nicht tot sein.

Da war diese Lücke. Es war als würde ich in einen endlosen Abgrund starren. Ich hatte Angst. Angst davor, dass es real war und gleichzeitig wusste ich bereits, dass es so war, was es nur so unendlich viel schlimmer machte. Dieses Gefühl tat so weh.

Ich konnte sie nicht festhalten. Sie war weg. Für immer.

Nopsi und ich drückten uns. Ich weiß gar nicht, wer wen zuerst umarmte. Alles war so schwammig. Aber es war genau das, was ich brauchte. Diese Umarmung war das einzig Warme in einem Meer aus Kälte.

„Ich hab sie fallen gesehen", murmelte Sky schleppend. Es kam mir so vor, als würden wir alle in verschiedenen Filmen spielen und keiner davon ergab einen Sinn. Irgendwann kamen die Wachen auch zu uns und der Maximus-Butler war auch dabei.

Wir erzählten ihnen irgendwie alles und sie brachten uns wieder rein. Wir sollten schlafen gehen. Aber wie sollte ich schlafen? Und mein Zimmer war kaputt. Alles war kaputt. Auf den Fluren waren so viele verwirrte und verängstigte Schüler.

Da war auch Miriell. Sie fragte uns, was passiert war. Sie hatte es nicht gesehen. Aber Bellini war weg. Sie war tot. Die Schrecken folgten uns. Wir waren nicht sicher. Jeder von uns könnte als nächstes sterben.

Am Ende wurden wir alle notfallmäßig in eine der großen Hallen gebracht. Zu unserem Schutz waren Königin Naya und Gräfin Alpha höchstpersönlich gekommen. Doch wo waren sie eben gewesen, als Bellini sie gebraucht hätte? Jetzt war es zu spät.

Dicht lagen wir alle nebeneinander. Wir sollten schweigen und schlafen. Die Stille war so laut. So viele Leute atmeten, manche schluchzten. Und dann kam der Schlaf, er legte sich wie ein erstickender Schatten über mich und zog mich haltlos in die Tiefe. Ich fiel, genau wie Bellini und ich wusste, dass mich am Ende nur der Tod erwarten konnte.

Schweißgebadet wachte ich wieder auf. Was war das denn für ein Scheiß gewesen? Tja, mein ganzes Leben war wohl nur noch scheiße. Und es war noch mitten in der Nacht. Das hieß, ich konnte nicht einmal wirklich was tun. Eigentlich konnte ich nur hier liegen und wieder darauf warten, einzuschlafen. Als könnte das noch irgendwas ändern! Dieses ganze scheiß System hatte schon viel zu lange geschlafen!

„Wie konnte der Herr der Noten bei all den Sicherheitsvorkehrungen und allen voran der magischen Barriere überhaupt in den Trium-Palast kommen?", hörte ich eine gedämpfte Stimme in dieser giftigen Stille. Es war Nopsi, der alles ruhig aber bestimmend hinterfragte. „Es scheint, als wäre er durch den Schicksalswasserfall geflogen, um sich dadurch zu tarnen und jemand muss sein Blut für ihn hinterlegt haben, ein Verräter in unseren Reihen. Wir überprüfen jeden", antwortete Gräfin Alpha ihm ebenso gefasst: „Wir haben ihn einmal unterschätzt, doch das wird nicht wieder passieren."

„Einmal? Ihr habt ihn doch am laufenden Band unterschätzt!", brach es aus mir heraus. „Ich verstehe, dass Sie aufgebracht sind, aber das wird nicht helfen", Alphas Worte hatten einen richtig schneidenden Unterton, als wäre ich hier der, der einen Fehler gemacht hatte.

„Und schöne-heile-Welt zu spielen hilft? Der Herr der Noten ist schon die ganze Zeit da draußen und es ist noch überhaupt nichts passiert!", schoss ich zurück und sprang auf die Beine. Fast wäre ich dabei auf eine Büffel-Seele neben mir getreten. Wir lagen wirklich viel zu eng. Noch so eine wahnsinnig durchdachte Aktion von ihnen.

„Das ist weder der richtige Zeitpunkt noch der richtige Ort für diese Diskussion!", zischte die machtvolle Katzen-Seele und hatte sogar schon drohend die Ohren zurückgelegt, aber das beeindruckte mich nicht. „Warum? Fallen ihnen gerade keine netten Ausreden ein?", ging ich die Heuchlerin weiter an.

Plötzlich wurde es ganz hell und verzerrt, wieder eine Teleportation. Wir landeten auf dem Dach der Halle, Alpha, Nopsi und ich. Der Regen hatte mittlerweile aufgehört, doch der Wind toste immer noch klagend um die hohen Türme um uns herum. Ich fühlte mich wie auf einem Altar zur Opferung.

„Also gut, ihr wollt ein privates Gespräch? Der Herr der Noten hatte meinen jüngsten Sohn entführt, deswegen war ich so lange abwesend. Wir haben ihn gesucht und schließlich auch gefunden. Ich bin eine Mutter und die Familie ist das Wichtigste, auch wenn ich mich um ein ganzes Reich kümmern muss. Und ja, frühere Generationen von Herrscherinnen hätten das Problem gleich gelöst, indem sie mit der geballten Macht der Ordnungshüter und Geheimdienste radikal durch alle Reiche marschiert wären und jeden Widerstand niedergewälzt hätten. Ist es das, was ihr erwartet? Oberhäupter, die genug Angst und Terror verbreiten, dass sich niemand traut, seine Meinung zu sagen? Ihr habt keine Ahnung, wie es früher war!", die Gräfin fauchte uns regelrecht an und hatte ein verzweifeltes Funkeln in den Augen: „Mich trifft Bellinis Tod auch. Wir werden nie gemeinsam unseren Garten fertigstellen. Wir waren ein gutes Team. Wir haben uns verstanden. Bei ihr musste ich nicht die Herrscherin sein. Alles bricht weg und niemand von uns ist stark genug, um es zusammenzuhalten. Nicht alleine und erst recht nicht, wenn wir gegeneinander arbeiten. Wir haben sie verloren und wenn wir nicht aufpassen, verlieren wir alles."

Sie war Mutter? Das hatte ich gar nicht von ihr gewusst und irgendwie passte es auch nicht zu ihrer knallharten und doch eleganten Erscheinung. Außerdem rauchte, nähte und gärtnerte sie…

Beinahe hatte es etwas Befremdliches, dass hinter der mächtigen Herrscherin wirklich ein Mensch steckte. Es war so viel leichter, das einfach zu vergessen und ihr für alles die Verantwortung zu geben. Vielleicht war ja gerade das das Problem… Wenn sich niemand verantwortlich fühlte, musste sich auch niemand ändern. Echt ein tiefgründiger Gedanke, aber wie sollte man in so einem Moment auch witzige oder lockere Gedanken haben?

Kurz schloss die rothaarige Frau die Augen und klang mit einem Mal verdammt erschöpft: „Ich bringe euch jetzt zurück. Versucht noch zu schlafen. Morgen wird die Beerdigung stattfinden und wir werden sie übertragen müssen. Ihr solltet ausgeschlafen sein."

„Die Beerdigung wird übertragen?", wiederholte Nopsi mit großen Augen: „Das ist ganz schön pietätslos." „Vielleicht lernen es die Leute dann endlich. Und ein gefallener Held muss angemessen betrauert werden", erklärte sie uns wieder so unnahbar wie vorher: „Gute Nacht, die Herren."

Ohne uns die Chance zu geben, noch etwas zu sagen, schickte sie uns mit ihrer Teleportation wieder zurück. Sie benutzte ihre Magie wirklich bevormundend! Als wären wir ihre Kinder! Und eins davon war gerade gestorben...

Prompt war meine Wut wieder verpufft und diesem bleiernen Gefühl von Trauer und Machtlosigkeit gewichen. Die Welt wirkte auf mich so schwarz wie diese stürmische Nacht und genauso unbeständig.

Mit einem ganz miesen Gefühl legte ich mich hin und schlief doch tatsächlich ein. Am nächsten Morgen vermisste ich wirklich das nervige Klopfen meiner Dienerin, denn dieses Geräusch hätte bedeutet, dass alles noch normal war. Doch stattdessen wurden wir von melancholischem Glockenläuten geweckt, das Bellinis Tod verkündete und nichts war normal. Anscheinend hatte sich in der Nacht gleich eine ganze Armee von Schneidern an neue Anzüge für uns gesetzt, denn morgens warteten auf uns schon noble neue Outfits in Blau, genau wie der von Bellini. Damit sollten wir die Verbindung zu ihr ausdrücken oder so einen Scheiß und mit dem Kreislauf des Wassers hatte es wohl auch zu tun. Einfach nur eine dämliche Tradition und als wir uns draußen versammelten und die Spiegel enthüllt wurden, fühlte es sich erst so richtig mies an.

Wie diese förmlichen Reden geschwungen wurden, von wegen was für ein großes Potenzial sie gehabt hatte und welchen Verlust das für uns alle bedeutete und am besten fand ich den Spruch: „Ein Schicksal fällt und mit ihm legt sich Trauer über unsere blühende Welt." Ob das ein absichtlicher Reim war? Es klang viel zu albern. Beinahe hätte ich gelacht. Wäre wahrscheinlich nicht so gut angekommen und eigentlich fand ich es auch nicht lustig, das war alles einfach nur ein verdammt schlechter Witz.

Zum Abschluss der so rührenden Zeremonie nahmen die Herrscherinnen noch ein Körbchen mit einer brennenden Kerze, in den jede von ihnen ihr Attribut legte, wie auch damals, als wir unsere Magie bekommen hatten.

Zuerst war die Illusion von Magikati dran, als strahlende Anführerin von Bellinis zuhause. Als nächstes war Alpha an der Reihe und obwohl sie sich Mühe gab, weiter ihre unerreichbare Fassade aufrecht zu erhalten, sah man, wie ihre Hand dabei zitterte. Bei Naya war sowieso alles verloren, sie war komplett verheult. Wie schaffte es nur ein so mitfühlender Mensch als Oberhaupt zu überleben? Sie musste doch so oft mit Schrecken konfrontiert werden und moralisch graue Entscheidungen treffen... Ich wollte nicht an ihrer Stelle sein.

Danach wurde das Körbchen an uns überreicht. Miriell gab eine Feder dazu, die sogar wirklich von ihr stammte und man konnte ihr ansehen, wie sehr auch sie mit den Tränen kämpfte. Nopsi, Sky und ich hatten nur bedeutungslose Edelsteine, doch als ich ihn als letztes Geschenk ablegte, fühlte sich das besonders an.

Bellini hätte sich bestimmt beschwert, dass sie die Edelsteine ja lieber in Schmuck eingefasst gehabt hätte. Der kleine, blaue Stein hätte sich sicher gut als Ohrring gemacht. Bei dem Gedanken musste ich leicht lächeln. Ich konnte ihre Reaktion so gut vor mir sehen. Ihr anspruchsvoll hochgerecktes Kinn mit dem gleichzeitig so frechen Grinsen. Sie war eine gute Freundin gewesen...

Leb wohl.

Alle zusammen ließen wir vier Auserwählte das Körbchen ins Wasser gleiten und sahen ihm nach, wie es den Fluss hinab trieb. Irgendwie wirkte es ganz klein und verloren und... einsam.

Auch wenn es dumm war, hatte ich das extreme Bedürfnis ins Wasser zu springen und ihm hinterher zu schwimmen. Ich wollte es zurückholen, es retten. Doch dabei hätte ich mich nur selbst in den Tod gestürzt.

Schon hatte es den Schicksalswasserfall erreicht und fiel in die tosende Flut, die das zaghafte Licht der Sonne in dutzende Regenbögen brach. Der Schicksalswasserfall... Jetzt erst wurde mir bewusst, wie ironisch dieser Begriff war. Wir alle waren auserwählt, doch jedes Schicksal konnte enden. Nur eines war sicher: Irgendwann würden wir alle fallen...

Die Stimme erhoben

Nach der Trauerfeier erlaubten uns die Herrscherinnen sogar ganz luxuriös ein wenig Zeit unter uns. Nur wir vier in einem Raum voller Gemälde. Aber dabei sollten wir doch zu fünft sein… Mir wurde nochmal überdeutlich bewusst, dass Bellini fehlte und sich daran auch nichts ändern würde.

Zuerst standen wir nur einen Moment schweigend da. Was sollten wir auch sagen? Uns gegenseitig Beileid aussprechen? So eine scheinheilige Nummer konnten wir uns sparen, immerhin gab es hier keine Spiegel, die unser Verhalten für das ganze Reich an den Himmel warfen.

Das alles so zu inszenieren war echt nicht richtig gewesen! Wütend ballte ich meine Hände zu Fäusten. Wir alle waren in diesem Wahnsinn gefangen!

„Glaubt ihr, sie hören uns wirklich nicht zu?", fragte Miriell auf einmal und sah sich ganz komisch um. Warum hatte sie jetzt diese Paranoia? „Königin Naya und Gräfin Alpha haben schon ein Herz, ich denke sie haben uns wirklich etwas Privatsphäre verschafft", beurteilte Nopsi viel zu ruhig die Situation. Was musste passieren, dass er einmal so richtig ausrastete?

„Ich glaube, Bellini war eine Entartete", ließ die Steinkauz-Seele plötzlich mit allem Ernst total die Bombe platzen.

Fassungslos sah ich sie an. „Was?", brachte Sky ebenso vor den Kopf gestoßen hervor.

„Ihr habt gesagt, ihrem Leichnam hat ein Finger gefehlt. Ich bin letzte Nacht von dem Lärm aufgewacht und als ich meine Tür geöffnet habe, lag nur ein Stück entfernt ein Finger. Keine Ahnung, ob er absichtlich dort platziert wurde, aber ich gehe eher davon aus, dass er im Laufe des Gefechts dort gelandet ist. Zuerst wollte ich wieder in mein Zimmer, als hätte ich nichts gesehen, aber dann habe ich ihn doch genauer betrachtet. Er war mit braunen Haaren überzogen, Fell und da war eine Vorwölbung, ein Geschwür. Was, wenn Bellini dabei war sich zu verwandeln? Deswegen könnte sie den Verband getragen haben und danach den Handschuh. Sie wollte es noch verbergen, aber jemand hat es herausgefunden. Deswegen musste sie sterben. Eine Auserwählte kann keine Entartete sein", legte sie uns fahrig dar.

Und was war Nopsis erste Frage? „Hast du den Finger noch?", wollte er ernst von ihr wissen. Noch schockierender war ihre Antwort: „Ja. Ich habe ihn in Salz konserviert und das Päckchen unter meinen Schreibtisch geklebt. Auf die Schnelle ist mir nichts Besseres eingefallen. Ich hoffe es hält da und niemand sucht danach."

Wenn ich einen Finger vor meiner Tür finden würde, wäre mein erster Impuls definitiv nicht, ihn in Salz zu konservieren! Das war fast schon psychotisch! Konnten wir das bitte mal festhalten?

„Und woher hattest du das Salz?", fand Sky mal wieder eine misstrauische Unstimmigkeit. Was? Hatte er jetzt Miriell als Mordverdächtige? Die konnte doch keiner Fliege etwas zuleide tun!

„Meine Schwester hat es mir als Scherz mitgegeben, bevor ich aufgebrochen bin. Sie würzt gerne sehr salzig und wollte, dass ich an sie denke. Ich hätte nie gedacht, dass diese süße Geste von ihr einmal so wichtig werden würde... Oder vielleicht war es doch eher eine salzige Geste", überlegte die Steinkauz-Seele ziemlich unpassend.

Warum war sie bei alldem noch so locker? Hatte sie vielleicht doch eine dunkle Seite...

„Aber das muss immer noch nicht bedeuten, dass sie eine Entartete war", kam der Kämpfer wieder auf das eigentliche Thema zurück. „Allerdings würde es viel erklären", verteidigte das liebe Superhirn ihre Vermutung. „Sie war gestern auch so ängstlich...", dachte ich ebenfalls zurück. Es würde schon passen. „Und sie hat sich auf einmal sehr für die Übertragung dieser Krankheit oder Veränderung interessiert", fügte unser zweites Superhirn grübelnd hinzu.

„Was soll das heißen? Krankheit oder Veränderung?", bohrte die Steinbock-Seele mit zusammengezogenen Augenbrauen nach. „Die Entarteten gehen vielleicht auf Magie zurück, um genauer zu sein Geburtsmagie. Sie wechseln einfach nur ihr Seelentier, weil sie sich als Menschen geändert haben. Es könnte vollkommen natürlich sein und sogar eine Lösung für das Zwei-Seelen-Syndrom und damit unnötige Herztode verhindern", erklärte ihm das Technikgenie schlicht.

„Wie kommst du denn auf die Scheiße?! Entartete sind seelenlose Monster! Hat Bellinis Tod es nicht nochmal bewiesen?! Der Herr der Noten hat sie umgebracht! Checkt ihr das nicht?! Sie sind das Böse! Sie sind für das alles verantwortlich!", fuhr Sky uns unbeherrscht an.

Klar, bei dem Thema konnte man nicht mit ihm diskutieren. Aber ich musste es trotzdem tun, denn an dem, was Miriell gesagt hatte, war etwas Wahres dran: „Und was, wenn die Leute von hier sie umbringen wollten? Eine tote Auserwählte ist besser als eine Entartete. Sie vertuschen doch auch sonst immer alles."

„Das kann nicht dein Ernst sein!", man konnte dem Jäger richtig ansehen, dass nicht mehr viel fehlte und er würde auf uns einprügeln, um uns zur Vernunft zu bringen oder wohl eher zu dem, was er für die absolute Wahrheit hielt.

„Und was, wenn doch?", stellte ich mich ihm entgegen.

„Wenn sie eine Entartete war, ist es gut, dass sie sie umgebracht haben", presste Sky mitleidslos hervor. Das war heftig. „Wir sollten uns nicht streiten, nicht heute", klinkte Miriell sich ein und auf ihrem Gesicht war wieder die Trauer zu sehen. Bellini hätte in dem Streit sicher auch ordentlich mitgemischt.

„Und was sollen wir jetzt machen? Einfach wieder zum Alltag übergehen? Irgendetwas müssen wir doch tun!", warf ich einen Blick in unsere nicht so geile Zukunft. „Es sollte wenigstens in die Richtung unserer These geforscht werden", meinte Nopsi rational. „Oh nein! Ihr werdet nichts von eurem Schwachsinn sagen! Das spielt den Entarteten nur in die Karten! Wollt ihr alles zerstören, wofür wir gekämpft haben?!", protestierte der Kämpfer hitzig.

Bevor wir uns noch gegenseitig an die Kehle sprangen, war unsere Privatzeit auch schon vorbei und wir mussten wieder auf unsere Zimmer zurück und große Überraschung: Ich hatte wieder eine Tür und ein Fenster. Die Dienerschaft hier schaffte wohl alles. Schon brutal.

Völlig selbstverständlich zog ich gleich meine Kopfhörer an, doch schon im nächsten Moment kam es mir falsch vor. Innerlich total zerrissen, zog ich die Dinger wieder aus und tigerte durch mein Zimmer. Einfach weiterzumachen war falsch, aber einfach nichts zu machen war auch falsch. Es fühlte sich nichts richtig an!

Ich wollte nicht daran denken, dass sie tot war, dass der Tod überall war. Ich wollte das alles nicht mehr!

Und so setzte ich die Kopfhörer doch wieder auf. Das Ganze war ein mieses Hin und Her! Ich war wie gefangen in einem Hamsterrad und es gab kein Entkommen!

Als es Essen gab, war es fast eine willkommene Abwechslung, allerdings nur, wenn ich dabei nicht Bellinis leeren Platz gesehen hätte. Unsere Runde war nicht vollständig und würde es nie wieder sein.

Außerdem war da diese verdammt gedrückte Stimmung, die den gesamten Speisesaal mehr verdunkelte, als die grauen Wolken draußen. Ihr Tod traf jeden, wahrscheinlich sogar alle in den Reichen und dennoch fühlte sich das zu wenig dafür an, dass sie gestorben war. Sie war endgültig weg... Diese Gewissheit erwischte mich immer wieder mit voller Härte.

Verkrampft fuhr ich mir mit den Händen über den Kopf. Ich wollte, dass diese finsteren Gedanken endlich rauskamen! Der Schmerz war einfach nur scheiße! Aber es ging nicht, nichts ging.

Zwischendurch besuchte mich auch Micara eine Runde mit einer selbstgemachten, extra käsigen Brokkoli-Lasagne. Die Vielfraß-Seele hatte es sich echt gemerkt, eine verdammt liebe Geste oder sollte ich lieber herzhaft sagen? Es schmeckte wirklich köstlich, gut ein Level mit denen im Tina's, vielleicht sogar einen Hauch besser, doch die Atmosphäre von meiner Lieblingsbar fehlte einfach. Am liebsten würde ich jetzt dort an der Theke sitzen und ein paar Drinks kippen, bis die Welt wieder etwas schöner aussah. Bellini hätte sicher Alkohol organisieren können...

Am nächsten Tag wurde dann auch gleich der Unterricht knallhart weiter durchgezogen. Trauer durfte einen schließlich nicht davon abhalten, stark und stolz zu sein. Nichts ging über den Anschein der Macht.

Das einzig Positive war, dass sie alle Theoriefächer aus dem Stundenplan geschmissen hatten, das hieß extra viel Magieanwendung und Kampftraining. Wir mussten uns verteidigen können, wir mussten überleben können, für eine von uns war es dafür ja schon zu spät...

Verdammt! Ich hatte so eine unfassbare Wut und es tat so gut, einfach auf unseren Lehrer einzuprügeln, auch wenn es noch befriedigender wäre, wenn ich ihn auch mal auf den Boden werfen könnte, aber er war natürlich immer einen Schritt voraus.

Doch das Training mit den Polstern war genau richtig. Jeder Schlag, jeder Tritt war eine pure Explosion.

Auch mit der Magie machte ich Fortschritte, wenn auch etwas schleppender, als unsere beiden Superhirne. Nopsi schaffte es perfekt, dass es so aussah, als würde die

Außenwand unseres Klassenraums nicht mehr existieren und Miriell erzeugte ganz viele kleine Katzenillusionen, die so süß waren, dass man sie am liebsten sofort streicheln wollte.

Allerdings war da auch gleich wieder die Erinnerung an Mathilda und damit der Highway zur Trauer um Bellini. In den letzten Tagen war es zwar besser geworden, doch es kam immer wieder hoch. Es waren einfach so viele schmerzvolle Gedanken und Erinnerungen, die mich nicht losließen.

Und da war immer diese Anspannung, die bohrende Frage, ob die Entarteten einfach nur eine Veränderung waren oder wirklich böse, wie wir immer gedacht hatten. Hatten wir mit unseren Jagden zahlreiche, unschuldige Menschen festgenommen oder die Welt ein Stückchen besser gemacht?

Ich wollte lieber der Held sein, als der unwissende Schurke. Aber wenn ich diese Zweifel hatte und trotzdem weitermachte, würde mich das nicht zu einem noch schlimmeren Menschen machen? Klar, wenn sie wirklich Monster waren, war ich dann ein Idiot, der auf ihre Lügen reingefallen war, aber was, wenn sie es nicht waren?

Wie sollte ich auf die ganze Scheiße nur richtig reagieren?!

Na ja, mit reagieren war momentan sowieso nicht viel. Es wurde sehr darauf geachtet, dass wir zur Nachtruhe auf unseren Zimmern waren und rund um die Uhr bewacht wurden. Das Gleiche wie mit Bellini sollte nicht noch einmal passieren und auch da war die Frage, ob unsere Wächter nicht in Wahrheit Mörder waren.

Dann wurde ich auf einmal direkt vor dem Mittagessen von der Hyänen-Seele angesprochen. Schon alleine ihn zu sehen, nervte mich an. Was hatte der Mistkerl denn jetzt? Doch was er sagte, überraschte mich ordentlich: „Hey, eure Aktion war echt gut, ich meine, euch rauszuschleichen und wirklich was zu machen. Ihr seid die krassesten Auserwählten, die ich hier gesehen habe und ich bin schon ein paar Jahre im Palast. Wir wollen euch helfen. Es soll im Kellergewölbe einen Gang geben, der nach draußen führt. Er wurde vor

Jahren zugemauert, aber die kann man doch schnell nieder-
reißen und wir könnten eins eurer Trugbilder benutzen, um
es so aussehen zu lassen, als würde es immer noch stehen.
Und wir könnten mit Doppelgängern arbeiten. Wir tarnen einfach welche von uns, dass sie mehr aussehen wie ihr und
dann merken, die Wachen gar nicht, dass ihr weg seid. Morgens im Flur könnten wir euch dann wieder austauschen.
Aminari ist zum Beispiel auch eine Gottesanbeterinnen-
Seele. Klar, sie ist eine Frau, aber wenn du ab jetzt anfängst,
immer eine Kappe und sowas zu tragen, fällt es gar nicht
mehr auf. Wir müssen nur ein bisschen tricksen. Was sagst
du dazu?"
Im ersten Moment sagte ich tatsächlich gar nichts. Mit diesem Angebot hatte er mich voll überfahren. Wie alle uns helfen wollten, war wirklich unglaublich. Die einzige Frage war:
Wollte ich das alles überhaupt noch? Wollte ich weiter kämpfen?
„Ich rede mit den anderen", sorgte ich für einen Aufschub und
nickte ihm noch einmal zu, bevor ich wie jeden Morgen in den
Speisesaal ging.
Wenn wir wieder in die Stadt zogen, würden wir früher oder
später wieder auf den Herrn der Noten treffen und er hatte
uns jedes Mal fertiggemacht. Er hatte unzählige Chancen gehabt, uns zu töten, aber er hatte es nicht getan... Ich verstand
das alles nicht.
Meine Freunde anzulügen und einfach gar nichts von unserer neuen Möglichkeit zu erzählen, wäre einfach. Oder ich
könnte mich nachts rausschleichen und einfach nie wiederkommen. Dann war Schluss mit all der Verantwortung, mit
den Regeln und den Gefahren.
Gedankenverloren schaufelte ich das cremige Gemüse mit
den rosenförmig drapierten Bandnudeln in mich rein und
dachte die ganze Zeit darüber nach, was ich tun sollte. Ich
konnte mir schon genau vorstellen, wie sie reagieren würden.
Sky würde sofort losziehen wollen und rücksichtslos

weitermachen wie bisher und Nopsi und Miriell würden die Vernünftigen spielen.

„Was ist los, Dex?", erkundigte sich Nopsi aufmerksam bei mir und ich entschied doch mit der Sprache rauszurücken, auch wenn man hier echt aufpassen musste, dass nicht die falschen Leute Wind davon bekamen. Ein Speisesaal voller Dienstboten, Schüler und Wachen war wirklich nicht der beste Ort, um Geheimnisse auszutauschen. Besonders weil Sky natürlich wieder echt laut wurde, als er versuchte, uns von seiner Meinung zu überzeugen, aber mehr als Meinungen und Vermutungen gab es momentan auch nicht.

Und auf einmal wurde mir etwas bewusst: Hier drinnen würden wir nie echte Antworten finden. Allein dafür musste ich hier raus. Das war meine einzige Chance. Jenseits dieser Mauern wartete noch mehr als nur die Jagd auf Entartete.

Ich musste die Sache ein für allemal klären. Wie genau wusste ich zwar noch nicht, aber es gab genug andere Probleme, die zuerst gelöst werden mussten.

Miriell und Nopsi meinten beide, dass wir den Plan mit der Mauer-Illusion abhaken konnten, weil sie nicht in der Lage waren, eine so dauerhafte Täuschung zu erschaffen, besonders ohne Blickkontakt und auf die Distanz. Außerdem wussten wir nicht, wie wir die Mauer klein kriegen sollten. Nachdem was letztes Mal passiert war, wollte uns die Koala-Seele sein außergewöhnliches elektrisch-magisches Schneidegerät nicht mehr geben. Und wo genau der Tunnel sich überhaupt befand, wussten wir natürlich auch nicht.

Wenn man das so im Detail betrachtete, wirkte der ganze Plan ziemlich dünn. Nicht zu vergessen, dass er darauf basierte, dass mich die Wachen mit einer Frau mit Kappe verwechselten. Dafür müssten sie schon ziemlich unaufmerksam oder gleichgültig sein.

Trotz all dieser Probleme fingen wir einen Tag später direkt mit der Tarnung an. Meine Kappe und ein fettes, fransiges Halstuch, das gefühlt meinen halben Kopf verschluckte und ständig eklig in der Nase kribbelte, wurden vom Maximus-

Butler zwar mit einem missbilligenden Blick bemerkt, aber er ließ diese tolle Tarnung durchgehen.

War es nicht schön, was man sich alles leisten konnte, wenn ein Freund gestorben war? Total ausgeglichen. Fast genauso Scheiße war die Wartezeit, mit der ich mich rumschlagen musste.

Eine halbe Ewigkeit durchkämmten die anderen Schüler heimlich das Kellergewölbe, größtenteils mit Schlangen- und Hunde-Seelen, halt allem was einen guten Geruchsinn hatte, auch wenn ich keine Ahnung hatte, wonach sie eigentlich suchten. Dem Geruch von Geheimnissen? Dem Geruch eines Tunnels in einem Meer von Tunneln?

Und dann war da noch diese miese Distanz. Als hätte ich mich auf Skys Seite geschlagen und Nopsi und Miriell damit verloren. Dabei sollte es überhaupt keine Seiten geben! Wir waren längst kein Team mehr...

Besonders als Nopsi in einem der Magieunterrichte mit Gräfin Alpha seine Vermutung über die Entarteten direkt aussprach, wurde der Abgrund zwischen uns allen überdeutlich. Wie immer hielt sich die Herrscherin natürlich distanziert und unnahbar, auch wenn sie offensichtlich nichts von dieser Theorie hielt und... da war noch irgendwas.

Ich kann es nicht einmal genau beschreiben, aber die Art, wie sie krampfhaft ihre Finger verschränkt hielt... irgendwas war da sicher und genauso sicher würde sie uns nichts davon erzählen.

Und nachdem Sky sich für etwa zehn Sekunden beherrschen konnte, explodierte er mal wieder förmlich. Es ging so weit, dass Alpha ihm drohte, ihn rauszuschmeißen und wegen seinem Respekt vor ihr, riss er sich doch nochmal zusammen, obwohl er immer noch vor Wut bebte.

Ähnlich lief es ab, als die Koala-Seele auch Königin Naya alles schilderte, nur dass sie statt mit stoischer Beherrschtheit mit flatterhafter Unsicherheit reagierte. Sie war einfach eine viel zu freundliche und gutherzige Person, um wirklich Kante zu zeigen.

Bei ihrem Charakter dachte man echt nicht, dass sie die gleiche, unangefochtene Macht besaß, wie Gräfin Alpha. Ohne sie beide, wären bei dem Angriff in der Kristallresidenz sicher alle gestorben und mich und Sky hätte es schon bei unserer Wette mit dem Stützpfeiler erwischt.

Doch der Bruch, der sich momentan durch die Welt zog, war selbst für sie zu groß, um ihn zu reparieren.

Zwei Tage später kam dann mitten an einem Nachmittag die Nachricht der Nachrichten: Irgendwie hatten die Hyänen-Seele und die anderen es geschafft, den geheimen Tunnel wirklich zu finden. Ein Teil von mir hatte ja schon nicht mehr daran geglaubt.

Auch das Mauerproblem war schon gelöst und zwar von einer sehr hartnäckigen Nashorn-Seele, die einfach heftig genug dagegen gerannt war. So konnte man es natürlich auch machen. Und überraschend klug waren sie noch auf die Idee gekommen, in den Durchgang eine Tür zu stellen.

Wenn man nicht genau hinsah, bemerkte man kaum einen Unterschied zu den anderen schlichten Türen hier unten, allerdings war die Einfassung schon sehr... wild und man konnte sie auch nicht richtig öffnen und schließen, sondern musste sie immer im Ganzen rausziehen und reindrücken, wobei ein paar Steine echt bedrohlich wackelten.

Jap, genau das machten Sky und ich direkt in der Nacht darauf. Endlich hatte es sich ausgezahlt, dass ich eine halbe Ewigkeit mit dieser lächerlichen Verkleidung rumgelaufen war. Die Wachen hatten tatsächlich keinen Verdacht geschöpft, bei Sky auch nicht und bei ihm hatte es sogar schon eine Rasur seines Doubles gebracht. Unfair.

Für einen Moment blickten wir in den dunklen und ziemlich engen Tunnel, der vor uns lag. Unser Weg in die Freiheit.

„Viel Glück", wünschte uns die Hyänen-Seele noch feierlich. Oh man. Ich hätte echt nicht gedacht, dass er uns mal so einen Moment ermöglichen würde, aber vielleicht war der Kerl doch ganz korrekt.

Schweigsam machten wir uns auf den Weg. Die Luft war kühl und als einziges Licht diente uns unsere eigene Magie, wenigstens diesen Trick beherrschte ich mittlerweile echt gut. Bei meinem Begleiter jedoch spiegelte sich verräterisch seine Anspannung wider. Sein Licht pulsierte und flackerte wild, sodass unsere Schatten über die grob gehauenen Wände zitterten und zuckten.

Ich spürte auch wieder krass den Adrenalinkick. Was wäre wohl die nächste Maßnahme, wenn wir erwischt wurden? Würden sie uns ans Bett ketten wie in einer Irrenanstalt? Kritische Situation.

Schließlich hatten wir den Ausgang erreicht. Im ersten Moment wirkte die massive Felswand mit dem gemeißelten Triquetra allerdings mehr wie eine Sackgasse. Dass wir wussten, wie man es öffnete, hatten wir dem Zufall zu verdanken. Eine Hühner-Seele hatte gedankenverloren die verschlungenen Linien nachgefahren und Simsalabim! Schon tat sich der Durchgang auf.

Es war echt praktisch, wenn einem der Weg von anderen klar gemacht wurde. Wir mussten nur aufpassen, dass wir später beim Rückweg auch wieder genau die richtige Stelle für dieses Zeichen fanden. Netterweise hatten unsere Unterstützer sie zwar mit einem grünen Punkt markiert, aber auch den musste man in der Dunkelheit erst einmal finden.

Von hier aus war es nicht mehr weit bis zum Stall. Der geheime Tunnel hatte uns einmal quer durch den Felsen geführt, wirklich eine praktische Abkürzung. Aber der Stall...

Hier zu sein, war echt heftig, dieser ganze Ort schrie regelrecht nach Bellini und ohne sie zu reiten, fühlte sich auch falsch an, besonders weil die Pferde irgendwie unruhiger waren.

Trotzdem kamen wir ohne große Probleme in der Stadt an und natürlich war unsere erste Anlaufstelle Nopsis zeitverrückte Bekannte. Nach der ganzen Zeit wollte ich auch wissen, ob Paddy noch bei ihr war oder nicht.

Ungeduldig klopfte die Steinbock-Seele durchgehend an die Tür. Er war noch nerviger als meine Dienerin und wie er auch dagegen hämmerte. Ich hatte fast schon Angst, dass gleich die Tür rausflog. Am Ende öffnete sie sich aber dann doch ganz normal und der große schwarze Hund stürmte sofort heraus.

„Paddy!", rief Sky komplett außer sich vor Freude. So glücklich und gelöst hatte ich ihn, glaube ich, noch nie gesehen. Überschwänglich kuschelte er mit seinem vierbeinigen Gefährten, der dabei freudig mit dem Schwanz wedelte.

Die Spürnase hatte es also wirklich geschafft. Der Hammer! Anscheinend konnte doch auch mal etwas gut gehen. Ausgelassen wollte ich ihn auch streicheln, doch plötzlich fuhr er herum und knurrte mich an. Überrumpelt zog ich meine Hand zurück. Was war denn jetzt los?

Spürte er vielleicht, dass ich wegen den Entarteten zweifelte? Nein, der Hund konnte doch keine Gedanken lesen. Aber vielleicht lag es ja daran, dass ich in letzter Zeit oft mit Mathilda gespielt hatte, womöglich roch ich einfach zu sehr nach Katze und das machte ihn so aggressiv. Trotzdem eine miese Begrüßung!

Und es wurde noch schlimmer, allerdings war das nicht Paddys Schuld. „Seht", mit großen Augen deutete die Schaf-Seele in den Himmel. Was? Verdammte Axt! Da war Nopsi! Also nicht richtig er, sein Spiegelbild, er nutzte die gleiche Technik, wie bei der Vorstellung der Auserwählten und… der Beerdigung.

Oh Scheiße. „Ich bin Nopsi von Natik, Auserwählter des Königreichs der Erde und ich habe eine wichtige Verkündigung. Die Entarteten sind noch kaum erforscht. Es ist unverantwortlich, sie alle schlicht als seelenlose Bedrohung abzustempeln. Wir müssen versuchen sie zu verstehen, nicht einfach nur auszulöschen. Ich wende mich in dieser Weise an euch alle, weil mir sonst nicht zugehört wurde und diese Angelegenheit ist zu wichtig. Die Sache ist: Wir wissen nicht, was sie sind. Diese ´Krankheit´ könnte durch Magie ausgelöst sein und eine natürliche Wandlung des Seelentiers sein. Dadurch könnte sogar das Zwei-Seelen-Syndrom geheilt werden, es könnte eine Chance sein, sich zu verändern. Traditionen dürfen uns nicht vom Fortschritt abhalten. Wir dürfen nicht blind alles glauben. Ich will hiermit die Gesellschaft nicht weiter spalten. Ich will nur, dass wir alles überprüfen. Ja... Das war's", und damit endete diese irre Nachricht am Himmel wieder.

Verdammt Nopsi! Was hatte er da nur getan?!

Wir hätten diese Technik für lustige Scherze benutzen können und er zog gleich die krassen politischen Geschütze auf. Sky und ich tauschten einen vielsagenden Blick. Das würde so eine Katastrophe werden.

„Wir müssen wieder zurück. Bleib hier, guter Junge", zum Abschluss streichelte der Jäger Paddy noch ein letztes Mal. Mich knurrte der dumme Hund wieder nur an. Ohne weiter Zeit zu verlieren, ritten wir los, doch wir beide wussten, dass wir schon zu spät waren...

Mein Blut

Vor Anspannung vergaßen wir fast die Pferde abzusatteln, aber dann wäre klar, dass jemand mit ihnen unterwegs gewesen war, also machten wir den Scheiß doch noch. Allerdings schmissen wir danach einfach alles in eine Ecke. Ich hatte gerade ooht nicht den Nerv, alles schön perfekt wegzuräumen.

Und dann hatten wir auch noch Probleme, diesen beschissenen grünen Punkt zu finden! Fast hätte ich vor Wut gegen den Fels geschlagen. Wir hatten hierfür nicht die Zeit!

Als wir dann endlich doch die Stelle entdeckten, sprinteten wir den Tunnel zurück nach oben und was fanden wir am Ende? Die Hyänen-Seele lag gemütlich da und streckte sich mit einem herzhaften Gähnen.

„Hast du sie noch alle?! Du sollst aufpassen, dass niemand kommt und nicht schlafen!", fuhr Sky ihn sofort aufgebracht an und dieses Mal konnte ich seine Stimmung voll verstehen. Die Lage war verdammt ernst!

„Entspannt euch. Es ist nichts passiert. Außerdem hatte ich echt eine heftige Zeit mit durchgemachten Nächten, um diesen Tunnel für euch zu finden. Da ist eine kleine Pause doch mal gerechtfertigt!", verteidigte er sich und stand genervt wieder auf: „Konntet ihr wieder einen Entarteten schnappen?"

„Nein, weil einer unserer genialen Mitstreiter eine Botschaft an das gesamte Volk gesendet hat, dass die Entarteten vielleicht fortschrittliche Unschuldslämmchen sind!", die Steinbock-Seele hatte mal wieder die Hände zu Fäusten geballt und seine Stimme war ganz gepresst. „Wir müssen zu ihm", sprach ich die logische Schlussfolgerung aus.

„Nein! Das könnt ihr nicht! Euch darf niemand sehen, sonst war das alles völlig umsonst!", hielt uns unser nerviger Helfer auf. „Er braucht vielleicht unsere Hilfe!", widersprach ich ihm und stieß ihn aus dem Weg. „Was er braucht, ist eine Kopfwäsche!", entgegnete der Jäger hitzig.

„Ach ja? Weil deine ganzen Ansprachen ja auch so gut funktioniert haben", schoss ich zurück: „Nopsi hat recht, aber jetzt steht er voll im Fadenkreuz. Sie werden ihn aus dem Weg räumen!" „Sind jetzt die Herrscherinnen etwa die Bösen? Oh ich kann schon förmlich vor mir sehen, wie Königin Naya ihn brutal foltert", kam es sarkastisch von Sky.

„Wartet! Ihr dürft das nicht!", versuchte die Hyänen-Seele immer noch uns zu bremsen, aber was wollte er schon tun? Er konnte uns nicht aufhalten und Nopsi war einfach wichtiger. „Geh einfach wieder schlafen. Das kannst du doch so gut", ließ sich auch mein irrer Begleiter nicht reinreden. „Leute! Das könnt ihr echt nicht bringen! Wir haben dafür zu hart gearbeitet!", hechtete uns die Hyänen-Seele hinterher.

Schon hatten wir die Treppen erreicht und der Kerl sah auch mal ein, dass er nichts ausrichten konnte. Leise schlichen wir uns nach oben. Alles wirkte ruhig. Vielleicht war die Sache mit der Nachricht am Himmel ja noch gar nicht hier angekommen, vielleicht waren wir doch nicht zu spät.

Zum Glück gab es in den Fluren überall riesige Vorhänge und prunkvolle Statuen hinter denen man sich verstecken konnte. Ohne aufzufallen, arbeiteten wir uns bis zu Nopsis Zimmer vor. Steif stand eine Wache vor seiner Tür und wirkte dabei selbst fast wie eine Statue. Alles schien wie immer zu sein, aber das konnte sich noch ändern.

Angespannt warteten wir drei und es war die Hölle. Meine Beine wurden schwer, mein Kinn juckte und am schlimmsten war diese Langeweile. Absolut nichts passierte! Sonst verbreiteten sich hier die Neuigkeiten doch wie ein Lauffeuer! Sie mussten einfach irgendwie darauf reagieren!

Durch die großen Fenster konnten wir beobachten, wie sich der Himmel langsam verfärbte und immer noch war nichts geschehen. „Ihr solltet in die Nähe eurer Zimmer gehen. Ich werde hier weiter aufpassen", raunte uns die Hyänen-Seele zu. „So gut, wie du auch beim Tunnel aufgepasst hast?", zischte ich zurück. Ich konnte Nopsis Leben echt nicht in seine Hände legen. Ich würde hier bis zum Schluss warten. Sky sah es anscheinend genau so, denn auch er bewegte sich kein Stück.

Auf einmal kam Leben in den Trium-Palast. Die Diener fingen an hin und her zu wuseln und alles vorzubereiten. Sie kamen auch unserem Versteck gefährlich nahe, aber zum Glück waren sie so sehr in ihrem Alltagstrott, dass sie uns nicht bemerkten.

Langsam standen die anderen Schüler auf und machten sich auf den Weg zum Speisesaal. Ganz normal wurde auch Nopsi geweckt, allerdings kam er noch nicht raus. Er war ja noch nie ein Frühaufsteher gewesen und wir hatten auch keine Zeit zu warten, bis er runter geschlurft kam. Wir mussten den Strom der Schüler für den unauffälligen Austausch nutzen.

Auch wenn ich bei der ganzen Sache immer noch überhaupt kein gutes Gefühl hatte, ging ich nach Plan auf die Toiletten, wo ich mich mit meiner Doppelgängerin traf, die fast schon gruselig große Augen hatte. Mir war es echt ein Rätsel, wie man sie mit mir verwechseln konnte, bis auf unser Seelentier hatten wir wirklich überhaupt nichts gemeinsam.

Schnell zogen wir uns um, sodass ich wieder wie ein schön herausgeputzter Auserwählter mit seltsamen Accessoires aussah und marschierten auf direktem Weg in den Speisesaal. Sky war auch schon da, ebenso wie Miriell, nur Nopsi ließ sich mal wieder Zeit oder steckte doch mehr dahinter? Waren wir vielleicht doch zu früh gegangen? Aber sie würden ihn doch nicht jetzt mundtot machen, wenn so viele Zeugen dabei waren, oder?

Als unsere Teller gebracht wurden, war er immer noch nicht da. „Wissen Sie, wo Nopsi ist?", fragte ich den Diener direkt. „Ähm, nein, tut mir leid", antwortete er etwas überrumpelt oder war er ertappt? Was hatten sie ihm angetan?!

„Wir gehen zu seinem Zimmer!", entschied Sky kurzerhand und war auch schon aufgestanden. Entschlossen folgte ich seinem Beispiel und sogar Miriell ließ sich von ihrer Stange runterrutschen. Doch bevor wir losziehen konnten, gab es auf einmal einen hellen Lichtblitz am Ende des Speisesaals, der alle Aufmerksamkeit auf sich zog. Gräfin Alpha und Königin Naya waren erschienen.

„In dieser Nacht hat sich etwas Schreckliches zugetragen", kam die Gräfin gleich zur Sache: „Einem unserer Auserwählten, Nopsi von Natik, ist es gelungen die Spiegeltechnik für die Übertragung in alle Reiche zu kopieren. Er hat damit eine Nachricht im Namen der Entarteten gesandt. Er hat uns verraten. Als wir ihn aufsuchen wollten, um seine Beweggründe zu erfahren, war er bereits verschwunden. Wir werden nach ihm suchen, doch er wird wohl nie wieder in unsere Reihen zurückkehren. In diesen Zeiten ist unser Zusammenhalt wichtiger denn je. Jeder Verlust lässt uns nur näher zusammenrücken."

„Hören Sie nicht auf die Versprechungen des Herrn der Noten und seiner Anhänger. Lassen Sie sich nicht vom rechten Pfad abbringen", schloss sich die Bienen-Seele ihr an und ihr Blick sah ehrlich betroffen aus: „Es ist schwer, wenn ein Freund zum Feind wird, doch wir müssen stark bleiben und treu unsere Werte vertreten."

Sprachlos starrte ich die beiden einfach nur an. Nopsi sollte geflohen sein? Das ergab doch überhaupt keinen Sinn! Er war niemand, der einfach weglief! Und wie sollte er das überhaupt ohne Hilfe geschafft haben? Die Wache hatte doch die ganze Zeit vor seinem Zimmer gestanden und aus dem Fenster geklettert war die gemütliche Koala-Seele sicher auch nicht, mal abgesehen davon, dass auch ständig in der Luft patrouilliert wurde.

Nein. Es war sicher nicht seine Entscheidung gewesen zu „verschwinden". Aber wie hatten sie es gemacht?

„Verliert nicht euer Strahlen. Wir versprechen euch, weiterhin alles in unserer Macht zu unternehmen, um euch von den Gefahren von außen wie auch von innen zu beschützen und euch auf das, was kommen wird, vorzubereiten", schloss Königin Naya mit einer irgendwie leidenden Entschlossenheit.

Doch dabei mussten sie beide die Verantwortlichen sein.

Distanziert neigte Alpha zum Abschied einmal den Kopf und verschwand erneut mit ihrem grellen Licht. Schlagartig fiel es mir wie Schuppen von den Augen. Das war es! Sie waren mit einer Teleportation in sein Zimmer gelangt! Warum hatten wir nur draußen gewartet?! Vielleicht hatten sie ihn sogar geholt, während wir nur blöd rumgestanden hatten! Wir hätten ihm noch helfen können! Wie hatten wir nur so dumm sein können?!

Und wieder musste einer unserer Freunde den Preis dafür zahlen…

Den ganzen Tag über war ich irgendwie nicht ganz da. Ich konnte nur daran denken, wie ständig jeder unserer Versuche das Richtige zu tun, ins Leere lief. Wir kämpften die ganze Zeit und verloren immer und immer wieder. Ich wusste nicht, wie oft ich noch aufstehen konnte, bevor ich zerbrach.

Irgendwann lag ich wieder in meinem Bett. Dieses Mal würden wir nicht ausziehen, um die Entarteten oder Antworten zu jagen. Vielleicht waren wir ja auch nur wie Hunde, die unseren eigenen Schwanz jagten. Ich wusste es nicht mehr. Alles fühlte sich sinnlos an.

Ich lag nur da und starrte an die Decke. Nicht einmal auf Musik hatte ich Lust.

Ob Nopsi wohl noch lebte?

Als am nächsten Morgen wieder gegen meine Tür geklopft wurde, lag ich nach wie vor so da, auch wenn ich zwischendurch eingeschlafen war. Wach fühlte ich mich immer noch nicht. Das Ganze hier war doch nur ein nicht enden wollender Alptraum.

Irgendwie schaffte ich es mir ein dumpfes „Ja", abzuringen, einfach nur, damit dieses Klopfen aufhörte. Kraftlos stieß ich die Luft aus und drehte meinen Kopf leicht. Auf einmal spürte ich es. Mein Hals war ganz feucht.

Was?

Mit einem schrecklichen Gefühl berührte ich mit meinen Fingern meine Haut. Verdammte Scheiße! Das war Blut! Woher kam das?! Fahrig richtete ich mich auf und es lief mir über die Brust. Verdammte Axt! Da hatte sich eine regelrechte Pfütze in der Kuhle über meinem Brustbein angesammelt gehabt. Mir wurde schlecht.

Stolpernd erreichte ich das Badezimmer und da sah ich es. Oh Gott nein. Ein Muttermal an meinem Kinn war ganz dick geworden und von ihm aus ging die Blutspur und... Auf meinen Schlüsselbeinen waren schon erste, kleine Federn gewachsen.

Entsetzt starrte ich mein Spiegelbild an. Ich war dabei mich zu verwandeln. Ich war ein Entarteter.

Plötzlich klopfte es erneut an meiner Tür. Nein! Niemand durfte es sehen! „Ich brauch noch einen Moment!", rief ich schnell und stellte das Wasser an. Hektisch wusch ich das Blut ab. Und die Federn... Das monströse Halstuch! Wenn ich mich wieder so anzog, würden alle Spuren versteckt sein. Alles würde gut werden.

Nachdem ich mich fertig gemacht hatte, checkte ich alles noch einmal vor dem Spiegel. Ja, ich sah aus wie immer. Ich durfte mir nur nichts anmerken lassen, dann würde es auch sonst niemand merken. Ganz locker bleiben.

Schwer schluckte ich und stellte mich dem Alltag. Wie immer schauten viele der normalen Schüler zu mir. In ihren Augen war ich immer noch ein Auserwählter, der etwas bewirken konnte. Doch was, wenn sie sahen, dass ich das nicht mehr war? Eigentlich war ich es nie gewesen.

Jeder Blick von ihnen ließ einen unguten Schauer meinen Rücken runter laufen. Im Speisesaal setzte ich mich betont normal zu Sky und Miriell. Beide schauten kaum auf. Miriell war wirklich schweigsam geworden, von ihrer Begeisterung und ihrem Wissen, das sie einem immer um die Ohren haute, war kaum noch etwas übrig. Aber wenigstens merkte sie es dadurch hoffentlich nicht.

Bei Sky musste ich mir da sowieso keine Sorgen machen, der war zu sehr mit seinen Racheplänen und Jagdstrategien beschäftigt. Düster aß er vor sich hin und ich konnte nicht aufhören daran zu denken, dass ich bald der Gejagte sein könnte...

Gleich nach dem Frühstück ging es auch schon mit Kampf-unterricht los. Normalerweise freute ich mich ja darüber, aber nicht heute. Das Halstuch durfte nicht verrutschen und bei so etwas Aktivem... Ich war erledigt.

Ziemlich halbherzig machte ich mit und versuchte, so gut es ging, nicht zu viel Bewegung reinzubringen. Natürlich ver-rutschte es trotzdem. Eilig richtete ich es wieder, zu eilig.

„Hey Kumpel, was ist denn los?", fragte mich die Hyänen-Seele mit neckendem Unterton. Wann waren wir bitteschön zu Kumpels geworden? Der sollte sich lieber um seinen Kram kümmern!

„Ähm, ich bin nur ein bisschen erkältet, ich will nicht, dass mich das noch mehr ausknockt", lieferte ich eine etwas schwache Erklärung. Hätte ich vielleicht lieber auf abweisend machen sollen? Man! Ich fühlte mich so extrem verunsichert! Nur ein falscher Zug und es war aus.

„Warum gehst du dann nicht zu den Heilern? Die kriegen das doch locker wieder hin", brachte er jetzt auch noch eine Lö-sung für mein ausgedachtes Problem. Ach komm schon! „Du weißt schon... Ich will nicht, dass sie blöde Fragen stellen. Ich glaube, es ist von vorletzter Nacht", meinte ich vertrau-lich.

Verständnisvoll nickte er und ließ mich endlich in Ruhe. Erleichtert atmete ich auf, doch es war noch lange nicht vorbei. Es würde nie vorbei sein...

Den ganzen Tag versuchte ich krampfhaft mein schreckliches Geheimnis zu wahren und wenn ich daran dachte, dass es ab jetzt immer so sein würde... Das würde ich nicht schaffen.

Nachmittags fing mein Muttermal-Geschwür auf einmal wieder an zu bluten. Zum Glück bemerkte ich es früh genug und konnte mich in eine Toilette retten. Schnell wischte ich das Blut weg und blickte mich verzweifelt selbst im Spiegel an.

Was machte ich hier überhaupt?

Und was, wenn sich Nopsi doch geirrt hatte? Was, wenn es eine Krankheit war und ich bald dieses seelenlose Schwarmwissen entwickeln würde und mein einziges Ziel war die Zerstörung der Welt? Was, wenn ich jemanden verletzte oder sogar umbrachte? Würde ich es überhaupt merken, wenn ich mich so veränderte?

Vielleicht sollte ich mich einfach zu erkennen geben und dann könnten sie an mir forschen, ob die Entarteten jetzt etwas Schlechtes waren oder nicht, aber... Ich wollte keine Laborratte sein! Ich fühlte mich ja hier schon wie in einem Gefängnis, wie würde das erst in einem beschissenen Versuchslabor werden? Oder würden sie mich einfach nur töten? Das wäre noch beschissener.

Ich konnte das einfach nicht!

Um nicht aufzufallen blieb mir nur eine Wahl: Ich musste gemeinsam mit Sky auf die Jagd gehen. Wenn ich einfach nur in meinem Zimmer blieb, würde es keinen Sinn mehr machen, die Verkleidung zu tragen und ich durfte sie doch nicht ausziehen.

„Warum hast du den Teppich eigentlich immer noch an?", fragte mich die Steinbock-Seele, als wir uns im Kellergewölbe trafen. „Irgendwie habe ich mich daran gewöhnt und er ist eigentlich ganz bequem", antwortete ich ihm ganz lässig, auch wenn es voll gelogen war. Das Ding juckte immer noch so nervig in der Nase und war viel zu groß, aber es war das Einzige, das mich noch am Leben hielt.

Viel zu schnell erreichten wir wieder die Stadt. Ich fühlte mich überhaupt nicht bereit dafür. Bei dem Gedanken Leute zu jagen, die so waren wie ich, nur damit ich nicht auf ihrer Seite landete, drehte sich mir der Magen um. Aber Bellini war tot und Nopsi verschwunden... Ich hatte Angst. Ich konnte kaum noch atmen vor Angst. Ich hatte keine Kontrolle. Ich hatte keine Wahl.

Nachdem wir Paddy abgeholt hatten, fletschte er mir gegenüber wieder die Zähne und knurrte mich an. „Man, nur weil ich mich jetzt mehr um Bellinis Kätzchen kümmere, muss er doch nicht gleich so übertreiben", versuchte ich es lässig abzutun und Sky glaubte mir, er vertraute mir...

Wenn er es herausfand, würde er sicher nie wieder vertrauen. Zuerst sein Vater und dann nach all unseren gemeinsamen Kämpfen auch ich... Verdammt! Jetzt hatte ich auch noch Mitleid mit dem Kerl, der mein Mörder werden könnte. So eine Scheiße!

Apropos Mitleid. Dank Paddys viel zu guter Spürnase hatten wir schnell einen Entarteten gefunden, den wir an meiner Stelle „der Gerechtigkeit" ausliefern konnten. Es war ein alter Mann, ein Obdachloser, der selbst einen Hund bei sich liegen hatte.

Als Paddy sie bedrohlich anbellte, machte sich der gefleckte und abgemagerte Hund ganz klein. Das Tier tat mir echt leid und der Mann... Auf seinem Rücken wuchs ein Schmetterlingsflügel im blassen Gelb eines Zitronenfalters. Der Rest von ihm war eine verschreckte Feldmaus.

Was hatte bei ihm die Änderung wohl ausgelöst? War es das Gefühl, verletzlich und wehrlos zu sein? Oder die Hoffnung, dass der Herr der Noten wirklich Veränderung brachte und für ihn ein besseres Leben? Ein Leben voller Blumen und Sonnenschein, ein tänzelnd leichtes Leben...

Jetzt stand auf seinem Gesicht nur Angst geschrieben. Es tat weh, ihm diese Hoffnung zu nehmen. Aber vielleicht übertrieb mein Gewissen mit dem ganzen Scheiß auch. Ich musste aufhören, daran zu denken!

Entschieden schob ich all die Zweifel zur Seite und brachte ihn zu dem Geheimstützpunkt mit dem Hundezwinger, wo wir auch die anderen abgeliefert hatten. Klar war das irgendwie schon auffällig, aber in der Gegend kannten wir uns wenigstens aus und hatten gute Chancen, nicht von irgendwelchen Sicherheitskameras gefilmt zu werden oder sowas Blödes.

Nur wenige Straßen von unserem Ziel entfernt, fing Paddy wieder an zu knurren und die Zähne zu zeigen, als wollte er mir nochmal extra bewusst machen, wie falsch das war, was ich hier tat. Einfach jemand anderen in mein Unglück schicken...

Verdammte Scheiße! Das war alles so viel leichter gewesen, bevor Nopsi und Miriell mit dieser beschissenen Theorie gekommen waren! Alles war so schön schwarz und weiß gewesen, alles war klar gewesen, doch jetzt versank ich in einem Meer aus undurchschaubaren Grautönen.

Ein Bluttropfen fiel von meinem Kinn und wie durch ein Wunder an dem dicken Halstuch vorbei. Sein kräftiges Rot verwandelte sich auf den grauen Pflastersteinen in einen dunklen Fleck. Für einen langen Moment starrte ich hinab.

Mein Blut... Mein Leben... Alles würde sich in der Dunkelheit verlieren...

Wenn ich sterbe

Ich veränderte mich immer weiter. Die Federn auf meinen Schlüsselbeinen wurden deutlicher, meine feinen Insektenflügel wurden dicker und mein leuchtend grüner Insektenpanzer verschwand zunehmend. Auch meine kleinen Widerhaken, die mir schon so oft beim Klettern geholfen hatten, wurden dünner und brüchiger.

Ich wollte sie nicht verlieren! Ich wollte mich nicht verlieren! Mein Seelentier machte mich doch aus! Ich war eine Gottesanbeterinnen-Seele! Es fühlte sich an, als müsste ich sterben!

Und vielleicht musste ich das auch...

Nachdem ich in letzter Zeit nicht besonders viel Zeit für Micara gehabt hatte, suchte sie mich wieder auf, um mir von einem Koch hier im Trium-Palast zu erzählen, der einfach so verschwunden war. Aber es wurde gemunkelt, dass er ein Entarteter war. Und auch ansonsten klangen die Nachrichten gar nicht rosig.

Immer öfter kam es zu Protesten, bei denen auch Leute starben und teilweise führten die Ordnungshüter jetzt auch schon Hausdurchsuchungen durch. Auf die Unterstützung der Entarteten standen schwere Freiheitsstrafen und die Forschung bestätigte mehr und mehr, dass die Entarteten nur

Marionetten des Herrn der Noten waren und über eine zerstörerische Schwarmintelligenz verfügten. Dabei fühlte ich mich eigentlich noch wie früher. Doch auf einen Entarteten würde niemand hören...

Überall herrschten Angst und Wut. Die ganze Situation war kurz davor komplett zu eskalieren und ich steckte mal wieder mittendrin.

Alleine die Anspannung, dass ich jederzeit auffliegen könnte, brachte mich schon fast um! Mal abgesehen von der beschissenen Ungewissheit, was jetzt mit mir passieren würde. Mein Kopf war momentan einfach nur voll und es war wirklich brutal, dass ich trotzdem weiter in den Unterricht musste. Wenigstens bekamen wir wegen dem Krisenmodus immer noch nur wenige Theoriestunden, was dennoch zu viel war.

Doch am schlimmsten waren die Nächte. Ich sah die Entarteten einfach nicht mehr als Monster und fühlte mich dafür selbst wie eins. Und jedes Mal bellte Paddy kurz bevor wir die Entarteten ihrem Schicksal überlieferten, als würde selbst er mich verurteilen.

Mit irgendwem musste ich darüber reden. Aber mit wem? Sky würde mich ohne zu zögern mit seinen Hörnern abstechen. Micara würde vor Nervosität sicher wieder petzen und am Ende hätte ich das gleiche Ergebnis. Miriell konnte ich irgendwie nicht einschätzen, eigentlich vertraute ich ihr schon und bei ein paar Aktionen hatte sie ja schon mitgemacht, aber alles in allem war sie halt ziemlich pflichtbewusst und regelversessen... Es wäre nicht fair, sie in diesen Konflikt mit reinzuziehen. Dann gab es natürlich noch die Hyänen-Seele, meine Doppelgängerin und die Idioten, die aber im Grunde von vorne herein nicht zur Debatte standen.

Ich war alleine mit diesem Scheiß.

Wenn ich wenigstens mit Laurel schreiben könnte. Moment mal! Das war's! Ich konnte sie einfach besuchen, wenn wir wieder unseren nächtlichen Horrorjagdtrip machten! Ich brauchte meine beste Freundin so sehr! Allein der Gedanke, dass ich sie wieder sehen konnte, hatte irgendwie etwas Beruhigendes.

In den Briefen war sie ja auch immer ziemlich positiv für die Entarteten gewesen und ich hatte noch versucht es ihr auszureden... Wie sehr sich alles geändert hatte...

Zum ersten Mal seit langem freute ich mich nochmal richtig darauf, wieder in die Stadt zu kommen. Ich hatte sogar für ein kleines Mitbringsel gesorgt oder eher sorgen lassen. Micara hatte mir kleine Gebäckstücke zubereitet, ich wusste gar nicht genau was alles. Von mir hatte sie nur die Vorgabe bekommen, es sollte süß sein und mich überraschen und sie hatte mich auf jeden Fall überrascht und zwar mit gefühlt tausend verschiedenen Sorten und einer wirklich riesigen Box. Laurel und ich würden die ganz sicher nicht alleine packen, aber auf den Schock, dass ich ein Entarteter war, würden wir beide wohl etwas zu Essen brauchen.

Die leicht verfressene Vielfraß-Seele war wirklich mehr als korrekt. Eine Hammer Köchin! Vollen Respekt an sie.

Als mich Sky fragte, was ich in der Tasche dabei hatte, antwortete ich ihm nur: „Ich hab Gebäck dabei. Wir könnten ja mit den Entarteten ein Picknick machen." Natürlich sprach ich es extra ironisch aus, dabei würde ich es im weitesten Sinne ja wirklich so machen. Ich musste mir nur noch überlegen, wie ich mich am besten von ihm trennen konnte, ohne dass es zu verdächtig wirkte.

Bis wir bei der verrückten Schaf-Seele eintrafen, war mir noch keine Lösung für dieses Problem gekommen und dann sagte sie uns entschuldigend: „Paddy ist nicht mehr hier."

„Was?!", entfuhr es dem Jäger fassungslos und auch ich checkte gar nichts.

„Der Herr der Noten war hier. Er hat ihn mitgenommen", erklärte sie eigentlich noch viel zu ruhig, aber sie tickte ja auch nicht ganz richtig. „Der Herr der Noten hat Paddy?!", wiederholte mein Begleiter jetzt mit einer ordentlichen Portion Wut in der Stimme.

418

Er liebte diesen Hund wirklich und als Freund sollte ich ihm dabei helfen, aber das war meine Chance. Ich musste das für mich tun. Tut mir leid Sky. „Wir sollten uns zum Suchen aufteilen. Wer ihn findet, bringt ihn hierhin zurück. Wir treffen uns im Tunnel wieder", nutzte ich die Möglichkeit ihn loszuwerden und damit hatte ich wahrscheinlich Nopsis Bekannten auch das Leben gerettet, denn er sah aus, als wäre er kurz davor, sie zu Konfetti zu verarbeiten.

„Gut wir teilen uns auf, aber Paddy kommt nie wieder zu ihr. Wir können ihr nicht vertrauen. Sie kann ihn nicht beschützen. Hoffentlich ist es nicht schon zu spät", die Sorge um seinen Hund ließ den Hass in seinen Augen richtig lodern.

Ja, ich hoffte auch, dass es für ihn nicht zu spät war, aber ich machte mir gerade viel zu viele Gedanken um mich selbst. „Bis später", verabschiedete ich mich noch ganz ernst von ihm und ritt los und steuerte mit einem kleinen Umweg auf das grüne Viertel zu.

Mein Herz schlug schon wie wild. Wie würde Laurel reagieren? Würde sie es verstehen? Würde sie vielleicht sogar Scherze reißen, um die schreckliche Spannung zu lockern? Würde es einfach wie früher sein? Konnte es das?

Gleichzeitig zu schnell und nicht schnell genug hatte ich ihren großen Hausbaum erreicht. In ihrem Apartment waren schon die Lichter aus, aber sie schlief bestimmt noch nicht und wenn doch, würde sie es sicher nicht schlimm finden, für so eine Überraschung geweckt zu werden.

Man! Ich hatte sie eine gefühlte Ewigkeit nicht mehr gesehen! Ich freute mich unendlich und hatte gleichzeitig brutal Angst. Was für eine anstrengende Kombi! Verdammte Axt! Ich musste mich endlich in Gang setzen!

Mit fahrigen Händen band ich das Pferd fest und stieg diese Treppen hoch, die ich schon mehr als einmal verflucht hatte. Unschlüssig stand ich noch einen Moment vor ihrer Haustür, bevor ich mich endlich traute anzuklopfen.

Nichts rührte sich im Inneren. Komm schon! Laurel! Ungeduldig klopfte ich noch einmal an oder ich hämmerte eher gegen die Tür, als wollte ich den Beat für einen krassen Rocksong anstimmen.

Plötzlich ging die Tür auf und ich wäre fast reingefallen. Stimmt ja, wegen ihren guten Katzenaugen machte sie voll oft kein Licht an und dann lief ich immer gegen irgendwelche Möbel. Aber hey, dieses Mal konnte ich ja mein eigenes Licht machen.

Kurzerhand wandte ich diesen kleinen Magietrick an und die Augen meiner besten Freundin wurden noch größer, wenn das überhaupt ging. Sprachlos sah sie mich einfach nur an.

„Hey", begrüßte ich sie mit einem kleinen, zögerlichen Lächeln. Ich wusste nicht, was ich sonst sagen sollte.

„Dex!", rief sie und umarmte mich mit so viel Schwung, dass ich zwei Schritte nach hinten gegen das Geländer der Treppe stolperte: „Ich hab dich so vermisst! Aber wie kannst du hier sein? Du müsstest doch eigentlich im Trium-Palast sein! Du musst mir unbedingt alles erzählen!" Auf einmal ließ sie mich auch wieder los und gab mir dann einfach einen kleinen Schubser. Was sollte das jetzt?

Nur eine Sekunde später bekam ich die Erklärung: „Warum hast du gleich wieder aufgehört mir zu schreiben?! Ich hab eine Ewigkeit auf deine Taube gewartet, aber sie kam nicht mehr!"

„Wir durften nicht mehr schreiben, weil wir erwischt wurden, als wir die Entarteten hier draußen gejagt haben. Sie haben uns quasi in Geiselhaft gehalten. Und darüber will ich auch mit dir reden. Kann ich reinkommen?", nervös trommelten meine Finger auf mein Bein.

„Klar", sie war mir eindeutig nicht wirklich böse, sondern einfach nur froh, mich wiederzusehen und verdammt neugierig. Mit dem, was ich ihr gleich sagen würde, rechnete sie sicher nicht. Aber wie sagte man es am besten? Darüber hatte ich mir noch gar keine Gedanken gemacht. Scheiße!

Im Schnelldurchlauf ratterte mein überfordertes Hirn alle möglichen Szenarien durch und selbst in meinem Kopf hörte ich mich wie ein Spinner an. Aber es musste raus, ich musste es mit ihr teilen. Sie war meine beste Freundin, wenn mich jemand verstand, dann sie. Ich musste ihr vertrauen.

Verkrampft schloss ich die Tür hinter mir und es platzte sofort aus mir heraus: „Ich bin ein Entarteter." Verdutzt blinzelte sie zweimal und wollte verwirrt wissen: „Soll das ein Scherz sein?"

„Nein, ich meine es ernst. Ich bin ein Entarteter, ich verwandle mich, also mein Seelentier. Es hat vor einer Weile angefangen und ich hatte so Angst, dass es irgendwer sieht. Ich habe keine Ahnung, wie lange ich es noch verstecken kann. Siehst du? Ich bekomme Federn! Ich werde wohl irgendein Vogel, irre, oder? Aber dann kann ich vielleicht fliegen, sogar ganz ohne Magie. Also nicht ganz, weil die Entarteten vielleicht durch Magie ausgelöst werden. Verrückt oder? Das haben Nopsi und Miriell herausgefunden. Aber seit der Botschaft am Himmel ist Nopsi verschwunden. Ich glaube, sie haben ihn entführt und vielleicht sogar getötet, weil er den Mund aufgemacht hat. Bellini ist auch tot. Sie war wahrscheinlich auch eine Entartete. Miriell hat einen haarigen Finger von ihr aufgehoben. Ziemlich eklig, aber der Beweis dafür. Alles ist so verrückt. Diese ganze Welt! Du glaubst gar nicht, wie anders alles dort ist!", irgendwie sprudelte es immer mehr und mehr aus mir heraus, ich konnte mich gar nicht mehr bremsen und zum Beweis hatte ich auch gleich überschwänglich mein Halstuch ausgezogen und mein Oberteil, sodass sie die wachsenden, braun-weißen Federn sehen konnte.

Total überfordert starrte mich die Katzen-Seele einfach nur an. Klar, das war viel auf einmal. Eigentlich hatte ich sie auch nicht so überfahren wollen, aber jetzt hatte ich es halt. Mein Fehler.

„Laurel. Ich weiß, ich kann dir vertrauen und ich brauche jetzt einfach eine Freundin. Ich weiß nicht mehr, was ich tun soll und was richtig oder falsch ist. Ich bin ein Auserwählter und ein Entarteter. Ich gehöre nirgendwo wirklich dazu", redete ich deutlich langsamer weiter und sah sie ganz tief an: „Verstehst du?"

Jetzt da es raus war, fühlte ich mich schon wahnsinnig erleichtert. Locker zog ich mein Oberteil auch wieder an und legte die Tasche mit den Backwaren über die Schulter. Die musste ich ihr gleich noch anbieten, dann konnten wir alles bei einem entspannten Snack besprechen. Ich freute mich schon auf ihre positive Perspektive, bestimmt fiel ihr selbst hieran etwas Gutes auf.

„Du bist wirklich ein Entarteter", brachte sie schleppend hervor. „Ja, aber es wie du gesagt hast. Sie sind missverstanden und wir müssen ihnen eine Chance geben. Du musst mir eine Chance geben. Ich fühle mich immer noch wie ich selbst. Ich will nichts Böses. Wirklich", beteuerte ich sofort, doch ihr Gesichtsausdruck... Sie glaubte mir nicht. Mehr noch. Sie hatte Angst vor mir.

Langsam wich sie vor mir zurück. „Warum bist du hier? Willst du mich auch auf eure Seite ziehen? Willst du mich zu einer von euch machen?", fragte sie mich mit bebender Stimme und tastete auf einem ihrer Schränke nach einer Waffe. Ihre Finger bekamen eine Schale mit Murmeln zu fassen.

Wolle sie die auf den Boden kippen, um mich zu Fall zu bringen oder war es ihr Ziel das Ding als Miniaturschild zu benutzen? Nein, die Situation war viel zu ernst, für solche albernen Gedanken. Laurel sollte sich doch nicht gegen mich verteidigen wollen! Wir waren Freunde!

„Ich bin es, Laurel! Dex! Du kennst mich!", versuchte ich irgendwie zu ihr durchzudringen und machte einen Schritt auf sie zu. „Nein! Keinen Schritt weiter! Du bist nicht er! Du bist ein seelenloses Monster!", ihre Stimme hatte sich in ein Fauchen verwandelt. So hatte ich sie noch nie gesehen... Sie war bereit, um ihr Leben zu kämpfen... gegen mich.

„Aber du hast doch gesagt, dass es manchmal anders ist, als es scheint", brachte ich verloren hervor. Sie sollte mich nicht so ansehen. Dieser Blick tat mehr weh, als jeder Schlag.

„Ihr habt Les zuerst fast umgebracht und dann in den Wahnsinn getrieben! Na? Habt ihr ihn am Ende doch noch getötet, als ihr es leid wart, mit ihm zu spielen? Oder habt ihr ihn einfach gleichgültig laufen gelassen, weil es euch zu langweilig wurde? Und der Angriff bei Alphas Rede, was ist da anders, als es scheint? Und die Kristallresidenz. Überall wo ihr seid, sterben Leute! Ihr baut euch einen Thron aus Leichen! Sag mir: Was übersehe ich dabei?", forderte sie mich auf ihre furchtlose Weise heraus, die man so selten zu spüren bekam.

Wo war nur meine liebe Freundin, mit der man immer lachen konnte und die mich besser verstand, als irgendwer sonst?

„Ich... ich wollte das alles nie. Bitte, du musst mir glauben. Laurel", verzweifelt ging ich wieder auf sie zu und sie schmiss die Schale panisch auf mich. Fahrig griff sie sich stattdessen einen Kerzenleuchter, den sie eigentlich nur als Deko hatte. Einmal hatte sie ihn auch bei einem Halloween-Kostüm verwendet.

Warum musste ich jetzt daran denken? Wieso hörte ich ihr Lachen von damals noch so klar? Und warum hatte ich ihre fröhliche Gesellschaft verloren?

Für sie war ich nur noch ein Monster und... bei einer Sache hatte sie recht: Überall wo ich war, starben Leute. Ich durfte sie nicht auch mit in den Tod reißen. Ich hatte es schon mit Les getan und der Marienkäfer-Seele. Ich hatte die ganze Zeit gedacht, ich hätte nichts dagegen tun können, doch jetzt wurde mir schrecklich bewusst, dass ich mich damit nur selbst belogen hatte. Ich hätte gehen können. Ich machte alles nur schlimmer.

„Es tut mir leid", meine Stimme war nicht mehr als ein Krächzen. Wie paralysiert wandte ich mich von ihr ab: „Leb wohl." Mein Inneres fühlte sich an wie eine gesprungene Scheibe, bei der nur noch ein kleiner Stupser fehlte und alles zerbarst. Mein Schuh rutschte auf einer der Murmeln aus. Haltlos ruderte ich mit meinen Armen durch die Luft, doch ich konnte mich nicht mehr fangen. Volle Kanne legte ich mich ab.

Scheiße. Da wollte ich sogar schon gehen und dann passierte noch sowas! Reichte es nicht, dass ich mental schon total zerstört am Boden lag! Was hatte die scheiß Welt nur gegen mich?!

„HIJAAAAH!", gab Laurel auf einmal einen hohen Kampfschrei von sich und schlug mit dem verdammten Kerzenleuchter auf mich ein. Schützend riss ich die Arme nach oben und kroch irgendwie über den Boden. Ich wollte mich nicht gegen sie wehren. Ich konnte ihr nicht weh tun.

Keine Ahnung wie ich es bis zur Tür schaffte. Als ich sie öffnete, fiel ich fast schon raus. Schnell lief ich zur Treppe rüber und warf noch einen letzten Blick zu ihr zurück. Auf dem so vertrauten Gesicht lag eine wilde, kämpferische Entschlossenheit, da war kein bisschen Mitgefühl, kein bisschen Bedauern. Sie hasste mich. Und was, wenn sie recht hatte? Sie kannte mich besser als ich mich selbst. Was, wenn ich mich längst verändert hatte, ohne es zu merken? Wenn ich wirklich ein Monster geworden war?

Mit einem lauten Knall schloss sie die Tür und riss mich damit aus meinen Gedanken. Sicher würde sie jetzt die Ordnungshüter anrufen. Ich musste weg hier. So schnell mich meine Beine trugen, sprintete ich die Treppe runter und stieg wieder auf mein Pferd auf.

Das erste Stück ließ ich es sehr zügig traben, einen Galopp alleine traute ich mir nicht zu. Und... Keine Ahnung. Ich wusste gar nichts mehr. Laurel sah in mir ein Monster. So hatte ich mir das alles nicht vorgestellt.

Irgendwie kamen wir am Tina's vorbei. Ich hatte gar nicht gemerkt, dass ich das Pferd in diese Richtung gelotst hatte. An der Tür hing dick und fett ein Schild mit der Aufschrift: „Geschlossen!" und ich hatte nicht das Gefühl, dass es so schnell wieder öffnen würde.

„Scheiß Entartete!", hatte jemand mit Graffiti an die Wand gesprüht und eins der Fenster war mit Brettern vernagelt. Auf dem Boden glänzten noch ein paar Scherben vom Fenster.

Aber das war doch meine Lieblingsbar! Die Brokkoli-Lasagne und der Kiwi-Splash... Ich hatte dort so viel Spaß gehabt. Und dort hatte auch alles angefangen...

Auf einmal fielen mir überall solche Details auf. Graffitis von durchgestrichenen Triquetras, Fahndungsbilder von der Tenniskillerin, der Hyänen-Seele mit dem Geschwür am Auge und der krassen Pferde-Seele, die sich als Wachpersonal ausgegeben hatte und überall Sprüche für und gegen den Herrn der Noten.

Ich hatte ja gewusst, dass überall Konflikte brannten, doch es mit eigenen Augen zu sehen... Waren es überhaupt noch wirklich meine Augen oder war das schon die Sicht des Schwarmwissens? Würde alles, was ich wusste, direkt an den Herrn der Noten weitergeleitet werden? Konnte er mir Befehle geben, die ich machtlos ausführen musste?

Ich musste hier weg! Weit weg! Ich würde mein Zeug holen und dann verschwinden!

Entschlossen schlug ich den Weg ein, der für mich alles ändern sollte. Ich verließ die Stadt und dieses Mal hatte ich dabei die schreckliche Gewissheit, dass es für immer sein würde. Verzweifelt versuchte ich alles in mir aufzunehmen. Irgendwie sollte es ein Teil von mir bleiben. Das fühlte sich falsch an. Alles war falsch.

Immer wieder sah ich Laurels Blick vor mir... Ich war ein Monster...

Umgeben von der Stille der Nacht ritt ich die Straße am Fluss entlang, die mich zurück zum Trium-Palast führte. In meinem ganzen Leben hatte ich mich noch nie so einsam gefühlt.

Ich war länger weg gewesen, als gedacht. Der Himmel verlor schon seine Dunkelheit in Erwartung an den kommenden Morgen und die finsteren Schatten wichen einem matten Grau. Eine graue Welt...

Hinter den weiten Hügeln kam der Trium-Palast in der Ferne in Sicht. Ohne zu wissen, was ich tat, ließ ich mein Pferd stoppen. Sollte ich meine Sachen wirklich holen? Was hatte das für einen Sinn? Selbst wenn ich versuchte zu fliehen, konnte ich nicht dem entkommen, was aus mir wurde.

Vielleicht war ich nur ein Verstoßener, den niemand in der Gesellschaft haben wollte. Vielleicht war ich aber auch ein Werkzeug des Bösen, das ohne es zu wissen, eifrig dabei half, die Gesellschaft ins Unglück zu stürzen. Und vielleicht... ja, vielleicht wäre es besser, wenn ich einfach starb.

Wer würde mich schon vermissen? Laurel nicht. Und der Rest der Welt... Es wäre nur wieder eine Meldung. Der nächste Auserwählte ist tot. Aller guten Dinge sind drei. Das hier war sowieso nie mein Platz gewesen. Ich hatte es doch gewusst. Es war ein Fehler gewesen zu glauben, ich könnte ein Held sein...

Immer mehr Farben kehrten zurück, ganz gedämpft und irgendwie zerbrechlich. Es kam mir vor wie ein Traum. Es fühlte sich so an, als wäre es unmöglich, dass die Nacht je endete, dass es für mich noch einen neuen Tag gab, Licht gab. Aber was machte das schon für einen Unterschied? Nacht oder Tag, ich hatte keine Zukunft mehr.

Die ersten Sonnenstrahlen tauchten blendend über den Ufern auf und verwandelten den Fluss in eine goldene Fläche, so edel und stechend hell. Was für ein friedlicher und feierlicher Moment...

Plötzlich hörte ich ein unheilverkündendes Geräusch. Etwas zischte durch die Luft! Instinktiv wollte ich meinen Kopf komplett nach hinten drehen, doch das war ja nicht mehr möglich. Es war dieser Reflex, der mir zum Verhängnis wurde. Hart traf mich etwas am Kopf. Der flammende Schmerz verbrannte einfach alles und hinterließ nur Dunkelheit.

Ende
?

Danke!

Hier kommt die obligatorische Danksagung, die in keinem Buch fehlen darf. Natürlich gab es auch bei dieser Geschichte verdammt viel Unterstützung, ohne die das alles gar nicht erst möglich gewesen wäre. Allen voran meine Mutter, die sich mit der Korrektur dahinter geklemmt hat, um meine Ungeduld abzufedern.

Doch das größte Danke hat sich wohl Peter verdient, der mir den Funken der Inspiration hierfür gegeben hat. Mit ihm gemeinsam habe ich das Grundkonzept der Geschichte ausgearbeitet und die Geschwüre waren auch irgendwie naheliegend, weil wir zu der Zeit im Krankenhaus gearbeitet haben. Mit im Boot waren dabei noch Bianca, Larissa, Tabea, Lea, Philip, Moritz, Rieke, Luke und Alison. Vielen Dank für die tolle Zeit! Das wird mir immer in Erinnerung bleiben.

Als kleiner Fun-Fact: Der Titel hat schon zwei Jahre in einer Inspirations-Datei von mir auf die passende Geschichte gewartet. Er war mir in einer Orchesterprobe eingefallen, als scherzhaft epische Bezeichnung für den Notenwart. Und jetzt haben sich alle Teile zusammengefügt...

Danke an alle, die diesen Weg mit mir gegangen sind und jeden, der als Leser auch ein Teil hiervon geworden ist.

Die Fortsetzung wartet schon...

Lust auf mehr?

Wenn dir diese Geschichte gefallen hat, kannst du gerne meine Webseite besuchen. Dort sind alle meine Bücher und geplante Neuveröffentlichungen zu finden. Alles von Fantasy, über Science-Fiction und Kinderbücher bis zu Kurzgeschichtensammlungen und allem was die Zukunft noch so bringt. Du bist also immer auf dem neusten Stand. 😊

https://buecher-von-wilma.jimdosite.com

P.S. Ich freue mich auch immer über Feedback, zum Beispiel als Rezessionen. :)

Basar der Zeit

ISBN: 978-3-7526-4066-3

Der Basar der Zeit, im Herzen der Stadt, auf dem Zeit in allen möglichen Varianten angeboten wird. Dort schlägt sich Acelya schon ihr ganzes Leben mit kleinen Diebstählen durch, doch jetzt hat sie es auf fettere Beute abgesehen: Der Schlüssel der Zeit, durch den Zeitreisen ermöglicht werden. Dummerweise gibt es da noch Nedra, eine unausstehliche Kämpferin des Schlüsseldienstes und ein uraltes Geheimnis, das die gesamte Zeit vernichten könnte...

Die vergessene Plage

ISBN: 978-3-7562-1214-9

Amelias Leben ist ein ziemliches Chaos, aber was soll man auch erwarten, wenn man zu den elf Ägyptischen Plagen gehört, inklusive üblem Familienkrach, die beste Freundin eine Todsünde ist und man sich zu allem Überfluss auch noch verliebt? Und dann ist da noch die Apokalypse... Klasse.

Wo die Zeit stillsteht

ISBN: 978-3-7597-2215-7

Druiden haben die Macht und wer aus der Reihe tanzt, wird in eine Taschenuhr gesperrt. Durch Zufall konnte Thea aus ihrem Zeitverließ entkommen, doch sie musste einen hohen Preis zahlen. Jetzt will sie sich zurückholen, was ihr gehört und dafür braucht sie wohl oder übel die Hilfe eines verbannten Druiden. Dummerweise hat der nur Interesse daran, die Welt zu zerstören und eine turbulente sowie nervige Zusammenarbeit beginnt...

Anatopia – Im Kreuzfeuer der Synapsen

ISBN: 978-3-7597-4364-0

Jeden Tag heißt es nur kämpfen und das Nervensystem verteidigen. Es ist immer das Gleiche! Neuro-Hunter denken, alles gehört ihnen und Fly muss sie radikal belehren. Und in
diesem endlosen Kreislauf aus Kämpfen und Töten, hat sie
nur einen Wunsch: Endlich frei sein und die anderen Seg-
mente erkunden, endlich etwas Echtes erleben. Sie konnte
ja nicht ahnen, dass dadurch ihre ganze Welt zerbrechen
sollte...